Differenzierungsangebot

Auf vielen Doppelseiten gibt es einen Kasten mit Wahlaufgaben. Hier könnt ihr einen Arbeitsauftrag auswählen. Die Aufgaben mit ◩ sind etwas leichter, die Aufgaben mit ☒ etwas schwieriger zu lösen. Außerdem findet ihr noch unter „Was ihr noch tun könnt …“ weiterführende Anregungen, wenn ihr euch mit dem Thema noch zusätzlich beschäftigen wollt.

W0324094

Wählt einen der folgenden Arbeitsaufträge aus:

- ◩ Zeichnet eine der Regeln für den fairen Handel als Skizze.
- ☒ Stellt Vor- und Nachteile des fairen Handels in einer Tabelle gegenüber.
- ☒ Schreibt ein kurzes Referat über den fairen Handel. Arbeitet besonders heraus, ob fairer Handel geeignet ist, Disparitäten abzubauen.

Themendoppelseiten

Oben auf der linken Seite findet ihr eine Leitfrage, worum es auf dieser Doppelseite geht. Oft kommen in den Texten Begriffe vor, die näher erklärt werden müssen. Diese Begriffe sind mit einem Sternchen* versehen und werden in einem Kasten ausführlich erklärt. Auf jeder Inhaltsseite findet ihr Bilder, Schaubilder oder Diagramme. Alle Materialien könnt ihr mithilfe der Aufgaben erarbeiten. Außerdem findet ihr auf den Seiten unten einen gelben **Sprachspeicher**. Hier stehen Wörter, Wortgruppen oder Hinweise als sprachliche Unterstützung zum Textverständnis oder zur Bearbeitung der Aufgaben.

BuchBlicker-App

Mit der neuen Buchblicker-App könnt ihr digitales Begleitmaterial zu den Schulbuchseiten herunterladen.

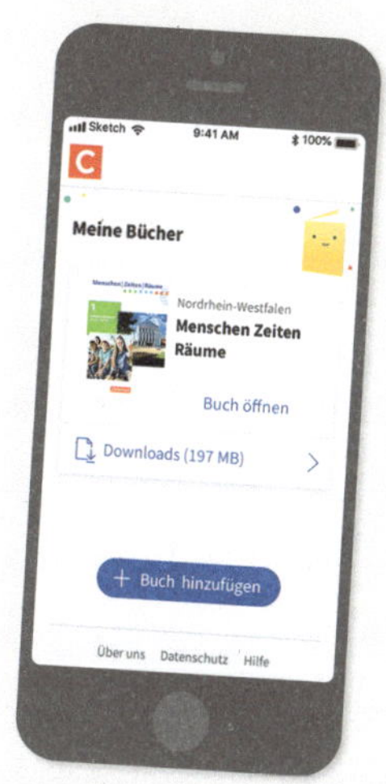

Das Lexikon

Das Lexikon bietet euch alle wichtigen Fachbegriffe in alphabetischer Reihenfolge mit Erklärungen. Hier könnt ihr nachlesen und euch informieren.

Medienkompetenz

Aufgaben mit diesem Symbol regen an, bei der Lösung analoge oder digitale Medien anzuwenden.

Menschen | Zeiten | Räume

3

Gesellschaftslehre
Nordrhein-Westfalen

Differenzierende Ausgabe

Herausgegeben von
Wolfgang Humann
Dr. Elisabeth Köster
Dr. Dieter Potente

Erarbeitet von
Alexander Figge
Kathrin Figge
Benjamin Hehenkamp
Wolfgang Humann
Manuel Köhler
Dr. Elisabeth Köster
Dr. Dieter Potente
Klaus Schreck

unter Beratung von
Katharina Grannemann, M. A.
Westfälische Wilhelms-Universität,
Münster

Cornelsen

Menschen | Zeiten | Räume

Projektleitung: Dr. Uwe Andrae
Redaktion: Dr. Frank Erzner, Sylvia Jakuscheit, Terezia Petö
Beratung (Sprachsensibilität): Gabriele Biela
Bildassistenz: Anja Schwerin, Bettina Hamann
Layout und Umschlaggestaltung: Studio SYBERG, Berlin
Technische Umsetzung: Straive

www.cornelsen.de

Dieses Werk wurde anhand wissenschaftlicher Kriterien geprüft und für den sprachsensiblen Unterricht zertifiziert. Gutachterin: Prof. Dr. Eva-Kristina Franz (Universität Trier). Eine Übersicht der Kriterien haben wir für Sie unter www.cornelsen.de/mittlere-schulformen zusammengestellt.

Soweit in diesem Lehrwerk Personen fotografisch abgebildet sind und ihnen von der Redaktion fiktive Namen, Berufe, Dialoge und Ähnliches zugeordnet oder diese Personen in bestimmte Kontexte gesetzt werden, dienen diese Zuordnungen und Darstellungen ausschließlich der Veranschaulichung und dem besseren Verständnis des Inhalts.

1. Auflage, 1. Druck 2023

Alle Drucke dieser Auflage sind inhaltlich unverändert und können im Unterricht nebeneinander verwendet werden.

Druck: Mohn Media Mohndruck, Gütersloh

ISBN 978-3-06-230133-9 (Schülerbuch)
ISBN 978-3-06-230134-6 (E-Book)

PEFC
PEFC/04-31-1033

PEFC zertifiziert
Dieses Produkt stammt aus nachhaltig bewirtschafteten Wäldern und kontrollierten Quellen.
www.pefc.de

Inhaltsverzeichnis

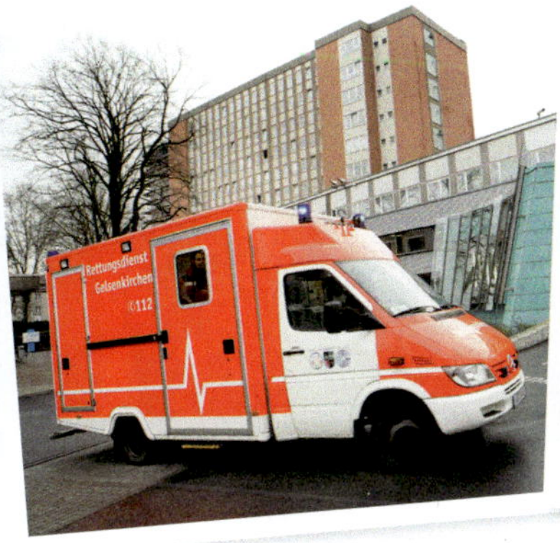

Inhaltsverzeichnis 3
Zum schnellen Finden 7

Zusammenleben in unserem Sozialstaat 8

Schauplatz In der Notaufnahme 10
Orientierung 12
Die Sozialversicherung 14
Abgesichert im Alter 16
Wahlseite Arbeitslosenversicherung 18
Wahlseite Die gesetzliche Unfallversicherung 19
Wahlseite Die Pflegeversicherung 20
Wahlseite Die Krankenversicherung 21
Arm und Reich in Deutschland 22
Nicht genug Geld für den Lebensunterhalt 24
Methode Einen Leserbrief schreiben 26
Das kann ich! 28

Weimarer Republik 30

Schauplatz Die Novemberrevolution 32
Orientierung 34
Deutschland wird eine Demokratie 36
Ein schwieriger Anfang 38
Ruhrkampf und Inflation 40
Es geht aufwärts! 42
Wahlseite Die „Goldenen Zwanziger" 44
Wahlseite Technische Leistungen 45
Wahlseite Frauen 46
Wahlseite Sport 47
Die Weltwirtschaftskrise 48
Methode Wahlplakate analysieren 50
Hitler wird Reichskanzler 52
Das kann ich! 54

Nationalsozialismus und Zweiter Weltkrieg 56

Schauplatz Der 30. Januar 1933 58
Orientierung 60
Der Weg in die Diktatur 62
Methode Propaganda erkennen 64
Arbeit für alle 66
Frau und Familie 68
Jugend unterm Hakenkreuz 70
„Führer" und Volk 72
Verfolgung von Minderheiten 74
Judenverfolgung 1933–1939 76
Methode Einzelschicksale recherchieren 78
Wahlseite Von Bauern gerettet 80
Wahlseite Ein mutiger Unternehmer 81
Wahlseite Benjamin Traub 82
Wahlseite Helga Becker-Leeser 83
Der Weg in den Krieg 84
Krieg an allen Fronten 86
Vernichtungskrieg 88
Der Massenmord an den Juden 90
Nicht alle waren einverstanden 92
Totaler Krieg und Kriegsende 94
Flucht und Vertreibung 96
Entnazifizierung und Nürnberger Prozesse 98
Erinnern und Gedenken 100
Das kann ich! 102

Weltbevölkerung – Wachstum ohne Ende? 104

Schauplatz Mumbai 106
Orientierung 108
Methode Bevölkerungsdiagramme auswerten 110
Die Weltbevölkerung wächst weiter 112
Bevölkerungsentwicklung – Fallbeispiele 114
Städte im Wandel 116
Verstädterung weltweit 118
Migration weltweit 120
Wahlseite Meeresspiegelanstieg und Migration 122
Wahlseite Hunger als Migrationsgrund 123
Wahlseite Syrien – Krieg als Fluchtgrund 124
Wahlseite Flucht – Verfolgung der Rohingya 125
Wachstum ohne Ende? 126
Die Tragfähigkeit der Erde 128
Das kann ich! 130

Globale Herausforderungen 132

Schauplatz Das Hochwasser in Erftstadt 134
Orientierung 136
Der Treibhauseffekt 138
Globale Herausforderung der Energieversorgung 140
Klimaschutz 142
Nachhaltigkeit als globale Herausforderung 144
Wahlseite Luftverschmutzung 146
Wahlseite Meeresspiegelanstieg 147
Wahlseite Artensterben 148
Wahlseite Permafrostböden tauen 149
Methode Raumanalyse durchführen 150
Raumanalyse – Indien: Raumausstattung 151
Raumanalyse – Indien: Bevölkerung 152
Raumanalyse – Indien: Raumnutzung 153
Das kann ich! 154

Konsumieren – Lust und Last 156

Schauplatz Online-Shopping 158
Orientierung 160
Verbraucherrechte und Kaufverträge 162
Fast Fashion 164
Wahlseite Teilen, Tauschen, Leihen 166
Wahlseite Handy-Recycling 167
Wahlseite Schuldenfallen 168
Wahlseite Verbraucherzentralen 169
Daten außer Kontrolle? 170
Methode Eine Kaufentscheidung treffen 172
Das kann ich! 174

Wirtschaft, Arbeit und Innovationen 176

Schauplatz Besuch in einer Fabrik 178
Orientierung 180
Unternehmensziele und Unternehmensformen 182
Industrie 4.0 184
Wahlseite In den Fußstapfen der Eltern 186
Wahlseite Abenteuer Start-up 187
Wahlseite Wir gründen eine Schülerfirma 188
Wahlseite Existenzgründung 189
Betriebliche Mitbestimmung 190
Gewerkschaften und Arbeitgeberverbände 192
Arbeitskampf 194
Methode Mit dem Politikzyklus arbeiten 195
Das kann ich! 196

Leben in zwei deutschen Staaten 198

Schauplatz Die Berliner Mauer 200
Orientierung 202
Die doppelte Staatsgründung 204
Der „Kalte Krieg“ 206
Aussöhnung 208
Demokratie in der Bundesrepublik 210
Diktatur in der DDR 212
Soziale Marktwirtschaft 214
Planwirtschaft in der DDR 216
Der Staat spioniert seine Bürger aus 218
Methode Spielfilme analysieren 219
Wahlseite Volksaufstand in der DDR 220
Wahlseite Die „Rote-Armee-Fraktion“ 221
Wahlseite Aufgewachsen in der BRD 222
Wahlseite Aufgewachsen in der DDR 223
Das kann ich! 224

Deutschland und die Wiedervereinigung 226

Schauplatz Der Fall der Berliner Mauer 228
Orientierung 230
Annäherung von Ost und West 232
Grenzen fallen 234
Protestbewegung in der DDR 236
Methode Eine politische Rede analysieren 237
Die Wiedervereinigung 238
Wahlseite Die Hauptstadt Berlin 240
Wahlseite Ostdeutsche Städte 241
Wahlseite Bevölkerung in Ost und West 242
Wahlseite Wirtschaftliche Entwicklung 243
Deutschland nach der Wiedervereinigung 244
Das kann ich! 246

Die Europäische Union 248

Schauplatz Das Europäische Parlament 250
Orientierung 252
Die Institutionen der Europäischen Union 254
Der Wunsch nach einem vereinten Europa 256
Politische Mitbestimmung in Europa 258
Wirtschaft und Alltag in der EU 260
Wahlseite Europa in der Welt 262
Wahlseite Ungleiche Partner 263
Wahlseite Gute Nachbarschaft 264
Wahlseite Jugend in Europa 265
Methode Eine Podiumsdiskussion durchführen 266
Die Zukunft der Europäischen Union 268
Das kann ich! 270

Viele Welten in einer Welt 272

Schauplatz Die Stadt Dubai 274
Orientierung 276
Methode Web GIS anwenden 278
Soziale Disparitäten in einer Region 280
Disparitäten innerhalb eines Landes 282
Globale Disparitäten 284
Wahlseite Unsicheres Leben in Afghanistan 286
Wahlseite Leben in Rio de Janeiro 287
Wahlseite „Rust Belt" – abgehängte Region 288
Wahlseite Botswana – auf einem guten Weg 289
Welthandel und Globalisierung 290
Fairer Handel 292
Das kann ich! 294

Frieden und Zukunft sichern 296

Schauplatz New York am 11. Sept. 2001 298
Orientierung 300
Die NATO – ein Militärbündnis 302
Die Bundeswehr 304
Methode Konfliktanalyse durchführen 306
Im Einsatz für den weltweiten Frieden
-die UNO 308
So arbeitet die UNO 310
Krieg in der Ukraine 312
Wahlseite Amnesty International 314
Wahlseite Reporter ohne Grenzen 315
Wahlseite Brot für die Welt 316
Wahlseite Nothilfe Ukraine 317
Das kann ich! 318

Anhang 320

Lexikon 320
Bildquellen 323

Zum schnellen Finden

Methoden und Medien im Buch

Orientierung im Raum

- Arbeit mit verschiedenen Karten
  - geografisch: 136, 147, 274
  - historisch: 34, 60, 84, 207
  - politisch: 120, 128, 252
  - wirtschaftlich: 108, 282, 291
- Raumanalyse 150

Informationen beschaffen

- Einzelschicksale recherchieren 78
- Web GIS anwenden 278
- Erinnerungsorte besuchen 100

Informationen verarbeiten und präsentieren

- Einen Leserbrief schreiben 26
- Wahlplakate analysieren 50
- Propaganda erkennen 64
- Bevölkerungsdiagramme auswerten 110
- Raumanalyse durchführen 150
- Eine Kaufentscheidung treffen 172
- Mit dem Politikzyklus arbeiten 195
- Spielfilme analysieren 219
- Eine politische Rede analysieren 237
- Eine Podiumsdiskussion durchführen 266
- Eine Konfliktanalyse durchführen 306

MK Aufgaben mit diesem Symbol regen an, bei der Lösung analoge oder digitale Medien einzusetzen. Auf den Methoden-Seiten lernt ihr mit verschiedenen (analogen und digitalen) Medien umzugehen.

APP Dieses Symbol zeigt euch, dass ihr zu dem Inhalt der Seite digitales Zusatzmaterial herunterladen könnt. Diese Materialien sind:

- **animierte Karten** und **Schaubilder** – komplexe Abbildungen werden euch als Videos mit Sprechertext einfach erklärt.
- **„sprechende Bilder"** – zu historischen Themen. Mit diesen Videos könnt ihr mehr über die Hintergründe erfahren.
- **spannende Hörspiele** zu historischen, politischen und geografischen Themen, die Spaß machen und zum Weiterforschen anregen.

Mit der **BuchBlicker-App** könnt ihr digitales Begleitmaterial zu eurem Schulbuch herunterladen.

Wo kann ich die BuchBlicker- App ausprobieren?

- Gehe in den Apple App Store oder in den Google Play Store.
- Suche dort nach „Buch-Blicker" und installiere die kostenlose App.
- Öffne die App und wähle das Buch „Menschen Zeiten Räume NRW" aus.
- Du kannst die Materialien für das Buch auf dein Gerät herunterladen.
- Öffne das Buch in der App und gib die Seitenzahl ein. Dann erscheinen die passenden Videos und Audios zur Seite.

Zusammenleben in unserem Sozialstaat

In der Notaufnahme

Wer in Deutschland dringend medizinische Hilfe braucht, dem wird so schnell wie möglich geholfen. Ein Rettungswagen bringt die betroffene Person in die Notaufnahme eines Krankenhauses. Ärzte und Ärztinnen sowie Krankenschwestern versorgen und behandeln die Kranken und Verletzten rund um die Uhr.

1 Beschreibt die Situation auf dem Foto.
2 Kennt ihr jemanden, der in der Notaufnahme behandelt wurde? Berichtet darüber.
3 Sozialstaat -„sozialer Staat?"-Formuliert Fragen zum Thema.

Schauplatz In der Notaufnahme

Wie werden Menschen in Deutschland versorgt, die dringend medizinische Hilfe brauchen?

Da habe ich richtig Glück gehabt, dass ich nach meinem Unfall schnell eingeliefert wurde. Viel länger hätte ich wohl nicht warten dürfen...

Ich bin so froh, dass mir heute am Sonntag geholfen wird. Der Sturz beim Inlinerfahren war echt schlimm, ich habe mir den Fuß gebrochen.

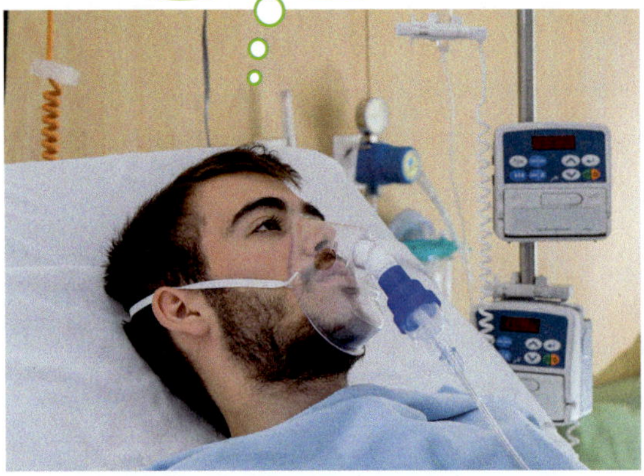

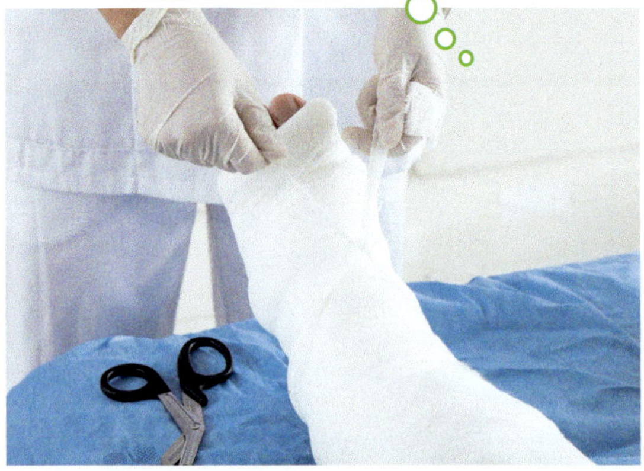

Ich sitze seit drei Stunden hier. Wie lange muss ich noch warten? Es kann doch nicht sein, dass hier so wenige Ärzte arbeiten.

Es ist so viel zu tun hier. Ich kann mich kaum um meine Patienten kümmern. Wir brauchen einfach mehr Pflegekräfte im Krankenhaus.

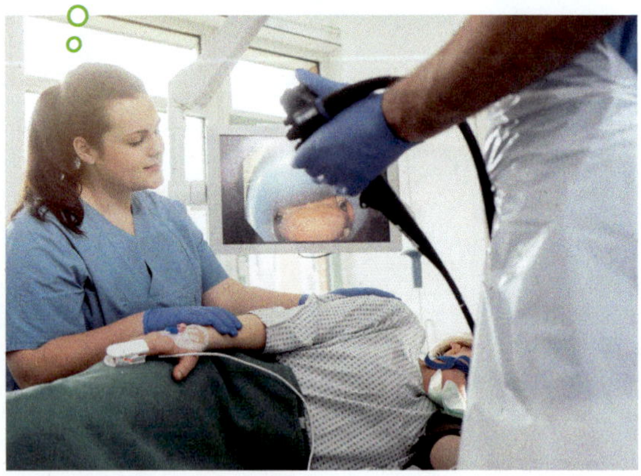

[1]–[4] *Alltag in der Notaufnahme.* Fotos.

1 Beschreibt die Fotos [1] bis [4].

2 Begründet, warum die Notaufnahme wichtig ist. **Starthilfe:** *Die Notaufnahme ist besonders wichtig, weil ...*

3 Lest die Sätze in den Gedankenblasen. Notiert die Erwartungen und die Wünsche der Menschen. **Starthilfe:** *Die/der Ärztin/Arzt wünscht sich dringend, ...*

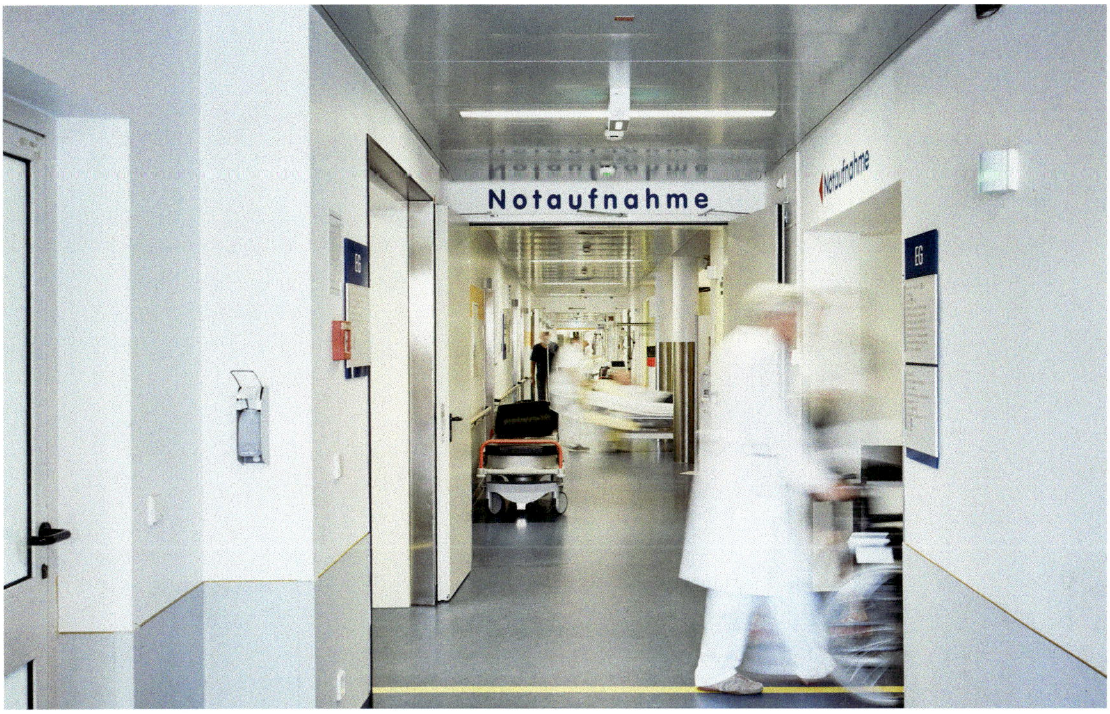

[5] *Notaufnahmen sind an allen Tagen im Jahr rund um die Uhr geöffnet.* Foto.

4 Vermutet, warum der Arbeitsalltag in der Notaufnahme für die Beschäftigten im Krankenhaus sehr anstrengend und belastend sein kann. **Starthilfe:** *Da die Notaufnahme rund um die Uhr geöffnet ist, ...*

Ein Krankenpfleger berichtet über seinen Arbeitsalltag in der Notaufnahme:

„Die Arbeit in der Notaufnahme ist herausfordernd. Patienten, die mit dem Rettungswagen zu uns gebracht werden, brauchen sofort Hilfe, da geht es oft um Leben oder Tod. Notfallpatienten, die z. B. einen Autounfall, einen schweren Sportunfall oder einen Schlaganfall erlitten haben, benötigen sofort lebensrettende Maßnahmen.

Belastend ist es für uns, wenn wir Notfallpatienten nicht helfen können und die Patienten versterben. Immer häufiger kommen auch Menschen zu uns, die keine akuten Beschwerden haben. Sie melden sich bei uns an, weil sie es bequemer finden, unsere Öffnungszeiten zu nutzen, statt dessen einen Termin beim Hausarzt zu vereinbaren. Leider sind auch manche Patienten gereizt und wollen nicht warten. Sie beschweren sich oder beleidigen uns sogar.

5 Berichtet über die Arbeit in der Notaufnahme.

Zahlen und Fakten über die Notaufnahme

In Deutschland gibt es etwa 2000 Notaufnahmen, die jährlich zwischen 20 und 25 Millionen Patienten versorgen. Sie werden mit dem Rettungswagen eingeliefert, von Angehörigen oder Freunden gebracht oder kommen selbstständig. Die meisten von ihnen dürfen nach der Behandlung wieder nach Hause und müssen nicht im Krankenhaus bleiben.

Jeder zehnte Patient, der in der Notaufnahme behandelt wird, ist lebensbedrohlich erkrankt oder verletzt. Das Durchschnittsalter der Patienten beträgt etwa 40 Jahre, wobei der Anteil der älteren Notfallpatienten in den letzten Jahren deutlich zunimmt.

6 Nennt wichtige Daten über die Notaufnahmen.

Wählt einen der folgenden Arbeitsaufträge aus:

- Notiert Gründe, warum Menschen in die Notaufnahme kommen.
- Gestaltet ein Gespräch zwischen der Krankenschwester und dem Patienten mit dem Inlinerunfall.
- „Traumjob Notfallmediziner!?“ Diskutiert diese Frage kritisch.

Orientierung

[1] *Der deutsche Sozialstaat*. Schaubild.

1 Beschreibt die Abbildung. Vermutet, welche Aufgaben der Staat für seine Bürger/-innen haben könnte. **Starthilfe:** *Ich vermute, dass ...*

Deutschland – ein Sozialstaat

Im Grundgesetz ist festgeschrieben, dass Deutschland ein **Sozialstaat*** ist.

An mehreren Stellen im Grundgesetz hat sich die Bundesrepublik Deutschland dazu verpflichtet.

- Artikel 1 GG (= Grundgesetz) weist darauf hin, dass die „Würde des Menschen" zu schützen sei.
- In **Artikel 20 GG** wird deutlich gesagt, dass es sich bei der Bundesrepublik Deutschland um einen „sozialen Bundesstaat" handelt.
- Die Bundesrepublik wird in **Artikel 28 GG** ausdrücklich als „sozialer Rechtsstaat" bezeichnet.

Auf diese Weise ist die Sozialstaatlichkeit im Grundgesetz verankert. Was bedeutet das konkret? In einem Sozialstaat soll niemand im Stich gelassen werden, wenn er in eine Notlage gerät. Der Staat ist dazu verpflichtet, seinen Bürgern das sogenannte **Existenzminimum** zu sichern. Damit ist gemeint, dass die Bürger mindestens mit Nahrung, Wohnung und Kleidung versorgt werden müssen. Unabhängig vom Geld der Eltern sollen in einem Sozialstaat auch alle Kinder die gleichen Chancen besitzen. Jede/-r in Deutschland soll eine bestmögliche Schul- und Berufsausbildung erhalten. Der Sozialstaat hat das Ziel, eine Chancengleichheit für möglichst alle Bürger zu schaffen.

Unterstützung durch den Sozialstaat

Mit unterschiedlichen Mitteln fördert unser Staat soziale Gerechtigkeit und soziale Sicherheit:

- durch finanzielle Unterstützung wie Kindergeld, Wohngeld, Zuschüsse zu einer Klassenfahrt;
- durch soziale Einrichtungen wie Beratungsstellen, Pflege- und Seniorenheime;
- durch gerechte Verteilung der Steuern, sodass ärmere Menschen weniger bezahlen müssen.

Das Solidaritätsprinzip

„Solidarisch" sein bedeutet, dass Menschen füreinander eintreten. Schwächere Mitglieder werden durch die Gemeinschaft gestützt.

„Die Starken helfen den Schwachen" und „die Gesunden helfen den Kranken". Diesen sozialen Ausgleich nennt man Solidaritätsprinzip. Dieses Prinzip bildet die Grundlage für die Sozialversicherungen, wie zum Beispiel der gesetzlichen Krankenversicherung.

Die Sozialversicherungen sind Pflichtversicherungen, an denen sich grundsätzlich jeder Arbeitnehmer /jede Arbeitnehmerin sowie auch jeder Arbeitgeber beteiligen muss. Braucht man Unterstützung, dann bekommt man sie. Benötigt man keine, hilft man anderen.

2 Erklärt den Begriff „Sozialstaat".
Starthilfe: *Sozialstaat bedeutet, dass niemand ...*

3 Erläutert, wie der Sozialstaat unterstützen kann.

4 Erläutert das Solidaritätsprinzip.

* **sozial:** das Wort kommt aus dem Lateinischen und bedeutet „gemeinsam" bzw. „miteinander verbunden".

der **Sozialstaat:** / *die* **Sozialversicherung**

Entwicklung des Sozialstaats in Deutschland

- ► **1883**
  Krankenversicherung
- ► **1884**
  Unfallversicherung
- ► **1911**
  Rentenversicherung

- ► **1927**
  Arbeitslosenversicherung
- ► **1954**
  Kindergeld

- ► **1961**
  Sozialhilfe
- ► **1971**
  Bundesurlaubsgesetz: mindestens 3 Wochen Jahresurlaub für alle
- ► **1986**
  Erziehungsgeld und Erziehungsurlaub (heute: Elternzeit)
- ► **1995**
  Pflegeversicherung
- ► **2005**
  „Hartz-Reformen“: Arbeitslosengeld II
- ► **2006**
  Rente ab 67 Jahren

- ► **2007**
  Elterngeld
- ► **2015**
  Mindestlohn

Zusammenleben in unserem Sozialstaat

SCHAUPLATZ
In der Notaufnahme
S. 10–11

ORIENTIERUNG
S. 12–13

Die Sozialversicherung
S. 14–15

Abgesichert im Alter
S. 16–17

WAHLSEITEN
Arbeitslosenversicherung, Die gesetzliche Unfallversicherung, Die Pflegeversicherung, Die Krankenversicherung S. 18–21

Arm und Reich in Deutschland
S. 22–23

Nicht genug Geld für den Lebensunterhalt
S. 24–25

METHODE:
Einen Leserbrief schreiben
S. 26–27

DAS KANN ICH!
S. 28–29

Die Sozialversicherung

Wie funktioniert unser Sozialversicherungssystem?

[1] *Sascha hat seine erste Gehaltsabrechnung nach der Ausbildung bekommen. Er erzählt:*

Ich verdiene jetzt endlich über 2000 Euro. Aber durch die ganzen Abzüge und Steuern sind es knapp 1500 Euro. Warum muss ich diese Beiträge zahlen? Bringt mir das etwas?

1 Beschreibt das Foto [1] und lest die Aussage von Sascha. Was wisst ihr über die Abzüge beim Gehalt? **Starthilfe:** *Sascha ist mit seiner Ausbildung fertig, er fragt sich, ob er ...*

Ziel der Sozialversicherung

Am Ende des 19. Jahrhunderts wurden in Deutschland die Kranken-, Unfall- und Rentenversicherung eingeführt. Ziel der Sozialversicherung war es damals, die wachsende Zahl der Industriearbeiter gegen Betriebsunfälle, Krankheiten und im Alter abzusichern.

Auch heute dient das Sozialversicherungssystem zum Schutz der gesetzlich versicherten Arbeitnehmerinnen und Arbeitnehmern. Die Sozialversicherungen spielen eine wesentliche Rolle, wenn jemand krank, pflegebedürftig oder zu alt ist, um einer Arbeit nachzugehen.

2 Erklärt die Ziele der Sozialversicherung. **Starthilfe:** *Schon immer waren es Ziele, dass...*

Die Sozialversicherungsbeiträge

Jeden Monat zahlen die Beschäftigten und die Arbeitgeber Beiträge in die Kasse der Sozialversicherungen ein. Die Höhe dieser Beiträge legt die Bundesregierung jedes Jahr neu fest. Es gibt dafür eine Bemessungsgrenze, die regelmäßig an die Entwicklung der Einkommen angepasst wird. Ab dem 1. Januar 2023 beträgt diese Grenze monatlich 5.550 Euro. Bis zu dieser Bemessungsgrenze ist das Einkommen eines Beschäftigten beitragspflichtig, alles darüber ist beitragsfrei. Wer über diesen Betrag hinaus verdient, kann sich z. B. privat krankenversichern lassen.

3 Erläutert die fünf Säulen der Sozialversicherung mithilfe von Abb. [2].

[2] *Die Sozialversicherung und ihre Leistungen.* Schaubild.

Sprachspeicher
- die Versicherung, etwas absichern
- gegen etwas abgesichert sein
- Beiträge zahlen, beitragspflichtig sein
- keine Beiträge zahlen, beitragsfrei sein

APP

Sozialversicherungsbeiträge eines Friseurs für **Juli 2019**, Gehalt: **2083 € brutto**

Abzüge	Abzüge vom Gehalt in Prozent	Das bezahlt der Arbeitnehmer	Das bezahlt der Arbeitgeber zusätzlich
Krankenversicherung	7,7 %	161,43 €	161,43 €
Rentenversicherung	9,3 %	193,72 €	193,72 €
Pflegeversicherung	1,52 %	31,77 €	31,77 €
Arbeitslosenversicherung	1,25 %	26,04 €	26,04 €
Unfallversicherung	1,6 %	–	33,32 €
Sozialabgaben insgesamt		412,95 €	446,27 €
Steuern		227,00 €	unbekannt

Als Nettogehalt wird ausgezahlt: **1443,05 €**

[3] *Ein Beispiel für Sozialversicherungsbeiträge.* Schaubild.

4 Wertet das Schaubild [3] aus:
- Welche Sozialversicherungsbeiträge bezahlt auch der Arbeitgeber?
- Welchen Sozialversicherungsbeitrag zahlt ausschließlich der Arbeitgeber?
- Wie viel Prozent Abzüge für die Sozialabgaben hat jeder Arbeitnehmer insgesamt?

Versichert – aber wann und wie?

Wer in einem Unternehmen oder einem Betrieb angestellt ist, hat grundsätzlich Anspruch auf die Leistungen der fünf Sozialversicherungen. Um die Anmeldung muss man sich nicht selbst kümmern, die übernimmt automatisch der Arbeitgeber. Kinder und Jugendliche sind bis zum Beginn ihrer Ausbildung bei den Eltern krankenversichert. Verheiratete Erwerbslose sowie Mütter und Väter, die sich ausschließlich um die Kindererziehung und den Haushalt kümmern, sind über ihren Ehepartner mitversichert. Für ledige Arbeitslose übernimmt der Staat so lange die Kranken- und Pflegeversicherung, bis sie wieder eine feste Anstellung gefunden haben.

5 Erläutert die wichtigsten Bestimmungen der Sozialversicherungen.

a) Oma Frieda (83) ist pflegebedürftig und braucht Hilfe. Jeden Tag kommt ein Pfleger, der sie beim Waschen und Anziehen unterstützt.

b) Justin (14) braucht eine Zahnspange, die mehrere tausend Euro kosten wird.

c) Der Opa von Luis geht in Rente. Die Wohnungsmiete muss allerdings weiter bezahlt werden.

d) Silvio ist seit zwei Jahren arbeitslos. Er möchte eine Umschulung machen.

e) Hans (49) war Zimmermann. Er fiel bei der Arbeit vom Gerüst und ist arbeitsunfähig geworden. Nun muss seine Wohnung behindertengerecht umgebaut werden.

[4] *Fälle für die Sozialversicherungen.* Tabelle.

6 Begründet mithilfe von [4], welche Versicherung die jeweiligen Kosten übernimmt.

Wählt einen der folgenden Arbeitsaufträge aus:

- Notiert die Leistungen der Krankenversicherung.
- Eray verdient im ersten Ausbildungsjahr als Mechatroniker 1050 Euro. Berechnet die Höhe seiner gesamten Sozialabgaben.
- Formuliert eine Antwort auf die Äußerung von Sascha [1] und begründet sie.

Sprachspeicher
- vom Gehalt abziehen /wird abgezogen
» der Abzug vom Gehalt
- einen Anspruch auf etwas haben
- einen Beitrag leisten /zahlen

APP

Abgesichert im Alter

Ist die Rente in Zukunft noch sicher?

[1] *Rentnerinnen und Rentner bei einer Besprechung.* Foto.

1 Beschreibt das Foto [1]. Was wisst ihr über ältere Personen in eurem Umfeld?

Der Generationenvertrag

Wer in den Ruhestand geht, bekommt einen Teil seines letzten Nettogehalts als Rente ausbezahlt. Dauer und Höhe der Beitragszahlungen für die Rentenversicherung entscheiden, wie viel Rente zu erwarten ist. Das Renteneintrittsalter beträgt gegenwärtig 67 Jahre. Die Rentenversicherung zahlt jedoch auch, wenn jemand krankheitsbedingt früher berufsunfähig wird.

Die Rentenversicherung funktioniert nach folgendem Prinzip: Der Teil der Bevölkerung, der aktuell arbeitet (= die jüngere Generation), versorgt finanziell den Teil, der altersmäßig nicht mehr arbeitet (= die ältere Generation).

Bei der gesetzlichen Rentenversicherung zahlen Arbeitnehmer und Arbeitgeber monatlich den gleichen Anteil in die „Rentenkasse" ein. Dieser Betrag wird für die gegenwärtigen Renten der älteren Generation verwendet. Die Renten der derzeit Arbeitenden sollen dann später von der nachfolgenden Generation bezahlt werden.

Möglichkeiten der Vorsorge für die Rente

Unsere Gesellschaft wird im Durchschnitt immer älter. Die Rente ist in der Zukunft nach dem bisherigen Modell des Generationenvertrages nicht mehr gesichert. Es müssen neue Lösungen gefunden werden, um die Lücken zu schließen.

Der Staat könnte die Beiträge für die Rentenversicherung erhöhen. So würde mehr Geld für die Renten zur Verfügung stehen. Zusätzlich könnte das Renteneintrittsalter auf 70 Jahre erhöht werden. Außerdem könnten Kinderlose dazu verpflichtet werden, eine Sonderabgabe zu leisten.

Seit Jahren wird geraten, dass jeder für seinen eigenen Ruhestand finanziell vorsorgen muss. Man kann hierfür eine staatlich geförderte Altersvorsorge abschließen. Außerdem kann monatlich etwas gespart werden.

Wer in seinem Berufsleben aber wenig verdient, kann privat nicht vorsorgen. Die Gefahr von Altersarmut steigt für Geringverdiener und für Menschen mit wenig Beitragsjahren.

2 Erklärt die Funktion des Generationenvertrags.

3 Nennt staatliche und private Maßnahmen der Vorsorge für die Rente.

Sprachspeicher
- die Rente, die Rentenversicherung
- das Renteneintrittsalte
- die Generation, der Generationsvertrag
- Beiträge erhöhen /leisten
- in die Rentenkasse einzahlen
- eine Altersvorsorge abschließen

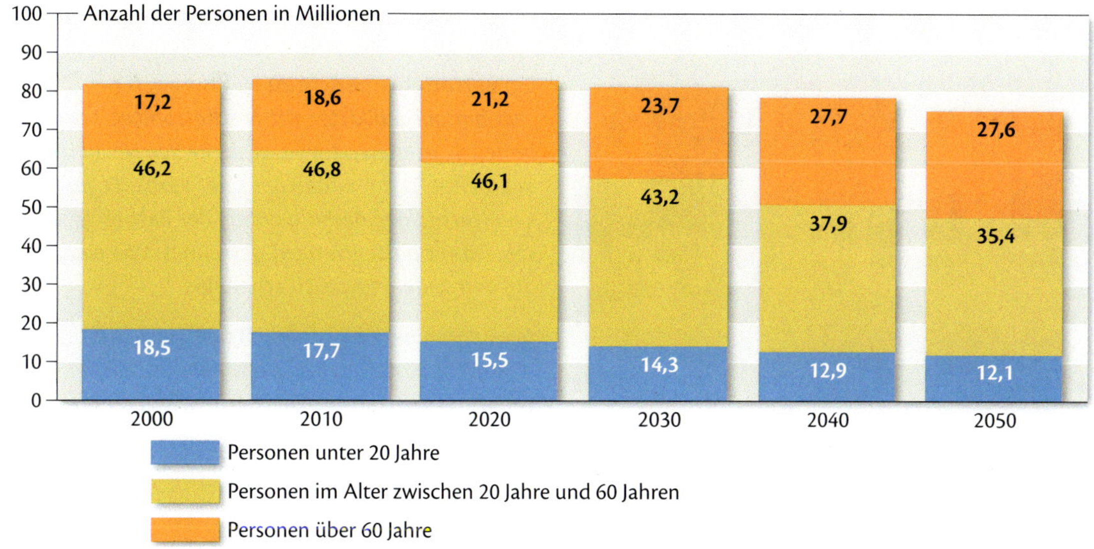

[2] *Entwicklung der Altersgruppen in Deutschland.* Säulendiagramm.

4 Beschreibt das Säulendiagramm [2] und wertet es aus:
- Wie entwickeln sich die Zahlen der Personen unter 20 Jahre bis ins Jahr 2050?
- Wie entwickeln sich die Zahlen der Personen über 60 Jahre bis ins Jahr 2050?

Erwerbstätigkeit und Lebenserwartung

Als Ende der 1950er-Jahre das Modell des Generationenvertrages bei der Rentenversicherung eingeführt wurde, war die Altersstruktur der Gesellschaft anders als heute. Die Lebenserwartung betrug etwa 70 Jahre. Da die Menschen im Schnitt bis ca. 65 Jahre arbeiten mussten, bezogen sie ihre Rente nur eine relativ kurze Zeit.

Im Laufe der folgenden Jahrzehnte wurden weniger Kinder geboren. Ältere gingen früher in Rente und gleichzeitig stieg die Lebenserwartung. Die Belastungen für die „Rentenkasse" stiegen an.

Heute müssen Rentner meist bis zum 67. Lebensjahr arbeiten. Die Lebenserwartung stieg auf über 80 Jahre. Gleichzeitig sinkt die Zahl der Erwerbstätigen, die Rentenversicherungsbeiträge bezahlen. Die Zeitspanne, in der Rente bezogen wird, wird aber immer länger.

Deutschland wird älter

Es wurde berechnet, dass die Bevölkerungszahl in Deutschland in Zukunft leicht abnehmen wird. Gleichzeitig wird sich die Altersstruktur der Gesellschaft stark verändern. Die Zahl der älteren Menschen wird steigen, die der jüngeren wird sinken. Aus diesem Grund wird Deutschland darauf angewiesen sein, dass Menschen aus dem Ausland zuziehen, um hier zu arbeiten.

5 Beschreibt die Veränderungen unserer Gesellschaft.

6 Erläutert wichtige Entwicklungen der Altersstruktur in Deutschland und deren Folge.

Wählt einen der folgenden Arbeitsaufträge aus:

- Notiert, wer von Altersarmut betroffen sein könnte.
- Ein früherer Arbeitsminister sagte vor Jahrzehnten: „Die Rente ist sicher!" Formuliert eine aussagekräftige Antwort und begründet diese.
- Gestaltet ein Plakat über Möglichkeiten der privaten Altersvorsorge.

Sprachspeicher
- die Lebenserwartung steigt /sinkt
- die Belastung für die Rentenkasse steigt /sinkt
- die Zahl der Erwerbstätigen steigt/sinkt
- die Zahl der jüngeren/älteren Menschen steigt/sinkt
- die Altersstruktur einer Gesellschaft
- die gesetzliche Rente /die private Rente

APP

Wahlseite Arbeitslosenversicherung

1 Informiert euch auf dieser Seite über die Situation von Arbeitslosen in Deutschland.
2 Präsentiert eure Ergebnisse in geeigneter Form vor der Klasse.

[1] *Die Agentur für Arbeit ist eine staatliche Behörde.* Foto.

[2] *Mitarbeiter der Arbeitsagentur helfen bei der Suche nach einer neuen Arbeitsstelle.* Foto.

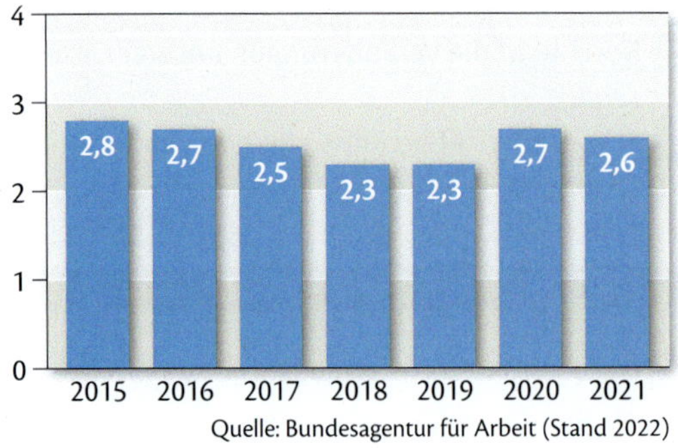

[3] *Entwicklung der Zahl der Arbeitslosen in Deutschland (in Millionen).* Säulendiagramm.

Ein Betroffener berichtet:

„Ich bin ausgebildeter Kfz-Mechatroniker. Jahrelang habe ich in der Autowerkstatt in der Nachbarstadt gearbeitet. Dann wurde der Chef krank. Es fand sich kein Nachfolger, deshalb wurde der Betrieb geschlossen. Damit hatte ich nicht gerechnet. Von einem Tag auf den anderen war ich **arbeitslos***.*

Momentan beziehe ich **Arbeitslosengeld***, das sind 60 Prozent meines letzten Nettogehalts. Ich bin auch weiterhin krankenversichert. Ich habe jetzt noch einige Monate Zeit, um eine neue Arbeitsstelle zu finden, bevor mir mein Arbeitslosengeld I gekürzt wird.*

Ich habe mich sofort bei der **Agentur für Arbeit** *gemeldet und das Arbeitslosengeld beantragt. Die Mitarbeiter/-innen dort helfen mir auch dabei, wieder eine neue Arbeitsstelle zu finden. Sie wissen, welche Betriebe einen Kfz-Mechatroniker suchen und unterstützen mich bei den Bewerbungsschreiben. Die Fahrtkosten zu den Vorstellungsgesprächen werden von der Agentur für Arbeit übernommen.*

Ich hoffe, dass ich etwas hier in der Region finde. Sollte das nicht so sein, werde ich wohl umziehen müssen. Vielleicht mache ich auch eine Umschulung. Zum Glück werden auch dafür die Kosten übernommen."

Arbeitslosigkeit in Deutschland

Wenn Unternehmen weniger Aufträge bekommen, kommt es oft dazu, dass Mitarbeiter entlassen werden. Es kann auch vorkommen, dass manche Firmen im Baugewerbe aufgrund des schlechten Wetters zeitlich begrenzt ihren Bauarbeitern kündigen.

In solchen Fällen werden Leistungen aus der **Arbeitslosenversicherung** gezahlt. Diese Leistungen, werden von den Versicherungsbeiträgen finanziert, die Arbeitgeber/-innen und Arbeitnehmer/-innen monatlich leisten. Die Arbeitsagenturen unterstützen auch Personen, die auf **Arbeitssuche** sind.

Tipp für die Erarbeitung
- Ihr könnt beim Lesen die Schritte des Lese-Profis anwenden.

Tipps für die Präsentation
- Lasst das Säulendiagramm [3] erklären und die Klasse vermuten, warum Menschen arbeitslos werden.

☒ Wahlseite Die gesetzliche Unfallversicherung

1 Informiert euch auf dieser Seite über die gesetzliche Unfallversicherung.
2 Präsentiert eure Ergebnisse in geeigneter Form vor der Klasse.

[1] – [4] *Hier hilft die gesetzliche Unfallversicherung weiter. Fotos.*

Betroffene berichten

Letztes Jahr fiel ich am Arbeitsplatz von der Leiter. Ich brach mir den linken Arm und konnte sechs Wochen nicht arbeiten. Die Kosten für die Miete und meinen Lebensunterhalt musste ich aber weiterhin bezahlen.

Unsere Tochter hatte auf dem Schulweg einen Fahrradunfall. Sie hatte eine Platzwunde am Kopf und Rückenschmerzen. Nach dem Krankenhausaufenthalt begann die Krankengymnastik.

Aufgaben

Die gesetzliche Unfallversicherung übernimmt die Kosten, wenn man sich am Arbeitsplatz verletzt oder wenn man verunglückt. Versichert ist man auch auf dem Weg zum Arbeitsort oder auf dem Weg zur Schule. Berufskrankheiten sind ebenfalls abgesichert. Das sind Krankheiten, die Menschen durch ihre berufliche Tätigkeit erleiden. Der Umgang mit bestimmten Chemikalien, das Tragen von schweren Lasten oder das Arbeiten unter Lärm können diese Krankheiten verursachen.

Leistungen

Dies wird von der Unfallversicherung bezahlt:
- Behandlungskosten beim Arzt, Kuraufenthalt;
- Lohnausgleich bei einer Berufsunfähigkeit;
- im Todesfall eine Witwen- und Waisenrente:
- Umbaumaßnahmen bei einer eingetretenen körperlichen Behinderung.

Tipp für die Erarbeitung
- Nennt die Kosten, für die die Unfallversicherung aufkommt.

Tipp für die Präsentation
- Lasst die Klasse die Fotos [1] bis [4] beschreiben.

☒ Wahlseite Die Pflegeversicherung

1 Informiert euch auf dieser Seite über die Pflegeversicherung in Deutschland.

2 Präsentiert eure Ergebnisse in geeigneter Form vor der Klasse.

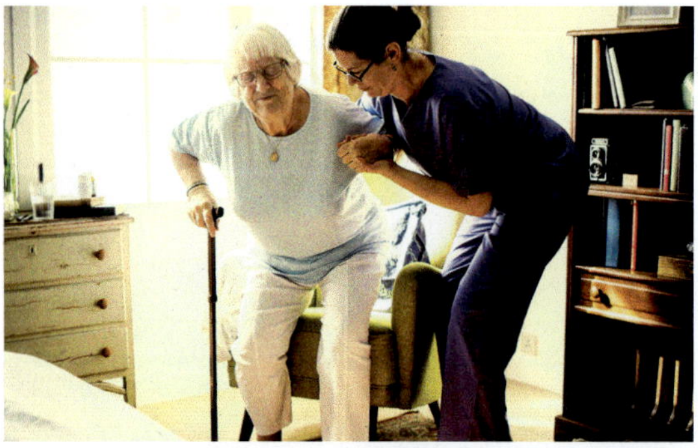

[1] *Die Pflege ist sehr zeit- und kostenintensiv.* Foto.

[2] *Auch junge Menschen können durch Unfälle oder Krankheit pflegebedürftig werden.* Foto.

Eine Pflegerin erzählt

„Seit ihrem Schlaganfall ist Frau Müller stark gehbehindert. Der Medizinische Dienst ihrer Krankenkasse (MDK) hat den Fall geprüft und Frau Müller bekam einen Pflegegrad. Sie braucht Hilfe bei der Körperpflege und im Haushalt. Deshalb komme ich morgens und helfe ihr bei der Grundpflege. Hierfür zahlt die Pflegeversicherung. Wenn der Zustand von Frau Müller sich verschlechtert, wird sie einen höheren Pflegegrad benötigen. Das muss beantragt werden. Wenn das klappt, komme ich am Abend zusätzlich. Ich kann Frau Müller waschen, ihr beim Essen helfen und sie ins Bett bringen. Mit einem Zuschuss der Pflegeversicherung kann auch ihre Dusche umgebaut werden. Irgendwann wird sie aber doch noch in ein Pflegeheim umziehen müssen."

Pflegenotstand

Die Arbeit der Pflegekräfte ist verantwortungsvoll, körperlich anstrengend und psychisch belastend. Sie müssen am Wochenende und auch nachts im Schichtdienst arbeiten. In den letzten Jahren haben immer mehr Pflegekräfte ihren Beruf gewechselt, weil sie sich überlastet und schlecht bezahlt fühlten. Laut einer Schätzung fehlen in Deutschland über 100 000 Pflegekräfte.

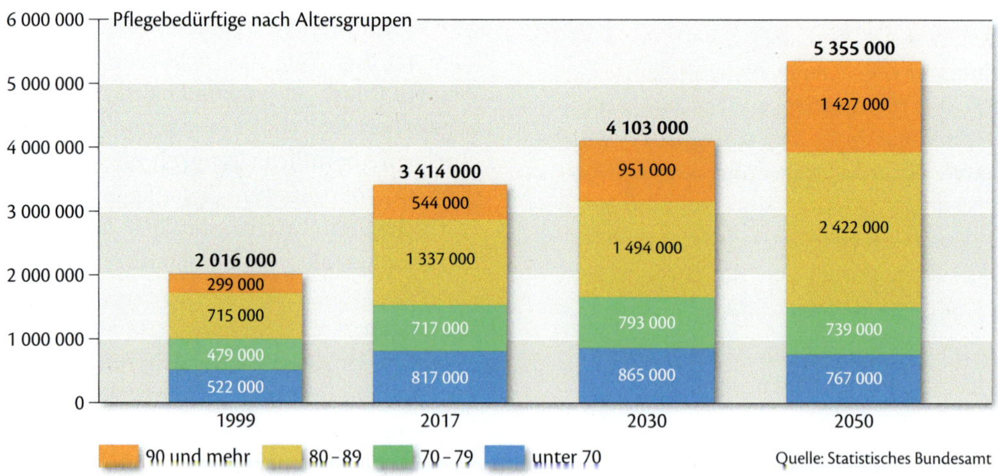

[3] *Anzahl der Pflegebedürftigen in Deutschland (2030 und 2050 sind Schätzungen).* Säulendiagramm.

Tipps für die Erarbeitung
- Beschreibt den Arbeitsalltag von Pflegekräften.
- Nennt die Gründe für den Pflegenotstand in Deutschland.

Tipp für die Präsentation
- Zeigt die Abbildung [3] lasst sie von der Klasse beschreiben.

Wahlseite Die Krankenversicherung

1 Informiert euch auf dieser Seite über die Krankenversicherung in Deutschland.
2 Präsentiert eure Ergebnisse in geeigneter Form vor der Klasse.

[1] *Jugendliche und ihre Arzttermine.* Foto.

Schutz durch die Krankenversicherung

Die gesetzliche Krankenversicherung ist eine Versicherung für die gesamte Familie. Ehegatten, Lebenspartner und Kinder ohne eigenes Einkommen sind beim Hauptversicherten mitversichert, ohne dass dafür höhere Beiträge zu leisten sind. Durch die Krankenversicherung ist man im Krankheitsfall finanziell abgesichert. Die Kosten, die im Zusammenhang mit einer Krankheit, der Vorsorge oder einem Unfall zu Hause entstehen, werden erstattet.

Diese Leistungen werden von der gesetzlichen Krankenversicherung meist übernommen:

- notwendige Behandlungskosten beim Hausarzt, einem Facharzt oder einem Zahnarzt
- Laborkosten, Physio- und Ergotherapie.
  - Kosten für Brillen, Zahnspangen und Hörgeräte werden nicht immer in voller Höhe übernommen, oft ist eine private Zuzahlung notwendig.

Gesetzliche oder private Krankenversicherung

In Deutschland ist man entweder gesetzlich oder privat krankenversichert. Menschen, die in einem Betrieb oder Unternehmen angestellt sind, sind in der Regel gesetzlich versichert. Beamten und Selbstständige haben meist eine private Krankenversicherung. Wer überdurchschnittlich viel verdient, hat die Wahl, ob er gesetzlich oder privat versichert sein will.

Einige Leistungen werden nur für Privatversicherte angeboten, beispielsweise ein Zweibettzimmer bei einem Krankenhausaufenthalt. Dafür ist auch der Beitrag, den man für diese Krankenversicherung bezahlen muss, deutlich höher.

[2] *Durchschnittliche jährliche Kosten für die ärztliche Versorgung einer/eines Krankenversicherten.* Balkendiagramm.

Tipp für die Erarbeitung

- Nennt die Leistungen, die von der Krankenversicherung übernommen werden.

Tipps für die Präsentation

- Zeigt das Säulendiagramm [2] und lasst die Aussagen der Jugendlichen in [1] laut vorlesen.

Arm und Reich in Deutschland

Was ist soziale Ungleichheit?

[1] *Rund 50 000 Menschen in Deutschland sind obdachlos.* Foto.

[2] *Über 1,5 Millionen Menschen in Deutschland besitzen Geld und Vermögen im Wert von über einer Millionen Euro.* Foto.

[3] *In über 1000 Städten und Gemeinden bieten die „Tafeln" kostenlos übrig gebliebene Lebensmittel an. Täglich nutzen dies in Deutschland etwa 1,6 Millionen Menschen.* Foto.

1 Beschreibt die Fotos [1] bis [3]. Vermutet, was unter „sozialer Ungleichheit" verstanden wird.

Formen von Armut

Formen von Armut lassen sich unterscheiden. Es kommt auf das Umfeld der von Armut betroffenen Menschen an.

Absolute Armut

bedeutet, dass ein Mensch nicht in der Lage ist, seine Grundbedürfnisse zu befriedigen. Die Weltbank definiert einen Menschen als absolut arm, wenn ihm pro Tag weniger als 1,90 US-Dollar zur Verfügung stehen. Dieser Betrag gilt als Minimum, das ein Mensch zum Überleben braucht..

Relative Armut

Wenn das Einkommen eines Menschen unter dem Durchschnittseinkommen seines Landes liegt, spricht man von **relativer Armut**. Sie bezieht sich, anders als die absolute Armut, auf soziale Ungleichheit. Das bedeutet zum Beispiel, dass Familien, die weniger Geld haben, auf einiges verzichten müssen. In Deutschland gilt als arm, wer weniger als 60 Prozent des Durchschnitts-einkommens zur Verfügung hat.

Gefühlte Armut

Diese Form der Armut lässt sich nicht an der Einkommenshöhe messen. Sie bezieht sich allein auf das persönliche Gefühl, ausgegrenzt zu sein bzw. finanziell nicht mithalten zu können.

Der Armutsbericht in Deutschland

Regelmäßig erscheint im Auftrag der Bundesregierung ein Armutsbericht. Für das Jahr 2021 stellte dieser fest, dass in Deutschland jeder sechste Mensch als arm gilt. Eine vierköpfige Familie lebt in Deutschland demnach unter der Armutsgrenze, wenn ihr weniger als 1640 Euro im Monat zur Verfügung steht. Besonders Kinder sind von Armut betroffen.

2 Beschreibt die unterschiedlichen Formen von Armut.

3 Erläutert die Absicht des Armutsberichtes. **Starthilfe:** *Der Armutsbericht verfolgt die Absicht, ...*

Sprachspeicher

- von Armut betroffen sein
- Grundbedürfnisse haben/befriedigen
- das Durchschnittseinkommen
- es liegt über /unter dem Durchschnitt
- auf etwas verzichten (müssen)
- unter der Armutsgrenze leben

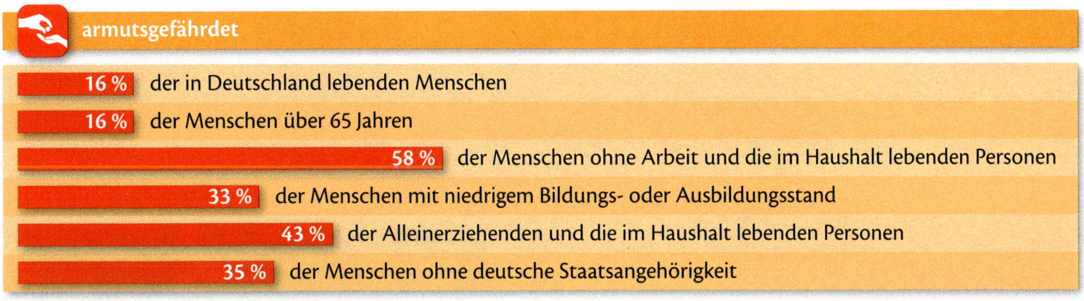

[4] *Von Armut gefährdete Menschen in Deutschland.* Schaubild.

4 Beschreibt das Schaubild [4] und wertet sie aus:
- Warum übersteigt die Prozentsumme den Wert 100?
- Welche Personengruppen sind stark von Armut bedroht?
- Bei welchen gefährdeten Personengruppen sind auch Kinder von Armut bedroht?

Armut in Deutschland

Es gibt auch finanzielle Notlagen, die als „neue Armut" bezeichnet werden. Ursachen können der plötzliche Verlust des Arbeitsplatzes, eine längere Erkrankung, eine Ehescheidung oder Schulden sein.

Ich habe mich von meinem Mann getrennt. Ich bin mit den Kindern in eine neue Wohnung gezogen. Obwohl mein früherer Mann Unterhalt bezahlt, kann ich die Miete, und Lebensmittel kaum bezahlen. An Urlaub ist überhaupt nicht zu denken.

Mit meinem Arbeitslosengeld kann ich das Auto nicht finanzieren. Ich habe es verkauft.

Ich habe fünf Geschwister. Mit dem Geld, das mein Vater verdient, kommen wir kaum aus, da sind Klassenfahrten oder Nachhilfestunden nicht drin.

Armut in Deutschland bedeutet Chancenungleichheit. Betroffene Personen werden öfter krank, weil sie sich keine gesunde und ausgewogene Ernährung leisten können. Auch bei der Kleidung wird gespart und es reicht oft nur für Sachen aus „Second-Hand-Läden". Es kommt auch vor, dass eine Einladung zu einer Geburtstagsfeier nicht angenommen wird, weil das Geld für ein Geschenk fehlt.

Daten und Fakten zur sozialen Ungleichheit

Sozialforscher haben herausgefunden, dass ein Zehntel der Bevölkerung in Deutschland über ca. 60 Prozent aller Geld- und Vermögenswerte verfügt. Das heißt, eine relativ kleine Gruppe hält mehr als die Hälfte des Gesamtvermögens in der Hand.

Es wurde auch ermittelt, dass Menschen, die einer hohen Einkommensgruppe angehören, im Durchschnitt länger leben. Die Lebenserwartung bei diesen Menschen liegt um zehn Jahre höher. Die soziale Ungleichheit begegnet uns in vielen Situationen im Alltag.

5 Erläutert den Begriff „neue Armut".

Wählt einen der folgenden Arbeitsaufträge aus:

- Notiert wichtige Daten und Fakten zur sozialen Ungleichheit in Deutschland.
- Verfasst einen Lexikonartikel über die Armutsgrenze in Deutschland.
- Sammelt Gründe, warum Armut vor allem Kindern Schaden zufügt.

Sprachspeicher
- Verlust des Arbeitsplatzes
- in eine Notlage geraten
- sich etwas (nicht) leisten können
- das Geld reicht nicht aus /fehlt
- es ist knapp » die Knappheit
- über etwas verfügen (= besitzen)

Nicht genug Geld für den Lebensunterhalt ...

Wie hilft der Sozialstaat Menschen, die zu wenig Geld zur Verfügung haben?

Ich habe mein Leben lang gearbeitet. Täglich stand ich im Betrieb am Fließband. Meine Rente jetzt reicht aber kaum für die Wohnungsmiete.

[1] *Rentner.* Foto.

Bei meinem Arbeitgeber kann ich nur noch vier Stunden pro Tag arbeiten, weil wir in unserem Café nicht mehr so viele Gäste haben.

[2] *Arbeitnehmerin.* Foto.

Meine Eltern erhalten für mich monatlich ein Sozialgeld in Höhe von 376 Euro. Ich hoffe, bald einen Ausbildungsplatz zu finden.

[3] *Schülerin.* Foto.

Ich bin 23 Jahre alt und lebe noch im Haushalt meiner seit vielen Jahren arbeitslosen Eltern. Leider bin ich zurzeit auch arbeitslos.

[4] *junger Mann.* Foto.

1 Benennt die Notlage, in der sich die Menschen auf den Fotos [1] bis [4] befinden.

2 Vermutet, welche Gründe in diese Notlagen geführt haben könnten.

Sprachspeicher
- die Rente, der Rentner/die Rentnerin
- verkürzte Arbeitszeit
- Sozialhilfe /Sozialgeld beziehen
- arbeitslos » die Arbeitslosigkeit
- Arbeit suchen, » der/die Arbeitssuchende
- einen Ausbildungsplatz suchen /erhalten

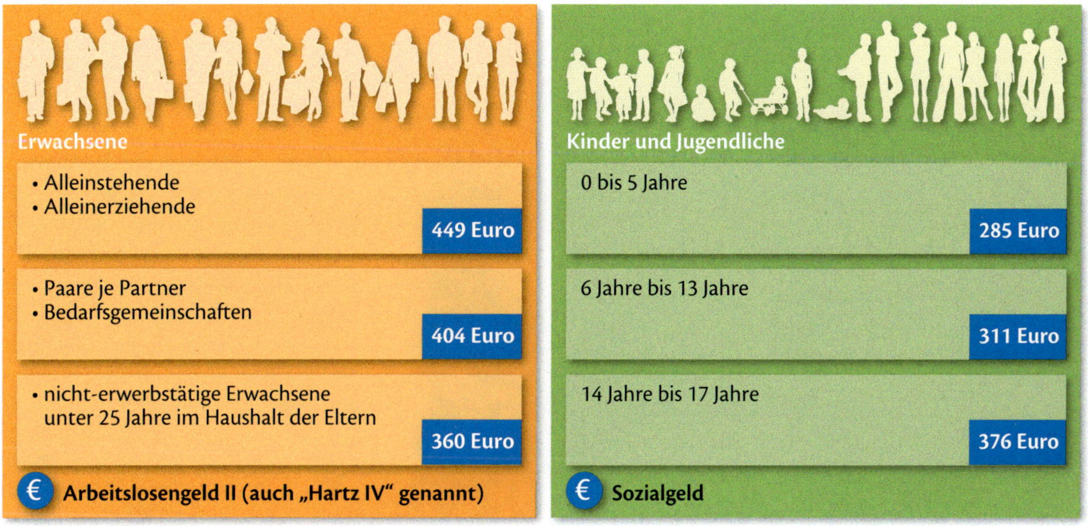

[5] *Arbeitslosengeld II und Sozialgeld - Regelbedarf (Stand: 2022).* Schaubild.

3 Beschreibt das Schaubild [5]. **Starthilfe:** *Das Schaubild ist unterteilt in zwei Bereiche...*

4 Wertet das Schaubild [5] aus. **Starthilfe:** *Im Schaubild werden sechs Geldbeträge genannt...*

Transferleistungen

Über Leistungen der fünf Sozialversicherungen hinaus kann Menschen in Not geholfen werden. Sie erhalten staatliche Unterstützungen, die als „Transferleistungen" bezeichnet werden. Zu den Transferleistungen gehören Arbeitslosengeld II, Sozialgeld, Kurzarbeitergeld sowie staatliche Rentenzuschüsse. Diese staatlichen Unterstützungen werden aus Steuereinnahmen finanziert.

5 Fasst in eigenen Worten zusammen, was Transferleistungen sind.

6 Ordnet den Fallbeispielen [1] bis [4] auf Seite 24 eine Transferleistung zu.

Arbeitslosengeld II

Arbeitslosengeld II dient der Sicherung des Lebensunterhalts für bestimmte erwachsene Personen in Deutschland. Wer wie viel erhalten kann, wird als sogenannter „Regelbedarf" bezeichnet.

Sozialgeld

Anspruch auf Sozialgeld haben minderjährige Menschen in bestimmten Lebenssituationen. Auch für sie werden Geldbeträge errechnet, die als „Regelbedarf" bezeichnet werden. Der Regelbedarf wird jährlich vom Staat neu festgelegt.

Regelbedarf und soziale Teilhabe

Der Regelbedarf zur Sicherung des Lebensunterhalts umfasst insbesondere Bedarfe für Ernährung, Kleidung, Körperpflege, Haushaltsenergie sowie Bedarfe zur Teilnahme am gesellschaftlichen Leben. Dazu gehören z. B. Ermäßigungen für Monatskarten im öffentlichen Verkehr sowie auch für Kinos,Theater oder Sport.

Wählt einen der folgenden Arbeitsaufträge aus:

- Schreibt eine Worterklärung für „Regelbedarf".
- Erläutert den Regelbedarf eines Elternpaars mit einem Kind im Alter von 15 Jahren.
- Gestaltet einen Flyer zum Thema „Transferleistungen".

Was ihr noch tun könnt:

MK Findet im Internet Informationen zum Stichwort „Existenzminimum".

Sprachspeicher
- einen Anspruch auf etwas haben
- anspruchsberechtigt sein
- Arbeitslosengeld II erhalten
- der Bedarf, der Regelbedarf, die Bedarfsgemeinschaft
- das Existenzminimum

Methode Einen Leserbrief schreiben

[1] *Ein Mann bettelt in einer deutschen Stadt.* Foto.

Zum Artikel: Bekämpfung der Armut – wie weit kann staatliche Hilfe gehen?

(2) In einem Leserbrief über den Artikel „Bekämpfung der Armut – wie weit kann staatliche Hilfe gehen" heißt es:

„Mit Interesse las ich den Artikel über die Bekämpfung der Armut in Ihrer Zeitung. Ich bin ebenfalls der Meinung, dass der Staat insgesamt noch mehr tun müsste, um Armut in Deutschland zu vermeiden. Armut darf es in unserer Gesellschaft eigentlich gar nicht geben. Man darf das nicht einfach hinnehmen.

Jeder Sechste ist in Deutschland von Armut betroffen. Die Arbeitslosenquote sinkt seit Jahren, aber das Armutsrisiko nimmt immer weiter zu. Der Staat muss einfach mehr tun, um finanzielle Notlagen zu verhindern.

Eine wichtige Ursache für das Armutsrisiko sind geringe Einkommen. Es sind immer mehr Menschen von Armut bedroht, obwohl sie täglich arbeiten. Eine Vollzeitstelle muss sich für jeden Angestellten lohnen, sodass er den täglichen Bedarf für sich und seine Familie decken kann. Der Staat sollte also gesetzlich einen deutlich höheren Mindestlohn beschließen.
Besonders betroffen von Armut sind Alleinerziehende und kinderreiche Familien. Die Eltern können nicht in Vollzeit arbeiten, weil sie auf ihre Kinder aufpassen müssen. Wären diese den ganzen Tag im Kindergarten oder in der Schule, dann könnten die Eltern auch länger arbeiten. Der Staat sollte also den Ausbau der Ganztagesschulen finanziell noch stärker fördern und die Betreuungskosten für jedes Kind im Kindergarten oder Hort komplett übernehmen.

Selbstverständlich kosten diese Maßnahmen den Staat sehr viel Geld. Wenn man aber die Steuern von denjenigen erhöhen würde, deren Einkommen deutlich über der Armutsgrenze liegt, dann wäre das sicherlich zu finanzieren."

(Sebastian Neumüller, Köln)

Was ist ein Leserbrief?

Ein Leserbrief ist eine Stellungnahme, die sich auf einen kurz zuvor erschienenen Artikel in einer Zeitung oder Zeitschrift bezieht. Leser/innen senden ihren Brief an die Redaktion der Zeitung oder direkt an den Autor, um darin ihre Meinung zum Artikel zu äußern. Manche Leserbriefe werden in der Zeitung veröffentlicht.
Der Leserbrief kann den Artikel kritisieren, den Inhalt befürworten, kommentieren oder ergänzen. Wichtig: Ein Leserbrief wird nicht veröffentlicht, wenn er anonym an die Zeitung geschickt wird.

1. Schritt Eigene Meinung bilden

- Lest den Zeitungsartikel mehrmals sorgfältig durch.
- Unterstreicht die wichtigsten Aussagen des Artikels und notiert sie.
- Überlegt, welche Meinung ihr vertreten werdet, bevor ihr mit dem Schreiben beginnt.

2. Schritt Argumente formulieren

- Erläutert, warum ihr auf den Artikel einen Leserbrief verfasst.
- Begründet eure Argumente mit aussagekräftigen Beispielen.
- Formuliert mehrere Argumente.

3. Schritt Ein Fazit ziehen

- Formuliert eine Zusammenfassung aus euren Argumenten.
- Unterschreibt den Brief mit eurem vollständigen Namen.

Formulierungshilfen / Tipps

Zum Schritt 2

Der Autor/die Autorin in Ihrem Zeitungsartikel behauptet ...
Diese Behauptung ist meiner Meinung nach berechtigt /nicht berechtigt, weil ...
Diese Behauptung muss widerlegt werden, weil ...
Diese Behauptung will ich unterstützen /untermauern, weil ...

Beispiele für Argumente:

- **Argument 1:** *Eine Vollzeitstelle muss sich lohnen, sodass der Staat einen deutlich hö-heren Mindestlohn festsetzen sollte.*
- **Argument 2:** *Eltern müssen Zeit für eine Vollzeitstelle haben, sodass der Staat die Ganztagesschulen noch stärker fördern und die Betreuungskosten für Kinder komplett übernehmen sollte.*

Zum Schritt 3

Zum Schluss komme ich zu dem Ergebnis, dass ...
Zum Schluss möchte ich noch ausdrücklich betonen, dass ...
Unterschrift
Ort, Datum

1 Wählt inhaltlich eine Doppelseite des vorliegenden Kapitels aus und schreibt einen Leserbrief an die Redaktion einer Schülerzeitung.

2 Wendet dabei die Schritte der Methode an.

Denkt daran: Der Leserbrief kann den Artikel kritisieren oder befürworten.

Was ihr noch tun könnt:

→ Findet Zeitungsartikel zum Thema „Sozialstaat in Deutschland". Wählt einen aus und schreibt mit den Schritten der Methode einen Leserbrief.

Das kann ich!

Versucht zunächst, die Aufgaben auf dieser Doppelseite zu lösen, ohne im Kapitel nachzusehen. Wenn ihr Hilfe braucht, könnt ihr bei den Aufgaben auf den in Klammern angegebenen Seiten nachschlagen.

der **Sozialstaat**	Arbeitnehmer finanzieren die Rente der Älteren.
das **Solidaritätsprinzip**	Schaffen von gleichen Lebens- und Arbeitsbedingungen.
der **Generationenvertrag**	Starke helfen den Schwachen.

[1] *Begriffe und ihre Bedeutung*

[2] *Der deutsche Sozialstaat.* Schaubild.

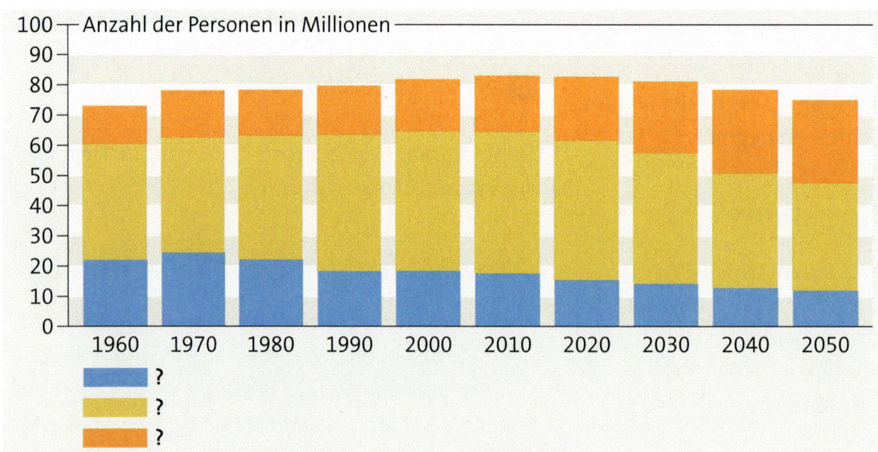

[3] *Entwicklung der Altersgruppen in Deutschland.* Säulendiagramm.

[4] *Die staatlichen Sozialversicherungen.* Schaubild.

a) Sebastian ist Lagerist in einer großen Spedition. Als das Unternehmen Arbeitsplätze abbaute, wurde er arbeitslos. Er ist völlig entspannt und sagt zu seiner Frau: „Ich bekomme von der Arbeitslosenversicherung mein volles Gehalt, bis ich wieder Lust dazu habe, mir eine neue Arbeit zu suchen."

b) Frau Neumann braucht eine Gehhilfe. Sie sagt aufgelöst zu ihrem Mann: „Die kann ich mir von meiner Rente doch gar nicht leisten."

c) Der Platz im Pflegeheim für Oma Olga kostet über 3000 Euro. Ihre Tochter äußert sich völlig gelassen: „Wenn meiner Mutter der Platz gefällt, dann wird er auch bezahlt. Schließlich gibt es die Pflegeversicherung."

[5] *Fallbeispiele*

[6] *Modell zur Altersstruktur unserer Gesellschaft*

Sachkompetenz

1 Ordnet die Begriffe aus [1] in eurem Heft richtig zu. Formuliert weitere aus dem Kapitel.

2 Nennt konkrete Beispiele zu den Aufgaben des Sozialstaates in [2] (S. 12).

3 Erläutert die Bevölkerungsentwicklung in Deutschland mithilfe von [3] (S. 17).

4 Nennt die fünf staatlichen Sozialversicherungen [4] (S. 14).

Methodenkompetenz

5 Nennt Schritte und wichtige Regeln der Methode „Einen Leserbrief schreiben".

6 Schreibt einen Leserbrief zu einem ausgewählten Zeitungsartikel (S. 26/27).

Urteilskompetenz

7 „Nur wer schon heute finanziell vorsorgt, kann in der Zukunft seinen Ruhestand sorgenfrei verbringen!" – Nehmt Stellung zu dieser Aussage.

8 „Jeder hat in Deutschland die gleichen Chancen!" – Nehmt Stellung zu dieser Aussage und beurteilt sie kritisch.

9 Lest die Fallbeispiele [5]. Entscheidet jeweils, ob die Personen recht haben. Begründet eure Entscheidungen und korrigiert wenn nötig die Aussagen der Personen.

10 Analysiert das Modell [6] und beurteilt das Problem der „Überalterung der Gesellschaft".

Handlungskompetenz

11 Skizziert ein Lernplakat zum Thema „Der Generationenvertrag".

12 Verfasst einen Beitrag für die Schülerzeitung zum Thema „Armut in Deutschland".

Die Weimarer Republik

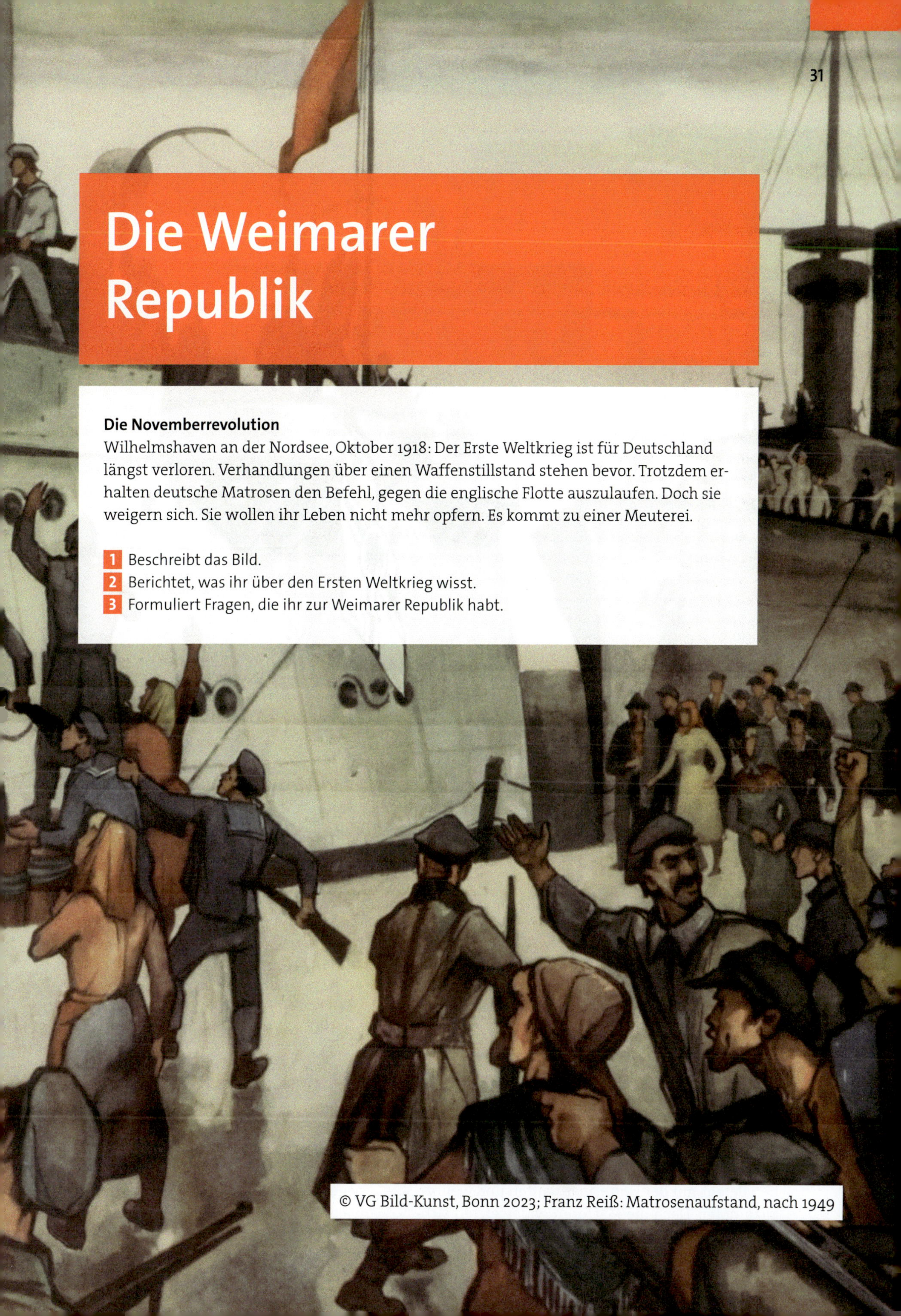

Die Novemberrevolution

Wilhelmshaven an der Nordsee, Oktober 1918: Der Erste Weltkrieg ist für Deutschland längst verloren. Verhandlungen über einen Waffenstillstand stehen bevor. Trotzdem erhalten deutsche Matrosen den Befehl, gegen die englische Flotte auszulaufen. Doch sie weigern sich. Sie wollen ihr Leben nicht mehr opfern. Es kommt zu einer Meuterei.

1. Beschreibt das Bild.
2. Berichtet, was ihr über den Ersten Weltkrieg wisst.
3. Formuliert Fragen, die ihr zur Weimarer Republik habt.

 Franz Reiß: Matrosenaufstand, nach 1949

Schauplatz Die Novemberrevolution

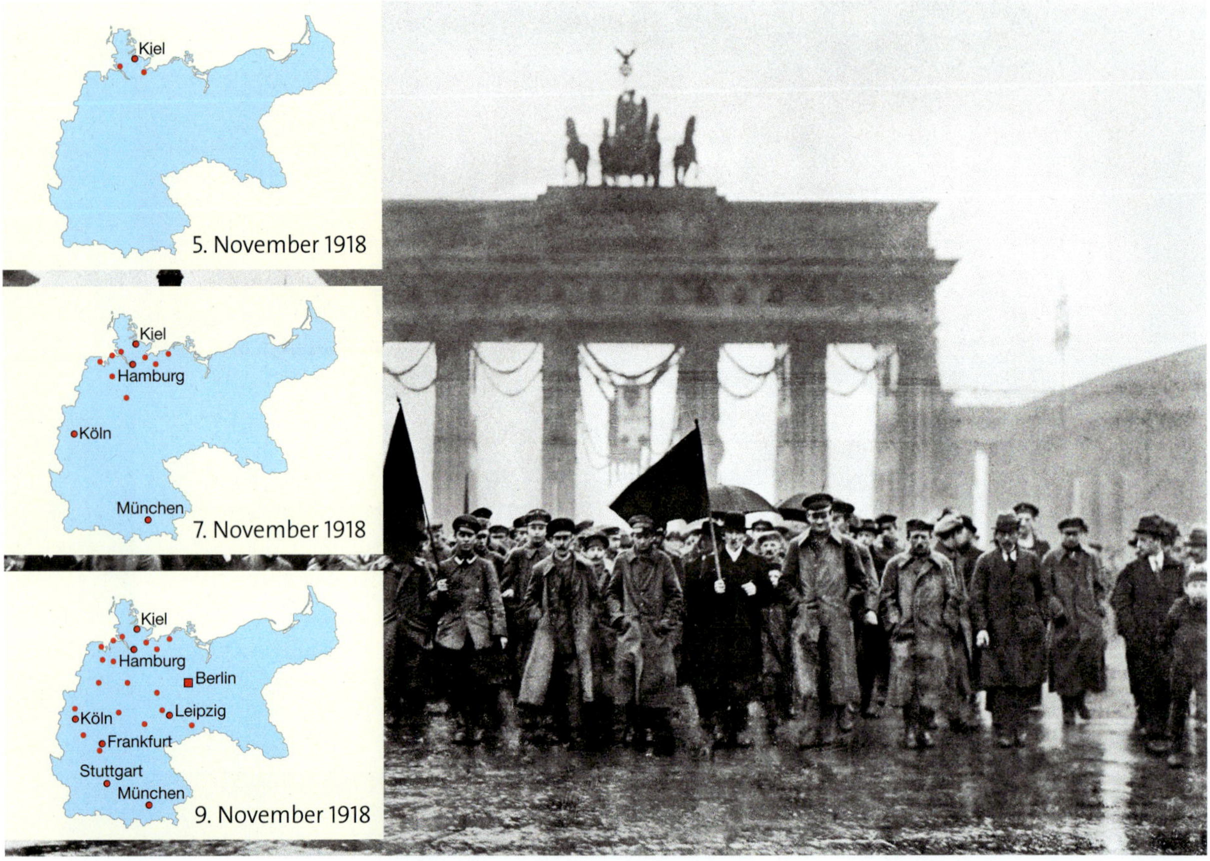

[1] *Die Ausbreitung der Revolution, drei Karten.* Die roten Punkte stehen für Städte, in denen es Aufstände gab.
Foto dahinter: Demonstranten vor dem Brandenburger Tor in Berlin, Dezember 1918.

1 Beschreibt das Bild und die Karten in [1]. Stellt einen Zusammenhang her.

Der Krieg ist zu Ende

1914 waren die Deutschen siegessicher „für Kaiser und Vaterland“ in den Krieg gezogen. Sie glaubten, den Feind in wenigen Wochen oder Monaten besiegen zu können. Doch der Krieg dauerte vier Jahre und forderte Millionen von Toten und Verletzten.

Ende September 1918 erkannte die Oberste Heeresleitung, dass der Krieg für Deutschland verloren war. Sie forderte die Regierung auf, mit dem Gegner einen Waffenstillstand auszuhandeln.

Aus einer Meuterei wird eine Revolution

Obwohl die Führung der deutschen Marine von den Plänen wusste, gab sie am 29. Oktober 1918 den Befehl, mit der Flotte auszulaufen und weiterzukämpfen. Doch die Matrosen widersetzten sich dem Befehl. Es kam zu einer Meuterei.

Daraufhin wurden mehr als 1000 Matrosen festgenommen, ihnen drohte die Todesstrafe. Um sie zu retten, schlossen sich weitere Kameraden an.

Auch Soldaten und Arbeiter verbündeten sich mit den Matrosen. So wurde aus der Meuterei ein Aufstand*, der bald immer mehr Städte erreichte. Die Aufständischen forderten, den Krieg sofort zu beenden, sie verlangten „Frieden und Brot“.

Schließlich erreichte der Aufstand am 9. November die Hauptstadt Berlin. Immer mehr Stimmen wurden laut: „Der Kaiser muss weg!“ Aus der Meuterei war eine Revolution geworden, die das gesamte Deutsche Reich erfasste..

2 Verfasst einen Brief eines Matrosen, der an der Meuterei beteiligt war.

* **der Aufstand:** ein gewaltsamer Widerstand gegen die bestehende Regierung (Staatsgewalt).

[2] *Der Sozialdemokrat Philipp Scheidemann spricht zu den Menschen vor dem Reichstag.* Foto, 9. November 1918.

Deutschland wird eine Republik

Hunderttausende Menschen demonstrierten auf den Straßen Berlins: Matrosen, Soldaten, Arbeiter und andere Zivilisten. Sie forderten Frieden, die Abdankung des Kaisers, freie Wahlen und eine Republik. Eine Führung hatte der Aufstand nicht und bisher war alles friedlich verlaufen.

Der deutsche Kaiser war in die Niederlande geflohen. Würde er dem Druck nachgeben, die Kaiserkrone niederlegen und abdanken? Die Menschenmenge auf den Straßen wuchs immer weiter an. Wie lange würde alles noch friedlich bleiben?

Um die Menschen zu beruhigen, trat der sozialdemokratische Politiker Philipp Scheidemann am 9. November 1918 auf einen Balkon des Reichstags in Berlin. Er verkündete vor der Menschenmenge, dass Deutschland nun eine Republik sei.

Scheidemann sagte: „Der unglückselige Krieg ist zu Ende. Der Kaiser hat abgedankt* Das Alte und Morsche, die Monarchie ist zusammengebrochen. Es lebe das Neue! Es lebe die Deutsche Republik!"

3 Gebt die Ereignisse in eigenen Worten wieder.

Wählt einen der folgenden Arbeitsaufträge aus:

Erstellt eine Tabelle:

Datum	**Ereignis**
1914	Beginn des Krieges

Schreibt eine eigene Rede, in der das Ende des Kaiserreichs und die Republik ausgerufen wird. Tragt die Rede möglichst frei in der Klasse vor.

Verfasst eine Zeitungsreportage über die Ereignisse von der Matrosenmeuterei bis zum 9. November 1918.

* **abdanken:** von einem Amt zurücktreten, hier: der Kaiser verzichtete auf seinen Thron

Orientierung

[1] *Deutschland 1918–1933*, Karte.

1 Untersucht die Karte [1]:
- Beschreibt die Grenzen der Weimarer Republik und vergleiche mit der Bundesrepublik Deutschland.
- Zählt die Länder der Weimarer Republik auf und vergleiche mit heute.

Die Weimarer Republik

Nach dem Ende des Kaiserreichs gab es vor allem in Berlin bewaffnete Auseinandersetzungen. Daher tagte die 1919 gewählte Nationalversammlung statt Berlin in Weimar. Dort wurde sie von Soldaten besser geschützt. So entstand die Bezeichnung „Weimarer Republik“.
Die Weimarer Republik war die erste deutsche Demokratie. Als Flagge wählte man die Farben schwarz-rot-gold. Diese Farben stammten aus der Zeit der Revolution von 1848. Demokraten hatten unter dieser Flagge für Einheit und Freiheit gekämpft.

[2] *Steckbrief zur Weimarer Republik*

Staatsform:	Bundesrepublik mit 19 Ländern
Regierungsform:	parlamentarische Demokratie
Staatsoberhaupt:	Reichspräsident
Regierungschef:	Reichskanzler
Wichtigster Entscheidungsträger:	Reichstag (= Parlament)
Hauptstadt:	Berlin
Einwohnerzahl (1925):	etwa 62 Millionen

[3] *Die Flagge der Weimarer Republik, Abbildung.*

1915

▶ **1914–1918**
Erster Weltkrieg

▶ **9. November 1918**
Ende des Kaiserreichs, Deutschland wird eine Republik

▶ **Juni 1919**
Unterzeichnung des Versailler Vertrages

1920

▶ **1923**
„Hitlerputsch"

▶ **1923**
Inflation

▶ **1924–1929**
wirtschaftlicher und kultureller Aufschwung

1925

▶ **1929**
Beginn der Weltwirtschaftskrise

1930

▶ **1932**
6 Millionen Arbeitslose in Deutschland

▶ **1933**
Hitler wird Reichskanzler

Die Weimarer Republik

SCHAUPLATZ
Die Novemberrevolution
S. 32–33

ORIENTIERUNG
S. 34–35

Deutschland wird eine Demokratie
S. 36–37

Ein schwieriger Anfang
S. 38–39

Ruhrkampf und Inflation
S. 40–41

Es geht aufwärts!
S. 42–43

WAHLSEITEN
Die „Goldenen Zwanziger", Rekorde!, Frauen, Sport
S. 44–47

Die Weltwirtschaftskrise
S. 48–49

METHODE
Politische Plakate analysieren
S. 50–51

Hitler wird Reichskanzler
S. 52–53

DAS KANN ICH!
S. 54–55

Deutschland wird eine Demokratie

Wer bekommt die Macht?

Seit November 1918 war Deutschland kein Kaiserreich mehr. Es gab unterschiedliche Vorstellungen darüber, wie es nun weitergehen sollte.

(A) Wir brauchen allgemeine, freie und gleiche Wahlen! Alle Frauen und Männer sollen wählen! Entscheidungen müssen im Reichstag gefällt werden und nirgendwo anders!

(C) Keine Wahlen! Kein Reichstag! Alle Macht den Arbeitern und Soldaten! Wir entscheiden alles selbst!

(B) Schluss mit dem Chaos! Wir brauchen wieder Ruhe und Ordnung. Danach ist Zeit für wohlüberlegte Reformen.

(D) Der Adel und die reichen Fabrikbesitzer hatten lange genug das Sagen. Wir Arbeiter und Soldaten müssen sie enteignen! Die Fabriken und das Land gehören dem Volk!

Regierung und „Spartakusgruppe“

Im November 1918 übernahm eine vorläufige Regierung die Macht, die von dem SPD-Politiker Friedrich Ebert geführt wurde. Die vorläufige Regierung wollte, dass eine Nationalversammlung eine demokratische Verfassung beschließt: Deutschland sollte eine parlamentarische Demokratie werden. Bürgerinnen und Bürger wählen Abgeordnete, die sie im Parlament vertreten. Es sollte unterschiedliche Parteien geben. Die Mehrheit sollte entscheiden.

Doch die „Spartakusgruppe“ lehnte eine Nationalversammlung und eine parlamentarische Demokratie ab. Arbeiter und Soldaten sollten alle wichtigen politischen Entscheidungen treffen. Unterschiedliche Parteien und Wahlen sollte es nicht geben.

1 Notiert in einer Tabelle:

Ziele der vorläufigen Regierung:	Ziele der „Spartakusgruppe“:
…	…

Der Spartakus-Aufstand

Um Ruhe und Ordnung aufrecht zu erhalten, schloss die vorläufige Regierung ein Bündnis mit der militärischen Führung. Im Januar 1919 besetzten bewaffnete Anhänger der „Spartakusgruppe“ das Zeitungsviertel in Berlin. Sie wollten gewaltsam die vorläufige Regierung stürzen und die Wahlen zur Nationalversammlung verhindern.

Die vorläufige Regierung ließ den Aufstand durch „Freikorps“ blutig niederschlagen. In den „Freikorps“ dienten Soldaten, die im Ersten Weltkrieg gekämpft hatten. Die „Freikorps“ gingen brutal vor: viele Aufständische wurden getötet, Gefangene ohne Gerichtsverfahren erschossen. Freikorpssoldaten nahmen die Anführer der „Spartakusgruppe“ Karl Liebknecht und Rosa Luxemburg fest und ermordeten sie. Das brutale Vorgehen der Freikorps machte viele Arbeiter zu Feinden der Weimarer Republik.

2 Erklärt, warum ein Teil der Arbeiter zu Feinden der Weimarer Republik wurde.

Sprachspeicher

die Macht übernehmen, eine Verfassung beschließen, Entscheidungen treffen

ein Bündnis schließen, eine Regierung stürzen, einen Aufstand niederschlagen

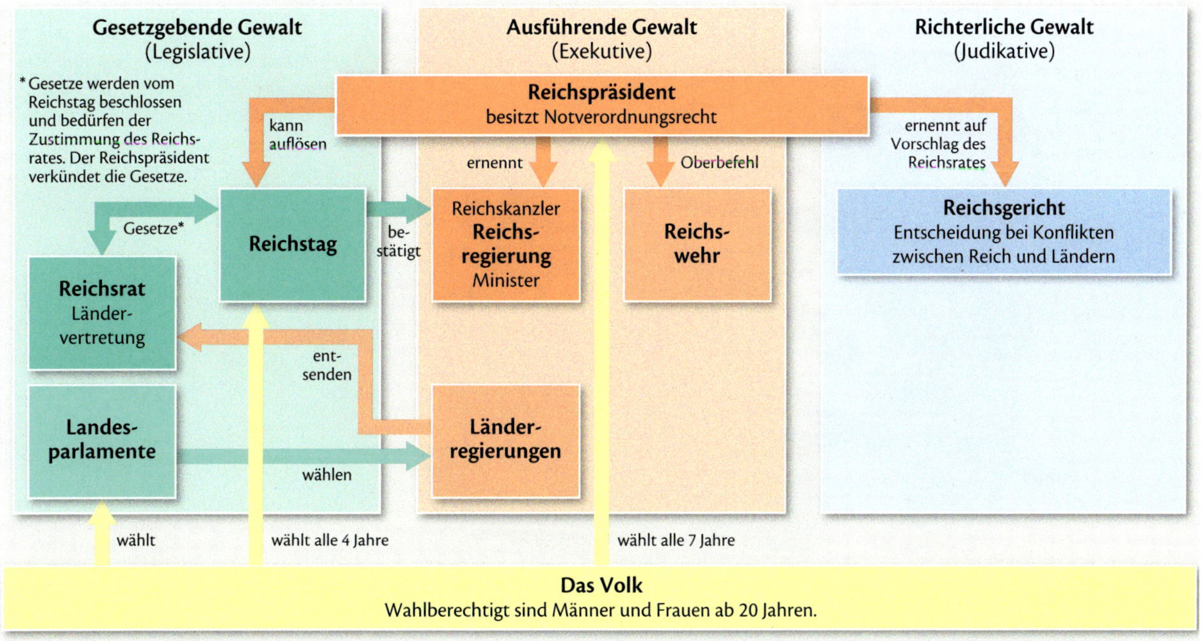

[1] *Die Verfassung der Weimarer Republik.* Schema.

3 Erläutert das Verfassungsschema [1].
- Wer durfte wählen?
- Wer wurde gewählt?
- Wo wurden Gesetze beschlossen?

Wahlen und Nationalversammlung

Wenige Tage nach dem Spartakus-Aufstand fanden die Wahlen zur Nationalversammlung statt. Alle Deutschen ab 20 Jahren durften nun wählen – zum ersten Mal auch Frauen. Die Aufgabe der Nationalversammlung war es, eine Verfassung auszuarbeiten.

Die Weimarer Verfassung

Die neue Verfassung bestimmte, dass Deutschland nun eine Republik war. Es herrschte Gewaltenteilung:
- Das Parlament, also der Reichstag, stimmt über die Gesetze ab. (Legislative)
- Reichspräsident und Reichsregierung sorgen dafür, dass die Gesetze ausgeführt werden. (Exekutive)
- Unabhängige Gerichte sprechen Recht. (Judikative)

[2] Die Weimarer Verfassung garantierte folgende Grundrechte:

Artikel 109: Alle Deutschen sind vor dem Gesetz gleich. Männer und Frauen haben ... dieselben staatsbürgerlichen Rechte und Pflichten.

Artikel 114: Die Freiheit der Person ist unverletzlich.

Artikel 115: Die Wohnung jedes Deutschen ist unverletzlich.

Artikel 118: Jeder Deutsche hat das Recht, innerhalb der Schranken der allgemeinen Gesetze seine Meinung durch Wort, Schrift, Druck, Bild oder sonstiger Weise frei zu äußern.

(Zit. n. Deutsche Verfassungen, München 1974, S. 96ff)

Wählt einen der folgenden Arbeitsaufträge aus:

- Schreibt zu dem Verfassungsschema [2] mindestens 4 Sätze. **Starthilfe:** *Das Volk wählt alle 4 Jahre den Reichstag...*
- Beurteilt: Das finde ich an der Verfassung demokratisch/weniger demokratisch.
- Der Reichspräsident der Weimarer Republik wurde auch „Ersatzkaiser“ genannt. Beurteilt in einem Text, ob der Begriff zutreffend ist.

Sprachspeicher

Wahlen finden statt, eine Verfassung ausarbeiten, über Gesetze abstimmen

Rechte und Pflichten haben, das Recht haben, seine Meinung zu äußern

Ein schwieriger Anfang

Was belastete die Weimarer Republik?

[1] *Plakat zur „Dolchstoßlegende".* Das Plakat gibt der Regierung der Weimarer Republik die Schuld für die Kriegsniederlage. Plakat 1924. Die Person rechts mit der roten „Ballonmütze" soll einen Sozialdemokraten darstellen.

1 Beschreibt das Plakat [1].
Starthilfe: *Auf dem Plakat sehe ich zwei Personen. Der Mann rechts in Rot ...*

Die „Dolchstoßlegende"

1918 endete der Erste Weltkrieg. Als ein deutscher Sieg unmöglich erschien, forderte die Oberste Heeresleitung die Regierung auf, dem Kriegsgegner ein Friedensangebot zu machen.
Zu diesem Zeitpunkt standen deutsche Soldaten noch in Frankreich, also im Land des Feindes. Viele Soldaten und auch die Menschen in der Heimat wurden von der Niederlage überrascht. Vier Jahre lang glaubten sie daran, dass sie siegen würden. Plötzlich war der Krieg verloren.
Später behaupteten viele Offiziere, die Soldaten hätten noch im Kampf gestanden und seien von der Heimat im Stich gelassen worden. Die Soldaten seien „von hinten erdolcht" worden.
Diese Behauptung entsprach nicht der Wahrheit. Doch die „Dolchstoßlegende" verbreitete sich trotzdem schnell. Viele Menschen glaubten daran und gaben der neuen Regierung die Schuld an der Niederlage.

2 Erklärt den Begriff „Dolchstoßlegende".
3 Erläutert, warum die Dolchstoßlegende für die Weimarer Republik eine starke Belastung war.

Angriffe auf die Weimarer Republik

In den ersten fünf Jahren der Weimarer Republik gab es zahlreiche Angriffe auf den Staat:
– April/Mai 1919: „Münchener Räterepublik". In Bayern versuchten linke Gruppen, einen eigenen Staat zu gründen. Der Aufstand wurde niedergeschlagen.
– März 1920: Die Reichsregierung floh wegen des „Kapp-Putsches" –benannt nach dem Anführer der Aktion Wolfgang Kapp –nach Dresden und Stuttgart. Der Putsch* scheiterte.
– Bis 1922 gab es über 350 politische Morde. Opfer waren z.B. der jüdische Außenminister Rathenau und Finanzminister Erzberger, der den Versailler Vertrag unterschrieben hatte.
– Oktober 1923: Im Ruhrgebiet bildete sich eine gegen den Staat gerichtete „Rote Armee". In Thüringen und Sachsen wurden „Räterepubliken" ausgerufen. Alle drei Aufstände scheiterten.
– November 1923: „Hitlerputsch": Hitlers Versuch, die Regierung in Berlin abzusetzen, misslang.

* *der* **Putsch**: Versuch einer bewaffneten Gruppe, mit Gewalt eine Regierung zu stürzen

Sprachspeicher
- jemanden zu etwas auffordern
- der Regierung die Schuld geben
- ein Putsch scheitert / gelingt
- eine Regierung absetzen

Der Vertrag von Versailles

1919 legten die Siegermächte der deutschen Regierung den Versailler Vertrag vor. Die deutsche Regierung sollte ihn unterzeichnen. Andernfalls würden die Allliierten in Deutschland einmarschieren. Im Versailler Vertrag wurde festgelegt:

- Deutschland soll als Wiedergutmachung Rohstoffe wie Kohle und Stahl abliefern und viele Jahre lang Geld an die Alliierten bezahlen („Reparationen").
- Das deutsche Heer wurde auf 100.000 Soldaten begrenzt. Militärflugzeuge waren verboten.
- Deutschland sollte Gebiete abtreten und seine Kolonien verlieren.
- Deutschland musste erklären, dass es allein die Schuld am Krieg trage.

4 Gebt die Bestimmungen des Versailler Vertrages in eigenen Worten wieder.

Unterzeichnen oder nicht?

Deutschland war militärisch nicht dazu in der Lage, weiterzukämpfen. Die deutschen Truppen waren größtenteils schon aufgelöst und die Soldaten zu ihren Familien heimgekehrt.

Die meisten Deutschen und auch die Regierung empfanden die Bedingungen des Versailler Vertrages als hart und ungerecht. Doch schließlich unterzeichneten die Vertreter der Regierung Ende Juni 1919 den Vertrag, weil sie keine andere Möglichkeit sahen.

Viele Menschen gaben der Regierung die Schuld für die Belastungen, die auf sie zukamen. Besonders rechtsradikale Gruppen nutzten den Versailler Vertrag, um gegen die Republik zu hetzen. Politiker, die der deutschen Regierung angehörten, wurden als Verräter beschimpft.

5 Erörtert, warum Deutschland den Versailler Vertrag schließlich akzeptierte.

6 Erklärt, inwiefern der Versailler Vertrag ein Problem für die Weimarer Republik war.

7 Erläutert und beurteilt Plakat [2].

[2] *„Bis in die dritte Generation müsst ihr fronen!" (fronen = dienen).* Deutsches Plakat gegen die hohen Reparationszahlungen.

Wählt einen der folgenden Arbeitsaufträge aus:

- Erstellt eine Liste: Bestimmungen des Versailler Vertrages.
- Erläutert in einem Text, warum die „Dolchstoßlegende" nicht der Wahrheit entspricht.
  Starthilfe: *„Nach vier Jahren war der Krieg für Deutschland verloren. Die Militärführung..."*
- Entwerft eine Rede für oder gegen eine Unterzeichnung des Versailler Vertrages. Tragt die Rede in der Klasse vor.

Sprachspeicher

- Gebiete abtreten
- Truppen auflösen
- der Regierung die Schuld geben
- einen Vertrag akzeptieren / unterschreiben

Ruhrkampf und Inflation

Warum wurde das Geld wertlos?

[1] *Ein deutscher Zivilist und französische Besatzungssoldaten im Ruhrgebiet.* Foto, 1923.

1 Beschreibt die Abbildungen [1] bis [3]. Lest die Zahlen in [4]. Was erfahrt ihr?

Die Besetzung des Ruhrgebiets (1923–1925)

Der Versailler Vertrag schrieb vor, dass Deutschland den Alliierten Kohle aus dem Ruhrgebiet liefern musste. Doch Deutschland hatte erhebliche Probleme, seine eigene Bevölkerung zu versorgen und die Wirtschaft in Gang zu bekommen. Als es seinen Verpflichtungen nur teilweise und verspätet nachkam, besetzten 60.000 französische und belgische Soldaten das Ruhrgebiet.

Die deutsche Regierung forderte die Bevölkerung zum „passiven Widerstand" auf: Die Menschen sollten den Anordnungen der Besatzer nicht befolgen. Die deutschen Bergarbeiter legten ihre Arbeit nieder. Auch die Eisenbahner streikten. Nahezu alle Arbeiten im Ruhrgebiet kamen zum Erliegen. Nach Frankreich und Belgien wurde fast gar keine Kohle mehr geliefert. Es folgten z.T. gewaltsame Auseinandersetzungen, 132 Menschen starben.

Die hohe Inflation (1923)

Die Ruhrbesetzung hatte schwerwiegende Folgen für die deutsche Wirtschaft und Geldpolitik. Während des passiven Widerstands wurden die Löhne von etwa zwei Millionen streikenden Arbeitern im Ruhrgebiet vom Staat übernommen. Um das zu finanzieren, ließ die deutsche Regierung mehr Geld drucken. Dieses Vorgehen konnte nicht längere Zeit durchgehalten werden, da sich die Wirtschaftskrise verstärkte. Es begann eine große Inflation*.

Es gab also plötzlich Milliarden Geldscheine mehr, aber es wurden kaum noch Waren produziert. Die Preise stiegen immer schneller. Schließlich wurden den Menschen ihre Gehälter in Wäschekörben voller Scheine ausgezahlt. Schon nach wenigen Stunden oder sogar Minuten war das Geld viel weniger wert. Das Geld wurde wertlos und die Menschen tauschten Wertgegenstände ein, um an Lebensmittel zu gelangen.

2 Erklärt, warum das Geld wertlos wurde.

Sprachspeicher

- seinen Verpflichtungen nachkommen
- ein Gebiet besetzen
- Anordnungen befolgen / nicht befolgen
- Waren produzieren

[2] *Kinder spielen mit Inflationsgeld.* Foto, 1923.

[3] *Briefmarke aus der Inflationszeit.* 1923.

3 Erklärt, warum die Kinder auf Foto [2] mit Geld spielen durften.

[4] *Zahlen zur Inflation:*

1 Kilogramm Brot kostete:
1918: 0,80 Mark
1923: 201 000 000 000 Mark
1 US-Dollar kostete:
1918: 4,20 Mark
1923: 4 200 000 000 000 Mark

Das Ende der Inflation

Schließlich einigten sich Deutschland und die Alliierten über neue Bedingungen bezüglich der Reparationszahlungen.
Reichskanzler Gustav Stresemann beendete den passiven Widerstand gegen die Ruhrbesetzung und führte die „Rentenmark" ein. Deutschland hatte wieder eine funktionierende Währung. Langsam beruhigte sich die Situation. Im August 1925 wurde das Ruhrgebiet von den belgischen und französischen Soldaten wieder geräumt.
Dennoch: Viele Menschen hatten durch die Inflation ihr Erspartes verloren und gaben der Republik die Schuld.

*

die **Inflation:** Preissteigerung. Die Preise für Waren steigen und mit dem Geld kann man weniger kaufen.

Wählt einen der folgenden Arbeitsaufträge aus:

- Schreibt Stichwörter zu den drei Themen auf:
  - Die Besetzung des Ruhrgebiets
  - Die Inflation
  - Das Ende der Inflation
- Zwei Personen unterhalten sich über die Not infolge der Inflation. Schreibt zu zweit ein Gespräch und führt es in der Klasse vor.
- Schreibt zu zweit ein Streitgespräch zwischen den beiden Personen in Bild [1]. Tragt es in der Klasse vor.

Was ihr noch tun könnt:

→ Eltern oder Großeltern fragen, ob sie alte Geldscheine oder Briefmarken aus dieser Zeit besitzen.

Sprachspeicher
- sich über Bedingungen einigen
- ein Gebiet räumen
- die Situation beruhigt sich
- der Republik / der Demokratie die Schuld geben

Es geht aufwärts!

Welche Fortschritte gab es seit 1923?

[1] *„Wir wollen den Frieden mit allen Staaten Europas!" – der deutsche Außenminister Gustav Stresemann spricht vor ausländischen Politikern in Genf.* Foto, 1926.

1 Beschreibt Foto [1]. Welche Stimmung vermittelt das Bild?

Deutschland und der Völkerbund

1920 wurde der Völkerbund gegründet. Das war ein lockerer Zusammenschluss vieler Staaten, besonders der Alliierten des Ersten Weltkriegs. Das Ziel war es, in Zukunft Kriege zu verhindern. Bei einem Streit zwischen den Staaten sollte ein Gericht vermitteln. Deutschland gehörte nach dem Krieg dem Völkerbund noch nicht an. Ihm wurde die Schuld für den Krieg zugewiesen und es herrschte eine Atmosphäre des Misstrauens.

Von 1923 bis 1929 war Gustav Stresemann Außenminister der Weimarer Republik. Sein erklärtes Ziel war, Deutschland wieder zu einem geachteten und gleichberechtigten Land in Europa zu machen und das Verhältnis zu den Nachbarn zu verbessern.

Auf einer Konferenz 1925 in Locarno (Schweiz) verpflichteten sich Deutschland, Frankreich und Belgien, auf keinen Fall einen Krieg zu beginnen. Das Verhältnis entspannte sich. Kurz darauf wurde Deutschland in den Völkerbund aufgenommen. Als Stresemann den Sitzungssaal betrat, gab es lauten Beifall.

Die Revision des Versailler Vertrages

Ein weiteres Ziel Stresemanns war die Revision des Versailler Vertrages, das heißt, er wollte die Bedingungen überprüfen lassen und für Deutschland erleichtern. Immer wieder verhandelte er mit den Alliierten. Schließlich überzeugte er sie, die Reparationen stark zu kürzen. Deutschland musste nun viel weniger bezahlen. Trotzdem gelang es den Gegnern der Weimarer Republik, seine Außenpolitik als Misserfolg darzustellen. Stresemann wurde als „Erfüllungspolitiker" beschimpft: Rechte Politiker warfen ihm vor, deutsche Interessen zu verraten und nur die Forderungen der Alliierten zu erfüllen.

Sprachspeicher

- Kriege verhindern
- Forderungen erfüllen/nicht erfüllen
- Bestimmungen abschwächen
- etwas als Misserfolg darstellen

[2] *Schmiedepresse im Stahlwerk der Firma Krupp in Essen (NRW).* Foto, um 1928.

[3] *Produktion bei der Firma Opel in Deutschland.* Foto, 1924.

2 Berichtet über die Außenpolitik Stresemanns.

3 Beschreibt die Fotos [2] und [3], lest die Tabelle [4]. Was erfahrt ihr über die wirtschaftliche Entwicklung?

Jahre der wirtschaftlichen Stabilität

1924 begann eine Phase des Aufschwungs. Deutsche Firmen konnten sich Geld aus dem Ausland leihen, vor allem aus den USA. Das brachte die Wirtschaft in Schwung. Es wurden zum Beispiel auch immer mehr Autos und Flugzeuge gebaut.
Der Verkauf von Waren ins Ausland verdoppelte sich. Die Industrieproduktion stieg um fast die Hälfte und erreichte 1927 wieder den Stand von vor dem Krieg. Auch das Einkommen der Bevölkerung wuchs. Die Arbeitslosigkeit sank zwar, aber sie blieb weiterhin ein Problem. Auch in den wirtschaftlich stärksten Jahren 1926 bis 1929 waren noch immer 1,5 Millionen Menschen ohne Beschäftigung. Vor allem in den großen Industriestädten wie Berlin waren viele Menschen arbeitslos.
1927 wurde die Arbeitslosenversicherung eingeführt, die ihnen Hilfe leisten sollte. Sie konnte jedoch die Not oft nur wenig lindern.

[4] *Bestand an PKW und LKW, Tabelle.*

Jahr	PKW	LKW
1914	83 000	10 000
1920	61 000	30 000
1925	176 000	80 000
1927	267 774	100 969
1930	501 254	157 432

4 Berichtet über den wirtschaftlichen Aufschwung und die Probleme.

Wählt einen der folgenden Arbeitsaufträge aus:

- Schreibt jeweils zwei Sätze zu den Begriffen *Völkerbund, Revision des Versailler Vertrages, wirtschaftlicher Aufschwung.*
- Stellt die Daten aus Tabelle [4] als zwei Säulendiagramme dar.
- Im Reichstag wurde Stresemann oft als „Erfüllungspolitiker" beschimpft. Verfasst Argumente gegen diese Behauptung.

Sprachspeicher
- die Wirtschaft in Schwung bringen
- die Arbeitslosigkeit sinkt / steigt
- ohne Beschäftigung / arbeitslos sein
- Not lindern

Wahlseite Die „Goldenen Zwanziger"

1 Informiert euch über die „Goldenen Zwanziger" Jahre.

2 Präsentiert eure Ergebnisse in geeigneter Form vor der Klasse.

[1] *Das Theater „Wintergarten" in Berlin.* Foto, 1929. Unter einer riesigen Glaskuppel verfolgten 3000 Zuschauer Shows von Artisten und Künstlern.

Unterhaltung und Massenkultur

Das Leben nach dem Krieg war hart und geprägt von Arbeitslosigkeit, Unsicherheit und Not. Doch bald besserte sich die Situation. Die Menschen wollten sich jetzt **vergnügen** und **ihr Leben genießen.** In den **Großstädten** entstand ein **großes Angebot** an **Vergnügungsstätten,** zumindest für Leute, die es sich leisten konnten. Aus ganz Europa kamen Menschen in die Hauptstadt Berlin. Dort gab es 20 000 Restaurants, hunderte Kinos, Theater, Bars und Nachtclubs. Es kam zu einem **Aufschwung der Massenkultur:** Millionen Menschen hörten Radio und gingen täglich ins Kino. Von 1918 bis 1930 wuchs die Zahl der Kinos 2300 auf 5000. Diese Phase des kulturellen Aufschwungs nennt man auch die „Goldenen Zwanziger".

[2] *Drei junge Tänzerinnen in einem Theater. Foto um 1920.*

Tipp für die Erarbeitung

- Ihr könnt beim Lesen die Schritte vom Lese-Profi anwenden. Was habt ihr über die „Goldenen Zwanziger" erfahren?

Tipp für die Präsentation

- Vergleicht beim Vortrag die Situation damals und heute.
- Was ist heute ähnlich? Was ist ganz anders?

Wahlseite Technische Leistungen

1 Informiert euch auf dieser Seite über die technischen Leistungen.

2 Präsentiert eure Ergebnisse in geeigneter Form vor der Klasse.

[1] *Das Luftschiff „Graf Zeppelin" kehrt von seiner Nordpol-Expedition zurück.* Foto, 1931.

Rekorde!

Mit dem wirtschaftlichen Aufschwung ab 1924 wurde Deutschland das Land der Erfindungen und Rekorde. Große Projekte wie der Bau des Luftschiffes „Graf Zeppelin" oder des Passagierschiffes „Bremen" erregten weltweit Aufmerksamkeit.

1929 trat die „Bremen" ihre Jungfernfahrt von Bremerhaven nach New York an. Das Schiff hatte eine Länge von 286 Metern und eine Breite von 31 Metern sowie eine Maschinenleistung von 135 000 PS. Etwa 2200 Passagiere und knapp 1000 Mann Besatzung konnten mit dem Ozeanriesen fahren.

Weitere Höchstleistungen:

- Der „Schienenzeppelin", ein Eisenbahntriebwagen, erreichte auf der Strecke Hamburg – Berlin eine Geschwindigkeit von 230 km/h.
- Das Flugzeug DO X war 1929 das größte der Welt. 170 Menschen fanden darin Platz. Es konnte auch auf dem Wasser landen. Erst 20 Jahre später wurde wieder ein Flugzeug dieser Größe gebaut.
- RAK 2: ein von 24 Raketen angetriebenes Auto. Es fuhr 238 km/h – ein Weltrekord!
- Das Luftschiff „Graf Zeppelin" umrundete 1929 in 21 Tagen die Erde.

Tipps für die Erarbeitung

- Notiert Namen und Zahlen für den Vortrag.
- Vergleicht sie mit Leistungen von heute.

Tipp für die Präsentation

- Präsentiert Bild [1] vergrößert, wenn ihr die technischen Leistungen vorstellt.

☒ Wahlseite Frauen

1 Informiert euch auf dieser Seite über die Frauen in der Weimarer Republik.

2 Präsentiert eure Ergebnisse in geeigneter Form vor der Klasse.

[1] *Frauen in Berlin, Foto, 1920.* Solche Bilder waren vor allem in den Großstädten zu sehen.

Die „moderne Frau"

Was heute selbstverständlich ist, war damals neu. Frauen durften seit 1919 wählen und auch selbst als Kandidatinnen für den Reichstag und die Landtage antreten.

Nach dem Krieg öffneten sich neue Berufsfelder für Frauen in Fabriken, Büros und in der Verwaltung. Im Jahr 1907 gab es nur etwa eine halbe Million weiblicher Angestellter.

Bis 1925 hatte sich diese Zahl verdreifacht. Viele Frauen verdienten für die gleiche Arbeit jedoch weniger als ihre männlichen Kollegen. Vor allem in den Großstädten sah man auf den Straßen und in Lokalen oder Kinos selbstbewusst auftretende modern gekleidete Frauen. Neu war auch, dass sich Frauen mit kurz geschnittenen Haaren und auch in Hosen in der Öffentlichkeit präsentierten.

Fortschritt mit Hindernissen

Bereits im Kaiserreich hatten Frauen Zugang zu den Universitäten, nun konnten sie auch Richterinnen und Professorinnen werden und an einer Hochschule lehren. Dennoch blieb die Zahl der studierten Frauen gering.

Trotz mancher Fortschritte waren Frauen noch immer benachteiligt. So hatten verheiratete Frauen grundsätzlich nur dann das Recht zu arbeiten, wenn der Ehemann dies erlaubte. Berufstätige, verheiratete Frauen nahmen in den Augen vieler Menschen arbeitslosen Männern die Arbeitsplätze weg. Die nicht berufstätige Ehefrau und Mutter blieb auch in der Weimarer Republik der Normalfall, besonders in den ländlichen Gebieten.

3 Bewertet die Situation der Frauen in der Weimarer Republik: Wo seht ihr Fortschritte? Wo seht ihr noch Probleme?

Tipp für die Erarbeitung
- Unterscheidet: Wo gab es Fortschritte, wo noch nicht?

Tipp für die Präsentation
- Erklärt: Was ist für uns heute normal? Wie sah es in der Weimarer Republik aus?

☒ Wahlseite Sport

1 Informiert euch auf dieser Seite über den Sport in der Weimarer Republik.

2 Präsentiert eure Ergebnisse in geeigneter Form vor der Klasse.

[1] *Finale der Deutschen Meisterschaft zwischen dem 1. FC Nürnberg und dem HSV in Berlin*, Foto, 1924.

Sport wird beliebt

Die Einführung des Acht-Stunden-Tages im November 1918 führte dazu, dass die Menschen mehr Freizeit hatten als zuvor. Unterhaltung und Sport gewannen einen höheren Stellenwert. Viele Menschen wurden in Turn- und Sportvereinen aktiv.

Das Interesse an Sport wuchs. Die Menschen strömten zu Sportveranstaltungen wie Autorennen, Flugtagen, Boxkämpfen oder dem „Sechs-Tage-Rennen", einem sechs Tage dauernden Radrennen mit Unterhaltungsprogramm.

Das Radio gewann an Bedeutung. Kurz nach der Einführung des Radios in Deutschland im Jahr 1923 gab es rund 100 00 Geräte. 1933 waren es bereits 5 Millionen. Fußballspiele, Boxkämpfe und Radrennen wurden übertragen und live verfolgt.

Fußball

Besonders Fußball war sehr beliebt. Die Landesteile ermittelten in Turnieren ihre jeweiligen Champions. Diese spielten dann in einem K.O.- System um den Titel „Deutscher Fußballmeister". In der Weimarer Republik holte der 1. FC Nürnberg gleich fünf Mal den Titel.

Fußball und Politik

In den ersten Jahren nach dem Weltkrieg weigerten sich Frankreich und England, gegen Deutschland zu spielen. England wollte Deutschland sogar aus der FIFA ausschließen lassen. Der erste internationale Gegner Deutschlands war 1920 die Schweiz. Frankreich trat erst 1930 gegen Deutschland an, nachdem sich das Verhältnis beider Staaten längst verbessert hatte.

Tipp für die Erarbeitung
- Unterscheidet: Was veränderte sich in der Weimarer Republik und warum?

Tipp für die Präsentation
- Vergleicht die Bedeutung von Sport heute und während der Weimarer Republik.

Die Weltwirtschaftskrise

Welche Folgen hatte die Weltwirtschaftskrise?

[1] *In Not geratene Amerikaner warten vor einer Essensausgabe*, Foto, 1930er Jahre.

1 Vergleicht die Aussage des Plakats in [1] mit der Situation der Menschen, die vor dem Plakat stehen. Welche Gruppe von Amerikanern ist von der Not besonders betroffen?

Die Wirtschaft boomt

Seit dem Ende des Krieges waren die USA die weltgrößte Wirtschaftsmacht. Mithilfe der neu entwickelten Fließbandproduktion konnte man immer mehr Autos, Radios oder Kühlschränke herstellen. Das brachte den Menschen für einige Jahre Wohlstand. Viele Amerikaner kauften Aktien und wurden dadurch Mitbesitzer einer Firma. Manche liehen sich dafür Geld bei den Banken, denn Aktien versprachen sehr viel Gewinn. Wenn es einer Firma gut ging, stieg der Wert der Aktie.

Es kam zu einer Krise

Die meisten Haushalte waren mit Gebrauchsgegenständen gut versorgt. Die Firmen, die diese Produkte herstellten, konnten davon nicht mehr so viel verkaufen. Ab 1928 verschlechterte sich die wirtschaftliche Situation der Firmen und sie mussten viele Mitarbeiter entlassen.

Der „schwarze Freitag"

Weil die Firmen nur noch sehr wenige Waren verkauften, sank der Wert der Aktien. Die Besitzer wollten daher ihre Aktien verkaufen, sie bekamen aber kaum noch Geld dafür. So kam es am 24. Oktober 1929 zu einer schweren Finanzkrise. Viele Amerikaner verschuldeten sich und verloren fast alles, was sie hatten. Etwa 15 Millionen Menschen verloren ihre Arbeit, viele ihre Wohnung. Es herrschte Hunger. Schnell breitete sich die Krise auf alle Industrieländer aus. Es entstand eine Weltwirtschaftskrise.

2 Erklärt, warum es eine Weltwirtschaftskrise gab.
3 Beschreibt die Auswirkungen der Krise in den USA.

Sprachspeicher

- eine führende Wirtschaftsmacht sein
- der Wert steigt / sinkt
- Schulden haben / verschuldet sein
- eine Krise entsteht / breitet sich aus

[2] *Vor dem Arbeitsamt Hannover.* Foto, 1932.

[3] *Ein Arbeitsloser.* Foto, 1932.

[4] *Entwicklung der Arbeitslosenzahlen in Deutschland:*

Jahr	Arbeitslose
1924	900 000
1929	2 900 000
1931	4 900 000
1932	6 000 000

Auswirkungen auf Deutschland

Die Folgen der Weltwirtschaftskrise machten sich in Deutschland besonders stark bemerkbar. Geld aus dem Ausland konnte sich der Staat nun nicht mehr leihen und der Verkauf deutscher Waren ins Ausland kam zum Erliegen. Viele Menschen verloren ihren Arbeitsplatz.

Seit 1927 gab es zwar eine Arbeitslosenversicherung, doch die Zahl der Menschen, die innerhalb kurzer Zeit ihren Arbeitsplatz verloren, war zu groß. 1932 war ein Drittel aller Erwerbsfähigen arbeitslos. Daher sah der Staat sich gezwungen, die monatliche Unterstützung zu senken.

1927 erhielt ein Arbeitsloser durchschnittlich 81 Reichsmark, 1932 nur noch etwa 43 Reichsmark. Eine Familie mit zwei Erwachsenen und zwei Kindern erhielt 51 Reichsmark Krisenfürsorge. Für Wohnung, Heizung und Strom brauchte die Familie ca. 32 Reichsmark. Das restliche Geld reichte für ein halbes Brot, 500 Gramm Kartoffeln, 50 Gramm Margarine, etwas Kohl und einen halben Liter Milch täglich. Nur selten kam Fleisch oder Fisch auf den Tisch.

4 Beschreibt die Auswirkungen der Weltwirtschaftskrise auf Deutschland.

5 Erklärt warum in Foto [2] „Wählt Hitler" gerade hier an die Wand geschrieben wurde.

Wählt einen der folgenden Arbeitsaufträge aus:

- Gestaltet Tabelle [4] als Säulendiagramm.
- Verfasst einen Text: Was könnte der Arbeitslose in [3] gedacht haben?
  Starthilfe: *„Jetzt stehe ich hier. Alle können sehen, dass..."*
- Entwerft ein Gespräch von Arbeitslosen in der Weimarer Republik. Geht auch darauf ein, was sie über den Staat denken.

Sprachspeicher

- Folgen machen sich bemerkbar
- einen Arbeitsplatz verlieren
- der Staat sah sich gezwungen, ...
- Geld, Unterstützung erhalten

Methode Wahlplakate analysieren

[1] *Politische Parteien werben mit Wahlplakaten vor einem Berliner Wahlamt.* Foto, 1932.

Was sind Wahlplakate?
Parteien versuchen, Wähler mithilfe von Plakaten für sich zu gewinnen. Sie wollen für ihren Kandidaten oder ihr Programm Werbung machen. Der Betrachter schaut meistens nur kurze Zeit auf ein Plakat. Menschen sehen sie im Vorbeigehen an und nehmen sie vielleicht nur unbewusst wahr. Deshalb ist es Parteien wichtig, schnell Aufmerksamkeit zu erregen und die Meinung des Wählers zu ihren Gunsten zu beeinflussen.
Zur Zeit der Weimarer Republik spielten sie eine wichtige Rolle bei der Meinungsbildung. Die folgenden Schritte helfen dir, politische Wahlplakate besser zu verstehen.

1. Schritt Plakat beschreiben

- Beschreibt das Plakat genau und notiert alles, was zu sehen ist.
- Wer oder was ist bildlich dargestellt?
- Welcher Text ist zu lesen?

2. Schritt Darstellung untersuchen

- Mit welchen Mitteln arbeitet das Plakat? (angsteinflößend, übertreibend, beruhigend, hetzerisch, ...)
- Wie werden Personen dargestellt?
- Welche Zeichen und Farben werden benutzt und was bedeuten sie?

3. Schritt Plakat einordnen und beurteilen

- Wer „spricht" hier? Von welcher Partei stammt das Plakat?
- Was wisst ihr über die Ziele dieser Partei?
- Gibt es ein Ereignis oder eine Situation, auf die sich das Plakat bezieht?
- Wen soll das Plakat ansprechen? (Zielgruppe)
- Wie beurteilt ihr das Plakat?

Beispiel: Wahlplakat der NSDAP

[2] *Wahlplakat der Nationalsozialistischen Deutschen Arbeiterpartei (NSDAP), der Partei Adolf Hitlers.* Juli 1932.

Lösung Schritt 1: Plakat beschreiben

- Es ist eine große Menschenmenge dargestellt.
- Man erkennt Männer und Frauen verschiedenen Alters. Eine Frau hält ein Kind auf dem Arm.
- Die Figuren blicken leicht nach unten, dem Betrachter entgegen. Ihre Blicke sind düster und betrübt, sie wirken niedergeschlagen.
- Das Plakat hat eine grelle gelbe Farbe, die sofort ins Auge sticht.
- Das Plakat trägt den Schriftzug „Unsere letzte Hoffnung: Hitler". Das Wort „Hitler" ist in Großbuchstaben geschrieben. Es nimmt mehr als ein Viertel des Plakates ein.

Lösung Schritt 2: Darstellung untersuchen

- Das Bild drückt durch die dunkle Farbgebung und die schattenhaften Figuren und Gesichter Niedergeschlagenheit und Elend aus.
- Es werden verschiedene gesellschaftliche Gruppen dargestellt. Dies geschieht mithilfe bestimmter Kleidungsstücke.
- Die Kappe, die mehrfach zu sehen ist, war eine für die Arbeiterschicht typische Kopfbedeckung. Der Hut und die Krawatte wurden von Angehörigen der Mittelschicht getragen. ...

Schritt 3: Plakat einordnen und beurteilen

- Das Plakat stammt von der NSDAP, der Partei Adolf Hitlers. Es war ein Ziel Hitlers, über Wahlen an die Macht zu gelangen. Er wollte die Demokratie zerstören. Das ist auf dem Plakat aber so nicht erkennbar.
- Das Plakat war im Juli 1932 vor den Reichstagswahlen zu sehen. Zu dieser Zeit gab es wegen der Weltwirtschaftskrise eine hohe Arbeitslosigkeit in Deutschland. Arbeitslose waren nicht ausreichend abgesichert.
- Zielgruppe des Plakats sind Arbeitslose und Menschen, die sich von Arbeitslosigkeit und wirtschaftlicher Not bedroht fühlen: Arbeiter, Angestellte und andere Angehörige der Mittelschicht, Familien (Frau mit Kind auf dem Arm) und alte Menschen. ...
- Das Plakat sprach 1932 vermutlich viele Menschen an, die von Wirtschaftskrise und Arbeitslosigkeit betroffen waren.
- Das Plakat zeigt eine in Not geratene Menschenmenge, die es damals tatsächlich gegeben hat. Die dargestellten gesellschaftlichen Gruppen litten tatsächlich unter den Folgen der Wirtschaftskrise.
- Die angebotene Lösung des Problems ist aber sehr vereinfachend: Hitler sei die letzte Hoffnung all dieser Menschen.

Hitler wird Reichskanzler

Woran scheiterte die Weimarer Republik?

[1] *Adolf Hitler in Nürnberg,* Foto, 1933.

1 Beschreibt das Foto [1].

Politische Parteien der Weimarer Republik

Ein Problem der Weimarer Republik war, dass einige Parteien die Demokratie grundsätzlich ablehnten und bekämpften. Sie wollten nicht, dass eine Mehrheit der Bevölkerung entscheidet, sondern ihre Ziele durchsetzen. Diese Parteien waren die KPD, die DNVP und die NSDAP.

Die anderen Parteien standen zur Demokratie: die SPD, das Zentrum, die BVP, DDP und DVP. Ähnlich sah es in der Bevölkerung aus. Nur ein Teil befürwortete die Demokratie und nur ein Teil gab demokratischen Parteien seine Stimme. Viele Menschen wählten undemokratische Parteien.

2 Listet auf:

demokratische Parteien:	Parteien, die die Demokratie ablehnten:
...	...

Republik ohne Republikaner?

In der Zeit der Weimarer Republik hatten die Menschen mit verschiedenen Problemen zu kämpfen: dem Versailler Vertrag und den sich daraus ergebenden Belastungen, der Inflation und schließlich den Folgen der Weltwirtschaftskrise.

Besonders wegen der hohen Arbeitslosigkeit verloren immer mehr Bürger das Vertrauen in die demokratischen Parteien. Sie lebten oft in großer Not und glaubten nicht mehr daran, dass der Staat ihnen helfen konnte. Hitler und seiner Partei gelang es, viele Menschen davon zu überzeugen, dass die demokratischen Politiker die Schuld an all diesen Problemen trugen. Hitler versprach, die Arbeitslosigkeit zu bekämpfen und Deutschland wieder stark zu machen.

3 Notiert in Stichpunkten, warum sich die Menschen von den demokratischen Parteien abwandten.

Sprachspeicher

- die Demokratie befürworten / ablehnen
- Ziele durchsetzen
- Menschen von etwas überzeugen
- das Vertrauen verlieren (nicht mehr daran glauben)

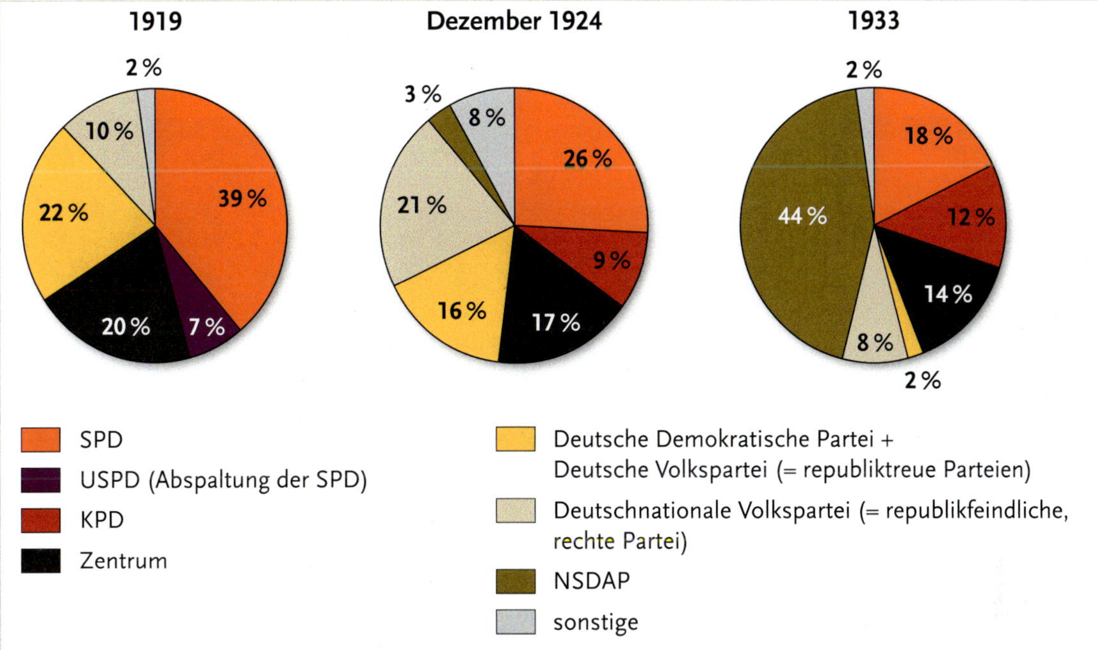

[2] *Ergebnisse der Reichstagswahlen in Prozent, Kreisdiagramme.*

Der Aufstieg Hitlers

Spätestens seit den Reichstagswahlen 1930 wurde es sehr schwer, eine Regierung mit demokratischen Parteien zu bilden, die im Reichstag über eine Mehrheit der Stimmen verfügte. Seit 1932 war dies gar nicht mehr möglich. Es gab immer mehr Menschen, die ihre Stimme an Parteien gaben, die die Demokratie ablehnten. Besonders die NSDAP gewann viele Wähler. Am 30. Januar 1933 ernannte Reichspräsident von Hindenburg Hitler zum Reichskanzler.

[3] Der Autor Sebastian Haffner äußert sich zum Untergang der Weimarer Republik:

„Es waren drei Gründe, die die Nationalsozialisten ... zur stärksten Partei überhaupt machten. Die erste ist in der Wirtschaftskrise zu suchen... Ein zweiter Grund lag in einem plötzlich wieder-erstarkenden Nationalismus. ...Der dritte Grund ...lag in der Person Hitler selbst ...Hitler wirkte auf die Deutschen seiner Zeit nicht abstoßend, sondern anziehend, ja mitreißend."

(zit. n. Sebastian Haffner, Von Bismarck zu Hitler. München (Knaur) 1989, s. 204-219)

4 Nennt Gründe, warum es zum Untergang der Weimarer Republik kam. Nehmt die Materialien [2] und [3] zu Hilfe.

Starthilfe: *Für den Untergang der Weimarer Republik gibt es mehrere Gründe: An den Kreisdiagrammen kann man sehen, dass...*

Wählt einen der folgenden Arbeitsaufträge aus:

- Erstellt eine Tabelle und zählt jeweils die Prozentzahlen zusammen:

Wahlen	demokratische Parteien	undemokratische Parteien
1919	...	...
1924	...	...
1933	...	...

- Gestaltet ein Mindmap: „Darum scheiterte die Weimarer Republik"
- Beurteilt in einem Text: War die Weimarer Republik eine „Republik ohne Republikaner"?

Sprachspeicher

- eine Regierung bilden
- über eine Mehrheit verfügen
- zum Reichskanzler ernennen
- auf Menschen anziehend / abstoßend wirken

Das kann ich!

Versucht zunächst, die Aufgaben dieser Doppelseite zu lösen, ohne im Kapitel nachzusehen. Wenn ihr Hilfe bracht, könnt ihr bei den Aufgaben auf den in Klammern angegebenen Seiten nachschlagen.

[1] *Begriffe und Abbildungen Dolchstoßlegende, Die „Goldenen Zwanziger", Inflation, Weltwirtschaftskrise, Novemberrevolution, Jahre der wirtschaftlichen Stabilität*

der Putsch	Bei Streitigkeiten zwischen Staaten entscheidet ein internationales Schiedsgericht. Kriege sollen verhindert werden.
die Nationalversammlung	Versuch einer bewaffneten Gruppe, mit Gewalt eine Regierung zu stürzen
der Völkerbund	Erneuerung, Überprüfung
die Revision	Abgeordnete wurden gewählt und beschlossen eine Verfassung.
die Meuterei	Staatsform ohne König oder Kaiser, die Staatsgewalt wird von Personen ausgeübt, die vom Volk gewählt werden.
die Republik	Matrosen oder Soldaten verweigern ihren Vorgesetzten den Gehorsam und führen Befehle nicht aus.

[2] *Begriffe und Erklärungen*

[3] *Wahlplakat der SPD, 1919*

[4] *Wahlplakat des Zentrums. Reichstagswahlen 1932.*

Sachkompetenz

1 Ordnet den Abbildungen in [1] je eine passende Bildunterschrift zu.

2 Sucht die passenden Erklärungen für die Fachbegriffe in [2]. Ordnet zu.

3 Ordnet die Begriffe den Jahreszahlen zu:
1918, 1919, 1923, 1924-1929, 1929, 1933
Inflation, Hitler wird Reichskanzler, Jahre der wirtschaftlichen Stabilität, Weltwirtschaftskrise, Novemberrevolution, Nationalversammlung

4 Zählt politische Parteien der Weimarer Republik auf. (S. 52–53)

Urteilskompetenz

5 Beurteilt und begründet: Was war an der Weimarer Verfassung demokratisch, was weniger demokratisch?

6 Beurteilt: Welche politischen Parteien der Weimarer Republik waren Anhänger der Demokratie, welche waren ihre Gegner? (S. 52–53)

7 Nehmt Stellung: War die Weimarer Republik eine „Republik ohne Republikaner"? Begründet!

8 In der Bundesrepublik können Parteien, die gegen den Staat kämpfen, verboten werden. Nehmt dazu Stellung.

Methodenkompetenz

9 Analysiert die Plakate [3] und [4]. Wendet die Schritte der Methode von Seite 50–51 an.

Handlungskompetenz

10 Gestaltet ein Wahlplakat für eine demokratische Partei der Weimarer Republik.

Nationalsozialismus und Zweiter Weltkrieg

30. Januar 1933

Am 30. Januar 1933 wurde Adolf Hitler zum Reichskanzler ernannt. Noch am gleichen Abend veranstalteten seine Anhänger einen Fackelzug durch das Brandenburger Tor in Berlin, um dieses Ereignis zu feiern.

1 Beschreibt das Bild.

2 Was wisst ihr schon über den „Nationalsozialismus" und den „ Zweiter Weltkrieg"? Notiert Stichwörter.

3 Sammelt eure Fragen zum Thema.

Schauplatz 30. Januar 1933

[1] *Die Ernennung der „Regierung Hitler" am 30. Jan. 1933.* Foto, 1933.

1 Beschreibt die Bilder [1] und [2].

Hitler wird Reichskanzler

Am 30. Januar 1933 wurde Adolf Hitler von Reichspräsident Hindenburg zum Reichskanzler ernannt. Die NSDAP war bei der vorangegangenen Reichstagswahl zwar zur stärksten Partei geworden, hatte aber die absolute Mehrheit (50 %) nicht erreicht. Deshalb musste sie mit anderen Parteien zusammen eine Koalition* bilden. Viele Menschen glaubten nicht an eine lange Regierungszeit des neuen Reichskanzlers. Noch am Abend seiner Ernennung veranstalteten Hitlers Anhänger einen Fackelzug durch das Brandenburger Tor, um seinen Amtsantritt zu feiern. Danach zogen sie weiter zur Reichskanzlei in der Wilhelmstraße. Hitler zeigte sich am Fenster und nahm den Jubel seiner Anhänger entgegen.

2 Fasst die Ereignisse vom 30. Januar 1933 mit eigenen Worten zusammen.

[2] *Die Mitglieder der „Regierung Hitler" Sitzende von links: Hermann Göring (NSDAP), Adolf Hitler (NSDAP) und Franz von Papen (parteilos).* Foto 30.1.1933.

„Das, was wir unten erleben, diese Tausende und Tausende und Zehntausende und Zehntausende von Menschen, die in einem sinnlosen Taumel von Jubel und Begeisterung der neuen Staatsführung entgegenrufen – das ist wirklich die Erfüllung unseres geheimsten Wunsches, das ist die Krönung unserer Arbeit. Man kann mit Fug und Recht sagen: Deutschland ist im Erwachen!"
Zitiert aus: Wolfgang Benz, Geschichte des Dritten Reiches, München 2000, S. 19.

[3] *Rundfunkreportage des Propagandachefs der NSDAP Dr.* Joseph Goebbels vom 30. Januar 1933

3 Findet heraus, welchen Eindruck Goebbels von dem Ereignis am 30. Januar 1933 hervorrufen wollte.

*
die Koalition – eine Regierung aus verschiedenen Parteien
die Propaganda – die Verbreitung ideologischer Ideen und Meinungen, um die Bevölkerung in einer bestimmten Weise zu beeinflussen.

[4] *Nach Adolf Hitlers Ernennung zum Reichskanzler hat sich eine begeisterte Menschenmenge eingefunden. Am Fenster der Reichskanzlei begrüßt Adolf Hitler das Volk.* Foto aufgenommen am 30.1. 1933 in Berlin.

[5] *Eine Zeitzeugin erinnerte sich 20 Jahre später an den Fackelzug, bei dem sie 15 Jahre alt war:*

Am Abend des 30. Januar nahmen meine Eltern uns Kinder mit in das Stadtzentrum. Dort erlebten wir den Fackelzug, mit dem die Nationalsozialisten ihren Sieg feierten. Etwas Unheimliches ist mir von dieser Nacht her gegenwärtig geblieben. Das Hämmern der Schritte, die düstere Feierlichkeit roter und schwarzer Fahnen, zuckender Widerschein der Fackeln auf den Gesichtern und Lieder, deren Melodien aufpeitschend und sentimental (gefühlvoll) zugleich klangen. Stundenlang marschierten die Kolonnen vorüber. ... Irgendwann sprang plötzlich irgendjemand aus der Marschkolonne und schlug auf einen Mann ein, der nur wenige Schritte von uns entfernt gestanden hatte. Vielleicht hatte er eine feindliche Bemerkung gemacht ...
(Melitta Matschmann, Fazit. Kein Rechtfertigungsversuch, Stuttgart 1963, S. 17f.)

4 Schildert, wie die Zeitzeugin den Fackelzug erlebt hat [5]. Was war für die Beobachterin so „unheimlich" an dem Ereignis?
Starthilfe: *Als wir am Brandenburger Tor ankamen, war es schon dunkel. Jetzt sahen wir ...*

Wählt einen der folgenden Arbeitsaufträge:

- Stellt die Ereignisse vom 30. Januar 1933 in einer Stichwortliste zusammen.
- Schreibt einen Zeitungskommentar zu den Ereignissen des 30. Januar 1933 aus der Sicht eines neutralen Beobachters.
  Starthilfe: *Jetzt ist Hitler an der Macht. Wird er seine Versprechungen wohl einhalten? (...)*
- Vergleicht die Aussagen in der Reportage [3] mit den Erinnerungen der Zeitzeugin in [5]. Hat der Fackelzug Hitlers sein Ziel erreicht? Nehmt Stellung dazu.

Orientierung

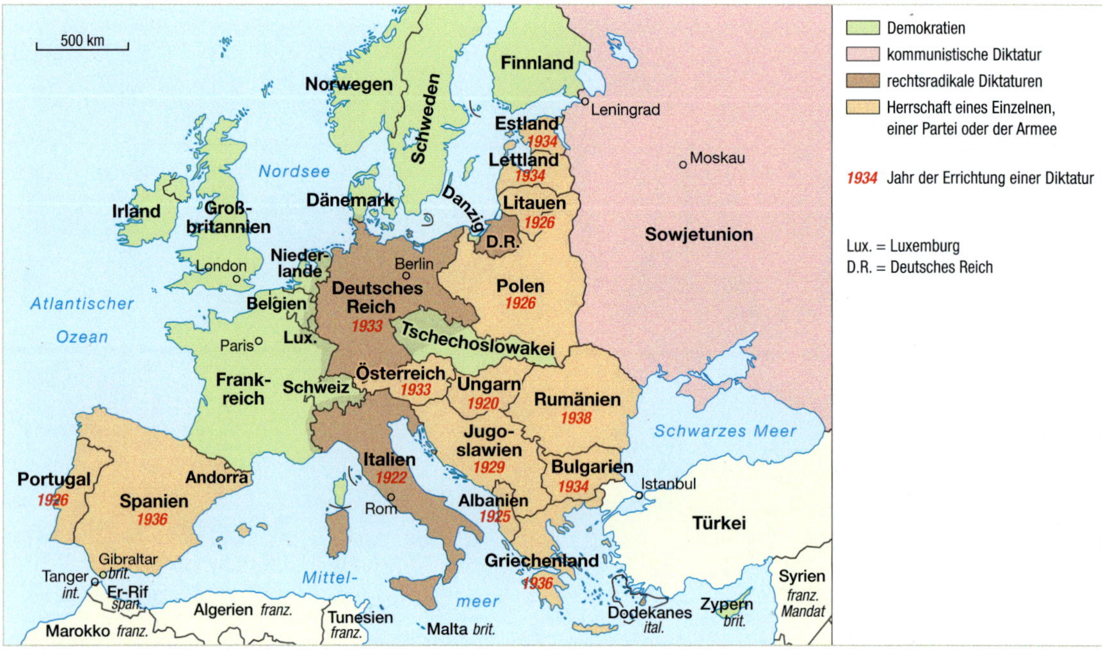

[1] *Europa 1918 –1933*, Karte.

1 Wertet die Karte [1] aus. Von welchen Staaten ist Deutschland umgeben? Welche Staaten sind noch demokratisch?

Nationalsozialismus

Von 1933 bis 1945 herrschte in Deutschland die Diktatur des Nationalsozialismus. Oft spricht man auch vom „Dritten Reich"*. Heute wird diese Zeit meist als „NS-Zeit" bezeichnet.
Die Diktatur war auf die Leitfigur des „Führers" Adolf Hitler ausgerichtet. Unter seiner Herrschaft wurde die Demokratie abgeschafft. Die Menschenrechte wurden nicht mehr geachtet. Es war eine Zeit der Gewalt, der Verfolgung und Unterdrückung vieler Menschen, vor allem der Juden und anderer Minderheiten.
Die Nationalsozialisten (von vielen einfach „Nazis" genannt) legten großen Wert auf äußere Symbole. Bei feierlichen Anlässen schmückte man die Häuser und Straßen mit Hakenkreuzfahnen. Zur Begrüßung sagte man „Heil Hitler" und hob dazu den rechten Arm.

Zweiter Weltkrieg

Am 1. September 1939 überfiel Deutschland sein Nachbarland Polen. Damit begann der Zweite Weltkrieg. Er forderte mehr als 55 Millionen Tote und brachte ungeheures Leid über die Völker. In den eroberten Gebieten errichteten die Deutschen Vernichtungslager, in denen sie sechs Millionen Juden ermordeten. In ganz Europa, in Afrika und Asien wurden Städte und Landschaften bei Luftangriffen von Bomben zerstört. Millionen von Flüchtlingen mussten ihre Heimat verlassen.

2 Vermutet, warum das Thema „Nationalsozialismus und Zweiter Weltkrieg" auch heute noch so viele Menschen interessiert und berührt.

3 Formuliert eigene Fragen zu diesem Thema.

* **Drittes Reich:**
Bezeichnung für die Zeit des Nationalsozialismus. Hitler wollte das Dritte Reich in Deutschland errichten, nach dem Heiligen Römischen Reich (962–1806) und dem Deutschen Kaiserreich (1871–1918).

1930

1935

1940

1945

▸ **1933**
30. Jan.: Hitler wird Reichskanzler

▸ **1934**
Hitler wird Diktator

▸ **1935**
„Nürnberger Gesetze" führen zur Entrechtung und Verfolgung der Juden

▸ **1938**
Anschluss Österreichs an das Deutsche Reich
9.November: Reichspogromnacht

▸ **1939**
1.Sept.: Deutschland überfällt Polen, Beginn des Zweiten Weltkriegs

▸ **1940**
Deutschland besetzt Frankreich

▸ **1941**
Japan greift USA an
Deutschland überfällt die Sowjetunion

▸ **1942**
„Wannsee-Konferenz": Die NSDAP plant die Ermordung aller Juden in Europa

▸ **1943**
Deutsche Niederlage in Stalingrad
Bombardierung deutscher Städte

▸ **1944**
Landung amerikanischer und britischer Soldaten in der Normandie (Frankreich)

▸ **1945**
8. Mai: Kapitulation Deutschlands
Ende des Zweiten Weltkrieges in Europa

August: Abwurf von Atombomben auf Japan: Ende des Krieges in Asien

Nationalsozialismus und Zweiter Weltkrieg

SCHAUPLATZ
30. Januar 1933
S. 58–59

ORIENTIERUNG
S. 60–61

Der Weg in die Diktatur
S. 62–63

METHODE
Propaganda erkennen
S. 64–65

Arbeit für alle
S. 66–67

Frau und Familie
S. 68–69

Jugend unterm Hakenkreuz
S. 70–71

Führer und Volk
S. 72–73

Verfolgung von Minderheiten
S. 74–75

Judenverfolgung 1933 – 1939
S. 76–77

METHODE
Einzelschicksale recherchieren
S. 78–79

WAHLSEITEN
Heinrich Aschoff, Oskar Schindler, Helga Becker-Leeser, Benjamin **Traub**
S. 80–83

Der Weg in den Krieg
S. 84–85

Krieg an allen Fronten
S. 86–87

Vernichtungskrieg
S. 88–89

Der Holocaust
S. 90–91

Nicht alle waren einverstanden
S. 92–93

Totaler Krieg - Kriegsende
S. 94–95

Flucht und Vertreibung
S. 96–97

Entnazifizierung und Nürnberger Prozess
S. 98–99

Erinnern und Gedenken
S. 100–102

DAS KANN ICH!
S. 103–104

Der Weg in die Diktatur

Wie wurde in Deutschland die Demokratie abgeschafft?

[1] *Der Reichstagsbrand.* Foto. 1933 (Foto nachkoloriert).

1 Beschreibt das Foto [1]. Vermutet, was die Zuschauer gedacht haben könnten.

Der Reichstagsbrand

Am 27. Februar 1933 ging in Berlin der Reichstag in Flammen auf. Als Brandstifter wurde ein junger holländischer Kommunist verdächtigt. Hitler nutzte diese Gelegenheit, um die Kommunisten zu beschuldigen und zu verhaften. Es ist bis heute ungeklärt, von wem der Brand gelegt wurde.
Auf Betreiben von Hitler erließ Hindenburg am nächsten Tag die Notverordnung „Zum Schutz von Volk und Staat". Damit wurden die Grundrechte außer Kraft gesetzt. Jetzt konnte jeder ohne gerichtliche Anordnung verhaftet und eingesperrt werden. Behörden durften Telefone abhören, die Post öffnen oder privates Eigentum einziehen.

2 Erläutert, was die Notverordnung „Zum Schutz von Volk und Staat" für die Menschen bedeutete.

Das Ermächtigungsgesetz

Bei den Reichstagswahlen am 5. März 1933 erreichte die NSDAP mit 43,9 % nur die einfache Mehrheit der Stimmen. Die Nationalsozialisten haben ihr Ziel nicht erreicht, denn sie waren allein nicht regierungsfähig. Daraufhin schlug Hitler am 23. März 1933 dem Reichstag die Annahme eines „Ermächtigungsgesetzes" vor. Mit diesem Gesetz erhielt die Regierung das Recht, auch ohne Zustimmung des Reichstages Gesetze zu erlassen. Diese Gesetze durften sogar von der Reichsverfassung abweichen.
Der Reichstag stimmte mit 441 gegen 94 Stimmen für das Ermächtigungsgesetz. Die SPD stimmte als einzige Partei dagegen.

3 Erläutert, was das „Ermächtigungsgesetz" mit der Abschaffung der Demokratie zu tun hatte.
Starthilfe: *In einer Demokratie sind die Staatsgewalten geteilt. Mit dem Ermächtigungsgesetz übernahm ...*

Sprachspeicher
ein Gebäude „geht in Flammen auf"
die einfache Mehrheit der Stimmen
ein Gesetz /ein Recht außer Kraft setzen
eine Notverordnung oder ein Gesetz erlassen

[2] *Gefangennahme politischer Gegner durch die SA.* Foto. 1933.

4 Formuliert eure Gedanken zum Bild [2].

Politische Gleichschaltung

Den Nationalsozialisten gelang es, in kürzester Zeit alle staatlichen Einrichtungen systematisch unter ihre Kontrolle zu bekommen. Sie schafften die politischen Parteien, Gewerkschaften und Vereine ab.

Die Länderparlamente wurden aufgelöst und die Verwaltung wurde in „Gaue" eingeteilt. In den Städten und Gemeinden wurden die Bürgermeister durch NS-Anhänger ersetzt. Diese Vorgänge wurden als „Gleichschaltung" bezeichnet.

5 Erläutert, was der Begriff „Gleichschaltung" vortäuschen sollte.

Nazi-Terror gegen Andersdenkende

Die SA (Sturmabteilung) gab es schon seit 1920. Schon damals ging sie brutal gegen politische Gegner vor. 1933 erhielt die SA sogar Polizeigewalt und wurde damit beauftragt, politische Gegner, Andersdenkende oder Verdächtige zu verhaften und in „Schutzhaft" zu nehmen. Das bedeutete in Wirklichkeit, dass sie in ein Konzentrationslager kamen. Hier wurden politische Gegner, Priester, Juden, Sinti und Roma oder Homosexuelle eingesperrt.

Diktatur

Hitler sah in der immer stärker werdenden SA eine Gefahr für seine Alleinherrschaft. Deshalb ließ er die führenden Männer der SA am 30. Juni 1934 verhaften und ohne Gerichtsverhandlung erschießen. Nach dem Tod des Reichspräsidenten Paul von Hindenburg im August 1934 war der Weg für Hitlers Diktatur frei. Er war jetzt Reichskanzler, Reichspräsident, Oberbefehlshaber der Armee und Chef der NSDAP in einer Person.

6 Fasst in Stichworten zusammen: Ziele, Methoden, Opfer und Täter des Nazi-Terrors.

Wählt einen der folgenden Arbeitsaufträge aus:

- Beschreibt den Weg von der Demokratie zur Diktatur mit eigenen Worten.
- Zwei Nachbarn überlegen, ob sie sich für ihren verhafteten Pfarrer einsetzen sollen. Schreibt das Gespräch auf und tragt es in der Klasse vor.
- Schreibt einen Artikel für eine freie ausländische Zeitung unter der Schlagzeile „Die Demokratie in Deutschland schafft sich selbst ab."

Sprachspeicher

die alleinige Macht beanspruchen
die Macht an sich reißen

Terror gegen Andersdenkende
gegen Gegner vorgehen/ die Gegner ausschalten

Methode Propaganda erkennen

Was ist Propaganda?

„Propaganda“ ist der Versuch, die Meinung von Menschen zu beeinflussen. Dadurch soll das Verhalten der Menschen in eine bestimmte Richtung gelenkt werden.

Die politische Propaganda bekämpft Gegner oder Andersdenkende und versucht sie lächerlich zu machen, zu verleumden oder auszugrenzen. Deshalb werden in der Propaganda oft Ereignisse oder Vorgänge in irreführender Sprache dargestellt.

Bei Fotos oder Filmen werden Perspektiven gewählt, die alles schöner, gewaltiger oder auch abschreckender erscheinen lassen als es in Wirklichkeit ist. Meist werden zusätzlich Symbole oder Zeichen (z.B. Hakenkreuz, Abzeichen, Orden, Fahnen) verwendet.

[1] *Propagandaplakat „Ganz Deutschland hört den Führer“.*

Die folgenden Arbeitsschritte können euch helfen, Propaganda zu erkennen:

1. Schritt **Propagandaform bestimmen**

- Um welches Medium handelt es sich? z.B. Foto, Gemälde, Plakat, Spielfilm, Radiosendung, Podcast, Graffiti ...

2. Schritt **Anlass herausfinden**

- Was ist der Anlass für die Propaganda? z.B. Gedenktag, Parteitag, Einweihung eines Gebäudes ...

3. Schritt **Propaganda einordnen und beurteilen**

- Welche Ziele verfolgt die Propaganda? *z.B. beeindrucken, begeistern, Sympathie wecken, aktivieren, aufhetzen, die Wahrheit verbergen, täuschen, jemanden ehren ...*
- Welche Symbole (Zeichen) werden verwendet? *z.B. Fahne, Hakenkreuz, Reichsadler ...*
- Welche Gegenstände werden eingesetzt? *z.B. Uniformen, Musik, Licht ...*
- Mit welchen Mitteln wird gearbeitet? *z.B. Lügen, Übertreibungen, irreführende Sprache ...*

1 Wendet die Methode auf [1] oder [2] an.

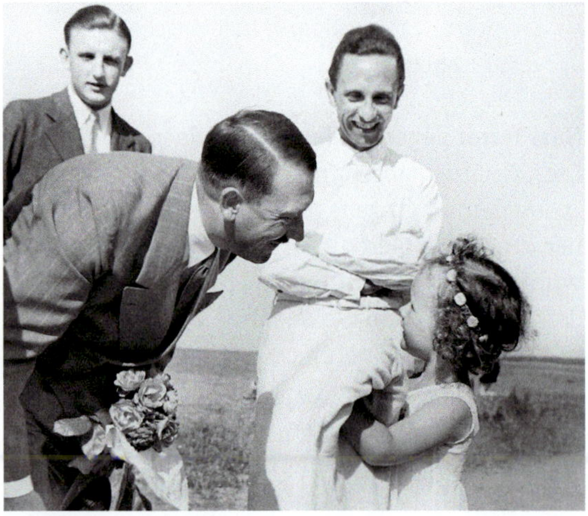

[2] *Hitler als „Kinderfreund“.* Foto 1933.

[3] *Hitler beim Reichserntedankfest auf dem Bückeberg bei Hameln.* Foto von Heinrich Hoffmann 1934.

Lösungsvorschlag zum Bild [3]
Die folgende Bildbetrachtung wurde mit Hilfe der Methode „Propaganda erkennen" geschrieben:

Hitler – der Aufsteiger
Das Foto wurde aus Anlass des Reichserntedankfestes auf dem Bückeberg bei Hameln im Jahr 1934 hergestellt. Der Fotograf war Heinrich Hoffmann, der seit 1923 offizielle Bilder von Hitler anfertigte. Dieses Foto fand eine massenhafte Verbreitung. Im Mittelpunkt ist Hitler zu sehen, der die Stufen des Bückeberges emporsteigt. Links und rechts bilden SA-Leute mit Hakenkreuz-Fahnen eine Gasse. Im Hintergrund sind undeutlich die Besuchermassen zu erkennen. Der „Führer" geht direkt auf die Betrachter des Bildes zu. Das Ganze ist wie eine kirchliche Prozession dargestellt: Der „Führer" schreitet wie ein Priester durch ein Meer von Fahnen und Menschen hindurch. Zweifellos handelt es sich um ein Propagandabild, das zeigen soll: „Der Aufstieg Hitlers ist unaufhaltsam!"

2 Erklärt: Woran erkennt man, dass es sich bei Bild [3] um ein Propaganda-Foto handelt?

„Volksaufklärung und Propaganda"
Von 1933 bis 1945 war Joseph Goebbels (1897 – 1945) Minister für „Volksaufklärung und Propaganda". Er entschied, welche Filme gedreht oder welche Bücher gedruckt wurden. Goebbels nahm direkten Einfluss auf die Spielpläne der Theater oder die Sendungen im Rundfunk.
Um das Radio besser für ihre Zwecke nutzen zu können, brachten die Nazis ein preiswertes Rundfunkgerät, den „Volksempfänger", auf den Markt. So stieg die Zahl der Rundfunkteilnehmer von 4,3 Millionen im Jahr 1933 auf 11,5 Millionen im Jahr 1939. Es gelang, ein ansprechendes Programm mit Reportagen und Unterhaltungsmusik zu schaffen. Das Hören ausländischer Sender war verboten.

3 Zählt auf, für welche Bereiche J. Goebbels zuständig war.

4 Beurteilt, warum es wichtig ist, dass es heute unabhängige Zeitungen und Fernsehsender gibt.

Sprachspeicher
- etwas wird massenhaft verbreitet
- ein Foto findet massenhafte Verbreitung
- wie ein Priester schreiten (feierliches, langsames Gehen)
- auf etwas direkten Einfluss haben /ausüben

Arbeit für alle

Wie gelang es, die Arbeitslosigkeit zu beseitigen?

[1] *Produktion von Geschützen in einer deutschen Rüstungsfabrik* Foto, 1939.

[2] *Werbeplakat für Reichsautobahnen*, 1933.

1 Beschreibt [1] und [2]. Welche Eindrücke sollen beim Betrachter hervorgerufen werden?

Massenarbeitslosigkeit

Vor der Machtübernahme durch die Nationalsozialisten waren in Deutschland etwa sechs Millionen Menschen arbeitslos. Fast 20 Millionen lebten in Armut und waren auf staatliche Hilfe angewiesen. Diesen Massen hatte Hitler „Arbeit und Brot" versprochen.

1933 begann die NS-Regierung mit dem „Angriff auf die Arbeitslosigkeit". Sie steckte riesige Geldsummen in die Industrie, den Wohnungsbau und die Landwirtschaft.

Aufrüstung

Ab 1935 floss immer mehr Geld in die Aufrüstung. In Deutschland wurden Kasernen und Flugplätze gebaut. Die Regierung erteilte Großaufträge zur Produktion von Panzern oder Kanonen. Das nützte vor allem den großen Rüstungsunternehmen. Dadurch sanken aber auch die Arbeitslosenzahlen. So gelang es Hitler, die Menschen für sich zu gewinnen. Viele übersahen jedoch, dass der Staat riesige Schulden machte und die Kriegsgefahr wuchs.

2 Erläutert die Bedeutung der Aufrüstung für die politischen Ziele Hitlers.

Der Autobahnbau

Im Mai 1933 verkündete Hitler ein Programm zum Bau neuer vierspuriger Autobahnen. Es sollte die Arbeitslosigkeit senken. Außerdem konnten im Kriegsfall Militärfahrzeuge auf Autobahnen schneller vorankommen.

Im Mai 1935 wurde von Hitler das erste Autobahnteilstück eröffnet. Von geplanten 6900 km Autobahn wurden bis 1945 rund 3800 km gebaut. Die nationalsozialistische Propaganda pries sie als „Straßen des Führers". Die Autobahnen wurden zum Zeichen des aufstrebenden NS-Deutschland.

3 Erklärt die Bedeutung der Autobahnen für das Ansehen Hitlers und den Kriegsfall.

Sprachspeicher

auf staatliche Hilfe angewiesen sein
„Arbeit und Brot" versprechen
die Arbeitslosenzahlen sinken /steigen
ein Programm verkünden

[3] *Werbeplakat für den Reichsarbeitsdienst*, 1938.

4 Beschreibt das Plakat [3]. Wofür wird geworben? Wer ist angesprochen?

Reichsarbeitsdienst

1935 wurde in Deutschland der Arbeitsdienst eingeführt. Er dauerte ein halbes Jahr und war für Männer von 18 bis 25 Jahren verpflichtend. Mädchen konnten sich freiwillig melden. Sie wurden als Helferinnen in der Landwirtschaft oder in kinderreichen Familien eingesetzt.
Die jungen Männer wurden meistens bei Bauarbeiten beschäftigt. Einige legten Moore trocken, andere bauten Autobahnen oder Bunker. Sie wohnten in Arbeitslagern und wurden wie bei der Armee ausgebildet.
Der Reichsarbeitsdienst sollte junge Männer zugleich auf den Wehrdienst vorbereiten und die Arbeitslosigkeit senken.

5 Berichtet in Stichworten über den Reichsarbeitsdienst (Aufgaben, Ziele ...)

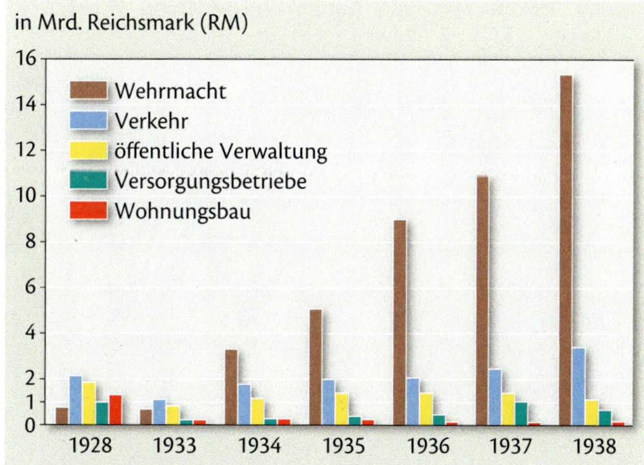

[4] *Die öffentlichen Ausgaben im Deutschen Reich 1928–1938*, Schaubild.

Jahr	Anzahl Arbeitslose
1933	4 800 000
1934	2 700 000
1936	1 600 000
1937	900 000
1938	400 000

[5] *Entwicklung der Arbeitslosigkeit*

6 Wertet das Schaubild [4] aus:
- Wofür wurde das meiste Geld ausgegeben?
- Welche Ausgaben gingen deutlich zurück?

7 Untersucht die Tabelle [5]: Beschreibt die Entwicklung der Zahlen.

Wählt einen der folgenden Arbeitsaufträge aus:

- Stellt die Entwicklung der Arbeitslosigkeit von 1933–1938 in einem Säulendiagramm dar.
- Schreibt aus der Sicht eines jungen Mannes oder einer jungen Frau im Arbeitsdienst einen Brief an die Familie. **Starthilfe:** *Ich bin hier als Helferin in der Landwirtschaft eingesetzt ...*
- „Autobahnbau- ein voller Erfolg der NS-Zeit?" Nehmt Stellung zu dieser Frage und begründet eure Meinung.

Sprachspeicher
jemanden als Helfer /Helferin einsetzen, Arbeitsdienst leisten, sich zum Dienst melden
Moore trocken legen, Acker bearbeiten, es sollte auf den Wehrdienst vorbereiten

Frau und Familie

Welche Rolle spielten die Frauen im NS-Staat?

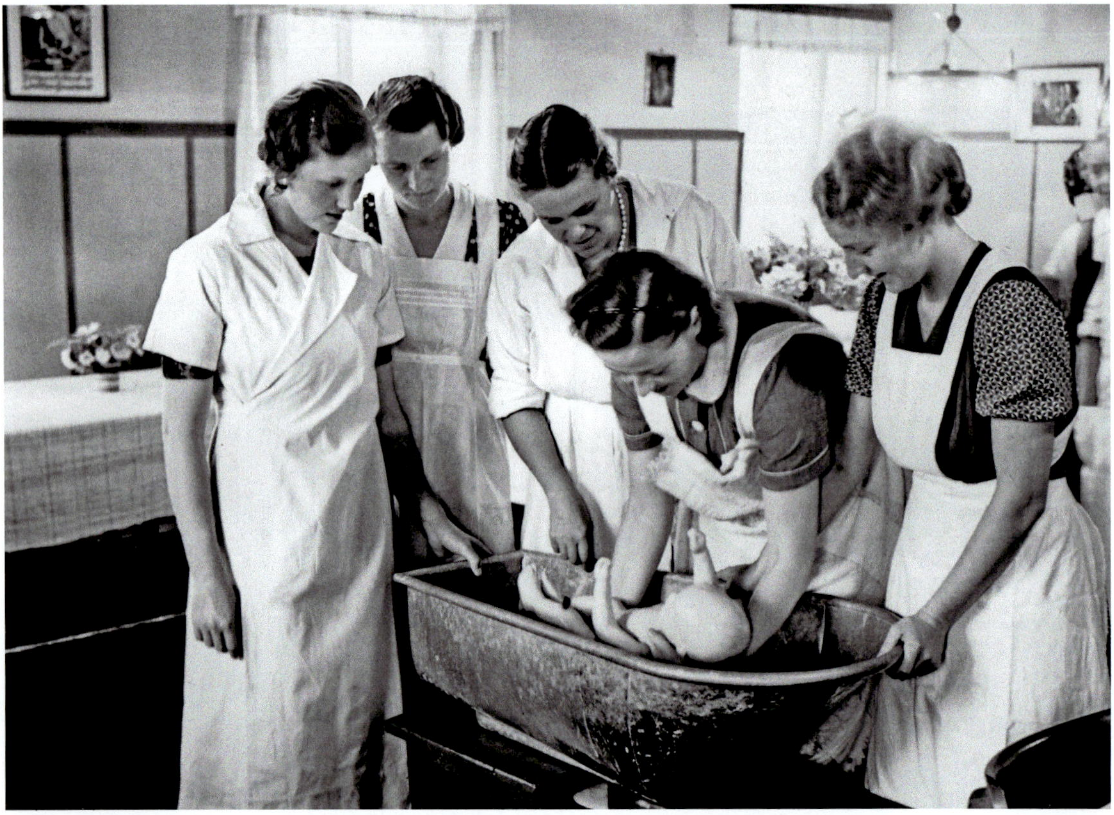

[1] *In einer nationalsozialistischen „Bräuteschule".* Foto, 1930er Jahre.

1 Beschreibt Bild [1]. Woran wird deutlich, dass es sich um ein „gestelltes" Propagandabild handelt? Wofür soll es werben?

Die Rolle der Frau im Nationalsozialismus

Der NS-Staat war eine Männergesellschaft. Die Nationalsozialisten betonten „typisch männliche" Eigenschaften wie Härte und Entschlossenheit. Frauen sollten vor allem Hausfrau und Mutter sein und möglichst viele Kinder bekommen. Sie sollten ihrem Mann dienen und die Kinder erziehen.

Eine deutsche Frau sollte blond und blauäugig sein, sich nicht schminken und in der Öffentlichkeit nicht rauchen. Frauen sollten besonderes Interesse am Kochen, Backen oder Stricken haben. Sie sollten Kurse für Volkstanz und Säuglingspflege besuchen.

Förderung von Ehe und Familie

Um Eheschließungen zu fördern und die Berufstätigkeit von Frauen einzuschränken, wurden seit 1933 „Ehestandsdarlehen" an Heiratswillige vergeben. Das bedeutete, der Staat lieh ihnen Geld, mit der Bedingung, dass die Frau nach der Heirat auf eine Berufstätigkeit verzichtete. Gleichzeitig sollte damit die Zahl der Geburten erhöht werden. Das Darlehen konnte bis zu 1000 Reichsmark betragen – das war damals viel Geld. Bei der Geburt des ersten Kindes musste man nur noch 750 Reichsmark zurückzahlen, beim zweiten nur noch 500 und so weiter.

2 Beschreibt in Stichworten, welche Rolle der Frau im Nationalsozialismus zugesprochen wurde.

3 Erklärt welche Vor- und Nachteile Ehestandsdarlehen hatten.

Sprachspeicher

Hausfrau und Mutter sein
auf die Berufstätigkeit verzichten

Eheschließungen fördern, ein Darlehen vergeben
die Zahl der Geburten soll erhöht werden

[2] *Mutterkreuzträgerin mit Familie.* Propaganda-Foto, 1940.

[3] *Arbeiterin in einer Munitionsfabrik während des Krieges.* Foto, 1941.

4 Beschreibt Bild [2]. Erklärt, warum es sich aus Sicht der Nationalsozialisten um eine „ideale" Familie handelte.

Öffentliche Anerkennung

Der Muttertag wurde schon 1914 in den USA eingeführt und seit 1922 auch in Deutschland gefeiert. Aber die Nationalsozialisten machten daraus ein politisches Fest. 1934 wurde der Muttertag erstmals als „Gedenk- und Ehrentag der deutschen Mutter" gefeiert. Besonders kinderreiche Mütter wurden als „Heldinnen des Volkes" geehrt.
1938 führte Hitler ein besonderes „Ehrenzeichen" ein: das Mutterkreuz. Frauen, die vier und mehr Kinder hatten, konnten es bekommen. Jüdische Frauen waren allerdings ausgeschlossen.
Ein Jahr später wurde das Mutterkreuz in öffentlichen Feierstunden erstmals an drei Millionen Mütter vergeben.

5 Erklärt die Bedeutung des Muttertages und des Mutterkreuzes für die Frauen in der NS-Zeit.

Berufstätigkeit von Frauen im Krieg

Als 1939 der Zweite Weltkrieg begann, wurden wieder mehr Frauen berufstätig. Sie nahmen die Arbeitsplätze von Männern ein, die als Soldaten eingesetzt waren. Frauen arbeiteten vor allem in der Rüstungsindustrie, in der Landwirtschaft, bei der Reichsbahn und in der Verwaltung. Von 1939 bis 1944 stieg die Zahl der weiblichen Arbeitskräfte von 4,6 Millionen auf 14,9 Millionen. Viele Frauen waren jetzt durch Beruf und Familie doppelt belastet.

Wählt einen der folgenden Arbeitsaufträge aus:

- Stellt in einer Tabelle gegenüber: Bedeutung des Muttertages in der NS-Zeit und heute.
- Schreibt einen Dialog: Ein junges Paar diskutiert (1934), ob es ein Ehestandsdarlehen beantragen soll oder nicht.
- Verfasst aus heutiger Sicht eine Kritik an der Frauenpolitik der Nationalsozialisten.

Sprachspeicher

Mütter als „Heldinnen des Volkes" ehren
einen „Ehrentag" haben
eine Auszeichnung (hier: „Mutterkreuz") vergeben
durch Beruf und Familie doppelt belastet sein

Jugend unterm Hakenkreuz

Wie lebte man als Jugendlicher im NS-Staat?

[1] *Werbeplakat für die Hitlerjugend,* 1939.

[2] *Gruppe der Hitlerjugend,* Foto, 1935.

1 Beschreibt das Plakat [1]. Worauf bezieht sich der Werbespruch?

Die Hitlerjugend (HJ)

Die Hitlerjugend wurde 1926 von der NSDAP gegründet. Nach der Machtübernahme 1933 verboten die Nationalsozialisten alle anderen Jugendverbände. Anfangs war die Mitgliedschaft in die Hitlerjugend noch freiwillig. Später wurden alle Jugendlichen gezwungen einzutreten. 1939 hatte die Organisation 8,7 Millionen Mitglieder. Wer nicht dabei war, wurde von Lehrern oder Mitschülern ausgegrenzt. Auch die Eltern bekamen Probleme.

Marschieren mit Musikbegleitung, Ausflüge, Geländespiele und Zeltlager machten die Hitlerjugend für viele Jugendliche interessant. Die Jugendlichen sollten zu einer Gemeinschaft zusammenwachsen. Gleichzeitig wollte man sie für die Armee vorbereiten und ihr Denken beeinflussen.

Gruppen der Hitlerjugend trafen sich mindestens einmal pro Woche. Die Leitung hatte immer ein etwas älterer Gruppenführer. Gemeinsam hörte man Radiosendungen oder Vorträge über Hitler und die Partei. Oft lasen Gruppenführer aus Zeitungen und Büchern vor, die gegen Juden und Andersdenkende hetzten.

Je nach Alter gehörten die Kinder und Jugendlichen verschiedenen Teilen der Hitlerjugend an:

- Jungen von zehn bis 14 bildeten das „Jungvolk". Man nannte sie „Pimpfe".
- Mädchen zwischen zehn und 14 gehörten zum „Jungmädelbund".
- Mit 14 kamen die Jungen in die eigentliche Hitlerjugend und blieben dort bis zum 18. Lebensjahr.
- Mädchen waren zwischen 14 und 18 Mitglied im Bund Deutscher Mädel.

Mit 18 Jahren mussten Jungen und Mädchen zum Arbeitsdienst, Jungen später auch zum Wehrdienst in der Armee.

Sprachspeicher

in eine Organisation, einen Verein eintreten
jemanden ausgrenzen
den Wehrdienst ableisten
gegen jemanden (z. B. Juden) hetzen

[3] *Während eines Zeltlagers der Hitlerjugend an der Ostsee*, Foto.

2 Beschreibt die Bilder [2] und [3].

[4] *Zeitzeugen erzählen von der Hitlerjugend*

a) Wolfgang Frank, Jahrgang 1928:
1938 war ich zehn Jahre alt und bin natürlich in das deutsche Jungvolk eingetreten, zum Leidwesen meines Vaters, der immer versucht hatte, mich davon abzubringen. Es gab große Konflikte zwischen meinem Vater und mir. Das ging so weit, dass ich mir überlegt habe, meinen Vater zu denunzieren (anzuzeigen).

b) Marianne Langen, Jahrgang 1917:
Ich habe im Allgemeinen das Leben mit den Kameradinnen als sehr angenehm empfunden. ... Wenn ich das heute mal so überdenke – wir haben früher keine Diskussionen gehabt, wir waren Befehlsempfänger.
(Jutta v. Freyberg u. a.: Wir hatten andere Träume, Frankfurt a. M. 1995)

3 Erklärt, warum damals viele Jugendliche die Hitlerjugend toll fanden.

4 Arbeitet aus Text [5] in Stichworten heraus, wie Hitler die Jugend sah und wie sie sein sollte.

[5] *Adolf Hitler sagte über die Ziele der Jugenderziehung:*

Eine herrische, unerschrockene, grausame Jugend will ich. Jugend muss das alles sein. Schmerzen muss sie ertragen. Es darf nichts Schwaches und Zärtliches an ihr sein. Das freie, herrliche Raubtier muss erst wieder aus ihren Augen blitzen. Stark und schön will ich meine Jugend. Ich werde sie in allen Leibesübungen ausbilden lassen. Ich will eine athletische Jugend. Das ist das Erste und Wichtigste ... Mit Wissen verderbe ich mir die Jugend ... Aber Beherrschung müssen sie lernen. Sie sollen mir in den schwierigsten Proben die Todesfurcht besiegen lernen.
(zit. n.: Hermann Rauschning: Gespräche mit Hitler. Zürich und New York 1940, S. 237)

Wählt einen der folgenden Arbeitsaufträge aus:

- Stellt Organisation, Aktivitäten und Ziele der HJ in Stichworten zusammen.
- Stellt die Organisation (Alter, Geschlecht) der Hitlerjugend in einem Schaubild dar.
- Schreibt ein Streitgespräch zwischen Vater und Sohn – wie in [4] angedeutet – über die HJ auf.

Sprachspeicher
in Leibesübungen (= körperliche Aktivität) ausbilden
Beherrschung lernen, Todesfurcht besiegen
jemanden denunzieren /anzeigen
Befehlsempfänger sein

„Führer“ und Volk

Warum waren so viele Menschen begeistert von Hitler?

[1] *Veranstaltung zu Hitlers Geburtstag am 20. April 1937 in Berlin*, Foto.

1 Beschreibt Bild [1]. Welche Gefühle kommen in dem Foto zum Ausdruck?

Der „Führer“

„Ein Volk – ein Reich – ein Führer“ – so lautete der Leitspruch im nationalsozialistischen Deutschland, seit Adolf Hitler Diktator war.
Alle politischen und wirtschaftlichen Erfolge Deutschlands seit 1933 wurden der Person Adolf Hitlers zugeschrieben. Viele Deutsche betrachteten Hitler als einen Menschen mit außergewöhnlichen, fast übernatürlichen Fähigkeiten. Diese persönliche Ausstrahlung nennt man Charisma.
Ein beliebter Spruch war: „Führer befiehl, wir folgen!“. Er wurde schon bald überall anerkannt. Statt „Grüß Gott!“ sagte man jetzt „Heil Hitler!“. Dazu wurde der rechte Arm zum „deutschen Gruß“ gehoben.
Hitler selbst beschrieb sein Verhältnis zur Bevölkerung 1936 so: „Das ist das Wunder unserer Zeit, dass ihr mich gefunden habt ... unter so vielen Millionen! Und dass ich euch gefunden habe, das ist Deutschlands Glück!“.

Das Volk

Überall wo Hitler auftrat – bei den Reichsparteitagen, bei Sportveranstaltungen oder Festen – jubelten ihm die Massen zu. Laut tönten die „Heil“-Rufe durch fahnengeschmückte Stadien und Sporthallen. Stundenlang warteten die Menschen an den Straßen, um einen Blick auf Hitler zu erhaschen. Junge Mädchen warfen ihm Blumen zu, Mütter streckten ihm ihre Kinder entgegen. Was brachte so viele Deutsche dazu, Hitler zu lieben und zu verehren?
Ein großer Teil der Menschen glaubte Hitler, wenn er von einer Volksgemeinschaft sprach, in der es keine Unterschiede zwischen den Bevölkerungsschichten mehr geben sollte. Sie trauten ihm zu, dass er ein neues, mächtiges Deutschland aufbauen könnte. Viele Menschen folgten ihm aber auch nur, weil sie Angst hatten selbst verfolgt oder verhaftet zu werden.

2 Erläutert den Begriff „Charisma“. Nenne charismatische Personen von heute, die du kennst.

3 Beurteilt das Verhältnis von „Führer“ und Volk im NS-Staat.

Sprachspeicher

den Erfolg jemandem zuschreiben
jemandem zujubeln, jemandem etwas zutrauen
Charisma“ (= persönliche Ausstrahlung) haben
einen Blick von etwas/von jemandem erhaschen

[2] *Sammeln für das Winterhilfswerk in Berlin.* Foto, 1936.

4 Beschreibt Bild [2]. Vermutet, warum die Uniformträger anwesend sind.

Die „Volksgemeinschaft“

Die Nationalsozialisten bezeichneten alle Deutschen damals als „Volksgenossen“. Sie sollten eine Einheit bilden, in der alle Unterschiede wie Beruf, Vermögen oder Bildung aufgehoben waren. In der „Volksgemeinschaft“ sollten alle zusammenhalten und sich gegenseitig helfen.
Allerdings schlossen die Nationalsozialisten viele Menschen aus der „Volksgemeinschaft“ aus: zum Beispiel Deutsche jüdischer Herkunft, Sinti und Roma oder Andersdenkende. Sie wurden, verfolgt und in Konzentrationslagern eingesperrt.

Winterhilfswerk

Um das Zusammengehörigkeitsgefühl der sogenannten „Volksgemeinschaft“ zu stärken, wurde 1933 das Winterhilfswerk gegründet. Es unterstützte Arme und Arbeitslose. Mehr als eine Million Freiwillige zog von Haus zu Haus und sammelte Geld und Sachspenden. Kaum jemand traute sich, die Spenden zu verweigern. Vor allem das Auftreten von SA-Leuten erhöhte den Druck auf die Spender.

Eintopfsonntag

Beim „Eintopfsonntag“ waren alle Menschen verpflichtet, auf ein aufwändiges Sonntagsessen zu verzichten. Stattdessen sollte es nur Eintopf geben. Das gesparte Geld wurde für Bedürftige gespendet. In größeren Städten wurden Gemeinschaftsessen auf öffentlichen Plätzen veranstaltet. Jüdische Menschen und andere „Gemeinschaftsfremde“ waren jedoch wie beim Winterhilfswerk ausgeschlossen.

5 Erläutert und bewertet den Begriff „Volksgemeinschaft“. Was bedeutete es, wenn man ausgeschlossen war?

Wählt einen der folgenden Arbeitsaufträge aus:

- Erstellt kurze Begriffserklärungen: „Führer“, „Volksgemeinschaft“, „Winterhilfswerk“.
- Erläutert das Ziel des „Eintopfsonntags“ und nehmt kritisch Stellung dazu.
- Schreibt aus der Sicht einer Person, die aus der „Volksgemeinschaft“ ausgeschlossen wurde, einen kritischen Kommentar.

Sprachspeicher
eine Einheit bilden, sich gegenseitig helfen
die Unterschiede sind aufgehoben
jemanden aus der Gemeinschaft ausschließen
Spenden sammeln, ein Hilfswerk gründen

Verfolgung von Minderheiten

Was geschah mit Menschen in Konzentrationslagern oder „Heilanstalten“?

[1] *Konzentrationslager Buchenwald in Thüringen.* Foto, um 1935.

[2] *Konzentrationslager Dachau bei München.* Foto, um 1935.

1 Beschreibt [1] und [2]. Berichtet, was ihr über Konzentrationslager bereits gehört habt.

2 Nennt Gruppen, die in der NS-Zeit verfolgt wurden, und erläutert die Gründe dafür.

Verfolgte Minderheiten

Die Nationalsozialisten erklärten Menschen, die nach ihren Vorstellungen nicht zur deutschen Volksgemeinschaft gehörten, zu „Volks- und Reichsfeinden“. Dazu zählten in erster Linie Juden, aber auch Sinti und Roma. Sie wurden damals als „Zigeuner“ bezeichnet. In der NS-Zeit wurden sie genauso schlecht behandelt wie die Juden. Sie hatten keine Rechte mehr, wurden verfolgt, inhaftiert und später oft getötet. Von 30 000 Sinti und Roma in Deutschland überlebten nur 5000 den Krieg.
In der NS-Zeit wurden auch andere Minderheiten wie die religiöse Gruppe der „Zeugen Jehovas“, sowie auch Homosexuelle verfolgt, misshandelt und getötet.
Einige Priester setzten sich jedoch für verfolgte Minderheiten ein oder protestierten gegen das Unrecht. Viele von ihnen wurden verhaftet und in ein Konzentrationslager gebracht.

Konzentrationslager

Konzentrationslager (abgekürzt: KL oder KZ) wurden überall in Deutschland gebaut, um große Massen von Verfolgten, Minderheiten und politische Gegner einzusperren. Schon im März 1933 wurde das KZ Dachau bei München errichtet. Hier waren von 1933 bis 1945 insgesamt 200 000 Häftlinge eingesperrt. Über 40 000 von ihnen wurden getötet.
Ein KZ bestand aus Holzbaracken. Sie waren primitiv eingerichtet. Um das Lager herum gab es einen Stacheldrahtzaun und Wachtürme. Die Häftlinge durften auch im Winter nur einen dünnen, gestreiften Anzug tragen. Meist gab es nur eine dünne Suppe und etwas Brot zu essen. Trotzdem mussten die Menschen sehr schwer arbeiten.
Schon bei den kleinsten Fehlern gab es harte Strafen: Essenentzug, langes Stehen oder Peitschenschläge. Willkürlich wurden Tausende Menschen erschossen oder mit Giftgas getötet.

Sprachspeicher

inhaftiert (eingesperrt) sein
die Stimme erheben, Widerstand leisten
sich für etwas einsetzen, gegen etwas protestieren
willkürlich jemanden erschießen, töten

[3] *Plakat des Monatsheftes „Neues Volk“,* um 1938.

3 Beschreibt das Plakat [3]. Wer ist dargestellt? Wofür soll bei den Betrachtern Verständnis geweckt werden?

Euthanasie

Menschen mit psychischen Krankheiten oder einer geistigen Behinderung galten bei den Nationalsozialisten als „minderwertig“. Deshalb begannen sie 1939 unter größter Geheimhaltung, diese Menschen aus ihren Pflegeheimen zu holen. Sie wurden mit Bussen in Kliniken gefahren und dort von Ärzten mit Gas oder durch Spritzen getötet. Diese Mordaktion nannte man „Euthanasie“.
Um Spuren zu verwischen, wurden die Leichen sofort verbrannt. Die Angehörigen erhielten Todesnachrichten mit gefälschten Angaben.
Der Bischof von Münster, Clemens August Graf von Galen, predigte am 3. August 1941 öffentlich gegen die Tötung „der armen wehrlosen Geisteskranken“. Daraufhin wurde die Tötung der erwachsenen Behinderten eingestellt. Bis dahin

[4] *Ausstellung in der heutigen Gedenkstätte Hadamar in Hessen. Hier wurden von 1941 bis 1945 ca. 15.000 psychisch Kranke und andere Menschen ermordet.* Foto, 2007.

waren aber bereits 70 000 Menschen ermordet worden. Der Mord an Kindern wurde fortgesetzt und forderte weitere 30 000 Opfer.

Zwangssterilisationen

1935 erließen die Nationalsozialisten das „Gesetz über die Verhütung erbkranken Nachwuchses“. Es erlaubte Ärzten, Menschen gegen ihren Willen und ohne ihr Wissen zu sterilisieren. Sie konnten dann keine Kinder mehr bekommen. Betroffen waren Personen mit Behinderung und Alkoholkranke. Diese Menschen wurden oft unter einem falschen Vorwand zu einem Arzt vorgeladen. Man schätzt die Gesamtzahl der zwangssterilisierten Frauen und Männer auf etwa 400 000.

4 Erläutert, wie die Nationalsozialisten mit Kranken und Behinderten umgingen.

Wählt einen der folgenden Arbeitsaufträge aus:

- Schreibt Worterklärungen zu den Begriffen „Konzentrationslager“ und „Euthanasie“.
- Schreibt einen Tagebucheintrag „Im Konzentrationslager“. **Starthilfe:** *Wir sind in Baracken mit anderen Häftlingen ...*
- Verfasst einen Artikel für die Schülerzeitung über die Verfolgung von Minderheiten in der NS-Zeit.

Sprachspeicher
als „minderwertig“ gelten
Verfolgung und Tötung von Minderheiten
mit kranken und behinderten Menschen umgehen
Menschen gegen ihren Willen behandeln

Judenverfolgung 1933 – 1939

Warum wurden die Juden verfolgt?

[1] *Jüdische Schüler werden vor einer Schulklasse herabgesetzt. An der Tafel steht: „Der Jude ist unser größter Feind! Hütet euch vor den Juden!".* Foto um 1934.

[2] *Boykott eines jüdischen Geschäftes in Berlin.* Foto April 1933.

1 Beschreibt die Szene in [1]. Welche Gefühle und Gedanken könnten die jüdischen Schüler und die Mitschüler gehabt haben?

2 Was wird in dem Tafelanschrieb behauptet? Nehmt Stellung dazu und begründet kritisch eure Meinung.
Starthilfe: *Der Tafelanschrieb behauptet... Diese Behauptung entspricht nicht ...*

3 Beschreibt [2]. Wozu sollte diese Aktion wohl dienen? Welche Aufgabe hatten die Uniformierten?

Judenfeindlichkeit

Im Mittelalter und in der Frühen Neuzeit wurden Juden wegen ihrer Religion oft benachteiligt und verfolgt. Sie durften nicht alle Berufe ausüben, mussten eine bestimmte Kleidung tragen und besondere Schutzgelder an den Landesherrn bezahlen. Es kam oft zu Überfällen auf ihre Wohnviertel, und die Bewohner wurden vertrieben oder sogar ermordet. Seit 1871 waren die Juden in Deutschland gleichberechtigte Bürger. Sie konnten ihre Religion frei ausüben, sich politisch beteiligen und sich in allen Berufen betätigen. Im Ersten Weltkrieg kämpften viele jüdische Männer als Soldaten für Deutschland. Dennoch gab es Menschen, die jüdischen Bürger für alles Schlechte in der Welt verantwortlich machten.

Der Rassismus der Nationalsozialisten

Viele Nationalsozialisten hatten die Ansicht, dass es verschiedene menschliche „Rassen" gibt. Sie behaupteten, dass sich diese „Rassen" durch Hautfarbe oder Kopfform unterschieden. Außerdem seien nicht alle „Rassen" gleich intelligent und hätten verschiedene Charaktereigenschaften. Menschen aus Nord- und Mitteleuropa mit blonden Haaren und heller Haut nannten die Nationalsozialisten „Arier". Sie dachten, diese seien den anderen überlegen.
Die etwa 500 000 Juden in Deutschland wurden nicht mehr wegen ihrer Religion, sondern wegen ihrer angeblich anderen „Rasse" verfolgt. Sie galten bei den Nationalsozialisten als besonders minderwertig. Alle Formen von Judenfeindlichkeit und Judenhass werden auch als Antisemitismus* bezeichnet.

4 Listet die Stationen der Judenfeindlichkeit im Mittelalter, im 19. Jahrhundert und in der NS-Zeit in Stichworten auf.

5 Erläutert das Rassendenken der Nationalsozialisten.

* *der* **Antisemitismus** Judenfeindschaft; Ableitung von „Semiten" (Völker aus dem Nahen Osten)

Sprachspeicher
- benachteiligt sein / verfolgt sein
- einen Beruf ausüben, gleichberechtigt sein
- jemanden als „minderwertig" ansehen
- Menschen ausgrenzen und verfolgen

[3] *Zuschauer beobachten die brennende Synagoge in Essen.* Foto 1938.

Ausgrenzung

Schon 1933 wurden jüdische Beamte aus dem Staatsdienst entlassen. Im gleichen Jahr wurde zum Boykott (Ausschluss) jüdischer Geschäfte aufgefordert. Die „Nürnberger Gesetze" von 1935 verboten die Eheschließung und sogar alle Sexualbeziehungen zwischen Juden und Nicht-Juden.

Im Jahr darauf verhängte der NS-Staat Berufsverbote für jüdische Ärzte und Apotheker. Der Druck auf die Juden, ihren Besitz (Häuser, Grundstücke usw.) unter Wert an „Arier" zu verkaufen, verstärkte sich. Ab 1941 mussten die Juden in der Öffentlichkeit einen gelben Stern tragen.

6 Beschreibt das Foto [3]. Was könnten die Zuschauer gedacht haben?

* *der* **Boykott:** ein Druckmittel, um wirtschaftliche oder politische Ziele durchzusetzen.

das **Pogrom:** gewalttätige Aktion (Hetze und Verfolgung) gegen Menschen, die einer Minderheit angehören.

Das Novemberpogrom

In der Nacht vom 9. auf den 10. November 1938 wurden in ganz Deutschland 1.400 jüdische Gotteshäuser (Synagogen) in Brand gesteckt. Die SA zerstörte jüdische Geschäfte, Friedhöfe und Wohnungen. Kaum ein Bürger unternahm etwas dagegen. Es gab sogar manche, die sich von der Gewalt anstecken ließen und wie in einem Rausch beim Zerstören und Morden mitmachten. Bei dem Pogrom* starben mehrere hundert Menschen.

Wählt einen der folgenden Arbeitsaufträge aus:

- Listet in einer Tabelle die Stationen der Judenverfolgung auf.
- Legt ein Lexikon mit kurzen Erklärungen zu folgenden Begriffen an: Antisemitismus, Rassismus, Arier, Synagoge, Novemberpogrom
- Schreibt einen Aufsatz für die Schülerzeitung: Der 30. November 1938 – ein schrecklicher Tag in der deutschen Geschichte.

Sprachspeicher

Jemanden aus dem Staatsdienst entlassen
Berufsverbote verhängen
etwas (ein Haus) in Brand stecken

Methode Einzelschicksale recherchieren

Was ist ein „Einzelschicksal"?

Während des Nationalsozialismus wurden Millionen Menschen verfolgt, ermordet und vertrieben. Dies geschah aus politischen, rassistischen oder anderen Gründen.

Die Untersuchung eines Einzelschicksals zeigt, was dies konkret für einen Menschen bedeutete. Die Schritte auf der nächsten Seite helfen euch Einzelschicksale zu recherchieren.

Beispiel: Der Boxer Johann Trollmann

Johann Trollmann, genannt „Rukeli", wurde 1907 in Niedersachsen geboren. Er gehörte zur Minderheit der Sinti, die man damals als „Zigeuner" bezeichnete.

Trollmann gewann 1933 den Titel des Deutschen Meisters im Boxen. Nach der Machtübernahme der Nationalsozialisten wurde ihm der Titel aberkannt und das Boxen ganz verboten. Er musste in einem Arbeitshaus Zwangsarbeit leisten. 1935 wurde er zwangssterilisiert.

Dennoch wurde er 1939 zur Wehrmacht eingezogen und kämpfte als Soldat. Im Krieg wurde er verwundet und kam zurück nach Deutschland.

Vermutlich kurz danach, 1942, wurde er verhaftet und in ein KZ gebracht. Dort musste er gegen Mithäftlinge boxen. 1944 erschlug ihn ein Aufseher im KZ Neuengamme bei Hamburg.

Trollmanns Leben wurde 2013 verfilmt.

[1] *Johann Wilhelm „Rukeli" Trollmann*, Foto, 1928.

[2] *Trollmann (links) im Ring*, Foto, Datum unbekannt.

1. Schritt Einzelschicksale suchen

Recherche in der Bibliothek:
- Gib im PC der Bibliothek Suchwörter ein, zum Beispiel:
- „Nationalsozialismus Einzelschicksale", „Opfer des Nationalsozialismus", „Euthanasie Einzelschicksale", „Flucht und Vertreibung Einzelschicksale".
- Der PC liefert dir Titel von Büchern, in denen du weitersuchen kannst.
- Wenn du Hilfe brauchst, wende dich an die Bibliothekarin oder den Bibliothekar.

Recherche im Internet:
- Gib in eine Suchmaschine Begriffe wie oben ein.
- Du findest Links, die dich zu Darstellungen oder auch Augenzeugenberichten führen.
- Entscheide dich für eine Person.

Personen befragen:
- Vielleicht kennst du jemanden, der den Nationalsozialismus oder das Kriegsende als Kind selbst erlebt hat.
- Befrage ihn nach seinen Erinnerungen.
- Vielleicht ist es möglich, diese Person zu besuchen oder in die Klasse einzuladen.

2. Schritt Materialien auswerten

- Welche Texte findest du? Welche willst du verwenden?
- Kläre den Zusammenhang, in dem die Person zu sehen ist: rassistisch oder politisch Verfolgte, Opfer der Euthanasie, Flüchtlinge, Vertriebene ...
- Erstelle ein Verzeichnis über die Quellenangaben. Liste hier alle Quellen auf, die du benutzt hast.

3. Schritt Einzelschicksale vorstellen

- Zeige zu Beginn deines Vortrages ein vergrößertes Foto der Person.
- Trage deine Informationen frei vor.
- Weise auf Augenzeugenberichte oder Dokumente hin.
- Zeige Fotos, die im Zusammenhang mit dem Einzelschicksal stehen.

[3] *Recherche in der Bibliothek,* Foto.

[4] *Recherche im Internet,* Foto.

[5] *Befragung von Personen,* Foto

1 Recherchiert selbstständig ein Einzelschicksal und stellt die Person in der Klasse vor.

☒ Wahlseite Von Bauern gerettet

1 Informiert euch über die Taten von Familie Aschoff.

2 Präsentiert eure Ergebnisse der Klasse.

[1] *Marga Spiegel (zweite Person von rechts) bei einem Pressetermin zum Film „Unter Bauern". Sie wird im Film von der Hauptdarstellerin Veronica Ferres (Mitte) gespielt.* Foto, 2008.

Die Familie Aschoff

Heinrich Aschoff (1893 – 1958) war ein katholischer Großbauer aus dem Münsterland. Er lebte mit seiner Frau und acht Kindern in Ascheberg-Herbern. Im Ersten Weltkrieg wurde er schwer verwundet und war seitdem auf einem Auge blind. Auf dem großen Bauernhof der Familie Aschoff wurden während des Zweiten Weltkriegs auch polnische und russische Zwangsarbeiter beschäftigt.

Marga Spiegel

1943 erschien eine „Frau Krone" mit ihrer Tochter auf dem Bauernhof Aschoff. Sie behauptete, dass ihr Haus in Dortmund durch Bomben zerstört worden sei. Jetzt suche sie eine Unterkunft. In Wahrheit handelte es sich um die Jüdin Marga Spiegel, die mit ihrem Mann und der Tochter aus der Stadt Ahlen aufs Land geflohen war. Ohne die Flucht hätte ihnen der Abtransport in ein Konzentrationslager und der Tod gedroht.

Retter in der Not

Heinrich Aschoff bemerkte gleich, dass es sich bei „Frau Krone" um eine Jüdin handelte. Dennoch nahm er die fremde Frau mit der Tochter in sein Haus auf und versteckte sie. Etwas später erkannte auch die ganze Familie Aschoff, wer da auf ihrem Bauernhof wohnte. Sie alle wussten, dass ihnen Gefängnis oder sogar der Tod drohte, wenn die Juden gefunden würden. Nach mehr als zwei Jahren im Versteck war der Krieg zu Ende und Marga Spiegel mit Mann und Tochter gerettet. Aber 37 Mitglieder ihrer Familie waren von den Nazis umgebracht worden.

1969 erschien ihr Buch „Retter in der Nacht", wo sie diese Geschichte schilderte. 2009 wurde das Leben von Marga Spiegel unter dem Titel „Unter Bauern - Retter in der Nacht" verfilmt.

Heinrich Aschoff und andere mutige Bauern aus der Umgebung wurden vom Staat Israel mit dem Ehrentitel „Gerechte unter den Völkern" ausgezeichnet.

Tipp für die Erarbeitung

- Stichworte über das Leben von Heinrich Aschoff und von Marga Spiegel notieren

Tipp für die Präsentation

- eine Diskussion in der Familie Aschoff für und gegen die Aufnahme der „Juden" führen.

☒ Wahlseite Ein mutiger Unternehmer

1 Informiert euch auf dieser Seite über das Leben und Wirken von Oskar Schindler.
2 Präsentiert eure Ergebnisse der Klasse.

[1] *Original-Schreibtisch aus dem Museum in Krakau und die Schreibmaschine, worauf die Liste getippt wurde. Porträt von Oskar* Schindler. Fotos.

Oskar Schindler

Oskar Schindler (1908 – 1974) war der Sohn eines Fabrikanten. Nach dem Abbruch der Realschule machte er eine Ausbildung im Maschinenbau und arbeitete anschließend in der Fabrik seines Vaters. Von 1936 – 39 war er als Spion für den deutschen Geheimdienst tätig. Nach dem Einmarsch der deutschen Truppen in Polen kaufte Schindler ehemalige jüdische Metallfabriken. Schindler nahm während des Krieges Kontakt zu jüdischen Organisationen auf und wurde vorübergehend festgenommen. Als die Deutschen 1943 das Wohnviertel der Juden in Krakau brutal auflösten, gelang es Schindler durch Bestechung, jüdische Arbeiter als „kriegswichtig" zu erklären und in seinem eigenen Unternehmen zu beschäftigen. 1944 schaffte es Schindler, 800 bereits in Konzentrationslager verbrachte Männer und 300 nach Ausschwitz abtransportierte Frauen in seine Fabrik zurückzuholen. Insgesamt hat Oskar Schindler zusammen mit seiner Frau 1.200 Juden vor dem sicheren Tod bewahrt.

Für seine Verdienste wurde er – nach seinem Tod – vom Staat Israel mit dem Ehrentitel „Gerechter unter den Völkern" ausgezeichnet.

Durch den Film „Schindlers Liste" (1993) erlangte die Geschichte der Rettung von Juden durch Oskar Schindler eine weltweite Aufmerksamkeit.

Tipps für die Erarbeitung
- einen Lebenslauf von Oskar Schindler verfassen
- einen Text für eine Erinnerungstafel formulieren

Tipp für die Präsentation
- den Film „Schindlers Liste" ansehen und (in Teilen) vorstellen

☒ Wahlseite Benjamin Traub

1 Informiert euch über das Schicksal von Benjamin Traub.
2 Präsentiert eure Ergebnisse der Klasse.

[1] *Die Familie Traub im Garten. Benjamin sitzt ganz links.* Foto um 1927.

Euthanasie

Für die Nationalsozialisten galten Menschen mit Behinderungen als „lebensunwert". Unter großer Geheimhaltung wurden ca. 100.000 Menschen abgeholt und in Kliniken ermordet. Die Nazis nannten das „Euthanasie". Eines der Opfer war Benjamin Traub.

Die Kindheit von Benjamin Traub

Benjamin Traub wurde am 25. November 1914 als viertes Kind des Predigers Karl Friedrich Traub und seiner Ehefrau Karoline in Mülheim an der Ruhr geboren. Während des Ersten Weltkriegs lebte die Familie in Bremerhaven, danach für ein paar Jahre in Köln, wo Benjamin eingeschult wurde. 1923 zogen die Traubs wieder nach Mülheim. Dort besuchte Benjamin die Oberrealschule. Er war ein begabter Junge, der sehr gut Klavier spielte. Er sammelte Briefmarken und spielte leidenschaftlich gern Schach. Aufgrund seiner besonderen Schulleistungen konnte er sogar eine Klasse überspringen.

Krankheit und Tod

1931 hackte sich Benjamin beim Holzhacken versehentlich ein Stück des Fingers ab. Der Unfall stürzte ihn in eine schwere innere Krise. Nachdem Benjamin mehrfach angekündigt hatte, sich selbst umzubringen, brachten ihn die Eltern im August 1931 in die Heil- und Pflegeanstalt Bedburg-Hau am Niederrhein, wo er 9 Jahre lang behandelt wurde. Er erhielt häufig Besuch von den Eltern und Geschwistern oder fuhr selbst zu Besuch nach Hause. 1940 wurde Benjamin für ein Jahr nach Weilmünster in Hessen verlegt. Wie man später herausfand, wurde er am 13. März 1941 abgeholt und in die „Heil- und Pflegeanstalt Hadamar" in Hessen gebracht. Dort bestätigte ein Arzt auf einem Totenschein eine „natürliche Todesursache". Unmittelbar danach wurde Benjamin im Keller der Anstalt durch Giftgas umgebracht. Sein Leichnam wurde verbrannt. Im April 1941 erhielten die Eltern die Nachricht, ihr Sohn sei „plötzlich und unerwartet an einer Hirnhautentzündung" verstorben. Niemand in der Familie konnte das glauben. Kurz danach wurde eine Urne zugesandt, die angeblich die Asche von Benjamin enthielt.

Tipps für die Erarbeitung

- erstellt eine Stichwortliste zum Leben von Benjamin Traub

Tipps für die Präsentation

- Beschreibt die Lebensgeschichte von Benjamin Traub mit eigenen Worten.
- Verfasst einen Text für einen Gedenkstein.

Wahlseite Helga Becker-Leeser

1 Informiert euch über die Kindheit von Helga Becker-Leeser.
2 Präsentiert eure Ergebnisse der Klasse.

[1] *Helga und ihr Vater sehen die brennende Dülmener Synagoge.* Zeichnung 2015

[2] *Helga Becker-Leeser erzählt anhand von Bildern einer Schulklasse der Hermann-Leeser-Schule Dülmen aus ihrem Leben.* Foto 2015.

Kindheit in Westfalen

Die **1928 geborene** Helga Becker-Leeser wuchs als **Kind jüdischer Eltern** in Dülmen (Westfalen) auf. Die Mutter war in den Niederlanden geboren. Der Vater besaß eine Textilfabrik, in der vor allem Hand- und Küchentücher hergestellt wurden. Es war eine fröhliche, unbeschwerte Kindheit, die Helga und ihre ältere Schwester in der Kleinstadt verlebten. Ab **1933** besuchte Helga eine **katholische Grundschule** und nahm sogar am Religionsunterricht teil. Aber eines Tages war alles anders: Jüdischen Kindern war es nicht mehr erlaubt, eine katholische Schule zu besuchen.

Der 9. November 1938 und die Folgen

In der „**Reichspogromnacht**“ am 9. November 1938 zündeten die Nazis überall in Deutschland Synagogen an und zerstörten jüdische Geschäfte.
Helga erinnerte sich später, dass sie mit ihrem Vater am Fenster stand und die brennende Dülmener Synagoge sehen konnte.
Plötzlich gab es unten im Haus großen Lärm. Der Vater ging zur Haustür hinunter, wo er von den Nazis verhaftet und ins Gefängnis gebracht wurde. Aus Verzweiflung nahm er sich vier Tage später das Leben.

Überleben in den Niederlanden

Die **Mutter wanderte** nun **mit den Kindern** in ihre niederländische Heimat **aus.** Die Familie musste fliehen, um dem Abtransport in ein Konzentrationslager zu entgehen. In **Rotterdam** wurden sie von einem niederländischen Ehepaar bis zum Ende des Krieges versteckt. Helga heiratete 1957 Leo Becker, das Paar bekam zwei Söhne. 2018 verstarb sie mit 89 Jahren. **2015** erschien das Buch „**Von allem etwas**“, das die Kindheit von Helga-Becker Leeser beschreibt und von einer Geschichts-AG der Hermann-Leeser-Schule Dülmen herausgegeben wurde.

Tipps für die Erarbeitung
- Ihr könnt beim Lesen die Schritte des Lese-Profis anwenden. Was habt ihr über die Person Helga Becker-Leeser erfahren?

Tipps für die Präsentation
- eine Zeitleiste über das Leben von Helga-Becker Leeser erstellen das Buch „Von allem etwas“ ausleihen und in der Klasse vorstellen

Der Weg in den Krieg

Wie kam es zum Zweiten Weltkrieg?

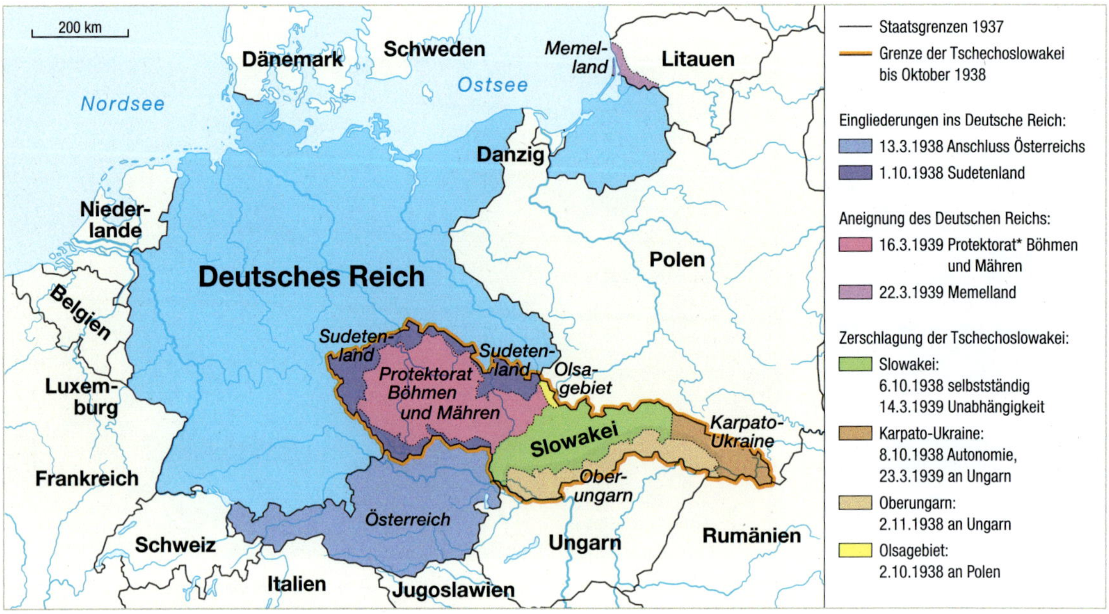

[1] *Erweiterung des deutschen Machtbereichs bis 1939. Karte.*

1 Wertet die Karte [1] aus: Welche Gebiete wurden bis 1939 an das Deutsche Reich „angeschlossen"?

Hitler will den Krieg

Schon in seinem Buch „Mein Kampf" verkündete Hitler 1925, dass er unbedingt den Krieg wollte. Deutschland sollte Osteuropa erobern, denn dort sei neuer „Lebensraum" für die Deutschen. Die Menschen Osteuropas, die Slawen, nannte Hitler „Untermenschen". Sie müssten ihren Platz den Deutschen überlassen, die das „Recht des Stärkeren" auf ihrer Seite hätten. Hitler sah im Krieg auch den Zeitpunkt gekommen, um die Juden zu verfolgen.

Öffentlich gab sich Hitler jedoch zunächst friedfertig. 1933 erklärte er öffentlich im Reichstag, dass er die Rechte anderer Völker respektiere und in Frieden und Freundschaft mit ihnen leben wolle. Durch solche Aussagen wollte Hitler auch das Ausland besänftigen.

2 Stellt die Absichten und Äußerungen Hitlers zum Thema „Krieg und Frieden" gegenüber.

Schritt für Schritt dem Krieg entgegen

Während Hitler auf der einen Seite beteuerte, den Frieden zu wollen, versuchte er gleichzeitig, dem Krieg immer näher zu kommen. Dazu unternahm er folgende Schritte:

- 1933: Deutschland verlässt den Völkerbund.
- 1934: Beginn der Wiederaufrüstung: Das Heer wird auf 250 000 Soldaten vergrößert, es werden Flugzeuge und Panzer gebaut.
- 1935: Wiedereinführung der Wehrpflicht
- 1936: Einmarsch deutscher Truppen in das entmilitarisierte Rheinland
- 1938: Einmarsch deutscher Truppen in Österreich; Eingliederung Österreichs in das Deutsche Reich
- 1938: Anschluss des Sudetenlandes an das Deutsche Reich
- 1939: Besetzung der „Resttschechei" und Angliederung von Böhmen und Mähren

3 Benennt die Verstöße Deutschlands gegen den Versailler Vertrag.

Sprachspeicher

- etwas (eine Botschaft) verkünden
- die Rechte anderer Völker respektieren
- etwas beteuern (= betonen), etwas unternehmen,
- dem Krieg immer näher kommen

[2] *Karikatur aus der amerikanischen Zeitschrift „The Nation“,* 1933.

4 Beschreibt und deutet die Karikatur [2]. **Starthilfe:** *Hitler redet vom Frieden, was man daran erkennen kann, dass ...*

Friedenspolitik der westlichen Großmächte

Großbritannien und Frankreich wollten einen neuen Krieg in Europa unbedingt vermeiden. Sie hatten abgerüstet und waren für einen neuen Krieg noch nicht bereit. Deshalb protestierten sie nur schwach, als deutsche Truppen das Rheinland und Österreich besetzten.

1938 trafen sich die Regierungschefs von Großbritannien, Frankreich und Italien in München mit Hitler. Dort schlossen sie ein Abkommen: Sie entschieden, das Sudetenland an Deutschland zu übergeben. Dieses Gebiet in der Tschechoslowakei wurde von drei Millionen Deutschen bewohnt. Die Tschechoslowakei wurde nicht gefragt.

Die meisten Menschen in Großbritannien, die sich noch an den schrecklichen Ersten Weltkrieg erinnerten, atmeten erleichtert auf. Sie glaubten, dass der Frieden gesichert sei. Doch nur ein halbes Jahr später, im März 1939, marschierten deutsche Truppen in Prag ein und besetzten die restliche Tschechoslowakei.

[3] *Bürger von Prag protestieren während des Einmarschs deutscher Truppen.* Foto, 1939.

5 Beschreibt das Bild [3].

6 Beurteilt die Friedenspolitik der europäischen Großmächte: *Richtig, weil ... Falsch, weil ...*

Der Überfall auf Polen

Am 23. August schlossen Hitler und der sowjetische Diktator Stalin einen „Nichtangriffspakt“. In einem geheimen Zusatzprotokoll vereinbarten sie für den Fall des Krieges eine Aufteilung Polens in einen deutschen und einen sowjetischen Teil. Hitler verstand das als „Einladung“, einen Krieg gegen Polen zu beginnen. Am 1. September 1939 überschritten deutsche Truppen die polnische Grenze. Zwei Tage später erklärten Großbritannien und Frankreich Deutschland den Krieg.

Wählt einen der Arbeitsaufträge aus:

- Zeichnet für 1933 bis 1939 einen Zeitstrahl in euer Heft. Trage die Ereignisse ein.
- Verfasst einen Radioaufruf der polnischen Regierung zum Widerstand gegen die deutschen Angreifer.
- Schreibt einen Zeitungskommentar für eine englische Zeitung am 1. September 1939. **Starthilfe**: *Schuld am Krieg hat ganz eindeutig ... Aber wir ...*

Sprachspeicher

- Krieg vermeiden, abrüsten
- ein Abkommen schließen
- eine Grenze überschreiten
- den krieg erklären

Krieg an allen Fronten

Was ist ein „Blitzkrieg"?

[1] *Deutscher Vormarsch in Jugoslawien.* Foto, April 1941.

1 Beschreibt Bild [1] und vermutet, welche Folgen der Vormarsch für die Bevölkerung des Ortes hatte.

„Blitzkrieg"

Schon wenige Wochen nach dem deutschen Einmarsch vom 1. September 1939 brach der Widerstand Polens gegen die überlegenen deutschen Panzer und Flugzeuge zusammen.
Die deutsche Wehrmacht versuchte, große Gebiete möglichst schnell zu erobern. So wollte sie einen langen Krieg verhindern. Diese Taktik nannte man „Blitzkrieg".
In weiteren „Blitzkriegen" wurden Dänemark, Norwegen, die Niederlande, Belgien und Luxemburg besetzt (1940). Die Deutschen kontrollierten nun die Ostsee und sicherten sich die wichtigen Erzvorkommen im Norden Europas.
Im Mai 1940 marschierte die deutsche Wehrmacht in Frankreich ein. Schon nach wenigen Wochen konnte Hitler als Sieger in Paris einziehen. Er war jetzt auf dem Höhepunkt seiner Macht und seines Ansehens.
Der Versuch, Großbritannien durch Luftangriffe zu besiegen, scheiterte an dem eisernen Durchhaltewillen des englischen Volkes unter der Führung von Premierminister Winston Churchill. Deutschland stellte den Luftkrieg gegen England ein.
Im Sommer 1941 begann der Vorstoß der deutschen Armeen in die Sowjetunion.

2 Wertet die Karte [2] aus: Welche Staaten oder Teile von Staaten wurden bis 1942 durch Deutschland besetzt?

Wählt einen der Arbeitsaufträge aus:

- Legt einen Zeitstrahl des Zweiten Weltkrieges von 1939 bis 1941 an.
- Schreibt mithilfe von [1] bis [4] einen Sachtext über den Krieg (Kriegsführung, Folgen für die Bevölkerung usw.).
- Verfasst einen Aufruf der englischen Regierung zum Widerstand gegen die deutschen Angreifer.

Sprachspeicher

- der Widerstand bricht zusammen,
- Gebiete erobern/besetzen,
- in ein Land „als Sieger einziehen"
- ein Land (den Gegner) besiegen, an etwas scheitern,
- den Kampf einstellen, mit einem Vorstoß beginnen
- „Blitzkrieg" (= schnell, wie ein Blitz)

[2] *Ausdehnung des Deutschen Reiches im Zweiten Weltkrieg (bis 1942),* Karte.

[3] *Russisches Dorf nach dem Durchmarsch der Deutschen Armee.* Foto, 1941.

[4] *Einwohner der Stadt Kertsch (Sowjetunion) suchen nach Angehörigen,* Foto, 1942.

Sprachspeicher

- **zu der Karte [2]:** *Die Karte zeigt ...*
- Die Verbündete Deutschlands waren,
- Deutschland hat folgende Gebiete erobert:
- **zu den Bildern [3] und [4]:** *Die Fotos zeigen ...*
- Es wird aus den Bildern deutlich, dass ...
- ein Dorf verwüsten (>> es wurde verwüstet/zerstört)

Vernichtungskrieg

Wie verhielten sich die Deutschen in den besetzten Gebieten?

[1] *Deutsche Offiziere zwingen russische Frauen zur Arbeit.* Foto, Sowjetunion 1941.

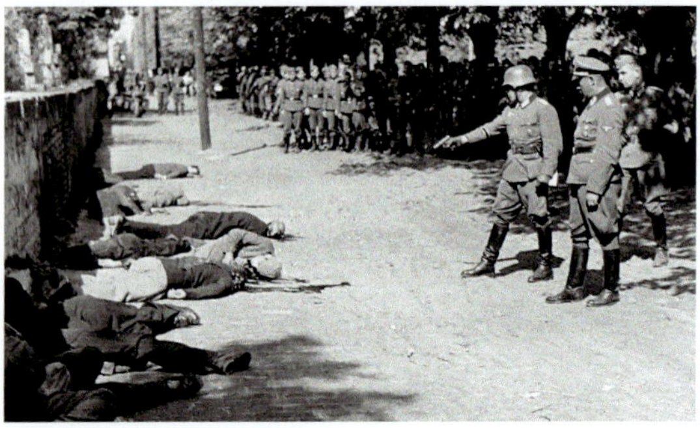

[2] *Ermordung von Zivilisten durch die Wehrmacht in Jugoslawien.* Foto, 1941.

[3] *Russische Kriegsgefangene in einem Lager*, Foto 1941.

1 Beschreibt die Fotos [1] bis [3].

Der Krieg im Osten

Die Nationalsozialisten wollten in Osteuropa nicht nur fremde Länder erobern. Das Ziel war vielmehr, „Lebensraum" für die Deutschen zu schaffen. Dafür sollte die einheimische Bevölkerung weichen, die man als weniger wertvoll ansah. Ihren Tod nahm man bewusst in Kauf oder führte ihn sogar ganz gezielt herbei.

Opfer und Täter

Die meisten Menschen, die den Mordaktionen der Deutschen zum Opfer fielen, waren Juden. Millionen von Juden wurden in Ghettos oder Konzentrationslager deportiert. Sondereinsatzgruppen der SS* oder der Polizei, aber auch Soldaten der deutschen Wehrmacht hinterließen eine Spur der Verwüstung und löschten ganze Dorfgemeinschaften aus. Oft kam es zur massenhaften Erschießung von Zivilisten, wenn diese verdächtigt wurden, den Feind zu unterstützen.

2 Erläutert den Begriff „Vernichtungskrieg".

Zwangsarbeit

Während des Krieges wurden Millionen von deutschen Männern für den Kriegsdienst eingezogen. Sie fehlten in Deutschland als Arbeitskräfte. Deshalb wurden etwa 6 Millionen Männer und Frauen aus Polen, Jugoslawien, der Sowjetunion, aus Frankreich oder den Niederlanden in Deutschland als „Zwangsarbeiter" beschäftigt. Sie wurden morgens aus Gefangenenlagern zu ihren Arbeitsplätzen in der Rüstungsindustrie, im Bauwesen oder in der Landwirtschaft gebracht und mussten abends ins Lager zurückkehren. Verstöße gegen Arbeitsanweisungen oder die Lagerordnung wurden mit körperlichen Strafen oder Essensentzug bestraft. Aber es gab auch deutsche Arbeitgeber, die den Zwangsarbeitern regelmäßig Lohn zahlten, sie ausreichend mit Kleidung und Nahrung versorgten und menschlich mit ihnen umgingen.

3 Berichtet, was es bedeutete, als Zwangsarbeiter/in in Deutschland zu sein.

Sprachspeicher

- die Vernichtung ganzer Völker als Ziel des Krieges;
- massenhafte Erschießung, Vergeltungsmaßnahmen;
- eine Spur der Verwüstung hinterlassen;
- einer Mordaktion zum Opfer fallen

[4] *Deutsche Soldaten misshandeln einen jüdischen Bewohner in einem polnischen Ghetto.* Foto, 1942.

4 Beurteilt das Verhalten der deutschen Soldaten. auf der Grundlage von Bild [4] und Text [5].

[5] Der deutsche Soldat Richard H. berichtet über ein Massaker in Weißrussland (1941):
„Es gab ungefähr 1000 Juden im Dorf Krupka und diese mussten alle heute erschossen werden ... Um genau 7.00 Uhr mussten sich alle Juden, Männer, Frauen und Kinder auf dem Besichtigungsplatz melden. Nachdem die Leute verlesen worden waren, marschierte die Kolonne zu dem nächsten Sumpf. ... Als wir am Sumpf ankamen, erhielten alle den Befehl, sich hinzusetzen ... 50 Meter weiter war ein tiefer Graben voll Wasser. Die ersten Zehn mussten sich neben jenen Graben stellen und sich bis zur Hüfte ausziehen. Dann mussten sie in den Graben hinunter und wir, (...), standen am Rande über ihnen. ... Zehn Schüsse fielen, zehn Juden waren abgeknallt. Dieses ging weiter bis alle erledigt waren. Nur wenige von ihnen behielten ihre Fassung. Die Kinder klammerten sich an ihre Mütter, Frauen an ihre Männer. Ich werde dieses Bild so leicht nicht vergessen..."

Zitiert nach: Vernichtungskrieg. Verbrechen der Wehr macht 1941 bis 1944, Ausstellungskatalog, Hamburg 1996.

* *die* **SS:** Abkürzung für Schutzstaffel, der SS gehörten Kampfverbände und Wachmannschaften der Konzentrationslager an.

das **Ghetto:** abgetrenntes Stadtviertel, in dem die Juden leben mussten.

die **Deportation:** Verschleppung von Menschen in andere Gebiete oder Länder.

Wählt einen der folgenden Arbeitsaufträge aus:

- Versetzt euch in die Lage des Jungen auf Bild [3]. Formuliert einige Sätze für sein Tagebuch.
- Schreibt den Entschädigungsantrag einer ehemaligen Zwangsarbeiterin. **Starthilfe:** *Ich wurde 1942 aus meinem Dorf ...*
- Schildert die in Text [5] dargestellten Ereignisse aus der Sicht eines überlebenden Dorfbewohners.

Sprachspeicher
- Menschen in ein Ghetto oder Lager deportieren
- Menschen verschleppen und misshandeln
- jemanden zum Kriegsdienst einziehen
- jemanden zur Zwangsarbeit einsetzen

Der Massenmord an den Juden

Wie wurden 6 Millionen Menschen getötet?

[1] *Konzentrationslager Auschwitz. Gefangene Juden aus Ungarn sind angekommen und warten auf der Bahnrampe; davor stehen zwei SS-Aufseher.* Foto, 1944.

[2] *Kleines Bild: „Selektion“: Ein SS-Mann prüft, ob angekommene Juden arbeiten können.* Foto, 1944.

1 Beschreibt die Bilder oben und vermutet, was in den jüdischen Menschen vorging.

2 Berichtet, was ihr über den Holocaust bereits gehört habt.

Der Holocaust

1941/42 hatte das Deutsche Reich große Teile Europas erobert und besetzt. Jetzt sah Hitler die Chance zur „Endlösung der Judenfrage“ gekommen. Damit meinte er die Ermordung von Millionen Juden. In Osteuropa hatten zunächst Erschießungskommandos hunderttausende Juden getötet. Doch das ging den Nationalsozialisten nicht schnell genug. Deshalb begannen sie 1942 Vernichtungslager in Polen und Weißrussland zu errichten, zum Beispiel Auschwitz-Birkenau, Treblinka und Majdanek. Allein in Auschwitz wurden 1,1 Millionen Frauen, Männer und Kinder getötet. Insgesamt fielen etwa 6 Millionen Juden dem Holocaust zum Opfer.

3 Erläutert, warum die Vernichtungslager außerhalb von Deutschland gebaut wurden.

Der Weg in den Tod

Aus Deutschland und 22 weiteren Ländern Europas wurden die Juden mit Güterwagons der Eisenbahn in die Lager transportiert. Wenn die Züge ankamen, wurden die halb verhungerten und verängstigten Menschen nach arbeitsfähigen und nicht arbeitsfähigen Personen aufgeteilt. Das nannte man Selektion (Auswahl). Kranke, ältere, nicht mehr arbeitsfähige Erwachsene und die Kinder wurden direkt in die Gaskammern geschickt. Die Arbeitsfähigen mussten härteste Arbeiten verrichten. Die wenigsten von ihnen überlebten.

4 Erläutert die Begriffe „Holocaust“, „Endlösung“, „Selektion“ mit eigenen Worten.

Sprachspeicher
- ein Lager errichten, dem Holocaust zum Opfer fallen
- Menschen selektieren, töten
- harte / härteste Arbeit verrichten
- den Holocaust überleben

[3] Der Kommandant von Auschwitz sagte nach dem Krieg vor Gericht aus:

Die zur Vernichtung bestimmten Juden wurden zu den Krematorien geführt. Im Auskleideraum wurde ihnen gesagt, dass sie hier nun zum Baden und zur Entlausung kämen. Nach der Entkleidung gingen die Juden in die Gaskammer ... Die Tür wurde nun schnell zugeschraubt und das Gas sofort durch die Decke in einem Luftschacht bis zum Boden geleitet. Durch das Beobachtungsloch in der Tür konnte man sehen, ... dass ungefähr ein Drittel sofort tot war ... Nach wenigstens 20 Minuten regte sich keiner mehr. (Zit. n.: Der Prozess gegen die Hauptkriegsverbrecher v. dem internationalen Militärgerichtshof, Bd. 33, S. 275 ff.)

[4] *Ankunft von Juden in Auschwitz.* Foto, 1944.

In den Konzentrationslagern waren Sonderkommandos im Einsatz. Sie bestanden aus jüdischen Häftlingen, die von der SS gezwungen wurden, die Ermordung der anderen Juden vorzubereiten und ihre Leichen zu verbrennen.
Am 27. Januar 1945 wurde das Konzentrationslager Auschwitz von der sowjetischen Armee befreit. Dieses Datum wurde später in Deutschland zum Holocaust-Gedenktag bestimmt.

[5] *Warten auf den Tod. Man sagte den Juden, dass sie in einen Duschraum gehen würden.* Foto, 1944.

* *der* **Holocaust:** Massenmord an den Juden. Das Wort ist abgeleitet von griechisch: holokauston = vollständig verbrannt.

5 Listet Personengruppen auf, deren Hilfe nötig war, um den Holocaust durchzuführen (denkt auch an Verhaftung, Transport usw.).

[6] *Eine jüdische Frau mit Kindern auf dem Weg zur Gaskammer, vielleicht ihren Enkeln.* Foto, 1944.

Wählt einen der Arbeitsaufträge aus:

- Sucht ein Foto von dieser Doppelseite, das euch berührt. Schreibt Gedanken dazu auf.
- Findet Gründe, warum nach dem Krieg zunächst wenig über den Holocaust gesprochen wurde, obwohl viele beteiligt waren.
- Schreibt für die Einladung zu einer Holocaust-Gedenkfeier in der Schule eine Begründung: „Warum wir diese Feier veranstalten“.

Sprachspeicher
- Sonderkommandos einsetzen
- ein Konzentrationslager befreien
- Adjektive: unmenschlich, brutal, gnadenlos, unfassbar
- dem Holocaust gedenken, einen Gedenktag einrichten

Nicht alle waren einverstanden

Wer leistete Widerstand gegen die Nazi-Herrschaft?

Gegner der Nationalsozialisten

Nicht alle Menschen waren mit der NS-Herrschaft einverstanden. Aber nur wenige leisteten Widerstand. Es konnten Kommunisten, Sozialdemokraten, Priester, Jugendgruppen, Studenten oder Offiziere sein. Sie alle lehnten die Unterdrückung der Freiheit, die Verfolgungen von Minderheiten oder die brutalen Terrormaßnahmen der Diktatur ab und wollten die Nazi-Herrschaft beenden.

Was ist Widerstand?

Der Schreiner Georg Elser versuchte 1939, Hitler durch ein Bombenattentat in München zu töten. Der Anschlag misslang. Die Beseitigung des Diktators war das äußerste Mittel des Widerstands und wurde nur von wenigen versucht. Andere „widerständige Aktionen" konnten sein: Verfassen und Verteilen von Flugblättern oder Zeitungen, öffentlicher Protest, Unterstützen und Verstecken von Verfolgten, Verweigerung des Wehrdienstes. In der NS-Zeit galt schon die Verweigerung des Hitlergrußes als „Widerstand". Wer einen Witz über Hitler erzählte, konnte durchaus im KZ oder im Gefängnis landen.

Warum gab es so wenige Widerstandskämpfer?

Nur ein Bruchteil der Deutschen leistete aktiven Widerstand. Viele Menschen waren politisch gleichgültig und nahmen die Nationalsozialisten am Anfang nicht ernst. Andere waren mit der Politik im Großen und Ganzen einverstanden, vor allem nach den ersten Erfolgen zu Beginn des Krieges. Die meisten Menschen aber hatten Angst vor Verfolgung. Ihnen fehlte der Mut, etwas zu unternehmen.

1 Listet in Stichworten auf: Widerstandskämpfer, Mittel des Widerstandes.

2 Erläutert die Gründe dafür, dass nur so wenige Menschen sich aktiv am Widerstand beteiligten.

3 Erläutert, mit welchen Mitteln Bonhoeffer und Bischof Galen Widerstand leisteten. (Autorentext und Material [3].) Bewertet ihre Taten.

[1] *Gedenktafel an der Zionskirche in Berlin.*

[2] *Bischof von Galen.* Foto.

Widerstand aus den Reihen der evangelischen und katholischen Kirche

Einer der bedeutendsten NS-Gegner in der evangelischen Kirche war der Pfarrer Dietrich Bonhoeffer (1906 – 1945). Er gehörte zu den wenigen, die öffentlich gegen die Judenverfolgung Stellung bezogen. In einem Radiovortrag kritisierte er die Amtsführung Hitlers. Am 9. April 1945 wurde Bonhoeffer hingerichtet.
Zu den mutigsten Gegnern der NS-Machthaber gehörte der katholische Bischof von Münster Clemens August Graf von Galen (1878 – 1946).

[3] In einer Predigt am 13. Juli 1941 sagte er:
Keiner von uns ist sicher ... dass er nicht eines Tages aus seiner Wohnung geholt, seiner Freiheit beraubt, in den Kellern und Konzentrationslagern der Geheimen Staatspolizei eingesperrt wird ... darum rufe ich laut ...: Wir fordern Gerechtigkeit! Bleibt dieser Ruf ungehört und unerhört ... so wird unser deutsches Volk und Vaterland ... an innerer Fäulnis und Verrottung zugrunde gehen!

Bischof von Galen war in der Bevölkerung sehr beliebt und geachtet. Die Nazis wagten deshalb nicht, ihn zu verhaften.

Sprachspeicher
- Widerstand leisten
- „widerständige" Aktionen planen
- öffentlich gegen etwas Stellung beziehen
- gegen etwas auftreten, jemanden hinrichten

[4] *Die Geschwister Hans und Sophie Scholl mit Christoph Probst von der „Weißen Rose".* Foto 1943.

[6] *NS-Prominente besichtigen den Besprechungsraum im Führerbunker nach dem Attentat vom 20. Juli 1944. Foto.*

Die „Weiße Rose"

Die „Weiße Rose" – so nannte sich eine Münchener Studentengruppe um die Geschwister Hans und Sophie Scholl und Professor Kurt Huber. Heimlich verfassten und verteilten sie Flugblätter in der Münchener Universität, die sich gegen die tyrannische Herrschaft Hitlers wendeten. Schließlich wurden die Geschwister Scholl mit ihren Freunden verhaftet und hingerichtet.

[5] In ihrem letzten Flugblatt vom Februar 1943 schrieben sie:

Erschüttert steht unser Volk vor dem Untergang der Männer von Stalingrad. ... Führer, wir danken dir! Im Namen des ganzen deutschen Volkes fordern wir vom Staat Adolf Hitlers die persönliche Freiheit, das kostbarste Gut der Deutschen zurück, um das er uns in der erbärmlichsten Weise betrogen hat.

Zit. nach: J. Hohlfeld, Dokumente der deutschen Politik und Geschichte von 1848 bis zur Gegenwart, Bd. IV/V, Berlin 1951.

4 Erläutert, um welche Art von Widerstand es sich bei der „Weißen Rose" handelt.

5 Gebt mit eigenen Worten wieder, was in dem Flugblatt gefordert wird. Wie ist die Wendung „Führer, wir danken dir!" gemeint?

6 Beschreibt das Attentat von Stauffenberg [6] und seine Gründe für seine Tat mit eigenen Worten.

Der 20. Juli 1944

Am 20. Juli 1944 zündete Oberst Graf Schenk von Stauffenberg im Hauptquartier Hitlers eine Zeitbombe. Hitler überlebte das Attentat. Stauffenberg und seine engsten Vertrauten wurden verhaftet und hingerichtet.

[7] Stauffenberg erklärte vor dem Attentat:

Hitler hat ... das Recht zerstört ... das Glück von Millionen vernichtet. Er hat Ehre und Würde, Freiheit und Leben anderer für nichts erachtet ... So durfte es nicht weitergehen! Wir wollen unsere Ehre und unser Ansehen in der Gemeinschaft der Völker wiederherstellen ...

Zit. nach: J. Hohlfeld, Dokumente der deutschen Politik und Geschichte von 1848 bis zur Gegenwart, Bd. IV/V, Berlin 1951.

Wählt einen der folgenden Arbeitsaufträge aus:

- Notiert Straßennamen in eurem Schul- oder Wohnort, die nach Widerstandskämpfern benannt sind.
- Schreibt einen kleinen „Nachruf" auf einen der hier dargestellten Widerstandskämpfer.
- Entwerft eine Wandzeitung über Widerstandskämpfer.

Sprachspeicher

- die tyrannische Herrschaft
- das kostbarste Gut
- in erbärmlicher Weise
- Ehre und Ansehen wiederherstellen

Totaler Krieg und Kriegsende

Was waren die Wendepunkte des Krieges?

[1] *Gefangengenommene deutsche Soldaten in Stalingrad.* Foto Januar 1943.

1 Beschreibt Bild [1]. Welche Gefühle oder welche Stimmungen verrät der Gesichtsausdruck der Soldaten?

Der Kriegseintritt der USA

Mit dem Überfall Japans auf den amerikanischen Stützpunkt Pearl Harbor begann am 7. Dez. 1941 der Krieg zwischen Japan und den USA. Deutschland war mit Japan verbündet und erklärte deshalb den USA den Krieg. Aus dem europäischen Krieg war nun ein Weltkrieg geworden.
Jetzt bildeten die USA, Großbritannien und die Sowjetunion ein Bündnis mit einem gemeinsamen Ziel: Hitler-Deutschland besiegen! Die politischen Gegensätze zwischen den drei Alliierten (Verbündeten) wurden zurückgestellt.

2 Erläutert, warum der Kriegseintritt der USA ein Wendepunkt des Krieges war.

Stalingrad

Im Winter 1942 wurde der deutsche Vormarsch an der Ostfront gestoppt. In der Stadt Stalingrad (heute Wolgograd) wurden die deutschen Soldaten der 6. Armee eingekreist und mussten kapitulieren. Etwa 150.000 deutsche und 500.000 sowjetische Soldaten verloren bei den Kämpfen ihr Leben. 100.00 deutsche Soldaten gingen in die Gefangenschaft. In Deutschland waren die Menschen bestürzt über die Niederlage. Dennoch forderte Propagandaminister Goebbels einen völlig rücksichtslosen, radikalen, noch härteren Krieg – „den totalen Krieg.“

Kriegswende 1944

Seit 1943 gab es fast tägliche Luftangriffe der Alliierten auf deutsche Städte. Die Bevölkerung verbrachte viele Stunden im Luftschutzkeller. Die Versorgung mit Lebensmitteln wurde knapp. Am 6. Juni 1944 landeten amerikanische und englische Truppen in der Normandie an der französischen Atlantikküste. 1945 wurde Deutschland im Westen von amerikanischen und englischen Truppen besetzt. Im Osten eroberte die sowjetische Armee die deutschen Gebiete.

Sprachspeicher

- ein Bündnis bilden, miteinander verbündet sein;
- Alliierte (= die Verbündeten)
- den Krieg erklären
- Stunden im Luftschutzkeller verbringen,
- in die Gefangenschaft gehen,
- in einem Schutzkeller (Bunker) ausharren

[2] *Die Landung der Alliierten in der Normandie (französische Atlantikküste).* Foto 1944

[4] *Blick auf die zerstörte Stadt Dresden. Foto, 1945.*

3 Beschreibt die Bilder [2] und [4].

Das Kriegsjahr 1945

27. Januar: Befreiung des KZ Auschwitz
3./14. Februar: Zerstörung von Dresden durch amerikanische und englische Bomber
7. März: Amerikanischer Vorstoß über den Rhein
30. April: Selbstmord Hitlers im Führerbunker in Berlin
2. Mai: Einnahme von Berlin durch sowjetische Truppen
8. Mai: Bedingungslose Kapitulation* der Deutschen in Berlin; Ende des Krieges in Europa.

[3] *Zeittafel: 1945*

Wählt einen der folgenden Arbeitsaufträge aus:

- Erfindet ein Gespräch, das zwei Deutsche bei einem Luftangriff im Luftschutzkeller führen.
- Beschreibt in einem Brief die Stimmung eines kriegsgefangenen Soldaten im Jahr 1945.
- Erstellt ein Kurzreferat zum Thema „1944 - die Kriegswende".

4 Wertet die Tabelle [5] aus.

[5] *Geschätzte Menschenverluste einiger Staaten im Zweiten Weltkrieg (in Klammern jeweils: davon Zivilisten):*

Deutschland	6.355.000 (1.170.000)
Sowjetunion	27.000.000 (14.000.000)
USA	407.000
Großbritannien	332.000 (62.000)
Frankreich	360.000 (150.000)
Polen	6.000.000. (5.700.000)
Japan	3.760.000 (1.700.00)
Jugoslawien	1.690.000 (950.000)
Gesamtopfer des 2. Weltkrieges	Mehr als 50 Millionen Tote

Was ihr noch tun könnt ...

MK Wandzeitung erstellen über Pearl Harbor, Stalingrad, Invasion 1944; Informationen sammeln zu Roosevelt, Churchill und Stalin.

Sprachspeicher
- bedingungslos kapitulieren / die Kapitulation;
- Menschenverluste, Gesamtopfer: alle Menschen, die während des Krieges gestorben sind

Flucht und Vertreibung

Warum mussten so viele Menschen ihre Heimat verlassen?

[1] *Deutsche Flüchtlinge im Januar 1945.* Foto 1945.

[2] *Flüchtlinge in Dresden. Foto, Mai 1945*

1 Beschreibt das Bild [1] und vermutet, warum die Menschen flüchteten.

Flucht aus den Ostgebieten

Schon im Herbst 1944 begannen die Menschen aus den deutschen Ostgebieten vor der herannahenden russischen Armee zu fliehen. Wer nicht rechtzeitig zu Fuß oder mit dem Pferdewagen fliehen konnte oder wollte, musste mit schwersten Misshandlungen, Vergewaltigung oder der Tötung rechnen. Hitlers „totaler Krieg" hatte es schon 1941 deutschen Soldaten erlaubt, russische Menschen straffrei zu töten. Nun richtete sich die Gewalt gegen die Deutschen.
Im Januar 1945 erreichte die russische „Rote Armee" die Oder. Jetzt begann die Massenflucht von Millionen Menschen aus den deutschen Ostgebieten. Viele versuchten, auf Schiffen über die Ostsee in den Westen zu gelangen. Am 30. Januar 1945 wurde das Schiff „Wilhelm Gustloff" vor der Küste Pommerns von einem russischen U-Boot beschossen und versenkt. Etwa 9.000 Flüchtlinge, die meisten waren Frauen und Kinder, starben – sechsmal so viel wie beim Untergang der „Titanic" (1922).

2 Erläutert die Gründe für die Flucht aus den Ostgebieten.

Vertreibung der Deutschen

Nach dem Ende der Kampfhandlungen im Frühjahr 1945 kehrten eine Millionen Flüchtlinge in ihre Heimat zurück. Aber schon kurze Zeit später begannen in den polnisch verwalteten Gebieten (Ostpreußen, Pommern, Schlesien), in Polen, in der Tschechoslowakei, Ungarn und Jugoslawien Vertreibungen. 2,5 Millionen Deutsche mussten ihre Heimat verlassen. Im Januar 1946 begannen die von den alliierten Siegermächten beschlossene systematische Vertreibung von 6,7 Millionen Deutschen aus ihrer Heimat.

[3] Gerda W. erzählt von ihrer Vertreibung aus Oppeln in Schlesien:

Mein Mann und die beiden ältesten Söhne waren noch in Russland. Ich war mit den drei jüngsten Kindern allein. Wir ahnten zwar schon, dass wir nicht bleiben konnten. Doch der Befehl, bis 12 Uhr am Bahnhof zu stehen, kam dann plötzlich. Ich raffte etwas Kleidung zusammen und packte den Kindern Sachen in Rucksäcke. ...
Nach drei Tagen war die Fahrt zu Ende. Wir wurden in ein Dorf bei Landshut gebracht und mit sieben Leuten auf einem Hof eingewiesen ...
(aus einem Gespräch mit einer Schulbuchautorin 1976)

3 Erläutert den Begriff „Vertreibung".

Sprachspeicher

- die „Rote Armee"
- auf einen Hof eingewiesen werden
- systematische Vertreibungen
- ein Schiff wird versenkt

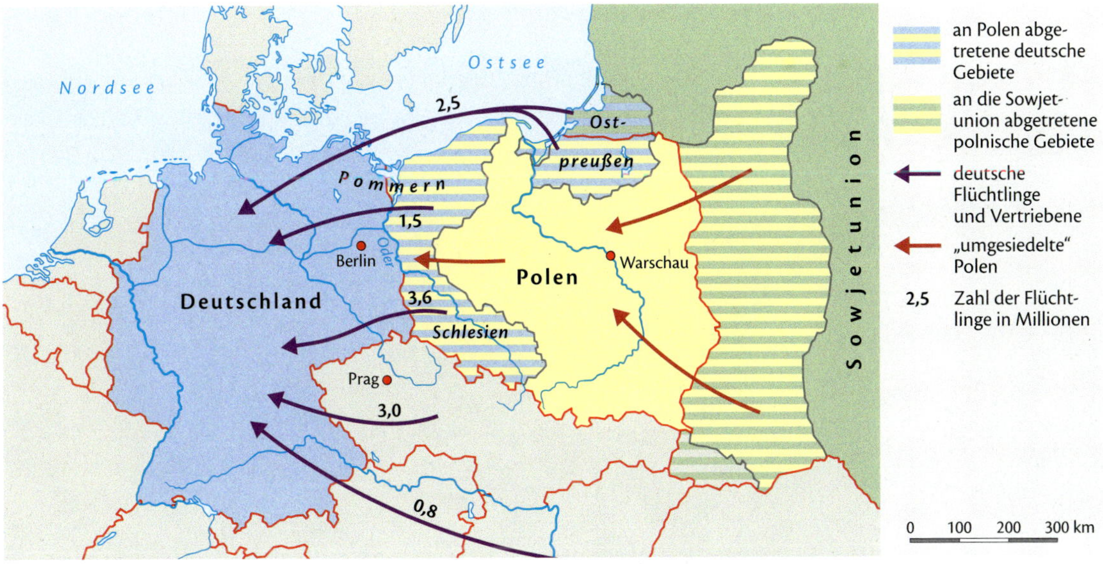

[4] *Flucht und Vertreibung von Deutschen und Polen nach dem Zweiten Weltkrieg.* Karte.

Neue Heimat im Westen

Die Städte in den Aufnahmegebieten waren zu einem großen Teil zerstört. Die Einheimischen besaßen selbst kaum Wohnraum, Kleidung und Nahrung. Die meisten Flüchtlinge wurden in Übergangslagern oder Behelfswohnungen untergebracht. Sie unterschieden sich von den Einheimischen durch Konfessionen, Sprachdialekte, Sitten und Gebräuche. Die Integration ging nur langsam voran.

4 Erklärt, warum die Integration anfangs so schwierig war. **Starthilfe:** *Kurz nach dem Ende des Krieges war die Situation in den Aufnahmegebieten sehr schwierig. Es gab kaum ...*

5 Schreibt aus der Karte [4] die Gebiete heraus, aus denen die deutschen und polnischen Flüchtlinge bzw. Vertriebenen kamen. Ermittelt auch die Gesamtzahl der deutschen Vertriebenen.

Nicht nur Deutsche wurden vertrieben

Nach dem Krieg besetzte die Sowjetunion den östlichen Teil Polens. Jetzt wurden fast 5 Millionen Polen aus diesen Gebieten zwangsweise in die deutschen Ostgebiete umgesiedelt. Auch innerhalb der Sowjetunion, der Tschechoslowakei oder in Ungarn wurden Millionen von Menschen aus ihrer Heimat vertrieben.

[5] Danuta B. berichtet:

Meine Familie wohnt in Wroclaw, das ist in Polen. Früher hieß das Breslau und gehörte zu Deutschland. Die Eltern meines Mannes wurden 1945 von den Russen aus ihrer Heimatstadt Lwow (Lemberg) in Ostpolen vertrieben und hier in Wroclaw angesiedelt. Niemand hat damals danach gefragt, ob sie das wollten, es wurde einfach befohlen ... (aus einem Gespräch mit der Schulbuchautorin Dr. Köster, 2011).

6 Vergleicht die Schicksale der Familien in [3] und [5].

Wählt einen der folgenden Arbeitsaufträge aus:

- Beschreibt die möglichen Gedanken und Gefühle der Flüchtlingsfrauen aus [2].
- Entwerft ein Gespräch zwischen verschiedenen Nachbarn in einer Großstadt in NRW (1945) über die Vertriebenen.
- Ein Vertriebener besucht im Jahr 2000 seinen ehemaligen Bauernhof in Ostpreußen. Dort trifft er den heutigen Besitzer, einen „umgesiedelten" Polen. Schreibt das Gespräch der beiden auf.

Sprachspeicher

- Menschen müssen zwangsweise umsiedeln
- Menschen aus ihrer Heimat vertreiben (>> sie **wurden vertrieben)**
- Flüchtlinge aufnehmen und integrieren >>
- Flüchtlinge **wurden aufgenommen** und integriert
- die Flucht >> der Flüchtling /der, die Geflüchtete

APP

Entnazifizierung und Nürnberger Prozesse

Wie gingen die Siegermächte mit den Nationalsozialisten um?

[1] *Die Bewohner der Ortschaft Neunburg vorm Wald (Oberpfalz) werden von US-Truppen gezwungen, die Opfer des nahen Konzentrationslagers zu bestatten.* Foto, April 1945.

1 Beschreibt Foto [1]. Vermutet, warum die US-Truppen die Aktion durchführten.

Entnazifizierung

Ein wichtiges Ziel der Siegermächte war die Umerziehung der Deutschen und die Verfolgung der NS-Täter. Erwachsene wurden gezwungen, sich Filme über die Konzentrationslager anzusehen. Schulbücher aus der NS-Zeit wurden vernichtet. In der sowjetischen Zone wurde eine halbe Million Beamte entlassen. In den übrigen Zonen zwang man Mitglieder der NSDAP, Fragebogen auszufüllen. So wollte man herausfinden, ob sie Unschuldige, Mitläufer, „Belastete" oder sogar Kriegsverbrecher waren. Doch das gelang nicht immer. Viele Täter konnten ihre Schuld verbergen.
Da man für den Wiederaufbau Deutschlands viele Arbeitskräfte brauchte, wurde die Entnazifizierung bald eingestellt. So blieben viele ehemalige Nationalsozialisten in hohen Ämtern oder konnten Karriere machen.

Die Nürnberger Prozesse

Die Siegermächte einigten sich im Sommer 1945 darauf, die wichtigsten Nationalsozialisten in Nürnberg vor Gericht zu stellen. Der erste Prozess gegen 21 Hauptkriegsverbrecher dauerte von November 1945 bis Oktober 1946. Es gab jeweils einen Ankläger und einen Richter aus Frankreich, Großbritannien, den USA und der UdSSR.
Die Anklagepunkte waren:

- Verbrechen gegen den Frieden: Vorbereiten und Durchführen eines Angriffskrieges.
- Kriegsverbrechen: Mord und Misshandlungen von Kriegsgefangenen und Zivilpersonen, Tötung von Geiseln.
- Verbrechen gegen die Menschlichkeit: Ausbeutung, Verfolgung und Ausrottung von Menschen aus rassistischen Motiven.

2 Erklärt in eigenen Worten, was man den Angeklagten vorwarf.

Sprachspeicher

- NS-Täter verfolgen, umerziehen, bestrafen
- die „Entnazifizierung" durchführen
- NS-Täter vor Gericht stellen
- gegen Kriegsverbrecher einen Prozess führen

[2] *Prozesse in Nürnberg gegen die Hauptkriegsverbrecher, Oktober 1946. Die Angeklagten sitzen in der zweiten und dritten Reihe von oben, darunter ihre Anwälte und Übersetzer.*

Die Gerichtsverhandlung beginnt

Angeklagt waren unter anderem Hermann Göring, der Befehlshaber der Luftwaffe, Rudolf Heß, der Stellvertreter Hitlers, Julius Streicher, der Herausgeber einer judenfeindlichen Zeitung, sowie Hitlers Architekt und Rüstungsminister Albert Speer. Hitler selbst und Joseph Goebbels hatten schon bei Kriegsende Selbstmord begangen.

Die Angeklagten bekannten sich fast alle „nicht schuldig“ oder stritten ab, überhaupt etwas von Kriegsverbrechen oder Massenmord gewusst zu haben.

Die Urteile fallen

Es wurden zwölf Todesurteile verhängt. Vor allem hohe Offiziere und Parteimitglieder wurden verurteilt, die am Krieg und Terror in Osteuropa beteiligt gewesen waren. Die Urteile wurden wenige Tage später vollstreckt. Hermann Göring beging noch vor seiner Hinrichtung Selbstmord. Die restlichen Angeklagten erhielten teilweise lange Gefängnisstrafen. Es gab drei Freisprüche.

3 Beschreibt den Verlauf des ersten Kriegsverbrecherprozesses in Nürnberg.

Wirkung der Nürnberger Prozesse

Die Nürnberger Prozesse gaben den Anstoß für ein neues Völkerrecht. Kriegsverbrecher konnten bald vor einen Internationalen Gerichtshof in Den Haag (Holland) gestellt werden. Das geschah zum Beispiel 1993 nach dem Krieg in Jugoslawien.

4 Fasst die Auswirkungen der Prozesse in eigenen Worten zusammen.

Wählt einen der folgenden Arbeitsaufträge aus:

- Erstellt eine Stichwortliste: Maßnahmen der Entnazifizierung.
- Verfasst einen Zeitungsartikel, in dem ein Journalist über den ersten Nürnberger Prozess berichtet.
- Nehmt in einem Text Stellung und begründet: „Entnazifizierung in Deutschland – erfolgreich oder nicht?“

Was ihr noch tun könnt ...

MK Näheres über die Nürnberger Prozesse in Erfahrung bringen (Videos und Hörbeiträge im Internet).

Sprachspeicher

- Kriegsverbrecher anklagen >> der Angeklagte
- Todesurteil verhängen /vollstrecken;
- Selbstmord begehen
- Anstoß für etwas geben
- sich für schuldig /unschuldig bekennen
- ein Kriegsverbrechen begehen

Erinnern und Gedenken

Warum beschäftigen wir uns heute noch mit der NS-Zeit?

[1] *Kapitulation in Berlin. Sowjetsoldaten führen deutsche Kriegsgefangene zu einem Sammelplatz.* Foto 1945.

[2] *Jubelnde Menschen am 8. Mai 1945 in Paris.* Foto 1945.

1 Betrachtet die Fotos [1] und [2]. Welche Gefühle der Menschen sind erkennbar?

Der 8. Mai 1945

Der Zweite Weltkrieg endete in Europa am 8. Mai 1945 mit der bedingungslosen Kapitulation des Deutschen Reiches. Die Siegermächte USA, Sowjetunion, Großbritannien und Frankreich übernahmen die Macht in Deutschland.

In Paris und London tanzten die Menschen vor Freude über den Sieg auf den Straßen. Von den Häftlingen, die aus den Konzentrationslagern befreit wurden, waren viele zu entkräftet, um ihre Befreier hochleben zu lassen. Als Befreite fühlten sich auch einige Millionen Zwangsarbeiter. Für sie ging eine Zeit des Leidens und der Erniedrigung zu Ende. Die meisten Deutschen empfanden das Kriegsende als „Zusammenbruch": Die deutschen Städte lagen in Trümmern, Millionen lebten in Notunterkünften, verirrte Kinder suchten ihre Eltern, Flüchtlinge eine neue Heimat. Die Sorge um das tägliche Brot, die Kleidung oder ein paar Kohlen gegen die Kälte bestimmte den Alltag.

2 Erläutert, warum die meisten Deutschen den 8. Mai nicht als „Befreiung" ansahen. **Starthilfe:** *Die meisten Menschen machten sich Sorgen um ...*

Verdrängung der Vergangenheit

Die meisten Deutschen wollten nach dem 8. Mai 1945 nichts mehr von den Nazis und vom Krieg hören. Man wollte seine Ruhe haben und sich nicht mit unangenehmen Fragen auseinandersetzen. Man begann, die Nazi-Vergangenheit aus dem Gedächtnis zu löschen und stürzte sich in den Wiederaufbau des Landes. Manche überzeugte NS-Anhänger versteckten sich aus Angst vor einer Bestrafung oder flohen ins Ausland.

3 Versucht zu erklären, warum die meisten Menschen nach dem Krieg nichts mehr von der Vergangenheit wissen wollten.

[3] Vierzig Jahre nach Kriegsende erklärte der damalige Bundespräsident Richard von Weizsäcker vor dem Bundestag am 8. Mai 1985:

Der 8. Mai war ein Tag der Befreiung. Er hat uns alle befreit von dem menschenverachtenden System der nationalsozialistischen Gewaltherrschaft... Ehren wir die Freiheit. Arbeiten wir für den Frieden. Halten wir uns an das Recht. Schauen wir am heutigen 8. Mai, so gut wir es können, der Wahrheit ins Auge.

(Richard von Weizsäcker, Von Deutschland aus, München 1987, S. 12 ff.).

Sprachspeicher

- bedingungslose Kapitulation
- den Zusammenbruch empfinden
- ein menschenverachtendes System
- der Wahrheit ins Auge schauen

Lehren aus der Vergangenheit

Der weitaus größte Teil der heutigen Bevölkerung in Deutschland ist nach 1945 geboren. Niemand erwartet, dass diese Menschen sich für Taten verantwortlich fühlen, die die Generation der Urgroßeltern begangen hat. Aber die Vorfahren haben den heute Lebenden ein schweres Erbe hinterlassen.

[4] In seiner Rede vor dem Bundestag am 8. Mai 1985 sagte der damalige Bundespräsident Richard von Weizsäcker:
Wir alle, ob schuldig oder nicht, ob alt oder jung, müssen die Vergangenheit annehmen. Wir alle sind von ihren Folgen betroffen und für sie in Haftung genommen... Es geht nicht darum, Vergangenheit zu bewältigen. Das kann man gar nicht. Sie lässt sich ja nicht nachträglich ändern oder ungeschehen machen. Wer aber vor der Vergangenheit die Augen verschließt, wird blind für die Gegenwart. Wer sich der Unmenschlichkeit nicht erinnern will, der wird wieder anfällig für neue Ansteckungsgefahren.
(Richard von Weizsäcker, Von Deutschland aus. München 1987, S. 18)

4 Gebt die Gedanken Richard von Weizsäckers mit eigenen Worten wieder.

5 Erläutert mithilfe von [3] und [4], warum es so wichtig ist, sich an die Vergangenheit zu erinnern.

Der 27. Januar als Gedenktag

Seit 1996 wird der 27. Januar als Tag des Gedenkens an die Opfer des Nationalsozialismus begangen. Das Datum bezieht sich auf den 27.1.1945. An diesem Tag befreite die Armee der Sowjetunion das Vernichtungslager Auschwitz.

Am 27. Januar finden an zahlreichen Orten in Deutschland offizielle Gedenkveranstaltungen auf öffentlichen Plätzen, auf Friedhöfen oder in Museen statt. Viele Schulen, Schulklassen oder Jugendgruppen haben sich an der Aktion „Stolpersteine" beteiligt, organisieren Ausstellungen oder Demonstrationen gegen Rassismus und Gewalt.

[5] *Ehemalige Zellen des Gestapo-Gefängnisses in Köln (El-De-Hus, Appellhofplatz).* Foto 2000.

[6] *Demonstration gegen Rassismus und Gewalt in Münster.* Foto 2019.

6 Tragt Ideen zusammen, welchen Beitrag eure Klasse zum Thema „Erinnern und Gedenken" leisten könnte.

Wählt einen der folgenden Arbeitsaufträge aus:

- Stellt in einer Tabelle gegenüber, wer sich am 8. Mai 1945 als Sieger, Besiegter, Befreiter gefühlt haben könnte.
- Schreibt einen Aufruf zu einer Demonstration gegen Rassismus und Gewalt.
- Schreibt einen Artikel für eine Schülerzeitung zum Thema: „Nie wieder Auschwitz!"

Was ihr noch tun könnt ...

MK Recherchiert im Internet über: „Stolpersteine", „Schule ohne Rassismus - Schule mit Courage".

Sprachspeicher
- ein schweres Erbe hinterlassen
- sich für etwas verantwortlich fühlen
- einen Tag des Gedenkens begehen
- die Augen vor etwas (nicht) verschließen

Das kann ich!

Versucht zunächst, die Aufgaben dieser Doppelseite zu lösen, ohne im Kapitel nachzusehen. Wenn ihr Hilfe bracht, könnt ihr bei den Aufgaben auf den in Klammern angegebenen Seiten nachschlagen.

die Diktatur	Widerstandsgruppe
die Hitlerjugend	Niederlage (im Krieg)
die Gestapo	Vernichtungslager in Polen
das Pogrom	Judenvernichtung
der Blitzkrieg	Alleinherrschaft
die Propaganda	Form des Angriffskrieges
der Holocaust	Überfall auf Juden
Ausschwitz	Geheime Staatspolizei
die Weiße Rose	Jugendorganisation
die Kapitulation	politische Meinungsmache

[1] *Begriffe und ihre Bedeutung*

1933	Überfall auf die Sowjetunion
1938	Landung der Alliierten in der Normandie
1939	Hitler wird Reichskanzler
1941	Anschluss Österreichs und Reichspogromnacht
1943	Kapitulation und Kriegsende
1944	Beginn des Zweiten Weltkrieges
1945	Deutsche Niederlage in Stalingrad

[2] *Daten und Ereignisse*

[3] *Hitler beim Reichserntedankfest auf dem Bückeberg bei Hameln.* Foto seines persönlichen Fotografen Heinrich Hoffmann. 1934.

[4] *Karikatur aus der amerikanischen Zeitschrift „The Nation", 1933.*

[5] *„Selektion" im Konzentrationslager Ausschwitz: Ein Transport von gefangenen Juden aus Ungarn wartet auf der Bahnrampe. Vor der Gruppe stehen mehrere SS-Aufseher.* Foto 1944.

[6] *Flucht und Vertreibung von Deutschen und Polen nach dem Zweiten Weltkrieg.* Karte.

Sachkompetenz

1 Ordnet den Begriffen in [1] die richtige Erklärung zu.

2 Ordnet den Daten in [2] die entsprechenden Ereignisse zu.

3 Beschreibt den Weg von der Demokratie zur Diktatur in den Jahren 1933 – 1934. Benutzt dafür folgende Stichworte: *Hitler wird Reichskanzler, Reichstagsbrand, Ermächtigungsgesetz, Gleichschaltung, Terror gegen Andersdenkende.*

4 Erläutert, wodurch es den Nationalsozialisten gelang, die Arbeitslosigkeit zu beseitigen.

5 Beschreibt die „Hitlerjugend" (Organisation, Aktionen bzw. Unternehmungen, Ausrichtung).

6 Beschreibt und erläutert den Begriff „Konzentrationslager"

7 Erläutert, wie es zum Zweiten Weltkrieg kam.

8 Berichtet über den „Vernichtungskrieg" und erläutert, was er für die Menschen in Osteuropa bedeutete.

9 Berichtet über den „Holocaust" (Opfer und Täter, Lager, Selektion, Massenmord usw.). Nehmt dazu das Bild [5] zuhilfe.

Methodenkompetenz

10 Deutet das Bild [3] mithilfe der Methode „Propaganda erkennen."

11 Erläutert mithilfe der Karikatur [4] die frühe Außenpolitik Hitlers.

12 Wertet die Karte [6] aus.

Urteilskompetenz

13 Beurteilt, warum der Widerstand in der NS-Zeit für die Widerstandskämpfer so gefährlich war.

14 Beurteilt, ob das Kriegsende am 8. Mai eine Niederlage oder eine Befreiung war.

Handlungskompetenz

15 Erstellt den Entwurf für eine Wandzeitung zum Thema „Zweiter Weltkrieg".

16 Entwerft das Programm zu einer Gedenkstunde am 27. Januar (Tag der Befreiung des Konzentrationslagers Ausschwitz).

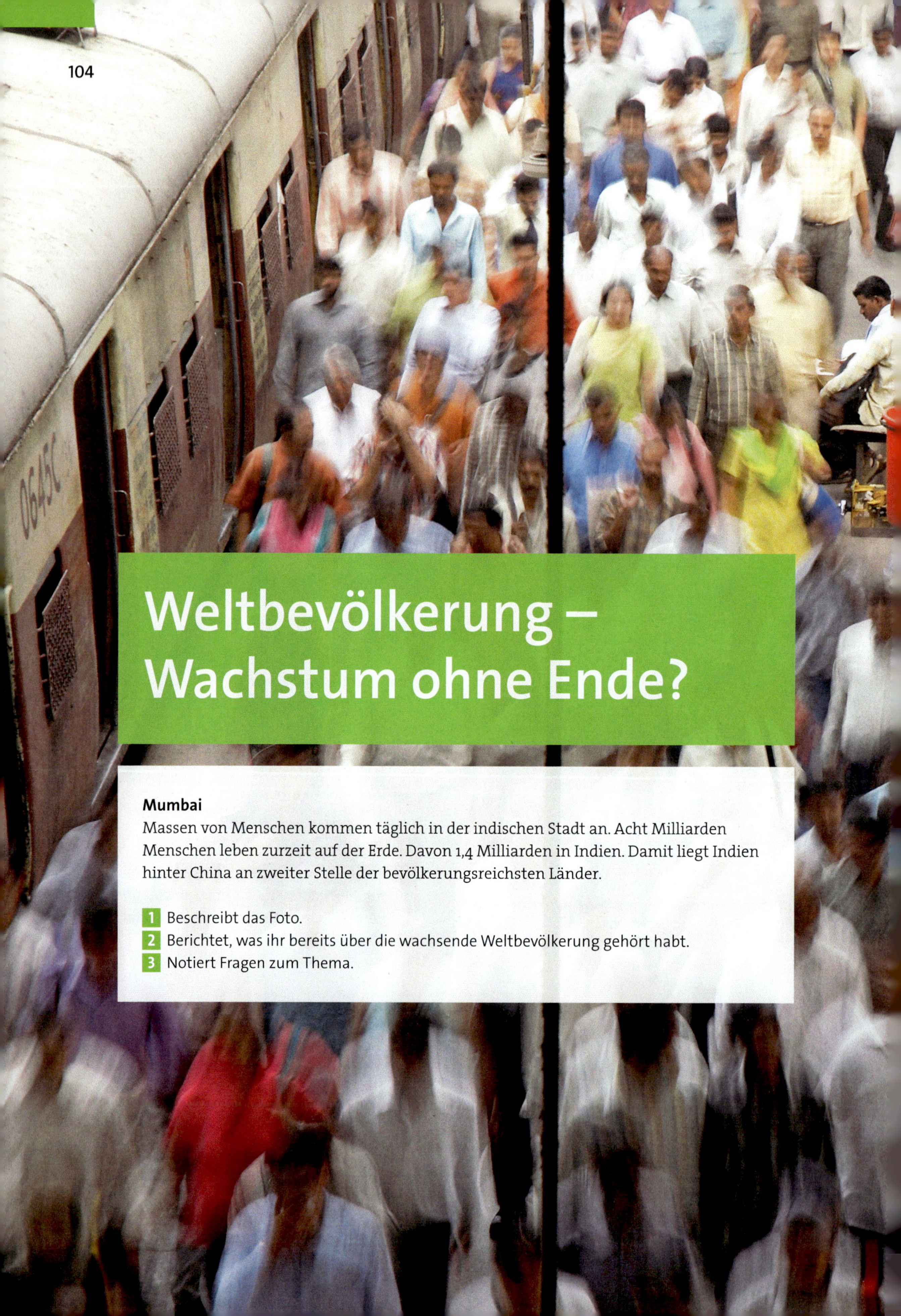

Weltbevölkerung – Wachstum ohne Ende?

Mumbai
Massen von Menschen kommen täglich in der indischen Stadt an. Acht Milliarden Menschen leben zurzeit auf der Erde. Davon 1,4 Milliarden in Indien. Damit liegt Indien hinter China an zweiter Stelle der bevölkerungsreichsten Länder.

1 Beschreibt das Foto.
2 Berichtet, was ihr bereits über die wachsende Weltbevölkerung gehört habt.
3 Notiert Fragen zum Thema.

Schauplatz Mumbai

[1] *In Mumbai.* Foto 2019.

1 Beschreibt das Foto [1]. **Starthilfe:** *Im Vordergrund sind... zu erkennen. Im Hintergrund sind... zu sehen.*

Die aufsteigende Stadt Mumbai

Mit geschätzten heute mehr als 20 Millionen Einwohnern ist diese Stadt die Wirtschaftsmetropole* des aufstrebenden Indiens und gehört zu den größten Ballungsräumen der Welt. Ein großer Teil des Steueraufkommens des Landes wird hier erwirtschaftet. Als Standort einer der größten Filmindustrien der Welt („Bollywood") ist sie auch ein kulturelles Zentrum. Das Einkommen pro Kopf der Bevölkerung ist hier wesentlich höher als im Vergleich zu anderen Teilen des Landes. In der Stadt leben mehr Millionäre als in allen anderen Städten Indiens zusammen.

Wohnungs- und Büromieten sind hier zum Teil höher als in New York. Mumbai ist Sitz für viele Firmen der Automobilindustrie und des Schiffbaus, der Chemie und der Elektronik. Es gibt in dieser Stadt viele Kultureinrichtungen und Universitäten. Versicherungen und Banken haben hier ihre Zentrale.

Mumbai hat eine große Anziehungskraft auf viele Menschen in Indien. Jährlich wächst die Bevölkerung der Stadt schnell.

Die Bevölkerungsdichte in Mumbai ist mit etwa 28 000 Einwohnern pro Quadratkilometer sehr hoch.

2 Erläutert, warum Mumbai als eine aufsteigende Stadt bezeichnet werden kann.

3 Fasst die Entwicklung der Einwohnerzahl Mumbais mündlich zusammen.

[2] *Indien.* Karte.

4 Notiert mithilfe der Karte [2] die Nachbarstaaten Indiens.

Zusammenleben in Dharavi

Das wohl bekannteste und auch größte Armenviertel in Indien ist Dharavi. Es liegt direkt neben dem Bankenviertel mitten in der Stadt und ist zu einer Stadt in der Stadt geworden. Hier leben auf einer Fläche von zwei Quadratkilometern rund eine Million Menschen. Viele der Bewohner sind Wanderarbeiter aus anderen Teilen Indiens. Sie schicken ihren Verdienst an ihre Familien.
In Dharavi führt die enorm hohe Bevölkerungsdichte zu großen Abfall-, Versorgungs- oder Hygieneproblemen.

[3] *Dharavi, Wohn- und Geschäftsstraße.* Foto 2019.

In Dharavi stehen ein- bis dreistöckige Häuser, gebaut aus Beton, Holz, Blech und Plastik, dicht nebeneinander. Die meisten Familien bewohnen ein Haus, das nur aus einem Raum besteht. Auf durchschnittlich 12,5 Quadratmetern wohnen bis zu sechs Personen.
Die Häuser sind gleichzeitig Wohn- und Arbeitsstätte. Hier fehlen sehr oft sanitäre Einrichtungen, Koch- und Waschgelegenheit. Im Durchschnitt teilen sich hundert Menschen ein WC. Schutz- und Sicherheitsvorschriften werden hier nicht beachtet.

5 Berichtet mündlich über die Lebensverhältnisse in Dharavi.

* *die* **Metropole:** eine Stadt, mit einer besonders hohen Einwohnerzahl und einer sehr großen Wirtschaftskraft

Wirtschaftsbereich Dharavi

Viele Menschen finden ihr finanzielles Auskommen in Kleinstbetrieben wie Recycling-Werkhöfen, Färbereien, Nähereien, Schmelzhütten oder Bäckereien. Sie erwirtschaften zusammen einen Jahresumsatz von mehr als 500 Millionen US-Dollar.

[4] *Näherei in Dharavi.* Foto 2022.

Viele Menschen aus Dharavi verlassen auch täglich für ihre Arbeit in den Vierteln der Reichen den Slum. Sie arbeiten dann z.B. als Hausangestellte, Köche, Gärtner oder Fahrer. Ohne Dharavi würden die Zuwanderer womöglich auf der Straße oder in der Kriminalität landen.

Wählt einen der folgenden Arbeitsaufträge aus:

- Schreibt einen kurzen Text mit Informationen über Mumbai.
- Zeichnet eine Mindmap zum Leben in Dharavi.
- Führt ein Gespräch zwischen zwei Bewohnern aus Dharavi vor. Sind sie zufrieden oder unzufrieden mit ihrem dortigen Leben?

Orientierung

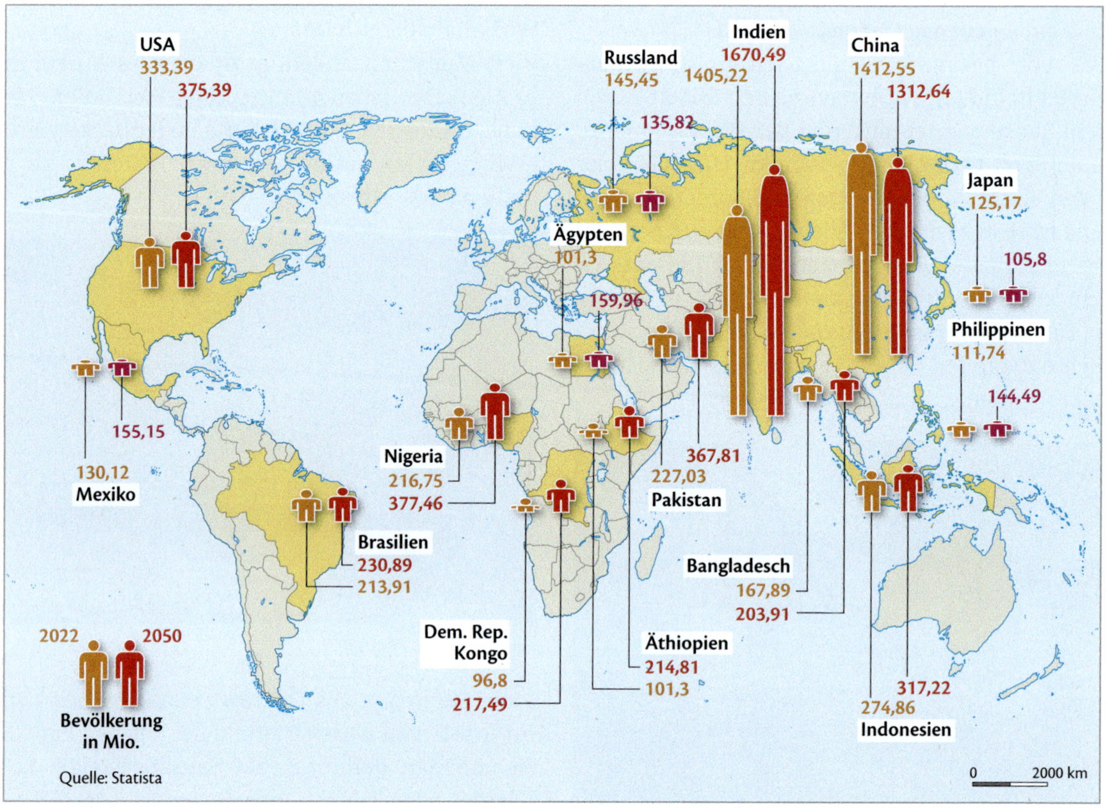

[1] *Die bevölkerungsreichsten Länder der Erde.* Karte 2022.

1 Übertragt die Werte für die fünf bevölkerungsreichsten Länder im Jahr 2050 aus der Karte [1] in eine Tabelle.

Die bevölkerungsreichsten Länder			
Land	**2022 (Mio.)**	**2050 (Mio.)**	**Wachstum (insgesamt)**
Indien			

2 Findet heraus: Welches Land wird 2050 das bevölkerungsreichste sein?

Bevölkerungswachstum in der Gegenwart

Acht Milliarden Menschen leben auf der Erde. In nur ungefähr 100 Jahren hat sich die Weltbevölkerung damit vervierfacht.

Zurzeit wächst die Weltbevölkerung um ca. 82,3 Millionen Menschen pro Jahr. Das ist etwa die Einwohnerzahl Deutschlands mit 83 Millionen.

Bevölkerungswachstum in der Zukunft

2050 werden vermutlich zehn Milliarden Menschen unseren Planeten bevölkern. Es zeigen sich jedoch äußerst unterschiedliche Entwicklungen.

- In Europa nimmt die Bevölkerungszahl auffallend stark ab.
- Am schnellsten wächst die Bevölkerung in Afrika. Lebten 1950 nur neun Prozent der Weltbevölkerung in Afrika, werden es schätzungsweise 39 Prozent im Jahr 2100 sein.
- Mit über 1,6 Milliarden Menschen wird Indien 2050 das bevölkerungsreichste Land der Erde sein.

Bevölkerungsanteile der Kontinente

Die Weltbevölkerung insgesamt wächst – doch ist die Entwicklung auf den Kontinenten unterschiedlich. Die meisten Menschen leben in Asien, heute ungefähr vier Milliarden. Das ist mehr als die Hälfte der gesamten Weltbevölkerung. In Europa hingegen leben mit 730 Millionen viel weniger Menschen.

3 Nennt den bevölkerungsreichsten Kontinent.

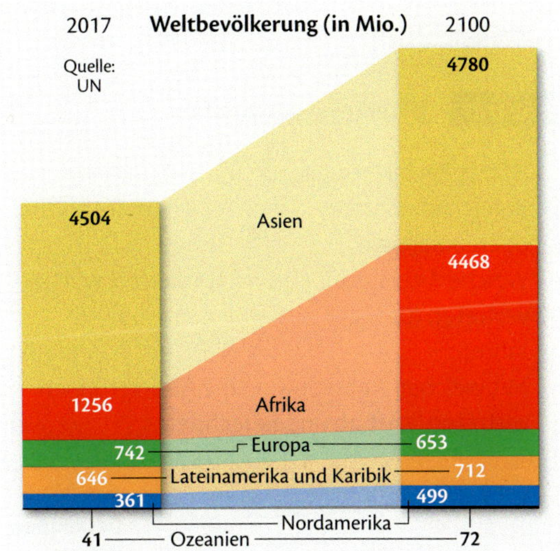

[2] *Aufteilung der Weltbevölkerung nach Kontinenten 2017 und 2100.* Grafik 2022.

4 Das Schaubild in [2] zeigt die Werte aus dem Jahr 2017 und stellt eine Prognose bis 2100 dar. Wertet das Schaubild aus. Formuliert Sätze wie im Beispiel.

Starthilfe: *In Asien lebten 2017 .... Millionen Menschen, im Jahr 2100 könnten es .... Millionen sein.*

In Afrika lebten 2017 .... Millionen Menschen, im Jahr 2100 könnten es .... Millionen sein.

Das Schaubild zeigt, dass in Asien /in Afrika die Bevölkerung bis 2100 zunehmen/abnehmen wird.

Das Schaubild zeigt, dass in Europa die Bevölkerung bis 2100 zunehmen/abnehmen wird.

Insgesamt können wir feststellen, dass die Weltbevölkerung ...

Wie sieht die Zukunft aus?

Experten gehen davon aus, dass die Weltbevölkerung nicht immer weiterwachsen wird. Sie vermuten, dass sich die Zahl der Menschen möglicherweise bei elf Milliarden einpendeln wird. Je weiter die Schätzungen in die Zukunft reichen, desto weniger sicher sind sie. Die Bevölkerungsentwicklung lässt sich für einen kurzen Zeitraum genauer vorhersagen als für einen langen Zeitraum.

Weltbevölkerung - Wachstum ohne Ende?

SCHAUPLATZ
Mumbai
S. 106–107

ORIENTIERUNG
S. 108–109

METHODE
Bevölkerungsdiagramme auswerten
S. 110–111

Die Weltbevölkerung wächst weiter
S. 112–113

Bevölkerungsentwicklung – Fallbeispiele
S. 114–115

Städte im Wandel
S. 116–117

Verstädterung weltweit
S. 118–119

Migration weltweit
S. 120–121

WAHLSEITEN
Gründe für Migration und Flucht
S. 122–125

Wachstum ohne Ende?
S. 126–127

Die Tragfähigkeit der Erde
S. 128–129

DAS KANN ICH!
S. 130–131

Methode Bevölkerungsdiagramme auswerten

Was zeigt ein Bevölkerungsdiagramm?
Ein Bevölkerungsdiagramm zeigt die Zusammensetzung und den Aufbau der Bevölkerung eines Landes nach ihrem Alter und Geschlecht.

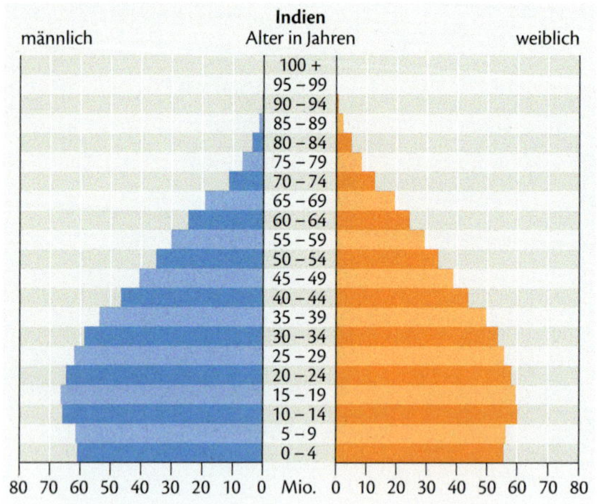

[1] *Bevölkerungsdiagramm von Indien.* Grafik 2020.

Wie ist ein Bevölkerungsdiagramm aufgebaut?
Auf zwei waagerechten Linien unten im Bevölkerungsdiagramm stehen links Zahlenwerte für Männer und rechts Zahlenwerte für Frauen. Diese Zahlenwerte sind bei einwohnerreichen Ländern groß und bei Ländern mit wenigen Einwohnern klein.
Auf einer senkrechten Linie sind Altersgruppen dargestellt. Diese Altersgruppen sind in Fünfjahresschritte unterteilt. Links werden die Anteile der Altersgruppen der männlichen Bevölkerung in blauer Farbe eingetragen. Damit das Bevölkerungsdiagramm gut abgelesen werden kann, werden abwechselnd dunkelblaue und hellblau Balken dargestellt.
Auf der rechten Seite werden entsprechend die Anteile der Altersgruppen der weiblichen Bevölkerung mit zwei rötlichen Farbtönen eingetragen.

1 Erläutert den Aufbau eines Bevölkerungsdiagramms.
2 Nennt die Bedeutung der Farben.

Um verschiedene Bevölkerungsdiagramme schnell miteinander vergleichen zu können, werden drei Altersgruppen betrachtet: Personen unter 15 Jahre, Personen zwischen 15 und 65 Jahren (erwerbsfähiges Alter) und Personen über 65 Jahre (Rentner).

Wie wird ein Bevölkerungsdiagramm ausgewertet?

1. Schritt **Grundaussagen klären**

- Für welches Land werden die Angaben gemacht?
- Für welches Jahr gelten die Angaben?
- Welche Abstufungen hat die senkrechte Linie?
- Welche Bezeichnung haben die Werte auf der waagerechten Linie?

2. Schritt **Diagramm beschreiben**

- Ist das Bevölkerungsdiagramm im unteren Bereich eher breiter oder eher schmaler als im oberen Bereich?
- Welche Altersgruppen sind stärker/schwächer vertreten (0–15 Jahre; 15–65 Jahre; über 65 Jahre)?
- Mit welchen Anteilen sind die Altersgruppen vertreten? Lest ab und berechnet.

	Angaben in Millionen			**Anteil Gesamtbev. in %**
Alter	m	w	gesamt	
0–15				
15–65				
über 65				

- Sind die Verteilungen von Männern und Frauen ungefähr gleich?

3. Schritt **Zuordnen zu einer Grundform**

- Es gibt einige Grundformen wie in Abbildung [2] und viele Abwandlungen von diesen.

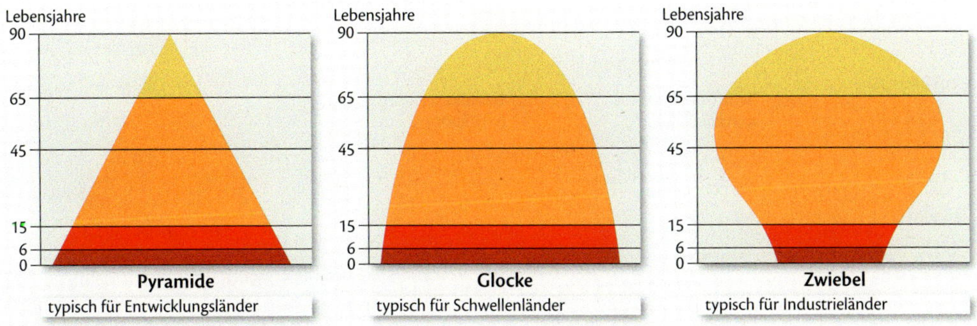

[2] *Grundformen von Bevölkerungsdiagrammen.* Grafik.

Lösungsbeispiel

1. Schritt Grundaussagen klären

- Die Angaben werden für Indien gemacht.
- Die Angaben beziehen sich auf das Jahr 2020.
- Die Abstufungen sind in Fünfjahresschritten dargestellt.
- Die waagerechte Linie ist mit „Bevölkerung (in Millionen)" und die senkrechte Linie mit „Indien. Alter in Jahren" beschriftet.

2. Schritt Diagramm beschreiben

- Das Bevölkerungsdiagramm ist im unteren Bereich breiter als im oberen Bereich.
- Die Altersgruppe der 0–15-Jährigen ist stark vertreten; die Gruppe der 15–65-Jährigen ist auch noch stark vertreten, wenn auch nicht so stark wie die der Jüngeren; die Gruppe ab 65 Jahren ist schwach vertreten.

	Angaben in Millionen			Anteil Gesamtb. in %
Alter	m	w	gesamt	
0–15	197	174	371	27
15–65	453	425	878	66
über 65	36,5	45,5	82	6

3. Schritt Zuordnung zu einer Grundform

- Das Diagramm von Indien lässt sich der Pyramidenform zuordnen.

Sprachliche Formulierungshilfen / Tipps

Die Grafik ist ein ... zu ... bezogen auf das Jahr ...
Auf den ersten Blick fällt sofort auf, dass ...
Das Diagramm hat eine breite / schmale Basis.
Das bedeutet, dass ...
Die Verteilung von Frauen und Männern ist in den einzelnen Altersgruppen ungefähr gleich / unterscheidet sich, indem ...
Dass es in der Altersgruppe ... mehr / weniger Frauen / Männer gibt, kann diese Ursache haben, dass ...
Diese Auswirkungen könnten die Folge sein: ...
Das Diagramm von ... lässt sich der Grundform der Pyramide / Glocke / Urne (Zwiebel) zuordnen.

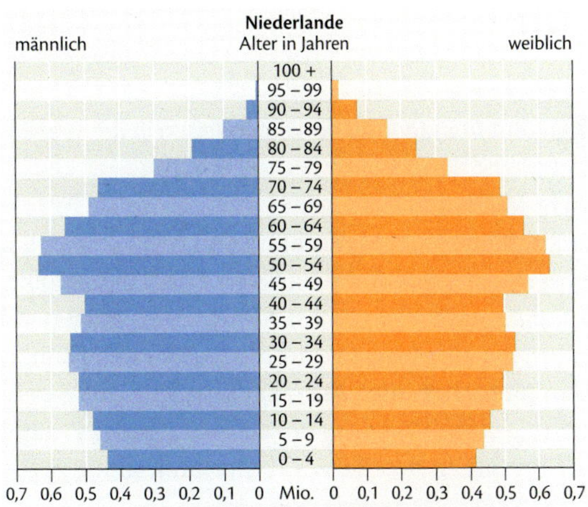

[3] *Bevölkerungsdiagramm der Niederlande.* Grafik 2020.

3 Ordnet das Bevölkerungsdiagramm der Niederlande [3] einer der drei Grundformen [2] zu.

4 Wertet das Bevölkerungsdiagramm [3] mithilfe der Methode in drei Schritten aus.

Die Weltbevölkerung wächst weiter

Was sind die Ursachen und Folgen?

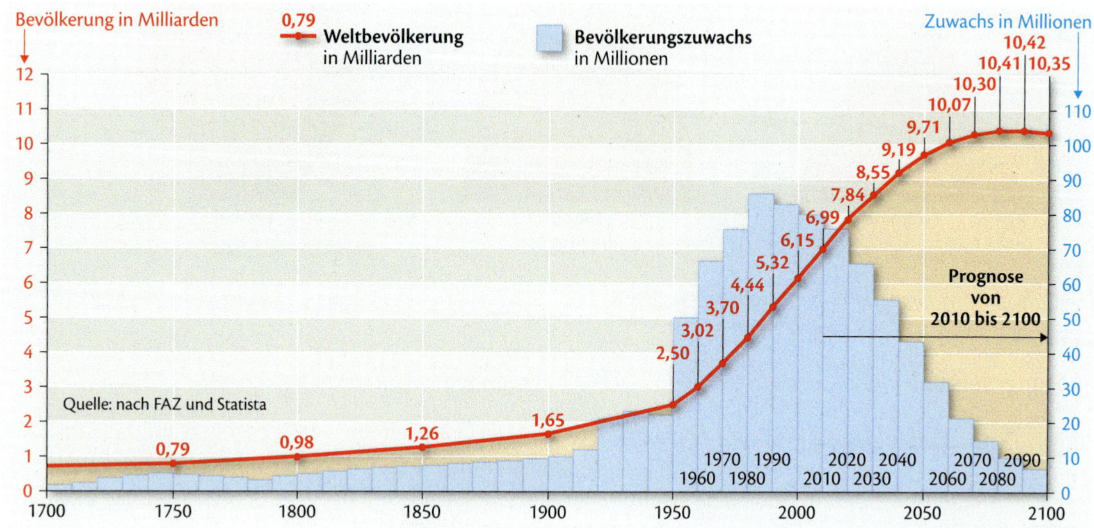

[1] *Das Wachstum der Weltbevölkerung.* Grafik 2022.

1 Listet die Zahlen zur Weltbevölkerung für die Jahre 1804, 1927, 1987, 2011, 2025 und 2083 auf.

2 Berechnet die Jahre von einer Milliarde zur nächsten. Füllt die Tabelle aus.

Milliarden	Zeitraum (in Jahren)
1–2	123
2–3	...
...	...

3 Trefft Aussagen zu den Ergebnissen in der Tabelle.

Acht Milliarden

Acht Milliarden Menschen lebten 2022 auf der Erde. Nach einer Vorhersage wird die Weltbevölkerung bis 2050 auf etwa 9,7 Milliarden steigen. Im Jahr 2100 werden es vermutlich etwa 10,9 Milliarden Menschen sein. Auffallend ist, dass die Bevölkerungsanzahl in den Industrieländern eher schrumpft, in den Entwicklungsländern hingegen eher steigt.

4 Überlegt Fragen zu dieser Entwicklung.

Ursachen für das Bevölkerungswachstum

Es gibt verschiedene Gründe für den Anstieg der Weltbevölkerung:

— Eine hohe Anzahl an Nachkommen ist in vielen Ländern üblich.
— Kinder tragen durch ihre Arbeit mit zum Familieneinkommen bei.
— Fehlende Sexualaufklärung und der Zugang zu Verhütungsmitteln führen zu Schwangerschaften.
— Fehlende Bildungsmöglichkeiten – insbesondere für Frauen – hindert die Selbstbestimmung. Frauen heiraten so früher und sind lange in gebärfähigen Jahren.
— Eine verbesserte medizinische Versorgung senkt die Kindersterblichkeit und führt zu einer höheren Lebenserwartung.

5 Nennt in Stichworten Ursachen des Wachstums der Weltbevölkerung.

Sprachspeicher
▪ Die Grafik zeigt ... ▪ Mir fällt auf, ... ▪ Die Verdoppelungszeiträume ...
▪ Mögliche Folgen dieser Entwicklung könnten sein ... ▪ Die Kurve steigt langsam/steil ...

Folgen des Bevölkerungswachstums

[2] *Bevölkerungsexplosion.* Karikatur.

6 Wertet die Karikatur [2] aus.

Jede Sekunde kommen zwei bis drei Menschen auf die Welt. Sie benötigen Nahrung und Trinkwasser und verbrauchen Energie und Rohstoffe. Das Wachsen der Weltbevölkerung bringt Probleme und Herausforderungen für die Menschheit mit sich.

- Eine wachsende Bevölkerung bringt einen wachsenden Bedarf an Nahrungsmitteln mit sich.
- Oft sind in den Ländern, in denen Hunger herrscht, auch Güter wie Wasser und Land knapp.
- Gibt es nicht genug Wirtschaftswachstum, ist Armut oft die Folge wachsender Bevölkerung.
- Der Wunsch nach einem vergleichbaren Lebensstandard wie in den Industrieländern bringt die Konkurrenz um Rohstoffe mit sich sowie Probleme wie Wasserverschmutzung oder ausgelaugte Böden.
- Die Nachfrage nach Arbeit steigt und führt zu Billiglöhnen und schlechten Arbeitsbedingungen.
- Der Zuzug in Städte und somit die Verstädterung nimmt zu.
- Menschen ohne Bildung und Einkommen lassen sich leichter politisch beeinflussen.
- Die starke Zunahme der Bevölkerung bringt u.a. auch Konflikte und Kriege mit sich. Viele Menschen verlassen deshalb ihr Heimatland und suchen einen neuen, sichereren Ort zum Leben.

7 Ergänzt stichpunktartig weitere Sprechblasen wie in der Karikatur [2] mit Informationen zu Folgen des Bevölkerungswachstums in eurem Heft.

Maßnahmen zum Eindämmen des Bevölkerungswachstums

- Die Förderung von Bildung führt zu einem eher selbstbestimmten Leben der Menschen und langfristig zur Stärkung der Wirtschaft im Land.
- Die Verbesserung der medizinischen Grundversorgung und der Lebensbedingungen helfen, die Verbreitung von Krankheiten einzudämmen.
- Die Frauen sollten in ihrer Entwicklung gestärkt und gefördert werden.

8 Beurteilt diese Maßnahmen der Bevölkerungspolitik zum Eindämmen des Bevölkerungswachstums.

Wählt einen der folgenden Arbeitsaufträge aus:

- Übertragt das Kurvendiagramm aus der Grafik [1] mit Beschriftung in eure Mappen.
- Erläutert einen Punkt der beschriebenen Folgen genauer.
- Nehmt Stellung zu dem Satz: Die Menschheit würde im Jahr 2050 drei Erden benötigen, um ihren Bedarf zu decken.

Sprachspeicher
- Die Karikatur will auf das Thema aufmerksam machen: ...
- So macht die Karikatur auf das Problem aufmerksam: ...
- Hier erkenne ich das Stilmittel der Übertreibung: ...
- Hier sehe ich eine Verbindung zwischen der Karikatur und dem Text: ...

Bevölkerungsentwicklung – Fallbeispiele

Wie können sich Bevölkerungen entwickeln?

[1] *Eine Familie in Nigeria – ein Beispiel für viele afrikanische Staaten.* Foto 2012.

[3] *Brasilianische Familie.* Foto 2018.

1 Formuliert Fragen für ein Interview mit dieser Familie [1] aus Nigeria.

Entwicklungsland Nigeria

Nigeria ist ein westafrikanischer Staat, dessen Bevölkerungszahl stark wächst. Zwischen 2014 und 2050 wird sich die Bevölkerungszahl voraussichtlich mehr als verdoppeln und dann fast 400 Millionen erreichen.

Eine große Kinderzahl wird als Segen verstanden. Wirtschaftlich bedeuten viele Kinder für die Eltern eine Absicherung im Alter, da in vielen Staaten eine Altersversorgung durch eine Rente wie bei uns nicht vorhanden ist.

3 Vergleicht die Fotos [1] und [3] miteinander.

Schwellenland Brasilien

Zwei Kinder zu haben, ist in Brasilien noch nicht die Regel, aber ungewöhnlich ist es nicht. Doch seit einigen Jahrzehnten gibt es eine langsame Veränderung. Frauen bekommen seit einigen Jahrzehnten weniger Kinder als noch vor 1960 und sie sind zunehmend berufstätig. Das Familienbild in den Schwellenländern wie Brasilien passt sich immer mehr den Industrieländern an. Die gesamte Zahl der Geburten ist dennoch hoch, da es eine große Anzahl junger Menschen gibt, die Eltern werden können.

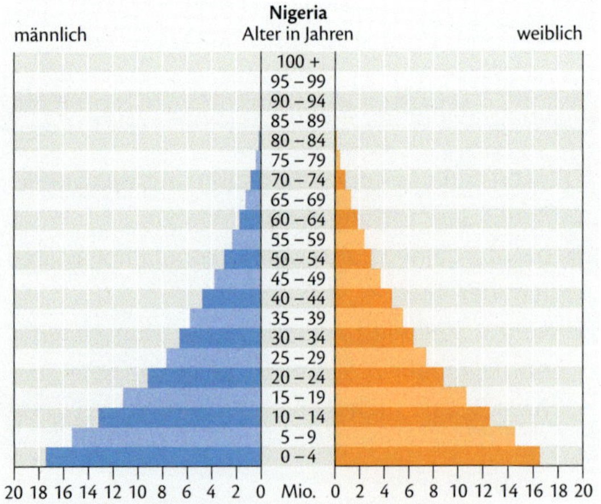

[2] *Bevölkerungsdiagramm Nigeria 2020.* Grafik.

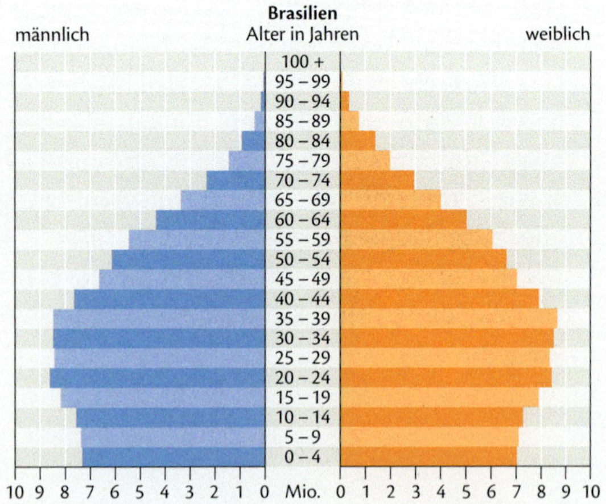

[4] *Bevölkerungsdiagramm Brasilien 2020.* Grafik.

2 Wertet das Diagramm [2] aus.

4 Wertet das Diagramm [4] aus.

Sprachspeicher

- Das Diagramm zeigt … - Abgebildet ist das Jahr …
- Die Altersgruppe von … bis … ist stark/weniger stark/schwach vertreten - Ich vermute …
- Im Jahr … betrug die Gesamtbevölkerung … - Im Vergleich … - Gründe / Hintergrund für diese bestehende Situation sind …

[5] *Familie in Deutschland.* Foto 2015.

5 Beschreibt das Foto [5], vergleicht es mit [1] und [3].

Industrieland Deutschland

Die Bevölkerungsentwicklung in Deutschland ist ein Beispiel für ein „altes“ Industrieland.

Seit 1972 werden weniger Kinder geboren. 2019 lebte gut die Hälfte (51,2 %) der Kinder in Ein-Kind-Familien. Eine Folge ist, dass die Zahl möglicher Eltern in der nächsten Generation sinkt. Das Zusammenleben von mehreren Generationen in einer Großfamilie ist die Ausnahme.

Gleichzeitig steigt die Lebenserwartung. Die Zahl älterer Menschen nimmt also zu. Damit wächst die Zahl der Rentner.

Demgegenüber nimmt die Zahl von Menschen im erwerbsfähigen Alter (15–65 Jahre) ab. Zuwanderung soll den Mangel an Fachkräften ausgleichen. Sind wieder mehr Menschen erwerbsfähig, steigen auch die Einzahlungen in die Rentenkasse.

Meistens sind in den Ein-Kind-Familien beide Elternteile berufstätig. Oft arbeitet die Frau in Teilzeit. Kinder werden ganztags in der Kita oder der Schule versorgt.

6 Beschreibt mit eigenen Worten den heutigen Zustand der Bevölkerungsentwicklung in Deutschland mithilfe der Wörter: weniger, älter, bunter.

7 Vergleicht die Karikatur mit den Texten zu den Fallbeispielen der Bevölkerungsentwicklung.

[6] *Geburtenrückgang.* Karikatur.

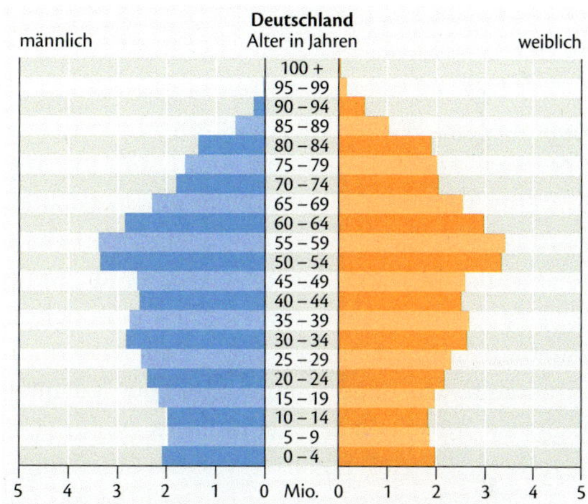

[7] *Bevölkerungsdiagramm Deutschland 2020.* Grafik.

8 Wertet das Bevölkerungsdiagramm [7] aus.

Demografischer Wandel

Mit diesem Begriff wird die Veränderung der Bevölkerungszusammensetzung bezeichnet. Es geht dabei um einen Wandel der Altersstruktur, der Entwicklung der Geburtenzahl und der Sterbefälle sowie der Zu- und Abwanderung.

Wählt einen der folgenden Arbeitsaufträge aus:

- Gestaltet ein Plakat, das für Zuwanderung nach Deutschland wirbt.
- Stellt Herausforderungen des demografischen Wandels in den Beispielländern zusammen.
- Diskutiert die Aussage: Deutschland braucht Einwanderer.

Sprachspeicher
- demografischer Wandel
- Lebenserwartung
- Altersstruktur
- Bevölkerungsentwicklung

Städte im Wandel

Welche Entwicklungen gibt es?

[1] *Ehemalige Fabrik in Dortmund.* Foto.

1 Beschreibt das Foto.
2 Überlegt Fragen.

Merkmale des Wandels von Städten

Eine Stadt nimmt gegenüber den Orten im Umland eine führende Rolle ein. In ihr gibt es ein breites Angebot für Nutzungen wie Wohnen, Arbeiten, Versorgen, Erholung, Bildung und Mobilität. Wenn die Zahl der Menschen, die in eine Stadt ziehen, dauerhaft hoch ist, wächst diese Stadt. Hierdurch entwickeln sich neue Wohnviertel oder gar neue Stadtteile. Innerhalb der Stadt gibt es größere Gebiete, auch „Viertel" genannt, wie die City, Wohn- und Gewerbegebiete, aber auch Bereiche für die Naherholung.
Menschen mit gleicher Herkunft oder mit ähnlichen gesellschaftlichen Merkmalen wohnen oft zusammen. Ein Beispiel hierfür ist „China Town" in New York. Menschen mit hohem Einkommen wohnen oft in Randbereichen der Stadt.

3 Beschreibt mit eigenen Worten die Merkmale einer Stadt.

Die Städte im Ruhrgebiet schrumpfen

Städte verändern ihr Gesicht nicht nur durch Wachstum, sondern auch durch Schrumpfung. Betroffen sind in Deutschland Ballungsräume wie das Ruhrgebiet. Ein Grund hierfür ist der Wegfall von Arbeitsplätzen in den „alten" industriellen Wirtschaftsbereichen der Kohle- und Stahlindustrie oder Werksschließungen wie bei Opel in Bochum. Fehlende Arbeitsplätze führen zur Abwanderung von Fachkräften und damit zu einer negativen Bevölkerungsentwicklung.
Für die Stadtentwicklung sind das Herausforderungen. So wird beispielsweise in Dortmund versucht, nach dem „Rückbau" von Industrieanlagen die Freiflächen für Ansiedlungen von Handwerks- und Dienstleistungsbetrieben oder Wissenschaftsparks zu nutzen. Mit der Anlage des künstlichen Phoenixsees wurden neben einem Freizeitangebot auch Bauflächen für zahlungskräftige Kunden geschaffen.

[3] *Phoenixsee in Dortmund.* Foto 2019.

Sprachspeicher
- Städte können ihr Gesicht verändern durch ... - Wandlungsprozesse von Städten können ... - der Wandel - die Entwicklung - der Ballungsraum - die Migration

4 Beschreibt den Prozess der Veränderung von Städten.

[3] *Modell einer Smart City.* Illustration 2022.

Wandel und Herausforderungen
Die Situation von Wohnen, Arbeiten und Leben verändert sich immer wieder und weiter. Damit verbundene Herausforderungen wie die Ver- und Entsorgung, die Verkehrssituation oder der Verwaltung müssen gelöst werden. Großen Einfluss auf die Stadtentwicklung haben die Angebote von bezahlbaren Wohnungen, attraktiven Arbeitsplätzen und ausgewogenen Verkehrsbedingungen.
Ein weiteres Problem ist der Umgang mit baufälligen Gebäuden. Diese werden abgerissen oder saniert, das heißt modern umgebaut und renoviert. Die ansässige Bevölkerung kann die hohen Mieten oft nicht bezahlen und wird verdrängt. So sind beispielsweise Familien mit Kindern gezwungen, in das preiswertere Umland zu ziehen. Sauberere Luft, weniger Lärm, größere Spielflächen, bessere klimatische Bedingungen sind Beispiele für die positiven Seiten des Lebens auf dem Land. Als negativ ist jedoch in der Regel das Pendeln zum Arbeitsplatz zu nennen. Auch ist die Infrastruktur mit Ärzten, Büchereien, Geschäften, Kulturangeboten und Schulen weniger ausgebaut.

5 Nennt Gründe für das Leben in der Stadt und auf dem Land.

Radschnellweg Ruhr RS1 – die grüne Autobahn
Im Ballungsraum Ruhrgebiet gibt es oft viele Verkehrsstaus, die vor allem für Pendler eine alltägliche Erfahrung sind, so auch auf der A40. Noch ist das Projekt eines Radschnellweges eine Vision und erst in kleinen Teilstücken umgesetzt: der RS1 – eine „Fahrradautobahn" quer durchs Ruhrgebiet über 100 Kilometer von Duisburg im Westen bis Hamm im Osten. Nach der Fertigstellung sollen die Straßen um 50 000 Pkw-Fahrten entlastet und die klimaschädlichen Emissionen um 16 000 Tonnen jährlich reduziert werden. Zur Überwindung größerer Entfernungen werden an Bahnhöfen Fahrradparkhäuser gebaut, damit der öffentliche Personennahverkehr genutzt werden kann. Als Teil eines Radwegenetzes ist der RS1 ein Beitrag zum Klimaschutz und ein Teilschritt für die Entwicklung eines Mobilitätskonzepts.

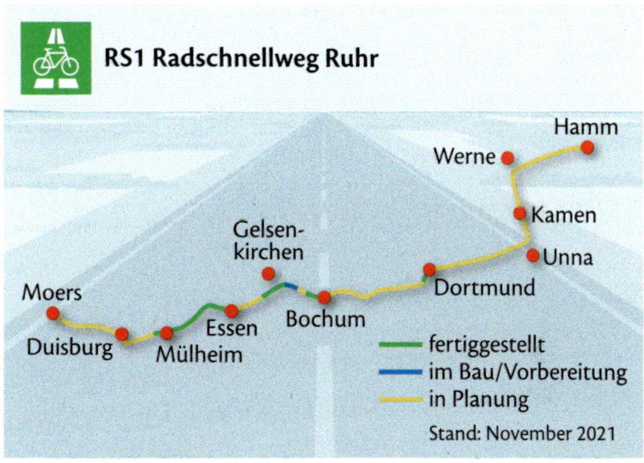

[4] *Streckenführung Radschnellweg Ruhr.* Karte.

6 Beurteilt das Projekt des RS 1 [4].

Wählt einen der folgenden Arbeitsaufträge aus:

- Recherchiert mithilfe des Atlas bzw. des Internet Ballungsräume in Deutschland, Europa und der Welt und erstellt dazu eine Power-Point-Präsentation.
- Vergleicht die Entwicklung eurer Gemeinde oder einer nächstgrößeren in eurer Region mit einer Stadt aus dem Ruhrgebiet.
- Gestaltet ein Plakat mit euren Vorstellungen zur Zukunft eurer Gemeinde. („Morgenstadt")

Sprachspeicher
- Ich finde das Projekt des RS1 gut/weniger gut, weil ...
- Eine Bewertung ist schwierig, weil ...
- Vergleiche ich Kosten und Nutzen, dann ...
- Zusammenfassend lässt sich sagen, dass ...

Verstädterung weltweit

Was sind Megacitys?

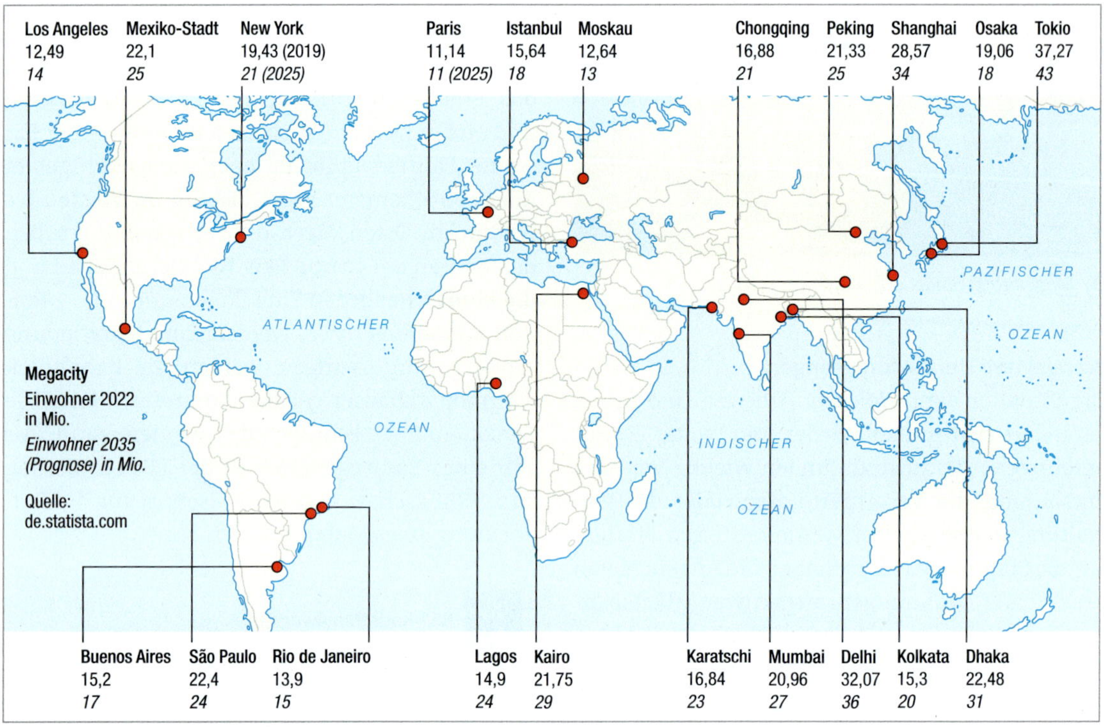

[1] *Megacitys weltweit.* Karte.

1 Legt eine Tabelle an und füllt sie aus.

Megacity	Land	Kontinent
Delhi	Indien	Asien
...		

2 Nennt die Kontinente mit den meisten/wenigsten Megacitys.

3 Ermittelt die Megacity mit dem größten/geringsten Zuwachs im Vergleich der Jahre 2010 und 2025.

4 Vergleicht die Anzahl der Megacitys auf den Kontinenten.

5 Berlin ist mit rund 3,7 Millionen Einwohnern (2020) die bevölkerungsreichste Stadt Deutschlands. Vergleicht die Einwohnerzahl Berlins mit der jeweils größten Megacity eines Kontinentes.
Starthilfe: *... ist 2020 die größte Megacity in .... Sie hat rund ... mehr Einwohner als Berlin.*

Städte und endloses Wachstum

Immer mehr Menschen leben in Städten. Diese Entwicklung heißt „Verstädterung". Heute sind schon mehr als die Hälfte der Menschen weltweit Stadtbewohner. In der Zukunft soll ihr Anteil noch steigen.
In den Industrieländern leben bereits seit der Industrialisierung viele Menschen in Städten. Heute und in Zukunft liegen die Ballungsräume (Agglomerationen) und der Schwerpunkt der Verstädterung in Asien. Städte mit mehr als zehn Millionen Einwohner werden „Megacitys" genannt. Sie wachsen sehr schnell durch Zuwanderung vom Land. Auch ist ihre Bevölkerung recht jung und es kommt so zu einem natürlichen Wachstum. In Deutschland gibt es keine Megacity.

6 Erklärt mit eigenen Worten, was unter „Verstädterung" verstanden wird.

Sprachspeicher
- die Urbanisierung
- die Agglomerationen
- die Megacity (Plural: die Megacitys)
- der Ballungsraum

[2] *Slum und Gated Community in Buenos Aires.* Foto 2003.

7 Beschreibt das Foto [2]. Stellt Vermutungen an.

Riesige Städte – riesige Probleme

Megacitys nehmen im Vergleich zum Umland und anderen Städten eine herausragende Stellung ein. Dieser Prozess tritt häufig in Entwicklungs-, aber auch Schwellenländern auf und wird „Metropolisierung" genannt. Herausforderungen für diese Städte sind der Flächenverbrauch, Bodenversiegelung, Absenkung des Grundwasserspiegels, Belastung durch Müll und Abwasser, Luftverschmutzung, fehlende bzw. schlecht entlohnte Arbeit sowie Armut.

Die Probleme in den Städten führen häufig zu sichtbaren Gegensätzen. Einerseits gibt es eindrucksvolle Hochhäuser mit Büros und Wohnungen für einkommensstarke Menschen, auf der anderen Seite Elendsviertel. Reiche leben und arbeiten häufig aus Angst vor Kriminalität in „Gated Communities". Das sind Bereiche, die durch Wachen, Mauern und Zäune geschützt werden.

Lösungsversuche gibt es einige, z.B. mit Wasserrückgewinnungsanlagen, Systemen der Verkehrssteuerung, alternativer Energiegewinnung sowie Landwirtschaft in der Stadt.

8 Nennt Folgen und Probleme der Entstehung von Megacitys.

Global Citys

Ein weiterer Stadtbegriff ist die „Global City", die manchmal noch „Metropole" oder „Weltstadt" genannt wird. Global Citys zeichnen sich dadurch aus, dass sie weltweit eine hohe Bedeutung haben. Entscheidend ist dabei nicht die Einwohnerzahl, sondern die Anzahl von Unternehmen und Organisationen, die die Weltwirtschaft steuern und kontrollieren, besonders im Bereich Finanzen oder Verkehr mit Häfen und Flughäfen oder Großkonzernen. New York, London, Paris und Tokio sind Beispiele, die in den letzten Jahren auch durch Peking und Shanghai sowie andere chinesische Städte ergänzt werden. Häufig handelt es sich um Megacitys. Aber auch das viel kleinere Genf wird als Global City bezeichnet, da dort viele internationale Organisationen ihren Sitz haben.

Wählt einen der folgenden Arbeitsaufträge aus:

- Nennt mögliche Gedanken von Familienmitgliedern, die in einer Hütte direkt neben einer Gated Community wohnen.
- Erstellt eine Mindmap zu einer Megacity oder einer Global City.
- Diskutiert Vor- und Nachteile des Lebens in einer Gated Community.

Sprachspeicher

- Unter „Gated Communities" versteht man ... • Negative Bevölkerungsentwicklung bedeutet, dass ...
- Merkmale von Megacitys sind: ...

Migration weltweit

Warum verlassen Menschen ihre Heimat?

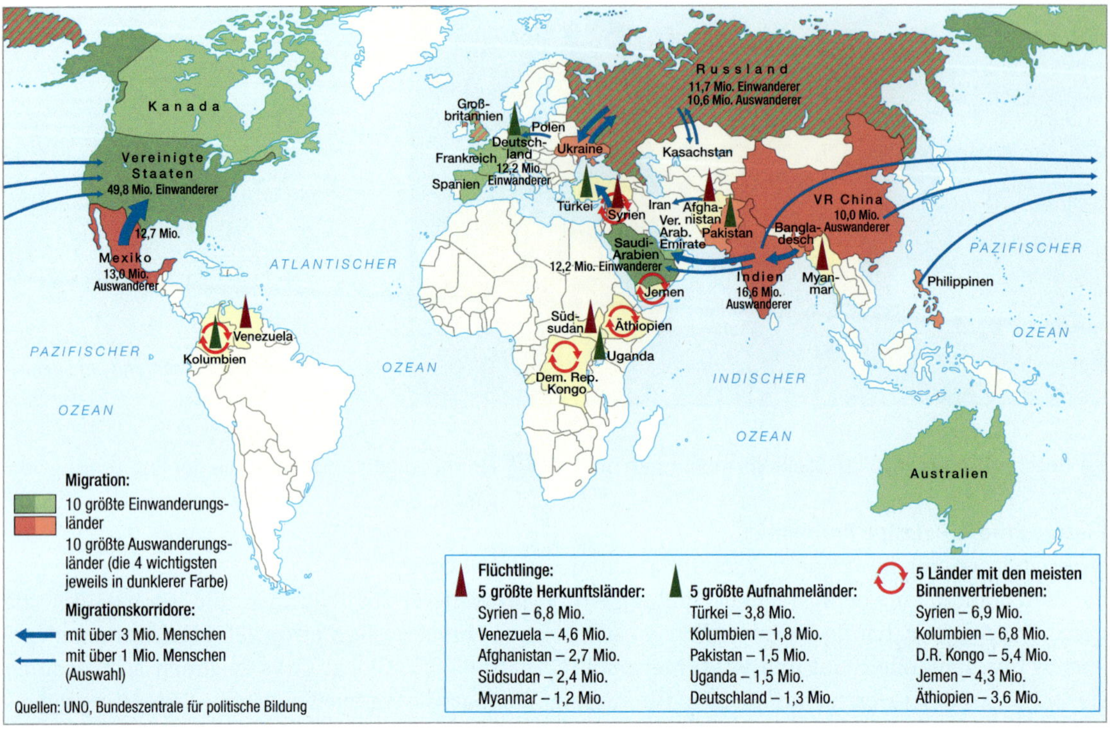

[1] *Migrationsströme weltweit.* Karte.

1 Benennt Herkunfts- und Zielgebiete der weltweiten Migrationsströme.

Warum verlassen Menschen ihre Heimat?

Mit 82,4 Millionen haben weltweit 2021 so viele Menschen wie noch nie ihre Heimat verlassen. Das entspricht ungefähr der Einwohnerzahl Deutschlands.

Menschen verlassen schon immer ihren Wohnort und suchen einen neuen in einer anderen Stadt oder Land, um der Not zu entkommen und an einem anderen Ort zu leben. Der Oberbegriff für das Verlassen der angestammten Heimat heißt „Migration“. Diese Menschen heißen „Migranten“. Sie verlassen ihr Land aus ganz unterschiedlichen Gründen: So kann es sein, dass sie keine Arbeit finden, andere gehen aus ihrer Heimat weg aufgrund einer Hungersnot, einer Natur- oder Umweltkatastrophe. Verlassen Menschen ihren Wohnort aufgrund von religiöser oder politischer Verfolgung, von Krieg, Gewalt oder Terror, nennt man sie „Flüchtlinge“.

Wohin migrieren die Menschen?

Die Mehrzahl der Migranten lebt in Entwicklungsländern. Sie verlassen oft ihr Land nicht, sondern suchen Schutz an einem anderen Ort innerhalb ihres Landes.

Viele Menschen verlassen aber ihr Land und leben in Nachbarländern, oft in überfüllten Flüchtlingslagern. Dazu nehmen sie beispielsweise die gefährliche Überfahrt über das Mittelmeer in Kauf.

2 Nennt Migrations- bzw. Fluchtgründe.

3 Erklärt den Unterschied zwischen Migranten und Flüchtlingen. **Starthilfe:** *Migranten verlassen ihre Heimat wegen ...; Als „Flüchtlinge“ werden Menschen bezeichnet, die ...*

Sprachspeicher

- Unter Binnenmigration versteht man ... - Menschen verlassen ihre Heimat, weil ... - Emigranten sind ... - Flüchtlinge verlassen ihren Wohnort ...

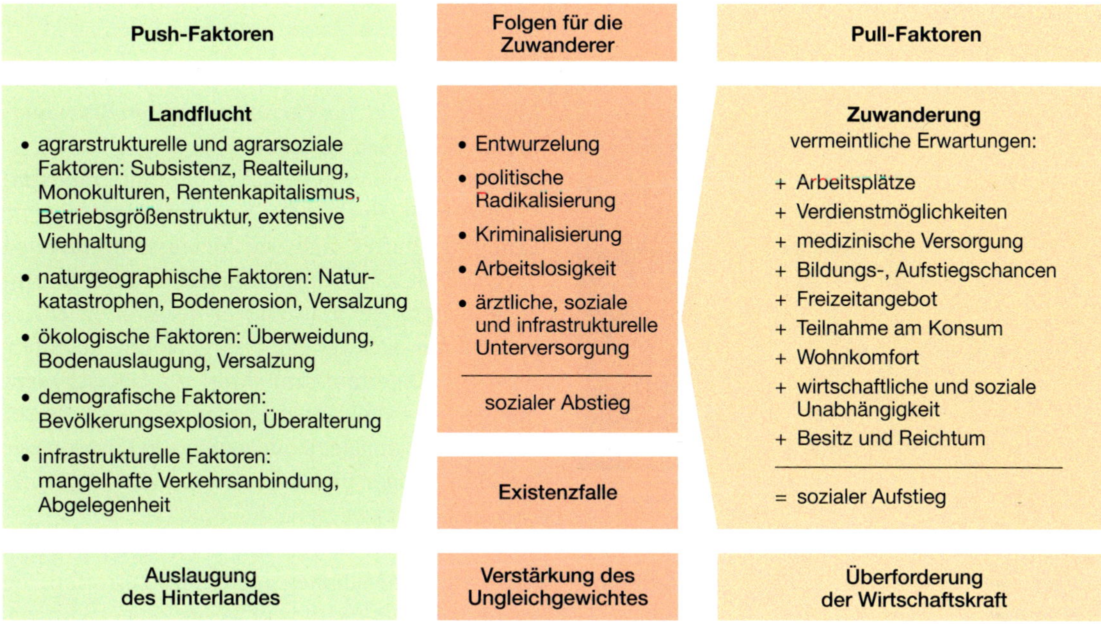

[2] *Gründe für Migration*. Grafik.

4 Nennt je drei Push- und je drei Pullfaktoren [2].

Push-Faktoren und Pull-Faktoren

Menschen, die ihre Heimat verlassen, hoffen auf Verbesserungen ihrer derzeitigen Lebensumstände.

Die Motive für das Verlassen eines Landes und die Suche nach einer neuen Heimat in der Fremde fasst man in sogenannten „Push-Faktoren“ und „Pull-Faktoren“ zusammen. Darunter fallen wirtschaftliche, demografische* und soziale Bedingungen in den Herkunfts- und Zielländern.

Push-Faktoren sind Gründe, die in den Herkunftsländern liegen und Menschen zum Verlassen ihrer Heimat bringen. Von den Zielländern gehen die Pull-Faktoren aus, die Migranten anziehen und Hoffnung geben.

5 Erklärt mit euren Worten die Begriffe Push- und Pull-Faktoren.

* **demografisch:** die Entwicklung der Bevölkerung betreffend

Ein Migrant berichtet

„Ich bin Moussa aus dem Senegal. Aus meinem Dorf Cayar haben schon viele die gefährliche Flucht nach Europa versucht. Nicht alle haben es geschafft. Die großen Fabrikschiffe fangen uns kleinen Fischern den Fisch weg und zerstören unsere Lebensgrundlage. Das bedeutet für uns Arbeitslosigkeit, wenig Einkommen und Armut. Andere Jobs finde ich kaum. Dafür bin ich auch nicht qualifiziert genug, da ich nur ein paar Jahre zur Schule gegangen bin. Außerdem stehen sehr viele Arbeitskräfte zur Verfügung. Ich sehe hier für mich keine Zukunft mehr.“

6 Nennt die Push-Faktoren aus Moussas Bericht.

Wählt einen der folgenden Arbeitsaufträge aus:

- Erstellt einen Podcast zum Thema Migration.
- Erstellt eine Power-Point-Präsentation zum Weltflüchtlingstag.
- Führt ein Interview mit Migranten/Flüchtlingen in eurer Klasse/an eurer Schule. Arbeitet die Push-/Pull-Faktoren heraus.

Sprachspeicher

- Unter Push-/Pull-Faktoren versteht man ...
- Diese Auswirkungen hat Migration für die Herkunfts- und Zielländer: ...

Wahlseite Meeresspiegelanstieg und Migration

1 Informiert euch auf dieser Seite über den Meeresspiegelanstieg als Migrationsgrund.

2 Präsentiert eure Ergebnisse in geeigneter Form in der Klasse.

[1] *Dhaka in Bangladesch, Klimaflüchtlinge aus Bhola.* Foto 2015.

Was hat der Meeresspiegelanstieg mit Migration zu tun?

Bangladesch ist nur mit einem Prozent am weltweiten **Ausstoß von Treibhausgasen** beteiligt. Aber bereits heute bekommt es die Folgen klimatischer Veränderungen verstärkt zu spüren: Ein Drittel des Landes gehört zur **Küstenzone**. Große Flächen hiervon liegen nur **knapp über dem Meeresspiegel**. 35 Millionen Menschen leben hier. Das sind 28 Prozent der Gesamtbevölkerung des Landes. Zudem besteht ein großer Teil des Landes aus dem **Mündungsgebiet der Flüsse Ganges und Bramaputra** mit vielen Nebenflüssen.

Sie bringen nach Regenfällen (Sommermonsun) Wasser und **fruchtbares Schwemmland** für die Landwirtschaft. Durch den Meeresspiegelanstieg verwandeln sich langsam große Landgebiete in Teile des Ozeans. Das Wasser der großen Flüsse kann dann nicht mehr wie gewohnt ablaufen, wird zurückgestaut und führt zu **Überschwemmungen** im Landesinneren oder verändert die Zusammensetzung des **Grundwassers** in Küstennähe. Es wird salziger und kann nicht mehr als Trinkwasser genutzt werden.

Wenn der **Meeresspiegel um einen Meter ansteigt**, dann sind 15 Millionen Menschen betroffen. Sie würden heimatlos und zur **Migration** gezwungen. Da den Betroffenen sehr oft finanzielle Möglichkeiten für eine Migration in andere Länder fehlen, ziehen sie verstärkt in die **Slums großer Städte**.

In der Folge gibt es noch ein weiteres Problem: Das verstärkt **eindringende Meerwasser** führt zu einer **Versalzung der Böden**. Diese wären dann landwirtschaftlich nicht mehr nutzbar.

Somit könnte der Klimawandel zum **Hauptmigrationsgrund** werden.

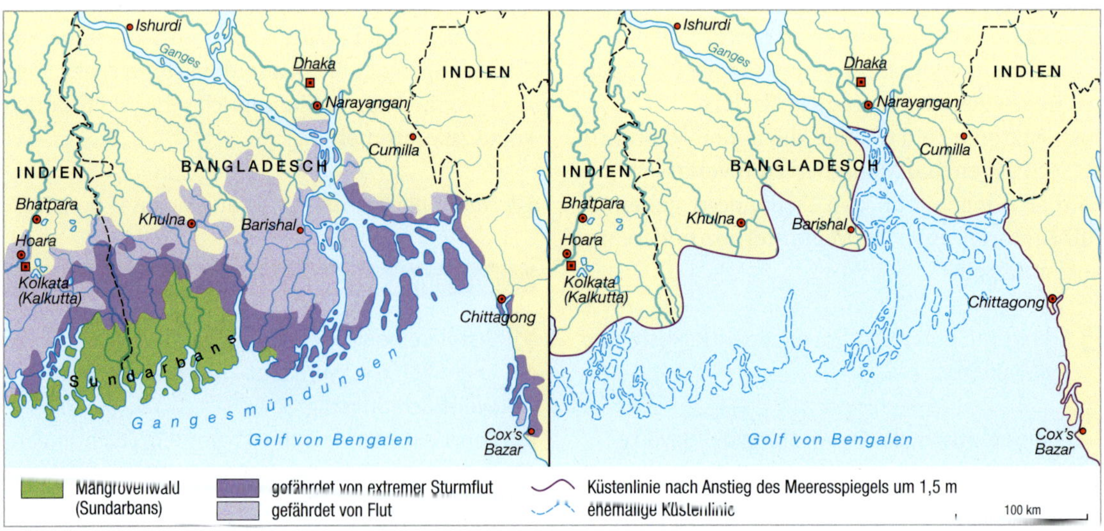

[2] *Meeresspiegelanstieg am Beispiel Bangladesch.* Karte.

Tipps für die Erarbeitung

Ihr könnt beim Lesen die Schritte des Lese-Profis anwenden. Was habt ihr über das Thema Meeresspiegelanstieg und Migration erfahren?

Tipps für die Präsentation

- Geht auf die Ursachen, Wirkungen und Folgen ein.
- Vergleicht mit den Niederlanden und macht auf die Folgen aufmerksam.

☒ Wahlseite Hunger als Migrationsgrund

1 Informiert euch auf dieser Seite über den Hunger als Migrationsgrund.
2 Präsentiert eure Ergebnisse in geeigneter Form in der Klasse.

[1] *Ein Bauer in Äthiopien.* Foto 2019.

Hunger ist in vielen Regionen der Welt ein großes Problem. Besonders sind Menschen in Afrika südlich der Sahara betroffen. Sie leben in Staaten wie Südsudan, Nigeria und Somalia. So sind beispielsweise mehr als zehn Prozent der Bevölkerung nach Angaben des Flüchtlingshilfswerkes UNHCR bereits aus dem Südsudan migriert. Das sind mehr als 1,5 Millionen Menschen. Dabei ist Hunger oft nur ein Grund für Migration. Oftmals steht er im Zusammenhang mit anderen Gründen wie Klimawandel, Krieg und Bevölkerungswachstum.
Wie in vielen anderen Staaten Afrikas ist auch die Bevölkerung im Südsudan sehr jung und stark wachsend. Die Ernährung ist eines der Hauptprobleme des Landes.

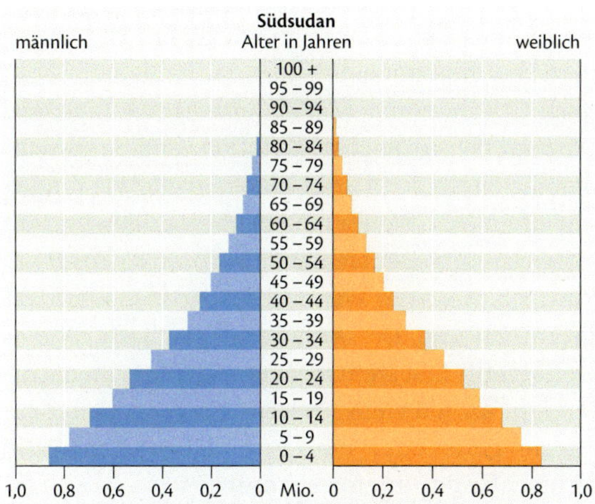

[2] *Bevölkerungsdiagramm Südsudan (2016).* Grafik.

Klimatische Veränderungen führen zur Verschiebung von Regenzeiten und im Zusammenhang damit auch oftmals zu Wasserknappheit. Die Folgen sind dann Ernteausfälle und Missernten.
Seit Februar 2017 herrscht im Südsudan eine von den Vereinten Nationen (UN) anerkannte Hungersnot. Verstärkt wird die angespannte Situation noch durch die kriegerischen Auseinandersetzungen eines Bürgerkrieges.
Millionen Menschen sind in dieser Lage vom Tode bedroht. Die Unter- oder Mangelernährung macht sie krankheitsanfällig. Sie haben unter diesen Umständen nur geringe bis gar keine Einkommensmöglichkeiten mehr.
Sind auch noch die Vorräte aufgebraucht, bleibt vielen so Betroffenen nur die Migration. Sie suchen einen Neuanfang oder ein neues Leben in anderen Ländern. Durch diese Situation und aufgrund der wachsenden Bevölkerung wird der Migrationsdruck weiter steigen.

[3] *Lage des Südsudan.* Karte 2022.

Tipps für die Erarbeitung
- Beschreibt Hunger als Teil eines Teufelskreises.
- Recherchiert Daten für Deutschland.

Tipp für die Präsentation
- Präsentiert die Ergebnisse in einer Wandzeitung.

☒ Wahlseite Syrien – Krieg als Fluchtgrund

1 Informiert euch auf dieser Seite über Krieg und Gewalt als Fluchtgrund.
2 Präsentiert eure Ergebnisse in geeigneter Form in der Klasse.

[1] *Krieg in Syrien, Zentrum der Stadt Homs.* Foto 2019.

Krieg in Syrien und die Folgen für die Einwohner

Menschen sehen ihr Leben durch Krieg und Gewalt bedroht. Gewaltsame Konflikte, Terror und Krieg machen ein normales Leben oftmals unmöglich. Denn durch Krieg und Gewalt werden auch Straßen und Versorgungseinrichtungen beschädigt oder zerstört. Betroffene sehen für sich keine Lebensgrundlage mehr und sehen sich gezwungen, ihre Heimat zu verlassen. Ein Beispiel dafür ist Syrien. Was als friedlicher Protest für demokratische Reformen vor über zehn Jahren begann, entwickelte sich zum Bürgerkrieg und ließ viele Menschen flüchten. Etwa die Hälfte der Syrer ist auf der Flucht. Viele sind Binnenflüchtlinge oder fliehen in Nachbarländer.

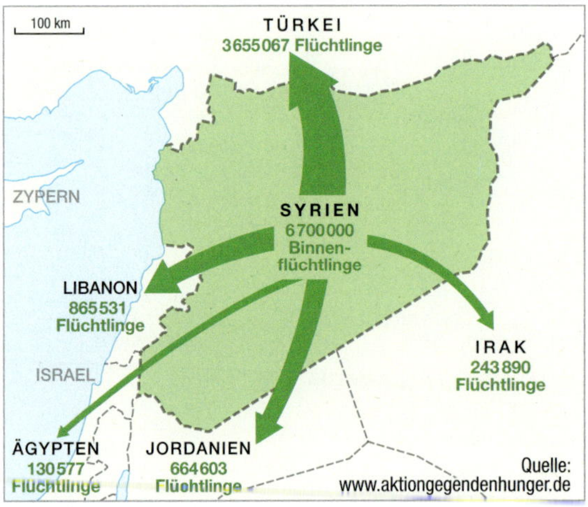

[2] *Flucht aus Syrien 2021.* Infografik.

Auf der Suche nach einem neuen Zuhause

Der Junge aus Syrien strahlt über das ganze Gesicht. Endlich wieder Schule. Er hat ein Zeugnis bekommen. Wieder hat es eine Leistungssteigerung zum letzten Halbjahr gegeben. Besonders freut er sich über die verbesserte Deutschnote. Baschar kommt aus Syrien, ist mit seiner Familie vor dem dortigen Terror und Krieg geflohen und hofft im Ruhrgebiet auf eine neue Heimat. Er erzählt:

[3] *Ein syrischer Junge lernt in Deutschland.* Foto 2016.

„Ich bin nun schon länger in Deutschland. Meine Familie und ich sind in Sicherheit. Kein Krieg mehr, keine Explosionen, keine Angst vor Verfolgung. Ich habe die Geräusche noch immer im Kopf, aber es ist vorbei. Viele Monate waren wir unterwegs. Von Syrien über den Libanon in die Türkei. Mal mit einem Lkw, mal mit einem Bus, dann mit dem Schiff nach Griechenland. Mal dauerte es nur Tage, mal Wochen bis zur nächsten Station. Und dann wurden die Eltern auch noch krank. Irgendwie fanden wir einen Arzt. Weiter ging es über Serbien und Österreich nach Deutschland. Vor der Ankunft im Ruhrgebiet waren wir noch in einer Erstaufnahmeeinrichtung. Der Anfang ist geschafft. Wie es weitergeht? Erst steht mal der Abschluss im nächsten Jahr an. Ich weiß noch nicht, ob ich weiter zur Schule gehe oder eine Ausbildung mache. In Deutschland ist meine Zukunft."

Tipp für die Erarbeitung
- Recherchiert im Internet zur aktuellen Lage in Syrien.

Tipp für die Präsentation
- Erstellt eine Power-Point-Präsentation.

☒ Wahlseite Flucht – Verfolgung der Rohingya

1 Informiert euch auf dieser Seite über Verfolgung als Fluchtgrund.

2 Präsentiert eure Ergebnisse in geeigneter Form in der Klasse.

[1] *Rohingya auf der Flucht, angekommen an der Grenze zu Bangladesch.* Foto 2017.

Wer sind die Rohingya?

Die Rohingya sind eine muslimische Minderheit. Sie gelten als die am stärksten verfolgte Minderheit der Welt. Ihre genaue Anzahl ist unbekannt, wird aber auf bis zu zwei Millionen geschätzt. Sie werden nicht als einheimische Bevölkerungsgruppe angesehen und sind somit keine Staatsbürger. Als Staatenlose haben sie keine Rechte.

Wo leben sie?

Die meisten Rohingya leben in Myanmar (ehemals Birma). Etwa eine Million lebt als Flüchtlinge in Bangladesch und weiteren Staaten wie Pakistan, Saudi-Arabien, Malaysia und Thailand.

[2] *Fluchtroute.* Karte.

Wovon leben sie?

Sie arbeiten in der Landwirtschaft, als Fischer, Händler oder Handwerker. Eine Berufsausübung ist aber aufgrund der Verfolgung schwierig.

Warum werden die Rohingya verfolgt?

Von der buddhistischen Mehrheit in Myanmar wird ihnen Terrorismus vorgeworfen. Sie gelten als aggressiv und als illegale Einwanderer. Sie werden diskriminiert, dürfen sich nicht frei bewegen und auch nicht wählen. 2017 spitzte sich der Konflikt zu, viele Rohingya flohen.

Wo sollen die Rohingya hin?

Kein Staat will sie haben. In den 1970er und 1980er Jahren gab es zwei große Flüchtlingswellen. Rohingya wurden damals noch als Flüchtlinge in Bangladesch aufgenommen. Doch die Zeiten sind vorbei. Geflüchtete Rohingya leben heute meistens in Lagern wie Kutupalong. Mit rund 600 000 Geflüchteten ist es das größte Camp der Welt.

Wie ist das Leben im Flüchtlingslager?

Die Lage ist schwierig. Die Flüchtlinge leben in Bambushütten, Bretterverschlägen oder unter freiem Himmel. Es gibt kein Licht, nicht genug Toiletten. Es fehlen Trinkwasser und medizinische Versorgung. So breiten sich Krankheiten aus. Viele Menschen sind ohne Hoffnung. Hilfsorganisationen liefern Lebensmittel und medizinische Versorgung oder bauen Schulen.

[3] *Ein Feuer zerstörte das Flüchtlingslager der Rohingya in Bangladesch.* Foto 2021.

Tipp für die Erarbeitung

- Informiert euch über Menschenrechte im Grundgesetz.

Tipps für die Präsentation

- Erstellt ein Plakat zum Thema Menschenrechte und das Verletzen von Menschenrechten.

Wachstum ohne Ende?

Können Geburtenzahlen gesteuert werden?

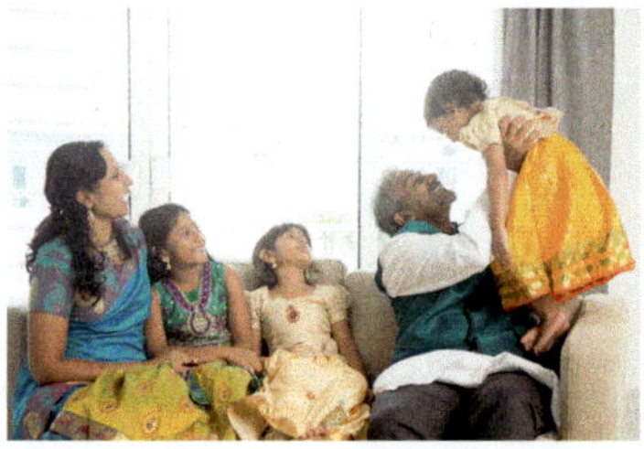

[1] *Weltbevölkerungstag in Indien 2002, Wunsch der Regierung, Wirklichkeit*. Fotos.

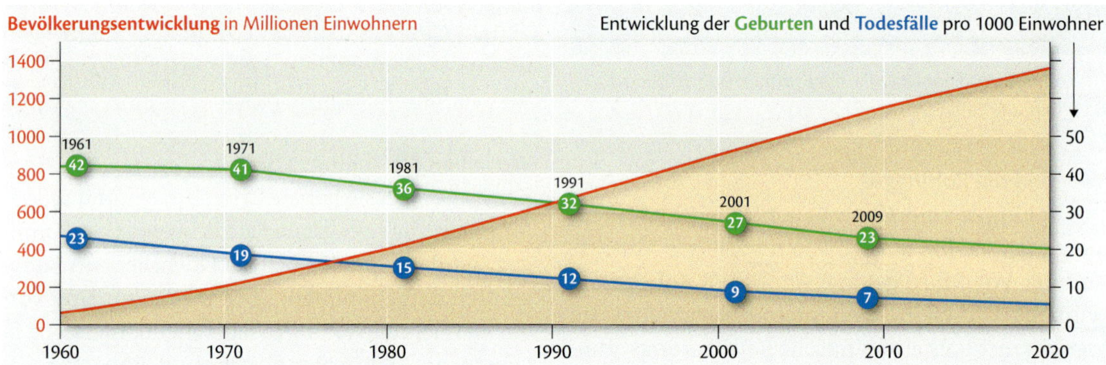

[2] *Indien Bevölkerungsentwicklung*. Grafik 2022.

1 Beschreibt und vergleicht die drei Fotos.

2 Wertet die Infografik [2] aus.

Bevölkerungswachstum und Versuche der Steuerung

Kann das weltweite Bevölkerungswachstum verlangsamt oder gar gestoppt werden? Zur Problemlösung werden verschiedene Wege diskutiert und beschritten: Eine Möglichkeit sind staatliche Begrenzungen auf ein oder zwei Kinder wie beim Beispiel China. Steigende Lebenserwartung und geringer Säuglingssterblichkeit haben in China zu großem Bevölkerungswachstum geführt. Bis 1973 waren zwei Kinder pro Familie erlaubt. Von 1979 bis 2016 durfte jede Familie nur ein Kind bekommen. Die Ein-Kind-Politik wurde oft mit Zwang bzw. Vergünstigungen durchgesetzt. Die Folge dieser Politik waren geheime Geburten und Abtreibungen von weiblichen Nachkommen. Aktuell fehlen nun Mädchen, die Kinder bekommen können, es gibt einen Überschuss an männlichen Einwohnern.

Am Beispiel Indien wird deutlich, welche Schwierigkeiten staatliche Überlegungen zur Verringerung des Bevölkerungswachstums auch noch zu beachten haben. Hier einige Meinungen aus der Bevölkerung:

- Ich hoffe auf eine Unterstützung durch viele Kinder. Eine Rente gibt es für mich nicht.
- Auf dem Land sehe ich keine Zukunft mehr. Ich will in die Stadt nach Mumbai oder Delhi.
- Traditionell zählen bei uns nur Jungen. Ich habe schon oft abgetrieben, weil es weibliche Föten waren.
- Verhütungsmittel sind kaum zu bekommen und sehr teuer.

3 Stellt in einer Tabelle Argumente für und gegen staatliche Maßnahmen zur Geburtenreduktion gegenüber.

Sprachspeicher
- Geburtenrate
- Sterberate
- staatliche Maßnahmen
- Tradition
- Ein-Kind-Familie

Bildung und Gesundheit als Gegenmaßnahmen

Neben den staatlich verordneten Maßnahmen, die häufig unter Zwang erfolgten, gibt es noch andere Möglichkeiten, das Bevölkerungswachstum zu reduzieren: Bildung und Gesundheitsfürsorge. Hochwertige Bildung ist ein Menschenrecht: Alle jungen Menschen sollen im Leben eine Chance auf Schule, Ausbildung und Beruf haben. Besonders wichtig ist sie aber für Frauen. Mädchen in Entwicklungsländern müssen häufig im Haushalt helfen und gehen keinem Beruf nach. Da sie oft früh verheiratet werden, können sie dann selbst die Schule nicht vollenden. Viele werden dann bereits vor der Volljährigkeit erstmalig schwanger. In der Regel schließen sich weitere Schwangerschaften an. Gehen sie jedoch länger zur Schule, bekommen sie deutlich weniger Kinder und haben so vermehrt eigene Zukunftschancen.

[3] *Mädchen in einer Schule in Afrika.* Foto 2014.

Ein Ergebnis fehlender Schulbildung ist eine nur schwache Ausbildung der Lese-, Rechen- und Schreibfähigkeit. Da diese häufig bei Männern besser ist, entstehen so auch Abhängigkeitsverhältnisse. Gebildete Mädchen und Frauen haben ein anderes Bewusstsein und durchbrechen „altes" Denken: Sie schicken ihrerseits ihre Kinder länger auf Schulen. Je höher die Schulbildung einer Frau ist, desto mehr hat sie Einfluss auf eine selbstbestimmte Lebensplanung.

4 Erläutert die Wichtigkeit der Bildung für Mädchen und Frauen.

Was ihr noch tun könnt:

MK Informiert die Klasse/Schule in einem Kurzvortrag über den Welttag der Frauengesundheit.

[4] *Aktion in Indien zur Menstruationshygiene.* Foto 2018.

Diara ist vierzig Jahre und lebt in Kenia. Beim Anblick dieses Fotos kommen ihr diese Gedanken:

„Was Mädchen heute so alles in der Schule lernen ... Fehlendes Geld für Binden lässt viele Mädchen während ihrer Periode nicht in die Schule gehen. Selbst Lehrer diskriminieren Schülerinnen. Die Menstruationstassen sind über viele Jahre zu gebrauchen. Sie sind ein Beispiel dafür, wie Bildung und Gesundheit in einem engen Zusammenhang stehen. Aufklärung und Vorbeugung wirken sich auf die Gesundheit von Mädchen aus und verschaffen ihnen eine Voraussetzung für ein selbstständiges und selbstbestimmtes Leben. Dadurch sinkt auch das Alter bei der Eheschließung und das erste Kind kommt später zur Welt. Durch Fortschritte in der Medizin ist auch die Müttersterblichkeit bei der Geburt gesunken. Es ist sicherlich noch viel zu tun. Aber das hier ist ein viel versprechender Anfang."

5 Erläutert den Zusammenhang von Bildung und Gesundheit.

Wählt einen der folgenden Arbeitsaufträge aus:

- Erstellt einen Kurzvortrag zur Aussage: „Bildung ist das wirksamste Verhütungsmittel."
- Erstellt einen Flyer oder einen Handzettel mit Forderungen für mehr Bildung für Mädchen und Frauen.
- Beurteilt die chinesische Bevölkerungspolitik.

Sprachspeicher

- Bildung steht im Zusammenhang mit Gesundheit, weil ...
- Positiv wirkt sich aus, dass ...
- Weiter ist anzumerken, dass ...
- ... trägt dazu bei, dass ...
- Anzumerken ist noch, dass ...
- Zusammenfassend möchte ich anmerken, dass ...

Die Tragfähigkeit der Erde

Werden alle Menschen satt?

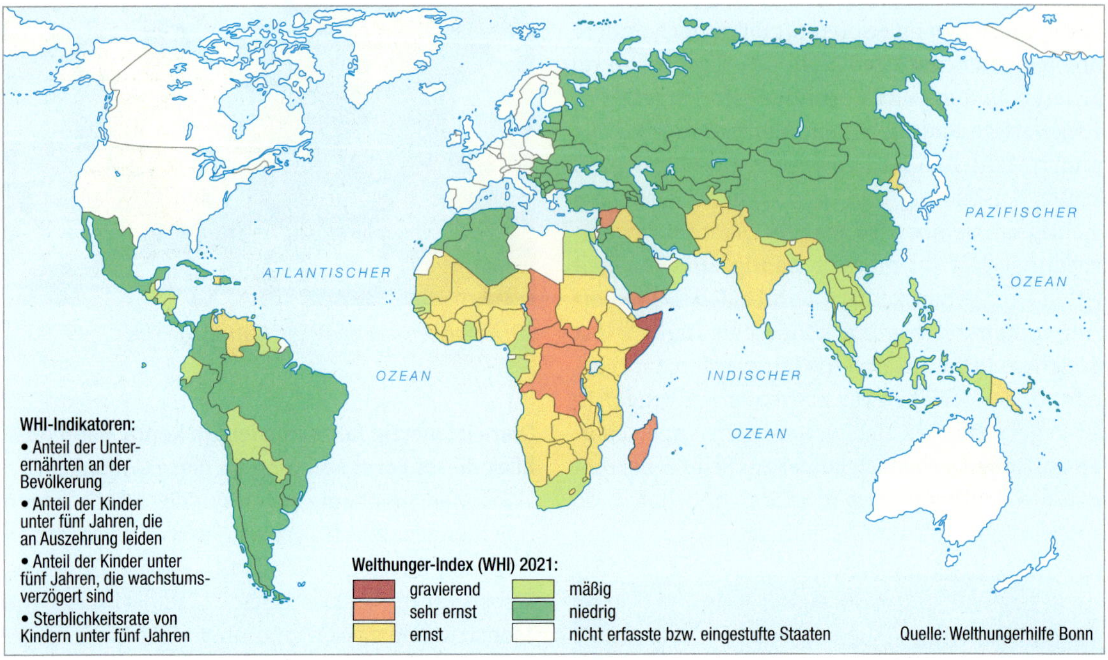

[1] *Welthunger-Index*. Karte 2021.

1 Wertet die Karte [1] aus. Schreibt Länderbeispiele auf.

Wie viele Menschen hält die Erde aus?

Früher dachte man, dass höchstens eine Milliarde Menschen auf der Erde leben könnten. Inzwischen ist die Acht-Milliarden-Marke überschritten worden. Das starke Wachstum der Weltbevölkerung steht in einem engen Zusammenhang mit dem Hungerproblem.

Eine der wichtigsten Fragen ist dabei: Wie viele Menschen können ernährt werden? Im Jahr 2050 muss die Erde voraussichtlich zwei Milliarden Menschen mehr ernähren als heute. Die Beantwortung dieser Frage ist nicht einfach. Zukünftige Entwicklungen lassen sich kaum voraussehen.

Die Zahl der Hungernden wird auf rund eine Milliarde Menschen geschätzt. Davon leben die meisten in den ländlichen Räumen der Entwicklungsländer. Das Hauptproblem ist die Verteilung von Nahrungsmitteln.

Werden alle satt?

Die Nahrungsmittelproduktion auf der Erde reicht grundsätzlich aus, um alle Menschen zu ernähren, dennoch leiden viele Menschen weltweit unter Hunger oder sind unterernährt.

Getreide kann direkt (wie Reis) oder nach einer kurzen Verarbeitung (z.B. Brot) verzehrt werden. Getreide wird allerdings auch für die Fütterung von Tieren genutzt. Um ein Kilogramm Fleisch zu erzeugen, müssen ungefähr 15 Kilogramm Getreide verfüttert werden. Nicht vergessen werden darf, dass viele Nahrungspflanzen zur Erzeugung von Kraftstoff dienen (sog. „Bio-Sprit") oder zur Energiegewinnung verwendet werden. Diese Pflanzen kommen der menschlichen Ernährung in keiner Weise mehr zugute. Der Bedarf an landwirtschaftlichen Produkten nimmt aufgrund wachsender Weltbevölkerung zu, gleichzeitig nimmt die landwirtschaftliche Nutzfläche ab. Ursache hierfür sind z.B. die Wüstenbildung (Desertifikation) oder die Verstadterung.

2 Fasst den Text mit euren Worten zusammen.

Sprachspeicher

▪ Die Karte hat zum Thema: ... ▪ Auf dieses Problem weist die Karte hin: ... ▪ Mir fällt an der Karte auf, ...

▪ Auf dem Kontinent ... kann ich sehen, ... ▪ Dieser Kontinent ist sehr ernst/ernst/mäßig/niedrig betroffen.

„Grüne Gentechnik" – und der Hunger ist besiegt?

Die Weltbevölkerung wächst und damit auch der Bedarf für Nahrungsmittel. Andererseits gehen aber beispielsweise durch Wüstenbildung, Versalzung und Extremwetterereignisse landwirtschaftliche Nutzflächen verloren. Hieraus ergibt sich eine Herausforderung für die Landwirtschaft.

[2] *Genmodifizierter Mais.* Foto 2022.

Eine Lösung verspricht man sich durch den Einsatz gentechnisch veränderter Pflanzen. Dabei wird in das Erbgut der Pflanzen eingegriffen. Im Ergebnis soll die Pflanze beispielsweise widerstandsfähiger gegen Schädlinge werden. Doch dieser Lösungsansatz ist seit Jahren umstritten. In Diskussionen werden oft diese Argumente genannt:

- Pflanzen können an schlechtere Böden und Klimabedingungen angepasst werden und trotzdem höhere Erträge erreichen.
- Bauern haben hohe Kosten für den gentechnisch veränderten Saatgutkauf.
- Grüne Gentechnik soll den Einsatz von Pflanzenschutzmitteln reduzieren und so Betriebskosten sparen helfen.
- Auch traditionell entwickelte Pflanzen haben eine erhöhte Widerstandsfähigkeit gegen Dürre und Überschwemmungen.
- Lange galt der Grundsatz, dass Pflanzen und Tiere nicht patentiert werden können. Auf Gentechnik können heute Patente erworben werden. Damit hat der Patentbesitzer eine gewisse Machtstellung.
- Gentechnisch veränderte Pflanzen sollen aufgrund des höheren Nährstoffgehalts Mangel- und Fehlernährung reduzieren.

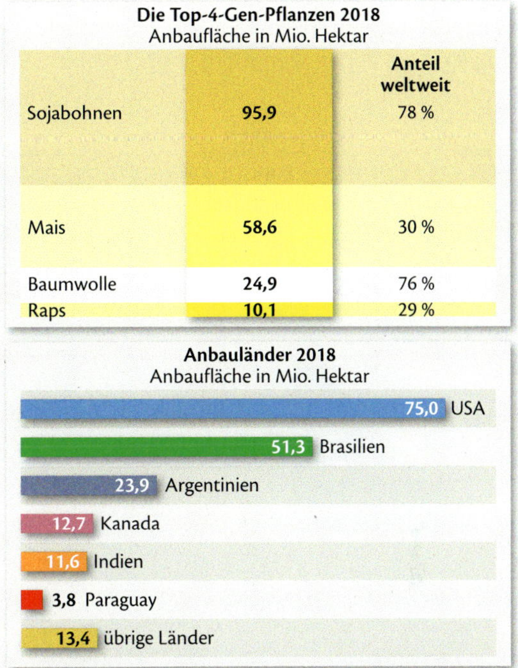

Quelle: ISAAA 2019: Global Status of Commercialized Biotech

[3] *Anteil am Anbau von Genpflanzen und Anbauländer. Grafik.*

3 Arbeitet aus dem Text die Pro-und Kontra-Argumente heraus und ordnet sie in eine Tabelle.

4 Wertet die Infografik [3] aus.

Wählt einen der folgenden Arbeitsaufträge aus:

- Diskutiert die Frage, ob Getreide an Tiere verfüttert oder zu Bio-Sprit verarbeitet werden sollte.
- Erstellt Plakate für eine Demonstration von Befürwortern und Gegnern grüner Gentechnik.
- Beurteilt die Aussage: „In Sachen Welternährung besteht ein Wettlauf zwischen Pflug und Storch".

Was ihr noch tun könnt:

MK Informiert euch über eine der Top-4-Gen-Pflanzen.

Sprachspeicher

• Die Themen der Grafiken sind ... • Sie beziehen sich auf das Jahr ... • Das Balkendiagramm zeigt ...

• Am Säulendiagramm kann man ablesen, ... • Die Hauptanbauländer sind ... • Am meisten werden ... angebaut.

Das kann ich!

Versucht zunächst, die Aufgaben auf dieser Doppelseite zu lösen, ohne im Kapitel nachzusehen. Wenn ihr Hilfe braucht, könnt ihr bei den Aufgaben auf den in Klammern angegebenen Seiten nachschlagen.

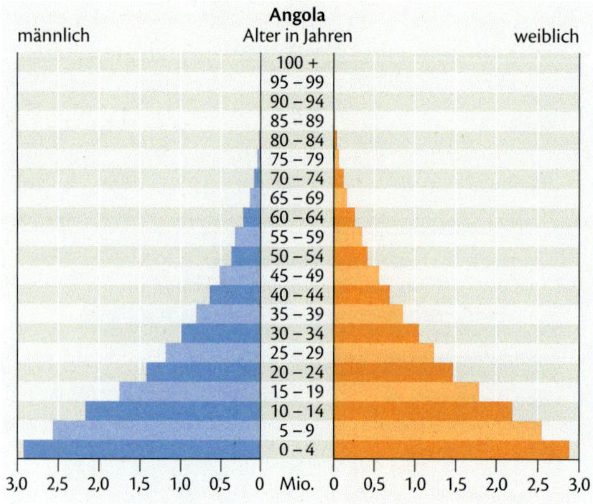

[1] *Bevölkerungsdiagramm Angola (2020).* Grafik.

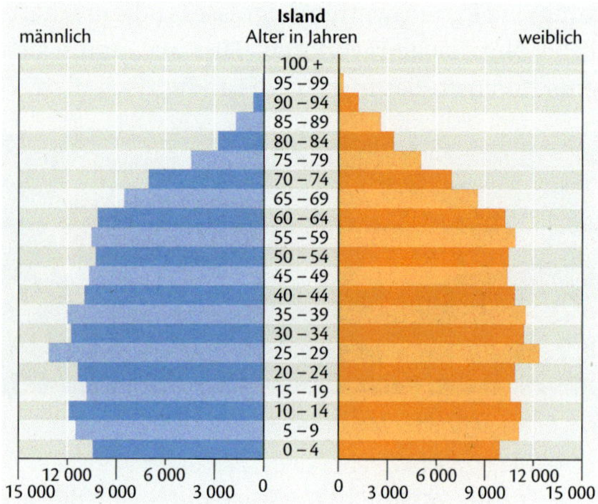

[2] *Bevölkerungsdiagramm Island (2020).* Grafik.

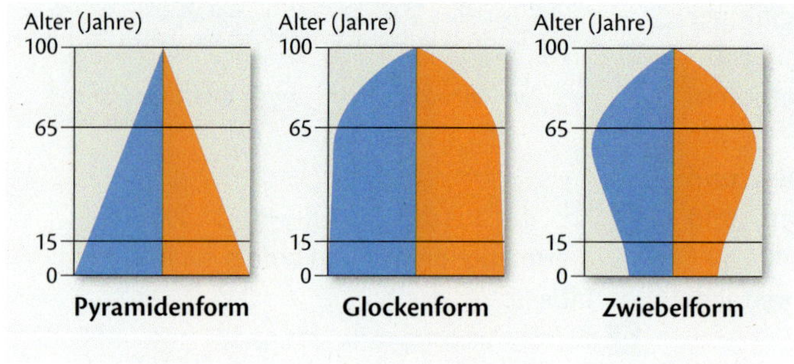

[3] *Grundformen von Bevölkerungsdiagrammen.* Grafik.

Form des Bevölkerungsdiagramms	Aussage
Pyramidenform	...
...	...
...	...

— schrumpfende Bevölkerungszahl durch starken Rückgang der Geburten
— junge, schnell wachsende Bevölkerung
— kaum Bevölkerungswachstum oder Bevölkerungsrückgang

[4] *Grundformen zuordnen.*

die Agglomeration	Verlassen eines Wohnortes und Suchen eines neuen; Wanderung, Bewegung
die Gated Community	Schutz, Zufluchtsort
das Asyl	Wüstenbildung
die Migration	Anhäufung, Zusammenballung, Ballungsraum
die Desertifikation	bewachte oder geschlossene Wohnanlage

[5] *Begriffe und ihre Bedeutung*

A Fast neun Millionen Menschen leben gegenwärtig auf der Erde.
B Im Ballungsraum Mumbai leben mehr als 20 Millionen Einwohner.
C Pyramide, Glocke und Zwiebel sind Grundformen zur Darstellung der Bevölkerungsentwicklung.
D Eine Megacity ist eine Stadt mit einer Million Einwohner.
E Heute leben weltweit noch immer mehr Menschen auf dem Land und nicht in Städten.
F Von den Zielländern gehen die Pull-Faktoren aus, die Migranten anziehen und Hoffnung geben.

[6] *Richtig oder falsch?*

[7] *Alterspyramide.* Karikatur.

Sachkompetenz

1 Nennt ausgewählte Ursachen für das Bevölkerungswachstum und bringt sie mit Gegenmaßnahmen in Verbindung. (S. 112–113)

2 Ordnet den Begriffen in [5] rund um das Thema „Weltbevölkerung" und „Verstädterung" die jeweils passende Erklärung zu. (S. 118–121)

3 Ordnet die Aussagen in [4] den Grundformen von Bevölkerungsdiagrammen zu und legt eine Tabelle an. (S. 110–111 und S. 114–115)

4 Prüft die Aussagen [6] auf ihre Richtigkeit. Ist die Aussage falsch, formuliert eine richtige Aussage. (S. 118–119)

Methodenkompetenz

5 Wertet die Bevölkerungsdiagramme von Angola und Island aus. Beachtet die Reihenfolge der einzelnen Schritte zur Auswertung von Bevölkerungsdiagrammen. (S. 110–111)

6 Vergleicht die Bevölkerungsdiagramme von Angola und Island [1 und 2]. (S. 110–111)

7 Wertet die Karikatur [7] aus. (S. 114–115)

Urteilskompetenz

8 Beurteilt die Aussage „Bildung ist das wirksamste Verhütungsmittel". (S. 114–115)

9 Führt die Pro- und Kontraargumente für „grüne Gentechnik" auf. (S. 128–129)

Handlungskompetenz

10 Plant gemeinsam für eure Klasse einen Projektnachmittag, bei dem ihr für jeden einzelnen Schüler verschiedene Möglichkeiten zusammenstellt, zur Schule bzw. in den nächstgrößeren Ort zu kommen. Beachtet dabei die Entfernungen und die Möglichkeiten des öffentlichen Nahverkehrs oder Fahrgemeinschaften unter den Eltern. (S. 116–117)

11 Organisiert an eurer Schule einen „Weltbevölkerungstag" (Weltbevölkerungstag ist der 11. Juli). Stellt dabei eure Ergebnisse aus diesem Kapitel vor. (S. 126–129)

APP

Globale Herausforderungen

Die Hochwasserkatastrophe im Sommer 2021

Das Hochwasser traf viele Teile West- und Mitteleuropas hart. Besonders schlimme Folgen hatte es im Rhein-Erft-Kreis in NRW und im Ahrtal. Der kleine Fluss Erft verwandelte sich nach Starkregenfällen in ein reißendes Gewässer, das Häuser und Straßen zerstörte. 180 Menschen kamen allein in Nordrhein-Westfalen und Rheinland-Pfalz ums Leben.

1 Beschreibt das Foto.
2 Sammelt, was ihr über die Hochwasserkatastrophe vom Sommer 2021 wisst.
3 Formuliert Fragen zur Hochwasserkatastrophe.

Schauplatz Das Hochwasser in Erftstadt

[1] *Zerstörte Häuser in Erftstadt direkt nach dem Hochwasser im Juli 2021.* Foto.

[2] *100 Tage nach der Hochwasser-Katastrophe im Oktober 2021.* Foto.

1 Beschreibt die Fotos [1] bis [3]. Wie wirken diese Fotos auf euch?

Die Flut in Erftstadt

Das Hochwasser mit all seiner Zerstörungskraft erreichte am 15.7.2021 gegen sechs Uhr die Stadt. Die Erft, eigentlich ein flacher, langsam fließender Fluss, wurde zu einem reißenden Gewässer. Die Regenmassen der vergangenen Tage ließen den Fluss über seine Ufer treten. Die Wassermassen der Erft stiegen so stark an, dass man von einem Jahrhunderthochwasser sprechen konnte. Häuser wurden weggerissen, Brücken zerstört, Autos fortgespült und zudem forderte das Hochwasser viele Menschenleben.

2 Erklärt, was ein Jahrhunderthochwasser ist.

[3] *Schäden in Erftstadt nach dem Hochwasser.* Foto 2021.

Existenzen wurden zerstört

Eine Anwohnerin aus Erftstadt berichtet:
„Wir wussten, dass es gefährlich werden könnte, aber wir fühlten uns anfangs noch sicher. Dann jedoch kam das Wasser. Das Hochwasser überraschte uns im Schlaf. Alles wurde mitgerissen, Autos, Schilder, ganze Häuser. Das Wasser hatte eine ungeheure Kraft. Bei uns stand es im Erdgeschoss bis zur Decke. Alles ist kaputt, die Wände voller Wasser und wir haben keine Versicherung gegen Hochwasserschäden. Auch für die Kinder ist es schlimm, sie müssen das Leid mitansehen. Im Moment sind wir auf Spenden angewiesen. Das Trinkwasser läuft wieder und Strom bekommen wir über Generatoren*. Wie wir aber den Wiederaufbau bezahlen und die kalte Jahreszeit überstehen sollen, weiß ich nicht. Ich hoffe, der Staat leistet uns da Hilfe."

3 Fasst die Aussagen der Anwohnerin in euren Worten zusammen.

* *der* **Generator:** eine Maschine, die mithilfe eines Verbrennungsmotors elektrischen Strom herstellen kann; „generieren" ist ein anderes Wort für „herstellen".

[4] *Gemeinsamer Wiederaufbau nach der Flut.* Foto 2021.

[5] *Feuerwehr und THW beim Einsatz.* Foto 2021.

Unterstützung der Betroffenen

Direkt nach der Flut entwickelte sich in Deutschland eine starke Unterstützung der Flutopfer. Es kamen viele Sachspenden und Geldbeträge zusammen. Viele freiwillige Helfer reisten aus dem Umland, aber auch von weit her an, um das Technische Hilfswerk (THW) und die Feuerwehr zu unterstützen und sich beim Wiederaufbau zu beteiligen.

Ursachen des Hochwassers

Die Wolken des Tiefdruckgebiets „Bernd" hatten sich über Rheinland-Pfalz und Nordrhein-Westfalen abgeregnet.

Weil es schon in den Monaten davor deutlich mehr geregnet hatte als sonst, waren die Böden gesättigt und konnten die Wassermassen nicht mehr aufnehmen. Auch die starke Versiegelung der Böden durch Bebauung hinderte das Wasser am Versickern. Insbesondere in der von Bergen und Tälern durchzogenen Eifel kamen die geografischen Gegebenheiten hinzu: Aus den Bergen fließen bei Starkregen größere Wassermengen in kürzerer Zeit in die Bäche und Flüsse der Täler als in flacheren Regionen.

4 Erklärt, warum das Hochwasser 2021 dieses Ausmaß erreichen konnte.

Einfluss des Klimawandels

Die Häufigkeit von Starkregen hat in den vergangenen Jahren zugenommen. Immer wieder kam und kommt es zu Hochwasserkatastrophen. Es ist grundsätzlich schwierig, den Einfluss der Erderwärmung auf einzelne Wetterereignisse wie die Flut 2021 zu beziehen.

Sicher ist jedoch, dass extreme Wetterereignisse aufgrund des Klimawandels zunehmen. Wegen der Erderwärmung kommt es häufiger zu Dürren und Hitzewellen, aber auch zu Starkregen.

5 Erläutert den Einfluss des Klimawandels auf Hochwasserereignisse.

Wählt einen der folgenden Arbeitsaufträge aus:

- Vergleicht die beiden Fotos [1] und [2].
- Erstellt weitere mögliche Erfahrungsberichte.
- Beurteilt den Einsatz der Hilfskräfte.

Was ihr noch tun könnt:

- MK Informiert euch über weitere Hochwasserkatastrophen aus der jüngeren Vergangenheit.
- MK Informiert euch über die Arbeit des THW.

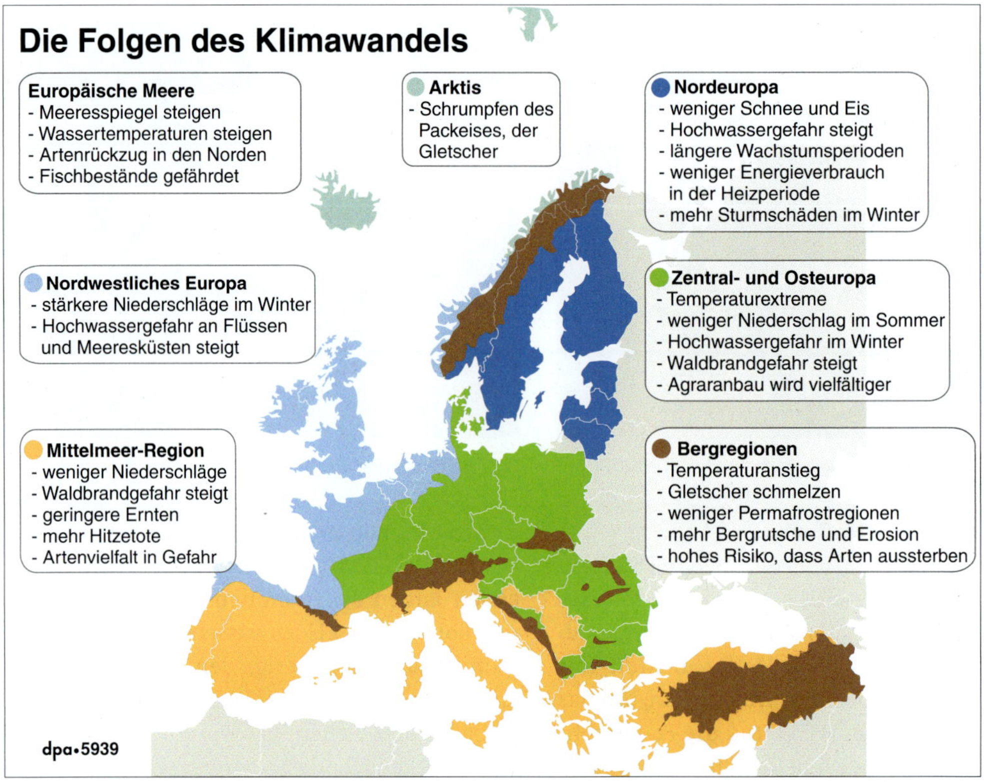

[1] *Der Klimawandel und seine Auswirkungen in Europa.* Karte.

1 Wertet die Karte [1] aus. Nehmt einen Atlas zur Hilfe.

Wetter und Klima

Als „Wetter" bezeichnen wir den aktuellen Zustand in der Atmosphäre über einem relativ kleinen Raum. Unter „Klima" versteht man den durchschnittlichen Zustand der Atmosphäre über einen Zeitraum von mehr als 30 Jahren. Das Wetter kann sich schnell ändern. Beim Klima werden dagegen Veränderungen in Zeiträumen von mehreren Jahren beobachtet.

Seit dem Beginn der Wetteraufzeichnungen lagen die elf wärmsten Jahre zwischen 1995 und 2007. Dies sind Auswirkungen des vom Menschen verursachten Klimawandels. Die ganze Welt ist von den Folgen betroffen. Aber einige Regionen trifft es besonders hart.

Folgen des Klimawandels für Europa

Europa ist aufgrund der geografischen Lage durch Naturkatastrophen weniger gefährdet als zum Beispiel Afrika. Aber trotzdem werden die Folgen des Klimawandels große Auswirkungen auf unser Leben haben.

Im Mittelmeerraum z.B. besteht eine steigende Gefahr von Dürreperioden mit verbundener Wasserknappheit und auch Desertifikation, d. h. Wüstenbildung. Die Gletscher in den Alpenregionen werden immer kleiner. In Deutschland treten immer häufiger Extremwetterereignisse wie Stürme und Starkregen auf.

2 Beschreibt in eigenen Worten, was unter „Klimawandel" zu verstehen ist.

3 Nennt Folgen des Klimawandels für Europa.

4 Stellt einen Zusammenhang zwischen der Karte [1] und Fotos [2] bis [5] her. Welche Gefahren werden abgebildet? Welche Gebiete in Europa sind davon betroffen?

APP

[2] *Sturmflut bei Dagebüll (Nordfriesland).* Foto 2021.

[3] *Boden in Südspanien.* Foto 2022.

[4] *Waldbrand in Italien.* Foto 2020.

[5] *Schmelzendes Eis in Island.* Foto 2019.

Globale Herausforderungen

SCHAUPLATZ
Das Hochwasser in Erftstadt
S. 134–135

ORIENTIERUNG
S. 136–137

Der Treibhauseffekt
S. 138–139

Globale Herausforderung der Energieversorgung
S. 140–141

Klimaschutz
S. 142–143

Nachhaltigkeit als globale Herausforderung
S. 144–145

WAHLSEITEN
Luftverschmutzung, Meeresspiegelanstieg, Artensterben, Permafrostbäden tauen
S. 146–149

METHODE
Raumanalyse – Indien: Raumausstattung, Bevölkerung, Raumnutzung
S. 150–153

DAS KANN ICH!
S. 154–155

Der Treibhauseffekt

Welchen Einfluss haben Menschen auf den Treibhauseffekt?

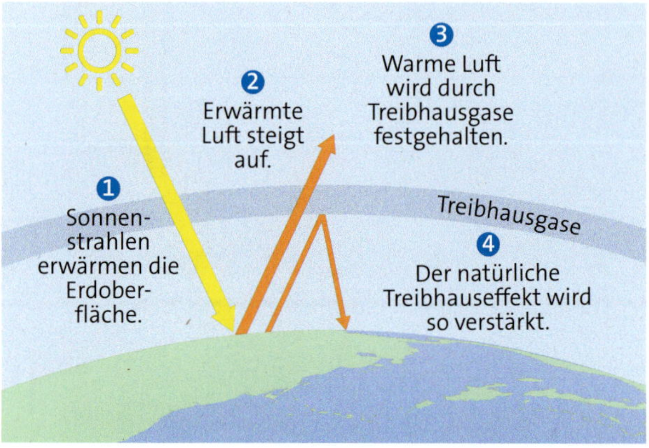

[1] *Der Treibhauseffekt*. Foto und Grafik 2022.

1 Beschreibt das Foto und die Grafik [1].

Klimawandel und Treibhauseffekt

Die Begriffe „Klimawandel" und „Treibhauseffekt" sind direkt miteinander verbunden.
Durch den Treibhauseffekt verändert sich das Klima auf der Erde, es wird wärmer.

Der natürliche Treibhauseffekt

Die Sonne erwärmt mit ihrer Energie die Erde. Diese Wärme wird durch in der Atmosphäre befindliche Gase zurückgehalten. Diese Gase kommen in der Natur vor und sind z.B. Methan, Kohlenstoffdioxid (CO_2) oder Ozon. Durch diesen natürlichen Effekt haben wir eine globale Mitteltemperatur von etwa 15 Grad Celsius, ansonsten wäre es deutlich kälter und die Erde wäre kaum bewohnbar.

Der anthropogene Treibhauseffekt

Seit Beginn der industriellen Revolution vor rund 250 Jahren verbrennt der Mensch immer mehr Öl, Gas und Kohle (fossile Energieträger). Dabei entsteht Kohlenstoffdioxid, welches in die Atmosphäre gelangt und sich dort ausbreitet. Neben Kohlenstoffdioxid hat auch Methan (entsteht z.B. durch Massentierhaltung) negativen Einfluss auf das Klima. Diese Gase „verdichten" die Atmosphäre und weniger Wärme kann die Atmosphäre verlassen. Folglich wird es immer wärmer.

2 Erläutert, wo der Zusammenhang zwischen Treibhauseffekt und Klimawandel liegt.

3 Erklärt die Unterschiede des natürlichen und des anthropogenen Treibhauseffekts.

4 Beschreibt die Grafiken [2] und [3].

Was ihr noch tun könnt:

MK Recherchiert euren „persönlichen ökologischen Fußabdruck".

Sprachspeicher

- Durch den ... Treibhauseffekt wird der ... verstärkt. - Die Treibhausgase beeinflussen den Wärmehaushalt, indem ...

3: Sonne - Rückstrahlung - Atmosphäre - Gase - Mensch - fossile Energieträger

APP

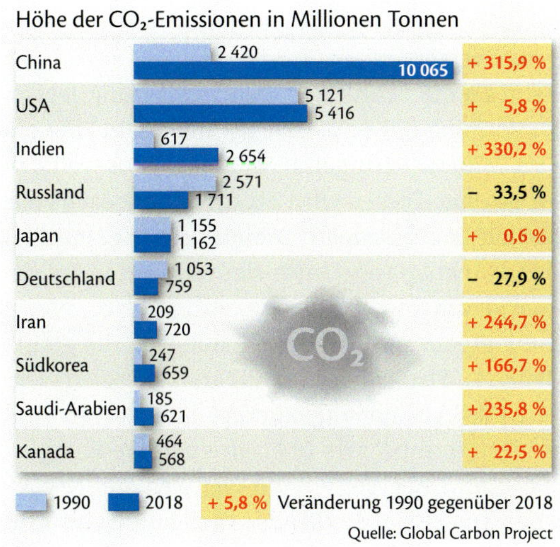

[2] *CO_2-Verursacher nach Ländern.* Grafik 2022.

Der CO_2-Ausstoß muss sinken

Der globale CO_2-Ausstoß muss deutlich sinken, um den Treibhauseffekt zu verringern und den Klimawandel mit all seinen Folgen aufhalten zu können.

Gegenteilige Entwicklung in vielen Ländern

In vielen Ländern ist das Gegenteil zu beobachten. Durch Bevölkerungswachstum einerseits und gestiegenen Wohlstand (z.B. mehr Autos auf den Straßen ...) wird immer mehr CO_2 produziert. Ein großer Teil entsteht dabei in der Energiewirtschaft, wo häufig Kohlekraftwerke zur Erzeugung von Strom zum Einsatz kommen. Diese Kraftwerke haben oft keine Filteranlagen. Häufig haben Menschen in ärmeren Ländern andere Probleme (wie die Deckung der Grundbedürfnisse), als sich in erster Linie mit Klimawandel zu befassen. Die Aufgabe der Weltgemeinschaft ist es nun, solchen Ländern technische und finanzielle Unterstützung zu bieten, um für ein globales Sinken des CO_2-Ausstoßes zu sorgen.

5 Erklärt, warum China und Indien seit 1990 so viel mehr CO_2 verursachen.

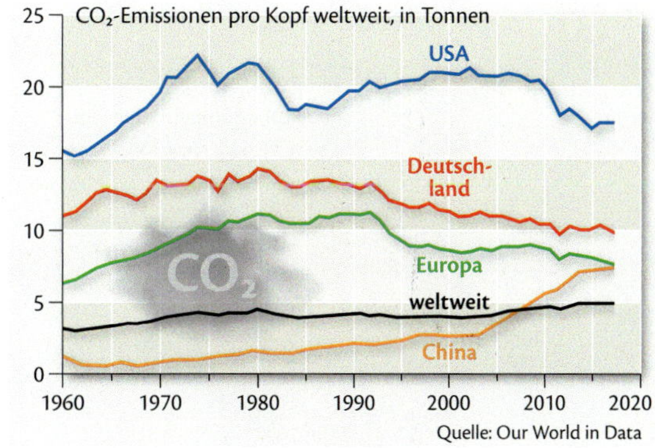

[3] *CO_2-Ausstoß pro Kopf.* Grafik 2022.

Die Situation in Europa und Deutschland

Deutschland gehört zu den Ländern, die pro Kopf für die meisten CO_2-Emissionen verantwortlich sind. Je mehr Wohlstand in einem Land herrscht, desto höher ist in der Regel auch der CO_2-Ausstoß. Die Bundesregierung hat aber einen wichtigen Schritt dafür getan, das zu ändern und die Energiewende eingeleitet. Dazu soll z.B. der Kohleausstieg bis 2030 erfolgen. Andere Länder wie Frankreich oder Russland produzieren immer mehr Strom über Atomkraftwerke. Diese Art der Stromgewinnung ist CO_2-frei, jedoch bleibt das Problem mit der Entsorgung des Atommülls. Europaweit ist aber ein Trend erkennbar: Die Länder der EU wollen das Klima retten und tun einiges dafür. Bis 2050 soll die gesamte EU klimaneutral sein, was bedeutet, keine bzw. nur geringe Mengen an CO_2-Ausstoß zu verursachen.

6 Beschreibt, was „klimaneutral" bedeutet.

Wählt einen der folgenden Arbeitsaufträge aus:

- Führt Beispiele auf, wie Staaten aktuell mit CO_2-Emissionen umgehen und vergleicht.
- Erklärt schriftlich, wo der Zusammenhang zwischen Treibhauseffekt und Klimawandel liegt.
- Erstellt ein Protestplakat zum Kampf gegen den Klimawandel.

Sprachspeicher

▪ Der größte Ausstoß an ... wird durch ... verursacht. ▪ ... steht in Bezug auf ... an ... Stelle. ▪ Im Vergleich zu ...

4: Bevölkerungswachstum ▪ Wohlstand ▪ mehr Autos ▪ Konsum ▪ CO_2-Ausstoß

Globale Herausforderung der Energieversorgung

Wie kann die Energieversorgung auf der Erde nachhaltig gesichert werden?

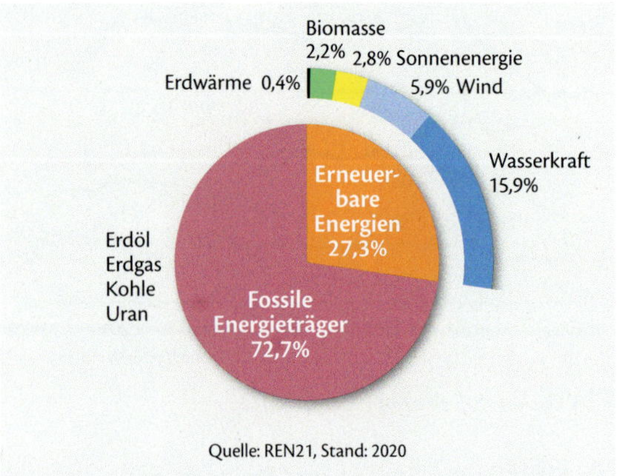

[1] *Weltweite Stromerzeugung.* Grafik 2020.

Hoher Anteil an fossilen Energieträgern weltweit

Die reichen Länder der Erde tragen durch ihren hohen Konsum viel zum globalen CO_2-Ausstoß und somit zum Klimawandel bei. Aber in Deutschland findet gerade die Energiewende statt und auch in der EU und anderen Ländern geht der Trend klar in Richtung erneuerbare Energien. Die fossilen Energieträger Gas, Kohle und Erdöl nehmen heute noch den größten Teil der weltweiten Energieerzeugung ein. Das Ziel, den CO_2-Ausstoß zu senken, ist auf globaler Ebene so nicht zu erreichen.
Noch haben viele Länder einen geringen Energieverbrauch. Die schnell wachsende Bevölkerung und das Wirtschaftswachstum bringen aber einen hohen Bedarf an Energie mit sich.

1 Erklärt, warum der Energiebedarf von wirtschaftlich aufstrebenden Staaten steigen wird.

2 Verdeutlicht mithilfe des Textes und der Grafik, warum die CO_2-Emissionen bei der jetzigen Energienutzung global nicht sinken werden.

Energieversorgung in China

Mehr als die Hälfte der Weltbevölkerung lebt in Asien. China mit seinen ca. 1,4 Milliarden Einwohnern verbraucht ungefähr 25 Prozent des weltweiten Stroms. Dieser wird zu etwa 60 Prozent aus fossilen Energieträgern produziert. Insgesamt ist China für knapp ein Drittel der weltweiten Emissionen verantwortlich.
China produziert allerdings schon jetzt die größte Menge an Strom aus erneuerbaren Energien weltweit. Das Land hat angekündigt, bis 2030 ein Viertel des Strombedarfs über erneuerbare Energien zu decken. Dabei soll z. B. das weltweit größte Wasserkraftpotenzial des Landes noch ausgebaut werden. Auch gibt es immer mehr Projekte im Rahmen der Erdwärme, Windenergie und Sonnenenergie.

[2] *Windkraftwerke in Guangdong, China.* Foto 2020.

3 Erläutert, wie die chinesische Energieversorgung funktioniert.

Sprachspeicher
3: viele Einwohner (1,4 Mrd.) ▪ hohe Anteile an weltweitem Energieverbrauch (über 30 %) ▪ großer Einfluss auf das Klima

[3] *Erdwärmekraftwerk in Kenia.* Foto 2022.

[4] *Mega-Staudamm am Blauen Nil, Äthiopien.* Foto 2022.

Kenia als Vorbild für Afrika

Das ostafrikanische Land Kenia ist führend beim Einsatz von Technologien für erneuerbare Energien. Im Ostafrikanischen Grabenbruch z. B., wo zwei Erdplatten aneinandergrenzen, herrscht für die Energieerzeugung durch Nutzung der Erdwärme ein sehr hohes Potenzial. Es ist so hoch, dass alle angrenzenden Staaten profitieren könnten. Bisher nutzt aus finanziellen Gründen nur Kenia diese Energiequelle. Hier werden in 1000 Metern Tiefe Quellen angezapft, die etwa 200 Grad Celsius heiß sind. Um die Energie des Erdinneren zu nutzen, gibt es mehrere Verfahren.

4 Verdeutlicht, warum in Afrika bisher nur Kenia ein Erdwärmekraftwerk betreibt.

Umstrittene Alternativen

Die Gewinnung von Energie aus Atomkraft ist nicht ungefährlich. Auch die Energiegewinnung aus Wasserstoff ist eine noch umstrittene Möglichkeit, die hohe Kosten verursacht.

5 Beschreibt die Möglichkeiten der Energiegewinnung in Afrika.

Globale Perspektiven

Wenn bis 2050 der Anteil der erneuerbaren Energien nicht den deutlich größten Teil bei der Energieversorgung darstellt, können die globalen Klimaziele nicht erreicht werden. Daher ist es wichtig, dass reiche Länder zusammenarbeiten und ärmere Länder mit Geld und Wissen unterstützen, um den steigenden Energiebedarf langfristig klimagerecht gestalten zu können.

6 Erläutert die langfristigen Ziele der globalen Energieversorgung.

Wählt einen der folgenden Arbeitsaufträge aus:

- Listet alle alternativen Energiequellen auf, über die ihr auf dieser Doppelseite Informationen findet.
- Stellt schriftlich dar, wie die jetzige Situation und die Planungen Chinas im Rahmen der Nutzung erneuerbarer Energien sind.
- Nehmt schriftlich Stellung zu folgender Aussage:
  „Ohne globale Zusammenarbeit kann nachhaltige Energieversorgung nicht gelingen."
  Starthilfe: *Ich stimme dieser Aussage zu/nicht zu, weil ...*

Sprachspeicher

6: zurzeit etwa 60 Prozent fossile Energie ▪ 2030 mehr als ein Viertel erneuerbare Energie ▪ Wasserkraft ▪ Wind-, Solarenergie

Klimaschutz

Wie soll die Klimaerwärmung auf der Erde gestoppt werden?

[1] *In Bangladesch am 27.04.2015.* Foto 2015.

1 Beschreibt das Foto [1].

Leben in Gefahr

Die Gefahren, die sich aus der Klimaerhitzung auf der Erde ergeben, sind nicht für jeden Menschen jederzeit spürbar. So erleben wir in Deutschland manchmal Sommerzeiten mit viel Regen und manchmal mehrere Wochen mit hohen Temperaturen und Trockenheit. Insgesamt aber ist das Klimarisiko in Deutschland hoch. Auch andere Länder in Europa und auf anderen Erdteilen erleben deutliche Veränderungen zwischen Trockenheit und extrem starken Regenfällen.

Klimakonferenzen

In den letzten Jahren fanden mehrere internationale Klimakonferenzen statt. Mehr als 190 Staaten einigten sich auf ein Klimaschutzabkommen. Es wurde festgelegt, dass die Erwärmung der Erde auf höchstens zwei Grad Celsius begrenzt werden soll. Besser noch wäre es, wenn eine maximale Erwärmung unterhalb von zwei Grad erreicht werden könnte.

2 Fasst mit euren Worten zusammen, worum sich Klimakonferenzen bemühen.

Extremwetterereignisse

Eine Folge der Klimaerhitzung auf der Erde ist die größer werdende Zahl von sogenannten „Extremwetterereignissen". Dabei handelt es sich beispielsweise um starke Regenfälle, kräftige Stürme oder längere Zeiten von Trockenheit. Todesfälle und große finanzielle Schäden können durch extreme Wetterereignisse verursacht werden.

3 Erklärt den Begriff „Extremwetterereignisse".

Klimarisikogebiete

Ein deutscher Verein mit dem Namen „Germanwatch" hat es sich zur Aufgabe gemacht, das weltweite Wettergeschehen zu beobachten und auszuwerten. Die Wissenschaftlerinnen und Wissenschaftler, die für diesen Verein forschen, haben alle Länder der Erde in fünf Gruppen eingeteilt. Im Laufe der Jahre wechseln die Länder mit dem höchsten Klimarisiko. Dennoch gibt es trotz kleiner Schwankungen bei den jährlichen Auswertungen besonders gefährdete Großräume der Erde.

Sprachspeicher
- es besteht eine Gefahr
- es ergibt sich eine Gefahr
- aus einer Gefahr kann sich... ergeben

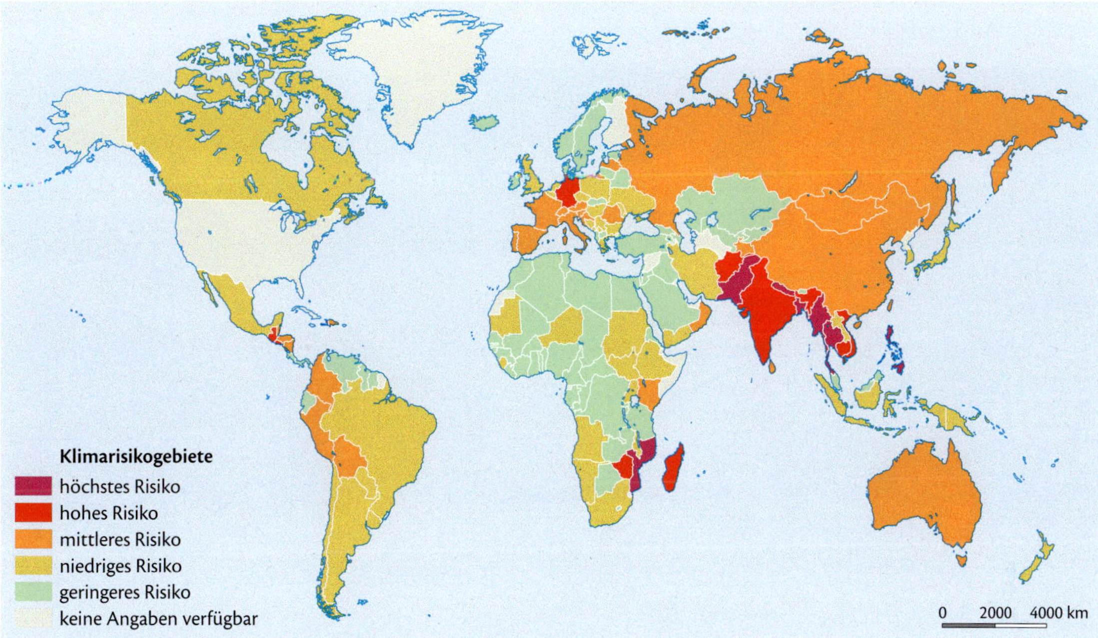

[2] *Klimarisikogebiete der Erde.* Karte 2022.

4 Wertet die Karte [2] aus.

Arme und reiche Länder der Erde

Jedes Land der Erde entscheidet für sich, welche Maßnahmen es trifft, um das gemeinsame Ziel der internationalen Staatengemeinschaft zu erreichen. Arme Länder der Erde sollen von reichen Ländern finanziell unterstützt werden. Auch soll den armen Ländern bei technischen Einrichtungen und bei der Vermittlung von Wissen geholfen werden.

Klimaschutz in Deutschland

Deutschland hat beim Klimaschutz schon viel erreicht: 2019 kamen rund 43 Prozent des Stroms aus erneuerbaren Energien wie Wind und Sonne. Bis 2045 soll Deutschland treibhausgasneutral werden. Das bedeutet, dass dann nur noch ganz wenig oder sogar gar kein Kohlenstoffdioxid mehr ausgestoßen werden soll.

5 Zeigt die in der Tabelle [3] aufgelisteten Länder in der Karte [2]. Nehmt einen Atlas zur Hilfe.

1	Puerto Rico
2	Myanmar
3	Haiti
4	Philippinen
5	Mosambik
6	Bahamas
7	Bangladesch
8	Pakistan
9	Thailand
10	Nepal

[3] *Am stärksten gefährdete Länder.* Tabelle 2022.

Wählt einen der folgenden Arbeitsaufträge aus:

- Schreibt einen kurzen Text, den eine Person vom Foto [1] in der dargestellten Situation sagen könnte.
- Gestaltet eine Mindmap: „Mögliche Folgen von Extremwetterereignissen".
- Nehmt schriftlich Stellung zu den Klimaschutzmaßnahmen Deutschlands.

Sprachspeicher
- es besteht ein hohes Riskio
- aus dem Klimarisiko ergibt sich
- Strom aus erneuerbaren Energien erzeugen

Nachhaltigkeit als globale Herausforderung

Wie kann Nachhaltigkeit global umgesetzt werden?

[1] *Containerschiffe im Hamburger Hafen.* Foto 2021.

1 Beschreibt das Foto [1].

Eine vernetzte Welt

Wir alle besitzen und konsumieren z.B. viele Produkte, die in Asien produziert und auf dem europäischen Markt verkauft werden. Dazu gehören Kleidung, Multimediaartikel, Spielzeug, Nahrung usw. Die Abnehmerländer werden per Frachtschiff über die großen Häfen beliefert. Von dort wird die Ware per Lkw oder Zug weitergefahren.

Globalisierung und Umweltprobleme

Eine globalisierte Welt mit den Verkehrs- und Warenströmen hat negative Auswirkungen auf die Umwelt: große Containerschiffe auf den Meeren, Urlaubs- und Frachtflugzeuge am Himmel und Lkw-Kolonnen auf den Autobahnen. All dies sorgt für einen erhöhten CO_2-Ausstoß, der den Klimawandel begünstigt.

2 Erklärt in eigenen Worten, was Globalisierung ist.

3 Beschreibt, warum im Zusammenhang mit der Globalisierung große Umweltprobleme auftreten.

Armut als globale Herausforderung

Eines der größten Probleme der Welt ist die Armut. Viele Millionen Menschen sind so arm, dass sie nicht genug Geld für Nahrung, Kleidung oder ihre Wohnung haben. Nachhaltige Armutsbekämpfung erfordert eine internationale Zusammenarbeit. Deutschland und andere Länder unterstützen auf verschiedene Weise hilfsbedürftige Länder z.B. in Afrika. Ziel ist es, die Länder durch Investitionen und Technologien zu unterstützen. Dabei geht es um die Schaffung von Arbeitsplätzen, Hilfen für den eigenständigen Abbau von Bodenschätzen oder Unterstützung in der Landwirtschaft.

4 Verdeutlicht, warum Armut als globale Herausforderung bezeichnet werden kann.

Nachhaltigkeitsziele

Die UNO hat sich dazu verpflichtet, bis 2020 die globalen Nachhaltigkeitsziele zu erreichen. Dazu gehören: die absolute Armut zu stoppen, den Frieden auf der Welt und den Aufbau von nachhaltigen Wirtschaftsbeziehungen zu fördern.

Sprachspeicher
- das erhöhte Verkehrsaufkommen
- der Warenaustausch

APP

[2] *Kinderarbeit als globales Problem.* Foto 2017.

[3] *Umweltschutz und Globalisierung – ist das möglich?*

Lieferkettengesetz für europäische Unternehmen

Die Lieferkette bezeichnet den Prozess von der Bestellung eines Produktes über die Produktion bis zum Erhalt bzw. dessen Bezahlung.

In einigen Ländern gerade in Asien wird bei der Produktion von Waren nicht in dem Maße auf Umweltschutz und Menschenrechte geachtet, wie es Standard sein sollte. Arbeiter verdienen nicht genug zum Leben, industrielle Abfälle werden unsachgemäß entsorgt und landen im Grundwasser und Fabriken sind nicht mit modernen Schadstofffiltern ausgestattet, sodass die Luft verschmutzt wird. Auch Kinderarbeit ist ein großes Problem. Kinder müssen häufig ihre armen Familien unterstützen und arbeiten gehen, anstatt zu spielen und die Schule zu besuchen.

Durch das Lieferkettengesetz soll gewährleistet werden, dass europäische Firmen die Produktionsbedingungen ihrer Handelspartner in Übersee kontrollieren müssen. Geschieht dies nicht, können Strafen ausgesprochen werden.

5 Erklärt, was das Lieferkettengesetz ist.

6 Wertet die Karikatur [3] aus.

Jeder Mensch kann Einfluss nehmen

Weltweite Warenströme wird es immer geben. Eine bewusstere Lebensweise, z.B. das Reisen mit der Bahn, der Kauf von umweltfreundlichen Waren und von regionalen Produkten hilft, langfristig die Probleme in den Griff zu bekommen. Gleichzeitig sind aber natürlich auch international tätige Unternehmen gefragt, Umwelt- und Sozialstandards einzuhalten.

7 Beurteilt, warum Gesetze wie das Lieferkettengesetz wichtig für eine nachhaltige Entwicklung sind.

8 Beschreibt, was jeder von uns tun kann, um Einfluss auf eine nachhaltige Entwicklung zu nehmen. Beachtet dabei die Umwelt und soziale Bereiche.

Wählt einen der folgenden Arbeitsaufträge aus:

- Notiert alle Umweltziele, welche Nachhaltigkeit fördern (sachgemäße Entsorgung von Industrieabfällen ...).
- Erklärt in einem Blogeintrag, welche Nachhaltigkeitsziele euch wichtig sind.
- Bewertet schriftlich, ob Umweltschutz und Globalisierung zusammen möglich sind.

Sprachspeicher

6: Produktion · Umweltschutz · Menschenrechte · Gesetz · Kontrolle · Handelspartner

Wahlseite Luftverschmutzung

1 Informiert euch auf dieser Seite zum Thema Luftverschmutzung.
2 Präsentiert eure Ergebnisse in geeigneter Form in der Klasse.

[1] *Täglicher Smog-Nebel in Neu Delhi (Indien).* Foto 2022.

Luftverschmutzung durch Verkehr
Die **Feinstaubwerte** in Delhi erreichen im Jahresmittel erschreckende Höhen. An keinem Tag im Jahr ist die **Atemluft** wirklich sauber. Viele der etwa 18 Millionen Einwohner gehen nur noch mit **Atemschutzmaske** vor die Tür. Ein großer Teil dessen stammt von knatternden Dreirädern, den **Tuk-Tuks** und von der zunehmenden Anzahl an **Autos und Lkws** auf Delhis Straßen. Diese sind häufig veraltet und blasen die **Abgase** ungefiltert in die Atemluft. Die **Luftprobleme** in Delhi sind kaum in den Griff zu bekommen. **Abhilfe** soll langfristig eine Umstellung auf **E-Fahrzeuge** schaffen, aber bis dahin ist es noch ein weiter Weg.

Luftverschmutzung durch Industrie
Durch steigende **Bevölkerungszahlen** und **steigenden Wohlstand** erhöht sich der Bedarf in vielen Bereichen wie Konsumprodukten, an **Stahl, Kohle, Öl und Strom.** Bei der Produktion und Verarbeitung in veralteten Industrieanlagen werden große Mengen Schadstoffe ausgestoßen, eine Ursache der Luftverschmutzung.

Gesundheitliche Auswirkungen
Ob **Feinstaub, Stickoxide oder andere Schadstoffe** – in vielen Metropolen der Erde herrscht schlechte Luft.
Dies hat erhebliche **Auswirkungen auf die Gesundheit** der Bewohner. **Millionen Menschen sterben** jedes Jahr an Lungenerkrankungen, die auf die schlechte Luft zurückzuführen sind.

Tipps für die Erarbeitung
- Ihr könnt beim Lesen die Schritte des Lese-Profis anwenden. Was habt ihr über das Thema Luftverschmutzung erfahren?

Tipps für die Präsentation
- Geht auf die Belastung durch Verkehr und Industrie ein und macht auf die Folgen aufmerksam.

⊠ Wahlseite Meeresspiegelanstieg

1 Informiert euch auf dieser Seite zum Thema Meeresspiegelanstieg.
2 Präsentiert eure Ergebnisse in geeigneter Form in der Klasse.

[1] *Vom Meerspiegelanstieg bedrohte Insel (Malediven).* Foto 2021.

[2] *Verlassene Moschee in Jakarta.* Foto 2021.

Ursachen für Meeresspiegelanstieg

Die Hauptursache des Meeresspiegelanstiegs ist das Schmelzen von Eismassen, Gletschern und Schnee.
Das im Eis gebundene Wasser gelangt ins Meer und lässt den Meeresspiegel ansteigen.

Malediven könnten untergehen

Viele der maledivischen Inseln im Indischen Ozean sind vom Klimawandel und dem damit verbundenen Meeresspiegelanstieg akut bedroht. Die Malediven gehören zu den Inseln mit den geringsten Erhebungen der Welt. Die höchste Erhebung ist aktuell nur knapp zwei Meter über dem Meeresspiegel. Schon jetzt ist der messbare Anstieg dafür verantwortlich, dass Bewohner von wenig geschützten Inseln umgesiedelt wurden.
Die einzelnen Inseln können nur durch Wälle oder durch das Aufschütten von Sand geschützt werden.
Langfristig können Inseln wie die Malediven nur gerettet werden, wenn der Meeresspiegelanstieg verlangsamt oder gestoppt werden kann.

Jakarta versinkt im Meer

Die indonesische Hauptstadt ist stark vom Meeresspiegelanstieg betroffen. Aktuell liegen etwa 20 Prozent der Metropole unter dem Meeresspiegel und drohen zu versinken.
Am schlimmsten ist die Situation in den Küstenvierteln in Jakartas Norden, wo die ärmsten Einwohner der Stadt wohnen. Wird der Meeresspiegelanstieg nicht gestoppt, werden ganze Stadtteile nicht mehr bewohnbar sein.

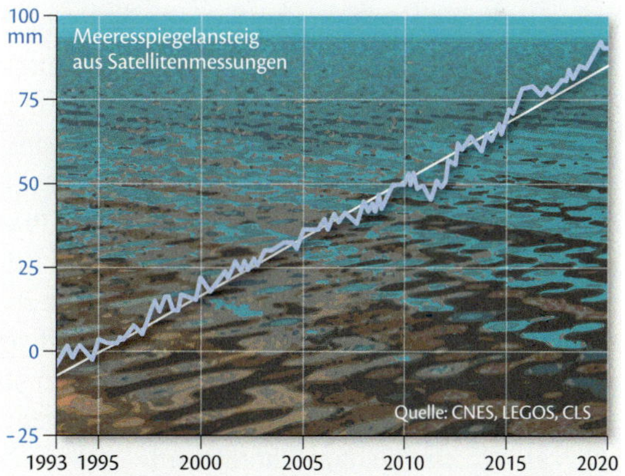

[3] *Meeresspiegelanstieg seit 1993.* Grafik.

Tipps für die Erarbeitung
- Geht auf die Probleme der Malediven und Jarkatas im Zusammenhang mit dem Meeresspiegelanstieg ein.

Tipps für die Präsentation
- Diskutiert die Folgen für die Bevölkerung (Flucht, Verlust der Wohnung usw.)
- Präsentiert Grafik [3] und besprecht sie.

☒ Wahlseite Artensterben

1 Informiert euch auf dieser Seite zum Thema Artensterben.
2 Präsentiert eure Ergebnisse in geeigneter Form in der Klasse.

[1] *Abgemagerter Eisbär.* Foto 2016.

[2] *Wilderei als Ursache für Artensterben.* Foto 2021.

Artensterben als menschengemachter Prozess
Artensterben kann ein natürlicher Prozess sein, der auch ohne das Zutun der Menschen erfolgt. So war es z.B. bei den Dinosauriern. In der Vergangenheit sind es aber meist die Menschen, die durch ihr Verhalten die Verantwortung dafür tragen.

Der Eisbär als Symbolfigur
Der Eisbär steht stellvertretend für die Probleme in arktischen Gebieten im Zusammenhang mit der Erderwärmung und dem Rückgang der Eisflächen. Eisbären können nur auf dem Packeis jagen. Durch den Rückgang der Eisflächen wird die Jagd für den Eisbären immer schwieriger. Sie suchen sich deshalb andere Nahrungsquellen, wie z.B. den Müll der Menschen. Aber auch das ist natürlich mit Problemen verbunden. Jedoch ist es nicht nur der Klimawandel, der dem Eisbären zusetzt. Auch die zunehmende Förderung von Erdöl und Erdgas schränkt den Lebensraum ein. In den nächsten 50 Jahren könnte der Eisbär ausgestorben sein, wenn sein Lebensraum nicht geschützt wird.

Umweltbelastung und Artensterben
Plastikmüll, Düngemittel, Ölkatastrophen oder andere industrielle Gifte in der Natur – dies sorgt für Artensterben und ist direkt auf die Menschen zurückzuführen.
Immer wieder werden verendete Tiere an Stränden entdeckt, deren Mägen mit Plastik gefüllt sind. Gerade für Pottwale, welche das Wasser nach Plankton filtern, stellt dies eine große Gefahr dar und sie verenden qualvoll.

Zerstörung natürlicher Lebensräume
Ein Hauptfaktor für Artenverlust ist die Zerstörung natürlicher Lebensräume. Besonders betroffen ist hiervon der tropische Regenwald. Vielen Tier- und Pflanzenarten wird der natürliche Verbreitungsraum entzogen, was zum Rückgang der Artenvielfalt und zu Artensterben führt.

Tipps für die Erarbeitung
- Geht auf Hauptursachen im Rahmen des Artensterbens ein (Klimawandel, Jagd, Umweltverschmutzung).

Tipps für die Präsentation
- Recherchiert Tiere, die vom Aussterben bedroht sind und zeigt diese bildlich.

☒ Wahlseite Permafrostböden tauen

MK **1** Informiert euch auf dieser Seite zum Thema tauende Permafrostböden.
MK **2** Präsentiert eure Ergebnisse in geeigneter Form in der Klasse.

[1] *Getauter Permafrostboden.* Foto 2014.

[2] *Nach Großbränden in arktischen Regionen.* Foto 2014.

Metertief gefrorener Boden
Permafrostboden ist Erdboden, der ständig, also mehr als das ganze Jahr über, gefroren ist.
Die meisten dieser Böden sind während der letzten Eiszeit entstanden. Einige reichen gefroren bis zu 1500 Meter tief in die Erde. Rund 15 Prozent der Erdoberfläche gilt als Permafrostgebiet. Diese Permafrostböden findet man in den kalten Klimazonen und im Hochgebirge. In den warmen Monaten tauen die obersten Schichten teilweise auf und gefrieren dann im Winter wieder.
Durch die Klimaerwärmung, die sich wegen des anthropogenen Klimawandels beschleunigt hat, wird diese sommerliche Auftauzone immer tiefer.

Folgen für die Ökosysteme und die Infrastruktur
Das Tauen der Permafrostböden ist problematisch. Bedeutend sind die Auswirkungen für die Infrastruktur der betroffenen Gebiete.
Häuser, Straßen oder auch Öl- oder Gaspipelines, welche auf Permafrostböden gebaut sind, sind bei einem Auftauen einsturzgefährdet, weil sich die Bodenfestigkeit verändert. Zudem können Erdrutsche entstehen und Flüsse und Seen versickern.

Großbrände verstärken das Problem
In den großen Permafrostgebieten Sibiriens steigen die Temperaturen im Sommer wegen des Klimawandels und die obersten Pflanzenschichten trocknen aus. Das hat zur Folge, dass sie sich leicht entzünden. Großflächige Brände beschleunigen das Auftauen der Böden.

Katastrophe für das Klima
Das größte Problem aber besteht für das Klima. Je mehr die Böden tauen, desto mehr werden die eingefrorenen Pflanzen- und Tierreste zersetzt und Kohlenstoff sowie Methan freigesetzt und gelangen in die Atmosphäre. Das beschleunigt den Klimawandel.

Tipps für die Erarbeitung
- Verdeutlicht anhand der Texte die wichtige Bedeutung von Permafrostböden für Klima und Infrastruktur.

Tipps für die Präsentation
- Präsentiert eine Karte, an der ihr die großen Permafrostgebiete der Erde veranschaulichen könnt.

Methode Raumanalyse durchführen

Was ist eine Raumanalyse?

Der „Raum“ bezeichnet in der Geographie ein begrenztes Untersuchungsgebiet.
Vielfältige Faktoren aus den Bereichen Natur (Klima, Oberflächengestalt ...), Gesellschaft (Bevölkerung, Wirtschaft ...) prägen einen Raum. Diese nennt man Geofaktoren. Bei der Raumanalyse werden die Geofaktoren und ihre wechselseitigen Wirkungen untersucht. Ziel einer Raumanalyse ist es, die verschiedenen Geofaktoren in Beziehung miteinander zu setzen.

Fünf Schritte einer Raumanalyse

1. Schritt **Untersuchungsraum**

- Welcher Raum soll untersucht werden?
- Welche Informationsquellen (Karten usw.) stehen zur Verfügung?

2. Schritt **Arbeitsplan erstellen**

- Welche Einzelheiten sind für die Raumanalyse interessant und wichtig?
- Welche Zeit steht mir zur Verfügung?
- Welche Einzelheiten können deshalb nicht berücksichtigt werden?

3. Schritt **Raumfaktoren analysieren**

- Welche Informationen kann ich dem vorliegenden Material entnehmen?
- Welche Raumfaktoren gehören inhaltlich zusammen?

4. Schritt **Ergebnisse zusammenführen**

- sinnvolle Reihenfolge finden und daraus eine Gliederung erstellen
- aus den Einzelheiten der Raumanalyse ein Gesamtbild über den untersuchten Raum erzeugen

5. Schritt **Prüfung der Raumanalyse**

- Welche Hinweise bieten die Ergebnisse für Erklärungen?
- Gibt es offene Fragen oder Unklarheiten?

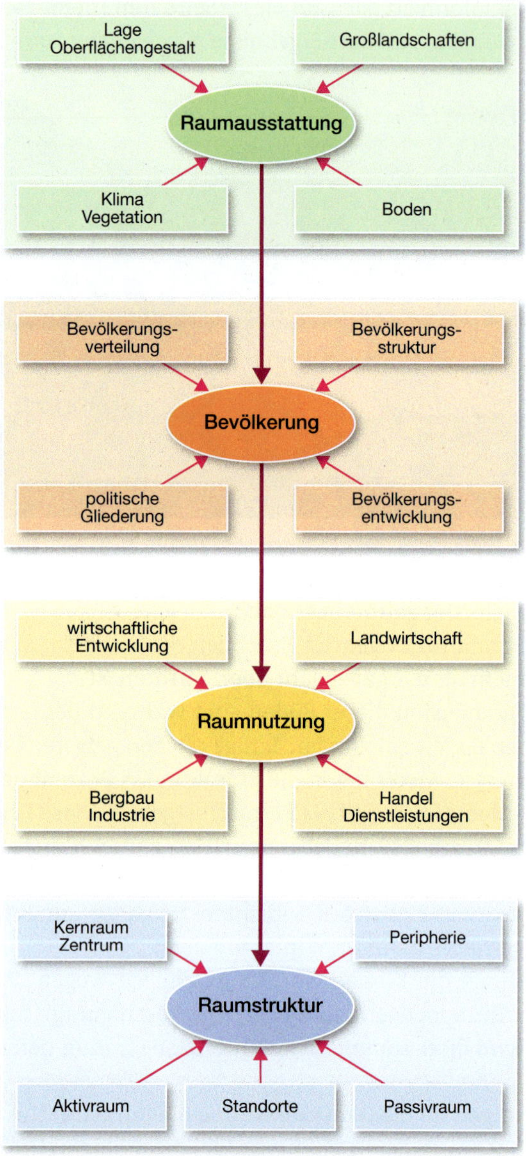

[1] *Einzelheiten einer Raumanalyse.*

Weitere Vorgehensweise

Zur Umsetzung einer Raumanalyse in diesem Kapitel sind auf den drei Folgeseiten Beispiele für den Untersuchungsraum Indien gegeben.

- *Bearbeitet die Themen der Seiten in Gruppen (z. B. Bevölkerung) und löst die Aufgaben.*
- *Recherchiert ggf. weitere Inhalte zum Thema.*
- *Fasst eure Ergebnisse zusammen (Plakat, Infoseite oder Power-Point-Präsentation).*
- *Verbindet eure Ergebnisse mit denen der anderen Gruppen nach der Präsentation.*
- *Zieht ein gemeinsames Fazit aus den Ergebnissen zur Raumanalyse und erzeugt ein Gesamtbild.*

Raumanalyse – Indien: Raumausstattung

[2] *Physische Karte Indiens.*

Indiens Vielfalt

Indien befindet sich auf der Nordhalbkugel. Die Fläche des asiatischen Landes entspricht in etwa einem Drittel der Fläche ganz Europas. Das Land hat aufgrund seiner Ausdehnung zahlreiche Klimazonen. Im Süden herrscht tropisches, in Zentral- und Nordindien eher subtropisches- und in den Bergregionen und Höhenlagen (z.B. Himalaja) gemäßigtes bis alpines Klima. Daraus ergibt sich eine abwechslungsreiche und vielfältige Pflanzen- und Tierwelt.

Überschwemmungen gehören klimatisch bedingt zu diesem Raum. In den letzten Jahren treten auch hier die Wetterextreme häufiger und stärker auf. Die Besiedlung der Überschwemmungsflächen durch das hohe Bevölkerungswachstum ist ein sehr hohes Risiko vor allem für die dort ansässige Bevölkerung und die Landwirtschaft.

Eine klimatische Besonderheit stellt die großräumige Luftzirkulation, der Monsun, im Bereich der Tropen und Subtropen dar.

Monsune prägen das Klima

Monsune sind Winde im Bereich der Tropen und Subtropen. Der aus Südwesten stammende Sommermonsun (Juni bis September) transportiert viel Niederschlag nach Indien, wohingegen der Wintermonsun (Januar bis Februar) aus nordöstlicher Richtung für Trockenheit sorgt.

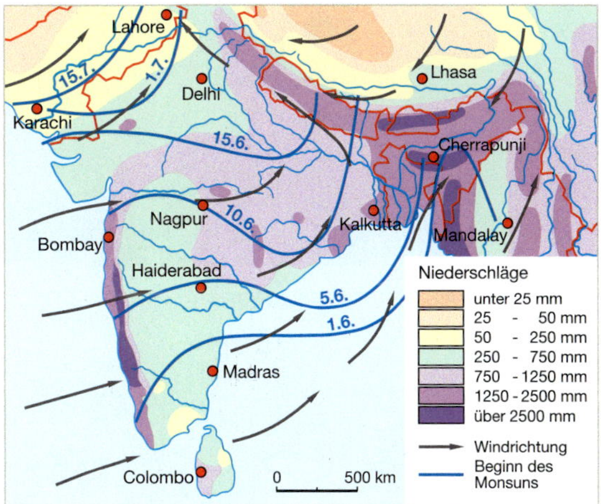

[3] *Sommermonsun in Indien.*

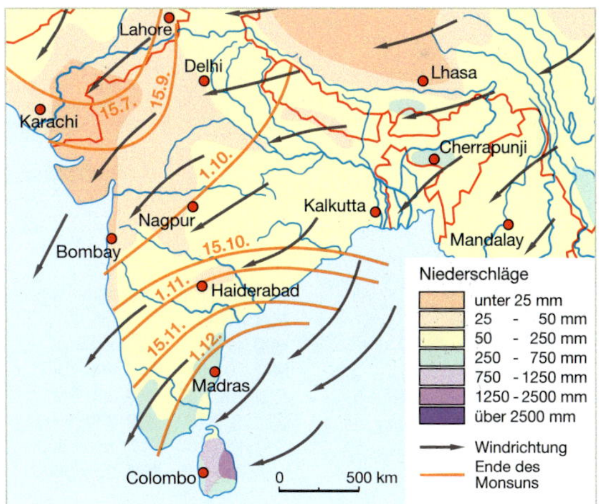

[4] *Wintermonsun in Indien.*

1 Nennt Indiens Nachbarstaaten.

2 Beschreibt die Oberflächengestalt und geht dabei auf Höhenstufen ein.

3 Wertet die Karten [3, 4] aus und vergleicht die Niederschlagsverhältnisse.

Raumanalyse – Indien: Bevölkerung

[1] *Die Megastadt Mumbai mit knapp 20 Millionen Einwohnern.* Foto 2019.

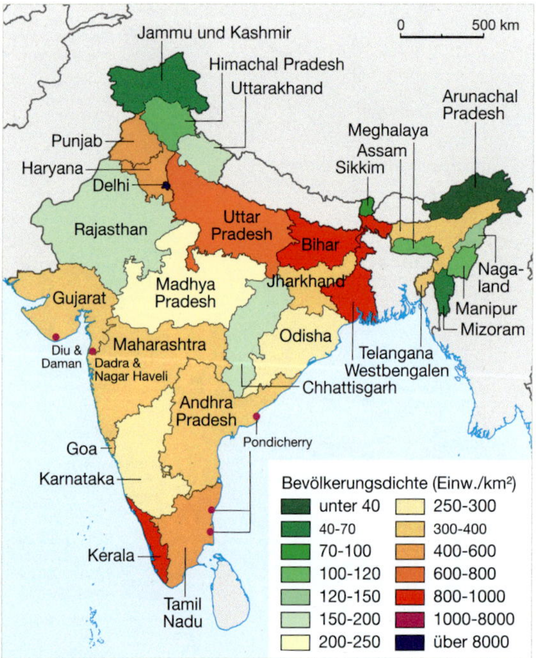

[2] *Bevölkerungsdichte indischer Bundesstaaten.* Karte.

1 Wertet Karte [2] aus.

2 Vermutet, warum die Bevölkerungsdichte regional so unterschiedlich ist.

Indien – ein Vielvölkerstaat

Indien ist ein Vielvölkerstaat, weil sich die Bevölkerung aus verschiedensten Kulturen, Religionen und Ethnien zusammensetzt. Der Hinduismus ist die vorherrschende Religion in Indien (ca. 80 %). Die weiteren Anteile entfallen auf die Muslime (ca. 15 %) und andere Religionen.

Das indische Kastensystem

Von Geburt an gehört jeder Hindu einer Kaste an, in die er hineingeboren wird und die er nie verlassen kann. Die strenge Einteilung nach sozialen Rangordnungen sorgt für Diskriminierung, wurde deshalb 1949 durch die indische Verfassung abgeschafft. Insbesondere in den ländlich geprägten Regionen lebt man trotzdem noch aktiv das Kastensystem. In den urbanen Räumen hat dies heute weit weniger Einfluss. Durch eine urbane und offene Lebensweise verliert dort das Kastensystem zunehmend an Bedeutung.

3 Erklärt, was das Kastensystem ist und welche Bedeutung es hat.

4 Nutzt das Bevölkerungsdiagramm auf S. 110, wertet es aus und integriert es inhaltlich.

Raumanalyse – Indien: Raumnutzung

[1] *Indien Gegensätze: Am Fluss.* Foto.

[3] *Indien Gegensätze: In der Stadt.* Foto.

Massenarmut und Hochtechnologie

Indien gehört zu den sogenannten „BRICS-Staaten", einem Zusammenschluss der aufstrebenden Länder Brasilien, Russland, Indien, China und Südafrika auf wirtschaftlicher Ebene. Wie kaum ein anderes Land der Erde hat Indien von der Globalisierung profitiert. Im Jahr 2020 trug der Dienstleistungssektor (z.B. Softwaretechnologie) etwa 50% des Bruttoinlandsproduktes bei. Im Bereich der Hochtechnologie sind in Indien ebenfalls diverse Bereiche wie die Computer- oder auch Atomindustrie beheimatet. Diese konzentriert sich vorwiegend auf die Städte wie Delhi oder auf die Orte an den Küsten zum Arabischen Meer und zum Golf von Bengalen. Gleichzeitig herrscht aber auf dem Land und auch in vielen Städten große Armut. Es gibt dort große Slums, wo Millionen Menschen unter sehr schlechten Bedingungen leben müssen.

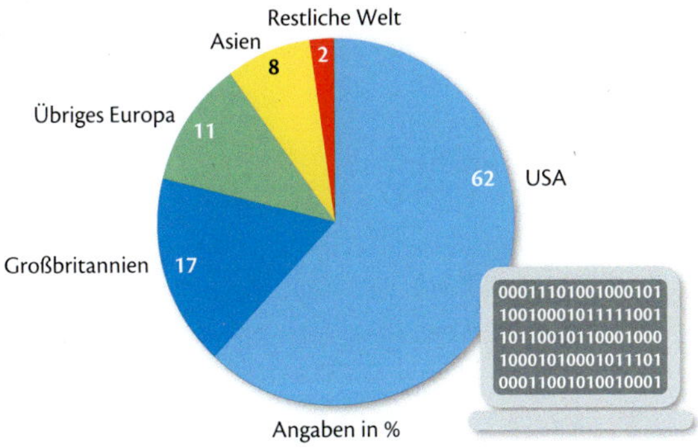

[2] *Ziele der IT-Exporte Indiens (2016).* Grafik 2016.

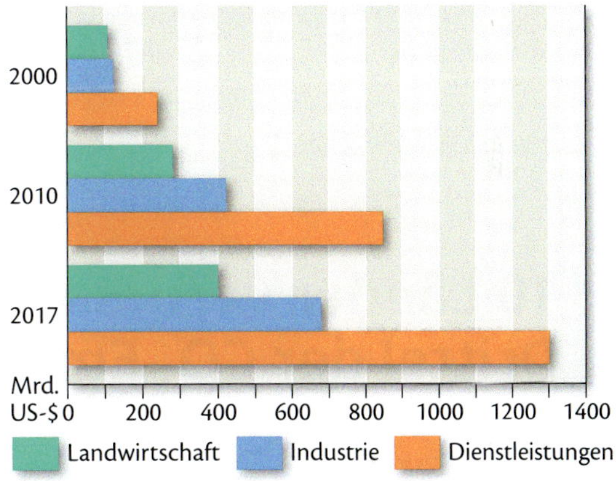

[4] *Bruttonationaleinkommen Indiens nach Wirtschaftssektoren 2000, 2010, 2017.* Grafik 2018.

Indiens Landwirtschaft

Obwohl der Dienstleistungssektor in Indien immer bedeutender wird, arbeiten noch etwa 40% der Bevölkerung in der Landwirtschaft (Deutschland 1,4%). Viele der Bauern sind arm und bewirtschaften nur kleine Flächen. Die Hauptanbauprodukte sind Baumwolle, Reis und Weizen.

1 Wertet die Grafik [2] zu den IT-Exporten in Indien aus.

2 Beschreibt die Bilder [1] und [3] und verdeutlicht die gegensätzlichen Verhältnisse in Indien.

3 Beschreibt die Entwicklung des Bruttonationaleinkommens zwischen 2000 und 2017.

Das kann ich!

Versucht zunächst, die Aufgaben auf dieser Doppelseite zu lösen, ohne im Kapitel nachzusehen. Wenn ihr Hilfe braucht, könnt ihr bei den Aufgaben auf den in Klammern angegebenen Seiten nachschlagen.

der anthropogene Treibhauseffekt	von den Menschen verursachte Erwärmung der Erde, durch die zunehmende Konzentration der Treibhausgase in der Atmosphäre
der Klimawandel	Durch die wachsende Bevölkerungsanzahl und die steigende Nachfrage nach Nahrung, Energie und Produkten werden die Rohstoffe der Erde immer weniger.
die Ressourcenknappheit	Man darf nur so viel von einer Sache verbrauchen, wie in der Natur neu entsteht.
die Nachhaltigkeit	natürliche oder vom Menschen verursachte Erwärmung der Erde über einen langen Zeitraum

[1] *Begriffe und ihre Bedeutungen.*

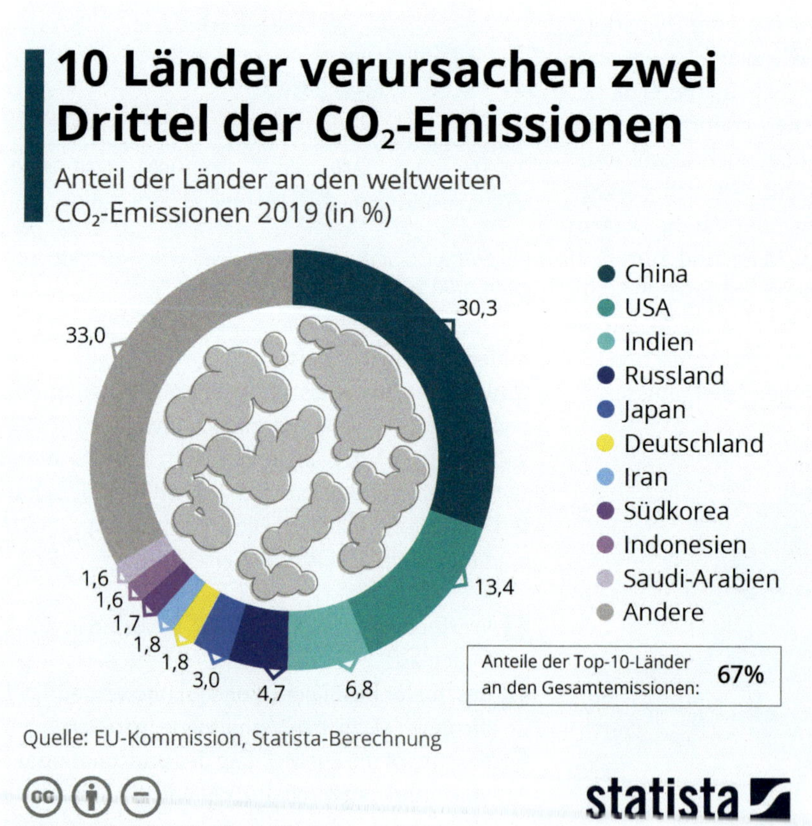

[2] *Top-10-Länder im Bereich Schadstoffemissionen.* Infografik 2020.

Windkraft	
Kohle	
Gas	erneuerbare Energie
Holz	fossile Energie
Wasserkraft	
Erdwärme	
Sonnenenergie	

[3] *Erneuerbare und fossile Energie.*

Klimawandel

Durch den Verkehr und durch das .... von .... Energieträgern werden Schadstoffe in die ... ausgestoßen. Zusätzlich können die großflächig abgeholzten Wälder kein ... mehr aufnehmen. Das führt zur ... der Erde und Atmosphäre und wird ... genannt. Dies wiederum hat zur Folge, dass die .... schmelzen und der ... steigt. Küstenregionen können ... und durch den ... machen Wetterextreme und ... den Menschen und der Natur zu schaffen. Desertifikation, die ... von Wüsten, hat viele Folgen: der ... wird unfruchtbar, es sind immer weniger ... für Tiere vorhanden. Für die Menschen hat es auch schlimme Folgen: sie leiden unter ... und ... . Flüchtlingsströme und Kämpfe um .... sind so möglich.

Atmosphäre, Aufheizung, Ausbreitung, Boden, CO_2, Dürren, fossilen, Hunger, Klimawandel, Krieg, Meeresspiegel, Polkappen, Ressourcen, Treibhauseffekt, untergehen, Verbrennen, Weideflächen

[4] *Lückentext.*

[5] *Treibhauseffekt.* Karikatur 2017.

Sachkompetenz

1 Ordnet den Begriffen die passende Erklärung zu [1].

2 Beschreibt die Ursachen des Hochwassers von 2021 in NRW und Rheinland-Pfalz (S. 134–135).

3 Erklärt, welche Gebiete Europas wie vom Klimawandel betroffen sind bzw. betroffen sein werden (S. 142–143).

4 Verdeutlicht die Unterschiede vom anthropogenen und natürlichen Treibhauseffekt (S. 138–139).

5 Unterscheidet fossile und erneuerbare Energie: Verbindet dazu die Begriffe in [3] der linken Seite jeweils mit denen auf der rechten Seite.

6 Schreibt den Lückentext [4] ab und ergänzt ihn mit den passenden Begriffen.

Methodenkompetenz

7 Wertet Grafik [2] aus. Welche Länder sind führend im Ausstoß von Schadstoffen? Stellt Vermutungen an, warum das so ist.

8 Informiert euch mithilfe einer Suchmaschine über die für euch wichtigsten Nachhaltigkeitsziele der Agenda 2030.

9 Wertet die Karikatur aus [5].

Urteilskompetenz

10 Beurteilt folgende Aussage: „In der Regel ist es so, dass besonders reiche Länder auch einen großen Anteil an der globalen Schadstoffemission haben" (S. 138–139).

11 Beurteilt folgende Aussage: „Umweltschutz und Globalisierung sind nur schwer miteinander zu verbinden" (S. 144–145).

12 „Ohne Umstellung auf E-Mobilität kann die Luft in Großstädten nicht besser werden". Nehmt Stellung zu dieser Aussage.

Handlungskompetenz

13 Erstellt einen kurzen Informationstext über Indien zu den Bereichen Bevölkerung, Raumnutzung und Raumausstattung (S. 150–153).

14 Entwerft einen Werbezettel für die Nutzung regenerativer Energien (S. 140–141).

15 Gebt Tipps, wie der Alltag umweltfreundlicher und nachhaltiger gestaltet werden kann (Bereiche Konsum/Einkauf und Klimaschutz).

Konsumieren - Lust und Last

Online-Shopping

Kleidung, Möbel, Konzerttickets, Elektroartikel – heutzutage ist alles online erhältlich und das Online-Shopping boomt. Die Produkte sind schnell, einfach und rund um die Uhr verfügbar. Meistens wird die bestellte Ware schon direkt am nächsten Tag nach Hause geliefert.

1 Beschreibt das Bild.
2 Berichtet über eure eigenen Erfahrungen mit Online-Shopping.
3 Formuliert Fragen zum Thema Online-Shopping.

Schauplatz Online-Shopping

[1] *Lea möchte in einem Online-Shop Schuhe kaufen.* Foto.

1 Beschreibt das Foto [1].

Beim Surfen im Internet
Melanie unterhält sich mit ihrer besten Freundin Lea über den neuesten Sneaker. Lea möchte die Schuhe in einem Online-Shop bestellen.

Lea: Hast du schon mal Schuhe online bestellt und gekauft? Ich habe irgendwie Bedenken, diese in einem Online-Shop zu bestellen.

Melanie: Aber warum? Ich kaufe meine Kleidung fast immer online ein und habe bisher nur positive Erfahrungen gemacht. Ich habe eine größere Auswahl an Produkten und ich kann diese ganz entspannt zu Hause anprobieren.

Lea: Ich weiß nicht genau, ob mir die Schuhe in meiner Größe passen. Wenn ich nun den Sneaker in mehreren Größen bestelle, wie sieht das dann mit dem Umtausch der Ware und meinem Geld aus? Außerdem habe ich Angst, kein Markenprodukt zu bekommen.

Melanie: Es gibt sicherlich sogenannte Fake-Shops, aber anhand von ein paar Kennzeichen kannst du einen seriösen Shop gut erkennen.

Lea: Und welche Kennzeichen sind das?

Melanie: Seriöse Shops kannst du daran erkennen, dass sie immer mehrere Bezahlmöglichkeiten anbieten. Wichtig ist, dass mindestens eine Bezahlmöglichkeit kostenlos angeboten wird, z.B. Kauf auf Rechnung oder PayPal. Fake-Shops haben als Bezahlmöglichkeit meistens nur die Vorkasse. Außerdem sollte die Seite des Online-Shops immer ein Impressum haben und die Anbieter sollten per Telefon oder E-Mail erreichbar sein.

Lea: Ok, und wie sieht es aus mit dem Umtausch, wenn mir die Schuhe nicht passen?

Melanie: Bei Online-Shops kannst du deine Ware innerhalb von zwei Wochen kostenlos zurücksenden. Ein Rücksende-Etikett liegt schon im Paket bei. Falls nicht, dann kann man so ein Etikett auf der Seite des Shops anfordern.

2 Worüber sprechen Melanie und Lea? Fasst das Gespräch mit eigenen Worten zusammen.

3 Berichtet über eure eigenen Kauferlebnisse und über Gefahren beim Online-Shopping.

Was sind Algorithmen?

Algorithmen sind einfache Reihenfolgen von Schritten und bilden die Grundlage für viele Computerprogramme. Die vermutlich berühmtesten Algorithmen befinden sich in der Suchmaschine Google. Millionen von Menschen nutzen täglich diese Suchmaschine und werden dadurch beeinflusst. Beim Online-Shopping werden die Daten des Nutzers erfasst. Anhand der aufgerufenen Seiten und Produkte, die angeklickt werden, entwickeln die Algorithmen ein Profil, um dem Nutzer weitere und neue Vorschläge zu bestimmten Produkten machen zu können. Welche Angebote an uns ausgespielt werden, entscheiden die Algorithmen. So werden Kaufentscheidungen beeinflusst.

Algorithmen kommen auch in anderen Alltagssituationen zum Einsatz, beispielsweise:
Wenn wir Wetterdaten für einen Standort abrufen und anzeigen lassen wollen;
Wenn wir den schnellsten Weg vom Start zum Zielpunkt finden und anzeigen lassen wollen oder wenn wir ein Auto automatisch einparken.

4 Erklärt in eigenen Worten, wie Algorithmen arbeiten.

Was sind „Cookies"?

Cookies („Plätzchen") sind in der digitalen Welt kleine Textdateien, die der Browser auf dem PC des Nutzers speichert. Besucht ein Nutzer das erste Mal eine Seite im Internet, wird ein Cookie von ihm angelegt, das Informationen über seine Gewohnheiten sammelt. Cookies haben zwei Funktionen:

- Die „Surfgewohnheiten" der Nutzer werden erfasst und die besuchten Webseiten sowie Webfunktionen dahingehend abgestimmt.
- Die gespeicherten Daten in den Cookies ermöglichen auch das Anlegen von Nutzerprofilen. Das bildet die Grundlage für personalisierte Werbungen.

Wählt einen der folgenden Arbeitsaufträge aus:

- Legt eine Tabelle an und sammelt darin verschiedene Algorithmen aus dem Alltag.
- Erläutert in einem Beitrag für die Schülerzeitung, warum Webseitenbetreiber Cookies nutzen.
- Diskutiert in einer kleinen Gruppe, wie man sich vor „unerwünschten" Algorithmen oder Cookies schützen kann.

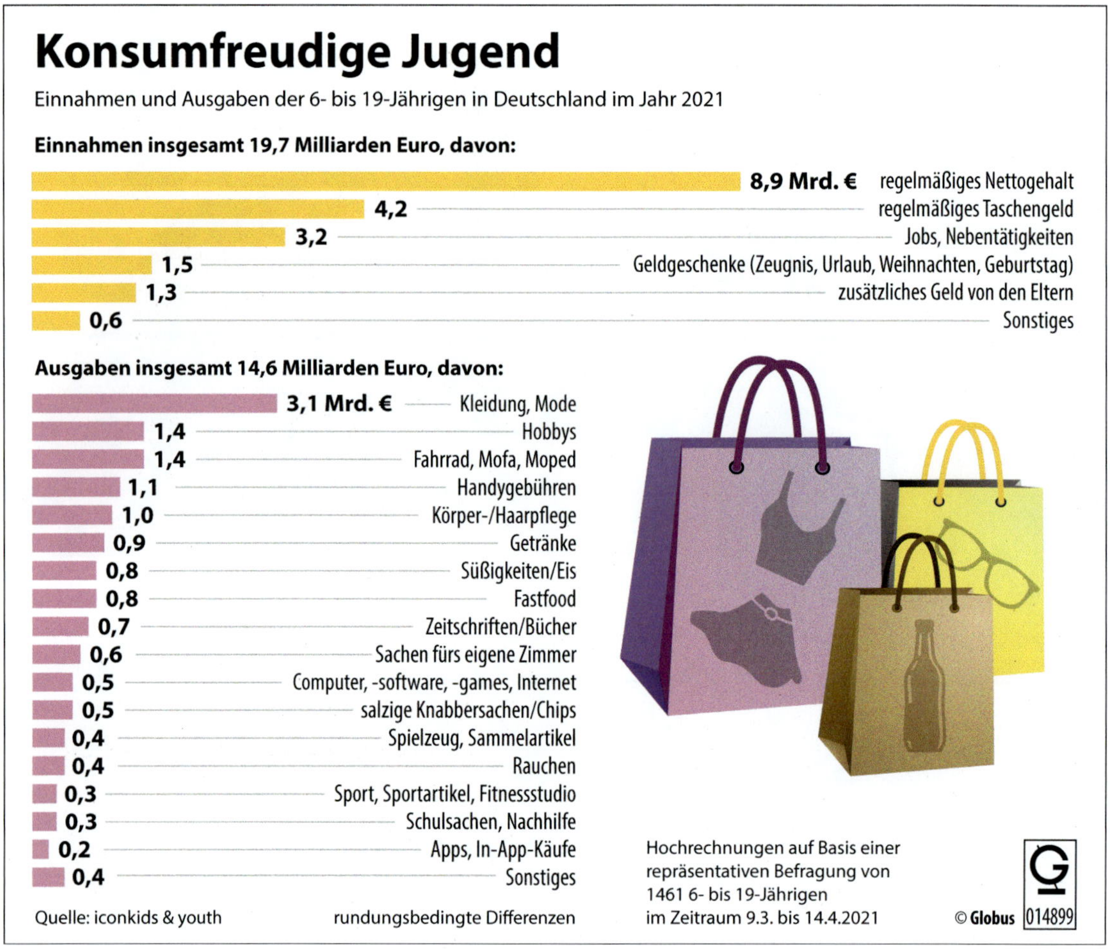

[1] *Konsumverhalten von Kindern und Jugendlichen.* Infografik, 2021.

1 Beschreibt die Infografik [1] und wertet sie aus:
- Wofür wird das meiste Geld ausgegeben?
- Wofür wird das wenigste Geld ausgegeben?
- Was habt ihr über das Konsumverhalten von Jugendlichen erfahren? **Starthilfe:** *Die Überschrift der Infografik lautet …* *Die Informationen in der Grafik zeigen, dass …*

2 Erläutert, ob ihr euch in der Darstellung von [1] wiederfindet. Wofür gebt ihr euer Geld aus?

Konsumieren – Lust und Last

Menschen haben Bedürfnisse und Wünsche. Diese können materieller Art sein (z.B. neues Tablet) oder nicht-materieller Art (z.B. viele Freunde). Viele Wünsche sind grundlegende Bedürfnisse (Nahrung, Erholung, Mobilität).

Es gibt aber auch Wünsche, die über die Grundbedürfnisse hinausgehen. Zum Beispiel wenn jemand sich das neueste Smartphone wünscht. Das Vorgängermodell wäre sicherlich nicht viel schlechter. Jedoch steckt hinter diesem Wunsch auch das Bedürfnis nach Anerkennung und Zugehörigkeit zu einer bestimmten Gruppe.

Jugendliche nennen unterschiedliche Gründe, sich Dinge zu kaufen. Sie möchten sich durch den Kauf besser fühlen, über bestimmte Markenprodukte verfügen, die neusten trendigen Sachen haben oder einfach dieselben Dinge wie ihre Freunde besitzen. Doch in der Realität können nicht alle Wünsche erfüllt werden. Nicht jeden Wunsch kann man sich leisten. Manche Käufe müssen wohl überlegt sein, um nicht in eine Schuldenfalle zu tappen.

3 Berichtet über eure Wünsche und Bedürfnisse. Was ist für euch wichtig? Was ist weniger wichtig? Stellt eine Rangfolge auf.

Verbraucher, Konsum und Konsumverhalten

Verbraucher
Verbraucher sind alle Personen, die Waren käuflich erwerben oder Dienstleistungen in Anspruch nehmen. Wichtig ist, dass die Nutzung nur für private Zwecke stattfindet und nicht aus gewerblichen Gründen.
Es geht also darum, dass Personen Produkte nutzen, bis diese aufgebraucht oder abgenutzt sind, um sich anschließend mit neuen Produkten zu versorgen.

Konsum
„Konsum" ist ein anderes Wort für „Verbrauchen". Darunter fallen zum Beispiel Lebensmittel, aber auch Kleidung, Kopfhörer oder Spiele-Konsolen, die man nutzt, aber nicht verzehrt. Auch ein Kinobesuch gehört zu den Konsumgütern. Wenn wir zum Friseur gehen oder eine Gaststätte besuchen, dann sind wir auch „Konsumenten".

Konsumverhalten
Beim „Konsumverhalten" oder auch „Kaufverhalten" wird untersucht, wovon der Konsum von Verbrauchern abhängig ist. Das Konsumverhalten beginnt mit einem Kaufwunsch. Darauf folgt die Entscheidung, wo und was gekauft werden soll. Das Kaufverhalten wird beeinflusst durch das Alter und durch das Geld, das einer Person zur Verfügung steht.

Nachhaltigkeit
Es ist wichtig, dass wir unser Konsumverhalten auch kritisch hinterfragen. Nachhaltigkeit bedeutet, dass wir nur so viel von allem verbrauchen sollten, wie wir tatsächlich benötigen. Wir sollten auch versuchen, die Umwelt nicht zusätzlich zu belasten. Wir können mit unserem Konsumverhalten vieles beeinflussen und tragen Verantwortung für unsere Kaufentscheidungen.

4 Stellt ein kleines Verbraucher-Lexikon für euch zusammen, in dem ihr wichtige Begriffe sammelt.

Konsumieren – Lust und Last

SCHAUPLATZ
Online-Shopping
S. 158–159

ORIENTIERUNG
S. 160–161

Verbraucherrechte und Kaufverträge
S. 162–163

Fast Fashion
S. 164–165

WAHLSEITEN
Tauschen, Teilen, Leihen
Handy-Recycling
Schuldenfallen
Verbraucherzentralen
S. 166–169

Daten außer Kontrolle?
S. 170–171

METHODE
Eine Kaufentscheidung treffen
S. 172–173

DAS KANN ICH!
S. 174–175

Verbraucherrechte und Kaufverträge

Worauf müssen wir bei einem Kauf achten?

[1] *Verschiedene Verträge im Alltag*. Fotos.

1 Beschreibt die Situationen auf den vier Bildern.

2 Ordnet den Bildern die richtige Vertragsart zu:
Kaufvertrag persönlich – Beförderungsvertrag – Dienstleistungsvertrag – Mietvertrag

Was ist ein Kaufvertrag?

Ein Vertrag entsteht durch ein Angebot und die Annahme des Angebots Wenn dies der Fall ist, spricht man auch von einer übereinstimmenden Willenserklärung. Ein Vertrag muss nicht immer in schriftlicher Form abgeschlossen werden. Auch die Bezahlung an der Supermarktkasse stellt einen Vertrag dar. Der angebotene Artikel kann somit eine Ware oder eine Dienstleistung sein. Eine Bedingung für das Zustandekommen eines Vertrags ist, dass beide Vertragspartner sich einig sind.

Was sind „AGB“?

Aus den Vertragsbestandteilen ergeben sich die Rechte und Pflichten des Verkäufers und Käufers. Zu den Vertragsbestandteilen gehören auch die allgemeinen Geschäftsbedingungen (AGB). Der Verbraucher muss vor Vertragsabschluss auf die AGB aufmerksam gemacht werden, um ihn vor späteren bösen Überraschungen zu schützen.

3 Erklärt mithilfe des Textes, wie ein Vertrag zustande kommt.

Sprachspeicher

- Willenserklärung = eine Äußerung mit dem Ziel, etwas zu erreichen
- einen Vertrag abschließen; ein Angebot annehmen/ablehnen

APP

Gewährleistungsrechte
Als Verbraucher hat man das Recht, dass einem die gekaufte Ware ohne Mängel ausgeliefert wird. Wenn die Ware Mängel aufweist oder innerhalb von zwei Jahren defekt wird, so hat der Verbraucher einige Rechte. Diese Rechte werden als „Gewährleistungsrechte" bezeichnet.

Nachbesserung
Weist eine Ware einen Mangel auf, kann die Käuferin oder der Käufer eine Nachbesserung verlangen. Die Verkäuferin oder der Verkäufer repariert die Ware oder stellt einen Ersatz zur Verfügung.

Rücktritt oder Kaufpreisverringerung
Wenn eine Ware nicht repariert werden kann oder keine Ersatzlieferung möglich ist, kann eine Käuferin oder ein Käufer weitere Gewährleistungsrechte in Anspruch nehmen. Die Käuferin oder der Käufer kann vom Kauf zurücktreten und erhält den Kaufpreis zurück. Wenn ein Rücktritt nicht erwünscht ist, kann der Kaufpreis verringert werden.

Freiwilliges Entgegenkommen
Über die Gewährleistungsrechte hinaus kommen manche Verkäufer ihren Kunden freiwillig entgegen, wenn es Probleme gibt. Dieses freiwillige Entgegenkommen wird auch als "Kulanz" bezeichnet. Beispielsweise kann ein Verkäufer einen Umtausch anbieten, wenn einer Kundin oder einem Kunden die Farbe einer Ware nicht mehr gefällt. Auch kann der Verkäufer eine Gutschrift in Höhe des Kaufvertrags anbieten. Für diese Gutschrift kann im Geschäft des Verkäufers etwas anderes gekauft werden.

[2] *Gewährleistungsrechte.*

Fallbeispiel Nr. 1
Du kaufst ein neues T-Shirt ohne dieses im Geschäft anzuprobieren. Zuhause bei der Anprobe bemerkst du, dass dir das Shirt nicht gefällt. Du hast vorsorglich das Etikett am Shirt belassen und den Kassenbon aufbewahrt. Am nächsten Tag gehst du zurück in das Geschäft.

Fallbeispiel Nr. 2
Du hast im Internet neue Kopfhörer bestellt. Als die Ware zu dir nach Hause kommt, bemerkst du, dass du die Kopfhörer in der falschen Farbe bestellt hast.

Fallbeispiel Nr. 3
Bei deinem teuren, neuen Smartphone lädt der Akku nicht mehr richtig auf. Das Smartphone ist noch nicht mal ein Jahr alt. Du gehst mit dem Kassenbon in das Handygeschäft, in dem du das Smartphone gekauft hast.

Fallbeispiel Nr. 4
Du hast dir in einem Zweiradfachmarkt ein neues Mountainbike ausgesucht. Da das Rad nicht in der passenden Größe vorrätig ist, wird dieses bestellt und zu dir nach Hause geliefert. Beim Auspacken bemerkst du, dass der Rahmen des Rades verkratzt ist.

4 Ordnet den vier Fallbeispielen die jeweiligen Gewährleistungsrechte zu.

Wählt einen der folgenden Arbeitsaufträge aus:

- Notiert die vier Gewährleistungsrechte auf ein Informationsplakat.
- Notiert weitere Situationen, bei denen ein Kaufvertrag zustande kommt und benennt die jeweilige Vertragsart.
- Arbeitet mit einem Lernpartner: Erstellt ein Rollenspiel zu den vier Fallbeispielen und verteilt dabei folgenden Rollen: Verbraucher, Verkäufer und Verbraucherschützer.

Sprachspeicher
- sich auf sein Recht berufen · etwas in Anspruch nehmen · jemandem etwas anbieten
- etwas reklamieren · vom Vertrag zurücktreten · eine Gutschrift ausstellen

Fast Fashion

Welche Probleme verursacht die „schnelle Mode“?

[1] *Mein Kaufverhalten.* Schaubild.

1 Lest die Texte in den einzelnen Sprechblasen und erklärt: Worum geht es? Welche Probleme könnten dahinterstecken?

Fast Fashion

Fast Fashion bedeutet „die schnelle Mode“. Sie ist eine Design-, Herstellungs- und Marketingmethode, die günstige und schnell produzierte Kleidung für den Massenmarkt herstellt. Seit 1990 boomt die schnelle Mode und die neusten Trends der Designer werden durch minderwertige Materialien nachgeahmt, um die Kleidungsstücke preiswert verkaufen zu können.

2 Erläutert anhand des Textes und des Schaubildes [2], worum es sich bei Fast Fashion handelt.

3 Beschreibt die Entwicklung von Fast Fashion anhand des Schaubildes [2].

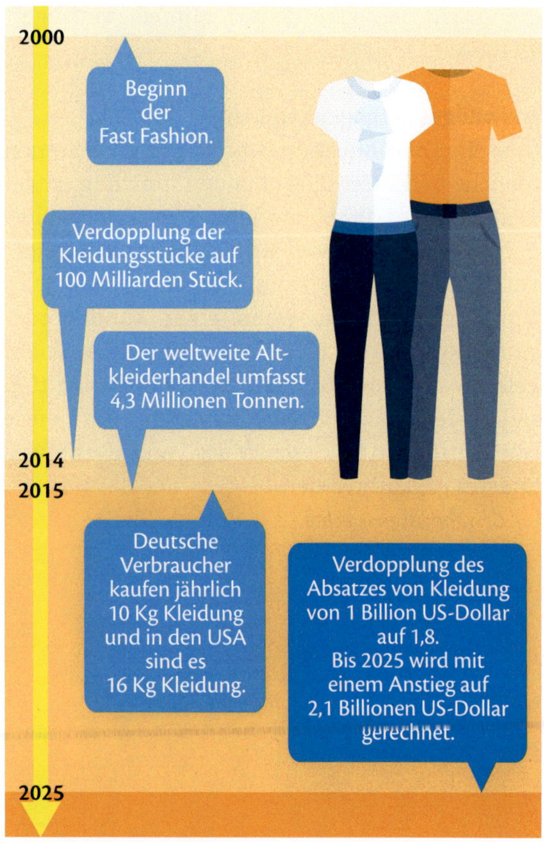

[2] *Fast Fashion.* Schaubild.

Sprachspeicher
Design = Gestaltung; Designer = Erschaffer von Mode; Marketing = Verkaufsförderung

APP

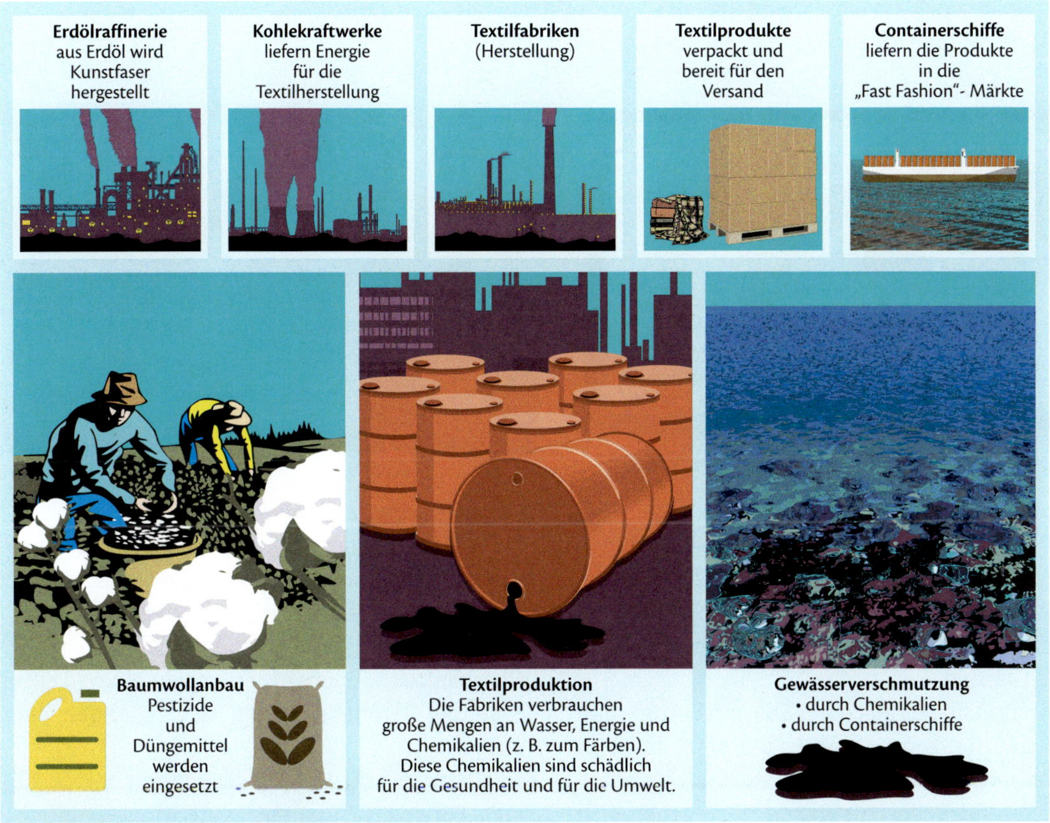

[3] *Umweltprobleme bei der Textilproduktion.* Schaubild.

Warum „Fast Fashion" problematisch ist

Durch den hohen Verbrauch an Wasser, Rohstoffen und Energie ist die Herstellung von Fast Fashion sehr umweltschädlich. Es entstehen auch Abgase und Emissionen. Insgesamt werden 850 Millionen Tonnen CO^2 jährlich freigesetzt. Ein weiteres Problem bereitet die Verwendung von Polyester. Polyester ist eine Kunstfaser die billig und einfach zu produzieren ist. Für die Herstellung von Polyester wird Erdöl verwendet. Dieser Rohstoff ist nicht erneuerbar. Eine weitere Gefahr für die Umwelt entsteht dadurch, dass diese Kunstfasern sich beim Waschen lösen und so in Flüssen und Meeren landen. Die Tierwelt kann diese schädlichen Fasern ungewollt mit der Nahrung aufnehmen.

4 Erläutert anhand des Schaubildes [3] und des Textes, warum Fast Fashion ein großes Problem für die Umwelt darstellt.

Umweltschutz durch Verbraucher

Beim Kaufen von Kleidung können wir darauf achten, dass wir uns für Produkte entscheiden, die umweltfreundlich hergestellt wurden. Bei Produkten aus Bio-Baumwolle wird es kontrolliert, dass die Baumwolle aus ökologischem Anbau kommt. Auch beim Kauf in einem Second-Hand-Shop handeln wir nachhaltig. Die Kleidung wird weiter verwendet. Das schont die Umwelt.

Wählt einen der folgenden Arbeitsaufträge aus:

- Zeichnet eine Skizze vom Schaubild [2] in euer Heft ab.
- Entwerft ein Plakat zu den Problemen, die durch Fast Fashion verursacht werden.
- Verfasst einen Zeitungsartikel für eine Umweltschutzorganisation zum Thema „Fast Fashion".

Sprachspeicher

- etwas wiederaufbereiten - die Umwelt belasten - Gefahren in Kauf nehmen -
- CO^2 wird freigesetzt >> es führt zur Luftverschmutzung; ein Rohstoff ist erneuerbar /nicht erneuerbar

Wahlseite Teilen, Tauschen, Leihen

1 Informiert euch auf dieser Seite über das Thema „Teilen, Tauschen, Leihen".

2 Präsentiert eure Ergebnisse in geeigneter Form in der Klasse.

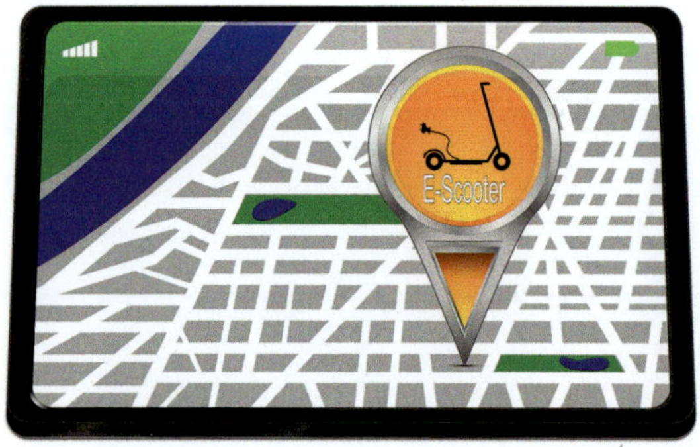

E-Scooter Sharing

In vielen deutschen Städten prägen seit einigen Jahren sogenannte E-Scooter das Stadtbild. An vielen Straßenecken sieht man sie stehen. Die E-Scooter stehen für einen neuen, **ungezwungenen** und hippen **Lifestyle**.

Bei dem Prinzip des E-Scooter Sharing besitzt man als Verbraucher keinen eigenen E-Scooter, sondern **teilt** ihn **mit anderen**. Die E-Scooter Anbieter sind die Halter der Roller. Als Kunde mietet man sich den E-Scooter für eine Fahrtstrecke innerhalb der Stadt. Man muss lediglich **die App** des jeweiligen Anbieters **herunterladen** und sich anmelden. Sind die Kontaktdaten und die Zahlungsart hinterlegt, kann der Roller mittels QR-Codes oder Eingabe des Kennzeichens freigeschaltet werden. Die Kosten für die E-Scooter setzen sich häufig aus einer **Grundgebühr** und einem **Minutenpreis** zusammen. Je nach Anbieter kann auch ein Monatsabo gekauft werden. Jeder über 18 Jahren darf die E-Scooter auf Radwegen oder Fahrradstraßen nutzen. Nach Beendigung der Fahrt stellt man den Roller am Zielpunkt ab und checkt sich aus. Der Roller wird verriegelt und die **Kosten** der Fahrt werden **vom** angegebenen **Konto abgebucht**.

Was ist Sharing Economy?

Louis: Hi Joudi, ich habe in deiner letzten Internetstory gesehen, dass du **Kleidungsstücke** von dir **zum Leihen** anbietest. Was genau steckt dahinter?

Joudi: Ich beteilige mich an der **Sharing Economy** (Wirtschaft des Teilens). Hierbei geht es um das gegenseitige Bereitstellen von Gegenständen oder Räumen.

Louis: Warum beteiligst du dich daran?

Joudi: Für mich ist es eine gute Möglichkeit, die **Umwelt zu schonen.** Wir besitzen immer mehr Konsumgüter, die aufwendig produziert werden und dabei Treibhausgase freisetzen. Außerdem benutzen viele von uns einige Produkte, wie z. B. Handys oder Kleidungsstücke nur sehr kurz. Diese sind aber häufig noch intakt und es wäre schade, sie einfach wegzuwerfen. Ein weiteres Argument dafür ist, dass ich so einiges an **Geld sparen** kann.

Louis: Welches Potenzial siehst du in der Shareconomy?

Joudi: Das Teilen, Tauschen und Leihen von Produkten ermöglicht es uns, diese Sachen effizienter zu nutzen. Die Belastung für Umwelt und Klima verringert sich. Eine prima Sache für Mensch und Umwelt!

Tipps für die Erarbeitung

- Ihr könnt beim Lesen die Schritte vom Lese-Profi anwenden. Was habt ihr über das Prinzip „Sharing" erfahren?

Tipps für die Präsentation

- Erstellt eine Mindmap mit Gegenständen zum „Teilen".
- Diskutiert in der Klasse, ob Sharing Economy für einen Gegenstand für euch in Frage käme.

Wahlseite Handy-Recycling

1 Informiert euch auf dieser Seite über das Handy-Recycling.
2 Präsentiert eure Ergebnisse in geeigneter Form in der Klasse.

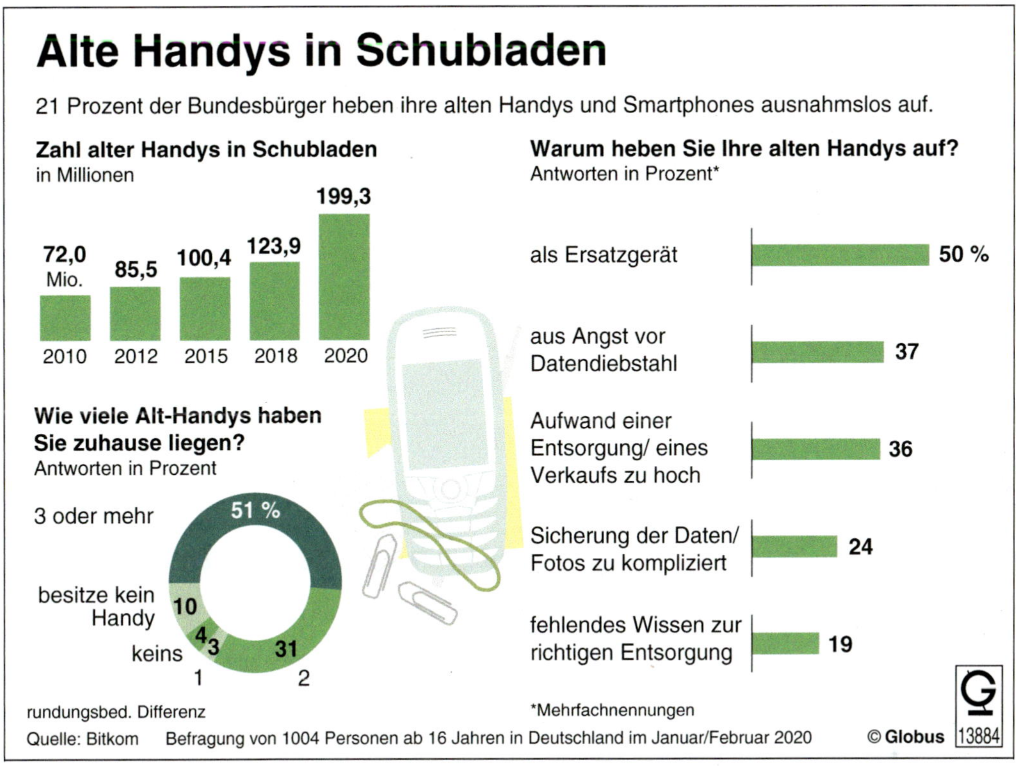

[1] *So viele alte Handys heben wir auf.* Schaubild.

Handy-Recycling – ein Beispiel

Die Lebensdauer eines Smartphones beträgt durchschnittlich 2,47 Jahre. Danach verschwinden alte oder nicht mehr benötigte Handys häufig in der Schublade, obwohl sie noch funktionstüchtig sind. Als Verbraucher sollte man sich fragen, ob man wirklich alle zwei Jahre ein neues Smartphone benötigt. Aktuell liegen derzeit etwa 199 Millionen ungenutzte Handys in deutschen Haushalten. Die Smartphones enthalten wichtige und sehr seltene Rohstoffe, die wieder verwertet werden können und sollten. Aus diesem Grund ist es wichtig, dass aussortierte Handys recycelt werden.

Mittlerweile können Smartphones kostenlos am Recycling- oder Wertstoffhof abgegeben werden. Es gibt aber auch sogenannte Mobile-Boxen, die in Städten oder Geschäften aufgestellt sind.

Je nach Zustand des Gerätes werden diese wieder aufbereitet und an Kunden, die ein gebrauchtes Handy suchen, verkauft. Vor der Weiterverwertung werden die Daten auf den Handys professionell gelöscht. Handys, die nicht mehr funktionstüchtig sind, werden dem Recycling-Betrieb übergeben, damit Rohstoffe wie Gold, Silber, Kupfer und Palladium* wieder-gewonnen werden und in die Produktion neuer Produkte einfließen können.

Ein weiterer Vorteil des Recycling-Prozesses besteht darin, dass alle Handy-Daten physisch und unwiderruflich gelöscht werden können.

* **Gold, Silber, Kupfer** und **Palladium:** Edelmetalle, die für die Herstellung von Handys benötigt werden

Tipps für die Erarbeitung
Wertet die Infografik aus. - Arbeitet aus dem Text die Gründe für das Handy-Recycling heraus.

Tipps für die Präsentation
Erstellt ein Plakat zum Thema „Was passiert mit einem Alt-Handy?“.

☒ Wahlseite Schuldenfallen

MK **1** Informiert euch auf dieser Seite über das Thema Schuldenfallen.
MK **2** Präsentiert eure Ergebnisse in geeigneter Form vor der Klasse.

Fallbeispiel – Der Weg in die Überschuldung

Ich bin Vanessa und 20 Jahre alt. Direkt nach dem Abschluss meiner Ausbildung zur Einzelhandelskauffrau bin ich leider in die Schuldenfalle getappt.

Nach meiner abgeschlossenen Ausbildung wurde ich von dem Betrieb in Vollzeit übernommen. Mit dem neuen Job wollte ich endlich meine erste eigene Wohnung beziehen. Zunächst lief alles prima. Ich verdiene knapp 1400€ netto im Monat und für meine Wohnung zahle ich monatlich 570€ Warmmiete. Für die neue Wohnung habe ich mir ein neues Bett und einen Kühlschrank angeschafft. Da ich das Geld für diese beiden Sachen nicht erspart hatte, habe ich eine Ratenzahlung abgeschlossen. Den Betrag musste ich mit einer monatlichen Rate von 120€ abzahlen. Damit blieben mir noch 710€. Jedoch muss ich noch die Kosten für Strom, Internet, Versicherungen und Handy abziehen. Schätzungsweise blieben mir damit 450€ übrig. Klingt erstmal viel. Doch davon musste noch Essen und Kleidung bezahlt werden und alles ist viel teurer als gedacht. Hinzu kam, dass ich mich von den zahlreichen Werbeanzeigen in den sozialen Netzwerken habe verführen lassen. Ich kaufte ständig neue Dinge, die im Trend waren. Schon nach einigen Monaten überstiegen meine Ausgaben die Einnahmen. Schnell war mein Kontostand im Minus und auch die ersten Mahnungen flatterten ein. Es kam aber noch schlimmer: Ich habe meinen Job verloren und zu diesem Zeitpunkt bereits über 3000€ Schulden angehäuft.

Verschuldung und Überschuldung

Immer mehr Jugendliche und Erwachsene haben sich in den letzten Jahren verschuldet. Viele Konsumgüter oder größere Anschaffungen werden durch Ratenkäufe getätigt. Der Käufer muss die Summe in Form von Raten an den Kreditgeber zurückzahlen. Ist dies der Fall, spricht man von einer Verschuldung. Von einer Überschuldung spricht man genau dann, wenn man die entstandenen Schulden, zum Beispiel durch Ratenkäufe nicht mehr abbezahlen kann. Gründe für eine Überschuldung können neben dem Konsumverhalten, die Arbeitslosigkeit, Krankheit, Unfall oder eine Trennung sein.

Tipps für die Erarbeitung und Präsentation
- Erklären, wie und warum Jugendliche in die Schuldenfalle geraten
- Die Umfrage „Wenn junge Erwachsene Schulden haben" auswerten und die Ergebnisse darstellen

APP

Wahlseite Verbraucherzentralen

1 Informiert euch auf dieser Seite über die Verbraucherzentralen.
2 Präsentiert eure Ergebnisse in geeigneter Form in der Klasse.

[1] *Die Verbraucherzentrale in Aachen. NRW.* Foto, 2019.

Verbraucherschutz

Wie sicher sind die Produkte, die wir kaufen? Welche Inhaltsstoffe stecken in bestimmten Lebensmitteln? Kann ich eine Dienstleistung ohne Bedenken in Anspruch nehmen? Auf all diese Fragen können Verbraucherinnen und Verbraucher eine Antwort bekommen. Sie können sich bei verschiedenen Organisationen informieren. Es gibt drei Organisationen, deren Aufgaben sich ergänzen und ein vielseitiges Informations- und Beratungsangebot für Verbraucherinnen und Verbraucher bieten.

Verbraucherzentrale Bundesverband e.V.:

Sie ist der Dachverband aller Verbraucherzentralen. Der Bundesverband hat die Aufgabe, gegenüber Politik, Gesellschaft und Wirtschaft die Interessen der Verbraucherinnen und Verbraucher zu vertreten.

Aufgaben der Verbraucherzentrale NRW

Die Verbraucherzentrale NRW steht den Verbraucherinnen und Verbrauchern in folgenden Bereichen zur Seite:

- Beratung, Information und Bildung
- Unterstützung in Rechtsangelegenheiten oder Schlichtungsfragen
- Beobachtung des Marktes
- Bewertung von Produkten
- Vertretung von verschiedenen Interessen.

Stiftung Warentest

Die „Stiftung Warentest" wurde 1964 auf Entscheidung des Deutschen Bundestages gegründet. Sie führt vergleichende Produkttests durch. Die Ergebnisse werden in der Zeitschrift „test" veröffentlicht.

Gut ein Drittel der Verbraucher trifft auf Basis der Testurteile ihre Kaufentscheidung.

Tipps für die Erarbeitung und Präsentation

Findet Beispiele, bei denen ihr die Beratung durch die Verbraucherzentrale in Anspruch nehmen könnt.

Daten außer Kontrolle?

Was geschieht im Netz mit meinen Daten?

1 Beschreibt das Bild und vermutet, was dort passiert sein könnte.

Soziale Netzwerke und Datenschutz

Für Jugendliche sind soziale Netzwerke ein fester Bestandteil ihres Lebens. Sie nutzen die Dienste als Kommunikationsmittel, um Fotos, Videos und Musik zu teilen oder welche selbst zu erstellen. Manchmal erleben Nutzerinnen und Nutzer dieser Dienste aber auch böse Überraschungen. Es kommt immer wieder zu Verstößen der Persönlichkeits- und Urheberrechte, denn viele soziale Netzwerke weisen erhebliche Mängel in ihren Datenschutzrichtlinien auf.
Die sozialen Netzwerke räumen sich umfängliche Nutzung der Mitgliederdaten ein. Da aber diese Dienste lediglich die Plattform zur Verfügung stellen, sind die Nutzerinnen und Nutzer selbst für ihr Handeln verantwortlich.

Persönlichkeitsrechte

Das Persönlichkeitsrecht ist ein Grundrecht, welches im Grundgesetzt verankert ist. Es besagt, dass jeder das Recht auf eine freie Entfaltung seiner Persönlichkeit hat, solange dabei nicht die Rechte anderer verletzt werden.

Das Persönlichkeitsrecht beinhaltet unterschiedliche Punkte:

- Das Datenschutzrecht, das besagt, dass Fremde die Daten von anderen Personen weder erheben und speichern, noch verwenden dürfen.
- Das Recht am eigenen Bild bedeutet, dass jeder frei bestimmen kann, ob und welche Bilder der eignen Person und in welchem Zusammenhang verbreitet und veröffentlicht werden dürfen.
- Verbot von Beleidigungen.

Das Persönlichkeitsrecht ist entscheidend, wenn es um die Inhalte in einem sozialen Netzwerk geht, denn die Privatsphäre anderer ist immer zu respektieren und zu schützen. Wenn wir Bilder von Personen verwenden oder hochladen möchten, müssen die abgebildeten Personen vorher unbedingt um Erlaubnis gefragt werden. Alles andere ist nicht erlaubt.

2 Erklärt, was das Persönlichkeitsrecht beinhaltet.
3 Erläutert das Problem in dem folgenden Fall: Ihr wart auf einer Party und die dort entstandenen Fotos wurden ins Netz gestellt. Niemand hat euch um Erlaubnis gefragt. Welche Folgen könnte es für euch haben?

Sprachspeicher

- etwas kommentieren oder liken ▪ Fotos hochladen oder teilen ▪ sein Einverständnis geben
- den Datenschutzrichtlinien zustimmen ▪ jmd. respektieren und schützen ▪ etwas frei bestimmen

Urheberrecht in sozialen Netzwerken

Fotos, Musik oder Videos sind urheberrechtlich geschützt. Das heißt, dass die Werke anderer nicht einfach hochgeladen, verbreitet und für kommerzielle Zwecke genutzt werden dürfen. Nutzer dürfen jedoch selbst erstellte Fotos, Videos oder selbst geschriebene Texte im Internet veröffentlichen. Vorsicht ist jedoch bei Fotocollagen oder Musik-Zusammenschnitten geboten, denn hier werden wieder Werke anderer benutzt, nur neu zusammengestellt, die jedoch urheberrechtlich geschützt sind. Möchte man das Material verwenden, so muss hierfür auch das Einverständnis eingeholt werden.

4 Verdeutlicht, was euch als Nutzer in den sozialen Netzwerken urheberrechtlich erlaubt und was nicht erlaubt ist.

Geschäftsmodelle sozialer Netzwerke

Ein Experte klärt auf:

Max: Wie kommt es, dass die Mitgliedschaft in sozialen Netzwerken in der Regel kostenlos ist, obwohl dahinter ein Wirtschaftsunternehmen steckt?

Experte: Die Dienste sind nur augenscheinlich kostenlos, denn die Mitglieder zahlen mit ihren eingestellten persönlichen Daten. Die Daten werden vom Anbieter ausgewertet und mit verschiedenen Informationen verknüpft. So werden den Nutzern an ihren Interessen ausgerichtete Werbeanzeigen angezeigt. Wir nennen so etwas Algorithmus.

Max: Was dürfen die sozialen Netzwerke noch mit meinen Daten machen?

Experte: Das hängt vom Sitz des Unternehmens ab. Manche ausländische Dienste, bei denen Datenschutz nur eine untergeordnete Rolle spielt, dürfen einiges mit den Daten machen. Beispielsweise werden die gesammelten Daten (persönliche Angaben, Fotos) an andere Unternehmen weitergegeben bzw. verkauft. Auch die Daten, die andere Nutzer, also deine Freunde, über dich posten bzw. hochladen, werden gesammelt, gespeichert und weitergegeben.

Max: Haben Sie ein paar Tipps, um sich bei der Nutzung sozialer Netzwerke möglichst gut zu schützen?

Experte: Es ist empfehlenswert genau zu bestimmen, welchen Kontakten man Zugriff auf bestimmte und eher private Informationen gewährt. Ein weiterer Tipp ist, die Angaben der persönlichen Daten auf ein Minimum zu beschränken. Profile sollten nur für vertraute Personen sichtbar sein. Ich empfehle auch, sich unter einem „Nickname" in einem sozialen Netzwerk anzumelden. Ratsam ist es, mehrere Profile anzulegen: ein berufliches und ein privates.

Max: Danke für die zahlreichen Informationen und nützlichen Tipps.

5 Wertet das Interview aus. Beantwortet dabei folgende Fragen:
- Welche Informationen sammeln die Netzwerke über dich?
- Wo seht ihr Probleme?
- Wie kann man sich gut schützen?

Wählt einen der folgenden Arbeitsaufträge aus:

- Erstellt ein kleines Lexikon zu folgenden Fachbegriffen: soziale Netzwerke, Persönlichkeitsrecht, Urheberrecht, Datenschutz und Richtlinien.
- Erstellt ein Plakat mit nützlichen Tipps zum Umgang in den sozialen Netzwerken.
- Verfasst einen Artikel für die Schülerzeitung zum Thema „Daten außer Kontrolle?".

Sprachspeicher
- die Rechte an etwas besitzen ▪ sein/ihr Einverständnis einholen - jemanden um Erlaubnis fragen
- Informationen und Daten verkaufen ▪ sich bei Nutzung von sozialen Netzwerken schützen

Methode Eine Kaufentscheidung treffen

Was ist eine Kaufentscheidung?
Viele alltägliche Kaufentscheidungen, wie beim Einkauf im Supermarkt, treffen wir oft ohne größere Überlegungen. Bei dem Kauf eines neuen technischen Gerätes oder eines hochwertigen und teuren Produktes ist es wichtig, uns vor dem Kauf gründlich zu informieren. So könnt ihr vorgehen:

1. Schritt Vor dem Kauf überlegen

Vor dem Kauf sollten wir über die folgenden Fragen nachdenken:
- Was benötige ich wirklich?
- Was sollte das Gerät können?
- Worauf sollte ich beim Kauf achten?

Von Bedeutung können sein:
- **Preis:** Wie viel Geld habe ich zur Verfügung?
- **Qualität und Funktion:** Was muss das Gerät können?
- **Eigenschaften:** Aussehen, Größe, Gewicht, Handhabung, Speicher, usw.
- **Marke:** Möchte ich ein bestimmtes Markenprodukt haben?

2. Schritt Informationen einholen

- im Internet recherchieren
- Testergebnisse lesen und Auswertungen (Verbraucherzentralen) einholen
- sich an Gütesiegeln orientieren
- sich im Fachgeschäft beraten lassen

3. Schritt Angebote vergleichen

- die verschiedenen Angebote und Anbieter miteinander vergleichen und prüfen

4. Schritt Eine Entscheidung fällen

- sich für ein Produkt entscheiden
- Kauf im Internet oder im Fachgeschäft?

In diesem Beispiel könnt ihr die Eigenschaften von zwei Tablets vergleichen.

Tablet A

Preis	899 €
Speicher	32/64/128 GB
Größe Display	10,5 Zoll
Auflösung	1.920 x 1.200 Pixel
Kamera	8 Megapixel
Gewicht	508 g
Farbe	Grau, Silber, Schwarz
Konnektivität	Wi-Fi / 5G

Tablet B

Preis	978 €
Speicher	64 / 256 GB
Größe Display	10,9 Zoll
Auflösung	2.160 X 1.620 Pixel
Kamera	12 Megapixel
Gewicht	461 g
Farbe	Silber, Grau, Blau, Gold, Pink, Violett, Grün, Schwarz
Konnektivität	Wi-Fi / Wi-Fi+ Cellular Modelle

1 Notiert die Eigenschaften eines Tablets, die für euch wichtig sind. Geht so vor wie beim Schritt 1.

Ein neues Tablet - Lösungsbeispiel

Lara möchte sich ein neues Tablet kaufen und spart seit einiger Zeit dafür. Sie hat mittlerweile 920 € beisammen. Um nun ein solides Gerät zu einem fairen und guten Preis zu kaufen, versucht sie die Methode anzuwenden.

Zu Schritt 1 **Vor dem Kauf überlegen**

„Die Marke des Tablets ist mir nicht wichtig. Mir kommt es darauf an, dass es genügend Speicherkapazität und eine gute Kamera mit einer hohen Auflösung besitzt. Da ich das Tablet auch unterwegs nutzen möchte, sollte es nicht viel Gewicht haben."

Zu Schritt 2 **Informationen einholen**

„Im Internet habe ich mir die neusten Tablets herausgesucht, um diese miteinander vergleichen zu können.
Mir ist es jedoch bei solch kostspieligen Anschaffungen lieber, die Tablets in einem Fachgeschäft zu sehen und in der Hand zu halten. Außerdem lasse ich mich gerne von einem Mitarbeiter fachlich beraten. Nachdem ich mich im Fachgeschäft informiert habe, habe ich mir noch eine Zeitschrift mit dem aktuellen Testbericht zu den Tablets besorgt. Mit den gesammelten Informationen beginne ich nun mit dem Vergleich der Produkte."

Zu Schritt 3 **Angebote vergleichen**

„Im nächsten Schritt habe ich mir die Tablets herausgesucht, die die Punkte erfüllen, die mir wichtig sind und in mein Budget passen. Insgesamt sind zwei Tablets in die engere Auswahl gekommen, die ich nun miteinander vergleiche."

Zu Schritt 4 **Eine Entscheidung fällen**

„Nach gründlicher Überlegung und einer kleinen Spende meiner Eltern, entscheide ich mich für Tablet B. Dieses Tablet ist zwar ein wenig teurer als Tablet A, besitzt jedoch die bessere Kamera mit einer höheren Auflösung. Außerdem hat dieses Tablet eine doppelt so hohe Speicherkapazität wie Tablet A.
Um bei Mängeln oder Beschädigungen am Tablet einen Ansprechpartner vor Ort zu haben und dank der guten Beratung des Verkäufers, habe ich mich entschieden, das Tablet in einem Fachgeschäft in der Nähe zu kaufen."

2 Vergleicht die zwei Tablets A und B. Formuliert Sätze wie im Beispiel.
Starthilfe: *Tablet A ist preisgünstiger, hat aber weniger Speicherkapazität. Tablet B ist etwas teurer, aber ...*

3 Stellt in einer Tabelle die Vorteile und die Nachteile eines Internetkaufs gegenüber.

4 Findet und notiert Argumente für und gegen einen Kauf im Fachgeschäft.

5 Diskutiert in der Klasse, ob der Kauf im Internet oder in einem Fachgeschäft die bessere Lösung ist. **Starthilfe:**
Ich bin der Meinung, dass der Kauf im Internet einerseits günstiger ist als im Laden, andererseits ist es oft ...
Ich finde, dass im Fachgeschäft die Geräte oft mehr kosten als im Internet, dafür aber ...

Das kann ich!

Versucht zunächst die Aufgaben auf dieser Doppelseite zu lösen, ohne im Kapitel nachzusehen. Wenn ihr Hilfe braucht, könnt ihr bei den Aufgaben auf den in Klammern angegebenen Seiten nachschlagen.

der Algorithmus	Eine Organisation mit Informations- und Beratunsangeboten für Verbraucher.
die AGB (Plural)	Der Begriff kommt aus dem Englischen und bedeutet „schnelle Mode“.
der Konsum	Bezeichnet eine neue Form des Wirtschaftens (Wirtschaft des Teilens).
die Fast Fashion	Eine einfache Reihenfolge von Schritten und bildet die Grundlage für viele Computerprogramme.
die Sharing Economy	Bezeichnet alles, was mit Kauf von Produkten oder allgemein mit Verbrauchen zu tun hat.
die Verbraucherzentrale	Allgemeine Geschäftsbedingungen, sie regeln die Vertragsbedingungen zwischen einem Anbieter und den Kunden.

[1] *Begriffe und ihre Bedeutung*

[2] *Wofür Jugendliche Geld im Internet ausgeben.* Infografik.

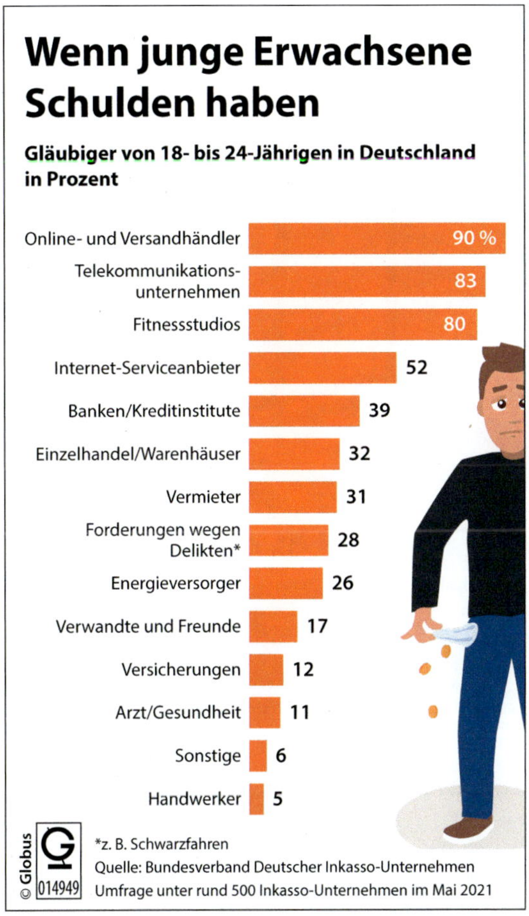

[3] *Schuldenfalle bei jungen Menschen.* Infografik.

Mein Kleiderschrank ist immer voll mit Kleidungsstücken und Schuhen. Häufig trage ich die Sachen nur eine Saison, da sie dann schon wieder out sind.

Ich liebe sportliche Outfits und kaufe mir gute Funktionskleidung, die lange hält.

Wenn es um das Handy geht, dann muss es immer das neueste Modell sein. Was soll ich mit alten Geräten? Das ist Schrott!

Ich kaufe gerne in Second-Hand-Shops ein. Hier finde ich schöne und außergewöhnliche Sachen, die mir gut gefallen!

[4] *Konsumverhalten von Jugendlichen.*

Sachkompetenz

1 Ordnet die Begriffe aus [1] in eurem Heft richtig zu. Formuliert weitere aus dem Kapitel.

2 Erläutert, worauf man beim Kauf im Internet oder in einem Fachgeschäft achten muss. (Seiten 158–159; 162–163)

3 Erklärt, was ein Kaufvertrag ist und welche Bestandteile er haben muss. (S. 162)

4 Nennt die wichtigsten Punkte der Gewährleistungsrechte. (S. 163)

Methodenkompetenz

5 Nennt Schritte und wichtige Regeln der Methode „Eine Kaufentscheidung treffen“.

6 Analysiert die Infografiken [2] und [3].

Urteilskompetenz

7 „Jugendliche können sich überhaupt nicht verschulden!“ – Nehmt Stellung zu dieser Aussage und beurteilt sie kritisch. (Infografik 3)

8 Lest die Aussagen in [4]. Beurteilt, welche Personen nachhaltig handeln. Begründet eure Entscheidung.

Handlungskompetenz

9 Gestaltet ein Lernplakat zum Thema „Meine Rechte als Verbraucher“.

10 Verfasst einen Beitrag für die Schülerzeitung zum Thema „Fast Fashion - immer eine gute Wahl?“

Wirtschaft, Arbeit und Innovationen

Besuch in einer Fabrik
In den Produktionshallen einer modernen Fabrik sieht man nur noch wenige Menschen bei der Arbeit. Automatische Fertigungsstraßen können Einzelteile herstellen, sie zusammensetzen und verpacken. Die Arbeiter kontrollieren die Maschinen in einer solchen Fabrik oder planen und steuern die Abläufe.

1 Beschreibt das Foto und äußert eure Eindrücke.
2 Berichtet von Fabriken, die ihr kennt (Standort, Aussehen der Gebäude, Produkte, Arbeitskräfte...).
3 Notiert Fragen, die ihr zum Thema habt.

Schauplatz Besuch in einer Fabrik

Wie arbeitet ein moderner Produktionsbetrieb?

[1] *Gewerbegebiet.* Luftbild.

1 Beschreibt das Gewerbegebiet auf dem Luftbild [1].

In unserer Fabrik gibt es keine große Lagerhalle. Wir haben nur ein kleineres Durchgangslager. Hier wird jeder ankommende Lkw registriert. Dann werden Material oder Zubehörteile auf den Weg zu den Maschinen gebracht, wo diese Dinge aktuell benötigt werden.
Das Verfahren nennt sich ‚just-in-time'. Es bedeutet, dass etwas zu einem ganz bestimmten Zeitpunkt geliefert wird. Die Lagerhaltung erfolgt dadurch auf der Autobahn. Das spart eine Menge Geld, ist aber nicht ohne Risiko.

[2] *Sven G. erklärt.* Foto.

Auch bei uns hat längst die Robot-Technik Einzug gehalten. In der Fertigungshalle stehen einige „Robot-Zellen" für den Zusammenbau von Einzelteilen. In den Zellen laufen mehrere Arbeitsschritte völlig automatisch ab.
Man sieht hier im Werk nur wenige Menschen bei der Arbeit. Manchmal sind noch einige Handgriffe notwendig, aber meistens geht es nur um die Einrichtung und Überwachung der Maschinen - und dafür braucht man eine spezielle Ausbildung!

[3] *Mirko S. ergänzt.* Foto.

Ich arbeite in der Personalabteilung unserer Fabrik.
Außerdem gibt es hier im Haus noch

- *die Rechnungsabteilung, die sich um alles kümmert, was mit Geld zu tun hat,*
- *den Einkauf, wo Material beschafft wird,*
- *die Abteilung Marketing, das ist der gezielt auf die Kundenwünsche zugeschnittene Verkauf,*
- *eine Rechtsabteilung für Verträge oder Streitfälle,*
- *die Chefetage, also das Management, wo alle Fäden zusammenlaufen*
- *und schließlich unsere Produktionsabteilung in eigenen Hallen.*

[4] *Jolanta B. aus der Personalabtelung erzählt.* Foto.

Zusammen mit meinem Bruder habe ich vor acht Jahren das Unternehmen von unserem Vater übernommen.
Der Betrieb hat gegenwärtig 180 Mitarbeiterinnen und Mitarbeiter. Ich bin die kaufmännische Direktorin und damit Chefin der Verwaltung.
Mein Bruder ist der Betriebsleiter. Als Ingenieur kümmert er sich um die Produktion. In den letzten beiden Jahren hat er unser Werk auf Robotik umgerüstet und damit auf den neuesten Stand gebracht.
Unsere Auftragslage ist gut und ich denke, dass der Gewinn etwas höher ausfällt als im vorigen Jahr.
Schließlich müssen ja auch die Kredite für die neuen Maschinen bezahlt werden.

[5] *Susanne R. erläutert.* Foto.

2 Berichtet von den Neuerungen, die von Sven und Mirko [2] und [3] in ihrer Fabrik vorgestellt werden. Worin sehen sie Vorteile?

3 Vermutet, welche Nachteile durch Lieferungen ‚just-in-time' entstehen können *(denkt dabei an die Folgen von: Zeitdruck der Lkw-Fahrer, Pannen, Staus...).*

Wählt einen der folgenden Arbeitsaufträge aus:

- Schreibt eine Liste mit den Abteilungen eines großen Betriebs und deren Aufgaben.
- Spielt ein Interview mit einer der hier vorgestellten Personen.
- Nicht nur die hier dargestellte Fabrik setzt Roboter ein. Bereitet Argumente für eine Diskussion vor: „Die Fabrik ohne Menschen". Denkt hier vor allem an Vor- und Nachteile für die Arbeitswelt, also für die einzelnen Menschen.

Was ihr noch tun könnt...

→ Eine Liste mit größeren Betrieben in eurem Ort zusammenstellen (Zeitung, Internet...).

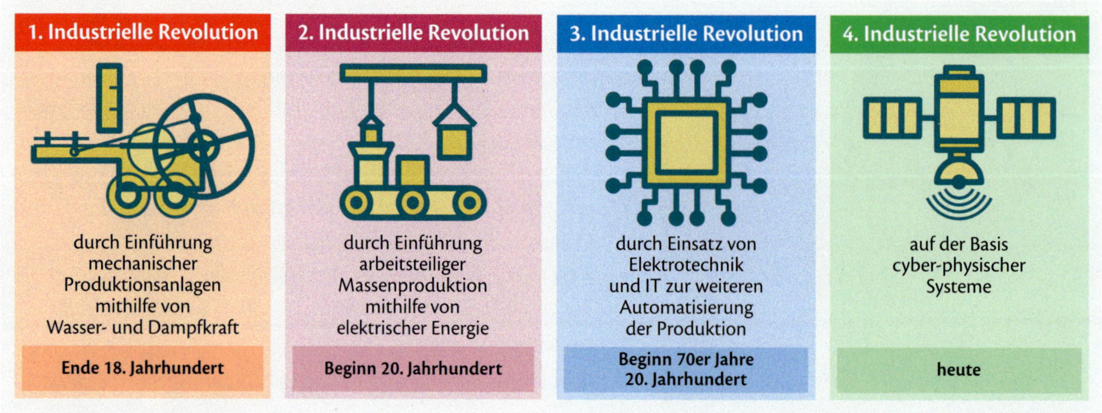

[1] *Industrielle Revolutionen.* Schaubild.

1 Erläutert das Schaubild [1].

Entwicklungsschritte

Neue technische Entwicklungen verändern die Arbeitswelt. Einige grundlegende Erfindungen waren besonders wirksam:

- Die Dampfmaschine wurde Ende des 18. Jahrhunderts zum Antrieb für Produktionsanlagen und Verkehrsmittel: 1. Industrielle Revolution (1. IR).
- Die elektrische Energie brachte zu Beginn des 20. Jahrhunderts Verbesserungen für die Verwaltung und trieb die Massenproduktion voran (2. IR).
- Der Einsatz der Elektronik führt seit Beginn der 1970er-Jahre unter anderem zur Automatisierung der Produktion (3. IR).

Mit Industrie 4.0 stehen wir heute wieder vor einer solchen Veränderung. Produktionsanlagen, steuern sich selbst und können vernetzt miteinander kommunizieren. Das hat Auswirkungen auf die gesamte industrielle Arbeitswelt (4. IR).

Die Menschen sind immer weniger an den Arbeitsplatz gebunden. Über Smartphones oder Tablet-PCs haben sie von überall her Zugriff auf alle Informationen. Falls nötig, können sie aus der Ferne eingreifen. Industriearbeiter/-innen planen, steuern und überwachen die Anlagen.

2 Stellt dar, welche Folgen die jeweils neuen Techniken für die Arbeitsplätze hatten.

Interessenvertretungen

Um ihre Arbeitsbedingungen zu verbessern, gründeten Arbeiter in der Mitte des 19. Jahrhunderts Gewerkschaften. Heute gibt es ein dichtes Netz von Arbeitnehmervertretungen für verschiedene Berufe und Wirtschaftszweige. Auch in den Betrieben werden die Beschäftigten heute oft bei wichtigen Entscheidungen einbezogen.

Als Gegengewicht zu den Arbeitnehmervertretungen haben sich die Unternehmer zu Arbeitgeberverbänden zusammengeschlossen.

3 Begründet die Bildung von Interessenvertretungen.

Angestellt oder selbstständig?

Es gibt einige berufstätige Menschen, die sich selbstständig machen und künftig eigene Ideen verwirklichen möchten. Dabei sind einige Voraussetzungen zu beachten und bürokratische Hürden zu nehmen, über die man informiert sein sollte.

[2] *Mensch und Maschine.* Foto.

1765	Dampfmaschine
1830	Eisenbahn
1848	erste Gewerkschaft in Deutschland
1864	Telefon
ab 1883	Sozialversicherungen
1885	Auto
1894	Flugapparat
1913	Fließbandproduktion
1941	erster programmierbarer Computer
1954	Kernkraftwerk
1960	Lasertechnik
1961	Industrieroboter
1971	Personalcomputer
1991	Internet
1994	Handy

Wirtschaft, Arbeit und Innovationen

SCHAUPLATZ
Besuch in einer Fabrik
S. 178–179

ORIENTIERUNG
S. 180–181

Unternehmensziele und Unternehmensformen
S. 182–183

Industrie 4.0
S. 184–185

WAHLSEITEN
In den Fußstapfen der Eltern, Abenteuer Start-up, Wir gründen eine Schülerfirma, Existenzgründung

Betriebliche Mitbestimmung
S. 190–191

Gewerkschaften...und Arbeitgeberverbände
S. 192–193

Arbeitskampf
S. 194

METHODE
Mit dem Politzyklus arbeiten
S. 195

DAS KANN ICH!
S. 196–197

Unternehmensziele und Unternehmensformen

Welche Ziele haben Unternehmen und wie sind sie organisiert?

[1] *Fabrikdach mit Photovoltaikanalage**. Foto.

1 Beschreibt das Foto [1] und findet eine Begründung für die Anlage.

* *die* **Photovoltaik**: Umwandlung von Lichtenergie in elektrische Energie

Die Richtung vorgeben

Wer ein Unternehmen führt, sollte wissen, was sie/er damit erreichen möchte. Sie/er legt die Unternehmensziele fest.

- An erster Stelle steht sicherlich in allen Betrieben das ökonomische Ziel, Gewinne zu machen und sie möglichst noch zu steigern.
- Immer wichtiger werden für alle Betriebe die ökologischen Ziele wie die Sorge für Umwelt und Klima. Dabei geht es im Unternehmen auch darum, nicht leichtfertig mit Rohstoffen oder Hilfsmitteln umzugehen, es gilt also keine Ressourcen zu verschwenden.
- Unternehmer tragen Verantwortung für ihre Beschäftigten. Sie verfolgen also auch soziale Ziele. Das beginnt mit der Zufriedenheit der Einzelnen z. B. mit ihren Arbeitsbedingungen und reicht bis zum Erhalt der Arbeitsplätze für den Ort oder sogar die gesamte Region.

Um alle Ziele erreichen zu können, sind oft Kompromisse notwendig. Auch müssen alle Abteilungen dabei mithelfen, erfolgreich zu sein.

2 Erläutert die im Text und im Schaubild [2] genannten Ziele mithilfe von Beispielen.

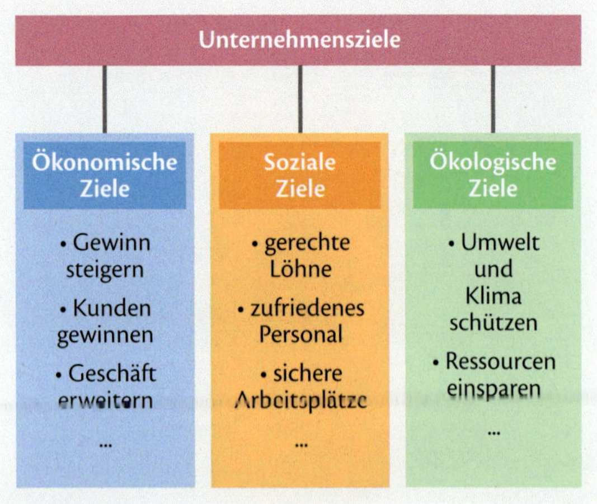

[2] *Ziele von Unternehmen*. Schaubild.

Sprachspeicher
- ein Unternehmen führen
- Unternehmensziele festsetzen
- mit Ressourcen sorgsam umgehen
- Arbeitsplätze schaffen/sichern

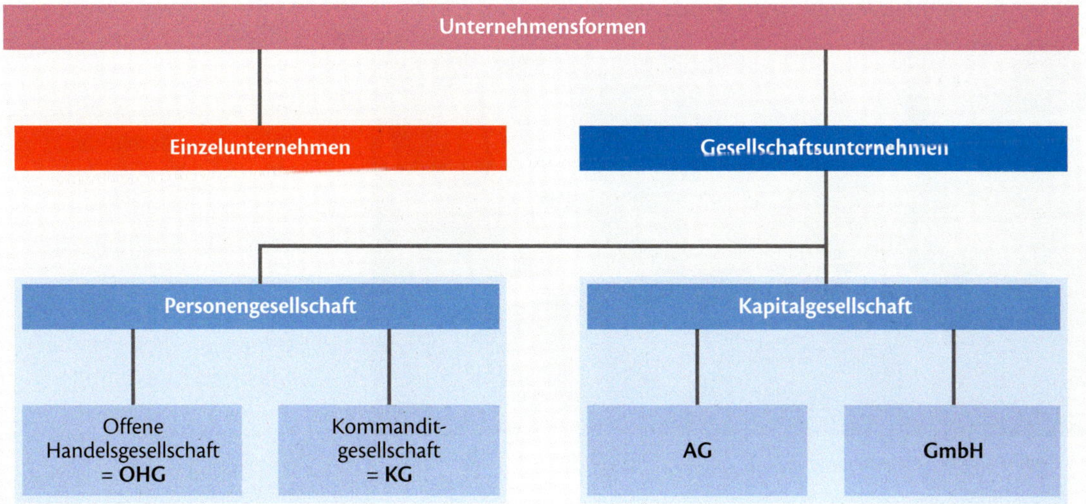

[3] *Formen von Unternehmen.* Schaubild.

3 Nennt Unternehmensformen [3], die euch schon begegnet sind (z. B. im Praktikum, bei Betriebsbesichtigungen, im Alltag…).

Unterschiede je nach Verantwortung

In Einzelunternehmen ist eine Person für alle Bereiche allein verantwortlich. Sie muss das Geld (= Kapital) beschaffen und mit dem gesamten privaten Vermögen für mögliche Schulden im Betrieb aufkommen.

Bei Gesellschaften wird das Kapital von mehreren Personen, den Gesellschaftern, aufgebracht. Sie haften auch gemeinsam für Schulden.

- Alle Gesellschafter einer Offenen Handelsgesellschaft (OHG) stehen mit ihrem gesamten Vermögen ein.
- In der Kommanditgesellschaft (KG) haftet mindestens einer mit dem vollen Privatvermögen und alle anderen nur mit ihren Geschäftsanteilen.
- Bei den übrigen Gesellschaften haften alle nur mit ihren Anteilen. Aber als Garantie z. B. gegenüber den Lieferanten und Kunden muss hier ein bestimmter Betrag (= Grund- bzw. Stammkapital) als Reserve vorhanden sein.

4 Wertet das Schaubild [3] aus und notiert alle auf dieser Seite genannten Fachbegriffe.

„Jeder kann Anteile an Aktiengesellschaften erwerben. Dabei beraten wir unsere Kunden im Hinblick auf das Risiko und vermitteln den Kauf.
Den Preis der Aktien nennt man „Kurs“. Er steigt, wenn viele diese Aktie kaufen wollen, weil sie einen hohen Gewinn erwarten. Der Kurs fällt, wenn Verluste drohen.
Einmal im Jahr findet eine Versammlung aller Aktionäre statt. Dabei wird über wichtige Entscheidungen abgestimmt und festgelegt, welcher Teil vom Gewinn an die Aktionäre ausgezahlt werden kann.“

[4] *Jamal D. Bankangestellter erklärt.* Foto.

Wählt einen der folgenden Arbeitsaufträge aus:

- Übertragt Schaubild [3] auf ein großes Blatt für die Klassenwand.
- Entwerft Quizfragen zu den Unternehmensformen.
- Entwickelt einen Fall, an dem ihr einen Zielkonflikt der Unternehmensziele [2] erläutern könnt (z. B. höhere Umweltauflagen). Wie würde dabei ein Kompromiss aussehen?

Sprachspeicher
- Geld/Kapital beschaffen
- für etwas haften (z.B. für Schulden)
- Geschäftsanteile haben
- Aktien erwerben
- sich an einer Aktiengesellschaft beteiligen

APP

Industrie 4.0

Wie verändern neue Techniken die Arbeitswelt?

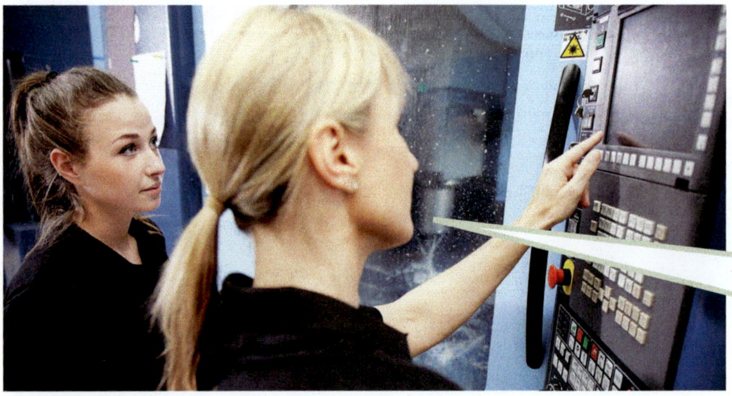

Das Neue an der Industrie 4.0 ist, dass Maschinen selbstständig untereinander oder auch mit Menschen in Verbindung treten können. Das Internet ist also die grundlegende Technologie dieser vierten industriellen Revolution.

[1] *Kommunikation zwischen Menschen und Maschinen.* Foto.

1 Beschreibt das Foto [1].

Spitzentechnologie

Das wohl bekannteste Spitzentechnologie-Zentrum ist das sogenannte „Silicon-Valley" in Kalifornien (USA). Tausende von Unternehmen siedelten sich hier an und entwickelten bedeutende Verfahren im Bereich der Informationstechnik (IT). Die Informationstechnik ist mittlerweile Grundlage für fast alle neuen Erfindungen.
Eine solche Konzentration von Unternehmen mit einem gleichen oder ähnlichen Ziel nennt man „Wirtschaftscluster". Viele Betriebe und Forschungseinrichtungen vernetzen sich, um Ideen und Ergebnisse auszutauschen. Sie bringen damit neue Entwicklungen schneller voran, vor allem in der Spitzentechnologie.
Die meisten Technologien mit grundlegender Bedeutung (= Schlüsseltechnologien) kommen aus den Bereichen Biologie, Medizin, Energie und Umwelt sowie aus Information und Kommunikation.

2 Erklärt mit eigenen Worten, was man unter einem „Wirtschaftscluster" versteht.

3 Berichtet aus der eigenen Erfahrung, wie ihr gemeinsam schneller als allein zu einem Ergebnis gekommen seid.

Industrie 4.0

Eines von vielen Ergebnissen einer derart intensiven Zusammenarbeit sind vernetzte Robotik-Anlagen für die Fabriken. Diese entscheidende Veränderung in den Produktionsbetrieben wird „Industrie 4.0" genannt.
Wenn sich solche Maschinen selbst steuern und auch mit anderen Maschinen zusammenarbeiten, hat das enorme Auswirkungen auf die Arbeitswelt. Künftig gibt es in Industriebetrieben so gut wie keine Arbeitsplätze mehr für Menschen ohne Ausbildung. Hilfskräfte werden hier kaum noch gefragt sein.
Umgekehrt stellen die verbleibenden Arbeitsplätze die Menschen vor neue Herausforderungen. Vor allem werden viele unterschiedliche Berufe im IT-Bereich benötigt. Darauf haben sich zahlreiche Betriebe bereits eingestellt und die Ausbildungsinhalte angepasst.

4 Erläutert, was mit Industrie 4.0 gemeint ist.

Sprachspeicher

- Unternehmen siedeln sich an
- sich an einem Ort niederlassen > die Niederlassung
- Auswirkungen auf die Arbeitswelt haben
- neue Herausforderungen stellen
- sich auf etwas Neues einstellen
- Ausbildungsinhalte anpassen

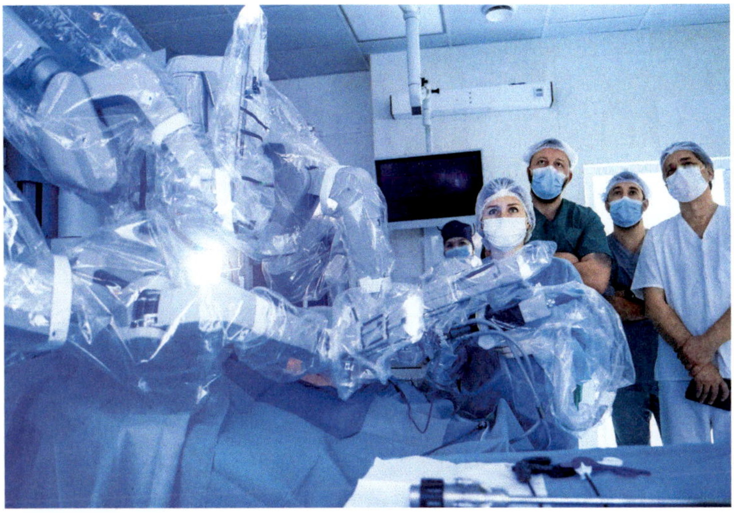

[2] *Roboter am Operationstisch.* Foto.

5 Beschreibt den Arbeitsplatz in der Klinik [2].

Robotereinsatz in Medizin und Alltag

Mithilfe der Medizinroboter werden vor allem Eingriffe erledigt, bei denen es auf höchste Präzision ankommt. Bereits seit Jahren sind Roboter bei Operationen im Einsatz. Sie operieren aber nicht selbstständig. Die behandelnden Ärztinnen und Ärzte steuern und überwachen jeden Schritt.

In der medizinischen Forschung vereinfacht und beschleunigt die Robotik z.B. komplizierte Versuchsreihen. Forschungseinrichtungen und Kliniken sind dabei oft miteinander vernetzt, um schneller zu brauchbaren Ergebnissen zu kommen. Die neuartigen Hilfsmittel erfordern im Medizinstudium, in der Fortbildung und in der Ausbildung des übrigen Personals eine Anpassung an die entsprechenden Lerninhalte.

Auch in vielen anderen Berufsfeldern kommen immer mehr Roboter zur Anwendung. Beispielsweise in der Altenpflege, in der Landwirtschaft, in der Gebäudereinigung, im Medienbereich oder im Transportwesen reicht der Einsatz von Robotern von der Arbeitserleichterung bis hin zur Arbeitsplatzvernichtung.

6 Berichtet darüber, wie Roboter in wichtigen Bereichen die Arbeit erleichtern.

Wählt einen der folgenden Arbeitsaufträge aus:

- Notiert Einsatzmöglichkeiten für Roboter im Berufsleben und im häuslichen Alltag (z. B. Rasenmäher).
- Macht Stichworte für ein Kurzreferat über Vor- und Nachteile beim Robotereinsatz.
- Skizziert einen Plan: Wie könnten in einer Stadt Schulen, Museen, Theater, Vereine usw. in einem Cluster zusammenarbeiten? Wo liegen die Vorteile für alle?

[3] *Automatische Ernte.* Foto.

Sprachspeicher
- es kommt auf höchste Präzision an
- es wird eingesetzt
- im Einsatz sein
- die Arbeit erleichtern/beschleunigen
- zur Anwendung kommen

Wahlseite In den Fußstapfen der Eltern

1 Informiert euch auf dieser Seite über die Möglichkeit, den Betrieb der Eltern zu übernehmen.
2 Präsentiert eure Ergebnisse in geeigneter Form in der Klasse.

Die Schreinerei des Vaters

Stefan Wessling arbeitet seit etwa zehn Jahren im Betrieb seines Vaters. Hier lernte er auch seine Frau Inna kennen. Sie wurde in Vater Wesslings Schreinerei ausgebildet und arbeitet immer noch dort als Gesellin.

Vater Wessling ist mittlerweile 67 Jahre alt. Er denkt daran, den Betrieb an die nächste Generation weiterzugeben. So hat es sein Vater vor mehr als 30 Jahren auch mit ihm gemacht.

Stefan hat vor zwei Jahren seine Meisterprüfung geschafft und ist gut gerüstet für die Betriebsübernahme. Er hat beste Fachkenntnisse, gute Ideen und auch mit der kaufmännischen Seite kennt er sich aus. Sein Vater bespricht schon länger alles Wichtige mit ihm. Selbstverständlich kennt er auch alle Lieferanten, mit denen der Vater seit Jahren zusammenarbeitet.

Die Schreinerei hat viele Kunden und erhält immer wieder Aufträge. Stefan ist deshalb froh, dass er auch noch zwei weitere Gesellen und einen Auszubildenden übernehmen kann. Seine neue Geschäftsidee wäre es, bald mehr Sonderanfertigungen herzustellen.

[1] *Stefan Wessling übernimmt.* Foto.

[2] *Inna in der Werkstatt.* Foto.

Was bei der Übernahme zu beachten ist

Weil die Schreinerei in andere Hände übergeht, muss der Wechsel bei der Handwerkskammer gemeldet werden. Die Handwerkskammern vertreten die Interessen ihrer Mitglieder. Alle in einem Betrieb Beschäftigten sind zur Mitgliedschaft verpflichtet.

Wie früher die Zünfte, überwachen die Kammern heute die Ausbildung, erlassen Vorschriften für die Gesellenprüfung und die Meisterprüfung, beraten ihre Mitglieder und bieten Fortbildungskurse an.

Da bei einer Betriebsübernahme auch über Geld gesprochen werden muss, informiert sich Stefan bei der Handwerkskammer über verschiedene Möglichkeiten. Damit seine Eltern auch künftig Geld zum Leben haben, entscheiden sich die jungen Leute, ihnen monatlich einen Anteil vom Gewinn zu überweisen.

Nachfolger in Betrieben könnten aber auch den gesamten Kaufpreis in einer Summe zahlen oder eine Mischung aus einer größeren Anzahlung und festen monatlichen Raten vereinbaren.

Tipps für die Erarbeitung
- Ihr könnt beim Lesen die Schritte vom Lese-Profi anwenden. Was habt ihr über das Familienunternehmen erfahren?.
- Schreibt alle neuen Wörter auf.

Tipps für die Präsentation
- Stellt die Schreinerei und die Familie Wessling vor.
- Berichtet über die Pläne der Familie.
- Erklärt, worauf man bei einer Übernahme achten muss.

☒ Wahlseite Abenteuer Start-up

1 Informiert euch auf dieser Seite über eine besondere Art, sich selbstständig zu machen.
2 Präsentiert eure Ergebnisse in geeigneter Form in der Klasse.

[1] *Mia und ihre Freunde entwickeln eine neue Geschäftsidee.* Foto.

Die Gründer

Mia hat Design studiert und entwirft mit viel Fantasie und Begabung tolle Freizeitkleidung. Außerdem kennt sie sich gut bei innovativen und nachhaltigen Materialien aus.
Fred war im selben Studiengang wie Mia. Seine Interessen liegen jedoch eher in Richtung Sportkleidung.
Hatice studierte Betriebswirtschaft und ist an allem interessiert, was mit Digitalisierung und Organisation zu tun hat. Die drei jungen Leute kennen sich seit Jahren.

Erste Schritte

Irgendwann kam die Idee auf, nach dem Abschluss gemeinsam eine Firma zu gründen. Natürlich soll es etwas Neuartiges sein und mit Design und Kleidung zu tun haben. Dafür ist entscheidend, dass sich die Gründer voll einbringen können und dass sich ihre Fähigkeiten perfekt ergänzen.
Alle drei haben inzwischen vier Jahre in verschiedenen Betrieben gearbeitet, praktische Erfahrungen gesammelt und Geld gespart, um einen Neuanfang zu wagen.

Konkretisierung

Die Freunde wissen, dass es Fördergelder und Hilfe durch Gründerplattformen gibt. Sie haben sich zunächst einmal in der Start-up-Unit der Industrie- und Handelskammer (IHK) ihrer Stadt beraten lassen. Dort erfahren sie:

- Man braucht eine Geschäftsidee, die es noch nicht gibt oder die auf neue Art umgesetzt wird.
- Hieraus wird dann ein Geschäftsmodell entwickelt: Was soll angeboten werden? Wer ist die Zielgruppe? Wie soll der Vertrieb aussehen (Laden oder Online-shop)? Wo gibt es ähnliche Mitbewerber?
- In einer Testphase probieren, ob das Produkt angenommen wird (Bekanntenkreis, Probe-Website, Start-up-Party...)
- Einen Businessplan erstellen mit der konkreten Umsetzung z.B. Geschäftsräume und Geräte? Hilfskräfte? Finanzierung? Unternehmensform?
- In der Aufbauphase werden Angebot und Ablauf verbessert, erste Mitarbeiter eingestellt und Gewinne erzielt.

Tipps für die Erarbeitung

- Fremde Begriffe notieren und klären.
- Stichworte zu Voraussetzungen und Verwirklichung von Start-ups machen.

Tipp für die Präsentation

- Zu dritt vor die Klasse treten und abwechselnd in der Rolle der Gründer über das Start-up-Beispiel referieren.

Wahlseite Wir gründen eine Schülerfirma

1 Informiert euch auf dieser Seite über die Gründung von Schülerfirmen.
2 Präsentiert eure Ergebnisse in geeigneter Form in der Klasse.

[1] *Eine Schülergruppe hat einen Plan.* Foto.

Schülerfirma
Schülerfirmen sind eine Sonderform von Projektarbeit. Hier können eigene Geschäftsideen verwirklicht werden. Den rechtlichen Rahmen dazu bietet die Schule. Es wird empfohlen, einen Vertrag mit der Schulleitung zu schließen. Alle Vereinbarungen werden darin schriftlich festgehalten.
Eine Lehrperson wird als Projektleitung eingebunden, damit Aufsicht und Haftung gesichert sind.
Die Schülerfirma kann sich, wie im echten Geschäftsleben, einen Namen geben und eine Unternehmensform wählen. Viele nehmen die Aktiengesellschaft (AG). Bei einem attraktiven Geschäftsmodell können dann die Aktien (je 3 – 5 €) an Mitschüler und Eltern verkauft werden. So käme das Startkapital zusammen.
Jährlich dürfen ein Gesamtumsatz von 35 000 Euro und ein Gewinn von maximal 3835 Euro erwirtschaftet werden. Alles muss durch eine einfache Buchführung (Einnahmen und Ausgaben) nachweisbar sein.
Die neue Schülerfirma wird zunächst für ein Schulhalbjahr betrieben. Während dieser Zeit können Verbesserungen im Ablauf vorgenommen werden. Wenn alles gut läuft, kann man in die Verlängerung gehen.

Tipps für die Erarbeitung
- Versucht als Erstes, die Schülerfragen [1] zu beantworten.
- Notiert und klärt unbekannte Begriffe aus dem Text.

Tipp für die Präsentation
- Tragt euer Ergebnis als Rollenspiel vor: Eine kleine Gruppe stellt Fragen, die eine „Expertin" oder ein „Experte" beantwortet.

☒ Wahlseite Existenzgründung

1 Informiert euch auf dieser Seite über zu beachtende Punkte bei der Existenzgründung.
2 Präsentiert eure Ergebnisse in geeigneter Form in der Klasse.

[1] *Lilya will einen Friseursalon eröffnen.* Foto.

[2] *Beratung für Existenzgründer.* Foto.

Ein mutiger Schritt
Lilya hat ihre Meisterprüfung als Friseurin mit Bestnote bestanden. Anschließend möchte sie noch drei Jahre in einem bekannten Salon in ihrer Stadt arbeiten, um mehr Erfahrungen zu sammeln. Sie plant, in den nächsten fünf Jahren Geld zu sparen, um einen eigenen Salon zu eröffnen.

Was alles zu erledigen wäre
Jede unternehmerische Tätigkeit muss als Gewerbe beim Gewerbeamt angemeldet werden. Hierzu muss man einen Antrag ausfüllen und zusammen mit dem Personalausweis vorlegen.
Dann meldet man das neue Unternehmen bei der Industrie- und Handelskammer an. Handwerksbetriebe wie der Salon von Lilya müssen bei der Handwerkskammer gemeldet werden.
Gründer/-innen brauchen ein Geschäftskonto, um alle Geldgeschäfte abzuwickeln. Einige Banken haben ein spezielles Gründerkonto und sind dabei behilflich, staatliche Fördermittel für die Existenzgründung zu beantragen.
Außerdem sollte ein Businessplan erstellt werden. Der verschafft gerade in der Gründungsphase einen nützlichen Überblick über die Produkte bzw. die Art des Angebots, über mögliche Lieferanten, den Absatzmarkt und die Konkurrenten, über die Zielgruppe, die gesamte Organisation, über die Mitarbeiter des Betriebs und die Finanzierung. Der Plan gibt schließlich eine Vorschau auf die Chancen und Risiken des neuen Unternehmens.

Sicher ist sicher
Beim Schritt in die Selbstständigkeit ist noch mehr zu beachten. Weil nicht immer alles glattgeht, sollte Lilya unbedingt über den Abschluss der wichtigsten Versicherungen nachdenken:
- Sie müsste eine private Kranken- und Pflegeversicherung abschließen und sich überlegen, ob sie noch eine private Rentenversicherung dazu wählt. Ratsam ist auch eine Betriebsunterbrechungsversicherung für den Fall, wenn der Salon durch ein Unglück eine Weile nicht offengehalten werden kann. Lilya muss auch für sich selbst und für ihre Angestellten eine Unfallversicherung abschließen.
- Neben diesen persönlichen Absicherungen sollte der Salon mit der gesamten Einrichtung gegen Feuer und Einbruchdiebstahl versichert sein. Auch eine Haftpflichtversicherung ist wichtig, denn gerade im Friseursalon kann schnell mal bei der Haarbehandlung ein Schaden passieren.

Tipps für die Erarbeitung
- Den Text gründlich durchlesen.
- Stichworte notieren, was alles für die Gründung notwendig ist.

Tipps für die Präsentation
- Aus der Sicht von Lilya in der Ich-Form erläutern, was bei Gründungen zu beachten ist.

Betriebliche Mitbestimmung

Welche Mitspracherechte haben die Beschäftigten?

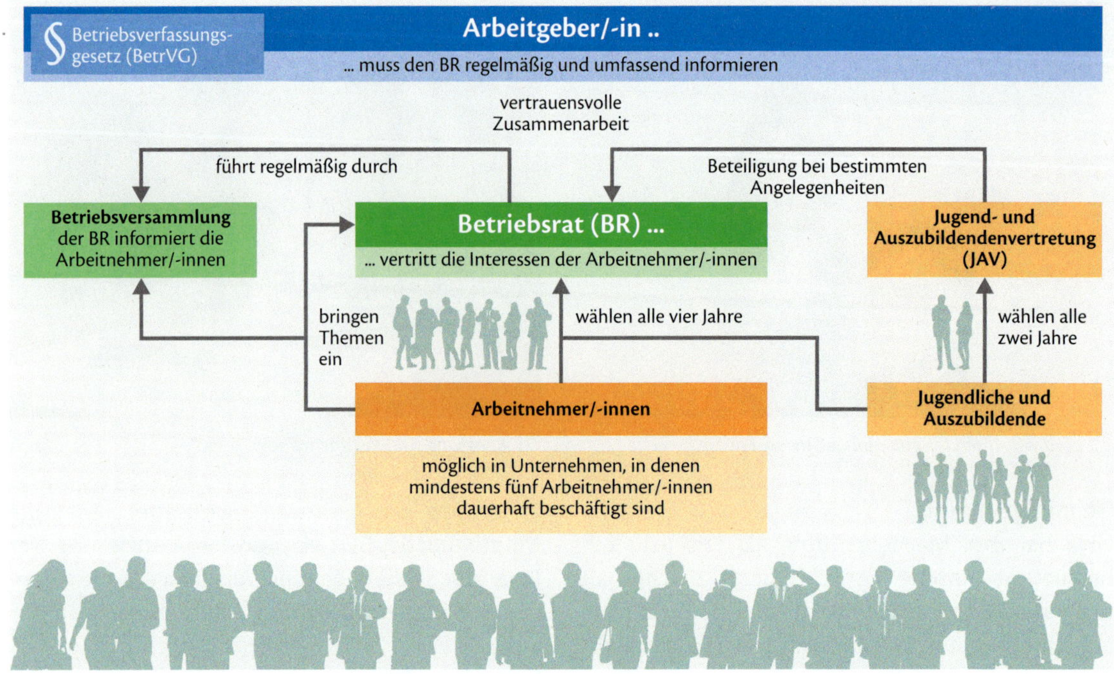

[1] *Gesetzliche Grundlage der Mitbestimmung in den Betrieben.* Schaubild.

Mitwirkungsrechte der Arbeitnehmer
Grundlage der Arbeitnehmer-Mitbestimmung in den Unternehmen ist das Betriebsverfassungsgesetz. In diesem bundesweit geltenden Gesetz (= Bundesgesetz) wird die Zusammenarbeit zwischen Arbeitgebern und Arbeitnehmern geregelt. Es geht dabei um erfolgreiches Arbeiten in einem möglichst angenehmen Betriebsklima.

1 Wertet das Schaubild [1] aus:
- Wie oft sind Betriebsratswahlen?
- Wie sind Jugendliche hier eingebunden?
- Wobei ist der Betriebsrat gefragt?
- Was geschieht in Streitfällen?
- Wie erfahren die Beschäftigten von den erzielten Ergebnissen?
- Ab welcher Betriebsgröße kann es einen Betriebsrat geben?

Gründung eines Betriebsrates
Alle Arbeitnehmer über 16 Jahren haben in einem Betrieb mit mehr als fünf Beschäftigten das Recht, einen Betriebsrat zu wählen. Dieser besteht aus einer Person bis zu sieben Personen in kleineren Betrieben und aus mehr als 30 Personen in Unternehmen mit Tausenden von Beschäftigten.
Nur in etwa einem Viertel aller deutschen Unternehmen gibt es einen Betriebsrat. Meist sind das große Industriebetriebe oder Behörden. Im öffentlichen Dienst heißt die Arbeitnehmervertretung „Personalrat“.

Betriebsratsarbeit ist Ehrenamt
Die Arbeit für den Betriebsrat wird ehrenamtlich geleistet. Betriebsratsarbeit erfolgt jedoch in bezahlter Arbeitszeit. In Großbetrieben können mehrere Betriebsratsmitglieder ganz von ihrer beruflichen Arbeit freigestellt werden.

2 Vermutet, warum es Betriebsräte eher in größeren als in kleinen Unternehmen gibt.

Sprachspeicher
- die Zusammenarbeit regeln/wird geregelt
- ein angenehmes Betriebsklima haben, einen Betriebsrat wählen

[2] *Gerüchte und Mobbing am Arbeitsplatz.* Foto.

3 Schlagt vor, wie Kollegen sich als Zeuge einer solchen Situation [2] verhalten könnten.

Mitsprachemöglichkeiten des Betriebsrats

Der Betriebsrat muss hinzugezogen werden, wenn es beispielsweise um Einstellungen, Kündigungen, Versetzungen oder um neue Techniken zur Überwachung der Arbeitnehmer/-innen geht. Auch kann der Betriebsrat die Wahl einer Jugendvertretung anregen.

Ferner werden Pläne für einen Umbau oder Ausbau des Betriebs, der sich auf die Arbeitskräfte auswirkt, nicht ohne Betriebsrat verwirklicht.

Arbeitgeber und Betriebsrat legen schließlich gemeinsam Grundsätzliches für die Urlaubsplanung und die Entlohnung sowie für die Pausenregelung oder Beginn und Ende der Arbeitszeit fest.

4 Nennt Bereiche, bei denen der Betriebsrat eingeschaltet werden muss. Zieht dafür auch die Karikatur [3] heran.

[3] *Karikatur von Heiko Sakurai*

[3] *Kann der Betriebsrat helfen?*

A. Frau Berger: „Ich soll in die Niederlassung in M. versetzt werden. Das ist 30 Kilometer entfernt von hier. Ich habe kein Auto. Mit Bus und Bahn wäre ich täglich eineinhalb Stunden länger unterwegs als jetzt. Und wer kümmert sich dann um meine beiden schulpflichtigen Kinder?"

B. Lutz R.: „Wir sind hier immerhin schon elf Auszubildende. Wäre es da nicht an der Zeit, eine Jugend- und Auszubildendenvertretung wählen zu lassen?"

C. Herr Peters: „Ich muss mich darauf einstellen, gekündigt zu werden. Neue Robot-Maschinen sollen angeschafft werden und dafür müssen einige Beschäftigte gehen. Mit euch werden sie wohl auch noch sprechen."

D. Frau Demir: „Die wollen hier Betriebsferien einführen. Dann kann ja keiner mehr Urlaub machen, wann er will. Wie findet ihr das?"

5 Klärt, wie der Betriebsrat hier vermitteln könnte.

Wählt einen der folgenden Arbeitsaufträge aus:

- Stellt der Klasse das Schaubild [1] vor.
- Wertet die Karikatur [3] aus und notiert drei mögliche Antworten des Betriebsrats.
- Haltet ein Kurzreferat über die betriebliche Mitbestimmung.

Sprachspeicher

- den Betriebsrat befragen/einschalten
- die Beschäftigten beraten
- die Anliegen der Beschäftigten vertreten
- die Einstellung, die Kündigung, die Versetzung
- der Streit/die Streitfälle

Gewerkschaften und Arbeitgeberverbände

Wie werden die Interessen von Arbeitnehmern und Arbeitgebern gewahrt?

[1] *Die Gewerkschaft vertritt Interessen.* Foto.

„Von meiner Gewerkschaft erwarte ich, dass sie Verbesserungen bei der Bezahlung, den Bedingungen am Arbeitsplatz oder den Urlaubs- und Arbeitszeitregelungen durchsetzt. Auch sollte sie mich bei Konflikten im Betrieb gut beraten.
Eine Gewerkschaft muss sich dafür einsetzen, dass in ihrem Bereich Arbeitsplätze erhalten oder Ausbildungsplätze geschaffen werden.
Wenn Berufsfelder neu entstehen oder weiterentwickelt und angepasst werden, sollte sie daran mitarbeiten und dazu auch Weiterbildungsangebote machen."

[2] *Arbeitnehmer und seine Wünsche an die Gewerkschaften*

1 Sammelt, was ihr über Gewerkschaften wisst.

2 Sagt mit eigenen Worten, was der Arbeiter in [2] von seiner Gewerkschaft erwartet.

Was ist eine Gewerkschaft?

Gewerkschaften sind Vereinigungen von Arbeitnehmern und für Arbeitnehmer. Sie sind unabhängig vom Staat oder von den politischen Parteien. Mitglied in einer Gewerkschaft wird man freiwillig.
Alle Arbeitnehmer/-innen können Mitglied werden, egal ob sie in privaten Unternehmen arbeiten oder im öffentlichen Dienst beschäftigt sind..
Es gibt verschiedene Gewerkschaften für einzelne Berufsgruppen wie beispielsweise

- die IG Metall für Metallberufe,
- die vereinigte Dienstleistungsgewerkschaft (ver.di) z.B. für Busfahrer/-innen,
- die IG Bergbau, Chemie, Energie für die in diesen Bereichen Beschäftigten
- die Gewerkschaft Erziehung und Wissenschaft (GEW) z.B. für Lehrer/-innen.

Insgesamt gibt es in Deutschland acht Einzelgewerkschaften, die sämtliche Branchen umfassen. Alle sind im Deutschen Gewerkschaftsbund (DGB) zusammengeschlossen.

3 Erklärt mit eigenen Worten den Begriff „Gewerkschaft".

Was tun Gewerkschaften für ihre Mitglieder?

Als die ersten Gewerkschaften entstanden, waren die Arbeitsbedingungen extrem hart und die Löhne reichten kaum zum Leben.
Auch heute noch bemühen sich die Gewerkschaften in erster Linie darum, gesunde Arbeitsbedingungen zu schaffen und die Löhne immer wieder an gestiegene Lebenshaltungskosten anzupassen. Hierüber verhandeln sie mit den Arbeitgebervertretungen. Ziel sind Tarifverträge, in denen alle Ergebnisse festgehalten werden.

4 Stellt die Aufgaben der Gewerkschaften vor, benutzt dazu auch den Text in [2].

Wie sieht die Zukunft aus?

Seit den 1980er-Jahren gehen die Mitgliederzahlen der Gewerkschaften stark zurück. Dinge wie die Verschiebung weg von den „alten" Industrien zu immer mehr Dienstleistungen und „sauberen" Berufen, aber auch Arbeitslosigkeit, mehr Teilzeitjobs und Leiharbeit tragen zum Mitgliederschwund bei. Durch Zusammenlegungen von Einzelgewerkschaften versucht man, diese Schwächung aufzufangen.

5 Vermutet, wieso der Mitgliederschwund die Durchsetzungskraft der Gewerkschaften schwächt.

Sprachspeicher

- freiwillig Mitglied werden, in eine Gewerkschaft eintreten
- sich für etwas einsetzen, Forderungen durchsetzen
- Konflikte schlichten
- mit Arbeitgebern verhandeln
- bessere Arbeitsbedingungen schaffen

[3] *Unternehmer schließen sich in Arbeitgeberverbänden zusammen.* Infografik.

6 Deutet die Aussage in [3].

Was sind Arbeitgeberverbände?

Viele Unternehmer schließen sich zu Arbeitgeberverbänden zusammen. Ziel ist die Durchsetzung ihrer gemeinsamen Interessen gegenüber den Gewerkschaften, dem Staat oder der Gesellschaft. Vor allem vertreten sie in den Tarifverhandlungen mit den Gewerkschaften die Interessen ihrer Mitglieder.
Ähnlich wie die Gewerkschaften sind auch die Arbeitgeberverbände als Fachverbände gegliedert. So gibt es etwa den Verband Gesamtmetall, worin Arbeitgeberverbände der Metall- und Elektroindustrie zusammengefasst sind oder den Verband der Chemie oder der Holz bearbeitenden Industrie. Dachverband aller Einzelverbände ist die Bundesvereinigung der Deutschen Arbeitgeberverbände (BDA).

7 Erläutert anhand von Beispielen den Begriff „Arbeitgeberverband".

Welche Aufgaben haben sie?

Arbeitgeber und Arbeitnehmer haben das Recht, ihre Tarifverträge ohne staatliche Beteiligung miteinander auszuhandeln. Diese Verhandlungen werden von beiden Seiten wegen der unterschiedlichen Interessen mit großer Härte durch ihre Vertreter geführt.
Die Verbände beobachten für ihre Mitglieder alle Veränderungen z.B. auf dem Arbeitsmarkt, in der Gesetzgebung oder im Hinblick auf technische Neuerungen. Hierüber informieren sie die Unternehmer in ihren Fachzeitschriften.
Auch beraten und vertreten die Arbeitgeberverbände ihre Mitglieder in Rechtsfragen und bei Streitigkeiten.

8 Zählt die Aufgaben der Arbeitgeberverbände auf.
9 Beschreibt die Karikatur [4] und erläutert ihre Aussage.

Wählt einen der folgenden Arbeitsaufträge aus:

- Berichtet in einem Kurzreferat zusammenfassend über die Gewerkschaften.
- Gestaltet eine Collage über das Verhältnis zwischen Gewerkschaften und Arbeitgeberseite.
- Notiert Argumente und spielt eine Szene zwischen Gewerkschaftsvertretern und Arbeitgebern, bei der es um Arbeitszeitverkürzung geht.

[4] *Karikatur von Thomas Plaßmann*

Sprachspeicher
- gemeinsame Interessen durchsetzen
- Tarifverhandlungen führen
- einen Tarifvertrag aushandeln
- der Streik
- zu einem Streik aufrufen

Arbeitskampf

Aus welchen Gründen wird gestreikt?

[1] *Streikende gehen mit Transparenten und Fahnen auf die Straße, um ihr Anliegen öffentlich zu machen.* Foto.

1 Beschreibt das Foto [1].

Begegnung mit Streikenden

„Entschuldigen Sie bitte meine Verspätung, aber Busse und Bahnen fahren heute nicht. Die Gewerkschaft ver.di hat in ein paar Städten zum Warnstreik aufgerufen. Ich hatte nicht gewusst, dass wir hier in B. auch betroffen sind."

So oder ähnlich geht es manch einem, wenn ausgerechnet die Verkehrsbetriebe von einem Streik betroffen sind. Hintergrund ist, dass die Gewerkschaft zu einem Streik aufgerufen hat. Streik droht, wenn ein Anliegen durch Verhandlungen nicht durchgesetzt werden kann. Dabei werden beispielsweise Warnstreiks als Druckmittel während der Verhandlungen eingesetzt.

2 Berichtet darüber, was ihr schon über Streiks wisst.

Streiken nach Plan

Nicht jede/-r Arbeitnehmer/-in kann streiken, wenn ihr/ihm etwas nicht passt. Nur die Gewerkschaften dürfen zu einem Streik aufrufen.

Wenn es z.B. um die Forderung nach Lohnerhöhungen geht, wird zunächst mit den Tarifpartnern, also den Arbeitgeberverbänden, verhandelt.

Scheitern die Verhandlungen, ruft die Gewerkschaft alle Mitglieder zu einer Abstimmung darüber auf, ob gestreikt werden soll. Das nennt man eine „Urabstimmung". Wenn die Mehrheit dafür ist, kommt es zum Streik.

Die Arbeitgeber können mit einer Aussperrung reagieren. Sie schließen dann die Zugänge zum Betrieb. Neue Verhandlungen folgen. Dabei kommt es vielfach zu einem Kompromiss.

In einer neuen Urabstimmung wird danach über das Ende des Streiks abgestimmt. Ist die Mehrheit für eine Beendigung, kann der neu ausgehandelte Tarifvertrag in Kraft treten.

Während eines Streiks zahlen die Arbeitgeber keine Löhne. Gewerkschaftsmitglieder erhalten von ihrer Organisation etwa zwei Drittel ihres Lohns als sogenanntes „Streikgeld". Alle übrigen Beschäftigten gehen leer aus. Es gibt beim Streik auch kein Arbeitslosengeld.

3 Berichtet zusammenfassend über den Streik:
- Wer ruft zu einem Streik auf?
- Welche Situationen gibt es bei einem Streik?
- Wie ist die Lohnzahlung beim Streik geregelt?

APP

Methode Mit dem Politikzyklus arbeiten

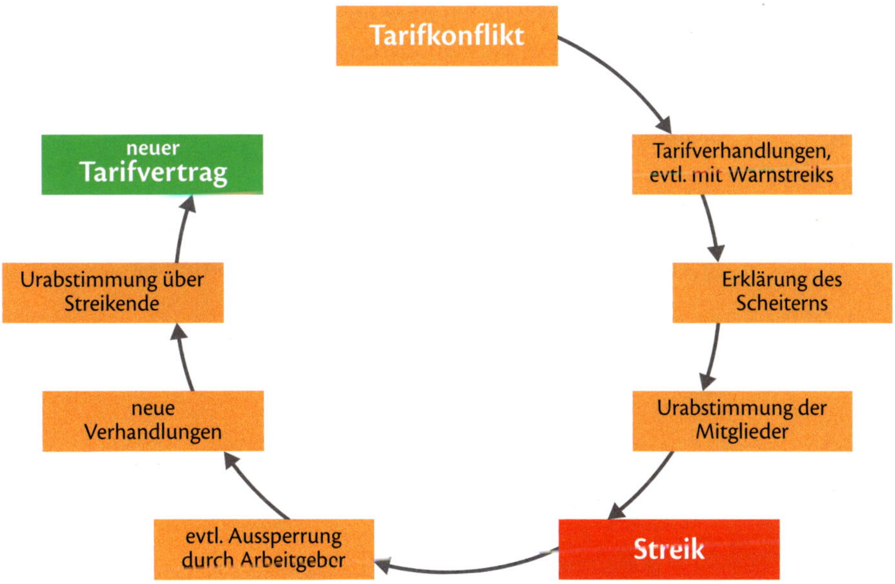

[2] *Politzyklus eines Streiks.* Schemazeichnung.

Politikzyklus

Ein Politikzyklus beschreibt die Aufeinanderfolge von Schritten bei einer Auseinandersetzung.
Am Anfang steht eine Problemstellung, am Ende die Lösung des Problems. Zwischenschritte können Maßnahmen oder mögliche Teillösungen sein. Diese werden aber später infrage gestellt und neu verhandelt.
Die folgenden Schritte zeigen, wie die Überlegungen zum Politikzyklus beim Lösen eines wirtschaftspolitischen Problems helfen können. Hier im Beispiel geht es um einen Tarifkonflikt.

1. Schritt Problem

- Welches Problem soll gelöst werden?
- Wie ist das Problem entstanden?

2. Schritt Auseinandersetzung

- Wer ist beteiligt?
- Welche Vorschläge gibt es?
- Welche Bedenken gibt es?
- Wer ist kompromissbereit?

3. Schritt Teilergebnis

- Ist das angestrebte Teilergebnis für alle tragbar?
- Wie reagiert die Gegenseite?
- Könnte das Teilergebnis zu einer Lösung führen?

4. Schritt Neue Auseinandersetzung

- Sind die neuen Vorschläge annehmbar?
- Führen sie zu einem Kompromiss?
- Wird der Kompromiss auch von den zu Vertretenden akzeptiert?

5. Schritt Ergebnisanalyse

- Ist das Ergebnis für alle befriedigend?
- Welche Punkte könnten zu neuen Konflikten führen?

4 Beantwortet die Fragen 1 bis 5 mithilfe folgender Stichwörter:
Unzufriedenheit – Gewerkschaft – Arbeitgeberverband – Forderung: 6 % mehr Lohn – schlechtes Geschäftsjahr – nicht kompromissbereit – Arbeitskampf – Nachteile für alle Beteiligten – neue Forderung: 4 % mehr – Einigung auf 3 % ...

Das kann ich!

Versucht zunächst, die Aufgaben auf dieser Doppelseite zu lösen, ohne im Kapitel nachzusehen. Wenn ihr Hilfe braucht, könnt ihr bei den Aufgaben auf den in Klammern angegebenen Seiten nachschlagen.

die Just-in-time-Lieferung	Leitung eines großen Betriebs
das Management	Arbeitnehmervertretung im Betrieb
der Streik	nach Berufsgruppen geordnete Arbeitnehmervertretung
die Schlüsseltechnologie	Materiallieferung exakt nach Bedarf
der Betriebsrat	Technologie von grundlegender Bedeutung
die Gewerkschaft	Arbeitskampf zwischen Arbeitnehmern und Arbeitgebern

[1] *Begriffe und ihre Bedeutung.*

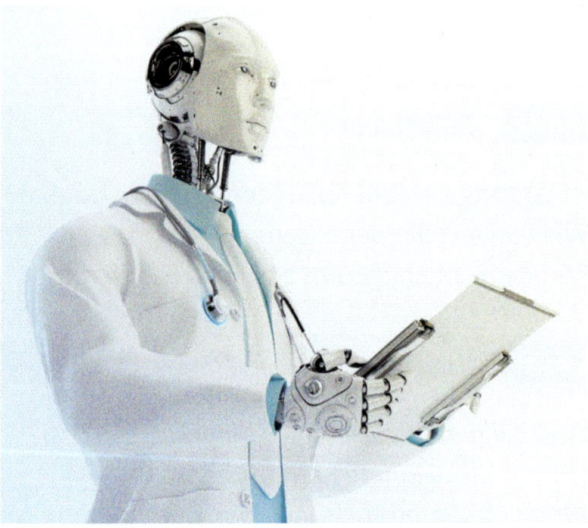

[2] *„Kollege" in der modernen Arbeitswelt.* Foto.

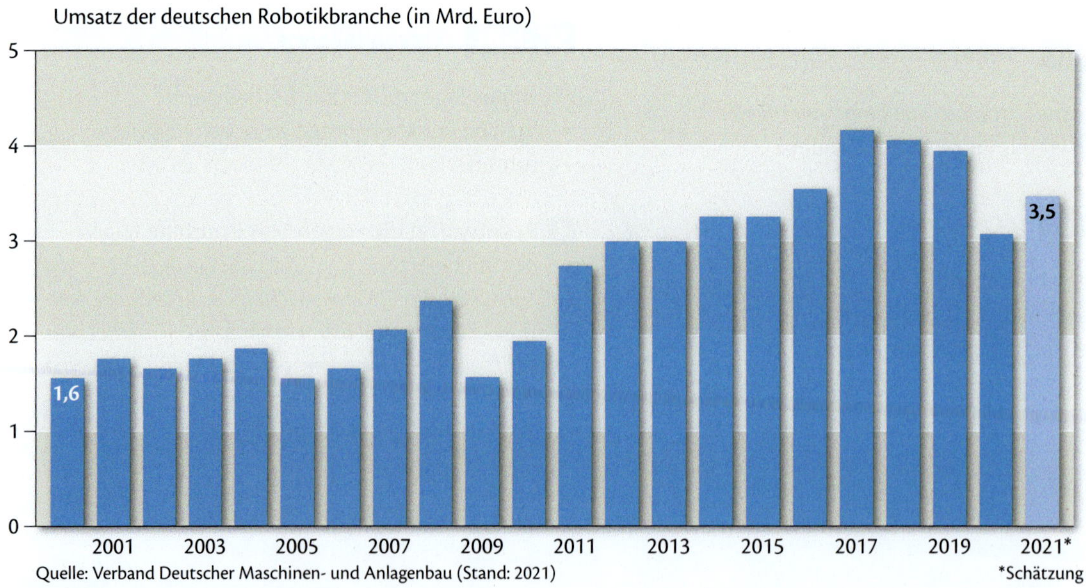

[3] *Robotiktechnik in Deutschland.* Säulendiagramm.

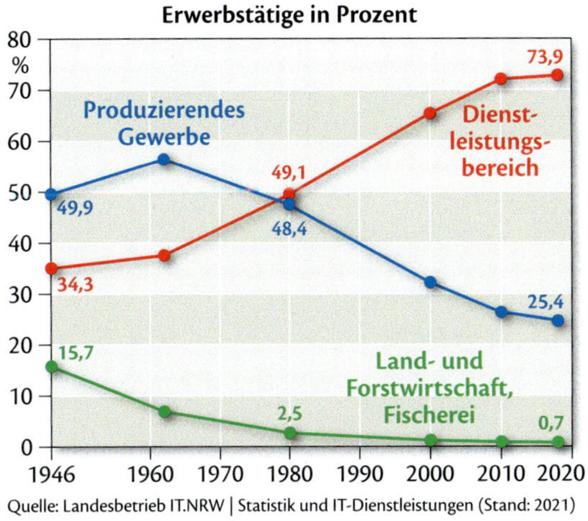

[4] *Arbeitsplätze in Deutschland.* Kurvendiagramm.

„Jugendliche, also alle ⊛, dürfen in der Woche an ⊛ Tagen bis zu 40 Stunden arbeiten. Sonn- und ⊛ nicht, aber da gibt es Ausnahmen, z.B. in der Landwirtschaft, in Gaststätten oder im ⊛ und bei Notdiensten. Selbstverständlich gibt es dann als ⊛ einen anderen freien Tag.
Überstunden sind nur in ⊛ erlaubt. Auch hier wird an anderen Tagen ausgeglichen. In Betrieben mit ⊛ dürft ihr nur bis 23 Uhr beschäftigt werden. Ihr habt ja auch längere ⊛, wie du sicher schon gemerkt hast. Und auch mehr Urlaubstage als ⊛.
Und noch ganz wichtig: ⊛ ist für Jugendliche verboten, also die Leistung unter Zeitdruck. Auch ⊛ Arbeiten dürft ihr nicht machen z.B. mit gefährlichen Stoffen oder Maschinen umgehen."
(unter 18 Jahren – fünf – feiertags – Krankenhaus – Ausgleich – Notfällen – Schichtarbeit – Pausen – Erwachsene – Akkordarbeit – gefährliche)

[5] *Die Auszubildende Kim G., 16 Jahre, lässt sich von einem Betriebsratsmitglied einiges zum Jugendarbeitsschutzgesetz erläutern.*

Sachkompetenz

1 Ordnet den Begriffen in Tabelle [1] die richtigen Erklärungen zu.

2 Nennt die drei Unternehmensziele (S. 182).

3 Zählt drei typische Abteilungen in Großbetrieben auf (S. 179).

4 Erläutert den Unterschied zwischen Personen- und Kapitalgesellschaften (denkt dabei an die Haftung!).

5 Erklärt die Industrie 4.0 anhand von Beispielen (S. 183).

6 Berichtet über die Kommunikation zwischen Mensch und Maschine [2].

7 Wertet die Infografik [3] aus (S. 184/185).

8 Beschreibt die Aufgaben von Gewerkschaften; nennt Beispiele (S. 192).

Methodenkompetenz

9 Nennt die Schritte in einem Politikzyklus; zu welchem Zweck kann er angewendet werden (S. 195)?

10 Wertet die Infografik [4] aus.

Urteilskompetenz

11 Beurteilt die Lieferung „just-in-time" aus der Sicht eines Lkw-Fahrers (S. 178).

12 Beurteilt die Vor- und Nachteile von Robotereinsätzen (Industrie 4.0) für die Arbeitswelt (S. 184/185).

13 Bewertet die Möglichkeiten der Mitbestimmung von Betriebsräten (S. 190).

Handlungskompetenz

14 Füllt die Lücken in Text [5]. Gestaltet aus dem vollständigen Text eine stichpunktartige Übersicht für die Klassenwand.

1961
© Peter Leibing, Hamburg

Bernauer Straße

Leben in zwei deutschen Staaten

Die Berliner Mauer
Das Plakat in der Gedenkstätte „Berliner Mauer“ zeigt, wie der 19-jährige Ostberliner Polizist Conrad Schumann über den Stacheldraht springt. Das geschah am 15. August 1961 an der Grenze zwischen Ost- und Westberlin. Zwei Tage zuvor begann der Bau einer Mauer, um Fluchtversuche in den Westen zu verhindern.

1 Vermutet, welche Gründe Conrad Schumann für seine Flucht gehabt haben könnte.

2 Berichtet, was ihr über die Berliner Mauer und die Teilung Deutschlands wisst.

3 Notiert Fragen, die ihr zum Thema „Leben in zwei deutschen Staaten“ habt.

Schauplatz Die Berliner Mauer

[1] *In Berlin wird eine Mauer gebaut, die die Stadt in eine Osthälfte und eine Westhälfte teilt.* Foto, 1961.

[3] *Westberliner winken ihren Verwandten im Ostteil der Stadt zu.* Foto, 1961.

[2] *Der 18-jährige Peter Fechter wird bei einem Fluchtversuch von Kugeln getroffen. Erst 45 Minuten später wird er von DDR-Grenzsoldaten fortgetragen. Zu diesem Zeitpunkt ist er bereits verblutet.* Foto, 1962.

1 Beschreibt die Bilder [1] bis [3].
- Was erfahrt ihr über die Berliner Mauer?
- Was bedeutete die Mauer für die Menschen in beiden Teilen der Stadt?

Eine Mauer teilt Berlin

Am Morgen des 13. August 1961 wurden viele Berliner überrascht. Die Regierung der DDR hatte in der Nacht zuvor damit begonnen, eine Mauer zu errichten. Sie sollte verhindern, dass Menschen aus dem Ostteil der Stadt in den Westteil gelangen konnten. Familien wurden getrennt, Freunde konnten sich nicht mehr besuchen.

Doch die Mauer in Berlin stellte nur einen Teil der innerdeutschen Grenze dar. Bereits zuvor hatte die DDR-Regierung angefangen, die Grenze zur Bundesrepublik auf gesamter Länge zu befestigen und streng zu bewachen.

DDR-Grenzsoldaten hatten den Befehl, auf Flüchtende zu schießen – auch auf Frauen und Kinder. Fluchtversuche wurden mit Gefängnis bestraft. Dennoch versuchten Menschen immer wieder, die Grenze zu überwinden. Bis zum Fall der Mauer 1989 starben etwa 800 Menschen bei diesem Versuch. Allein in Berlin waren es mindestens 136.

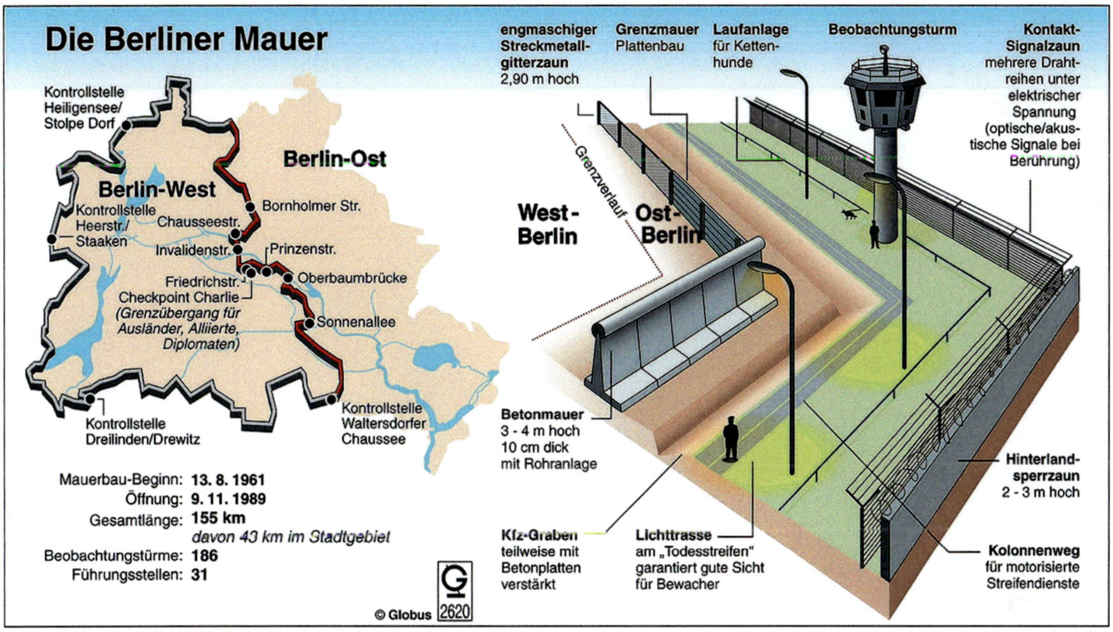

[4] *Links: Verlauf der Berliner Mauer,* Karte. *Die Punkte stehen für Grenzübergänge. Rechts: Grenzanlagen in Berlin,* Schemazeichnung. *Die Mauern und Zäune zu Westberlin verliefen hintereinander.*

2 Nennt die Schwierigkeiten, die einer Flucht nach Westberlin im Weg standen. Nutzt die rechte Zeichnung in Abbildung [4].

[5] *Über den Fluchtversuch des Ostberliners Günther Litfin:*

Am 24. August 1961, elf Tage nach Abriegelung der Grenze, versuchte Günter Litfin schließlich, in der Nähe der Charité durch den Osthafen nach West-Berlin zu schwimmen. Dabei wurde er von Angehörigen der Transportpolizei entdeckt und beschossen. Günter Litfin war der erste Flüchtling, der an der Grenze durch Schüsse getötet wurde.
Sein Bruder Jürgen hörte am nächsten Morgen von einem Arbeitskollegen, an der Grenze wäre jemand erschossen worden. „Hauptsache, das ist nicht mein Bruder, der war die Nacht über nicht zu Hause", äußerte er spontan.
Am Abend des 25. August wurde Jürgen Litfin vom Staatssicherheitsdienst der DDR festgenommen und bis um drei Uhr früh morgens verhört. Erst später ließ man ihn laufen. Nach Hause zurückgekehrt, erfuhr er vom Tod seines Bruders.
(Zit. nach: Homepage Gedenkstätte Berliner Mauer, Zugriff: 11.05.20)

[6] *Der damalige sowjetische Regierungschef Nikita Chruschtschow begründet seine Unterstützung für den Bau der Berliner Mauer:*

Was sollte ich denn tun? Mehr als 30 000 Menschen, und zwar mit die besten und tüchtigsten Menschen aus der DDR, verließen im Monat Juni das Land. Man kann sich unschwer ausrechnen, wann die ostdeutsche Wirtschaft zusammengebrochen wäre, wenn wir nicht alsbald etwas gegen die Massenflucht getan hätten. ... Also blieb nur die Mauer übrig.
(Zit. nach: Hans Kroll, Lebenserinnerungen eines Botschafters, Köln, Berlin 1967, S. 512)

3 Erläutert den Grund für den Bau der Mauer mithilfe der Äußerung Chruschtschows. [6]

Wählt einen der folgenden Arbeitsaufträge aus:

- Zeichnet eine Skizze nach [4].
- Schreibt einen Tagebucheintrag einer Person, die trotz aller Gefahren und möglichen Folgen einen Fluchtversuch aus der DDR plant.
- Schreibt zu Foto [2] einen Kommentar für eine westdeutsche Zeitung.

[1] *Deutschland nach dem Zweiten Weltkrieg.* Karte.

1 Untersucht die Karte [1] und wertet sie aus:
- Welche Besatzungszonen gab es?
- Listet auf, welche heutigen Bundesländer sie jeweils umfassten.
- Beschreibt, welche Gebiete Deutschland 1945 an andere Staaten abtreten musste.

Deutschland nach 1945

Die Geschichte Deutschlands nach 1945 lässt sich in die folgenden Phasen einteilen.

1945-1949: Die Besatzungszeit

Am 8. Mai 1945 war in Europa der Krieg vorbei. Deutschland war besiegt. Die Siegermächte USA, Sowjetunion, Großbritannien und Frankreich teilten Deutschland in vier Besatzungszonen auf. Dort übernahm jeweils eine der Mächte die Kontrolle und Verwaltung. Das Ziel der Siegermächte war, dass Deutschland nie wieder groß und mächtig werden durfte. Das Land sollte nie mehr zur Gefahr für die übrige Welt werden.

Die Stadt Berlin wurde aufgrund ihrer besonderen Bedeutung in vier „Sektoren" (Bereiche) aufgeteilt. Jede Besatzungsmacht erhielt die Kontrolle über einen Sektor.

1949–89: Existenz zweier deutschen Staaten

1949 wurden zwei deutsche Staaten gegründet: Aus den westlichen Besatzungszonen, die von Großbritannien, den USA und Frankreich verwaltet wurden, entstand die Bundesrepublik Deutschland. In der von der UdSSR verwalteten Ostzone wurde die DDR gegründet. Beide Staaten existierten 40 Jahre lang nebeneinander.

1961: Bau der Berliner Mauer

Mit dem Bau einer Mauer in Berlin wollte die Regierung der DDR ihre Bürger daran hindern, die DDR in Richtung Westen zu verlassen. Fluchtversuche wurden mit Gefängnis bestraft. DDR-Grenzsoldaten hatten den Befehl, auf Flüchtende zu schießen.

1989/90: Die Wiedervereinigung

Nach dem Fall der Berliner Mauer im November 1989 gab es in der DDR zum ersten Mal freie, demokratische Wahlen. Im März 1990 gewann die Partei die Wahl, die einen Zusammenschluss von beiden deutschen Staaten befürwortete.

Bald darauf kam es zur Währungsunion (1. Juli) und am 3. Oktober zum Anschluss der DDR an die Bundesrepublik Deutschland. Dieses Ereignis wird bis heute als „Tag der Deutschen Einheit" gefeiert.

2 Fasst die Entwicklung Deutschlands von 1945 bis 1990 mit eigenen Worten zusammen.

1940

▶ **1945**
Endes des Zweiten Weltkriegs

▶ **1945/56**
Flucht und Vertreibung von 12 Millionen Menschen

▶ **1945–1949**
Besatzungszeit

▶ **1949**
Gründung der Bundesrepublik Deutschland und der DDR

1950

▶ **17. Juni 1953**
Volksaufstand in der DDR

▶ **1955/56**
Wiederbewaffnung beider deutscher Staaten

1960

▶ **13. August 1961**
Bau der Berliner Mauer

1970

▶ **1969–1975**
„Ostverträge“ und „Konferenz für Sicherheit und Zusammenarbeit in Europa“ (KSZE)

1980

▶ **9. November 1989**
Fall der Berliner Mauer

1990

▶ **3. Oktober 1990**
Wiedervereinigung beider deutscher Staaten

SCHAUPLATZ
Die Berliner Mauer
S. 200–201

ORIENTIERUNG
S. 202–203

Die doppelte Staatsgründung
S. 204–205

Der „Kalte Krieg“
S. 206

Aussöhnung
S. 208

Demokratie in der Bundesrepublik
S. 210

Diktatur in der DDR
S. 212

Soziale Marktwirtschaft
S. 214

Planwirtschaft in der DDR
S. 216

Der Staat spioniert seine Bürger aus
S. 218

METHODE
Spielfilme analysieren
S. 219

DAS KANN ICH!
S. 224–225

Die doppelte Staatsgründung

Warum wurden zwei deutsche Staaten gegründet?

[1] *Die Luftbrücke nach Berlin. Ein amerikanisches Versorgungsflugzeug, auch „Rosinenbomber" genannt, im Landeanflug.* Foto 1948.

1 Beschreibt die Fotos (1) und (2).

Konflikt der Besatzungsmächte

In der Nachkriegszeit versuchten die Besatzungsmächte ihr jeweiliges gesellschaftliches, wirtschaftliches und politisches System in den von ihnen besetzten Zonen zu verwirklichen. Dadurch verschärfte sich der Gegensatz zwischen den westlichen Besatzungsmächten Großbritannien, USA und Frankreich auf der einen Seite und der Sowjetunion auf der anderen.

Die westlichen Siegermächte wollten eine parlamentarische Demokratie in ihrem Einflussbereich verwirklichen: Bei Wahlen sollten die Bürgerinnen und Bürger unterschiedlichen Parteien ihre Stimme geben können. Eine Marktwirtschaft sollte die freie Produktion und den Verkauf von Waren ermöglichen.

Die Sowjetunion wollte in ihrer Zone ein Einparteiensystem schaffen. Freie Wahlen waren nicht vorgesehen. Der Staat sollte in einer Planwirtschaft über die Produktion von Gütern und die Versorgung der Bevölkerung bestimmen.

Die Berlinkrise

Berlin wurde nach dem Zweiten Weltkrieg von allen vier Siegermächten gemeinsam verwaltet. Die Stadt lag in der sowjetischen Besatzungszone.

Im Juni 1948 kündigte die Sowjetunion die gemeinsame Verwaltung auf. Sie wollte Berlin unter ihre alleinige Kontrolle bringen. Die westlichen Siegermächte wollten sich jedoch nicht zurückdrängen lassen. Aus diesem Konflikt* entstand die Berlinkrise:

Die Sowjetunion sperrte alle Zugangswege von den Westzonen nach Berlin ab. Im Westteil der Stadt mangelte es sofort an Lebensmitteln, Medikamenten und Kohle.

Die USA und Großbritannien bauten eine „Luftbrücke" auf: Sie versorgten Berlin mithilfe von Flugzeugen mit allen notwendigen Gütern.

Erst nach über 10 Monaten gab die Sowjetunion die Berlinblockade** auf. Die Luftbrücke führte zu einer weiteren Annäherung zwischen den Westzonen und den westlichen Siegermächten.

2 Erläutert die Berlinkrise in eigenen Worten.

Sprachspeicher
- ein System / die Demokratie verwirklichen
- ein Gegensatz verschärft sich
- ein Konflikt entsteht
- Zugangswege absperren

[2] *An der Grenze in Westberlin.* Foto 1957.

Die Gründung von zwei deutschen Staaten

Die Berlinkrise zeigte, dass die Gründung eines gemeinsamen deutschen Staates aus allen vier Besatzungszonen immer unrealistischer wurde.
Im Juli 1948 beauftragten die westlichen Besatzungsmächte deshalb die Ministerpräsidenten der Bundesländer der drei westlichen Besatzungszonen, eine Verfassung für einen neuen deutschen Staat auszuarbeiten. Am 23. Mai 1949 trat in den Westzonen das „Grundgesetz" in Kraft. Damit war die Bundesrepublik Deutschland gegründet.
Wenige Monate darauf, am 7. Oktober 1949, wurde die Verfassung der DDR, der „Deutschen Demokratischen Republik" verkündet.
Nun existierten zwei deutsche Staaten.

3 Bringt die folgenden Begriffe in die richtige Reihenfolge: - Gründung der Bundesrepublik Deutschland – Versorgungskrise - Gründung der DDR -Aufkündigung der gemeinsamen Verwaltung Berlins von Seiten der Sowjetunion, -Luftbrücke, Berlinblockade

* *der* **Konflikt:** Aufeinandertreffen miteinander unvereinbarer unterschiedlicher Vorstellungen und Ziele

** *die* **Blockade:** Absperrung eines Gebietes, um das Hinein- und Herauskommen zu verhindern

Wählt einen der folgenden Arbeitsaufträge aus:

- Notiert Stichworte zu den Überschriften „Berlinkrise" und „Gründung von zwei deutschen Staaten"
- Viele Berliner schrieben während der Berlinkrise Dankesbriefe an die Piloten der „Rosinenbomber". Verfasst einen solchen Brief.
- Bereitet ein Gespräch vor, das zwei Personen auf Foto (1) geführt haben könnten. Tragt das Gespräch in der Klasse vor.

Sprachspeicher
- etwas ist realistisch / unrealistisch
- jemanden beauftragen, etwas zu tun
- eine Verfassung ausarbeiten / verkünden
- einen Staat gründen

Der „Kalte Krieg“

Wie entwickelte sich das Verhältnis der beiden Weltmächte?

[1] *Zwei Wochen nach dem Beginn des Mauerbaus: US-amerikanische und russische Panzer stehen sich am Grenzübergang Checkpoint Charlie in Berlin gegenüber.* Foto 1961.

1 Erläutert die Abbildungen [1] und [2].

Zwei Weltmächte

Im Zweiten Weltkrieg hatten die USA, Großbritannien und die Sowjetunion gemeinsam gegen das nationalsozialistische Deutschland gekämpft. Doch gegen Ende des Krieges wurden aus den Verbündeten Feinde. Die USA und die Sowjetunion versuchten ihren Einflussbereich in Europa auszudehnen. Beide Weltmächte verfolgten das Ziel, ihr jeweiliges politisches, gesellschaftliches und wirtschaftliches System in möglichst vielen Staaten zu verwirklichen.

Es gab viele Konfrontationen, auch die Teilung Deutschlands geht auf diesen Konflikt der beiden Weltmächte zurück. Es kam zu einer „Blockbildung“: Zwei Militärbündnisse wurden gegründet, die sich jahrzehntelang feindlich gegenüberstanden: im Westen 1949 der Nordatlantikpakt und im Osten 1955 der „Warschauer Pakt“.

Dennoch gab es keine direkte militärische Auseinandersetzung zwischen den Weltmächten. Die Konfrontation zwischen den beiden Militärbündnissen dauerte von 1955 bis zum Zerfall der Sowjetunion 1990/91. Sie wird auch „Kalter Krieg“ genannt.

2 Erklärt, wie es zu einer „Blockbildung“ kam.

Ost und West rüsten auf

Bis 1949 verfügten nur die USA über Atomwaffen. Doch dann entwickelte die Sowjetunion ebenfalls solche Waffen. Ein Wettrüsten begann. Neben „konventionellen“ (nicht atomaren) Waffen produzierten beide Weltmächte immer mehr Atomwaffen und bedrohten sich gegenseitig.

Der Besitz atomarer Waffen verhinderte über Jahrzehnte eine direkte kriegerische Auseinandersetzung der Weltmächte USA und der Sowjetunion.

Sprachspeicher
- einen Einflussbereich ausdehnen
- ein System verwirklichen
- sich feindlich gegenüberstehen
- über Atomwaffen verfügen

[2] *Die Militärbündnisse NATO und Warschauer Pakt.* Karte.

Beide Seiten fürchteten einen Atomkrieg. Niemand würde aus einer solchen Auseinandersetzung als Sieger hervorgehen. Die Gebiete beider Kriegsgegner würden zerstört und auf Jahrzehnte atomar verseucht sein.
Es bestand und besteht jedoch auch heute noch die Gefahr, dass Atomwaffen eines Tages zum Einsatz kommen und unvorstellbaren Schaden anrichten. Man spricht daher auch vom „Gleichgewicht des Schreckens“.

3 Erklärt den Begriff „Kalter Krieg“.

Entspannung

Seit den 1970er Jahren entspannte sich das Verhältnis der beiden Weltmächte. Verhandlungen über Jahrzehnte und das Ende des „Kalten Krieges“ führten zu Abrüstungsverhandlungen und schließlich zum Abbau von Atomwaffen auf beiden Seiten.

Dennoch besitzen heute neben den USA und Russland China, Frankreich, Großbritannien, Pakistan, Indien und Israel Atomwaffen.

Wählt einen der folgenden Arbeitsaufträge aus:

- Erstellt mithilfe von Karte [2] eine Tabelle:

NATO-Staaten	Staaten des Warschauer Paktes

- Erörtert den Begriff „Gleichgewicht des Schreckens“.
- Beurteilt die Situation, in der die Menschheit sich seit der Erfindung und Verbreitung der Atombombe befindet.

Sprachspeicher
- einen Krieg / Atomkrieg fürchten
- ein Verhältnis ist angespannt / entspannt sich
- Abrüstungsverhandlungen / Gespräche über Abrüstung führen

Aussöhnung

Wie entwickelte sich das Verhältnis Deutschlands zu Frankreich und Israel?

[1] *Bonner Bürgerinnen und Bürger bejubeln den französischen Präsidenten Charles de Gaulle und Bundeskanzler Konrad Adenauer.* Foto. 5. September 1962.

1 Beschreibt die Fotos [1] und [2]. Welche Stimmungen werden vermittelt?

Die deutsch-französische Freundschaft

Lange Zeit hatten Frankreich und Deutschland um die Vorherrschaft in Europa gekämpft. In zwei Weltkriegen standen sie sich als Feinde gegenüber. Beide Staaten wollten das Verhältnis zueinander jetzt verbessern und die alte „Erbfeindschaft" beenden.

Im Juli 1962 besuchte der deutsche Bundeskanzler Konrad Adenauer Frankreich, um den französischen Staatspräsident Charles de Gaulle zu treffen. Im Gegenzug kam de Gaulle im September in die Bundesrepublik. Seine Reise begann in Bonn. Vom festlich geschmückten Balkon des Rathauses hielt er vor 20.000 bis 30.000 Menschen eine Rede – zum Erstaunen seiner Zuhörer frei und auf Deutsch.

De Gaulle verkündete zum Schluss: „Es lebe Bonn! Es lebe Deutschland! Es lebe die deutsch-französische Freundschaft!" Tausende von Menschen jubelten ihm zu.

Im Januar 1963 reiste Adenauer zu einem weiteren Treffen mit de Gaulle. Im „Elysée-Palast" in Paris wurde der Vertrag über die deutsch-französische Freundschaft unterzeichnet. Wichtigste Inhalte des Freundschaftsvertrages waren: die Aussöhnung nach dem Krieg beider Staaten, gemeinsamer Einsatz für ein vereintes Europa und Zusammenarbeit in der Außen- und Verteidigungspolitik sowie in der Jugend- und Kulturpolitik. Es entstanden mehr als 100 Städtepartnerschaften wie Münster – Orleans oder Dortmund – Amiens. An vielen Schulen findet bis heute ein regelmäßiger Schüleraustausch zwischen beiden Ländern statt.

2 Fasst die Entwicklung des deutsch-französischen Verhältnisses bis 1962 / 1963 mit eigenen Worten zusammen.

Sprachspeicher

- um die Vorherrschaft kämpfen
- die „Erbfeindschaft" beenden
- einen Vertrag unterzeichnen
- ein Schüleraustausch findet statt

[2] *Bundeskanzler Olaf Scholz und der israelische Ministerpräsident Naftali Bennett in der Holocaust-Gedenkstätte „Yad Vashem" in Jerusalem. Foto 2022.*

Israel und Deutschland

1948 wurde der Staat Israel gegründet. Viele Juden fanden hier nach dem Zweiten Weltkrieg eine neue Heimat. Das Verhältnis zwischen Deutschland und dem Staat Israel wird für immer geprägt sein vom Holocaust, dem Massenmord Nazi-Deutschlands an sechs Millionen Juden.

Bereits 1952 gab es offizielle Gespräche zwischen der Bundesrepublik und Israel. Der erste israelische Ministerpräsident Ben Gurion setzte sich für eine Sichtweise auf das „andere Deutschland" ein. Zwei Treffen 1960 und 1966 mit Adenauer trugen wesentlich zu einem besseren Verhältnis zwischen beiden Staaten bei. Seit 1965 gibt es offiziell diplomatische Beziehungen. Heute gelten die Beziehungen zwischen Deutschland und Israel als freundschaftlich, eng und stabil. Bei seinem Besuch der Holocaust-Gedenkstätte „Yad Vashem" in Jerusalem im Jahr 2022 sagte Bundeskanzler Olaf Scholz: „Man spürt das furchtbare Verbrechen, das ... vor allem von Deutschen an den europäischen Juden verübt worden ist. Und aus dieser Geschichte erwächst eine besondere Verantwortung."

3 Erörtert, warum das Verhältnis zwischen Israel und Deutschland immer ein besonderes Verhältnis sein wird.

Wählt einen der Arbeitsaufträge aus:

- Notiert Stichwörter zu den Überschriften „Die deutsch-französische Freundschaft" und „Israel und Deutschland"
- Zwei ehemalige Soldaten aus dem Zweiten Weltkrieg erfahren im Fernsehen vom Treffen von de Gaulle und Adenauer. Schreibt einen Dialog.
- Verfasst einen Zeitungskommentar zum Besuch von Bundeskanzler Scholz in der Holocaust-Gedenkstätte Yad-Vashem.
  Starthilfe: *„Gestern besuchte Bundeskanzler..."*

Was ihr noch tun könnt:

→ Informiert euch über deutsch-französische oder deutsch-israelische Städtepartnerschaften eures Heimatortes und deren Aktivitäten.

Sprachspeicher

- einen Staat gründen
- das Verhältnis ist geprägt von ...
- sich gegen Widerstände durchsetzen
- Verantwortung erwächst aus ...

Demokratie in der Bundesrepublik

Welche Merkmale machten die Bundesrepublik zu einer Demokratie?

Konrad Adenauer (CDU) 1949–1963	Ludwig Erhard (CDU) 1963–1966	Kurt Georg Kiesinger (CDU) 1966–1969	Willy Brandt (SPD) 1969–1974	Helmut Schmidt (SPD) 1974–1982

[1] *Die Kanzler der Bundesrepublik,* Collage.

1 Beschreibt Abbildungen [1] bis [3]. Was gehört alles zu einer Demokratie?

Wahlen, Grundgesetz und Gewaltenteilung

Das Grundgesetz trat 1949 in Kraft. So entstand in den drei Westzonen ein demokratischer und sozialer Rechtsstaat. Die Macht wird über das demokratisch gewählte Parlament ausgeübt, den Bundestag. Dort werden Entscheidungen getroffen. Wichtige Bestimmungen des Grundgesetzes sind:

- Die Grund- und Menschenrechte sind unaufhebbar. Dazu gehören zum Beispiel der Schutz der Menschenwürde, das Recht auf Leben und die Gleichheit vor dem Gesetz. Sie dürfen vom Staat nur in Ausnahmefällen eingeschränkt werden.
- Die Bürger können in allgemeinen, unmittelbaren und geheimen Wahlen über ihre Regierung mitbestimmen.
- Es herrscht Gewaltenteilung: Regierung, Parlament und Gerichte sind getrennt. Die Regierung darf zum Beispiel keinen Einfluss darauf nehmen, wie Richter entscheiden.
- Jeder hat das Recht auf Eigentum und der Staat sorgt für dessen Schutz.
- Parteien, die sich gegen die demokratische Verfassung richten, können verboten werden.

2 Zählt wichtige Merkmale unserer Demokratie auf.

[2] *Demonstration von Friedensaktivisten,* Foto, 1987. *Die Friedenstaube ist ihr Zeichen.*

Die Friedensbewegung

Als Mitte der 1950er-Jahre die Diskussion über die Wiederbewaffnung der Bundesrepublik begann, entstand die Friedensbewegung. Sie richtete sich anfangs gegen die Wiederbewaffnung und die Eingliederung in die NATO.

Später protestierten ihre Anhänger gegen die atomare Aufrüstung der beiden Militärbündnisse NATO und Warschauer Pakt. Der Friedensbewegung traten Anhänger aller politischen Parteien bei. Sogar Soldaten der Bundeswehr demonstrierten in Uniform gegen Atomwaffen. Ihren Höhepunkt erreichte die Friedensbewegung Anfang der 1980er-Jahre. 1983 nahmen rund drei Millionen Menschen an einer Aktionswoche teil.

Sprachspeicher

- die Macht ausüben
- Entscheidungen treffen
- Recht haben auf etwas
- der Protest richtete sich gegen

Helmut Kohl
(CDU)
1982–1998

Gerhard Schröder
(SPD)
1998–2005

Angela Merkel
(CDU)
2005–2021

Olaf Scholz
(SPD)
seit 2021

[3] *Anti-Atomkraft-Demonstration*, Foto, 2011.

Die Umweltbewegung

Seit den 1970er-Jahren entwickelte sich eine Umweltbewegung in der Bundesrepublik. Sie war zunächst unabhängig von politischen Parteien.
Die Umweltbewegung richtete sich vor allem gegen die Nutzung der Atomkraft. Die Menschen hielten die Risiken für zu groß, die mit dieser Technik verbunden waren.
Viele Menschen schlossen sich der Bewegung nach den Unfällen in den Atomkraftwerken Tschernobyl (Ukraine) 1986 und Fukushima (Japan) 2011 an.
Andere Themen, für die sich Menschen in der Umweltbewegung bis heute engagieren, sind zum Beispiel die Rettung des tropischen Regenwaldes, die Klimaerwärmung, der Tierschutz und die Abfallentsorgung.

Aus der Friedens- und Umweltbewegung entstand eine neue politische Partei: 1980 wurden „Die Grünen“ gegründet.

3 Nennt die Ziele der Friedensbewegung und der Umweltbewegung.

Freie und kritische Medien

In der Bundesrepublik gilt nach dem Grundgesetz die Pressefreiheit. Jeder darf seine Meinung in Zeitungen und im Internet frei äußern, sofern er nicht die Grundrechte anderer verletzt (z.B. Menschenwürde). Deshalb gibt es eine Vielzahl von Zeitungen und Blogs, die unterschiedliche politische Richtungen vertreten und die Entscheidungen der Regierung hinterfragen.

4 Erläutert die Bedeutung freier und kritischer Medien für die Demokratie.

Wählt einen der folgenden Arbeitsaufträge aus:

- Fertigt eine Zeitleiste für das Klassenzimmer an: Bundeskanzler der Bundesrepublik Deutschland 1949 bis heute.
- Notiert Stichwörter zum Thema „Demokratie in der Bundesrepublik Deutschland“.
- Verfasst einen zusammenhängenden Text: „Demokratie – mehr als nur Wahlen.“

Sprachspeicher

- gegen etwas demonstrieren
- sich einer Bewegung anschließen
- ein Risiko für zu groß halten
- sich für etwas engagieren

Diktatur in der DDR

Wie beherrschte die Regierung das Volk?

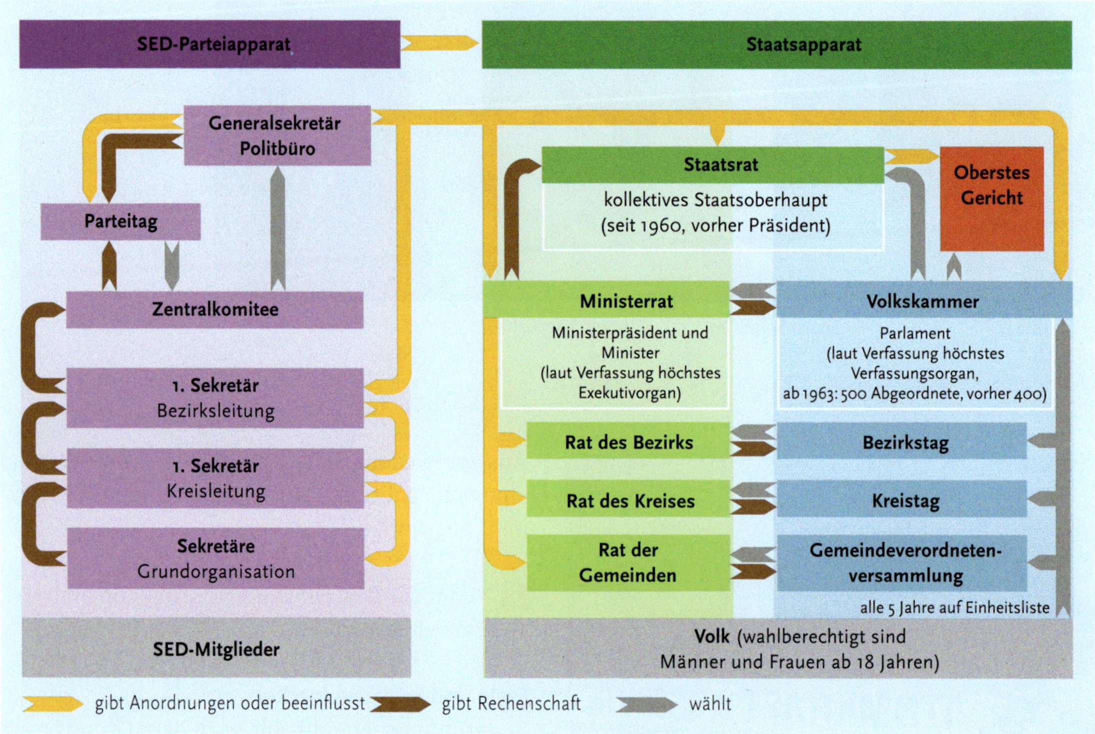

[1] *Staatsaufbau und Herrschaft in der DDR*, Verfassungsschema.

1 Beschreibt Staatsaufbau und Herrschaft in der DDR anhand des Schaubilds [1]:
Wo erkennt ihr Einflussmöglichkeiten des Volkes? Was wirkt undemokratisch?

Verfassung und Wirklichkeit

Die Regierung der DDR behauptete, demokratisch zu sein. Die Verfassung garantierte Grundrechte wie freie und geheime Wahlen, Rede-, Presse-, Versammlungs- und Religionsfreiheit oder das Postgeheimnis. Doch die Wirklichkeit sah anders aus:

- Die Macht übte nur eine einzige Partei aus, die SED (Sozialistische Einheitspartei).
- Wahlergebnisse wurden gefälscht.
- Die Volkskammer trat nur selten zusammen und bestätigte fast immer einstimmig Gesetzesvorlagen.
- Jede Art von Kritik an der DDR und SED wurde strafrechtlich verfolgt.
- Demonstrationen gegen die Regierung waren verboten.
- Der Staat bespitzelte die Bürger mit kriminellen Methoden.
- DDR-Bürger durften ihr Land praktisch nicht verlassen. Fluchtversuche wurden bestraft, auf Flüchtende wurde geschossen.

Wahlen in der DDR

Bei Wahlen in der DDR wurden zwar Wahlkabinen aufgestellt, doch die Menschen wurden unter Druck gesetzt, sie nicht zu benutzen. Sie sollten „offen und ehrlich" abstimmen.
Es standen nur Listen mit SED-Kandidaten zur Wahl und man konnte nur „Ja" oder „Nein" ankreuzen. Aus Angst vor negativen Folgen stimmte fast niemand mit „Nein". Stimmzettel, die ohne Kreuz in die Wahlurne geworfen wurden, zählte man als Ja-Stimmen. So bekam die SED fast immer 100% der Stimmen.

Sprachspeicher

APP

- Grundrechte garantieren
- Macht ausüben
- die Bürger bespitzeln
- Menschen unter Druck setzen

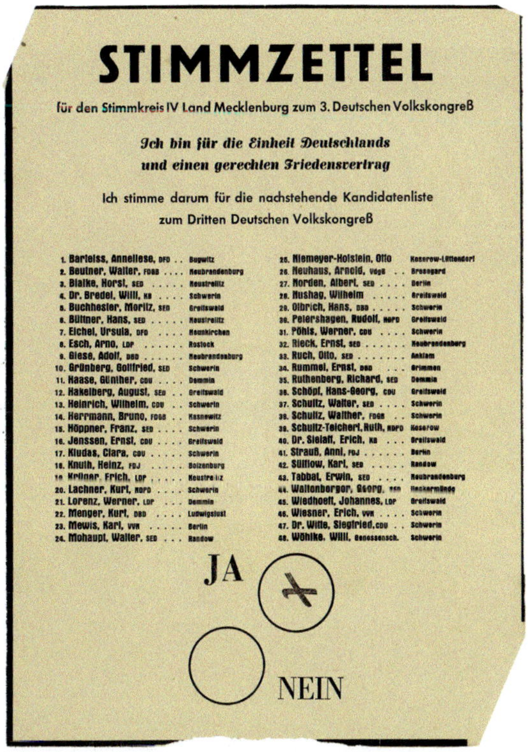

STIMMZETTEL

für den Stimmkreis IV Land Mecklenburg zum 3. Deutschen Volkskongreß

Ich bin für die Einheit Deutschlands und einen gerechten Friedensvertrag

Ich stimme darum für die nachstehende Kandidatenliste zum Dritten Deutschen Volkskongreß

1. Barteiss, Anneliese, DFD .. Bugwitz
2. Beutner, Walter, FDGB .... Neubrandenburg
3. Blalke, Horst, SED ...... Neustrelitz
4. Dr. Bredel, Willi, KB .... Schwerin
5. Buchhester, Moritz, SED Greifswald
6. Büttner, Hans, SED ...... Neustrelitz
7. Eichel, Ursula, DFD .... Neunkirchen
8. Esch, Arno, LDP .... Rostock
9. Giese, Adolf, DBD .... Neubrandenburg
10. Grünberg, Gottfried, SED Schwerin
11. Haase, Günther, CDU .... Demmin
12. Hakelberg, August, SED .. Greifswald
13. Heinrich, Wilhelm, CDU .. Schwerin
14. Herrmann, Bruno, FDGB .. Kasnewitz
15. Höppner, Franz, SED .... Schwerin
16. Jenssen, Ernst, CDU .... Greifswald
17. Kludas, Clara, CDU ...... Schwerin
18. Knuth, Heinz, FDJ ...... Boizenburg
19. Krüger, Erich, LDP ...... Neustrelitz
20. Lachner, Kurt, NDPD .... Schwerin
21. Lorenz, Werner, LDP ... Demmin
22. Menger, Kurt, DBD .... Ludwigslust
23. Mewis, Karl, VVN ...... Berlin
24. Mohaupt, Walter, SED ... Randow
25. Niemeyer-Holstein, Otto Koserow-Lüttendorf
26. Neuhaus, Arnold, VdgB .. Brasegard
27. Norden, Albert, SED .... Berlin
28. Nushag, Wilhelm ..... Greifswald
29. Olbrich, Hans, DBD ...... Schwerin
30. Petershagen, Rudolf, NDPD Greifswald
31. Pöhls, Werner, CDU .... Schwerin
32. Rieck, Ernst, SED .... Neubrandenburg
33. Ruch, Otto, SED .... Anklam
34. Rummel, Ernst, DBD ... Grimmen
35. Ruthenberg, Richard, SED Demmin
36. Schöpl, Hans-Georg, CDU Greifswald
37. Schultz, Walter, SED .... Schwerin
38. Schultz, Walther, FDGB .. Schwerin
39. Schultz-Teichert, Ruth, NDPD Koserow
40. Dr. Sielaff, Erich, KB ... Greifswald
41. Strauß, Anni, FDJ ...... Berlin
42. Süllow, Karl, SED ...... Randow
43. Tabbat, Erwin, SED .... Neubrandenburg
44. Waltenberger, Georg, SED Ueckermünde
45. Wiedhoeft, Johannes, LDP Greifswald
46. Wiesner, Erich, VVN .... Schwerin
47. Dr. Witte, Siegfried, CDU .. Schwerin
48. Wöhlke, Willi, Genossensch. Schwerin

JA

NEIN

[2] *Stimmzettel einer Wahl in der DDR*, Foto.

2 Erläutert, warum die Wahlen in der DDR nicht demokratisch waren.

3 Lest den Stimmzettel [2] und vergleicht mit einem Stimmzettel in der Bundesrepublik.

Der Staat herrscht über die Menschen

Prägend für das Leben in der DDR war das Gefühl, im eigenen Land eingesperrt zu sein.

Als in den 1970er-Jahren die Unzufriedenheit wegen Versorgungsproblemen stieg, stellten viele DDR-Bürger einen Ausreiseantrag. Die Anträge wurden abgelehnt oder ihnen erst nach vielen Jahren stattgegeben. Die Antragsteller und ihre Familien wurden verhört. Kinder erfuhren Nachteile in Schule und Ausbildung. Der Staat ließ Menschen, die sich nicht wie gewünscht verhielten, an Arbeitsplätze versetzen, an denen sie körperlich schwer arbeiten mussten. Jugendliche, die sich keine Lehrstellen suchten, konnten in Heime eingewiesen werden.

[3] *Walter Ulbricht, Staatschef der DDR 1950–1970,* Foto. *Während Ulbrichts Amtszeit wurde die Berliner Mauer gebaut.*

[4] *Erich Honecker, Staatchef der DDR von 1971–1989,* Foto. *Honecker wurde nach dem Fall der Mauer wegen Menschenrechtsverletzungen vor Gericht gestellt. Das Verfahren wurde wegen Krankheit eingestellt.*

Der Staat kontrollierte auch die Medien. Kritische Zeitungen und Filme waren verboten. Wer sie verbreitete, konnte ins Gefängnis kommen.

Es gab in der DDR auch unzufriedene Bürger, die den Staat durch Reformen verändern und im Land bleiben wollten. Manche von ihnen wurden „ausgebürgert“: Die Regierung nahm ihnen die Pässe weg und schickte sie gegen ihren Willen in die Bundesrepublik.

4 Beurteilt: Inwieweit trifft der Begriff „Diktatur“ auf die DDR zu?

Wählt einen der folgenden Arbeitsaufträge aus:

- Sammelt Stichwörter zu den folgenden Überschriften: Verfassung und Wirklichkeit, Wahlen in der DDR, Der Staat herrscht über die Menschen
- Schreibt einen Tagebucheintrag: Ein DDR-Bürger möchte bei der Wahl mit „Nein“ stimmen.
  Starthilfe: *„Ich mache da nicht mehr mit...*
- Verfasst einen Zeitungsartikel für eine westdeutsche Zeitung: „Die DDR – eine demokratische Republik?“

Sprachspeicher

- einen Ausreiseantrag stellen
- einen Antrag ablehnen
- einem Antrag stattgeben
- jemanden ausbürgern > er wird ausgebürgert

Soziale Marktwirtschaft

Wie entwickelte sich die Wirtschaft in der Bundesrepublik?

[1] *Über 10 Millionen VW Käfer wurden in der Bundesrepublik bis 1965 gebaut*. Foto, 1965.

1 Beschreibt die Bilder [1] bis [4]. Was erfahrt ihr über die Entwicklung der Wirtschaft in der Bundesrepublik?

Die Wirtschaft boomt

Die Bundesrepublik war eine „soziale Marktwirtschaft": Jeder hatte das Recht, im Rahmen der Gesetze Geschäfte zu machen und Geld zu verdienen. Gleichzeitig verpflichtete sich der Staat, mithilfe der Sozialversicherungen alle Bürger abzusichern und Bedürftige zu unterstützen. Mithilfe von Krediten aus den USA (Marshallplan) kam die Wirtschaft zügig in Schwung. Der Lebensstandard stieg schnell: Häuser und Fabriken wurden gebaut, neue Maschinen gekauft und Firmen gegründet. Die Menschen verdienten Geld, das sie wiederum für Waren ausgaben. Das kurbelte die Wirtschaft an. Der schnelle Aufschwung, das „Wirtschaftswunder", überraschte viele Menschen, die noch den Krieg erlebt und ihr Land in Trümmern gesehen hatten.

[2] *Ein neues Fernsehgerät*, Foto, 1960.

Steigender Wohlstand

Für viele Menschen stieg seit den 1950er-Jahren der Lebensstandard: Sie konnten sich reichlich Essen, neue Haushalts- und Elektrogeräte leisten. Der „Wohlstandsbauch" wurde zum Zeichen des neuen Wirtschaftswunders.

Sprachspeicher

- das Recht haben, etwas zu machen
- sich verpflichten, Bürger sozial abzusichern
- die Wirtschaft kommt in Schwung
- der Lebensstandard steigt / fällt

2 Erläutert die Vorteile der „sozialen Markwirtschaft“.

Arbeitskräfte aus dem Ausland

Ab Mitte der 1950er-Jahre mangelte es an Arbeitskräften in der Bundesrepublik. Aus diesem Grund schloss die Regierung mit mehreren Staaten ein Abkommen zur Anwerbung von Arbeitskräften ab. Die „Gastarbeiter“ und „Gastarbeiterinnen“ kamen aus Italien, Spanien, Griechenland und ab 1961 auch aus der Türkei. In Deutschland konnten die Menschen im Vergleich zu ihrer Heimat viel Geld verdienen. Bis zum Anwerbestopp 1973 kamen etwa 14 Millionen ausländische Arbeitskräfte in die Bundesrepublik. Sie waren hauptsächlich junge Männer, aber auch Frauen, die in der deutschen Industrie arbeiteten. Heute bezeichnen wir das als „Arbeitsmigration“. Anfangs ging man davon aus, dass sie nach einigen Jahren in ihre Heimat zurückkehren würden. Tatsächlich gingen auch elf Millionen wieder zurück. Die anderen blieben jedoch und wurden zum Teil Staatsbürger. Heute leben sie und ihre Familien schon in der vierten Generation in der Bundesrepublik.

3 Erklärt, warum es nötig war, Arbeitskräfte aus dem Ausland anzuwerben.

[3] *Griechische „Gastarbeiter“ kommen in Essen an.* Foto, 1960.

[4] *Wirtschaftswunder und Wohlstand.* Werbeplakat aus den 1950-er Jahren.

Anhaltender Erfolg

Die Bundesrepublik ist eines der reichsten Länder der Erde. Vor allem der Verkauf von Waren ins Ausland, der Export deutscher Produkte, sorgt bis heute für eine starke Wirtschaft und einen hohen Lebensstandard.

Wählt einen der folgenden Arbeitsaufträge aus:

- Notiert Stichwörter: Wie entwickelte sich die Bundesrepublik Deutschland?
- Verfasst eine Rede: Der VW-Chef hält anlässlich der Produktion von über 10 Millionen VW-Käfer eine Rede vor der Belegschaft. **Starthilfe:** *„Der VW-Käfer ist eine Erfolgsgeschichte...“*
- Bereitet ein Gespräch vor: Zwei Türken unterhalten sich. Einer ist entschlossen, nach Deutschland zu gehen, um dort zu arbeiten. Der andere zögert. **Starthilfe:** *„Also ich werde nach Deutschland gehen und dort arbeiten...“*

Sprachspeicher
- Gastarbeiter aus dem Ausland anwerben
- der Anwerbestopp
- in der vierten Generation in Deutschland leben
- für einen hohen Lebensstandard sorgen

Planwirtschaft in der DDR

Wie entwickelte sich die Wirtschaft in der DDR?

[1]–[2] *Plakate der DDR zum Fünfjahresplan 1950–1955.*

[3] *Besitz von Konsumgütern im Vergleich,* Tabelle.

1 Beschreibt die Abbildungen [1] und [2]. Woran könnt ihr erkennen, dass es sich hier um Propaganda handelt? (Siehe: S. 64.)

Was bedeutete „Planwirtschaft“?

Wesentlich für die Entwicklung der DDR war die Übernahme des Sozialismus nach sowjetischem Vorbild. Die Regierung entwarf Fünfjahrespläne für die Produktion in Landwirtschaft und Industrie. Nach diesen Plänen musste man bestimmte „Normen“ erfüllen. Die Produktion und die Versorgung der Bevölkerung wurden zentral vom Staat organisiert.

Dazu wurden Betriebe und Geschäfte enteignet und in Staatseigentum umgewandelt. Staatseigene Agrarbetriebe nannte man „Landwirtschaftliche Produktionsgenossenschaften“ (LPG).

Die verstaatlichten Betriebe wurden „Volkseigene Betriebe“ (VEB) genannt.

Preise für Grundnahrungsmittel wurden vom Staat niedrig gehalten. Die Mieten waren gering. Offiziell herrschte in der DDR immer „Vollbeschäftigung“: Es gab also keine Arbeitslosigkeit. Tatsächlich waren aber in vielen Betrieben mehr Menschen beschäftigt als notwendig.

2 Erläutert den Begriff „Planwirtschaft“.

Von 100 Haushalten besaßen ...

	DDR			BRD
	1960	**1965**	**1969**	**1969**
Waschmaschine	6	28	48	61
Kühlschrank	6	26	48	84
TV-Gerät	17	49	66	73
Auto	5	8	14	47

Sprachspeicher

- eine Norm erfüllen
- Betriebe und Geschäfte enteignen
- Privateigentum verstaatlichen /in Staatseigentum umwandeln
- Preise niedrig halten

[4] *Vor einem Obstgeschäft in Erfurt.* Foto, 1980er-Jahre.

Mangelwirtschaft

Die Planwirtschaft funktionierte nicht besonders gut. Produktionsziele wurden nicht erreicht, in Fabriken und auf Baustellen konnte oft nicht weitergearbeitet werden, weil Materialien oder Maschinen fehlten. Im Vergleich zu anderen Staaten des Ostblocks entwickelte sich die Wirtschaft in der DDR gut. Einem Vergleich zur Bundesrepublik konnte sie jedoch nicht standhalten.

Versorgungsengpässe

Das Warenangebot in der DDR war schmaler. Es gab zum Beispiel nur wenige Sorten Waschmittel, Seife oder Tee. Die Qualität war schlechter und die Technik rückständiger als im westlichen Nachbarland. Die Regale der Geschäfte waren oft leer und die Menschen mussten „Schlange stehen", um begehrte Waren kaufen zu können.

Es mangelte an Obst und Frischgemüse. Auf einen Telefonanschluss mussten die Menschen bis zu zehn Jahren warten, auf einen „Trabant", das häufigste Auto der DDR, etwa 15 Jahre. Seit den 1970er-Jahren verschlechterte sich die wirtschaftliche Situation weiter. Selbst Medikamente wurden knapp. Die DDR war auf hohe Kredite aus der Bundesrepublik angewiesen.

[5] *Der Trabant,* Foto, 1980er-Jahre.

3 Vergleicht die Planwirtschaft mit der Sozialen Marktwirtschaft.

4 Beurteilt: Welche Folgen hatte die Planwirtschaft für die Menschen in der DDR?

Wählt einen der folgenden Arbeitsaufträge aus:

- Notiert Stichworte zur wirtschaftlichen Entwicklung in der DDR.
- Gestaltet Sprech- oder Gedankenblasen für die Menschen auf Foto [4] in eurem Heft.
- Schreibt ein Streitgespräch zwischen zwei befreundeten DDR-Bürgern: Einer kritisiert die Mangelwirtschaft, der andere verteidigt die DDR.

Sprachspeicher

- es mangelt an etwas
- Engpässe in der Versorgung haben
- Produktionsziele erreichen / nicht erreichen
- einem Vergleich standhalten

Der Staat spioniert seine Bürger aus

Was war die „Stasi"?

[1] *Akten im „Stasi"-Archiv.* Foto.

[2] *Die „Stasi" sammelte Tausende von Geruchsproben. Damit sollten Hunde die Spur von Menschen verfolgen können.* Foto, 2009.

1 Beschreibt die Fotos [1] bis [3]. Was erfahrt ihr über die „Stasi"?

[3] *Teilnehmer einer Demonstration fordern die Auflösung der „Stasi".* Foto, 1990.

Die „Stasi"

Das Ministerium für Staatssicherheit (MfS), auch „Stasi" genannt, bespitzelte die Bürger der DDR und anderer Staaten. Jede Art von Kritik an der DDR sollte dokumentiert und bei Bedarf gegen die Menschen verwendet werden. Im Jahr des Mauerbaus 1961 verfügte die Stasi über 100 000 Spitzel. Unter den Bürgern der DDR herrschte oft gegenseitiges Misstrauen. Die Menschen wussten nicht, wem sie vertrauen konnten und wer vielleicht ein Stasi-Spitzel war. Die Stasi legte Akten an, in denen sie Informationen über die Menschen sammelte. Telefone wurden abgehört, Briefe gelesen, Kontakte zu anderen Menschen notiert, Wohnungen mit Abhörwanzen ausgestattet. Außerdem hatte die Stasi die Möglichkeit, Verdächtige zu verhaften und unter folterähnlichen Bedingungen zu verhören. Beschuldigte wurden völlig von der Außenwelt isoliert. Durch Schlafentzug oder Schläge wollte die Stasi sie dazu bringen, ein Geständnis abzulegen oder Freunde zu verraten. Die Betroffenen konnten sich nicht dagegen wehren und keinen Anwalt nehmen. Einige DDR-Bürger, die in den Westen geflüchtet waren, wurden von der Stasi entführt und in die DDR zurückgebracht. Dort verurteilten sie Gerichte zu langjährigen Haftstrafen. Andere DDR-Flüchtlinge wurden von der Stasi sogar ermordet.

Wählt einen der folgenden Arbeitsaufträge aus:

- Notiert Stichworte über die Tätigkeiten der „Stasi": Menschen am Telefon abhören, ...
- Beurteilt: Inwiefern ist der Begriff „Unrechtsstaat" für die DDR zutreffend? Begründet euren Standpunkt.

Methode Spielfilme analysieren

[1] *Filmplakate vor einem Kino in Berlin.* Foto, 2003.

Filmtipps:
„Das Leben der Anderen" (2006)

„Novemberkind" (2008)

„Boxhagener Platz"(2010)

„Sonnenallee" (1999)

Spielfilme erzählen Geschichten von Menschen. Die Filme spielen vor einem historischen Hintergrund. Als Zuschauer verfolgen wir also die Erzählung einer oder mehrerer Personen, und gleichzeitig wird uns etwas über die Zeit vermittelt, in der diese Geschichte spielt.
„Good Bye, Lenin!" ist ein deutscher Spielfilm von Wolfgang Becker aus dem Jahr 2003. Der Film verbindet Familien- und Zeitgeschichte miteinander und erzählt von einer Frau, die im Koma die Wende „verschläft". Nachdem sie wieder aufwacht, gaukelt ihr Sohn ihr vor, sie lebe nach wie vor in der „alten" DDR.
Der Film mit Daniel Brühl und Katrin Sass in den Hauptrollen wurde zur Berlinale 2003 uraufgeführt und hatte großen Erfolg in Deutschland und auch im Ausland.
Die folgenden Arbeitsschritte helfen euch, Spielfilme zu analysieren.

1. Schritt Informationen zum Film sammeln

- Wie lautet der Titel des Films?
- Wer ist der Regisseur?
- Aus welchem Jahr stammt der Film?
- Was ist das Thema des Films?

2. Schritt Das eigene Vorwissen abfragen

- In welcher Zeit spielt der Film?
- Was wisst ihr schon über das Thema?
- Welche Erwartungen habt ihr an den Film?

3. Schritt Den Film ansehen und mit dem Vorwissen vergleichen

- Worum geht es im Film? Was ist die Handlung?
- Ist der Film realistisch/unrealistisch?
- Falls etwas unrealistisch erscheint: Wie könnt ihr es überprüfen?
- Ist der Film ernst, spannend, witzig, ...?
- Aus der Sicht welcher Person wird erzählt?
- Was von unserem Vorwissen wurde umgesetzt?
- Was ist neu oder überraschend?

4. Schritt Den Film beurteilen

- Passt die „Machart" (ernst, witzig, spannend) zum Thema?
- Was ist unglaubwürdig oder falsch?
- Entspricht der Film den Erwartungen?
- Habt ihr neue Erkenntnisse gewonnen?
- Was ist anschaulicher geworden?

Wahlseite Volksaufstand in der DDR

1 Informiert euch auf dieser Seite über den 17. Juni 1953.
2 Präsentiert eure Ergebnisse in geeigneter Form der Klasse.

[1] *Demonstranten und sowjetische Panzer in Ostberlin.* Foto, 17. Juni 1953.

Volksaufstand in der DDR

Am 17. Juni 1953 legten in der DDR viele Menschen ihre Arbeit nieder und **protestierten** gegen die Regierung. Dabei waren solche Streiks und **Demonstrationen** eigentlich verboten. Was war geschehen?
Bereits einen Tag zuvor hatte es in Ostberlin **Streiks** gegeben, weil die Regierung die „Arbeitsnorm" erhöht hatte. Das bedeutete: Die Menschen sollten für dasselbe Geld mehr arbeiten. In der DDR war der **Lebensstandard** erheblich **schlechter** als in der Bundesrepublik. Viele Menschen waren **unzufrieden**. Die Erhöhung der „Arbeitsnorm" löste nun einen landesweiten Protest aus.
Zunächst verlangten die Demonstranten eine **Rücknahme der Arbeitsnorm**. Doch dann richtete sich der Protest gegen die Regierung selbst. Sie forderten nun den **Rücktritt der Regierung**, die Zulassung anderer Parteien, freie, geheime und direkte Wahlen, die Freilassung aller politischen Gefangenen und die **Abschaffung der Zonengrenze**.

Die Sowjetunion greift ein

Die Regierung der DDR bekam die Situation nicht in den Griff, obwohl sie etwa 8000 Volkspolizisten einsetzte. Schließlich kam ihr **die Sowjetunion** zur Hilfe. Russische Panzer rollten durch die Straßen. Verzweifelte Bürger versuchten die Panzer zu behindern, indem sie Antennen abknickten oder Balken zwischen die Ketten schoben. Doch es war ein ungleicher Kampf: 20000 bewaffnete **Soldaten** der Roten Armee **schlugen den Aufstand nieder**.
Es gibt keine genauen Opferzahlen. Man geht davon aus, dass etwa 40 Menschen erschossen wurden. 19 **Aufständische** wurden von sowjetischen Standgerichten **zum Tode verurteilt** und sofort hingerichtet.
Von der DDR-Justiz wurden später über 1500 Menschen vor Gericht gestellt. Zwei erhielten die Todesstrafe, Hunderte wurden zu zum Teil langjährigen Gefängnisstrafen verurteilt.
Der **17. Juni** war in der Bundesrepublik bis 1990 **Gedenktag** für die **Opfer des Aufstandes**.

Tipp für die Erarbeitung
- Ihr könnt beim Lesen die Schritte des Lese-Profis anwenden. Was habt ihr über den Volksaufstand erfahren?

Tipp für die Präsentation
Gliedert euren Vortrag unter den Überschriften: „Beginn", „Forderungen", „Niederschlagung" und „Opfer".

☒ Wahlseite Die „Rote-Armee-Fraktion“

1 Informiert euch anhand der Materialien über die „Rote-Armee-Fraktion“.
2 Präsentiert eure Ergebnisse in geeigneter Form vor der Klasse.

[1] *Im Herbst 1977 entführten RAF-Terroristen den Arbeitgeberpräsidenten Hanns Martin Schleyer, um inhaftierte RAF-Mitglieder freizupressen. Er wurde mehrere Wochen gefangengehalten und dann ermordet.* Foto, 1977.

[2] *1989 wurde der Chef der Deutschen Bank Alfred Herrhausen in seinem Auto in die Luft gesprengt.* Foto, 1989.

Die „Rote-Armee-Fraktion“

Aus der Protestbewegung der späten 1960er- und 1970er-Jahre entstand eine gewaltbereite Splittergruppe, die „Rote Armee Fraktion“ (RAF).
Mit der Kritik an Politik und Gesellschaft der Bundesrepublik versuchten die Mitglieder der RAF, Gewalt und Terror gegen den Staat und gegen Menschen zu rechtfertigen. Mit Bombenanschlägen auf Kaufhäuser oder militärische Einrichtungen und Banküberfällen begann die RAF Anfang der 1970er-Jahre ihren Kampf gegen den Staat. Nachdem einige führende Mitglieder zu Gefängnisstrafen verurteilt worden waren, versuchten andere, die Gefangenen durch Entführungen und Geiselnahmen freizupressen. Bis 1977 kamen bei Schießereien mit der Polizei, Entführungen oder Attentaten 47 Menschen ums Leben, davon 17 Terroristen der RAF.
Noch bis in die 1990er-Jahre wurden Politiker und Vertreter der Wirtschaft durch gezielte Anschläge ermordet. Viele Mitglieder der Roten Armee Fraktion wurden gefasst und zu Gefängnisstrafen verurteilt. Einige tauchten in der DDR unter und wurden nach dem Fall der Mauer 1989 enttarnt und vor Gericht gestellt. 1998 löste die RAF sich selbst auf.

[3] *Die frühere Journalistin und Mitbegründerin der RAF Ulrike Meinhof äußerte auf einem Tonband:*

Wir sagen natürlich, die Bullen (Polizisten) sind Schweine, wir sagen, der Typ in Uniform ist ein Schwein, das ist kein Mensch, und so haben wir uns mit ihm auseinanderzusetzen. Das heißt, wir haben nicht mit ihm zu reden, und es ist falsch, überhaupt mit diesen Leuten zu reden, und natürlich kann geschossen werden.
Zit. nach: Butz Peters, RAF, Terrorismus in Deutschland. Stuttgart (DVA) 1991, S. 82

Tipps für die Erarbeitung
- entscheidende Phasen und Ereignisse des RAF-Terrors herausarbeiten
- besondere Merkmale des RAF-Terrors notieren

Tipps für die Präsentation
- mithilfe der angegebenen Daten eine Zeitleiste zum RAF-Terror erstellen und präsentieren
- Haltung der RAF gegenüber Menschenleben erläutern

Wahlseite Aufgewachsen in der BRD

1 Sammelt Informationen über Kindheit und Jugend in der Bundesrepublik.
2 Präsentiert eure Ergebnisse in der Klasse.

[1] *Andreas Sedlmair, geboren 1964, erzählt:*

Morgens war man in der Schule, dann kamen die Hausaufgaben dran. Danach konnten wir machen, was wir wollten. Einige meiner Freunde waren im **Fußball- oder Sportverein**. Ein wichtiges Ereignis bei den katholischen Schülern war die **Erstkommunion**. Wir waren da in der dritten Klasse. Ich erinnere mich, dass es viele Geschenke gab. Als wir 14 oder 15 Jahre alt waren, haben fast alle einen **Tanzkurs** gemacht. Der endete mit einem Abschlussball. Die Jungs kamen im Anzug, die Mädchen im Kleid.
Sonst haben wir viel englischsprachige Musik gehört, weniger deutsche. Das war nicht „in". Bis dann die „Neue Deutsche Welle" kam. Da haben wir auch deutsche Musik gehört. Es gab viele Partys, und manchmal sind wir auch zu **Konzerten** unserer Lieblingsbands gefahren.
Im Sommer bin ich mit meinen Eltern nach Italien oder nach Oberbayern gefahren. Als Kind fand ich das gut, aber mit 14 oder 15 Jahren wurde es langweilig. Dann bin ich mit einer Jugendgruppe ins **Zeltlager** gefahren.
Dann kam die Zeit, in der meine Freunde und ich oft mit unseren **Mofas** unterwegs waren. Im Sommer sind wir zum Beispiel zum Baggersee gefahren. Der wäre mit dem Fahrrad zu weit weg gewesen.
Mit 18 Jahren, da war ich schon im zweiten Ausbildungsjahr, bin ich zum ersten Mal mit Freunden allein in den Skiurlaub gefahren. Wir waren in Österreich.
(Im Gespräch mit dem Autor)

[2] *Freizeitbeschäftigung um 1980.* Foto.

[3] *Mofa-Kurs für Schüler.* Foto, 1978.

[4] *Mit Freunden im Skiurlaub.* Foto, 1982.

Tipp für die Erarbeitung
Lest den Erlebnisbericht von A. Sedlmayr. Notiert Stichworte für einen Kurzvortrag.

Tipp für die Präsentation
Ihr könnt eure Ergebnisse in Form von einem Dialog oder einem Interview vorstellen.

☒ Wahlseite Aufgewachsen in der DDR

1 Sammelt Informationen über Kindheit und Jugend in der DDR.
2 Präsentiert eure Ergebnisse in der Klasse.

[1] *Kerstin Gallwitz, geboren 1971, erzählt:*

Ein großer Teil unserer Freizeit war von der Schule oder vom Staat organisiert. Ab der ersten Klasse war jeder Schüler **Jungpionier**. Von der vierten Klasse an zählte man dann zu den **Thälmannpionieren** (benannt nach einem Kommunistenführer, der von den Nazis ermordet wurde). In der achten Klasse wurden wir in die **FDJ**, in die **„Freie Deutsche Jugend“** aufgenommen.
Ein wichtiges Ereignis für jeden Jugendlichen mit 14 Jahren war die **Jugendweihe**. „Jugendweihe“ bedeutete, dass man in die Welt der Erwachsenen aufgenommen wurde und mehr Verantwortung übernahm. Es war sehr feierlich und wir bekamen viele Geschenke.
Mit 14 oder 15 Jahren haben wir auch fast alle einen Tanzkurs gemacht. Samstags gingen wir immer in die **Disco**. Da wurden auch Lieder von DDR-Bands gespielt. Ich erinnere mich, dass wir lieber „Westmusik“ gehört haben. **Konzerte** von Gruppen aus dem Westen waren aber eher selten. Und wenn es welche gab, war es kaum möglich, an Karten heranzukommen.
Ich war jedes Jahr mit meinen Eltern im **Urlaub**, meist an der Ostsee oder im Gebirge, aber eben immer in der DDR. Wir haben auf unser Auto 10 Jahre warten müssen. Als ich 16 Jahre alt war, sind wir mit unserem „Trabbi“, so nannte man das Auto, das die meisten DDR-Bürger besaßen, nach Ungarn gefahren. Das war mein erster Urlaub im Ausland.
(Im Gespräch mit dem Autor)

[2] *Beim FDJ-Aufmarsch.* Foto.

[3] *Jugendweihe.* Foto, 1978.

[4] *Jugendliche in einer Diskothek in Ostberlin.* Foto, 1971.

Tipp für die Erarbeitung
Lest den Erlebnisbericht von K. Gallwitz.
Notiert Stichworte für einen Kurzvortrag.

Tipp für die Präsentation
Ihr könnt eure Ergebnisse in Form von einem Dialog oder einem Interview vorstellen.

Das kann ich!

Versucht zunächst, die Aufgaben dieser Doppelseite zu lösen, ohne im Kapitel nachzusehen. Wenn ihr Hilfe bracht, könnt ihr bei den Aufgaben auf den in Klammern angegebenen Seiten nachschlagen.

[1] *Wichtige Ereignisse in diesem Kapitel*

	Bundesrepublik Deutschland	Flagge: 	DDR (Deutsche Demokratische Republik)	Flagge: 
Hauptstadt	XXXX		XXX	
Politisches System	XXX		XXXX	
Wirtschaft	XXXX		XXXX	
Militärbündnis	XXXX		XXXX	
parlamentarische Demokratie, Warschauer Pakt, Ost- Berlin, soziale Marktwirtschaft, Bonn, NATO („Organisation des Nordatlantikvertrags"), Diktatur, zentrale Planwirtschaft				

[2] *Die Bundesrepublik und die DDR im Vergleich.* Tabelle.

– Bau der Berliner Mauer – Berlinkrise – Gründung der DDR – Gründung der Bundesrepublik Deutschland – Volksaufstand in der DDR –Wiedervereinigung Fall der Berliner Mauer

[3] *Wichtige Ereignisse*

die Planwirtschaft	Ministerium für Staatssicherheit, eine Institution, die die Menschen in der DDR überwachte
die „RAF"	Wirtschaftssystem der DDR
das MfS („Stasi")	das meistgefahrene Auto in der DDR
die NATO	Wirtschaftssystem der Bundesrepublik Deutschland
der Trabant	„Rote-Armee-Fraktion" eine Terrororganisation in der Bundesrepublik, die zahlreiche Menschen ermordete
der Warschauer Pakt	westliches Militärbündnis unter der Führung der USA
die Soziale Marktwirtschaft	östliches Militärbündnis unter der Führung der Sowjetunion

[4] *Begriffe und ihre Bedeutung*

[5] *„Geschlossene Gesellschaft", Karikatur zum vierzigjährigen Bestehen der DDR.*

Sachkompetenz

1 Betrachtet die Abbildungen in [1].
   – Findet kurze Bildunterschriften.
   – Erläutert die Ereignisse und Hintergründe.
   – Nennt Jahreszahlen, denen die Fotos zugeordnet werden können. (S. 198/199, 200, 204, 214/215, 221)

2 Schreibt die Begriffe in [3] in der richtigen zeitlichen Reihenfolge auf. (S. 203, 204)

3 Ordnet die Begriffe in [4] ihrer richtigen Bedeutung zu. (S. 206/207, 214/215, 216/217, 218, 221)

4 Nennt jeweils mindestens drei Staaten, die zur NATO und zum Warschauer Pakt gehörten. (S. 207)

5 Zeichnet Tabelle [2] in euer Heft ab und füllt die leeren Felder mit den passenden Begriffen aus.

Methodenkompetenz

6 Analysiert die Karikatur [5].

7 Vergleicht Wirtschaft, Gesellschaft und Politik der Bundesrepublik Deutschland und der DDR: Wie wirkte sich die jeweilige Entwicklung auf das Leben der Menschen aus? (S. 210–217)

8 Nennt und erläutert die vier Schritte zur Analyse von Spielfilmen. (S. 219)

Urteilskompetenz

9 Versetzt euch in die Situation eines DDR-Bürgers, der sein Land nicht verlassen durfte, weil die Regierung dies nicht erlaubte. Beurteilt diese Situation.

10 Die DDR wird auch als „Unrechtsstaat" bezeichnet. Nehmt hierzu Stellung und begründet euren Standpunkt.

Deutschland und die Wiedervereinigung

Der Fall der Berliner Mauer

Es ist die Nacht vom 9. auf den 10. November 1989. Tausende von DDR-Bürgerinnen und Bürgern sind zu den Grenzübergängen an der Berliner Mauer gekommen. Die Menschen gehen ungehindert durch die Grenzanlagen nach Westberlin oder klettern auf die Mauer. Die Berliner Mauer, das Symbol für die deutsche Teilung, ist gefallen.

1 Beschreibt, das Foto.
2 Berichtet, was ihr über den Fall der Mauer und die Wiedervereinigung wisst.
3 Notiert Fragen zum Thema.

Schauplatz Der Fall der Berliner Mauer

[1] *Menschen feiern in der Nacht vom 9. auf den 10. November den Fall der Berliner Mauer,* Foto. *Aus der Flagge haben sie das Zeichen der DDR herausgeschnitten.*

1 Beschreibt die Fotos [1] und [3].

2 Vermutet, was die Menschen gedacht haben könnten.

Der Fall der Berliner Mauer

Seit Wochen demonstrierten Bürger in der DDR für Demokratie und Reisefreiheit. Die Regierung geriet immer mehr unter Druck und trat schließlich zurück. Eine neue Regierung wurde gebildet und Reformen angekündigt. Doch damit gaben sich die Menschen nicht zufrieden. Die Demonstrationen und Kundgebungen gingen weiter.

Dann gab es am 9. November 1989 eine Pressekonferenz, die alles veränderte: Ein Mitglied der neuen Regierung versprach Reisefreiheit für alle DDR-Bürger. Ein Journalist fragte, ab wann das gelten solle. Auf diese Frage war der Politiker offensichtlich nicht vorbereitet und antwortete: „Sofort, unverzüglich“. Alles wurde live im Fernsehen übertragen und von Millionen Menschen gesehen.

Kurz darauf trafen die ersten DDR-Bürger am Grenzübergang ein und verlangten, nach Westberlin gelassen zu werden. Die Grenzsoldaten wussten nicht, wie sie reagieren sollten. Anweisungen von Vorgesetzten gab es nicht. Niemand war auf die Situation vorbereitet. Auf sich allein gestellt, öffneten sie ohne Befehl gegen 23.30 Uhr die Grenze und ließen die Leute passieren. Die Berliner Mauer war gewaltfrei gefallen. Tausende gingen in den Westteil Berlins oder fuhren mit dem „Trabbi“.

3 Gebt die Ereignisse vom 9. und 10. November 1989 mit eigenen Worten wieder.

4 Beurteilt das Verhalten der Grenzsoldaten beim Fall der Mauer.

[2] *Zeitzeugin Ute Ußler lebte 1989 in Ostberlin, der DDR-Hauptstadt. Sie erzählt:*

1989 war ganz schön was los. Ich selbst habe mit Freunden an Demonstrationen in Berlin teilgenommen. Wir waren viele Tausend Menschen!

[3] *Grenzöffnung am Checkpoint Charlie in Berlin.* Foto, 10. November 1989.

Wir hatten schon Hoffnung, dass sich endlich etwas ändern würde. Immerhin war die alte Regierung zurückgetreten.
Am 9. November war ich abends zu Hause. Da haben sie es in den Nachrichten gesagt: „Reisefreiheit für alle DDR-Bürger – ab sofort". „Kann doch gar nicht sein!", habe ich gedacht.
Ich habe keine Sekunde gewartet, den Mantel angezogen und bin direkt zur Mauer gefahren. „Wenn das stimmt, dann gehe ich sofort rüber!", habe ich gedacht. Und dann ging das wirklich! Unglaublich ...
(Im Gespräch mit dem Autor)

[4] *Zeitzeuge Jan Bielen, der 1989 in Köln lebte, berichtet vom 9. und 10. November:*

Meine Frau und ich haben an dem Tag wie immer die Nachrichten gesehen. Und dann kamen die Bilder. Wir konnten das zuerst gar nicht glauben: Menschen standen auf der Berliner Mauer. „Da fahren wir hin!", haben wir gesagt. Von Köln bis Berlin ist es natürlich ein Stück. Morgens waren wir da. Die Straßen waren voller Menschen, überall Gedränge. Vor den Geschäften lagen Begrüßungsgeschenke der Westberliner: Wurst, Milch und Gebäck. [...] Jugendliche drückten sich die Nasen an Modegeschäften platt, Tränen in den Augen alter und junger Berliner aus beiden Teilen der Stadt. Menschen, die sich nicht kannten, lagen sich in den Armen. Das werde ich nie vergessen.
(Im Gespräch mit dem Autor)

5 Gebt wieder, wie die beiden Zeitzeugen [2] und [4] den Fall der Mauer erlebt haben.

Wählt einen der folgenden Arbeitsaufträge aus:

- Notiert Stichworte zum Fall der Berliner Mauer.
- Schreibt eine Reportage zum Fall der Mauer.
- Zwei DDR-Grenzsoldaten stehen unter Druck. Immer mehr DDR-Bürger fordern am Grenzübergang, in den Westen gelassen zu werden. Entwerft ein Gespräch der beiden DDR-Grenzsoldaten und tragt es in der Klasse vor.

Was ihr noch tun könnt:

→ Eltern oder Großeltern nach ihren Erinnerungen an den Mauerfall befragen.
→ Dokumentarfilme über den Mauerfall ansehen.

[1] *Deutschland während der Besatzungszeit 1945 bis 1949.* Karte.

[2] *Bundesrepublik Deutschland und DDR 1949 bis 1989/90.* Karte.

[3] *Bundesrepublik Deutschland seit 1990.* Karte.

Deutschland nach 1945

Die Geschichte Deutschlands nach 1945 lässt sich in drei Phasen einteilen:

Besatzungszeit

Von 1945 bis 1949 war Deutschland von den vier Siegermächten des Zweiten Weltkriegs besetzt. Die Siegermächte verwalteten jeweils eine Besatzungszone. Auch Berlin war in vier Sektoren geteilt. Deutschland existierte als eigenständiger Staat in dieser Zeit nicht.

Zwei deutsche Staaten

1949 wurden zwei deutsche Staaten gegründet: In den von Großbritannien, den USA und Frankreich verwalteten Westzonen entstand die Bundesrepublik Deutschland. In der von der UdSSR verwalteten Ostzone entstand die DDR. Diese beiden deutschen Staaten existierten bis 1989/90 nebeneinander.

Wiedervereinigung

Nach dem Fall der Berliner Mauer im November 1989 gab es in der DDR zum ersten Mal freie demokratische Wahlen. Am 3. Oktober 1990 wurde das Staatsgebiet der DDR dem der Bundesrepublik angeschlossen. Seitdem gibt es wieder einen deutschen Staat auf dem Gebiet der alten Bundesrepublik und der ehemaligen DDR.

1 Erläutert die Entwicklung Deutschlands von 1945 bis 1990 anhand der Karten [1] bis [3].

2 Nennt jeweils Bundesländer, die sich auf dem Gebiet der Bundesrepublik Deutschland bis 1989 und auf dem Gebiet der ehemaligen DDR befinden.

1950

▸ **1949**
Gründung der Bundesrepublik Deutschland und der DDR

1960

▸ **1961**
Bau der Berliner Mauer

1985

▸ **1985**
Michail Gorbatschow wird Staatschef der Sowjetunion Reformen

1989

▸ **August / September 1989**
Botschaftsbesetzungen in Prag und Warschau

▸ **September 1989**
Ungarn öffnet seine Grenzen zu Österreich

▸ **9./10. November 1989**
Fall der Berliner Mauer

1990

▸ **März 1990**
erste freie Wahlen in der DDR

▸ **3. Oktober 1990**
Wiedervereinigung beider deutscher Staaten

▸ **2. Dezember 1990**
erste gesamtdeutsche Wahlen nach dem Zweiten Weltkrieg

Deutschland und die Wiedervereinigung

SCHAUPLATZ
Der Fall der Berliner Mauer
S. 228–229

ORIENTIERUNG
S. 230–231

Annäherung von Ost und West
S. 232–233

Grenzen fallen
S. 234–235

Protestbewegung in der DDR
Methode: Eine politische Rede analysieren
S. 236–237

Die Wiedervereinigung
S. 238–239

WAHLSEITEN
Berlin
Ostdeutsche Städte
Bevölkerung in Ost und West
Die Wirtschaft seit 1990
S. 240–243

Deutschland nach der Wiedervereinigung
S. 244–245

DAS KANN ICH!
S. 246–247

Annäherung von Ost und West

Wie verbesserten sich die Beziehungen von Ost und West seit den 1970er Jahren?

[1] *Bundeskanzler Willy Brandt am Mahnmal für den Aufstand im Warschauer Ghetto. Deutsche Truppen hatten hier 1943 einen Aufstand der unter unmenschlichen Bedingungen lebenden Juden blutig niedergeschlagen.* Foto, 1970.

1 Beschreibt die Abbildungen [1] und [2].

Außenpolitik: Die Ostverträge

1969 wurde Willy Brandt Bundeskanzler. Zum ersten Mal seit Gründung der Bundesrepublik stellte nicht die CDU den Bundeskanzler und war auch nicht an der Regierung beteiligt. Brandt versprach bei seiner Regierungserklärung: „Wir wollen mehr Demokratie wagen." Außerdem leitete er eine „neue Ostpolitik" ein.

Nach Verhandlungen von 1969 bis 1972 schloss die Bundesrepublik Deutschland Verträge mit der DDR, Polen und der Sowjetunion, in denen die Anerkennung der bestehenden Grenzen, die gegenseitige Anerkennung sowie die Erhaltung des Friedens vereinbart wurden. Die Bundesrepublik erhob keinen Anspruch mehr auf die Gebiete im Osten, die nach 1945 polnisch geworden waren.

Die KSZE

Ein weiterer Schritt der Annäherung zwischen Ost und West war die „Konferenz für Sicherheit und Zusammenarbeit in Europa" (KSZE). An den Verhandlungen nahmen alle Staaten Europas und die Supermächte USA und Sowjetunion teil.

Im Abschlussdokument der KSZE (1975) wurden u. a. folgende Regelungen vereinbart:

— keine Androhung oder Anwendung von Gewalt
— Unverletzlichkeit der bestehenden Grenzen
— friedliche Regelung von Streitfällen
— Nichteinmischung in innere Angelegenheiten
— Achtung der Menschenrechte

Bürgerrechtsbewegungen in der DDR gewannen hierdurch einen gewissen Schutz. Es gab noch immer Verhaftungen, wenn DDR-Bürger den eigenen Staat kritisierten. Doch konnte sich die Bundesrepublik mit Hinweis auf das unterzeichnete Abschlussdokument der KSZE für diese Menschen einsetzen. Viele DDR-Bürger beriefen sich auf die KSZE, wenn sie mehr Freiheit von der Regierung einforderten.

Außerdem wurde die Reisefreiheit zwischen beiden deutschen Staaten verbessert. Die KSZE führte dazu, dass mehr Menschen aus der DDR in die Bundesrepublik einreisen konnten.

2 Gebt die Beschlüsse der KSZE wieder.

3 Erläutert die Folgen der KSZE-Regelungen.

Sprachspeicher

- eine neue Politik einleiten
- an Verhandlungen teilnehmen
- Regelungen vereinbaren
- sich für jemanden / etwas einsetzen
- sich auf etwas berufen

[2] *Der Generalsekretär der Sowjetunion Michail Gorbatschow (links) und der Präsident der USA Ronald Reagan (rechts) unterzeichnen einen Abrüstungsvertrag.* Foto, 8. Dezember 1987.

Reformen unter Gorbatschow

Seit Beginn der 1980er Jahre gab es in der Sowjetunion wirtschaftliche Probleme. Dies führte zu großen Schwierigkeiten bei der Versorgung der Bevölkerung mit Lebensmitteln, Medikamenten und anderen Waren des täglichen Bedarfs. Die Unzufriedenheit der Menschen wuchs.

1985 wurde Michail Gorbatschow Staatschef. Er versuchte, das Land zu reformieren und aus der wirtschaftlichen Krise herauszuführen. Unter den Schlagworten „Glasnost" (russ. =Offenheit) und „Perestroika" (russ. = Umgestaltung) sollte die Sowjetunion demokratisiert und von den Problemen der Planwirtschaft befreit werden.

Dieses Vorhaben zwang die Sowjetunion auch ihre hohen Ausgaben für Rüstung (Militär) zurückzufahren. So sollten mehr Mittel für die Warenproduktion und damit für die Versorgung der Bevölkerung zur Verfügung stehen. Nach Verhandlungen zwischen der Sowjetunion und den USA bauten die beiden Weltmächte einen Teil ihrer Atomwaffen ab.

Der Reformkurs Gorbatschows ermutigte die Menschen in den anderen Mitgliedsstaaten des Warschauer Paktes. Sie erhofften sich Reformen und mehr Demokratie auch in ihren Ländern.

Vor allem in Ungarn, der Tschechoslowakei und Polen wurde der Ruf nach Demokratie immer lauter. Politiker, die Reformen umsetzen wollten, wurden an den Regierungen beteiligt. In Polen organisierte die verbotene Gewerkschaft „Solidarität" einen großen Streik. Kurz darauf wurden demokratische Wahlen abgehalten.

4 Schildert den Reformkurs Gorbatschows und die sich daraus ergebenden Folgen.

Wählt einen der folgenden Arbeitsaufträge aus:

- Listet auf: Vereinbarungen der „Konferenz für Sicherheit und Zusammenarbeit in Europa" (KSZE).
- Verfasst einen Text: Reformkurs unter Gorbatschow. **Starthilfe:** *In der Sowjetunion gab es große Probleme…*
- Entwerft ein Gespräch: Zwei DDR-Bürger verfolgen im Fernsehen die Unterzeichnung des Abrüstungsvertrages.

Sprachspeicher

- etwas reformieren, Reformen durchführen, etwas umgestalten
- aus einer Krise herausführen
- jemanden zu etwas ermutigen
- sich etwas erhoffen, auf etwas hoffen
- etwas erlauben / zulassen

Grenzen fallen

Welche Folgen hatte die Reformpolitik von Gorbatschow?

[1] *Soldaten an der ungarisch-österreichischen Grenze bauen den „Eisernen Vorhang" ab.* Foto, 1989.

1 Beschreibt die Fotos [1] und [2].

Ungarn öffnet seine Grenze

Im März 1989 informierte die ungarische Regierung den sowjetischen Staatschef Gorbatschow über ihren Plan, die Grenze von Ungarn nach Österreich zu öffnen. Gorbatschow versprach, dass die Sowjetunion sich nicht in diese Angelegenheit einmischen werde. Im Mai bauten Soldaten Zäune und Absperrungen ab.

Neben Polen und der Tschechoslowakei war Ungarn eines der wenigen Länder, in die DDR-Bürger einreisen durften. Im August überschritten etwa 700 DDR-Bürger die ungarisch-österreichische Grenze. In der Nacht vom 10. auf den 11. September wurde die Grenze offiziell geöffnet. DDR-Bürger, die in Ungarn Urlaub machten, flüchteten über Österreich in die Bundesrepublik. Andere DDR-Bürger reisten nach Ungarn, um über denselben Weg in die Bundesrepublik zu gelangen.

Mehr als 25 000 Menschen aus der DDR reisten nach Ungarn, um auf diesem Weg zu fliehen. Daraufhin verbot die DDR-Regierung ihren Bürgern die Reise nach Ungarn.

2 Erklärt: Wie kam es zur Massenflucht von DDR-Bürgern über Ungarn in den Westen?

[2] *DDR-Bürger flüchten in die Botschaft der Bundesrepublik Deutschland in Prag.* Foto 1989.

Botschaftsbesetzungen in Prag und Warschau

Ab August 1989 suchten Hunderte von DDR-Bürgern Zuflucht in der Botschaft der Bundesrepublik Deutschland in Prag, der Hauptstadt der Tschechoslowakei. Die dortigen Polizisten versuchten zunächst, sie davon abzuhalten, doch ließen sie dann gewähren.

Die Zahl der Flüchtlinge stieg. Sie verharrten wochenlang auf engstem Raum und unter katastrophalen hygienischen Zuständen.

Sprachspeicher
- jemanden über etwas informieren
- Grenzen überschreiten
- Zuflucht suchen
- etwas zulassen, jemanden gewähren lassen

[3] *Fluchtwege von DDR-Bürgern in die Bundesrepublik. August bis Oktober 1989*

Ähnliche Szenen spielten sich Ende September in Warschau ab. Auch hier waren Hunderte von DDR-Bürgern auf das Gelände der Botschaft der Bundesrepublik Deutschland geflüchtet.
Sie forderten ihre Ausreise in den Westen. Die Botschaft war eigentlich nur für 28 Personen ausgestattet. Doch die Menschen harrten trotz all der widrigen Umstände aus, denn sie wollten unbedingt in den Westen.

Die DDR gibt nach

Die DDR-Regierung geriet immer stärker unter Druck. Die Situation in den Botschaften in Prag und Warschau war für sie peinlich: Am 7. Oktober 1989 sollte das vierzigjährige Bestehen der DDR gefeiert werden. Täglich waren die Bilder der Botschaften in Prag und Warschau im Fernsehen zu sehen.
Schließlich gestattete die DDR-Führung den Menschen, die seit Wochen die Botschaften besetzt hielten, die Ausreise. In der Nacht des 30. September fuhren die Menschen mit Sonderzügen von Prag durch das Gebiet der DDR in die Bundesrepublik. Am Morgen des 1. Oktober folgten ihnen 809 Männer, Frauen und Kinder von Warschau, ebenfalls in Sonderzügen, durch das Gebiet der DDR in die Bundesrepublik.

Doch damit war die Fluchtbewegung nicht beendet. Kaum hatten die Menschen die Botschaften verlassen, rückten andere DDR-Bürger nach. Daraufhin schloss die DDR-Führung am 3. Oktober die Grenze zur Tschechoslowakei. Doch die Forderung nach Reisefreiheit für alle Bürger wurde in der DDR immer lauter.

3 Erläutert Karte [3] mithilfe der Texte dieser Doppelseite.

Wählt einen der folgenden Arbeitsaufträge aus:

- Schreibt Stichwörter zu den beiden Überschriften „Ungarn öffnet seine Grenze", „Botschaftsbesetzungen in Prag und Warschau" und „Die DDR gibt nach".
- Verfasst einen Tagebucheintrag eines DDR-Flüchtlings in der Prager Botschaft. **Starthilfe:** *Seit Tagen warten wir jetzt schon. Es wird immer schlimmer...*
- Entwerft ein Gespräch zweier DDR-Bürger, die mit dem Sonderzug von Warschau durch die DDR nach Westen fahren. Geht auf Hoffnungen und Ängste der Menschen ein. Tragt das Gespräch in der Klasse vor.

Sprachspeicher
- etwas fordern / einfordern
- unter Druck geraten
- jemandem folgen
- die Forderung nach etwas wird immer lauter

Protestbewegung in der DDR

Welche Veränderungen führten zum Fall der Berliner Mauer?

[1] *„Montagsdemonstration" in Leipzig*. Foto, November 1989.

1 Beschreibt Foto [1]. Was wisst ihr über die Protestbewegung in der DDR?

Die Protestbewegung in der DDR wächst

Unzufriedenheit mit den wirtschaftlichen und politischen Verhältnissen prägte das Leben vieler DDR-Bürger. Besonders unerträglich fanden es viele, nicht in andere Länder reisen zu dürfen. Die Veränderungen in der Sowjetunion unter dem neuen Staatschef Michail Gorbatschow ermutigten sie, Veränderungen auch im eigenen Land zu fordern. Anfangs noch kleine Oppositionsgruppen trafen sich in Kirchen und diskutierten kritisch über die Situation im Land. Das Jahr 1989 brachte dann entscheidende Veränderungen:

- Im März demonstrierten in Leipzig etwa 600 DDR-Bürger für ihre Ausreise in die Bundesrepublik.
- Im Mai wurden Wahlfälschungen bekannt. Die Menschen fühlten sich betrogen.
- Ab Juli besetzten hunderte DDR-Bürger Botschaften der Bundesrepublik. Sie verlangten ihre Ausreise. Die DDR-Regierung gab schließlich nach.
- Im September öffnete Ungarn seine Grenze nach Österreich. Tausende DDR-Bürger flohen in den Westen.
- Während der Feier zum 40. Jahrestag der DDR am 7. Oktober mahnte Gorbatschow zu Reformen und sagte sinngemäß: „Wer zu spät kommt, den bestraft das Leben." In Berlin kam es zu Rangeleien zwischen DDR-Volkspolizisten und Demonstranten.
- Am 9. Oktober demonstrierten 100 000 Menschen in Leipzig für Reformen. SED-Parteichef Honecker trat zurück.
- Am 23. und 30. Oktober versammelten sich jeweils 300 000 Demonstranten in Leipzig und riefen: „Wir sind das Volk".
- Am 4. November gingen in Ostberlin 500 000 Menschen auf die Straße und forderten Freiheit und Demokratie. Daraufhin trat die Regierung zurück.
- Kurz darauf fiel die Berliner Mauer.

2 Schildert mit eigenen Worten, wie sich die Protestbewegung in der DDR entwickelte.

Methode Eine politische Rede analysieren

Was ist eine politische Rede?

Politische Reden werden im Parlament, auf Parteitagen, bei öffentlichen Auftritten vor Wahlen oder anderen Veranstaltungen gehalten.
Die Redner versuchen, andere Menschen von ihrem eigenen politischen Standpunkt zu überzeugen. Häufig werden solche Reden in den Medien verbreitet.
Die folgenden Schritte helfen euch, politische Reden besser zu verstehen.

1. Schritt Den Zusammenhang klären

- Wer ist der Redner?
- Welche Funktion, Aufgabe oder politische Stellung hat er?
- Wann wurde die Rede gehalten?
- Wer ist der Adressat?
- In welchem politischen oder geschichtlichen Zusammenhang muss man die Rede sehen?

2. Schritt Den Text lesen und verstehen

- Was ist an dem Text gut zu verstehen?
- Welche Abschnitte sind schwerer zu verstehen?
- Welche Begriffe sind unklar und müssen nachgeschlagen werden?
- Welche Schlüsselwörter lassen sich finden?

3. Schritt Die wichtigsten Aussagen in ihrem Zusammenhang erklären

- Was sind die wichtigsten Aussagen?
- Wie sind die Aussagen vor ihrem Kontext zu verstehen?
- Welche Ziele verfolgt der Redner?

1 Analysiert die Rede [2].
Wendet dabei die Schritte 1 bis 3 der vorgestellten Methode an.

Was ihr noch tun könnt:

→ Einen Live-Mitschnitt der Rede von Jan Josef Liefers im Internet ansehen.

[1] *Jan Josef Liefers 1989*, Foto.

[2] *Rede des Schauspielers Jan Josef Liefers am 4. November 1989 bei einer Kundgebung vor vielen Tausend Menschen auf dem Alexanderplatz in Ost-Berlin:*

In den letzten Wochen haben Hunderttausende Menschen auf den Straßen unseres Landes das Gespräch eingefordert. Wir alle führen es seit kurzer Zeit. Natürlich hat jeder das Recht, Partner in diesem Gespräch zu sein. Aber ich meine, wir sollten darauf achten und uns verwahren gegen mögliche Versuche von Partei- und Staatsfunktionären, jetzt oder zukünftig Demonstrationen und Proteste von Menschen unseres Landes für ihre Selbstdarstellung zu benutzen, Initiatoren und Führer des begonnenen gesellschaftlichen und politischen Reformprozesses zu sein. ...
Solange die Spitze der SED nur auf unser aller Druck reagiert, kann meiner Meinung nach von führender Rolle nicht die Rede sein.
Außerdem haben, denke ich, allein die in diesem Land verbliebenen und verbleibenden Menschen darüber zu entscheiden, wen sie mit der Führung beauftragen ...
Die vorhandenen Strukturen ... lassen Erneuerung nicht zu. Deshalb müssen sie zerstört werden. Neue Strukturen müssen wir entwickeln ... Und das heißt für mich unter anderem auch Aufteilung der Macht ...

(Zit. nach: DHM online, Abruf: 25.05.2020)

Die Wiedervereinigung

Wie wurde aus zwei deutschen Staaten ein Staat?

[1] *Der sowjetische Staatschef Michail Gorbatschow (Mitte) und der deutsche Bundeskanzler Helmut Kohl (rechts) während eines Gesprächs über die mögliche Wiedervereinigung beider deutscher Staaten.* Foto, Juli 1990.

1 Beschreibt Foto [1]. Welche Stimmung herrschte in der dargestellten Situation?

2 Erörtert, was die Demonstranten in [2] mit ihrem Plakat ausdrücken wollten. Was bedeutete die Forderung für das Weiterbestehen der DDR?

[2] *Demonstration für die Einführung der D-Mark, der damaligen Währung der Bundesrepublik auf dem Gebiet der DDR.* Foto, 1990.

Die Frage nach der Zukunft

Am 9. November 1989 fiel die Berliner Mauer. In beiden Teilen Deutschlands galt Reisefreiheit. Nun stellte sich die Frage, wie es weitergehen würde:

- Konnte die DDR bestehen bleiben und Reformen durchführen?
- Konnten beide deutsche Staaten „gleichberechtigt" zu einem Staat verschmelzen?
- Sollte die wirtschaftlich schwache DDR der starken Bundesrepublik beitreten und ihre Existenz aufgeben?

Viele DDR-Bürger wollten am Wohlstand der Bundesrepublik Deutschland teilhaben. Bei den ersten freien Wahlen in der DDR im März 1990 gewann die „Allianz für Deutschland", ein Zusammenschluss von Parteien. Diese Parteien befürworteten die „Wiedervereinigung", also den Beitritt der DDR zur Bundesrepublik. Die DDR als eigenständiger Staat sollte nicht mehr existieren.

Am 1. Juli schlossen die beiden deutschen Staaten einen Vertrag: In wirtschaftlichen und sozialen Angelegenheiten wurde eine Zusammenarbeit vereinbart. Auf dem Gebiet der ehemaligen DDR wurde die D-Mark als Währung eingeführt.

3 Nennt drei Möglichkeiten: Wie hätte es nach dem Fall der Mauer weitergehen können?

Sprachspeicher
- Reformen durchführen / umsetzen
- an etwas teilhaben
- etwas befürworten / ablehnen
- eine neue Währung einführen

[3] *Feier der Wiedervereinigung Deutschlands vor dem Reichstag in Berlin.* Foto, 3.Okt. 1990.

Bedenken gegen ein wiedervereinigtes Deutschland

Vor allem in Frankreich, Großbritannien und Polen wurde die Wiedervereinigung zum Teil sehr skeptisch gesehen:

- Wie stark könnte solch ein deutscher Staat in wirtschaftlicher und militärischer Hinsicht werden?
- Würde ein wiedervereinigtes Deutschland die Grenzen zu Polen anerkennen?
- Bisher hatte die DDR zum Militärbündnis Warschauer Pakt gehört. Sollte ein einheitlicher deutscher Staat NATO-Mitglied sein?

In Gesprächen zwischen Vertretern Deutschlands und der Sowjetunion wurde zunächst vereinbart: Ein wiedervereintes Deutschland bleibt Mitglied der NATO und verringert die Zahl seiner Soldaten von 500.000 auf 370.000.

4 Zählt Einwände auf, die es Ausland gegen ein wiedervereinigtes Deutschland gab.

Der Zwei-plus-vier-Vertrag

Die Siegermächte des Zweiten Weltkriegs Großbritannien, USA, Sowjetunion und Frankreich beanspruchten, auf die Veränderungen in Deutschland Einfluss zu nehmen. Die zwei deutschen Staaten verhandelten mit den vier Siegermächten.

Die wichtigsten Ergebnisse wurden im Zwei-plus-vier-Vertrag vom 12. September 1990 festgehalten:

- Das vereinte Deutschland umfasst die Bundesrepublik, die DDR und Berlin.
- Deutschland erkennt die bestehenden Grenzen endgültig an und erhebt keine weiteren Gebietsansprüche im Osten.
- Deutschland bekennt sich zum Frieden und verzichtet auf chemische, biologische und atomare Waffen.
- Deutschland erhält seine volle Souveränität*.

Am 3. Oktober wurde der Beitritt der DDR zur Bundesrepublik offiziell vollzogen. Dieses Datum wird bis heute als „Tag der deutschen Einheit“ gefeiert.

5 Erklärt, warum alle Beteiligten mit den Ergebnissen des Zwei-plus-vier-Vertrages einverstanden sein konnten.

* *die* Souveränität = Unabhängigkeit

Wählt einen der folgenden Arbeitsaufträge aus:

- Notiert Stichwörter: Welche Bedenken gab es im Ausland gegen die Wiedervereinigung?
- Entwerft ein Streitgespräch zwischen einem Franzosen und einem Engländer: Der Franzose ist gegen eine Wiedervereinigung, der Engländer dafür.
- Beurteilt: Waren die Bedenken gegen eine Wiedervereinigung berechtigt?

Sprachspeicher

- Grenzen anerkennen
- in Gesprächen etwas vereinbaren
- in einem Vertrag festhalten, dass...
- einen Beitritt vollziehen

APP

Wahlseite Die Hauptstadt Berlin

1 Informiert euch über die Hauptstadt Berlin.
2 Präsentiert eure Ergebnisse in geeigneter Form in der Klasse.

[1] *Das Brandenburger Tor ist das bekannteste Wahrzeichen Berlins.* Foto, 2020.

[3] *Der Fernsehturm ist mit 368 Metern das höchste Gebäude Deutschlands.* Foto, 2020.

[2] *Die „East Side Gallery", ein erhaltenes Stück der Berliner Mauer mit Graffiti.* Foto, 2020.

[4] *„Checkpoint Charlie", ein ehemaliger Grenzübergang zwischen Ost und West.* Foto, 2020.

Hauptstadt des vereinten Deutschlands

Mit der Wiedervereinigung am 3. Oktober 1990 wurde Berlin Hauptstadt Deutschlands. Seit 1999 ist Berlin auch Sitz des Deutschen Bundestages und der Regierung. Die Verlegung von Parlament und Regierung von Bonn, der alten Hauptstadt, nach Berlin war aufwendig und dauerte einige Zeit.

In Berlin befindet sich der Reichstag, in dem sich der Deutsche Bundestag versammelt, und das Kanzleramt in der Nähe des Brandenburger Tores.

Die Metropole

Mit über 3,7 Millionen Einwohnern ist Berlin die größte Stadt Deutschlands. Über 175 Museen, 150 Theater und 130 Kinos machen die Metropole zum kulturellen Zentrum Deutschlands. Es gibt viele Parks, Restaurants, Cafés und Bars. Deshalb ist die Stadt ein Anziehungspunkt für Touristen. Etwa 14 Millionen Menschen besuchten 2019 die Bundeshauptstadt, fast die Hälfte davon kam aus dem Ausland.

Ganze Stadtteile wurden seit der Wiedervereinigung saniert. Vor allem dort, wo die Mauer Ost und West trennte, entstanden riesige neue Gebäude. Daher nannte man Berlin auch „die größte Baustelle Europas". An Orten wie der Bernauer Straße oder der „East Side Gallery" kann man die frühere Teilung der Stadt heute noch erkennen.

Starker Zuzug ließ die Kaufpreise für Häuser und Wohnungen sowie Mieten vor allem in den attraktiven Wohnvierteln der Metropole in den vergangenen Jahren stark steigen. Menschen mit einem normalen Einkommen können hier Wohnraum oft nicht mehr bezahlen.

Tipp für die Erarbeitung
- Notiert wichtige Daten und Zahlen als Vorbereitung für euren Vortrag

Tipp für die Präsentation
- Zeigt die Fotos [1] bis [4] vergrößert während eures Vortrages.

☒ Wahlseite Ostdeutsche Städte

1 Informiert euch über die Entwicklung ostdeutscher Städte.
2 Präsentiert eure Ergebnisse in geeigneter Form in der Klasse.

[1] *Ruine der Frauenkirche in Dresden*, Foto, 1994.

[2] *Wiederaufgebaute Frauenkirche*, Foto, 2020.

Städte werden saniert

Nach der Wiedervereinigung wurde deutlich, dass sich die historischen Zentren der meisten ostdeutschen Städte in einem schlechten Zustand befanden. Ein großer Teil der Häuser in den Altstädten war nicht mehr bewohnbar. Kirchen, Theater und andere historische Gebäude drohten vollständig zu verfallen.

Arbeitsplätze, Zuzug und Tourismus

Viele Gebäude wurden aufwändig saniert. Der Wiederaufbau der Frauenkirche in Dresden dauerte zum Beispiel elf Jahre und kostete über 182 Millionen Euro.
Mit der Sanierung und dem Aufbau der Städte wurden neue Arbeitsplätze geschaffen. Das bewegte Menschen dazu, dorthin ihren Wohnsitz zu verlagern. Geschäfte und Unternehmen siedelten sich an.
Junge Menschen aus ländlichen Gegenden des Ostens wanderten in den Westen ab oder zogen in die ostdeutschen Städte. Wer aus dem Westen nach Osten zog, bevorzugte meist auch ein Leben in der Stadt. Die Einwohnerzahl vieler ostdeutscher Städte stieg von 1990 bis heute um 10 Prozent oder mehr.
Städte wie Dresden, Leipzig, Weimar oder Potsdam sind nach dem Wiederaufbau der Altstädte zu Magneten für Millionen von Touristen aus aller Welt geworden. Hotels wurden gebaut und bei touristischen Führungen können Besucher die Sehenswürdigkeiten kennenlernen.

Tipp für die Erarbeitung
Sucht die im Text genannten Städte auf einer Atlaskarte.

Tipps für die Präsentation
- Präsentiert die Fotos [1] und [2] vergrößert der Klasse.
- Zeigt ostdeutsche Städte auf einer Wandkarte.

Wahlseite Bevölkerung in Ost und West

1 Informiert euch über die Bevölkerung in Ost und West.

2 Präsentiert eure Ergebnisse in geeigneter Form in der Klasse.

[1] *In einem Dorf in den neuen Bundesländern,* Foto.

[2] *Bevölkerungsdichte Deutschlands im Jahr 2020,* Karte.

Wanderbewegungen zwischen Ost und West

Auch nach der Wiedervereinigung verließen viele Menschen den Osten und gingen in die „alten" Bundesländer nach Westen. Der wichtigste Grund dafür waren fehlende Arbeitsplätze. Nach dem Ende der DDR wurden viele Firmen im Osten geschlossen, weil sich ihre Produkte nicht mehr verkauften. Die Menschen wurden entlassen. Anfangs entstanden nur wenige neue Unternehmen. Bis heute befinden sich die meisten Standorte großer Firmen im Westen.

Als sich die wirtschaftliche Situation im Osten langsam besserte und neue Arbeitsplätze entstanden, ging auch die Abwanderung zurück. Seit 2017 zogen sogar mehr Menschen jedes Jahr aus dem Westen nach Osten. Vor allem junge Menschen gehen in die ostdeutschen Universitätsstädte, um dort zu studieren. Dort sind die Mieten und die Kosten für das tägliche Leben oft niedriger.

Menschen fühlen sich „abgehängt"

Manche ältere Menschen im Osten, die die DDR noch erlebt haben, fühlen sich seit der Wende „abgehängt": In dünn besiedelten Gegenden mangelt es an Schulen, Ärzten, Einkaufsmöglichkeiten, Postämtern oder Banken. Aufgrund der geringen Nachfrage wurden viele Zug- und Busverbindungen eingestellt. So fährt in manchen Dörfern oft nur ein- oder zweimal am Tag ein Bus in die nächste Stadt. Die Menschen sind dann auf ein Auto angewiesen. In vielen Dörfern gibt es kaum noch junge Menschen, da diese zum Studieren oder Arbeiten wegziehen.

Tipps für die Erarbeitung

- Wertet die Karte [2] aus.
- Notiert Ballungszentren, in denen viele Menschen leben.

Tipps für die Präsentation

- Präsentiert Karte [2] vergrößert.
- Lasst Mitschüler dicht besiedelte und dünn besiedelte Gebiete auf der Karte zeigen.

☒ Wahlseite Wirtschaftliche Entwicklung

1 Informiert euch über die wirtschaftliche Entwicklung 1990 bis heute.
2 Präsentiert eure Ergebnisse in geeigneter Form in der Klasse.

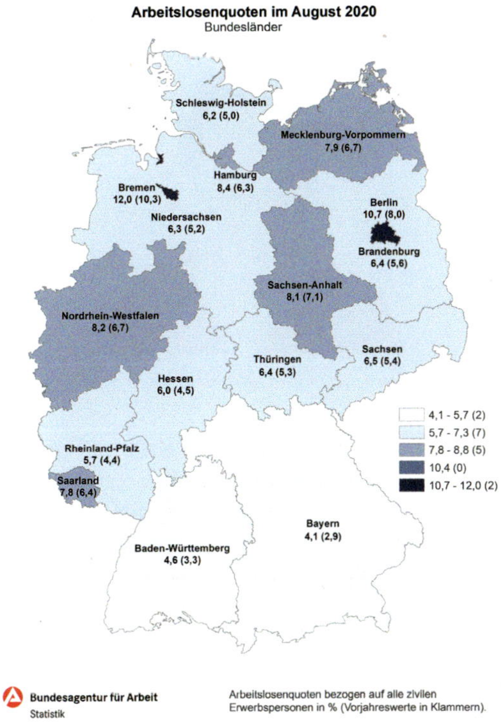

[1] *Arbeitslosigkeit in Deutschland.* Karte, 2020.

Arbeitslosigkeit nach der Wiedervereinigung

In der DDR gab es offiziell keine Arbeitslosigkeit. Der Staat sorgte dafür, dass genug Arbeitsplätze vorhanden waren. Nach dem Fall der Mauer wurde deutlich, dass in vielen Betrieben mehr Menschen beschäftigt waren, als notwendig war. Viele ehemalige DDR-Betriebe konnten nicht gewinnbringend weiterarbeiten und mussten schließen. Menschen verloren ihre Arbeit.

Die Arbeitslosigkeit stieg rapide an. Ab Mitte der 1990er Jahre herrschte auf dem Gebiet der ehemaligen DDR für etwa 10 Jahre eine doppelt so hohe Arbeitslosigkeit wie in den westlichen Bundesländern. Dann verbesserte sich die Situation schrittweise im gesamten Bundesgebiet. 2019 lag die Arbeitslosenquote in den „neuen Ländern" bei etwa 6,7 Prozent, in den „alten Ländern" bei 4,5 Prozent.

Der „Solidaritätszuschlag"

In den ersten Jahren nach der Wiedervereinigung gab es große wirtschaftliche Probleme auf dem Gebiet der ehemaligen DDR. 1991 wurde eine Sonderabgabe eingeführt: der „Solidaritätszuschlag". Mit dem Geld wurden Straßen und Häuser gebaut, alte Gebäude saniert oder Firmengründungen begünstigt. Viele neue Arbeitsplätze entstanden, die Situation in den östlichen Bundesländern verbesserte sich.

2019 wurde beschlossen, dass der „Soli" für 90 Prozent der Steuerzahler abgeschafft werden soll. Menschen mit hohem Einkommen bezahlen weiterhin den Solidaritätszuschlag.

Unterschiede

Bis heute lassen sich Unterschiede zwischen Ost und West feststellen. Alte Menschen in Ostdeutschland bekommen meistens niedrigere Renten. Auch die Gehälter im Osten sind niedriger als im Westen. Allerdings sind auch die Mieten und Lebenshaltungskosten im Osten oft niedriger.

Wirtschaftliche Unterschiede gibt es nicht nur zwischen Ost und West. Es existiert auch ein Süd-Nord-Gefälle: Bundesländer im Norden wie Niedersachsen, Bremen oder Schleswig-Holstein stehen im Vergleich zu südlichen Bundesländern eher schwach dar.

Tipp für die Erarbeitung

- Wertet die Karte [1] aus. Was könnt ihr feststellen?

Tipp für die Präsentation

- Präsentiert Karte [1] vergrößert.

Deutschland nach der Wiedervereinigung

Wie sehen die Menschen das vereinte Deutschland heute?

1 Lest die Äußerungen in [1] bis [4].

[1] *Karl-Heinz Köhler, geboren 1954 in Essen*

Für mich ist die Sache ganz klar. Alles ist gut gelaufen. Wir hatten damals gar keine andere Wahl. Das politische und wirtschaftliche System der DDR war nicht zu retten. Und ich sage: Man hätte es auch nicht retten sollen, wenn es möglich gewesen wäre. Denn die DDR war ein Unrechtsstaat, da gibt es keinen Zweifel.
Mit Reformen war da nichts zu machen.
Nach der Wiedervereinigung gab es eine Zeit des Umbruchs. Alle mussten Opfer bringen. Wenn man eine ganze Volkswirtschaft umstellt, bringt das Folgen mit sich, die nicht für alle angenehm sind. Im Osten gab es ein paar Jahre schon sehr hohe Arbeitslosenzahlen, das hat weh getan. Dann kam der Solidaritätszuschlag. Das war nichts Anderes als eine Sondersteuer für den Aufbau im Osten, hieß nur anders. Alle mussten zahlen.
Ich erinnere mich noch an die Bedenken, die einige europäischen Nachbarn hatten: man hatte Angst vor einem wirtschaftlich und vielleicht auch militärisch zu starkem Deutschland. Solche Einwände waren damals zu hören. Heute denkt so etwas niemand mehr. Deutschland ist ein verlässlicher Partner in der NATO und in der Europäischen Union. Das wiedervereinte Deutschland wird nicht gefürchtet, von niemandem. Wenn ich heute zurückblicke, war das alles eine wirklich gute Entwicklung.

[2] *Arcu Mercan, geboren 1967 in Berlin:*

Es ist gut, dass es heute für alle normal ist, dass man sich frei bewegen kann. Es ist auch gut, dass es keine DDR-Regierung mehr gibt, die die eigene Bevölkerung ausspioniert und die Menschen im eigenen Land einsperrt.
Damals nach der Wiedervereinigung wusste eigentlich keiner, welche Folgen das alles haben würde. Viele große Firmen aus dem Westen haben auf dem Gebiet der ehemaligen DDR neue Filialen eröffnet, z. B. die großen Supermarktketten.
Und dann gingen viele Wirtschaftsexperten in den Osten, um die Betriebe dort zu „beraten", wie es hieß. Tatsächlich wurden dann dort viele Betriebe geschlossen. Das war schon ein komisches Gefühl. Leute aus dem Westen gingen in den Osten und erzählten den Menschen dort, „wie man es richtig macht". Das hat für Unverständnis und Unmut gesorgt. Plötzlich sollte das alles nichts mehr wert sein, was die Menschen dort geleistet hatten.
Trotzdem sage ich: Alles in allem ist das ganz gut gelaufen und Deutschland hat sich im Osten wie im Westen gut entwickelt.
Was mir heute Sorge macht: Bei den Wahlen haben die extremen Parteien viele Stimme gewonnen. Und viele Menschen gehen überhaupt nicht wählen - aus Desinteresse, Unentschlossenheit oder „Protest". Das ist nicht gut für unsere Demokratie.

Sprachspeicher
- Opfer bringen
- ein verlässlicher Partner sein
- Angst haben, die Arbeit zu verlieren / arbeitslos zu werden

[3] *Maria Tesfatsion, geboren 2005 in Düsseldorf:*

Ich kenne den Fall der Mauer und die Wiedervereinigung nur aus dem Unterricht und kann es mir schwer vorstellen, dass es wirklich mal zwei deutsche Staaten gab. Wenn ich daran denke, wie das Leben in der DDR so war, kann ich nur sagen: Gut, dass es nicht mehr so ist. Aber für mich ist das alles auch ziemlich lange her.
Mit Freunden war ich auch schon in Städten auf dem Gebiet der ehemaligen DDR. Für uns war das aber eigentlich genau so, als wenn wir nach Stuttgart oder Hamburg fahren. Das gehört eben alles zu unserem Land, völlig normal.
Wenn ältere Leute von „Wessis" und „Ossis" sprechen und damit Menschen aus der alten Bundesrepublik und aus der ehemaligen DDR meinen, kann ich das nicht nachvollziehen. Für Leute, die so alt sind wie ich, gibt es so etwas eigentlich gar nicht. Ich finde jedenfalls gut, dass wir in einer Demokratie leben.
Was mich wirklich schockiert und mir Angst macht, das sind Ausländerfeindlichkeit, Rassismus, Antisemitismus und Homophobie* in unserem Land und anderswo. Das kann ich überhaupt nicht akzeptieren.

* Homophobie = Abneigung, feindliche Haltung gegenüber homosexuellen Menschen

2 Gebt die Äußerungen der vier Personen mit eigenen Worten wieder.

3 Wem stimmt ihr zu, wem nicht? Begründet eure Meinung.

[4] *Hartmut Dietmann, geboren 1963 in Erfurt:*

Ich will die Missstände in der DDR nicht verharmlosen und schon gar nicht sagen, dass „früher alles besser" war. Aber trotz allem gab es in der alten DDR ein Gefühl von Sicherheit, z.B. was die Arbeitslosigkeit oder die Betreuung von Kindern betrifft. Der Arbeitsplatz war sicher, im Westen hatten viele Menschen auch vor 1990 Angst, arbeitslos zu werden. Diese Angst gab es bei uns bis dahin nicht. Ich kannte damals viele Menschen, die ihren Arbeitsplatz verloren haben. Einige sind in den Westen gezogen, dort gab es mehr Betriebe. Andere sind hier geblieben, und die meisten haben irgendwann wieder eine Beschäftigung gefunden. Für die Familien war damals die Kinderbetreuung auch kein Problem, weil alle Kinder einen Kita-Platz bekommen haben. Für mich heute ein Problem: Im Osten sind die Gehälter und Renten immer noch niedriger als im Westen. Einiges hat sich schon verbessert. Aber es gibt noch viel zu tun.

Wählt einen der folgenden Arbeitsaufträge aus:

- Notiert Stichwörter: Woran denken die Menschen, wenn sie sich zum Thema 30 Jahre Wiedervereinigung äußern?
- Erstellt eine Tabelle. „So sehen die Menschen das vereinte Deutschland heute." Was ist positiv, was negativ?
- Verfasst einen Text: „Deutschland 30 Jahre nach der Wiedervereinigung". Verwendet die Materialien dieser Doppelseite.

Sprachspeicher
- etwas nachvollziehen / nicht nachvollziehen
- etwas akzeptabel / inakzeptabel finden
- Missstände verharmlosen / nicht verharmlosen
- einen Arbeitsplatz / eine Beschäftigung finden-

Das kann ich!

Versucht zunächst, die Aufgaben dieser Doppelseite zu lösen, ohne im Kapitel nachzusehen. Wenn ihr Hilfe bracht, könnt ihr bei den Aufgaben auf den in Klammern angegebenen Seiten nachschlagen.

die KSZE - Konferenz für Sicherheit und Zusammenarbeit in Europa	Ergebnis der Verhandlungen zwischen Großbritannien, Frankreich, USA, Sowjetunion, DDR und Bundesrepublik über die Wiedervereinigung
der „Zwei-plus-vier-Vertrag“	Ergebnisse nach Verhandlungen zwischen der Bundesrepublik mit der DDR, Polen und der Sowjetunion über gegenseitige Anerkennung und Anerkennung der bestehenden Grenzen
die Besatzungszeit	Deutschland wird von den vier Siegermächten des Zweiten Weltkriegs verwaltet. Ein deutscher Staat existiert nicht.
die Ostverträge (Plural)	„Wir sind das Volk“
die Protestbewegung in der DDR	Staaten Europas sowie die USA und die Sowjetunion vereinbaren die Anerkennung der bestehenden Grenzen, die friedliche Regelung von Streitfällen und die Geltung der Menschenrechte.

[1] *Begriffe und ihre Erklärung*

1949	Bau der Berliner Mauer
1961	Wiedervereinigung beider deutscher Staaten
1989	Gründung der Bundesrepublik Deutschland und der DDR
1990	Fall der Berliner Mauer
1985	KSZE
1975	Gorbatschow wird Staatschef der Sowjetunion

[2] *Jahreszahlen und Ereignisse*

[3] *Abbildungen*

[4] *Schild an der ehemaligen innerdeutschen Grenze.* Foto.

„In freier Selbstbestimmung vollenden wir die Einheit und Freiheit Deutschlands. Wir wollen in einem vereinten Europa dem Frieden der Welt dienen. ...
Es gibt drinnen und draußen drückende Sorgen; das übersehen wir nicht. Vorbehalte unserer Nachbarn nehmen wir ernst...
Unser Dank gilt den Bürgerbewegungen und Völkern in Ungarn, in Polen und in der Tschechoslowakei. Die Menschen in Warschau, Budapest und Prag haben Beispiele gegeben. Sie haben den Weg zur inneren Freiheit in der DDR als Bestandteil eines gemeinsamen geschichtlichen Prozesses aufgefasst und ermutigt. Unvergessen ist auch ihre Hilfe für die Flüchtlinge und damit ihr ganz direkter Beitrag zur Überwindung von Mauer und Stacheldraht....
Zu danken haben wir heute vor allem jenen Deutschen, die in der DDR den Mut aufbrachten, sich gegen Unterdrückung und Willkür zu erheben. ...“
http://www.bundespraesident.de/SharedDocs/Reden/DE/Richard-von-Weizsaecker/Reden/1990/

[5] *Rede von Richard von Weizsäcker, Bundespräsident der Bundesrepublik Deutschland 1984 – 1994, anlässlich der Wiedervereinigung am 3.* Oktober 1990, Auszug.

Sachkompetenz

1 Ordnet den Begriffen in [1] die richtige Erklärung zu.

2 Ordnet in [2] den Jahreszahlen die Ereignisse zu.

3 Erläutert die Abbildungen in [3].

4 Erläutert das Schild in [4].

5 Schildert Ereignisse, die zum Fall der Berliner Mauer führten. (S. 228–229; S. 234–235)

6 Bringt die Ereignisse in die richtige zeitliche Reihenfolge:
Fall der Berliner Mauer – Wiedervereinigung beider deutscher Staaten – Massendemonstrationen in der DDR- KSZE - Öffnung der Grenze zwischen Ungarn und Österreich - Gorbatschow wird Staatschef der Sowjetunion

Methodenkompetenz

7 Nennt die Schritte der Methode „Eine politische Rede analysieren“.

8 Analysiert die Rede [5]. Wendet die Schritte der Methode von Seite 237 an.

Urteilskompetenz

9 „Ohne Gorbatschow hätte es keinen Mauerfall gegeben.“ Äußert euch zu dieser Behauptung. (S. 233–236)

10 Der Fall der Berliner Mauer und die Wiedervereinigung werden auch als „friedliche Revolution“ bezeichnet. Nehmt zu dieser Äußerung begründet Stellung.

APP

Die Europäische Union

Das Europäische Parlament

Die Bürgerinnen und Bürger der Europäischen Union (EU) wählen alle fünf Jahre Abgeordnete für das Europäische Parlament (EP). Hier werden wichtige Entscheidungen für alle Mitgliedstaaten getroffen.

1 Beschreibt das Foto.

2 Was wisst ihr schon über die Europäische Union? Notiert Stichwörter.

3 Sammelt Fragen, die ihr zum Thema EU habt.

Schauplatz Das Europäische Parlament

Wie arbeitet das Europäische Parlament?

[1] *Das Europäische Parlament in Straßburg.* Foto.

1 Beschreibt das Foto [1]. Welche Flaggen erkennt ihr? Zählt auf.

Das Europäische Parlament

Das Parlament sitzt in der französischen Stadt Straßburg. Hier haben die 751 Abgeordneten ihren Arbeitsplatz. 96 davon kommen aus Deutschland. Die letzte Wahl zu diesem Parlament war 2019.

Die Aufgaben des Europäischen Parlaments

Das Parlament vertritt die Interessen aller EU-Bürger/-innen. Das sind mehr als 500 Millionen Menschen. Zu den wichtigsten Aufgaben des Europäischen Parlaments gehören:

- **Gesetzgebung**: Die Gesetze, die in der gesamten EU gelten, werden entworfen, diskutiert und beschlossen. Hierbei arbeitet das Parlament mit dem Ministerrat der EU zusammen.
- **Haushaltsrecht**: Gemeinsam mit dem Ministerrat wird darüber abgestimmt, wie viel Geld wofür ausgegeben wird.
- **Kontrolle**: Das Parlament berät andere Organe der EU und kontrolliert deren Arbeit. Außerdem wählt das Europäische Parlament alle fünf Jahre die Präsidentin/den Präsidenten der Europäischen Kommission.

2 Erklärt die Aufgaben des Europäischen Parlaments.

Abgeordnete des Europäischen Parlaments werden oft gefragt, was sie an ihrem Amt gut und wichtig finden. Darauf könnten sie beispielsweise wie folgt antworten:

A: „Ich finde es wichtig, dass wir eine Verordnung zur Verbesserung der Arbeitsbedingungen für Lkw-Fahrer auf den Weg gebracht haben. Das sorgt für mehr Sicherheit im Straßenverkehr."

B: Gut, dass wir hier im Europaparlament neulich die strengen Verordnungen für den Datenschutz verabschiedet haben. Sie gelten nun in der ganzen EU!

C: „Austauschprogramme der EU für Jugendliche in der Berufsausbildung halte ich für gut. Sie schaffen wichtige Voraussetzungen für die Völkerverständigung. In dieser Richtung müssten wir noch mehr tun!"

3 Nennt Entscheidungen, die die Abgeordneten für bedeutsam halten.

4 Erläutert, wie die genannten Regelungen den Alltag der Menschen betreffen.

[2] *Dolmetscher in ihren Kabinen. Die Reden der Abgeordneten werden sofort in alle 24 Sprachen übersetzt.* Foto.

Aus der Arbeit der Parlamentarier

Die Abgeordneten nehmen nicht nur an Sitzungen teil, sondern arbeiten auch in Ausschüssen. Hier werden Vorschläge für neue Gesetze fachlich geprüft und diskutiert. Erst dann werden sie in einer Parlamentssitzung (= Plenum) vorgestellt.

Daneben beraten sich die Parlamentarier mit den Kolleginnen und Kollegen der eigenen Partei (= Fraktion) über anstehende Entscheidungen.

Wenn Besucher/-innen aus den Mitgliedsstaaten kommen, beantworten die Abgeordneten deren Fragen rund um das Parlament der Europäischen Union.

In der sitzungsfreien Zeit bieten sie Sprechstunden in ihrem Wahlkreis an und kümmern sich um die Anliegen der Bürger/-innen.

5 Berichtet über die Tätigkeit der Abgeordneten.

[3] *Ein Saaldiener am Rednerpult des Sitzungssaals.* Foto.

Arbeitsplatz Europaparlament

In der gesamten Verwaltung des Europäischen Parlaments sind rund 7800 Bedienstete beschäftigt. Weil die Europäische Union 24 Amtssprachen hat, ist ein großer Teil als Dolmetscher/-innen (= Übersetzung einer laufenden Rede) und Übersetzer/-innen (z.B. gedruckte Reden, Gesetzestexte, Schriftverkehr) tätig.

Außerdem gibt es viel Personal für Büroarbeiten. Dazu kommen z.B. noch Boten, Fahrer, Haustechniker oder Reinigungskräfte.

Saaldiener bringen täglich Tausende von Schriftstücken in die Büros und zu den Sitzungen. Neuen Abgeordneten, die zum ersten Mal an einer Sitzung teilnehmen, zeigen sie ihre Plätze.

6 Stellt Berufe beim Europaparlament vor.

Wählt einen der folgenden Arbeitsaufträge aus:

- Erstellt eine Liste: Die Aufgaben des Europäischen Parlaments.
- Schreibt ein Kurzreferat: Das EU-Parlament und seine Beschäftigten.
- Notiert Stichpunkte für einen Vergleich der Arbeit von Abgeordneten im Deutschen Bundestag und im Europaparlament. Tragt eurer Klasse das Ergebnis als Zwiegespräch vor.

[1] *Die Mitgliedsstaaten der EU.* Karte. Großbritannien ist im Januar 2020 aus der EU ausgetreten.

1 Orientiert euch auf der Karte [1] und notiert in eurem Heft alle Staaten der EU in der Reihenfolge ihres Beitritts zur Europäischen Union.

Vereintes Europa

Nach dem Ende des Zweiten Weltkriegs lag Europa in Trümmern. In allen europäischen Staaten gab es schwere Verluste und Zerstörungen, ein großer Teil der Bevölkerung hungerte.

In der Nachkriegszeit wuchs der Wunsch sowohl bei den Politikern als auch in der Bevölkerung, nie wieder einen Krieg gegeneinander zu führen. Daher schien es notwendig, vor allem Regelungen für die wirtschaftliche Zusammenarbeit der Staaten zu finden.

So entstand seit 1951 in mehreren Schritten die heutige Europäische Union.

APP

▶ **1949**
Gründung des **Europarates** durch zehn europäische Staaten; führende Menschenrechtsorganisation in Europa

▶ **1951**
Europäische Gemeinschaft für Kohle und Stahl (EGKS)

▶ **1957**
Europäische Wirtschaftsgemeinschaft (EWG)

▶ **1967**
Europäische Gemeinschaft (EG)

▶ **1993**
Europäische Union (EU)

▶ **2002**
Einführung des **Euro** (€) als Gemeinschaftswährung in Europa

Die Europäische Union

SCHAUPLATZ
Das Europäische Parlament
S. 250–251

ORIENTIERUNG
S. 252–253

Die Institutionen der Europäischen Union
S. 254–255

Der Wunsch nach einem vereinten Europa
S. 256–257

Mitbestimmung in Europa
S. 258–259

Wirtschaft und Alltag in der EU
S. 260–261

WAHLSEITEN
Europa in der Welt, Ungleiche Partner, Gute Nachbarschaft, Jugend in Europa
S. 262-265

METHODE
Eine Podiumsdiskussion durchführen
S. 266–267

Die Zukunft der Europäischen Union
S. 268–269

DAS KANN ICH!
S. 270–271

Die Institutionen der Europäischen Union

Wie arbeiten die einzelnen Organe zusammen?

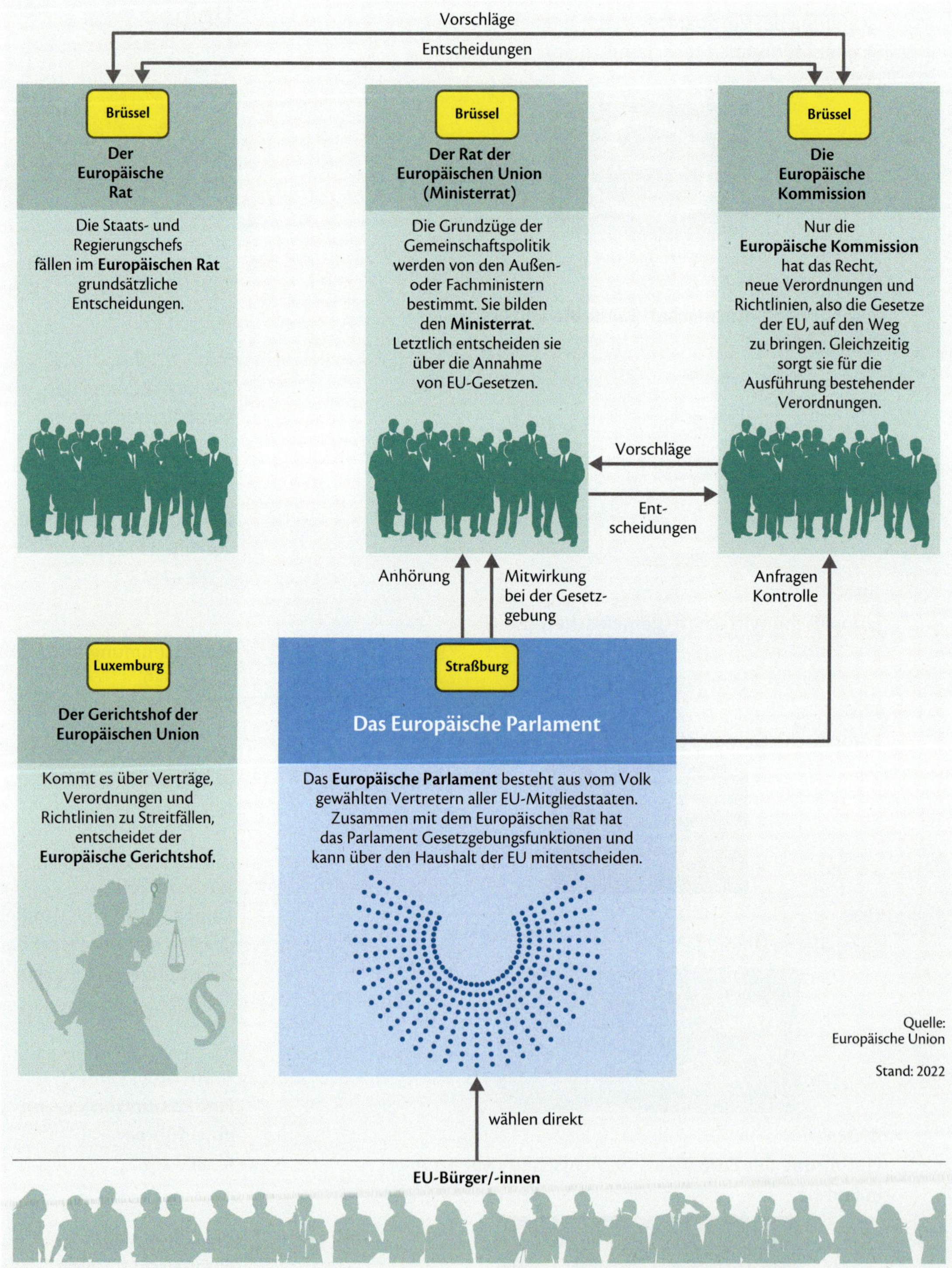

[1] *So funktioniert die Europäische Union.* Schaubild.

Sprachspeicher
- Entscheidungen fällen
- Gesetze auf den Weg bringen
- die Grundzüge der Politik bestimmen
- über den Haushalt entscheiden/mitentscheiden

1 Wertet das Schaubild [1] aus:
- Wer wählt das Europäische Parlament?
- Wer beschließt neue Gesetze?
- Wer sorgt für die Ausführung der Gesetze und Verordnungen?

Die Europäische Kommission

Die Europäische Kommission in Brüssel macht die eigentliche Regierungsarbeit für die EU. Sie setzt sich aus Vertreterinnen und Vertretern aller EU-Mitgliedsstaaten zusammen, die von ihren Regierungen beauftragt wurden. Man nennt diese Vertreter „Kommissarinnen" oder „Kommissare".
Zur Präsidentin der EU-Kommission wurde 2019 die deutsche Politikerin Ursula von der Leyen (CDU) gewählt. Ihre Aufgaben sind vergleichbar mit denen einer Regierungschefin.
Viele Entscheidungen, die unseren Alltag bestimmen, werden von Brüssel aus auf den Weg gebracht.

***Anna K., Fachkraft für Lagerlogistik:** Meine Berufsausbildung wird in der EU überall anerkannt. Ich kann mir in allen Ländern der EU einen Job suchen."*

***Sandra B., Sachbearbeiterin:** „Viele Produkte hier im Supermarkt kommen zollfrei aus allen EU-Ländern. Gut, dass wir jetzt endlich die Kennzeichnungspflicht für Lebensmittel haben. Es muss z.B. immer genau draufstehen, wie viel Fett oder Zucker drin ist. Auch die Garantiefrist beim Kauf von Gegenständen ist in der EU einheitlich geworden. Prima finde ich vor allem, dass wir eine stabile gemeinsame Währung haben."*

***Janine W., Hausfrau:** „Die EU sorgt dafür, dass wir sauberes Trinkwasser haben und saubere Luft atmen. In der Landwirtschaft wurden Pestizide verboten. Auch dürfen keine Giftstoffe im Spielzeug oder in Kosmetikprodukten sein."*

***Kalim M., Student:** „Wie schön, dass die lästigen Grenzkontrollen weggefallen sind und dass die EU für niedrige Handygebühren bei Gesprächen aus dem Ausland nach Hause gesorgt hat. Und auch gut, dass die Wasserqualität an den Badestränden kontrolliert und das Ergebnis veröffentlicht werden."*

Wählt einen der folgenden Arbeitsaufträge aus:

- Schreibt die Organe der EU mit kurzen Erläuterungen ins Heft.
- Zeichnet Schaubild [1] vergrößert als Plakat für die Klassenwand.
- Formuliert Quizfragen zu den Regelungen der EU und stellt sie euren Banknachbarn.

Sprachspeicher
- regieren > die Regierung; die Regierungsarbeit
- die EU regieren
- Gesetze/Verordnungen ausführen
- eine gemeinsame Währung haben

APP

Der Wunsch nach einem vereinten Europa

Warum schlossen sich europäische Länder zusammen?

[1] *Jubel in Prag über den Beitritt Tschechiens zur EU.* Foto.

Wie alles begann

- *Den Anfang machten Belgien, die Bundesrepublik Deutschland, Frankreich, Italien, Luxemburg und die Niederlande. Sie unterschrieben im Jahre 1951 den Vertrag über die Gründung der Europäischen Gemeinschaft für Kohle und Stahl (EGKS), die „Montanunion".*
- *Im März 1957 unterzeichneten die Mitglieder der EGKS in Rom einen weiteren Vertrag. Ziele waren u.a. eine gemeinsame Regelung der Landwirtschaft und die Abschaffung von Zöllen. Es entstand die Europäische Wirtschaftsgemeinschaft (EWG). Bis 1968 fielen alle Binnenzölle weg.*
- *Außer der Wirtschaftsgemeinschaft bestand ein Abkommen der sechs Staaten über die friedliche Nutzung der Atomenergie. 1967 einigte man sich auf einen Zusammenschluss der beiden Bereiche und wählte künftig die Bezeichnung „Europäische Gemeinschaft" (EG).*
- *Im Februar 1992 wurde ein Vertrag in Maastricht (Niederlande) unterzeichnet. Das Vertragswerk regelte auch die gemeinsame Außen- und Sicherheitspolitik. Die Gemeinschaft von zwölf Mitgliedstaaten wurde zur „Europäischen Union" (EU).*

1 Notiert die einzelnen Stationen auf dem Weg zur Europäischen Union in eurem Heft.

2 Beschreibt das Foto [1] und vermutet, was die Menschen gedacht haben könnten.

Zuwachs für die EU-Familie

In der Nacht zum 1. Mai 2004 feierten viele Menschen mit Feuerwerk und Freudentänzen an den Grenzübergängen den Beitritt ihrer Länder zur Europäischen Union.

Die EU erhielt mit dem Beitritt von zehn neuen Mitgliedern aus überwiegend osteuropäischen Ländern den kräftigsten Zuwachs ihrer Geschichte. In den Jahren 2007 (Bulgarien, Rumänien) und 2013 (Kroatien) kamen drei weitere Länder aus dem ehemaligen Ostblock hinzu.

3 Findet die neuen Mitgliedsländer (ab 2004) auf Karte [1], S. 252 und notiert ihre Namen.

Für beide Seiten ein Gewinn?

Das Interesse am Beitritt dieser Länder war nach dem Zerfall der Sowjetunion auf beiden Seiten groß. Die Osteuropäer versprachen sich wirtschaftliche Unterstützung und neue Chancen. Es ging ihnen auch um Hilfe bei der Festigung der Demokratie in ihren Ländern.

Die EU hoffte auf neue Märkte und eine engere politische Bindung an den Westen.

4 Stellt fest, was sich die Menschen in Ost und West erhofften.

Sprachspeicher

- einen Vertrag unterschreiben/unterzeichnen
- sich auf einen Zusammenschluss einigen
- Zölle/Binnenzölle abschaffen
- der EU beitreten
- aus der EU austreten

[2] *Stimmen zur Osterweiterung*

A Gabriela S. aus Bulgarien:
„Man nennt unser Land oft das ‚Armenhaus' der EU. Beim Beitritt unseres Landes haben sich die meisten ein besseres Leben versprochen.
Armut ist zwar immer noch ein Problem, aber wir haben schon große Fortschritte gemacht. Ausländische Firmen haben hier Fabriken gebaut. Dort gibt es gute Arbeitsplätze. Auch der Verbrauch der Privathaushalte hat stark zugenommen. Ich denke, wir sind auf einem guten Weg."

B Pjotr W. aus Polen:
„Seit dem Beitritt zur EU können wir einfach über die Grenze nach Deutschland zum Arbeiten gehen. Polnische Handwerker sind dort sehr begehrt, weil sie für weniger Geld als deutsche arbeiten. Manchmal führt das aber auch zu Feindseligkeiten. Es heißt dann, wir würden den Deutschen die Arbeit wegnehmen."

C Helen D. aus Malta:
„Unser wichtigster Wirtschaftszweig ist der Tourismus. Ich selbst bin Fremdenführerin und kann recht gut davon leben.
Seit wir in der EU sind, hat die Arbeitslosigkeit ständig abgenommen. Die gesamte Wirtschaftsleistung und die Einkommen der Leute sind gestiegen.
Malta führt vor allem Schiffe und Boote aus, aber auch Getreide, Blumen oder Obst und Gemüse.

D Milán Z. aus Ungarn:
„Anfangs habe ich mich sehr über den Beitritt Ungarns zur EU gefreut. Mittlerweile sehe ich das aber kritischer. Ich habe das Gefühl, dass die EU uns bei vielen Themen hineinreden will. Wir sollten doch über solche Dinge selbst entscheiden dürfen und nicht von Brüssel aus bestimmt werden."
(Verfassertexte)

4 Untersucht die Aussagen der Personen A–D:
- Welche Vorteile sprechen sie an?
- Welche Nachteile oder Probleme sehen sie?

[3] *Die EU-Osterweiterung.* Karikatur von Klaus Stuttmann

5 Deutet die Karikatur und nehmt Stellung zu ihrer Aussage.

Nach der Osterweiterung
Einige Kritiker der Erweiterung befürchteten, dass sich die EU mit den neuen Beitritten übernehmen würde. Doch rund 15 Jahre danach hat sich die Wirtschaft in fast allen neuen Mitgliedstaaten sehr stark weiterentwickelt.
Obwohl die EU viele Milliarden an Fördergeldern investieren musste, nutzte der Beitritt auch der Wirtschaft der bisherigen Mitglieder.
Allerdings entwickelte sich die Politik einiger neuer Mitgliedstaaten, besonders in Ungarn und Polen, aus Sicht der EU in eine bedenkliche Richtung. Die EU wirft ihnen vor, Grundrechte wie die Pressefreiheit einzuschränken oder den Schutz von Minderheiten nicht zu wahren. Daraus ergeben sich neue Konflikte.

Wählt einen der folgenden Arbeitsaufträge aus:

- Notiert für jedes Beispiel A–D eine passende Zeitungsüberschrift.
- Führt mit zwei Personen aus A–D ein kurzes Interview (Notizen machen und vorspielen).
- Verfasst einen Zeitungsartikel: „Die EU-Erweiterung – eine Erfolgsgeschichte?"

Was ihr noch tun könnt:

→ Euch eingehender im Internet über die hier genannten EU-Staaten informieren.

Sprachspeicher
- die EU erweitern > die Osterweiterung
- die Arbeitslosigkeit steigt/nimmt ab
- etwas befürchten/Bedenken haben
- sich in eine bedenkliche Richtung entwickeln

Politische Mitbestimmung in Europa

Welche Beteiligungsmöglichkeiten haben die EU-Bürger/-innen?

[1] *Plakate zur Europawahl 2019 in Düsseldorf.* Foto.

1 Beschreibt die Wahlplakate [1]; wie wirken sie auf euch?

Europäer wählen

Die großen Parteien im Europäischen Parlament haben Ähnlichkeit mit den Parteien in den einzelnen Mitgliedstaaten. Wer seinem Parlament im eigenen Land angehört, darf nicht gleichzeitig für Europa kandidieren.

Im Jahr 1979 wurde das Europäische Parlament zum ersten Mal gewählt. Viele der großen Parteien wie CDU oder SPD schließen sich im Europaparlament mit Parteien aus anderen Ländern zusammen, die ähnliche Ziele verfolgen. Es gibt zehn große europäische Parteien, die registriert sind. Die größten sind die EVP (Europäische Volkspartei) und die SPE (Sozialdemokratische Partei Europas).

Durch die Wahl können die EU-Bürger/-innen die Zusammensetzung und politische Richtung des Parlaments beeinflussen. Manche Parteien setzen sich z.B. stärker für Themen wie Umweltschutz ein, andere möchten mehr Sicherheit für die Bürger oder sie wollen den Sozialstaat ausbauen.

2 Berichtet über die Europawahlen.

Bürgerinitiativen

Auch auf europäischer Ebene ist es seit 2012 möglich, eine Bürgerinitiative in Brüssel zu starten. Die Initiative soll von allgemeinem Interesse sein. Deshalb muss sie von mindestens einer Million EU-Bürgerinnen und EU-Bürgern aus sieben Staaten durch ihre Unterschrift unterstützt werden.

Die EU-Kommission wird dann aufgefordert, einen Gesetzesvorschlag vorzubereiten. Anschließend wird alles geprüft und es werden Gespräche mit Fachleuten geführt. Schließlich muss die EU-Kommission eine Antwort geben, in der erklärt wird, wie weiter vorgegangen wird. Oder sie begründet, warum die Initiative abgelehnt wurde.

Bisher ging es dabei vielfach um Fragen der Gesundheit oder um das Tierwohl. So gab es beispielsweise eine große Bürgerinitiative mit dem Namen „Rettet die Bienen", die sich für Schritte gegen das Artensterben einsetzte. Eine andere Initiative ist „Fight2Water". Sie machte sich gegen den Verkauf der Wasserversorgung an private Firmen stark. Die EU setzte diese Vorschläge teilweise um.

3 Beschreibt den Ablauf einer EU-weiten Bürgerinitiative.

Sprachspeicher
- für etwas kandidieren > die Kandidatin/der Kandidat
- eine politische Richtung beeinflussen; sich für etwas einsetzen
- eine Bürgerinitiative starten
- sich für/gegen etwas stark machen

[2] *Die Landesvertretung Nordrhein-Westfalen in Brüssel.* Foto.

4 Betrachtet das Foto [2] und vermutet, zu welchem Zweck es in Brüssel Vertretungen der deutschen Bundesländer gibt.

Interessen vertreten

Die Zusammenarbeit der Staaten ist enger geworden. Immer mehr Entscheidungen werden für alle EU-Mitgliedsstaaten in Brüssel getroffen. Neue Verordnungen, z.B. für die Landwirtschaft, können Menschen in manchen Regionen stärker betreffen als in anderen.

So ist es wichtig, dass auch die einzelnen deutschen Bundesländer Einfluss auf Entscheidungen der EU nehmen können. Daher gibt es in Brüssel Landesvertretungen der deutschen Bundesländer. Sie halten ständig Kontakt zu den EU-Behörden und informieren die Regierung ihres Bundeslandes über alle Vorhaben. Wenn es um Fragen geht, die ihr Bundesland betreffen, können die entsprechenden Landesminister/-innen an Verhandlungen mit EU-Behörden beteiligt werden.

5 Berichtet in eigenen Worten über die Vertretungen der Bundesländer in Brüssel.

Beschwerdestelle

Die EU verfügt über eine Beschwerdestelle. Dort laufen die Beschwerden über Missstände in der Verwaltung der EU zusammen. Jede/-r Bürger/-in, die/der mit einer Dienststelle der EU zu tun hat oder der von einer Ungerechtigkeit gehört hat, kann sich hier beschweren.

Aber auch Städte, Landkreise oder Firmen sind dazu berechtigt. Sie beklagen sich z.B., wenn ihre Angelegenheiten zu langsam behandelt wurden. In Straßburg gibt es hierfür einen gewählten Bürgerbeauftragten.

6 Erläutert an einem Beispiel die Einrichtung einer Beschwerdestelle für Bürger/-innen der Europäischen Union.

Wählt einen der folgenden Arbeitsaufträge aus:

- Fasst die Möglichkeiten der Bürgerbeteiligung in einem kurzen Bericht zusammen.
- Entwerft ein Gespräch: Einer behauptet, EU-Bürger/-innen könnten nichts mitbestimmen, der andere widerspricht ihm.
- Notiert Argumente für mehr Engagement in Europa als Plakatentwurf für eine Europawahl.

Sprachspeicher

- Entscheidungen treffen/auf Entscheidungen Einfluss nehmen
- sich beschweren > die Beschwerde, die Beschwerdestelle
- sich an Verhandlungen beteiligen

Wirtschaft und Alltag in der EU

Was bedeutet der Binnenmarkt für die Bürgerinnen und Bürger der EU?

Mein Vater überweist jeden Monat Geld auf sein Konto in Thessaloniki in Griechenland, weil er später dort ein Geschäft gründen möchte. Wir haben da schon eine Wohnung und fahren immer in den Ferien dorthin.

Meine Schwester absolviert eine Bankausbildung. Im Rahmen ihrer Ausbildung verbrachte sie ein halbes Jahr in einer Partnerbank in Paris. Ich würde gerne später auch einmal im Ausland arbeiten.

Mein Onkel handelt mit Obst und Gemüse. Die Sachen kommen aus vielen Ländern Europas: Spargel aus Griechenland, Erdbeeren aus Spanien, Tomaten aus den Niederlanden. Und mit dem Zoll hat das nichts mehr zu tun.

Meine Mutter arbeitet bei einer Versicherung. Vor kurzem hat sie einem Transportunternehmer aus Maastricht in den Niederlanden eine Lebensversicherung vermittelt.

[1] *Äußerungen zum Binnenmarkt.* Fotos.

[2] *Die „Vier Freiheiten" des Binnenmarkts.* Schaubild.

1 Erläutert das Schaubild [2] mithilfe der obenstehenden Äußerungen [1].

* *der* **Binnenmarkt** = einheitlicher Markt mit gleichen Bedingungen

Sprachspeicher
- der Geldverkehr · der Kapitalverkehr · der Zahlungsverkehr
- die Grenze · die Grenzkontrolle
- die Norm · die Normen und Vorschriften

Mehr Zusammenarbeit im Binnenmarkt

Im Jahre 1993 trat der *Vertrag von Maastricht* in Kraft. Er erweiterte die bisher geltenden Freiheiten um neue Gemeinsamkeiten.
Beschlossen wurde eine gemeinsame Finanz-, Währungs-, Außen- und Sicherheitspolitik. Auch in der Innenpolitik und in Rechtsfragen will man enger zusammenarbeiten als zuvor. Man will gemeinsam gegen Kriminalität und Terrorismus vorgehen.

Eine gemeinsame Währung

Das am besten greifbare Zeichen einer gemeinsamen Finanz- und Währungspolitik ist der Euro. Es gibt ihn seit dem 1. 1. 2002. Zwölf EU-Länder gingen damals mit ihm an den Start. Mittlerweile ist der Euro offizielle Währung in 19 Mitgliedstaaten. Einige treten nicht bei, weil sie um ihre Eigenständigkeit fürchten, andere erfüllen die strengen Bestimmungen noch nicht.
Für die Wirtschaft hat die Einführung des Euro große Erleichterungen gebracht. Auch bei Reisen im EU-Ausland erleichtert er vieles.

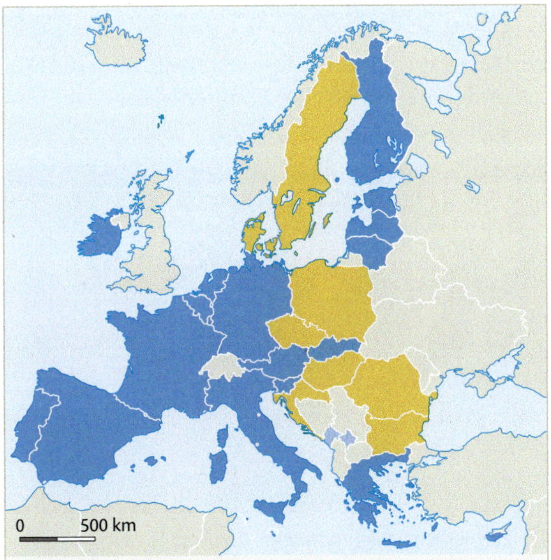

[3] *Die €urozone (Stand 2020).* Karte.

2 Listet in einer Tabelle auf:
- EU-Mitglieder mit €
- Nicht-Mitglieder mit €
- EU-Mitglieder ohne €

Verbraucherschutz

Eine wichtige Aufgabe im freien Handel der EU ist es, Vorsorge für die Gesundheit und Sicherheit der Verbraucher zu treffen. Dafür gibt die EU allgemeingültige Qualitäts- und Hygienestandards vor. Hierbei geht es vor allem um die Nahrungsmittel. Seit 2016 stehen auf allen Lebensmittelverpackungen gut lesbar Angaben über Herkunft, Zutaten, Mindesthaltbarkeit und eine Nährwerttabelle.
Fleischskandale oder Probleme mit Verunreinigungen und verbotenen Zusatzstoffen zeigen, wie wichtig hier Kontrollen und einheitliche Bestrafungen sind.
Zum Verbraucherschutz gehören aber z.B. auch Regelungen für Garantieleistungen und ein besonderer Schutz bei Internetgeschäften.

Ø Nährwerte pro 100 g	
Energie	852 kJ / 206 kcal
Fett	16,8 g
davon gesättigte Fettsäuren	1,9 g
Kohlenhydrate	11,5 g
davon Zucker	3,5 g
Eiweiß	1,4 g
Salz	1,2 g

[4] *Nährwerttabelle.* Infografik.

3 Begründet, warum es notwendig ist, die Rechte der Verbraucher wirksam zu schützen.

Wählt einen der folgenden Arbeitsaufträge aus:

- Gestaltet nach dem Muster von Abb. [1] ein Plakat für die Klassenwand und ergänzt die Informationen aus dem Text.
- Tragt zu zweit die Beispiele aus [2] in Form eines Interviews vor; ergänzt sie durch eigene Beispiele.
- Bewertet die Vier Freiheiten und die Bestimmungen aus dem Vertrag von Maastricht. Findet Beispiele und Argumente für Vor- und Nachteile.

Sprachspeicher
- das Recht · die Rechtsfragen
- die Finanzen · die Währung · Währungspolitik
- die Qualitäts- und Hygienestandards
- garantieren · die Garantieleistungen
- der Skandal · die Fleischskandale

Wahlseite Europa in der Welt

1 Informiert euch auf dieser Seite über Europas Bedeutung in der Welt.
2 Präsentiert eure Ergebnisse in geeigneter Form in der Klasse.

[1] *Touristen aus allen Erdteilen besuchen die Sehenswürdigkeiten unseres Kontinents.* Foto.

Aus Europa in die Welt

Einen guten Namen weltweit hat die europäische Luxusgüterindustrie mit hochwertigen Uhren, Autos, Modeartikeln und Kosmetikprodukten. Immer häufiger trifft man im außereuropäischen Ausland auf Niederlassungen von Ladenketten, die man aus größeren europäischen Städten kennt. Europas Stärke im Export liegt aber ganz besonders in der Spezialisierung. Gefragt sind z. B. genau auf den Bedarf zugeschnittene, komplette Industrieanlagen einschließlich der Schulung von Mitarbeiterinnen und Mitarbeitern.
Die wichtigsten Handelspartner der EU sind die USA, China, Russland und die Schweiz.

Politische Bedeutung

Die Europäische Union wird in der übrigen Welt noch zu selten als politische Einheit angesehen. Internationale Beziehungen und Abkommen werden meist zwischen Einzelstaaten abgeschlossen. Die gemeinsame Außenpolitik der EU steckt noch in den Anfängen. Bisher kann sie das Auftreten der einzelnen europäischen Staaten nur ergänzen.

Europas Faszination

Baukunst und Malerei aus Europa werden überall in der Welt bewundert. Man liest weltweit europäische Schriftsteller wie Goethe oder Shakespeare und lernt alte Sprachen wie Latein. In Asiens Konzertsälen spielt man gerne Beethoven oder die Musik anderer europäischer Komponisten.

[2] *Europäischer Exportschlager: Luxusautos.* Zeichnung.

Tipps für die Erarbeitung

- Ihr könnt den Lese-Profi benutzen.
- Beschreibt die Bilder.
- Listet wichtige Produkte aus Europa auf.

Tipps für die Präsentation

- Fertigt eine Collage zum Thema „Europa in der Welt“ an und stellt sie vor.

☒ Wahlseite Ungleiche Partner

1 Informiert euch auf dieser Seite über wirtschaftliche und soziale Unterschiede in der EU.
2 Präsentiert die Ergebnisse in geeigneter Form in der Klasse.

[1] *Dorfstraße in Rumänien* ... Foto.

[3] *... und in den Niederlanden*... Foto.

Ungleichheiten

Die EU gehört zu den stärksten Wirtschaftsmächten der Welt. Doch die finanzielle Lage der einzelnen EU-Länder ist unterschiedlich. In Nord- und Mitteleuropa gibt es reiche Staaten wie Schweden oder Deutschland. In Bulgarien oder Rumänien leben viele Menschen unterhalb der Armutsgrenze.
Auch innerhalb der Länder gibt es Unterschiede wie zwischen den reichen Industriegebieten in Norditalien und den armen Gebieten in Süditalien. In Deutschland fallen die Abstände zwischen reicheren und ärmeren Bundesländern ebenfalls auf.
Staaten, die wirtschaftlich schwächer sind, nehmen weniger Steuern ein. Daher können sie in Bereichen wie Bildung oder Gesundheit weniger für ihre Bürger/-innen tun.

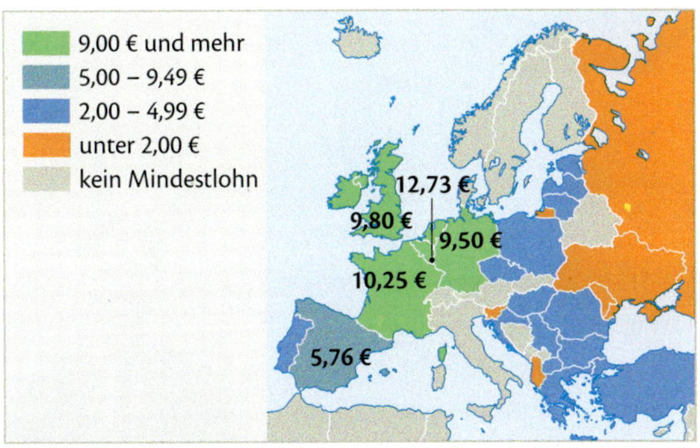

[2] *Mindestlöhne pro Stunde in Europa 2021.* Karte.

Ausgleichszahlungen

Für die EU ist es ein wichtiges Ziel, diese Unterschiede auszugleichen. Daher zahlt jeder Mitgliedsstaat der EU einen Beitrag in eine gemeinsame Kasse.
Das Geld wird vor allem für die Förderung wirtschaftlich schwacher Gebiete ausgegeben. Dort werden zum Beispiel wichtige Großprojekte beim Straßen- oder Brückenbau finanziert und günstige Kredite an Unternehmen vergeben.

Arbeitsplatz Europa

Ein ernstes Problem ist in einigen EU-Ländern die hohe Jugendarbeitslosigkeit. Trotz guter Ausbildung gelingt es jungen Menschen dort kaum, eine Arbeitsstelle zu finden. Deshalb ist für sie oft der einzige Ausweg, Arbeit im Ausland zu finden.
Auch ältere Erwachsene, vor allem aus Ost- und Südosteuropa, verlassen für Wochen oder Monate ihre Familie, um etwa in Deutschland bei der Pflege oder in der Landwirtschaft zu helfen. Häufig übernehmen sie harte und vergleichsweise schlecht bezahlte Arbeiten, die bei Einheimischen wenig begehrt sind.

Tipps für die Erarbeitung
- Wertet die Fotos und die Karte [2] aus.
- Listet Ungleichheiten auf.
- Notiert Hilfen der EU.

Tipps für die Präsentation
- Lasst die Fotos vergleichen und deuten.
- Stellt die Ungleichheiten vor.
- Erläutert die Ausgleichszahlungen.

☒ Wahlseite Gute Nachbarschaft

1 Informiert euch auf dieser Seite über grenzübergreifende Zusammenarbeit.
2 Präsentiert die Ergebnisse in geeigneter Form in der Klasse.

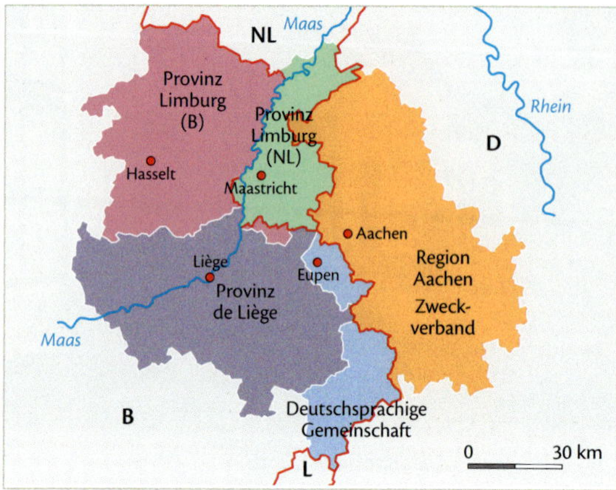

[1] *Euregio Maas-Rhein.* Karte.

EUREGIO

„Euregio" bedeutet grenzübergreifende Zusammenarbeit in wirtschaftlicher, kultureller und sozialer Hinsicht zwischen den Regionen beiderseits der Grenzen. Hierzu werden gemeinsame Vorgehensweisen und Entwicklungsprogramme ausgearbeitet.

Im Augenblick stehen Projekte zu den Themen „Klimaschutz und Energie", „Wirtschaft und Arbeit", „Mobilität und Verkehr" sowie „Bevölkerungsentwicklung" im Vordergrund. Die Projekte werden von der EU finanziell gefördert.

Ob Leichtathletik, Wassersport oder Fußball, sportliche Begegnungen haben hier im Grenzland längst Tradition. Gefördert wir der Sport u.a. von der Europäischen Akademie des Sports in den Niederlanden.

Als wir gebaut hatten, waren die Grundstücke hier in den Niederlanden viel preisgünstiger. Es ist überhaupt kein Problem, zu meinem Arbeitsplatz in Deutschland zu fahren. Weil auch einige Buslinien über die Grenze fahren, können die Kinder weiterhin ihre frühere Schule besuchen.

Mit dem Projekt EMRIC+ ist die Zusammenarbeit zwischen Rettungsdiensten, Feuerwehren, Krankenhäusern und Gesundheitsämtern gemeint. Landesgrenzen sollen keine Rolle spielen, wenn es um die Gesundheit geht!

EUREGIO-TV ist ein Projekt im Grenzgebiet Maas-Rhein, wo rund fünf Millionen Menschen leben. Sieben regionale Fernsehsender planen ein gemeinsames Programm, das seit September 2012 ausgestrahlt wird.

Unser Projekt EURES informiert und berät Arbeitnehmer und Arbeitgeber in den Grenzregionen. Vor allem aber vermitteln wir Stellen.

Tipps für die Auswertung
- Klärt die Lage dieser EUREGIO im Atlas.
- Stellt fest, an welchen EUREGIOs das Land NRW außerdem beteiligt ist.

Tipps für die Präsentation
- Stellt EUREGIO mithilfe der Beispiele vor.
- Tauscht im Klassengespräch eigene Erfahrungen mit einer EUREGIO aus, die in eurer Nähe liegt.

☒ Wahlseite Jugend in Europa

MK **1** Informiert euch auf dieser Seite über Austauschprogramme in der EU.

MK **2** Präsentiert die Ergebnisse in geeigneter Form in der Klasse.

Leben, lernen und arbeiten in Europa

Jede/-r EU-Bürger/-in kann in einem anderen Mitgliedsland leben und arbeiten. Seit 2004 schützt die Europäische Krankenversicherungskarte. Sie deckt alle Behandlungskosten im EU-Ausland ab.
Wichtig für die Arbeit im Ausland ist die gegenseitige Anerkennung von Schul- oder Hochschulabschlüssen und der Berufsausbildung.
Viele Betriebe sind auf internationalen Märkten vertreten und haben ein Interesse daran, dass junge Fachkräfte auch nach der Ausbildung mit einem Auslandspraktikum internationale Berufserfahrung sammeln. Lehrgänge zur Weiterbildung sind dort ebenfalls möglich. Anlaufstellen sind je nach Branche die Industrie- und Handelskammern oder die Handwerkskammern.

Bildungsprogramme

COMENIUS richtet sich an Schüler/-innen aller Schulformen von der Vorschule bis zum Abitur. Im Mittelpunkt stehen Schulpartnerschaften und Sprachprojekte.
LEONARDO gibt Azubis, jungen Berufstätigen und Studenten die Chance, Auslandserfahrungen in ihrem Beruf zu sammeln. Zwischen drei Wochen und zwölf Monaten kann man im Ausland ein Praktikum oder einen Teil der Ausbildung absolvieren. Bewerber werden in Seminaren auf das Auslandspraktikum vorbereitet und vermittelt.
Es gibt auch Schulpartnerschaften, die über einen längeren Zeitraum laufen. So kann man ein Land besonders gut kennen lernen.

[1] Pedro (16 J.), ist Schüler aus Spanien. Er hat mit einer Gruppe aus Malaga über COMENIUS einen Sprachkurs in Dortmund gemacht.

„Ich habe viele nette Menschen getroffen, mit denen ich auch heute noch in Kontakt stehe. Alles war sehr gut organisiert und hat reibungslos geklappt. Weil es in meiner Gegend nicht viel Arbeit gibt, überlege ich, später vielleicht nach Deutschland zu gehen."

Azra (17 J.) nahm als Bauzeichnerin im zweiten Ausbildungsjahr über LEONARDO an einem Ausbildungspraktikum in Dublin (Irland), teil.

„In der ersten Woche hatten wir einen Sprachkurs. In den folgenden drei Wochen wurden wir in Betriebe aufgeteilt, passend zu unserer Ausbildung. Ich durfte auch mit zu Kundenterminen.
Ich habe viel technisches Englisch dabei gelernt, das man für die Verständigung im Beruf braucht. In dieser Zeit habe ich auch beobachtet, wie unterschiedlich jedes Land baut."

Alexej, 15, Schüler aus Köln, berichtet über seine Schulpartnerschaft:

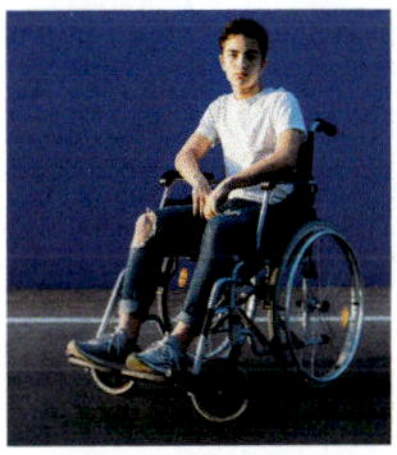

„Unsere Schulpartnerschaft ist eine tolle Sache. Bei uns gibt es sogar einen Austausch für Lehrkräfte. Neulich hat uns eine tschechische Lehrerin 14 Tage lang in Musik unterrichtet.
Zuerst nehmen unsere Familien die Gastschüler auf, die für drei Wochen bei uns bleiben und mit uns zusammen in die Schule gehen. Danach reist meine Klasse nach Prag. Ich bin schon gespannt darauf, welche Unterschiede es zum Unterricht bei uns in Deutschland gibt."

Tipps für die Erarbeitung
- Notiert Stichworte zu den Bildungsprogrammen (Zielgruppe, Möglichkeiten...).
- Listet die Voraussetzungen für die Arbeit im Ausland auf.

Tipps für die Präsentation
- Stellt die Bildungsprogramme vor.
- Führt ein Klassengespräch durch über das Pro und Kontra einer Ausbildung/Arbeit im Ausland.

Methode Eine Podiumsdiskussion durchführen

[1] *Beispiel für eine Podiumsdiskussion in der Klasse. Es diskutieren „Experten"; das sind besonders auf diese Situation vorbereitete Schülerinnen und Schüler.* Zeichnung.

Mit Argumenten spielen

Oft müssen wichtige Entscheidungen getroffen werden. Dann ist es gut, wenn man nicht nur die eigene Meinung als Maßstab anlegt. In einer Diskussion werden hingegen unterschiedliche Ansichten und Argumente vorgebracht. Dadurch kommen mehrere Aspekte einer Sache zur Sprache, an die man selbst vielleicht noch gar nicht gedacht hatte.

Bei einer Diskussionsrunde kann man:
- nach festen Regeln über ein Thema diskutieren
- Meinungen austauschen
- Positionen und Argumente darlegen und gegeneinander abwägen
- Gegenargumente hören und mit den eigenen vergleichen
- andere vielleicht von der eigenen Position überzeugen
- vor Entscheidungen nochmals Inhalte zusammenfassen

Podiumsdiskussion

Will man einen größeren Kreis in einen solchen Gedankenaustausch einbeziehen, eignet sich die Podiumsdiskussion. Hierbei sitzen die Vertreter der unterschiedlichen Positionen zusammen mit einer Diskussionsleitung (Moderator oder Moderatorin) wenn möglich etwas erhöht auf einem sogenannten „Podium".

Die gesamte Redezeit ist begrenzt. Am Ende haben die Zuschauer/-innen eine Gelegenheit, sich mit Fragen und eigenen Argumenten zu beteiligen. Die Diskussion sollte mit einer Zusammenfassung abgerundet werden.

[2] *Eine gute Vorbereitung ist wichtig.* Zeichnung.

Folgende Schritte helfen euch bei der Durchführung einer **Podiumsdiskussion**.

1. Schritt **Diskussion vorbereiten**

- Podium vorbereiten *(Sitzgelegenheiten, Namensschilder...)*
- Möglichkeit schaffen zum Festhalten von Pro- und Kontra-Positionen, Zwischenschritten, Ergebnissen *(Beobachtungsaufgaben, Tafel, Flipchart, OHP...)*
- Gesprächsleitung/Moderation (M) und Protokollführer/-in auswählen *(beim ersten Mal ist es sinnvoll, wenn die Lehrperson die Moderation übernimmt!)*
- M gibt Redezeit vor *(z. B. je 3 bis 4 Minuten)*
- Klasse erarbeitet vorher in Kleingruppen Themen/Positionen und Argumente
- Kleingruppe wählt „Abgeordnete"/Redner/-innen und teilt Rollen für die Diskussionsrunde zu
- Redner/-innen bereiten kurze Einführung in ihre Position/Rolle vor *(= Statement)*.

2. Schritt **Diskussion durchführen**

- Moderator/-in (M) führt ins Thema ein und begrüßt die Teilnehmer/-innen.
- Vorstellungsrunde der an der Diskussion Teilnehmenden *(Positionen/Rollen!)*
- M lenkt Diskussion, achtet darauf, dass jeder sachlich bleibt und beendet nach vorher festgelegter Dauer mit Dank an die Runde.
- Zuschauer/-innen können Fragen an die Teilnehmer/-innen stellen und eigene Ergänzungen einbringen.
- M fasst zusammen und macht gegensätzliche Positionen deutlich *(falls eine Entscheidung fallen soll, folgt am Schluss eine Abstimmung)*.

3. Schritt **Ergebnis auswerten**

Besprecht folgende Fragen:
- Genügte die Vorbereitung, wie habt ihr euch gefühlt, lief die Durchführung sachlich und nach Plan?
- Brachte die Diskussion mehr Klarheit bzw. ein Ergebnis?
- Wie waren Haltung, Stimmführung, Aussprache, Gesten der Redner/-innen?
- Was lief gut? Was sollte verändert werden?

Ablaufbeispiel:
Die 10 a hat sich für das Thema „Klassenfahrt zum EU-Parlament nach Straßburg" entschieden.

1. Schritt:
- Es diskutieren (= Rollen): Klassenleitung, Politiklehrer/-in, Klassensprecher/-in, Elternvertreter/-in...
- Argumente überlegen und notieren. Für den Vorschlag: Mehr Interesse für die EU, Arbeit der Politiker kennen lernen...
  Argumente dagegen: viel zu teuer, Geld lieber für guten Zweck spenden...
- Vertreter/-innen mit denselben oder ähnlichen Ansichten setzen sich zusammen und entscheiden, wer welches Argument vorbringt und verteidigt.
- Einzelne Teilnehmer/-innen aus dem Publikum erhalten Beobachtungsaufgaben *(z. B. auf Äußerlichkeiten wie deutliche Aussprache und Haltung achten oder auf Argumente, die die Diskussion weiterbringen bzw. hemmen...)*

2. Schritt:
- Ablauf lt. Planung

3. Schritt:
- Hinterher wurde bemängelt, dass sich die/der Moderator/-in zu sehr zurückgehalten hat, sodass es zu Streitereien kam und die Diskussion vielfach unsachlich wurde.
- Die Redner/-innen hätten vermutlich mehr Vorbereitungszeit gebraucht.
- Alle waren sich einig, dass diese Aktion auf jeden Fall bewirkt hat, sich zukünftig viel intensiver mit dem Thema EU beschäftigen zu wollen.

1 Führt eine Podiumsdiskussion zu einem umstrittenen Thema.

2 Bereitet eigene Redebeiträge für die Teilnahme an der Diskussion vor.

Die Zukunft der Europäischen Union

Wohin bewegt sich Europa?

[1] *Demonstration in London für ...* Foto.

[2] *... und gegen den Brexit....* Foto.

1 Beschreibt die Fotos [1] und [2].

Der Brexit

Seit ihrer Gründung im Jahre 1957 ist die Union der europäischen Staaten auf Erweiterung ausgelegt. Über Jahrzehnte traten ihr immer neue Mitglieder bei. Für viele Länder war dies eine Chance zu Verbesserungen, vor allem der eigenen Wirtschaft. Nun erfuhr die EU erstmals eine Trennung.
Am 31. Januar 2020 verließ Großbritannien die EU, diesen Austritt bezeichnen wir als „Brexit".
Vier Jahre davor, im Juni 2016 hatten sich rund 52 Prozent der Britinnen und Briten in einer Volksabstimmung für diesen Schritt ausgesprochen.

2 Erklärt den Begriff „Brexit".

Argumente für und gegen den Austritt

Umfragen bestätigten schon früher, dass viele Briten sich nicht als Europäer fühlten. Die Erwartungen, die man 1973 beim Eintritt hatte, erfüllten sich nicht in der erhofften Weise.
Entscheidungen der EU wurden nur widerstrebend akzeptiert, man war von der EU „enttäuscht". Viele Briten glaubten, dass die EU zu viel Geld kostet.

*

der **Brexit** = Kunstwort aus **Brit**ish und **exit** (deutsch: Austritt)

die **Volkswirtschaft** = gesamte Wirtschaft eines Landes

Denn jeder Mitgliedstaat zahlt einen Beitrag an die EU. Mit dem Geld werden verschiedene länderübergreifende EU-Projekte finanziert. Einige Politiker in Großbritannien behaupteten, man sollte dieses Geld besser behalten und für Projekte in dem eigenen Land ausgeben. Viele Menschen hat das überzeugt und sie haben für den Austritt gestimmt.
Es gab aber auch viele Briten, die der Meinung waren, dass es sehr nützlich ist, in der EU zu sein. Denn die Mitgliedschaft hatte auch viele Vorteile: die Briten konnten ohne Probleme in die anderen EU-Länder reisen. Sie konnten dort auch wohnen, arbeiten, lernen und studieren. Schließlich siegten doch die Argumente für den Austritt.

3 Stellt Argumente für und gegen den Austritt vor.

Großbritannien – ein Drittland

Die EU verlor mit dem Austritt Großbritanniens ihre zweitgrößte Volkswirtschaft. Um weiterhin mit den Ländern der EU als Partner zusammenarbeiten zu können, sind für Großbritannien neue Verträge und Abkommen dringend erforderlich. Größere Schwierigkeiten sind künftig an der Grenze von Nordirland zur Republik Irland zu erwarten. Auf der Insel wird es nun eine Außengrenze der EU zu einem sogenannten „Drittland" geben.

4 Fasst die Folgen des Brexits in eigenen Worten zusammen.

Sprachspeicher
- EU-Polizei EUROPOL ▪ der EU beitreten/aus der EU austreten
- die Erwartungen erfüllen sich/erfüllen sich nicht
- Beitritt ▪ Beitrittskandidaten ▪ Beitrittsverfahren
- Verhandlung ▪ Beitrittsverhandlungen
- Grenze ▪ Außengrenze

Allgemeine Unzufriedenheit?

Umfragen zeigen, dass auch 60 Prozent der Bevölkerung in Frankreich keine gute Meinung von der EU haben. In den Niederlanden häufen sich ebenfalls kritische Stimmen.

Dänemark fürchtet den Verlust seiner Selbstständigkeit. Das Land genießt daher eine Sonderstellung: Die Dänen bleiben beim Nein zu einer gemeinsamen Justiz- und Innenpolitik der EU-Länder, gehören nicht mehr zur EU-Polizei Europol und lehnen den Euro ab.

5 Beurteilt die Wirkung negativer Stimmen auf den Zusammenhalt der EU-Länder.

[3] *Demonstration für die Europäische Gemeinschaft (Pulse of Europe). So wie hier in der französischen Stadt Toulouse finden in vielen europäischen Städten an den Wochenenden Kundgebungen für ein vereintes Europa statt.* Foto.

An der Schwelle zu Europa

Im Jahre 2021 lagen aus den folgenden Ländern Anträge zur Aufnahme in die Europäische Union vor: Albanien, Nordmazedonien, Montenegro, Serbien und Türkei.

Die Beitrittskandidaten Serbien und Montenegro konnten bereits einige Anforderungen erfüllen. Sie erhalten finanzielle Unterstützung durch die EU, um Reformen in der öffentlichen Verwaltung, der Justiz und der sozialen Entwicklung durchzuführen.

Albanien und Mazedonien müssen noch grundlegende Verbesserungen umsetzen, bevor ernsthafte Beitrittsverhandlungen aufgenommen werden können.

Die Türkei stellte schon 1987 einen Antrag auf Mitgliedschaft. Seit 2005 läuft das Beitrittsverfahren. Einige Verhandlungspunkte konnten geklärt und abgeschlossen werden, doch tun sich ständig neue strittige Fragen auf.

So weigert sich die Türkei, das EU-Mitglied Zypern als Staat anzuerkennen. Außerdem besteht für die Türkei Nachholbedarf bei der Frage der Grundrechte, z.B. bei der Medien- und Meinungsfreiheit oder bei der Einhaltung der Rechte für Minderheiten.

Dennoch werden die Gespräche nicht abgebrochen, da das Land als Vermittler im Nahen Osten eine bedeutende Rolle spielt.

6 Erstellt eine Liste der Beitrittskandidaten und findet sie auf der Seite 252 [1].

7 Notiert Argumente, die für oder gegen einen Beitritt der Türkei zur EU sprechen.

[4] *Beitrittsvoraussetzungen:*

- Staaten, die in die EU aufgenommen werden wollen, müssen eine demokratische Regierung haben.
- Auch sollen sie die rechtsstaatliche Ordnung in ihrem Land garantieren. Das bedeutet, dass sich Regierung und Verwaltung an die Gesetze halten müssen.
- Ferner sind die Menschenrechte zu wahren und Minderheiten zu schützen. Ihre Wirtschaft muss funktionieren und sie dürfen keine Angst vor dem Wettbewerb haben.
- Schließlich müssen sie auch bereit sein, z.B. finanzielle Verpflichtungen zu übernehmen, die zur Mitgliedschaft gehören.

Wählt einen der folgenden Arbeitsaufträge aus:

- Entwerft ein Transparent für die Demonstration „Pulse of Europe“ [3].
- Schreibt einen Kurzbericht über die Beitrittskandidaten zur EU.
- Entwerft eine kurze Rede: „Europa sollte zusammenhalten.“

Sprachspeicher

- in die EU aufnehmen, der Beitritt zur EU
- Beitrittsverhandlungen führen,
- die/der Beitrittskandidat/-in
- Antrag auf Mitgliedschaft stellen
- Anforderungen erfüllen

Das kann ich!

Comenius	„Regierung“ (Exekutive) der Europäischen Union
der Beitrittskandidat	EU-Programm für Schulpartnerschaften und Sprachprojekte
der Binnenmarkt	Austritt der Briten aus der EU
die Eurozone	Europa ohne Grenzen für Menschen, Waren, Geld und Dienste
die Europäische Kommission	ein Land, das Mitglied der EU werden möchte
der Brexit	Staaten, die den Euro als Währung benutzen

[1] *Begriffe und ihre Bedeutung*

[2] *Karikatur von Klaus Stuttmann (2016)*

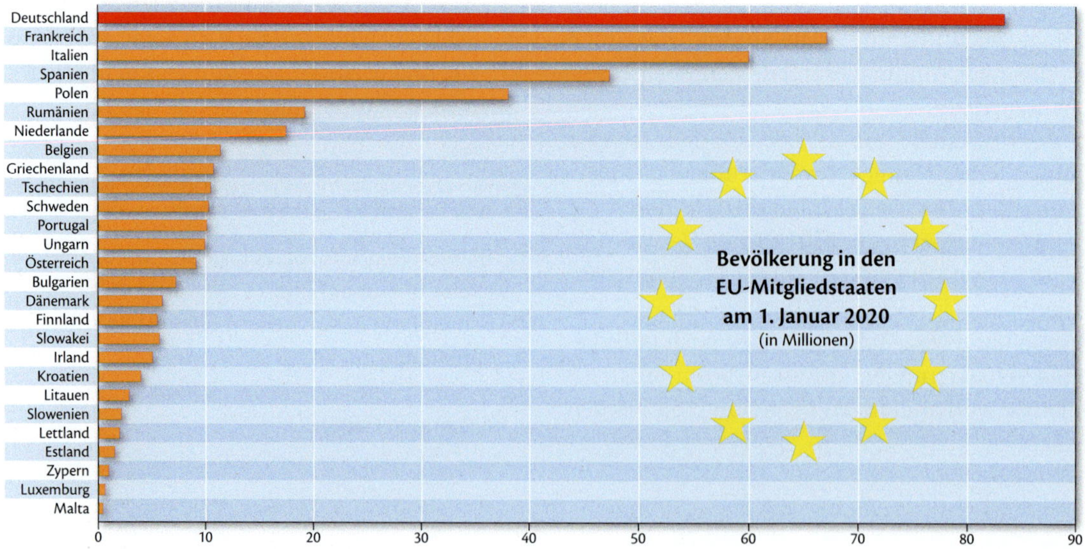

[3] *Die EU-Bevölkerung.* Balkendiagramm.

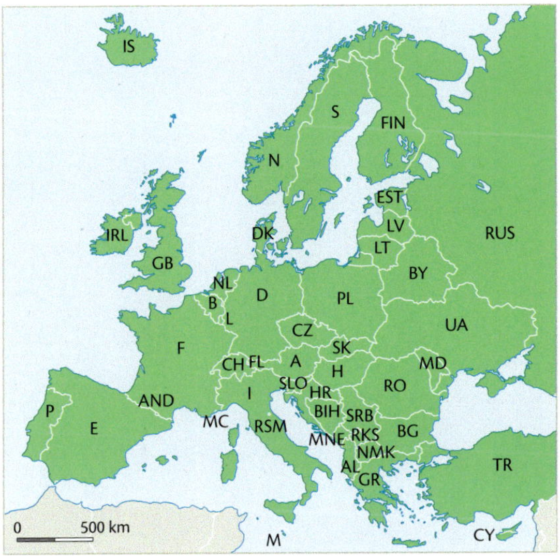

[4] *Europa mit internationalen Kennzeichen.* Karte.

a) Die EU besteht aus 15 Mitgliedstaaten.
b) Überall in Europa wird mit dem Euro bezahlt.
c) Beitrittskandidaten sind gegenwärtig: Serbien, Tunesien, Nordmazedonien und die Schweiz.
d) Die Europäische Kommission bringt Gesetze auf den Weg und setzt Verordnungen durch.

[5] *Richtig oder falsch?*

„Ich heiße Lena und bin 17 Jahre alt. In Unna mache ich im zweiten Jahr eine Ausbildung zur Floristin. Immer schon wollte ich gern mal im Ausland arbeiten, die Ausbildung dafür aber nicht abbrechen. Wer kann mir einen Rat geben?"

[6] *Wer kann hier helfen?*

[7] *Karikatur von Klaus Stuttmann (2013)*

Sachkompetenz

1 Ordnet den Begriffen in der Tabelle [1] die jeweils passende Bedeutung zu.

2 Bestimmt in der Karte [4] die Lage Deutschlands in Europa und zählt die Nachbarstaaten im Uhrzeigersinn auf. Beginnt mit DK (Dänemark).

3 Notiert die drei bevölkerungsreichsten Staaten der EU und die drei Staaten mit den wenigsten Einwohnern [2].

4 Nennt die Gründerstaaten der EU (S. 256/257).

5 Prüft die Aussagen in [5] und schreibt die korrigierten Aussagen auf.

Methodenkompetenz

6 Beschreibt und deutet die Karikatur [3].

7 Nennt die drei Schritte zur Durchführung einer Podiumsdiskussion und zählt auf, was bei der Vorbereitung zu beachten ist (S. 266/267).

Urteilskompetenz

8 Beurteilt die Vor- und Nachteile einer Mitgliedschaft in der EU.

9 Erläutert den Brexit und beurteilt, was er für Großbritannien und für die EU bedeutet [7].

10 Nennt und beurteilt drei Regelungen der EU, die den Alltag der EU-Bürger beeinflussen (z. B. Reisefreiheit)(S. 260/261).

Handlungskompetenz

11 Beratet Lena [6] im Hinblick auf ihren Wunsch.

12 Schreibt eine kurze Rede über die Zukunft der EU und haltet sie (z. B. in der Klasse, im Familienkreis, vor Freunden...).

Viele Welten in einer Welt

Die Stadt Dubai

Dubai ist in den letzten Jahren ein sehr beliebtes Reiseziel geworden. Dabei locken neben den vielen Stunden Sonnenschein vor allem die überwältigenden Bauwerke. Viele Menschen aus ärmeren asiatischen Ländern kommen nach Dubai. Sie arbeiten hier hart und müssen oft unter menschenunwürdigen Bedingungen leben. Ohne ihre Arbeitskraft würde es die grandiosen Bauten der Stadt überhaupt nicht geben.

Aufgaben:

1 Beschreibt die beiden Fotos.
2 Vermutet, wer jeweils in den Gebäuden wohnt.
3 Sammelt Fragen zum Thema „Viele Welten in einer Welt“.

Schauplatz Die Stadt Dubai

[1] *Burj al Arab, eines der teuersten Hotels der Welt.* [2] *Palm Jumeirah, eine künstlich aufgeschüttete Inselgruppe.* [3] *Burj Khalifa, das mit 828 m höchste Gebäude der Welt.*

1 Beschreibt die Fotos [1] – [3] und schildert eure Eindrücke.

Dubai

Dubai ist die Hauptstadt des gleichnamigen Emirats*. Zusammen mit weiteren sechs Emiraten bildet Dubai die Vereinigten Arabischen Emirate (VAE). Die Einwohnerzahl ist in den letzten Jahren stark gestiegen. Heute leben dort 3,3 Millionen Menschen. Die meisten davon wohnen in der Stadt Dubai.

Dubais Hafen entwickelte sich zu einem wichtigen Handelszentrum am Persischen Golf. Reiche Erdölvorkommen führten dazu, dass das Emirat Dubai auch weltweit zu einem bedeutenden Handelspartner wurde. In den letzten Jahren ist das Ölvorkommen allerdings geschrumpft.

Dubais Flughafen war im Jahre 2020 nach seinem hohen Passagieraufkommen der viertgrößte Flughafen der Erde. Airline Emirates gilt als sicherste Fluggesellschaft der Welt und hatte mit die meisten Fluggäste.

2 Berichtet über die Entwicklung von Dubai.

Tourismus

Wegen der zurückgehenden Ölreserven hat sich das Emirat vor Jahren schon darauf konzentriert, den Tourismus als neue Einnahmequelle zu fördern. Den Touristen werden in der Stadt Dubai rekordverdächtige Attraktionen geboten wie außergewöhnliche Bauwerke. Sie zogen allein im Jahr 2019 16,7 Millionen Touristen an. Die meisten von ihnen kamen aus Indien, Saudi-Arabien und Großbritannien.

[4] *Karte der Vereinigten Arabischen Emirate (VAE).*
Karte 2022.

3 Findet Dubai auf Karte [4] und notiert die Nachbarstaaten der Vereinigten Arabischen Emirate.

[5] *Arbeitsmigranten auf dem Bau.* Foto 2019.

[6] *Im Anschluss an die Eröffnungsfeier des Museums der Zukunft in Dubai.* Foto 2022.

4 Beschreibt die Fotos [5] und [6].

Gegensätze

Das Emirat Dubai zeigt sich zwar weltoffen, aber vieles steht im Widerspruch dazu. Ein Beispiel dafür ist die eingeschränkte Presse- und Meinungsfreiheit. Journalisten erhalten für kritische Meinungsäußerungen oft langjährige Haftstrafen. Auch die Rechte von Frauen, Kindern und Ausländern sind beschränkt.

Arbeitsmigration*

Rund 90 Prozent der Einwohner Dubais sind Ausländer. Sie kommen aus dem südlichen Asien und aus Afrika. Die meisten von ihnen sind schlecht ausgebildet und arbeiten z. B. als Dienstpersonal, Taxi-, Lkw- und Busfahrer oder auf den zahlreichen Baustellen. Weil es in ihren Herkunftsländern nur geringe Verdienstmöglichkeiten für sie gibt, schließen sie Arbeitsverträge z. B. in den Emiraten ab.

Diese Menschen nehmen dabei allerdings auch einen geringen Lohn, schlechte Unterkünfte, lange Arbeitszeiten und fehlende soziale Absicherung in Kauf. Viele haben Schulden bei Arbeitsvermittlern, denen sie Vermittlungsgebühren zahlen mussten. Dazu kommen Kosten für Unterkunft und Verpflegung. Oft werden ihre Pässe einbehalten, bis alles bezahlt ist. Eine Kranken- oder Rentenversicherung gibt es nicht.

Die Arbeitsmigranten aus Europa oder den USA sind meist hoch qualifiziert. Sie haben gehobene Positionen in den zahlreichen Luxushotels, arbeiten im Management in Niederlassungen von Weltfirmen oder sind gefragte IT-Spezialisten. Sie verdienen hohe Gehälter und sind wohlhabend.

5 Stellt die Situation der Arbeitsmigranten dar.

Einheimische

Nur wenige Einwohner Dubais sind Einheimische. Sie haben Jobs in der Verwaltung, der Polizei und der Armee oder sind Unternehmer. Als Staatsbürger des Emirats Dubai erhalten sie hohe Zuschüsse für den Bau ihrer Häuser. Sie zahlen keine Einkommensteuern und auch die Krankenversicherung ist, wie das gesamte Gesundheitswesen, für sie zum Nulltarif zu haben.

6 Schreibt einen kurzen Text über Dubai und tragt ihn in der Klasse vor.

*

das **Emirat:** arabisches Fürstentum; die Vereinigten Arabischen Emirate (VAE) sind eine absolute Monarchie ohne Parlament. Der Emir von Dubai ist Regierungschef und Alleinherrscher der VAE.

die **Arbeitsmigration:** Ein- oder Auswanderung mit der Absicht, eine Arbeit im Ausland meist nur auf Zeit anzunehmen

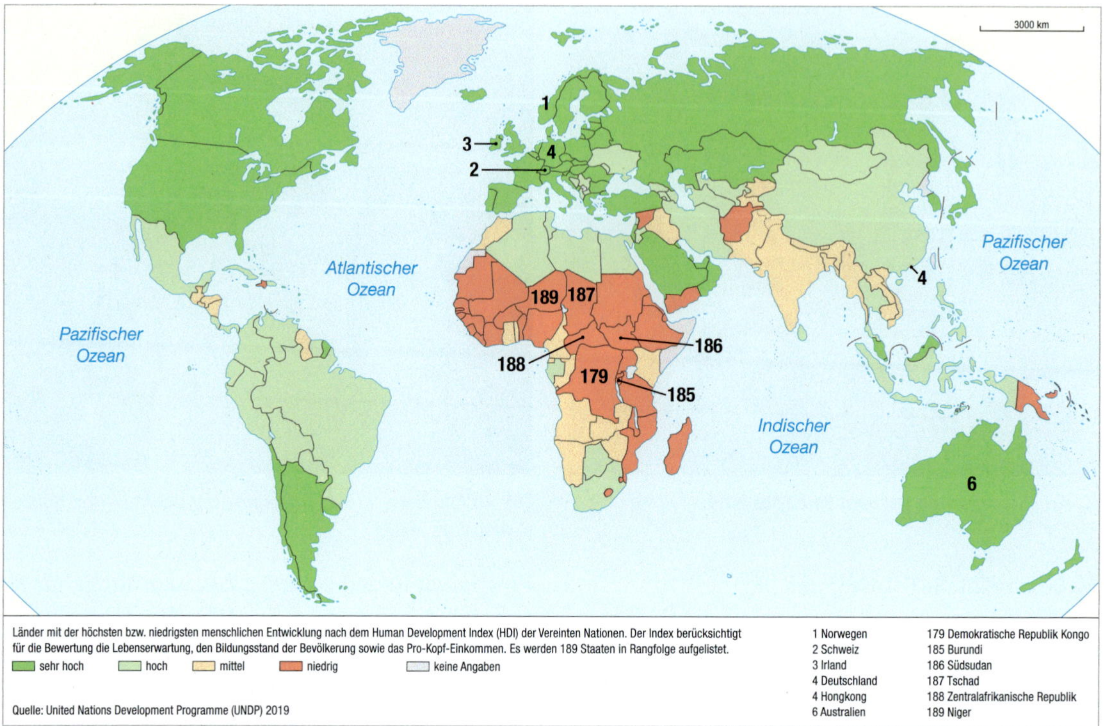

[1] *Index der menschlichen Entwicklung (HDI) 2018.* Karte 2020.

1 Wertet die Karte [1] aus.

Länder im Vergleich
Die Vereinten Nationen (UN)* errechnen für jedes Land der Erde einen Zahlenwert, für den vier Einzelheiten betrachtet werden. Wie alt werden die Menschen? Wie viele Erwachsene beherrschen das Alphabet? Wie viele Menschen besuchen die Schule? Wie viel Geld gibt es in diesem Land?
Liegt dieser HDI-Wert nahe null, gilt das Land als niedrig entwickelt. Liegt der Wert nahe bei eins, wird von einem hohen Entwicklungsgrad gesprochen.
Aufbauend auf dem HDI gibt es den Gender Development Index = GDI, also einen Index*, der die Gleichstellung von Frauen und Männern vergleichbar macht.

2 Beschreibt HDI und GDI und erklärt den Unterschied.

Länder mit unterschiedlichen Entwicklungen
Es gibt unterschiedliche Möglichkeiten des Vergleichs. Jeder Index beruht auf anderen Vergleichsgrößen (Indikatoren).

Seit den 1950er Jahren werden die Länder der Erde eingeteilt in Industrieländer, Schwellenländer und Entwicklungsländer.
Häufig wird auf der Grundlage des Pro-Kopf-Einkommens auch das Bruttoinlandsprodukt (BIP) erfasst. Das BIP gibt den gesamten Wert aller Waren und Dienstleistungen an, die in einem Land innerhalb eines Zeitabschnitts produziert wurden. Als Vergleich steht hier nur die Wirtschaft im Vordergrund.
Neben den Bezeichnungen Industrieländer, Schwellenländer und Entwicklungsländer wurden die Begriffe „erste Welt", „zweite Welt" und „dritte Welt" verwendet. Heute wird für die Schwellenländer und die Entwicklungsländer der Begriff „globaler Süden" verwendet.

3 Erläutert die Begriffe „Industrieländer", „Schwellenländer" und „Entwicklungsländer".

* *die* **Vereinte Nationen (UN):** politische Organisation von 193 Staaten (Stand 2020)

der **Index:** Vergleichszahl, Übersicht, Register

APP

Unterschiede auf der Erde

Die Länder der Erde unterscheiden sich z.B. in Größe, Klima oder der gesprochenen Sprache. In unserer Welt ist aber auch die Wirtschaft von großer Bedeutung. Sie entscheidet darüber, wie viel Geld die Einwohner verdienen und wie gut sie davon leben können. Es gibt Länder, in denen die Menschen im Durchschnitt reicher sind oder länger leben als in anderen Ländern. Solche Ungleichheiten werden Disparitäten genannt.

- Räumliche, regionale, nationale oder globale Disparitäten beschreiben die Unterschiede zwischen und innerhalb von Regionen, Staaten oder Erdteilen. Das kann z. B. in ein und demselben Land der Fall sein, wenn dort etwa die nördlichen Landesteile reicher sind als die südlichen. Es können aber auch die Unterschiede im Vergleich mit einem anderen Land gemeint sein. Die Unterschiede können vielfältig sein und alle Einflussgrößen wie Naturraum, Wirtschaft oder Gesellschaft betreffen.
- Wenn dabei auch noch die vorhandenen Möglichkeiten für die Bewohner hinzukommen, spricht man von sozialen Disparitäten. Das sind z. B. die Verteilung von Arbeitsplätzen, Bildungsmöglichkeiten, die Nähe zu Ballungsräumen, oder auch soziale Merkmale dort lebender Menschen wie Alter, Ausbildung/Fähigkeiten, Einkommen oder Traditionen.

Eine Möglichkeit des Ausgleichs der Unterschiede besteht in gegenseitiger Hilfe und enger wirtschaftlicher Zusammenarbeit. Verträge und Handelsabkommen zwischen Staaten oder Zusammenschlüsse von Partnerländern mit gleichen Interessen sind wichtige Maßnahmen beim Ausgleich von Disparitäten. In Europa ist die Europäische Union (EU) mit ihren 27 Mitgliedsländern dafür ein treffendes Beispiel.

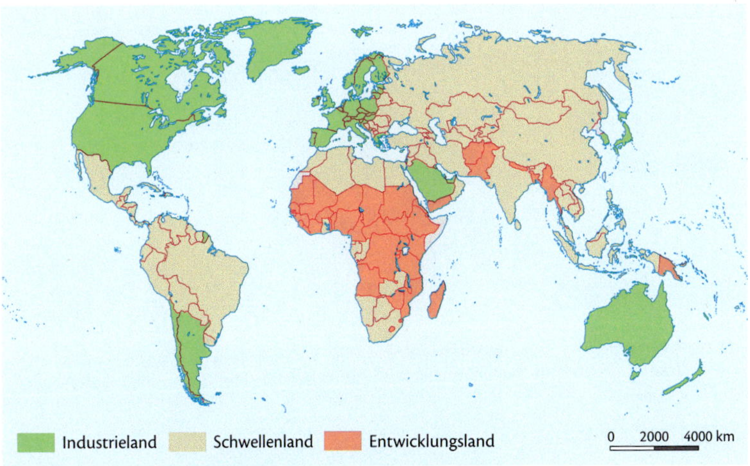

[2] *Drei Welten auf der Erde.* Karte 2022.

4 Erklärt, wo sich auf der Karte [2] drei Welten befinden.

Viele Welten in einer Welt

SCHAUPLATZ
Die Stadt Dubai
S. 274–275

ORIENTIERUNG
S. 276–277

METHODE
Web GIS anwenden
S. 278–279

Soziale Disparitäten in einer Region
S. 280–281

Disparitäten innerhalb eines Landes
S. 282–283

Globale Disparitäten
S. 284–285

WAHLSEITEN
Unsicheres Leben in Afghanistan, Leben in Rio de Janeiro, „Rust Belt" – abgehängte Region, Die Folgen des Kolonialismus
S. 286–289

Welthandel und Globalisierung
S. 290–291

Fairer Handel
S. 292–293

DAS KANN ICH!
S. 294–295

Methode Web GIS anwenden

Möglichkeiten eines Web GIS

Ein Web GIS ist ein Geografisches Informationssystem, das über das Internet zur Verfügung steht. In ihm wurden Geodaten* mit einer digitalisierten Karte (z. B. Weltkarte) verbunden. GoogleMaps ist dafür das bekannteste Beispiel. Die Geodaten (z. B. Lage aller Kinos einer Stadt) werden über eine entsprechende Sucheingabe direkt auf einer Karte veranschaulicht.

Dafür mussten die Daten vorher erst gesammelt und in das System eingegeben werden. Mit einem GIS kann man also Geodaten erfassen, verarbeiten, analysieren und darstellen. Mit einem Web GIS können Geodaten über einen Browser abgerufen und dargestellt werden.

Für die Untersuchung von Disparitäten werden Vergleichswerte benötigt, die hier mithilfe der Indikatoren* dargestellt werden können.

1. Schritt Vorüberlegung: Fragen stellen

Überlegt euch vorab:

- Welche Staaten wollt ihr miteinander vergleichen, um etwas über Disparitäten herauszufinden?
- Welche Indikatoren interessieren euch, (z. B. HDI, Trinkwasserversorgung)?

2. Schritt Web GIS aufrufen und kennenlernen

- Gebt in die Adressleiste eures Browsers den folgenden Link ein: https://webgis.sachsen.schule
- Ihr bekommt eine Weltkarte mit allen Staaten der Erde angezeigt. Probiert die folgenden Funktionen einmal aus:
  - die Karte vergrößern/verkleinern [**A**]
  - einen Staat anklicken; in dem sich öffnenden Fenster nach unten scrollen und es dann schließen [**B**]
  - einen Staat über die Suchleiste suchen (z. B. Deutschland) [**C**]
  - verschiedene Indikatoren auswählen und beobachten, wie sich die Karte verändert [**D**]

3. Schritt Einen Vergleich durchführen

- Wählt nun die von euch in Schritt 1 überlegten Länder über die in Schritt 2 vorgestellten Funktionen aus.
- Erstellt in eurem Heft eine Tabelle mit den von euch ausgewählten Ländern und Indikatoren.

Tipp: Wenn ihr Schwierigkeiten habt, die Staaten in der Karte zu finden, dann nutzt außer der Suchfunktion eine politische Karte aus dem Atlas oder Internet.

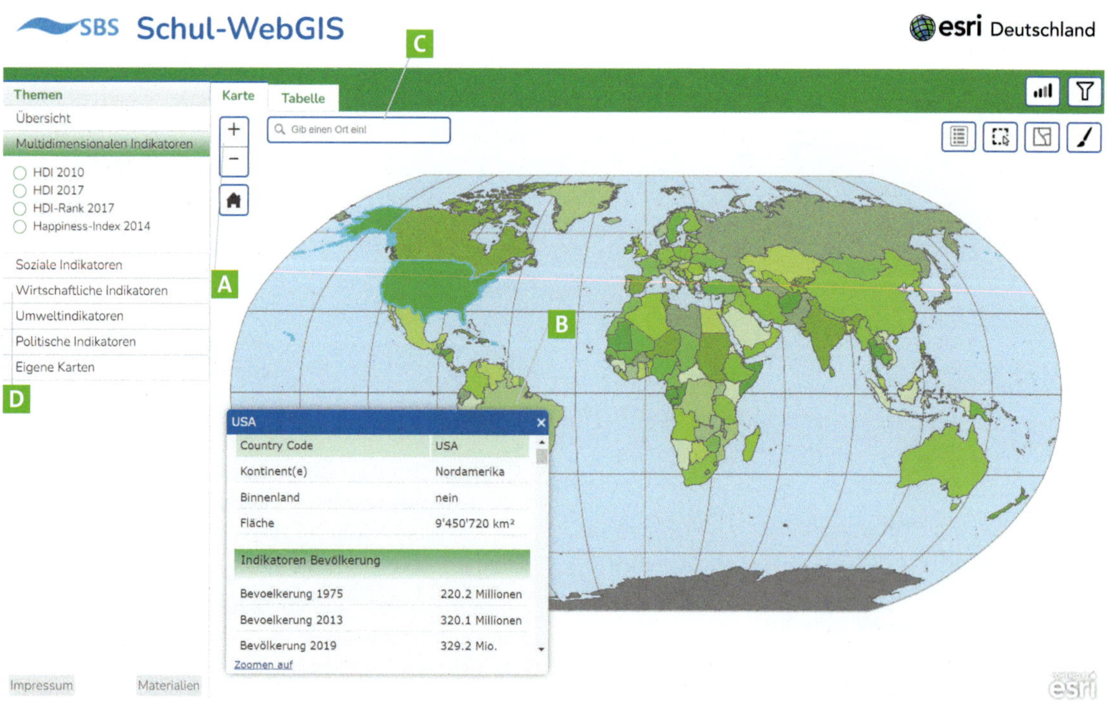

[1] *Das Schul-WebGIS als Beispiel für ein Web GIS mit verschiedenen Funktionen.*

Lösungsbeispiel

1. Schritt **Vorüberlegung: Fragen stellen**

Maike möchte die Länder Kanada, Brasilien und China miteinander vergleichen. Sie ist an den Indikatoren „HDI", „Lebenserwartung", „Arbeitslosigkeit" und „CO2-Ausstoß" interessiert. Diese Überlegungen notiert sie in ihrem Heft.

2. Schritt **Web GIS aufrufen und kennenlernen**

Sie öffnet den Browser und gibt die oben genannte Webseite zum Web GIS ein. Sie macht sich mit den erwähnten Funktionen vertraut.

3. Schritt **Einen Vergleich durchführen**

Maike wählt bei den „Multidimensionalen Indikatoren" den „HDI 2017" aus. Nun verändern sich die Farben, in denen die Länder angezeigt werden. Zudem öffnet sich eine Legende [**E**], die die Farben erklärt. Sie zoomt näher an Kanada heran und klickt auf den Staat. Schon öffnet sich ein Fenster, das Kanadas Geodaten [**F**] zu dem „HDI 2017" anzeigt.

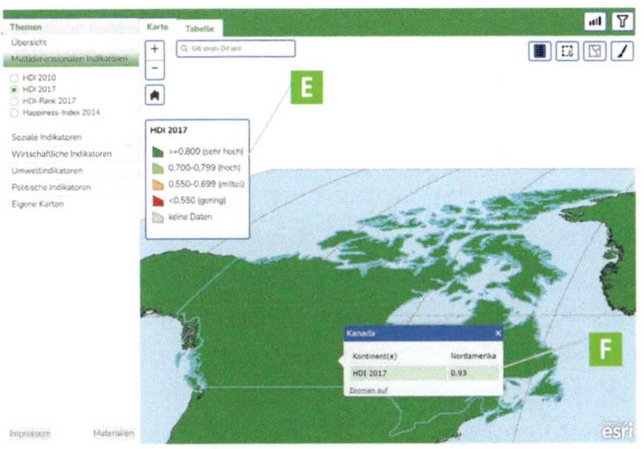

[2] *Der „HDI 2017" und Kanada wurden ausgewählt.*

Sie erstellt in ihrem Heft eine Tabelle mit den ausgesuchten Ländern und Indikatoren. Darin notiert sie ihre recherchierten Informationen.
Maike klickt nun auch die anderen Staaten nacheinander an. Sie schreibt sich die Ergebnisse auf und wiederholt den Ablauf mit den anderen Indikatoren.

> * *die* **Geodaten:** digitalisierte Daten, die einen räumlichen Zusammenhang haben
>
> *der* **Indikator:** das Merkmal, das Kriterium

[3] *Die Legende.*

Bei dem nächsten Indikator „Lebenserwartung 2017" (bei den „Sozialen Indiaktoren") fällt ihr auf, dass dieser in einer Einheit angegeben ist. Sie schreibt sich in ihrer Tabelle die Einheit „Jahre" dazu, damit sie die Zahlen später auch richtig lesen und analysieren kann.
Maikes Tabelle sieht nach ihrer abgeschlossenen Arbeit mit dem Schul-WebGIS so aus:

	Kanada	**Brasilien**	**China**
HDI 2017	0,93	0,76	0,75
Lebenserwartung 2017 (Jahre)	82,47	75,72	76,41
Arbeitslosigkeit 2018 (%)	5,92	12,54	4,42
CO_2-Ausstoß 2014 (Tonnen pro Kopf)	15,12	2,59	7,54

[4] *Maikes Ergebnisse als Tabelle in ihrem Heft.*

4. Schritt **Die Ergebnisse auswerten**

Anhand der Daten kann sie sehen, dass der HDI im Jahr 2017 in Kanada von allen drei Staaten am höchsten war und die Menschen dort im Jahr 2017 das höchste Lebensalter erreicht haben. Die Arbeitslosigkeit war in China im Jahr 2018 vergleichsweise am geringsten. Und der CO2-Ausstoß im Jahr 2014 von allen drei Ländern in Brasilien am geringsten. Die Zahlen zeigen, dass es der Wirtschaft Kanadas gut zu gehen scheint und die Menschen dort ein weit entwickeltes Leben führen.

1 Arbeitet mit dem Web GIS, wie es die Methodenschritte vorgeben.
(a) Überlegt euch drei Staaten, die ihr miteinander vergleichen wollt und dann drei Indikatoren.
(b) Erstellt in eurem Heft eine Tabelle, wie es Maike schon gezeigt hat [4]. Fügt eure Staaten- und Indikatorauswahl ein.
(c) Ruft die oben genannte Webseite zum Web GIS auf und sucht die Daten zu den von euch ausgewählten Staaten heraus.
(d) Wertet eure Ergebnisse aus.

Soziale Disparitäten in einer Region

Welche Ungleichheiten gibt es in einer Ruhrgebietsstadt?

[1] *Straße im Essener Stadtteil Altenessen.* Foto 2020.

[3] *Wohnsiedlung im Essener Stadtteil Werden.* Foto 2018.

1 Beschreibt die Fotos [1] und [3].

2 Stellt Vermutungen dazu an: Wo könnten die Mieten höher sein? Welche Bevölkerungsschichten leben im jeweiligen Viertel (Berufe, Einkommen, Herkunft ...)?

3 Wertet die Karte [2] aus.

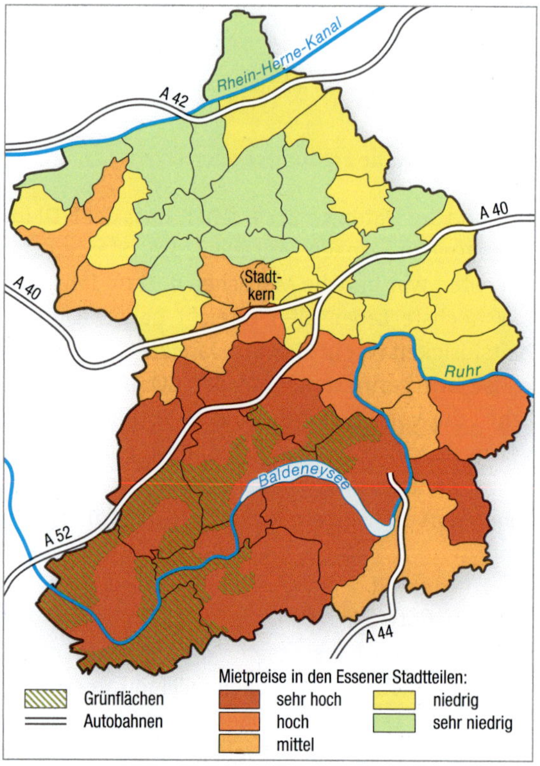

[2] *Die Mieten in den Essener Stadtteilen, Karte.*

Soziale Disparitäten

In vielen Regionen, z. B. in den Städten des Ruhrgebiets, leben viele verschiedene Menschen. Sie unterscheiden sich z. B. nach Herkunft, Alter, Bildung, Beruf und Einkommen. Auch ihre Wohnungen sind unterschiedlich. Diese Ungleichheiten nennt man „soziale Disparitäten".

4 Erläutert den Begriff „soziale Disparitäten".

Armer Norden – reicher Süden

Im Ruhrgebiet verläuft entlang der Autobahn A40 eine Grenzlinie. Sie teilt die Städte Duisburg, Essen und Dortmund in arm (Norden) und reich (Süden). Die A40 wird deshalb auch „Sozialäquator" genannt. Wenn man den Norden mit dem Süden Essens vergleicht, fallen Unterschiede bei den Bevölkerungsdaten auf. Im Norden leben mehr Arbeitslose als im Süden. Auch jüngere Leute und Familien mit Kindern wohnen vor allem im Norden. Sie sind oft einkommensschwach. Auch haben die Menschen hier häufiger Gesundheitsprobleme. Im Süden der Stadt leben hauptsächlich ältere und wohlhabende Menschen.

Sprachspeicher

- der Migrant • die Migration • der Migrationshintergrund • der Äquator – der Sozialäquator

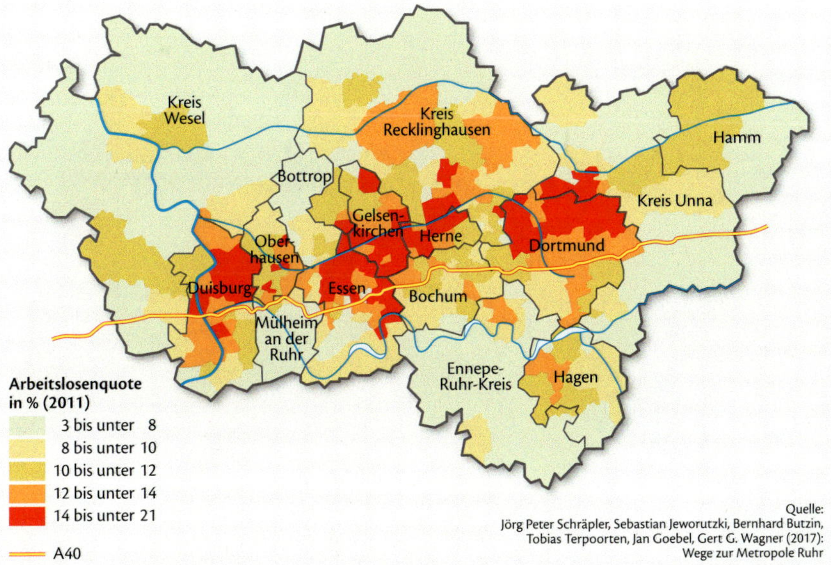

[4] *Arbeitslosigkeit im Ruhrgebiet.* Karte 2017.

Im Süden geht die Hälfte der Schülerinnen und Schüler hier ab Klasse 5 auf eine Gesamtschule bzw. ein Gymnasium. Der Anteil der Schülerinnen und Schüler, die die Schule ohne Abschluss verlassen, ist im Süden der Stadt besonders niedrig.

5 Gebt die Unterschiede zwischen der Bevölkerung im Norden und Süden von Essen in einer Tabelle wieder.

6 Wertet Karte [4] aus. Wo befindet sich der sogenannte „Sozialäquator“?

Krise an der Ruhr

Das Ruhrgebiet war früher durch Kohlenabbau und Industrie gekennzeichnet. Diese Bereiche erlebten um das Jahr 1960 eine schwere Krise. Die gesamte Region war daher gezwungen, sich wirtschaftlich grundlegend umzustellen. Diesen Prozess nennt man „Strukturwandel“.

Nahe bei den Arbeitsstätten im Norden wohnten damals hauptsächlich die Industriearbeiter. Durch die Veränderungen in der Wirtschaft verloren sie ihre Arbeit und fanden oft keine neuen Stellen. Viele der Arbeiterfamilien leben immer noch in ihren alten Vierteln.

Die Mieten in diesen ehemaligen Arbeitersiedlungen und Wohnblocks sind vergleichsweise gering. Deshalb ziehen auch heute überwiegend einkommensschwache Bevölkerungsgruppen in den Norden der Stadt.

7 Erklärt, wieso in den nördlichen Stadtvierteln von Essen eine ärmere Bevölkerung wohnt als im Süden der Stadt.

Wählt einen der folgenden Arbeitsaufträge aus:

- Zeichnet Karte [4] als einfache Faustskizze in euer Heft.
- Erklärt den Begriff „Sozialäquator“ in einem kurzen Blogbeitrag.
- Notiert Verbesserungsvorschläge für die Wohnviertel im Norden.

Was ihr noch tun könnt:

MK Recherchiert soziale Disparitäten in eurem Schulort oder in eurer Region (Internet, Befragungen ...).

Sprachspeicher

• die Industrie • der Industriearbeiter • die Struktur • der Strukturwandel

Disparitäten innerhalb eines Landes

Woran erkennt man strukturschwache und strukturstarke Regionen?

[1] *Verteilung des Bruttoinlandsprodukts* (BIP) in Deutschland.* Karte 2020.

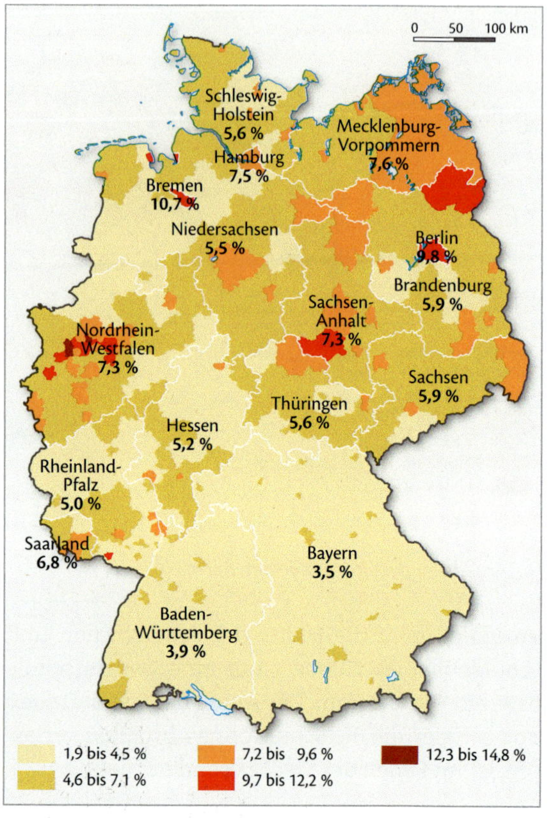

[2] *Arbeitslosigkeit. Karte 2022.*

1 Wertet die Karte [1] aus: In welchen Bundesländern ist das Bruttoinlandsprodukt pro Einwohner hoch, wo ist es niedrig? Wer liegt im Mittelfeld?

Regionale Unterschiede in Deutschland

Auch in Deutschland gibt es Regionen, die besonders stark oder besonders schwach entwickelt sind. Um diese sogenannten „Disparitäten" herauszufinden, untersuchen Wissenschaftler die Regionen im Hinblick auf die Wirtschaft, die Demografie* und die Infrastruktur*.

2 Wertet die Karte [2] aus: In welchen Bundesländern gibt es große Unterschiede bei der Arbeitslosigkeit?

*

das **Bruttoinlandsprodukt:** Summe aus dem Wert aller hergestellten Sachgüter (z. B. Autos) und dem Wert aller Dienstleistungen (z. B. die Arbeit von Ärzten) innerhalb eines Jahres

die **Demografie:** Bevölkerungswissenschaft

die **Infrastruktur:** Grundlage dafür, in einer Region leben und wirtschaften zu können (z. B. Verkehrswege, Internetverbindungen, Gas-, Strom- und Wasserversorgung)

Sprachspeicher
- das Bruttoinlandsprodukt
- die Infrastruktur
- die Demografie

Kennzahlen

Für den Bereich Wirtschaft werden neben den dort ansässigen Unternehmen auch die Arbeitslosenzahlen und die Pro-Kopf-Verschuldung herangezogen.
Doch die wirtschaftlichen Kennzahlen allein können eine Region nicht ausreichend beschreiben. Deshalb ist auch die Entwicklung der Bevölkerung von Interesse. Dazu gehören u.a. die Geburtenzahlen, das Durchschnittsalter, die Lebenserwartung sowie der Zu- und Wegzug von Menschen.
Bei der Infrastruktur blickt man z.B. auf das Verkehrsnetz, die Schuldenhöhe der Gemeinden oder auf die Versorgung mit Ärzten.

Strukturschwach oder -stark?

Um eine Region als strukturschwach oder strukturstark zu kennzeichnen, werden meist folgende Merkmale als entscheidend herangezogen: Wirtschaftskraft, Arbeitsmarktsituation, Bevölkerungsentwicklung, Einkommen/Lebensstandard und Infrastrukturausstattung.

3 Nennt und erläutert Merkmale für strukturschwache und strukturstarke Regionen.

4 Wertet die Tabelle [3] aus: Analysiert die Strukturdaten der Prignitz und von Ingolstadt. Vergleicht die Daten.

Wählt einen der folgenden Arbeitsaufträge aus:

- Fasst die Strukturdaten [3] der Prignitz oder von Ingolstadt in einem kleinen Text zusammen.
- Vergleicht die Strukturdaten der Prignitz und Ingolstadts miteinander.
- Sammelt Vorschläge, welche Schritte einer strukturschwachen Region zu einer besseren Zukunft verhelfen könnten. Denkt dabei an Hilfen von außen und an die eigenen Kräfte.

Was ihr noch tun könnt:

MK Recherchiert die Strukturdaten zu eurem Heimat-/Schulort.

Wirtschaft	**Landkreis Prignitz**	**Stadt Ingolstadt**
Löhne und Gehälter (monatlich in €)	1933,60	3701,10
Bruttoinlandsprodukt (BIP) pro Einwohner (in €)	22 900	122 900
Arbeitslosigkeit (in Prozent)	9,00	3,60
Schulden je Einwohner (in €)	658,70	248,60
Demografie		
Bevölkerungswanderung (Zu-/Wegzug)	– 2,4	11,1
Bevölkerungsanteil mit Migrationshintergrund (in Prozent)	1,8	15,3
Bevölkerungsdichte (je km²)	36	982
Infrastruktur		
Erreichbarkeit der Hausärzte (in Minuten)	10,5	3,26
Kindergartenplätze (in Prozent)	96,8	92,5
Breitbandinternet (in Prozent)	90,1	98,8

[3] *Strukturdaten vom Landkreis Prignitz und der Stadt Ingolstadt.*

Sprachspeicher

▪ die Wirtschaftskraft erhöhen ▪ die Arbeitsmarksituation beobachten oder analysieren ▪ die Einwohnerzahl sinkt/steigt ▪ das Einkommen ist hoch/niedrig ▪ der Lebensstandard ist unterschiedlich ▪ die Infrastruktur ist weniger/gut ausgebaut

Globale Disparitäten

An welchen Kriterien erkennt man Ungleichheiten zwischen einzelnen Staaten?

[1] *Die Hafenstadt Ålesund, im Nordwesten Norwegens.* Foto 2022.

1 Beschreibt die Fotos [1] und [3].

2 Findet Norwegen und Niger im Atlas auf einer Weltkarte oder benutzt das Web GIS.

Vergleich von Staaten

Sollen Staaten miteinander verglichen werden, ist der HDI (Index der menschlichen Entwicklung) ein guter Anhaltspunkt. Er berücksichtigt ähnliche Kriterien wie man sie auch beim Vergleich von Regionen innerhalb eines Landes benutzt. Zusätzlich legt er aber größeren Wert auf die Gegenüberstellung von Gesundheitsdaten sowie Schulbildung und berufliche Möglichkeiten.

Norwegen

Norwegen mit der Hauptstadt Oslo liegt in Nordeuropa bzw. im Nordwesten der Halbinsel Skandinavien. Das Klima ist im Westen ganzjährig mild. Im Nordosten sind die Sommer warm und die langen Winter sehr kalt.

Das Land ist ein hochentwickelter Industriestaat mit reichen natürlichen Vorkommen (z.B. Erdöl, Erdgas, Erze, Fische).

Norwegen gehört zu den reichsten Ländern der Welt und steht seit 1990 fast ohne Unterbrechung mit einem Wert von 0,949 auf Platz 1 in der HDI-Rangfolge. Lebenserwartung und Bruttoinlandsprodukt sind hoch.

Niger

Das Land mit der Hauptstadt Niamey liegt als Binnenstaat in Westafrika. Die ehemalige französische Kolonie ist seit 1960 unabhängig. In Niger leben mehr als zehn Volksstämme mit ebenso vielen verschiedenen Sprachen.

Eine ständige Bedrohung für die schnell wachsende Bevölkerung sind die immer wiederkehrenden Dürren und Hungersnöte. Das Klima dort ist heiß und trocken, die Lebenserwartung niedrig.

Das Volkseinkommen stammt zum größten Teil aus der kargen Landwirtschaft und nur zu einem geringen Teil aus industrieller Tätigkeit.

Niger gehört trotz hoher Rohölvorkommen zu den ärmsten Ländern der Erde und lag 2019 sogar auf dem letzten Platz (Rang 189) des HDI.

3 Schreibt je einen kurzen Steckbrief über Norwegen und Niger.

Sprachspeicher

- der Human Development Index – HDI
- die Vereinten Nationen (UN)
- Skandinavien

[3] *Straßenmarkt in der Hauptstadt Niamey.* Foto 2006.

Bevölkerung	**Norwegen**	**Niger**
Einwohner (EW) (in Tausend)	5348	23 311
Lebenserwartung bei der Geburt (in Jahren)	82,3	62,0
Gesundheit		
Ärzte je 1000 EW	4,4	0,05
Krankenhausbetten je 1000 EW	3,5	0,4
Anteil der Bevölkerung mit Zugang zu sauberem Trinkwasser (in Prozent)	100	46
Bildung		
Analphabeten (in Prozent)	4,63	62,34
Schüler pro Lehrkraft	8,6	36,3
Studierende je 100 000 EW	5383	357
Internetzugang (in Prozent)	96,5	5,25
Arbeit und Wirtschaft		
Bruttoinlandsprodukt (in Mrd. $)	418	9,5
Selbstständige (ab 15 J., in Prozent)	6,5	94,3
Erwerbstätige Landwirtschaft (in Prozent)	2,1	75,1
Erwerbstätige Industrie (in Prozent)	19,3	7,2
Erwerbstätige Dienstleistungen (in Prozent)	78,7	17,7

[2] *Strukturdaten von Norwegen und Niger.*

4 Verschafft euch mithilfe der Tabelle [2] einen groben Überblick über die Strukturdaten von Norwegen und Niger.

5 Vergleicht die Daten beider Länder genauer:
- Welche Daten belegen die Wirtschaftskraft der Länder?
- Was bedeuten die Daten für die Einwohner des jeweiligen Landes (z. B. für die Lebensqualität)?

Wählt einen der folgenden Arbeitsaufträge aus:

- Formuliert je einen kurzen Lexikonartikel über Norwegen und Niger.
- Schreibt aus der Sicht eines etwa 12-jährigen Kindes auf, wie euer Tag in Norwegen oder im Niger aussehen könnte.
- Sammelt Anregungen, wie die Lebensbedingungen im Niger auf Dauer verbessert und die Disparitäten im Vergleich zu anderen Staaten verringert werden könnten (denkt z. B. an Landwirtschaft, Handwerk und Gewerbe, Bildung, Zusammenarbeit mit Partnern ...).

Was ihr noch tun könnt:

MK Recherchiert Strukturdaten von anderen Ländern und stellt sie in der Klasse vor (Suchstichworte sind z. B. Länderinfos, fairunterwegs; Web GIS benutzen).

Wahlseite Unsicheres Leben in Afghanistan

MK **1** Informiert euch auf dieser Seite über das unsichere Leben in Afghanistan.

MK **2** Präsentiert eure Ergebnisse in geeigneter Form in der Klasse.

[1] *Talibankämpfer in der Hauptstadt Kabul.* Foto 2022.

[2] *Vom Krieg zerstörtes Dorf.* Foto 2004.

Land und Leute

Afghanistan ist ein Staat in **Asien** mit der Hauptstadt **Kabul.** Das Land besteht zum größten Teil aus schwer zugänglichen Gebirgen. Die Sommer sind heiß und trocken und die Winter sehr kalt mit Schnee bis in die Täler. Seit 40 Jahren herrscht dort Krieg.

Die Bevölkerung setzt sich aus vielen verschiedenen **Stämmen** und **politischen Gruppen** zusammen. Seit etwa 30 Jahren kämpft die **Terrorgruppe** der **Taliban** um die Vorherrschaft. Im August 2021 haben sie die Kontrolle über das ganze Land übernommen. Die Menschen leben in **Unsicherheit,** großer **Armut** und ständiger Angst.

Das Leben auf dem Land

80 Prozent der Menschen in Afghanistan leben auf dem Land. Besonders hier gelten noch die alten Stammesgesetze. Die meisten Frauen in den Dörfern können weder lesen noch schreiben. Sie dürfen ihr Heim in vielen Familien nicht ohne männliche Begleitung verlassen. Eine Berufstätigkeit für Frauen ist völlig ausgeschlossen.

Die Schulsituation

Es gibt im Land Schulen, Universitäten und Berufsschulen. Aber etwa die Hälfte der Kinder in Afghanistan geht nicht zur Schule. Durch die vielen Kriege und die **bildungsfeindliche Haltung** der Taliban sind in den letzten Jahren große Teile der Bevölkerung ganz ohne Schulbildung aufgewachsen. Das betrifft in erster Linie die Mädchen.

Wenn sie ihnen überhaupt den Schulbesuch erlauben, nehmen Eltern ihre Mädchen vielfach schon mit 12 bis 14 Jahren wieder von der Schule.

„Let Us Learn" - ein Projekt von Unicef

Mädchen sind in Afghanistan grundsätzlich **benachteiligt,** besonders, wenn es um Bildung geht: Unter den Kindern, die keine Schule besuchen, sind Mädchen die Mehrheit. In manchen Gebieten Afghanistans gehen bis zu 85 Prozent der Mädchen nicht zur Schule, vor allem in den abgelegenen Regionen. Das will ein Unicef-Projekt ändern. „Let Us Learn" ist eine **Bildungsinitiative** vor Ort. In den vergangenen zehn Jahren konnten mit Spenden aus Deutschland beispielsweise über 15.000 Mädchen und Jungen in mehr als 500 Lernzentren ihre verpasste Schulbildung nachholen.

Tipps für die Erarbeitung

- Ihr könnt beim Lesen die Schritte des Lese-Profis anwenden. Was habt ihr über das Thema „Afghanistan" erfahren?

Tipps für die Präsentation

- Ihr könnt den Inhalt der Seite als Interview präsentieren: Ein Kind in Deutschland befragt ein Kind aus Kabul.

☒ Wahlseite Leben in Rio de Janeiro

MK **1** Informiert euch auf dieser Seite über das Leben in Rio de Janeiro.
MK **2** Präsentiert eure Ergebnisse in geeigneter Form in der Klasse.

[1] *Armensiedlung in Rio de Janeiro.* Foto 2021.

[2] *Gehobene Wohnviertel in Rio de Janeiro.* Foto 2019.

Lebensbedingungen in Favelas

Die ärmeren Viertel am Rande der brasilianischen Städte werden Favelas genannt. Darin leben etwa sechs Prozent der Einwohner Brasiliens.

Die Besitzverhältnisse der Grundstücke sind dort nicht geklärt und die Gesetze der Statik werden oft missachtet. Wenn mehr Platz gebraucht wird, setzt man einfach ein Stockwerk obendrauf. Mehrstöckige Häuser haben oft im Erdgeschoss einen kleinen Laden oder eine Werkstatt.

Die Familien sind hier groß. Fünf oder sechs Kinder sind keine Seltenheit. Die meisten Frauen bekommen das erste Kind vor ihrem 20. Geburtstag. Die ärztliche Versorgung und die Schulsituation in den Favelas sind mangelhaft. Wegen der geringen Schulbildung sind viele Menschen arbeitslos oder sie arbeiten ohne Vertrag gegen geringen Lohn.

Ein großes Problem ist hier die Bandenkriminalität. Revierkämpfe mit Schießereien sind an der Tagesordnung. Die Drogenbosse gewinnen leicht „Mitarbeiter" bei den arbeitslosen Jugendlichen. Die werden vom schnellen Geld angelockt.

Umsiedlungsprogramme der Behörden waren in den Favelas stets zum Scheitern verurteilt. Die Bewohner schätzen den Familienzusammenhalt und die Nachbarschaftshilfe in ihrem Viertel viel zu sehr. Seit rund 40 Jahren wird stattdessen mehr auf Verbesserungen in der Versorgung gesetzt: Wege wurden befestigt sowie Strom- oder Wasserleitungen verlegt, teilweise auch Anschlüsse an die Kanalisation gebaut.

Gated Communities

Vor allem in den Megastädten der Welt, so auch in Rio de Janeiro, kommt es zur Abschottung wohlhabender Bevölkerungsgruppen. Gründe dafür sind beispielsweise der Hang, unter sich bleiben zu wollen, sich allgemein zu distanzieren oder aber die Angst vor wachsender Kriminalität.

Villenkolonien, Häuserblocks oder ganze Stadtviertel werden eingezäunt oder mit Mauern umgeben. Sie sind durch Überwachungssysteme, spezielles Personal und Einlasskontrollen gesichert. In größeren Communities gibt es exklusive Geschäfte, Clubs, Privatschulen und gut ausgestattete Krankenhäuser.

Diese Entwicklung kann zur weiteren Spaltung der Bevölkerung führen. Allerdings sind die beiden Gruppen aufeinander angewiesen: Die Oberschicht tritt als Arbeitgeber auf für Haus- und Sicherheitspersonal oder andere Dienstleister aus den Favelas. Kommt es aber in den Gated Communities zu Straftaten, fällt der Verdacht schnell auf das Personal.

Die Abgrenzung bestimmter Bevölkerungsteile hat Auswirkungen auf die öffentlichen Räume der Stadt wie Parks, Theater, Strände usw. die für alle zugänglich sind.

Leute aus den oberen Schichten vermeiden es, dorthin zu gehen. Und Menschen aus den unteren Schichten werden durch stärkere Kontrollen oder Zugangsbeschränkungen, z. B. zu Einkaufszentren, abgeschreckt und vertrieben.

Tipps für die Erarbeitung

- Schreibt fremde Begriffe heraus und klärt sie.
- Notiert Stichpunkte für einen kleinen Vortrag, sortiert nach Aspekten.

Tipps für die Präsentation

- Tragt zu zweit im Kurzreferat in der Ich-Form vor (abwechselnd zum selben Aspekt einmal Favelas, einmal Gated Communities).

☒ Wahlseite „Rust Belt“ – abgehängte Region

1 Informiert euch auf dieser Seite über den „Rust Belt“.
2 Präsentiert eure Ergebnisse in der Klasse.

[1] *Lage des „Rust Belt“.* Karte 2022.

[2] *Aufgegebenes Fabrikgelände.* Foto 2016.

Rust Belt

Im Gegensatz zu den Global Citys wie New York trifft man hier auf leer stehende, verfallende Fabriken, die vor sich hin rosten. In der Nähe stehen heruntergekommene Häuser, zum größten Teil verlassen. So trostlos zeigt sich heute das älteste und ehemals reichste und größte Industriegebiet der USA, ja, sogar eines der größten der Welt.

„Manufacturing Belt“ wurde das Gebiet im Nordosten der USA früher genannt. Den Namen verdankte es hauptsächlich den Produktionsstätten der Schwerindustrie bei Pittsburgh, der Lebensmittelindustrie bei Chicago oder der Autoindustrie bei Detroit. Rust Belt (= Rostgürtel) wird die Region heute genannt.

Der Landstrich verfügte über reiche Kohle- und Erzvorkommen. Folglich siedelten sich erste Manufakturen an, die zu gigantischen Fabriken heranwuchsen.

Der Niedergang

Schon seit den 1940er Jahren entwickelten sich auch an anderen Standorten im Süden und Westen der USA attraktive, so genannte Industrieparks, auf der Basis von Erdgas und Öl. In den 1960er Jahren begann der Rückgang der Schwerindustrie. Viele Hersteller hatten viel zu lange an veralteten Maschinen und Anlagen festgehalten. Auch kämpften sie mit den hohen Löhnen in den USA. Kohle und Stahl konnten im Ausland preisgünstiger beschafft werden. Auch die Arbeitskräfte waren dort billiger. Immer mehr Produktionsbetriebe wurden in Entwicklungs- und Schwellenländer verlagert. Das führte in den 1970er Jahren endgültig zum Niedergang.

Die rückläufige Industrie brachte der Region
- hohe Arbeitslosigkeit,
- sinkende Einkommen,
- soziale Probleme,
- wachsende Kriminalität und
- Abwanderung der Bevölkerung.

Zukunftsperspektiven

Auf eine Wiederbelebung mit staatlicher Hilfe warteten die Menschen vergeblich. Einige Städte suchten selbst nach Auswegen abseits von Kohle und Stahl. So entstand in Akron/Ohio ein Zentrum für Kunststoffentwicklung mit Forschungsstätten und kunststoffverarbeitenden Betrieben. Pittsburgh hat sich zu einem großen Technologie- und Robotikzentrum entwickelt. Auch immer mehr andere Städte bieten Anreize für Neuansiedlungen durch Steuererleichterungen und eine attraktive Umwelt. Vielerorts konnten so schon der Einwohnerrückgang gestoppt und die Arbeitslosigkeit gesenkt werden.

Tipps für die Erarbeitung
- Klärt schwierige Begriffe und orientiert euch auf der Karte.
- Bereitet Kurzreferate für die drei Schwerpunkte des Themas vor.

Tipps für die Präsentation
- Tragt die Kurzreferate im Wechsel zu dritt vor.
- Entwickelt gemeinsam mit der Klasse Ideen für die Wiederbelebung „abgehängter“ Regionen.

☒ Wahlseite Botswana – auf einem guten Weg

MK **1** Informiert euch auf dieser Seite über den afrikanischen Staat Botswana.

MK **2** Präsentiert eure Ergebnisse in der Klasse.

[1] *Botswana liegt in Südafrika.* Foto.

[2] *Die Hauptstadt Gaborone.* Foto.

Ein Neuanfang in Afrika ab 1960

In den Jahren 1960–1976 erhielten viele ehemaligen Kolonien in Afrika ihre Unabhängigkeit. Bald danach gerieten viele der jungen afrikanischen Staaten in politische und wirtschaftliche Krisen. Die Gründe dafür sind sehr vielfältig. Auf Grund der kolonialen Verwaltung fehlten in den meisten Ländern die Grundlagen für eine demokratische Selbstverwaltung. Das führte oft zu inneren Konflikten und begünstigte die Entstehung von Diktaturen. Ein weiteres Problem bildete die wirtschaftliche Ausrichtung dieser Länder als Rohstofflieferant. Die verarbeitende Industrie wurde stets vernachlässigt. Viele afrikanische Volkswirtschaften sind daher den Weltmarktpreisen ausgeliefert. Es gibt nur wenig Länder in Afrika, die eine positive wirtschaftliche und politische Entwicklung aufweisen können.

Botswana - eine Erfolgsgeschichte

Viele Experten bezeichnen Botswana als „afrikanisches Wunder". Es gibt dafür viele Gründe.
1966 endete die Kolonialzeit in Botswana. Der Staat wurde unabhängig von Großbritannien. Botswana liegt in Südafrika, die Hauptstadt heißt Gaborone. 1966 gab es nur wenige weiterführende Schulen, die ca. von 3 % der Kinder besucht wurden. 2014 besuchten fast 90 % der Kinder eine Schule. Der Schulbesuch ist für die meisten Kinder kostenlos.

Das Gesundheitssystem ist für die Bevölkerung ebenfalls kostenlos. Für 84 % der Bevölkerung ist die nächste Versorgungsstation weniger als fünf Kilometer entfernt - eine bemerkenswerte Leistung bei einer Landesfläche von über 580 000 km². Ein weiteres Merkmal ist die niedrige Korruption. Im weltweiten „Korruptionsindex" belegt Botswana den 34. Platz und schneidet damit besser ab als einige Staaten in Europa. Nach einer englischen Studie ist Botswana die älteste und erfolgreichste Demokratie Afrikas. Es wurden dabei die Wahlprozesse, die Funktionsweise der Regierung, die politische Teilhabe und die Rechte der Bürger berücksichtigt.
Botswana ist gelungen, woran die meisten afrikanischen Staaten scheitern: Es hat seine Diamantenvorkommen genutzt, um eine friedliche und relativ wohlhabende Gesellschaft aufzubauen. Die Einnahmen des Staates werden in Bildung, Gesundheitssystem, Straßenbau und in die Entwicklung der Infrastruktur investiert.

Zukunftsperspektiven

Probleme bereiten die hohe Infektionsrate der Bevölkerung durch HIV (AIDS) und eine zunehmende Arbeitslosigkeit. Das Diamantengewerbe und der Staat sind die einzigen größeren Arbeitgeber. Um in Zukunft weniger abhängig von diesem Rohstoff zu sein, muss Botswana seine Wirtschaft neu ausrichten.

Tipps für die Erarbeitung
- Klärt unbekannte Begriffe.
- Arbeitet Kernaussagen heraus.
- Stellt Ursachen und Auswirkungen gegenüber.

Tipps für die Präsentation
- Stellt die Inhalte als Kurzreferat vor.
- Ihr könnt im Internet weitere Informationen über afrikanische Staaten beschaffen.

Bieten die globalen Verflechtungen eine Chance zum Abbau von Disparitäten?

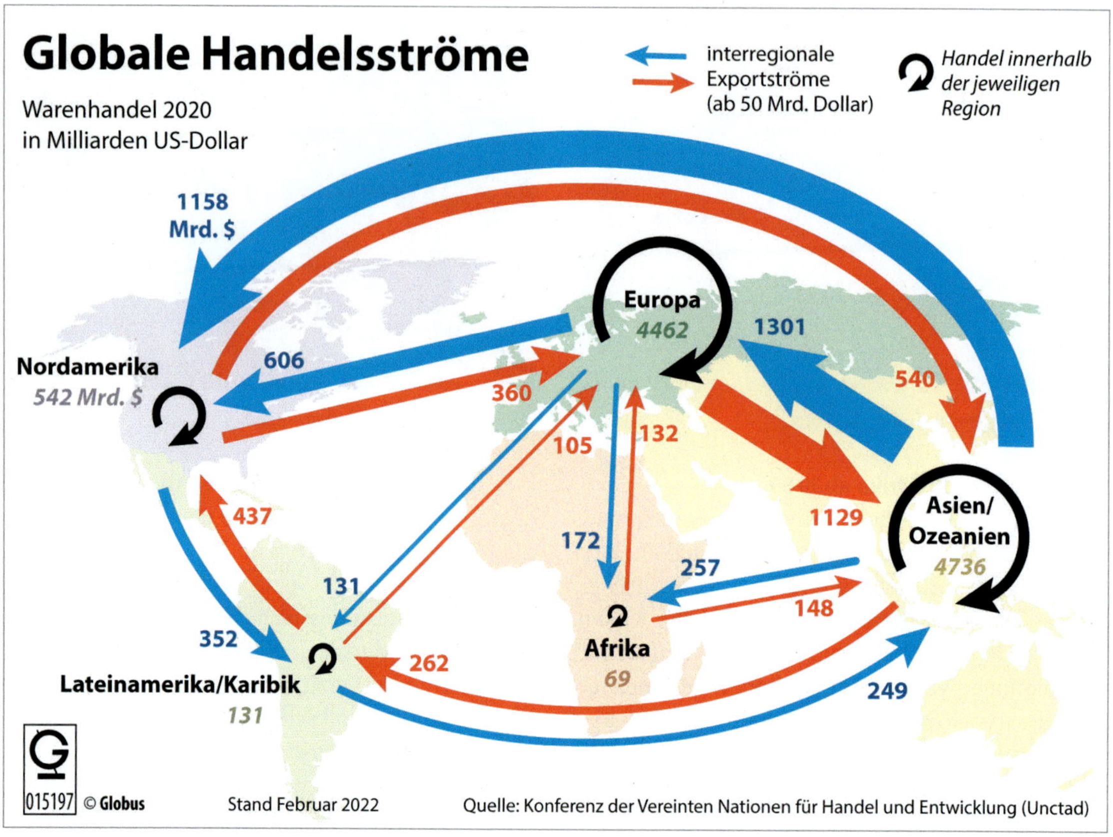

[1] *Der globale Warentransport 2020.* Infografik 2022.

1 Wertet die Infografik [1] aus:
- Nennt Thema und Quelle der Grafik.
- Wann wurde die Grafik erstellt?
- Zwischen welchen Kontinenten verlaufen die stärksten Handelsströme?
- In welcher Richtung und Höhe (in $) verlaufen sie?
- Welchen Stellenwert nehmen Kontinente wie Afrika und Lateinamerika ein?

Der Welthandel

Wir sind daran gewöhnt, dass in unseren Läden Waren aus vielen Teilen der Welt angeboten werden. Dazu gehören auch Obstsorten wie z. B. Bananen, die nur in Ländern mit einem feuchtwarmen Klima angebaut werden können. Für unser tägliches Leben benötigen wir außerdem Rohstoffe wie z. B. Erdöl. Auch das kommt nur in bestimmten Regionen der Erde vor.

Waren und Güter sind also ungleich verteilt, etwa wegen klimatischer Bedingungen oder dem Vorkommen von Bodenschätzen. Auch weil einige Güter wie Autos oder Smartphones vorwiegend in bestimmten Industriestaaten hergestellt werden, kommt es zu Ungleichheiten. Einige Länder sind also reicher an Waren und Gütern als andere.

Als Ausgleich ist es darum notwendig, dass zwischen den Ländern und Kontinenten der Erde Handel stattfindet, der Welthandel.

2 Erklärt die Notwendigkeit für den Welthandel.

Sprachspeicher
- der Handel – der Welthandel
- das Klima, klimatisch

Die wichtigsten Handelspartner Deutschlands in Afrika
Umsatz in Milliarden Euro

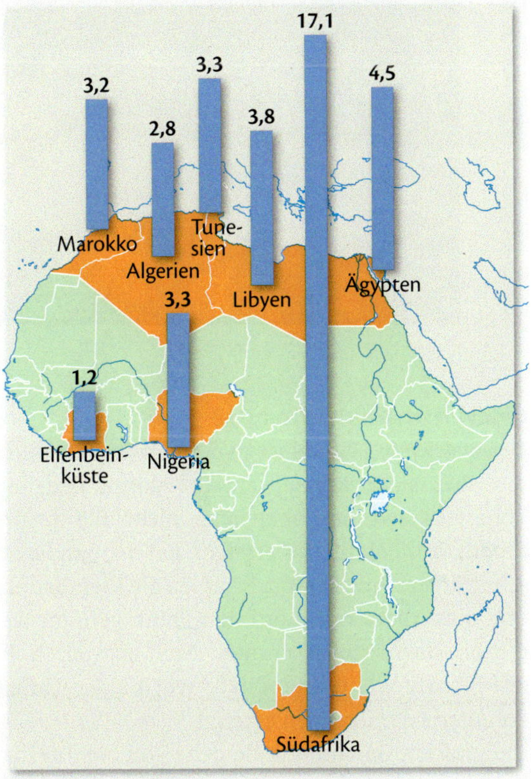

Quelle: Statistisches Bundesamt, 2018

[2] *Deutschlands Handel mit Afrika.* Infografik 2022.

3 Wertet Infografik [2] aus. Welche Rolle spielen die zentralafrikanischen Staaten als Handelspartner? (Atlaskarte dazu nehmen!)

Globalisierung

Weltweite Verflechtungen in Bereichen wie Wirtschaft, Kultur oder Kommunikation gehören unter der Bezeichnung Globalisierung zu unserem Alltag. Besonders anschaulich sind dabei wirtschaftliche Bereiche wie der Welthandel, weltweit tätige Unternehmen oder die Möglichkeit von funktionierenden Geldströmen in der ganzen Welt.
Im Grunde geht es dabei um eine internationale Arbeitsteilung, um einen Ausgleich der nicht weltweit vorhandenen Güter und um die Steigerung der Gewinne.

Globale Netzwerke

Die weltweite Arbeitsteilung funktioniert allgemein durch Zugehörigkeit zu bestehenden Netzwerken und Waren- bzw. Lieferketten. Wer dazu gehören will, muss billig und zuverlässig sein. Günstig sind Produktionsstandorte mit vorhandenen Grundlagen in einem passenden Handwerk. Auch die politischen und wirtschaftlichen Rahmenbedingungen sollten stabil sein. Schwach entwickelte Regionen stehen dabei meist nur am Rande. Hierdurch werden also die vorhandenen Disparitäten noch verstärkt.
Schwache Länder müssten wirksamer in die globalen Netzwerke eingebunden werden. Hier hätten sie die Chance auf soziale und wirtschaftliche Entwicklung. So böte sich eine Möglichkeit zum Abbau von Disparitäten.
Dabei kann man gewinnen, aber durch Bedingungen in den Verträgen auch in neue Abhängigkeiten geraten. Beispielsweise gibt es in der Bekleidungsindustrie viele austauschbare Hersteller. Ihnen steht nur eine begrenzte Anzahl von Abnehmern gegenüber. Die Auftraggeber können also ihre Preisvorstellungen durchsetzen. Damit entscheiden sie auf jeder Stufe der Lieferkette über den Gewinn.

4 Begründet, wieso schwach entwickelte Länder durch die Globalisierung benachteiligt werden.

Wählt einen der folgenden Arbeitsaufträge aus:

- Schreibt aus Infografik [1] heraus, welche starken Handelsströme es zwischen Europa und anderen Erdteilen gibt.
- Notiert Argumente für und gegen eine Zugehörigkeit zu globalen Warenketten und stellt sie gegenüber.
- Beurteilt nach eurer Arbeit mit Infografik [1] und [2] die gegenwärtige Bedeutung des Welthandels mit Afrika und Südamerika.

Sprachspeicher
- die Warenkette, die Lieferkette
- der Standort – der Produktionsstandort
- die Bedingung – die Rahmenbedingungen

APP

Fairer Handel

Wie kann Fairer Handel zum Abbau von Disparitäten beitragen?

[1] *Gleiche Ware – verschiedene Preise.* Grafik 2022.

Produkte im Supermarkt

Beim Einkaufen fällt auf, dass es von manchen Waren verschiedene Ausführungen gibt. Das bedeutet meist, dass die Produkte von verschiedenen Herstellern stammen.

Der unterschiedliche Preis könnte durch unterschiedliche Qualität gerechtfertigt sein. Oder es handelt sich bei dem teuren Produkt um ein Markenerzeugnis, während das billigere ein No-Name-Produkt* von häufig ganz ähnlicher Qualität ist.

Bei zwei gleichen Produkten, wie sie in Abbildung [1] zu sehen sind, fällt als Unterschied ein kleines Siegel* auf. Darauf steht z. B. „Fair Trade", „Banafair" oder „Weltpartner". Daran erkennt man, dass es sich um ein Erzeugnis handelt, welches unter fairen Bedingungen entstanden ist und gehandelt wurde.

[2] *Siegel zum Fair Trade.*

1 Berichtet, welche Produkte euch mit einem solchen Siegel bereits aufgefallen sind. Welche davon habt ihr selbst schon gekauft [1] und [2]?

2 Vermutet, was fairer Handel bedeuten könnte.

Landwirtschaftliche Produkte

Der weltweite Handel ist in den letzten Jahrzehnten sehr stark gewachsen. Die damit erzielten höheren Gewinne haben aber nicht alle an der Produktion Beteiligten erreicht. Bei den landwirtschaftlichen Produkten z. B. haben die Kleinbauern und die Arbeitskräfte auf den Plantagen am wenigsten davon abbekommen. Doch erst durch ihren Einsatz werden Produkte wie Kakao, Kaffee, Bananen oder Orangen erzeugt.

Die größten Gewinnanteile gehen an die internationalen Unternehmen, die den Weltmarkt beherrschen. Sie bestimmen die Bedingungen für den Handel und diktieren die Preise.

Davon sind alle Beteiligten der sogenannten „Lieferkette" betroffen: Landarbeiter, Farmer und Kleinbauern, Zwischenhändler, Transportunternehmer und letztlich auch die Abnehmer. Die Preise werden dabei oft bis unter die Produktionskosten gedrückt. So sind wiederum die Kleinbauern und Plantagenarbeiter am härtesten betroffen. Sie können dann kaum ihren Lebensunterhalt finanzieren. Sie sind von den großen Unternehmen abhängig. Ausweichmöglichkeiten gibt es kaum.

3 Erklärt die Beziehungen zwischen Kleinbauern, Landarbeitern oder Zulieferern und den internationalen Großunternehmen.

* *das* **Siegel:** Gütezeichen

das **No-Name-Produkt:** Ware ohne Markenzeichen

Sprachspeicher

- liefern – die Lieferung – die Lieferkette · der Händler – der Zwischenhändler · die Plantage – der Plantagenarbeiter

Mira erklärt: „Fair Trade ist eine Organisation, die faire Löhne und Arbeitsbedingungen für Kleinbauern und Landarbeiter schafft und Kinderarbeit bekämpft. Dadurch versucht sie, Ungerechtigkeiten in Entwicklungs- und Schwellenländern abzubauen."

[3] *Mira aus der Obstabteilung.* Foto 2022.

4 Gebt Miras Erklärung von Fair Trade mit eigenen Worten wieder [3].

Die Standards des fairen Handels

Fair Trade und andere Organisationen zur Förderung des fairen Handels haben gemeinsam Regeln aufgestellt, so genannte Standards. Danach müssen sich alle Mitglieder richten. Hier einige Beispiele:

- Mit den Produzenten werden Mindestpreise vereinbart. Wenn der Weltmarktpreis höher ausfällt, muss dieser gezahlt werden.
- Den Produzenten werden Prämien gezahlt, über deren Verwendung sie selbst entscheiden. Damit werden Projekte für Bildung, Soziales oder Umwelt finanziert.
- Männliche und weibliche Arbeitskräfte bekommen denselben Lohn. Kinder- und Sklavenarbeit sind verboten. Es dürfen Gewerkschaften gegründet werden.
- Unter anderem sollen die biologische Vielfalt (Tier- und Pflanzenarten) und das Wasser geschützt werden. Bestimmte Pestizide* und die Gentechnik* sind verboten. Der Bio-Anbau wird finanziell unterstützt.
- Durch geringeren Energieverbrauch soll das Klima geschützt werden.

5 Findet Überschriften für die einzelnen Standards. Welchen haltet ihr für besonders wichtig?

* *die* **Pestizide:** Mittel zur Schädlingsbekämpfung

die **Gentechnik:** Technik, um Eingriffe in das Erbgut vorzunehmen

Kritik am fairen Handel

Fairer Handel ist keine perfekte Lösung. Die Vorteile mögen überwiegen, doch gibt es auch einige kritische Anmerkungen zu diesem System:

- Kleinbauern müssen die Kosten für das Siegel selbst tragen und die langfristige Lieferung der Produkte garantieren. Das schließt die ärmsten Bauern von der Teilnahme aus.
- Die Entwicklungs- und Schwellenländer liefern nur Rohstoffe (z. B. Kakao). Produkte daraus (z. B. Pralinen) werden in den Industriestaaten hergestellt. So bleibt ein Großteil der Gewinne bei den Industrieländern.
- Für die Verbraucher fallen für faire Produkte höhere Kosten an.
- Die Vielzahl an Siegeln für den fairen Handel sorgt für Verwirrung bei den Verbrauchern.

6 Nehmt Stellung zu den Kritikpunkten.

Wählt einen der folgenden Arbeitsaufträge aus:

- Zeichnet eine der Regeln für den fairen Handel als Skizze.
- Stellt Vor- und Nachteile des fairen Handels in einer Tabelle gegenüber.
- Schreibt ein kurzes Referat über den fairen Handel. Arbeitet besonders heraus, ob fairer Handel geeignet ist, Disparitäten abzubauen.

Was ihr noch tun könnt:

- MK Sucht im Supermarkt fair gehandelte Produkte und notiert sie in einer Liste.
- MK Informiert euch über Fair-Trade-Schools und berichtet darüber.

Sprachspeicher
• das Entwicklungsland – das Schwellenland • das Produkt – der Produzent • die Gewerkschaften

APP

Das kann ich!

Versucht zunächst, die Aufgaben auf dieser Doppelseite zu lösen, ohne im Kapitel nachzusehen. Wenn ihr Hilfe braucht, könnt ihr bei den Aufgaben auf den in Klammern angegebenen Seiten nachschlagen.

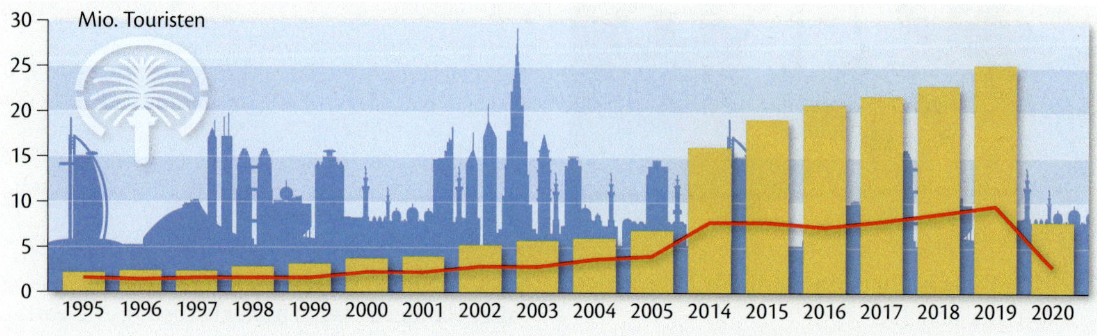

[1] *Tourismus in den Vereinigten Arabischen Emiraten (VAE),* Angaben in Millionen Touristen. Diagramm 2022.

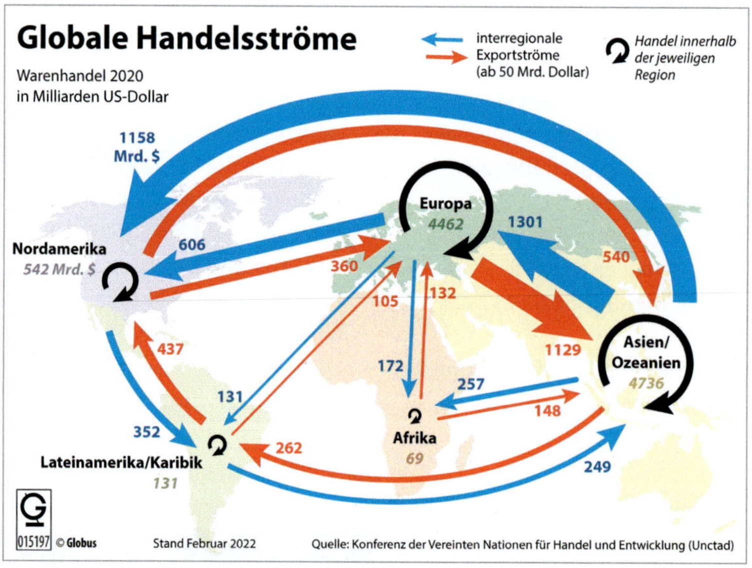

[2] *Weltweite Handelsströme.* Infografik 2020.

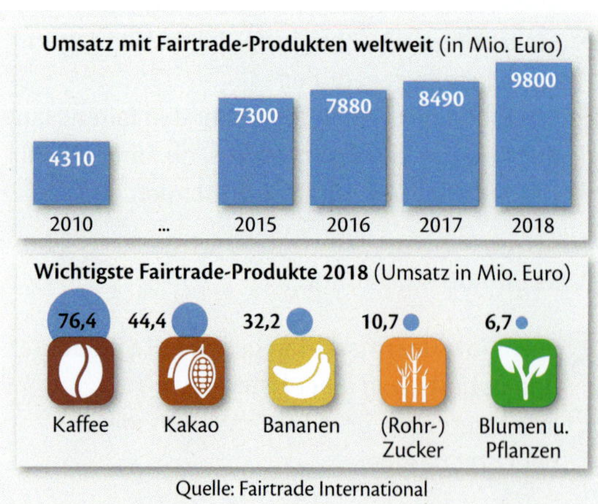

[3] *Handel mit Fairtrade-Produkten.* Infografik 2022.

[4] *Disparitäten.* Karikatur 2019.

die Arbeitsmigranten	Geografisches Informationssystem mit Internetanbindung
das Schwellenland	Handelspartnerschaft, die mehr Gerechtigkeit im internationalen Handel anstrebt
der Welthandel	ungleiche Lebensbedingungen auf regionaler, nationaler und globaler Ebene
die sozialen Disparitäten	Menschen, die für einen längeren Zeitraum im Ausland wohnen, um dort zu arbeiten
das Web GIS	ein Land mit hohem Wirtschaftswachstum auf dem Weg zu einem Industriestaat
der faire Handel	weltweiter Warenaustausch

[5] *Begriffe und ihre Bedeutung.*

Angelina erzählt:
„Ich wohne mit meiner Mutter und vier jüngeren Geschwistern in Rio de Janeiro. Das liegt in Brasilien. Leider hat es in unserer Straße schon öfters mal Schießereien gegeben, sogar mit der Polizei. Trotzdem mag ich mein Wohnviertel sehr. Es ist zwar auch sonst nicht alles perfekt, aber wir haben ein gemütliches Zuhause.
Tagsüber arbeitet meine Mutter bei reichen Leuten im Haushalt. Dann muss ich auf die Kleinen aufpassen. Nebenher kann ich aber ein paar Stunden unten im Laden meiner Tante arbeiten. Dafür bekomme ich etwas Geld ...“

[6] *Autorentext nach Berichten.*

Sachkompetenz

1 Wertet Diagramm [1] wie folgt aus:
a) Ab welchem Jahr steigt der Tourismus deutlich an?
b) Findet eine Erklärung für den Rückgang im Jahr 2020.

2 Erklärt den HDI (Human Development Index); welche Daten werden hiermit erfasst (S. 276/277)?

3 Ordnet den Begriffen in [5] die jeweils passende Erklärung zu.

4 Lest Angelinas Bericht [6]:
– In welchem Stadtteil von Rio de Janeiro wohnt Angelina?
– Ergänzt den Bericht mit weiteren Informationen zu ihrer Wohngegend.

5 Nennt Gründe für den großen Unterschied in der Wirtschaftskraft einiger Länder (S. 290/291).

Methodenkompetenz

6 Beschreibt das System Web GIS und begründet die Einsatzmöglichkeiten (S. 278/279).

7 Sammelt mit dem Web GIS Daten zu Afghanistan (S. 278/279).

8 Vergleicht mit dem Web GIS Indien, Schweden und Brasilien über einzelne Indikatoren (und danach über den World Happyness Index) (S. 278/279 und S. 286).

9 Wertet die Infografik [3] aus.

10 Deutet die Karikatur [4].

Urteilskompetenz

11 Erläutert die starken Gegensätze im Emirat Dubai und nehmt dazu Stellung (S. 274/275).

12 Beschreibt und beurteilt die unterschiedlich verlaufenden Handelsströme auf der Erde [2].

13 Beschreibt die wirtschaftliche Lage afrikanischer Staaten und beurteilt die Rolle, die der Kolonialismus dabei spielt (S. 289).

14 Beurteilt die Bemühungen um einen Fairen Handel. Nennt Beispiele (S. 292/293).

Frieden und Zukunft sichern

New York am 11. September 2001
An diesem Tag gab es in den USA einen Terroranschlag. Terroristen entführten vier Passagierflugzeuge. Zwei Flugzeuge wurden absichtlich in das weltberühmte World Trade Center in New York gesteuert. Zwei weitere wurden zum Absturz gebracht.

1 Beschreibt das Bild. Welche Gedanken hatten wohl Augenzeugen des 11. September?
2 Was wisst ihr vom 11. September 2001? Berichtet darüber.
3 Sammelt Fragen, die ihr zum Kapitel „Frieden und Zukunft sichern“ habt.

Schauplatz New York am 11. September 2001

Was geschah am 11. September 2001?

[1] *Einsturz der Türme*. Foto.

[2] *Menschen auf der Flucht*. Foto.

[3] *In den Straßen nach dem Einsturz*. Foto.

1 Beschreibt die Fotos [1]-[3]. Welchen Eindruck habt ihr von diesem Tag?

8.45 Uhr: Ein Flugzeug rast in den Nordturm
Ein Passagierflugzeug fliegt in einen der beiden Türme des World Trade Centers. Die Explosion erschüttert das 417 Meter hohe Gebäude, in dem tausende Menschen arbeiten. Augenzeugen sind geschockt und gehen von einem Unfall aus.

9.03 Uhr: Ein zweites Flugzeug rast in den Südturm
Im Tiefflug rast ein zweites Passagierflugzeug in das World Trade Center und explodiert. Der Einschlag wird live in den Fernsehnachrichten gezeigt. Erste Kamerateams waren kurz zuvor eingetroffen.
Die Menschen sind panisch und voller Todesangst. Es ist jetzt klar, dass es sich um einen Terroranschlag handelt.

9.43 Uhr: Ein drittes Flugzeug rast in das Pentagon
Ein weiteres Passagierflugzeug steuert in das Pentagon in Washington, den Sitz des US-Verteidigungsministeriums. Weite Teile des Gebäudes werden zerstört.

10.07 Uhr: Einsturz des Südturms
Der Turm des World Trade Centers, der zuletzt gerammt wurde, stürzt ein. Das 110 Stockwerke hohe Gebäude sackt in sich zusammen. Eine riesige Staub- und Schuttschicht bedeckt die Umgebung.

10.27 Uhr: Einsturz des Nordturms
Auch der nördliche Turm stürzt ein. Nur aus den unteren Stockwerken können noch Menschen fliehen. Tausende Opfer werden befürchtet.

2 Fasst die Ereignisse vom 11. September 2001 stichpunktartig zusammen.
Starthilfe: *Am 11. September 2001 geschah in New York...*

[4] *Feuerwehrleute am Einsturzort der Türme suchen nach Überlebenden.* Foto.

3 Beschreibt Foto [4] Vermutet, warum New Yorks Feuerwehrleute als. „Helden des 11. September" bezeichnet werden.
Starthilfe: *Vermutlich wurden sie deshalb als Helden bezeichnet, weil ...*

Augenzeugen berichten vom 11. September

„Menschen, deren Kleidung komplett verbrannt ist, sind uns entgegengetaumelt. Ihre Haare und Augenbrauen waren einfach weg. Sie bluteten am ganzen Körper und waren voller Todesangst!" **(Jim Bennet, Sanitäter)**

„In den Türmen oberhalb der Einschlagsstelle winkten die Menschen aus den Fenstern. Sie weinten und schrien, weil sie wussten, dass ihre Lage hoffnungslos war. Sie würden bald im Feuer sterben. Dann sind einige von ihnen aus den Fenstern in den Tod gestürzt." **(Melissa Miller, Polizistin)**

Nach dem Einschlag der Flugzeuge

Beim Einschlag der Flugzeuge in die Türme wurden Aufzüge und Treppenhäuser zerstört. Für die Menschen in den Stockwerken oberhalb des Einschlags war damit der Weg versperrt. Kurz darauf explodierte das Kerosin in den Flugzeugtanks. Durch die Hitze des Brandes schmolzen die Stahlträger der Türme. Die Menschen in den oberen Stockwerken starben infolge von Feuer und Rauchvergiftung. Minuten nach dem ersten Einschlag waren Rettungskräfte vor Ort. Sie rannten sofort in das Gebäude und evakuierten über tausend Menschen aus den Türmen. Anschließend stiegen sie nach oben, um auch die Eingeschlossenen zu erreichen. Als die Türme plötzlich einsackten, kamen 343 Feuerwehrleute ums Leben.

4 Gebt die Ereignisse nach dem Einschlag in eigenen Worten wieder.

Wählt einen der folgenden Arbeitsaufträge aus:

- Notiert die Abfolge der Ereignisse am World Trade Center.
- Äußert mögliche Gedanken eines Passanten, als der erste Turm einstürzte.
- Verfasst aus der Sicht eines Feuerwehrmanns einen Tagebucheintrag vom 11. September 2001.

Was du noch tun kannst:

→ Recherchiert das Schicksal des an diesem Tag entführten vierten Passagierflugzeugs.

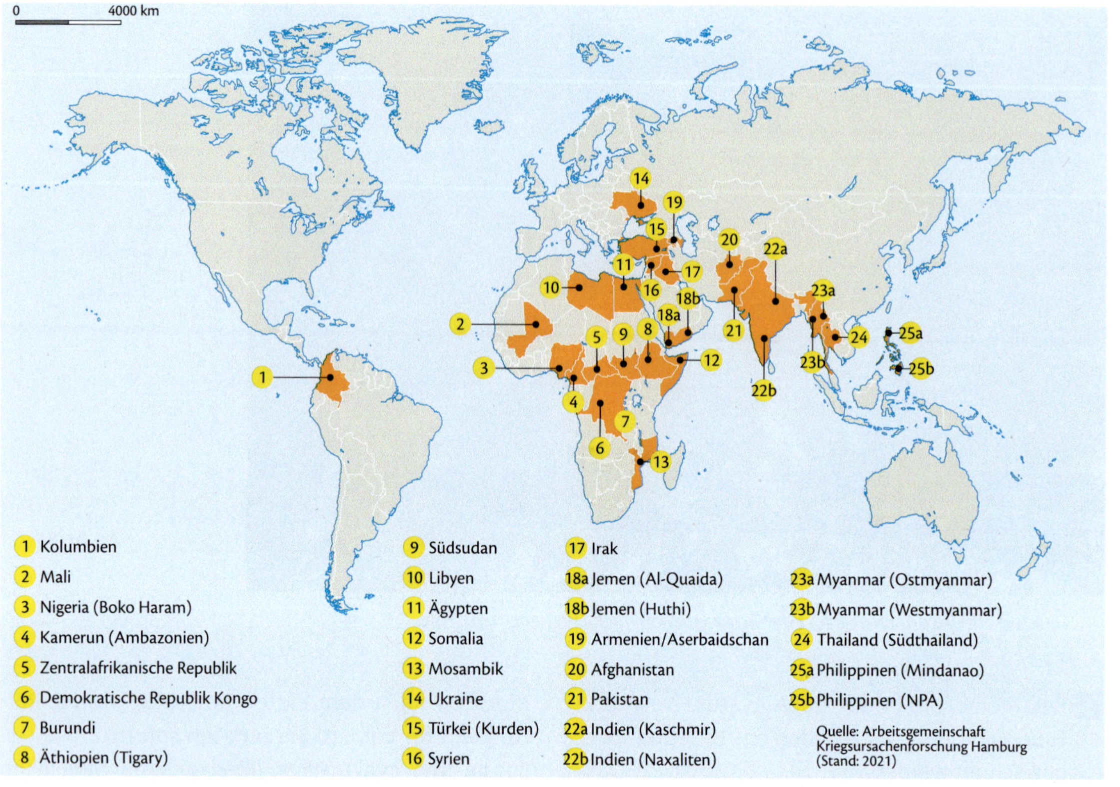

[1] *Aktuelle Kriege und Konflikte.* Karte.

1 Beschreibt die Karte und wertet sie aus:
- Auf welchen Kontinenten gibt es die meisten/wenigsten bewaffneten Konflikte?
- Über welchen Krieg wisst ihr etwas? Berichtet.

Konflikte und Kriege

Konflikte zwischen Gruppen entstehen, wenn Interessen und Vorstellungen unvereinbar erscheinen. Werden dann Waffen eingesetzt, um seine Ziele durchzusetzen, spricht man von Krieg.
Kriege und Konflikte können sowohl zwischen Staaten als auch innerhalb eines Staates, etwa zwischen Volksgruppen, ausbrechen. Dann spricht man von Bürgerkrieg.
Folgende Gründe können für den Ausbruch eines Krieges verantwortlich sein: Streit um Grenzen und Gebiete, Kampf um die Vormachtstellung in einer Region, Furcht vor Bedrohung durch den anderen, Durchsetzung wirtschaftlicher Interessen (z.B. Bodenschätze), religiöse Konflikte, falsche Beurteilung der Absichten des anderen.

Frieden

Das Wort „Frieden“ hat unterschiedliche Bedeutungen. Für den Einzelnen kann es heißen, dass man mit sich selbst im Reinen ist. Gemeint ist ein innerer Frieden. Häufiger wird „Frieden“ aber genutzt, um die Abwesenheit von Kriegen und bewaffneten Konflikten zu beschreiben.
Geht ein Krieg zu Ende, dann herrscht zuerst einmal ein Waffenstillstand. Doch Frieden tritt nicht automatisch ein. Beide Kriegsparteien müssen sich darum bemühen. Nach langen Gesprächen und Verhandlungen wird dann oft ein Friedensvertrag geschlossen. Er soll sicherstellen, dass der Krieg nicht gleich wieder ausbricht. Nur wenn sich beide Konflikparteien an die Bestimmungen des Vertrages halten, kann es zu einem langfristigen Frieden kommen.

2 Unterscheidet die Begriffe Konflikt, Krieg und Frieden voneinander. **Starthilfe:** *Konflikt bedeutet, dass es zwischen Gruppen ...*

3 Nennt Gründe für einen Kriegsausbruch.

4 Erläutert, wie ein Friedensvertrag zustande kommt. **Starthilfe:** *Am Anfang steht der Waffenstillstand ...*

Kriegsverbrechen

Im Kriegsrecht ist vorgeschrieben, wie sich Kriegsparteien und ihre Soldaten zu verhalten haben. Es ist verboten, die Zivilbevölkerung grausam zu behandeln. Gemeint sind damit Vergewaltigung, Plünderung von Wohnungen und Geschäften oder Zwangsarbeit. Auch die gezielte Zerstörung von Wohn- und Krankenhäusern, Schulen oder Kindergärten sind Kriegsverbrechen. Eines der schlimmsten Verbrechen ist Völkermord. Die systematische Tötung eines Volkes wird als Völkermord bezeichnet.
Wer Kriegsverbrechen begeht, wird vor dem Internationalen Strafgerichtshof angeklagt und kann zu einer langen Haftstrafe verurteilt werden.

[2] *Der Internationale Strafgerichtshof ist in Den Haag (Niederlande).* Foto.

5 Benennt einzelne Kriegsverbrechen.

Menschenrechte

Unter Menschenrechte versteht man grundlegende Rechte, die jedem Menschen unabhängig von Geschlecht, Religion oder Volkszugehörigkeit zustehen. Dazu gehören das Recht auf Leben, persönliche Würde, Freiheit und Gleichheit vor dem Gesetz.
Die meisten Staaten haben die Menschenrechte in ähnlicher Form in ihr Rechtssystem, also in ihre Verfassung aufgenommen. In Deutschland sind sie seit 1949 im Grundgesetz festgeschrieben. Man kann sie weder verändern noch abschaffen.

6 Erklärt den Begriff „Menschenrechte".

SCHAUPLATZ
New York am 11. September 2001
S. 298–299

ORIENTIERUNG
S. 300–301

Militärbündnis für gegenseitigen Beistand – die NATO
S. 302–303

Der Frieden ist unser Auftrag – die Bundeswehr
S. 304–305

METHODE
Eine Konfliktanalyse durchführen
S. 306–307

Im Einsatz für den weltzweiten Frieden – die UNO
S. 308–309

So arbeitet die UNO
S. 310–311

Krieg in der Ukraine
S. 312–313

WAHLSEITEN
Amnesty International,
Reporter ohne Grenzen,
Brot für die Welt,
Nothilfe Ukraine
S. 314–317

DAS KANN ICH!
S. 318–319

Die NATO – ein Militärbündnis

Was geschah nach dem Terroranschlag vom 11. September 2001?

[1] *US-amerikanische Soldaten in Afghanistan.* Foto.

[2] *Taliban-Kämpfer in Afghanistan.* Foto.

[3] *Abzug der Deutschen Bundeswehr.* Foto.

1 Beschreibt die Fotos [1] – [3]. Was wisst ihr über den Einsatz deutscher Soldaten in Afghanistan?
Starthilfe: *Auf dem Foto [1] kann ich erkennen, dass...*

Einmarsch in Afghanistan

Die Täter der Anschläge waren schnell ermittelt: Osama bin Laden und seine Terrorgruppe al-Qaida. Er hielt sich in Afghanistan auf. Seine Organisation betrieb dort Ausbildungslager, in denen Terroristen den Umgang mit Waffen lernten.
In Afghanistan herrschten die Taliban. Es sind radikale, streng gläubige Muslime, die Andersgläubige verachten und unterdrücken. Sie weigerten sich, Osama bin Laden an die USA auszuliefern und die Terrorcamps zu schließen.
Deshalb begann im Oktober 2001 der Krieg der USA und ihrer Verbündeten gegen die Taliban. Die Taliban wurden schnell besiegt und vertrieben. Die USA und ihre Verbündeten errichteten in Afghanistan Stützpunkte.

Die Bundeswehr in Afghanistan

Fast alle Länder stuften die Terroranschläge als Angriff auf die USA ein. Als Mitglied der NATO forderten die USA die militärische Unterstützung seiner Bündnispartner ein. Deswegen schickte auch Deutschland Soldaten nach Afghanistan.
Nach der Niederlage der Taliban errichtete die Bundeswehr in Afghanistan Militärlager. Von dort aus unterstützten ab Dezember 2001 deutsche Soldaten die Afghanen beim Wiederaufbau ihres Landes. Ziel war es, den Menschen ein Leben in Frieden und Sicherheit zu ermöglichen.
Ab 2003 wurden die Taliban wieder stärker. Sie griffen ausländische Soldaten aus dem Hinterhalt an. Viele starben oder kehrten traumatisiert aus dem Einsatz zurück. Im Jahr 2021 zogen sich alle Soldaten der NATO aus Afghanistan zurück. Die Taliban übernahmen wieder die Herrschaft.

2 Begründet, warum die USA und ihre Verbündeten in Afghanistan einmarschierten.

3 Beschreibt den Einsatz deutscher Soldaten in Afghanistan. > Sprachspeicher

Sprachspeicher
- Stützpunkte/Militärlager errichten
- militärische Unterstützung fordern
- den Wiederaufbau eines Landes unterstützen
- ein Leben in Frieden und Sicherheit ermöglichen
- aus dem Hinterhalt angreifen
- die Herrschaft in einem Land übernehmen

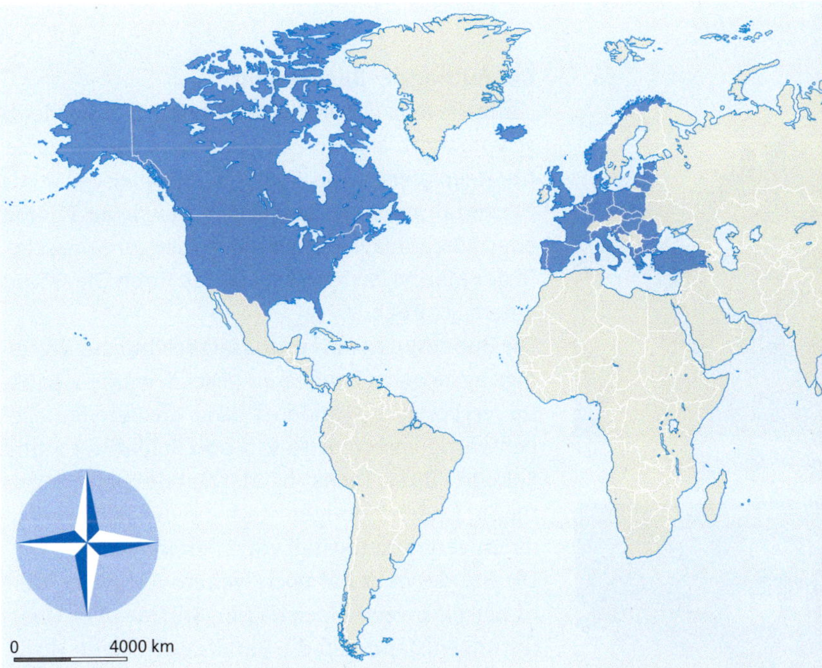

NATO-Mitglied	beigetreten
Großbritannien	(1949)
USA	(1949)
Belgien	(1949)
Kanada	(1949)
Dänemark	(1949)
Frankreich	(1949)
Island	(1949)
Luxemburg	(1949)
Niederlande	(1949)
Italien	(1949)
Norwegen	(1949)
Portugal	(1949)
Griechenland	(1952)
Türkei	(1952)
Deutschland	(1955)
Spanien	(1982)
Ungarn	(1999)
Polen	(1999)
Tschechien	(1999)
Rumänien	(2004)
Slowakei	(2004)
Slowenien	(2004)
Bulgarien	(2004)
Estland	(2004)
Lettland	(2004)
Litauen	(2004)
Albanien	(2009)
Kroatien	(2009)
Montenegro	(2017)
Nordmazedonien	(2020)

[4] *Die Mitglieder der NATO (Stand: 2022).* Karte.

4 Beschreibt die Karte [4] und wertet sie mit einem Atlas aus:
- Welche europäischen Länder sind nicht Mitglieder der NATO?

Mit vereinten Kräften – die NATO

Seit der Gründung der NATO helfen sich die Mitglieder militärisch und politisch. Ein wichtiges Ziel ist dabei der Einsatz für Frieden und Freiheit auf der Welt. Von Beginn an gibt es eine Verpflichtung aller NATO-Mitglieder, sich im Falle einer militärischen Bedrohung gegenseitig zu helfen. In Artikel 5 des Vertrags steht:

„Die Parteien vereinbaren, dass ein […] Angriff gegen eine […] von ihnen als ein Angriff gegen sie alle angesehen werden wird […].“

4 Begründet, warum sich NATO am Einsatz in Afghanistan beteiligte.
Starthilfe: *„Da die Terroranschläge vom 9.11.2001 als ein Angriff auf die USA …*

Kritik am Einsatz der NATO in Afghanistan

Soldaten der NATO waren 20 Jahre in Afghanistan stationiert. Es gelang nicht, in Afghanistan einen demokratischen Rechtsstaat zu errichten sowie den Menschen Frieden und Sicherheit zu bringen. Tausende Soldaten der NATO starben bei Angriffen der Taliban. Der Krieg in Afghanistan und der Aufbau des Landes kosteten Milliarden Euro.
Die NATO entschied sich dafür, ihre Soldaten abzuziehen. Die Taliban übernahmen wieder die Macht. Viele Afghanen hatten in den Jahren zu-vor als Dolmetscher, Fahrer oder Schreiber der NATO geholfen. Die meisten Helfer wurden beim Abzug der NATO 2021 zurückgelassen. Seitdem sind sie der Rache der Taliban ausgesetzt.

5 Schildert die Kritik am Einsatz der NATO.

Wählt einen der folgenden Arbeitsaufträge aus:

- Notiert Merkmale der Taliban.
- Erstellt einen Zeitstrahl über den NATO-Einsatz in Afghanistan.
- Verfasst einen Lexikonartikel über die NATO.

Sprachspeicher
- sich für Frieden und Freiheit einsetzen
- bei einer Bedrohung sich gegenseitig helfen
- Soldaten aus einem Gebiet/Land abziehen
- die Macht wieder übernehmen

Die Bundeswehr

Welche Aufgaben hat die Bundeswehr?

[1] *Soldaten der Bundeswehr bei einer Übung.* Foto.

[2] *Soldaten der Bundeswehr helfen bei einer Hochwasserkatastrophe.* Foto.

[3] *Seit 2001 können auch Soldatinnen in allen Bereichen der Bundeswehr Dienst leisten.* Foto.

1 Beschreibt die Fotos [1] – [3]. Vermutet, welche Aufgaben die Bundeswehr erfüllt.
Starthilfe: *Ich vermute, dass die Bundeswehr ...*

Der Auftrag der Bundeswehr

„Bundeswehr" ist die Bezeichnung für die deutschen Streitkräfte. Sie gliedert sich in drei Bereiche. Im Heer dienen die Soldaten beispielsweise als Panzerfahrer. In der Luftwaffe sind sie als Piloten oder Mechaniker der Kampflugzeuge eingesetzt. In der Marine leisten die Soldaten ihren Dienst auf einem Schiff ab.
Die Bundeswehr darf grundsätzlich nur zur Verteidigung unseres Landes eingesetzt werden. Es ist ihr verboten, ein anderes Land anzugreifen. Gegenwärtig leisten etwa 180 000 Soldatinnen und Soldaten ihren Dienst bei der Bundeswehr. Regelmäßig finden Übungen statt, um die Soldaten auf einen Verteidigungsfall vorzubereiten.
Die Bundeswehr hat noch weitere Aufgaben: Gibt es beispielsweise Hochwasser, Stürme oder Überflutungen, dann hilft die Bundeswehr. Beim Hochwasser im Ahrtal im Jahr 2021 retteten die Piloten der Luftwaffe mit ihren Hubschraubern viele Menschen von den Dächern der Häuser. Soldatinnen und Soldaten der Bundeswehr versorgten die Überlebenden in kurzfristig errichteten Zeltlagern und räumten den Schutt aus den Straßen.

Entwicklungen in der Bundeswehr

Als die Bundeswehr 1955 gegründet wurde, dienten dort nur Freiwillige. 1957 wurde die allgemeine Wehrpflicht eingeführt. In der Regel mussten danach alle deutschen Männer ab 18 Jahren für eine bestimmte Zeit zur Bundeswehr. Während ihres Grundwehrdienstes erhielten sie eine soldatische Ausbildung.
Seit 2011 ist die allgemeine Wehrpflicht ausgesetzt. Es können sich jedoch Freiwillige melden, um in der Bundeswehr zu dienen. Seit 2001 gibt es in allen Bereichen der Bundeswehr auch Frauen. Ihr Anteil beträgt ungefähr 15 Prozent. Um die Ausrüstung zu modernisieren, soll die Bundeswehr ab 2022 deutlich mehr Geld erhalten.

2 Erläutert die Aufgaben der Bundeswehr.
3 Gestaltet einen Zeitstrahl über die Entwicklungen in der Bundeswehr.

Sprachspeicher
- als Panzerfahrer dienen/eingesetzt sein
- einen Dienst auf einem Schiff ableisten
- den Wiederaufbau eines Landes unterstützen
- bei Naturkatastrophen eingesetzt sein
- Menschenleben retten
- die Wehrpflicht aussetzen/wurde ausgesetzt

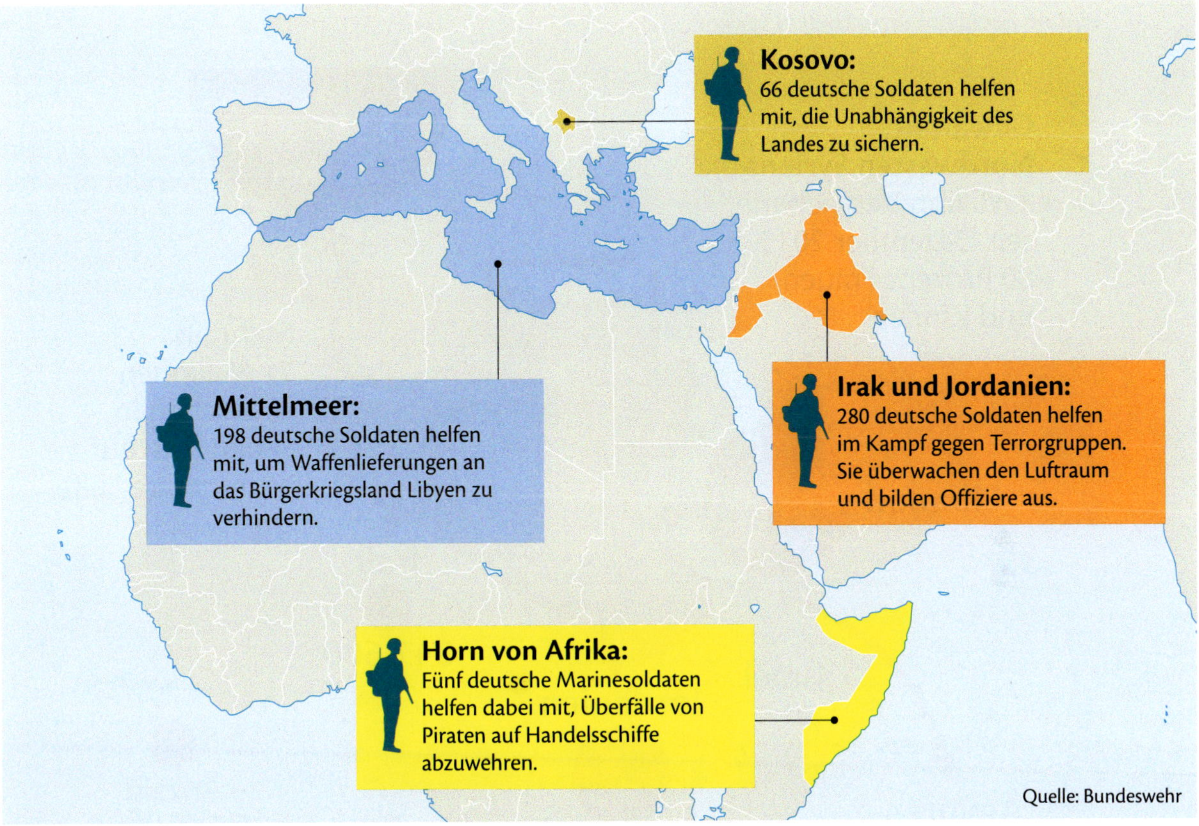

[4] *Überblick der aktuell laufenden Auslandseinsätze der Bundeswehr, die mit Bündnispartnern stattfinden.* Karte.

4 Beschreibt die Karte [4] und wertet sie aus:
- Welche Aufgaben übernehmen Bundeswehrsoldaten bei ihren Auslandseinsätzen?

Die Bundeswehr und die NATO
Die Bundeswehr gehört der NATO an und beteiligt sich an den Auslandseinsätzen. Gegenwärtig befinden sich etwa 2000 deutsche Soldatinnen und Soldaten im Ausland. Sie übernehmen unterschiedliche Aufgaben:

„Wir bewachen Tag und Nacht die Küste Somalias. Dreimal konnten wir verhindern, dass Piraten ein Schiff in ihre Gewalt brachten. Sie wollten die Mannschaft gefangen nehmen und verlangten Lösegeld. Einmal war die Situation sehr gefährlich, weil die Piraten auf uns schossen."

[5] *Ein Marinesoldat berichtet von seinem Einsatz.*

Seit 20 Jahren verfügt die NATO über eine sogenannte „Eingreiftruppe". Sie besteht aus Boden-, Luft- und Seestreitkräften. Der Aufbau dieser gut ausgerüsteten internationalen Truppe wurde von den NATO-Mitgliedern beschlossen, um in einem Krisenfall schnell reagieren zu können. Alle Mitglieder der NATO stellen dafür Soldaten.

Wählt einen der folgenden Arbeitsaufträge aus:

- Verfasst einen Lexikonartikel über die Wehrpflicht.
- Schreibt einen Brief: Ein Bürgermeister bedankt sich bei Bundeswehrsoldaten, die seine Gemeinde vor einem Hochwasser geschützt haben.
- Sammelt Argumente, warum die Auslandseinsätze der Bundeswehr trotz der Gefahren für die Soldaten wichtig für unsere Sicherheit sind.

Sprachspeicher
- im Ausland eingesetzt sein
- sich an einem Auslandseinsatz beteiligen
- in einem Krisenfall schnell reagieren
- in einer Eingreiftruppe dienen

Methode Eine Konfliktanalyse durchführen

Warum herrscht Bürgerkrieg in Syrien?

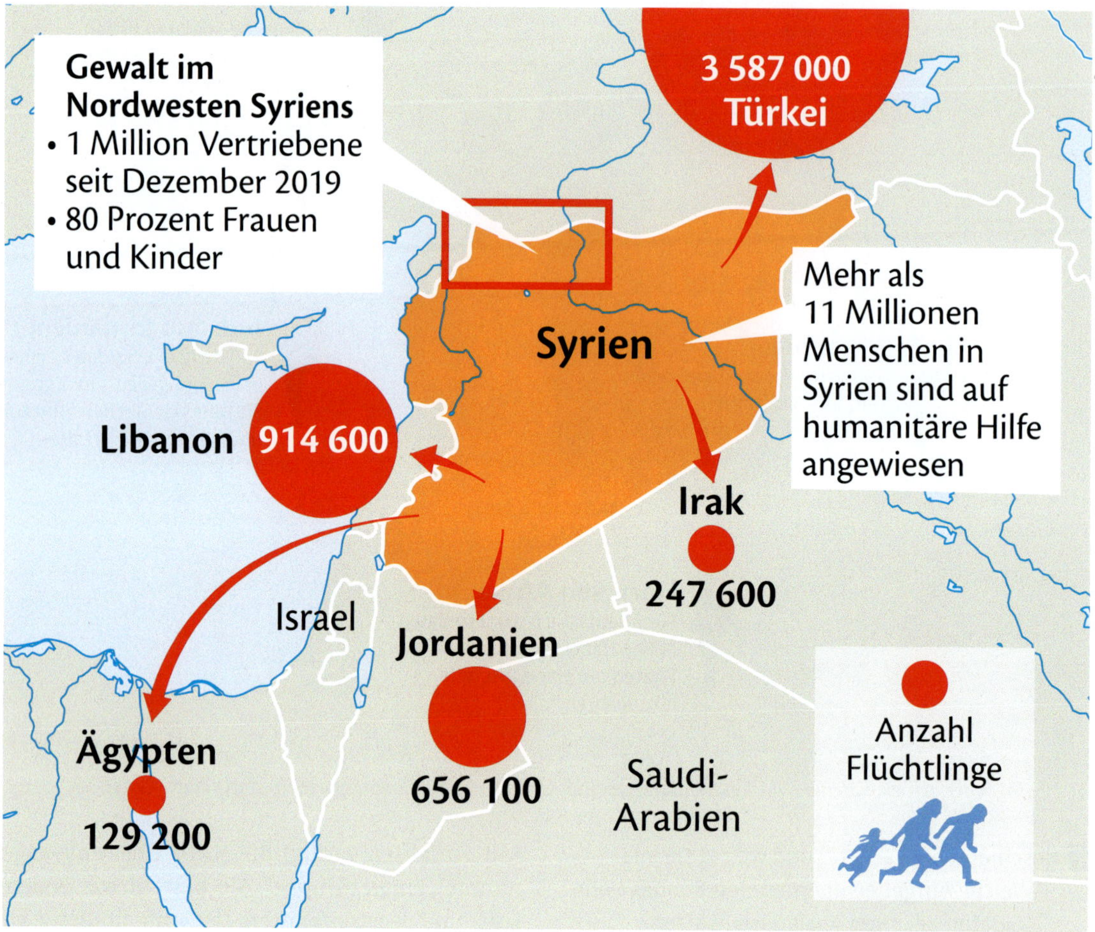

[1] *Bürgerkrieg in Syrien.* Karte.

Fallbeispiel: Bürgerkrieg in Syrien

Seit dem Jahr 2000 herrscht Bashar al-Assad als Diktator in Syrien. Im Jahr 2011 kam es zu friedlichen Protesten der Bevölkerung. Hunderttausende demonstrierten für Demokratie und gegen die Diktatur. Mithilfe des Militärs ging Präsident Assad gewaltsam gegen die Demonstranten vor. Es kam zu einem Bürgerkrieg.

Die Lage in Syrien wurde immer unübersichtlicher. Mehrere Kriegsparteien mit unterschiedlichen Zielen beteiligen sich am Bürgerkrieg. Die Rebellen wollen die Diktatur in Syrien beenden. Die Terrorgruppe „Islamischer Staat" will einen eigenen Staat nach streng religiösen Regeln errichten. Russland unterstützt mit seinem Militär den Machthaber Assad. Alle Kriegsparteien setzen Söldner ein. Kriegsverbrechen werden begangen.

Mehr als eine halbe Million Menschen starben bei den Kämpfen. Städte wie Damaskus, Aleppo oder die antike Oasenstadt Palmyra liegen in Trümmern. Leidtragende des Bürgerkriegs sind die Zivilisten. Millionen Syrer sind auf der Flucht. Die meisten von ihnen leben unter ärmlichsten Verhältnissen in den Nachbarländern. Auch nach Deutschland flohen in den Jahren 2015 und 2016 viele Syrer.

Verhandlungen zwischen den Kriegsparteien scheitern immer wieder. Alle Kriegsparteien erhalten Nachschub an Waffen und Ausrüstung, sodass die Kampfhandlungen wohl nicht bald enden werden.

Ist Frieden möglich?

Um einen Konflikt richtig zu verstehen und um festzustellen, ob ein dauerhafter Frieden möglich ist, kann eine Konfliktanalyse durchgeführt werden. Dafür eigenen sich folgende Schritte und Leitfragen:

1. Schritt **Anzeichen des Konflikts beschreiben**

- Was ist wann und wo passiert?
- Wer sind die Beteiligten (direkt oder indirekt)?

(Die Informationen dazu findet ihr im Internet oder in der Presse: z.B. „Einsatz von Giftgas in der syrischen Stadt Aleppo".)

2. Schritt **Konfliktursachen erkennen**

- Welche Ziele verfolgen die Parteien?
- Um welche Streitfragen geht es?
- Was war der Auslöser für den Konflikt?
- Wie war der bisherige Verlauf?
- Welche Ereignisse haben den bisherigen Konflikt verschärft oder gemildert?

(Beschafft euch zu diesen Leitfragen Informationen in Zeitungen, Magazinen, bei Experten, in Fernsehdokumentationen, im Internet...)

3. Schritt **Lösungsansätze prüfen und bewerten**

- Welche Lösungsansätze sind denkbar?
- Welche Kompromisse sind nötig?
- Wie wahrscheinlich ist die Lösung für einen dauerhaften Frieden?
- Habt ihr genug Informationen?

Bei beendeten Konflikten:

- Wie wurde der Konflikt gelöst?

1 Wendet die Methode der Konfliktanalyse auf das Fallbeispiel zum Bürgerkrieg in Syrien an.

[2] *Demonstration gegen den Machthaber Assad.* Foto.

[3] *Zerstörte Städte in Syrien.* Foto.

[4] *Verzweifelte Menschen.* Foto.

Im Einsatz für den weltweiten Frieden – die UNO

Wie sorgt die UNO für Frieden und Sicherheit auf der Welt?

[1] *Im Einsatz nach einem Erdbeben in Haiti.* Foto.

[2] *Einsatz im Südsudan.* Foto.

[3] *Aufspüren von Landminen im Libanon.* Foto.

1 Beschreibt die Bilder [1] – [4]. Was erfahrt ihr über die UNO?

Die Gründung der UNO

Die Abkürzung „UNO" steht für United Nations Organization (Organisation der Vereinten Nationen). Die UNO wurde nach dem Zweiten Weltkrieg von 51 Staaten gegründet. Aufgrund der schrecklichen Ereignisse hatten die Gründerstaaten die Absicht, in Zukunft ein friedliches Verhältnis untereinander zu pflegen. Sie entwarfen einen Vertrag: die UN-Charta. Darin verpflichteten sie sich, auf Gewalt gegenüber anderen Staaten zu verzichten. Wenn ein Land der UNO beitreten will, muss es die UN-Charta unterschreiben und anerkennen. Heute sind fast alle Länder der Welt Mitglieder der UNO.

2 Erläutert, mit welchen Absichten die UNO gegründet wurde.

UN-Charta Artikel 1, von 1945

1. den Weltfrieden und die internationale Sicherheit zu wahren [...] Bedrohungen des Friedens zu verhüten und zu beseitigen, Angriffshandlungen und andere Friedensbrüche zu unterdrücken und internationale Streitigkeiten oder Situationen, die zu einem Friedensbruch führen könnten, durch friedliche Mittel [...] zu bereinigen oder beizulegen;
2. freundschaftliche, auf der Achtung vor dem Grundsatz der Gleichberechtigung und Selbstbestimmung der Völker beruhende Beziehungen zwischen den Nationen zu entwickeln und andere geeignete Maßnahmen zur Festigung des Weltfriedens zu treffen;
3. eine internationale Zusammenarbeit herbeizuführen, um internationale Probleme wirtschaftlicher, sozialer, kultureller und humanitärer Art zu lösen und die Achtung vor den Menschenrechten [...] zu festigen.

3 Fasst die Ziele der UNO zusammen.
> Sprachspeicher

Sprachspeicher
- ein friedliches Verhältnis pflegen
- auf Gewalt verzichten
- Weltfrieden und Sicherheit wahren
- Streitigkeiten beilegen

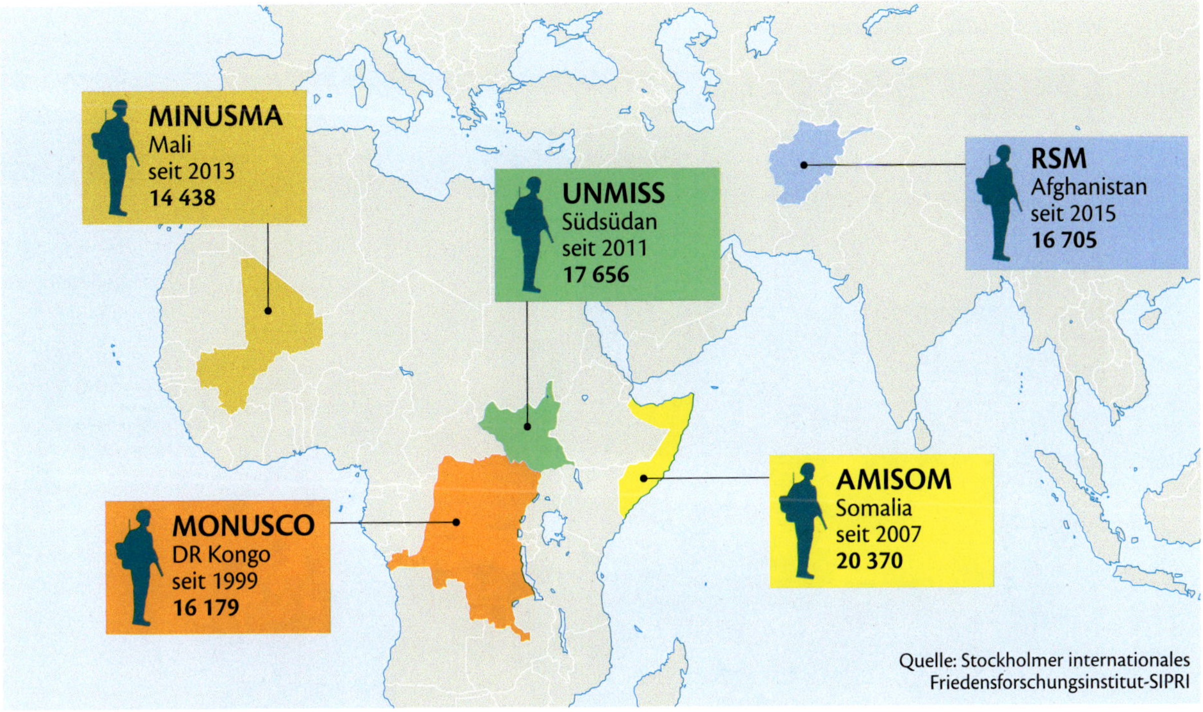

[4] *Die fünf größten Friedensmissionen der UNO im Jahr 2020.* Karte.

4 Beschreibt die Karte [4] und wertet sie aus:
- Auf welchem Kontinent sind die meisten UNO-Soldaten im Einsatz?
- Was wisst ihr über die Friedensmissionen der UNO?

Blauhelmmissionen

Manchmal ist es nötig, dass die UNO Soldaten in eine Krisenregion schickt. Diese Einsätze werden „Friedensmissionen" genannt. UN-Soldaten sollen bewaffnete Konflikte verhindern und Sicherheit für die Bevölkerung schaffen.
Da die UNO keine Armee hat, stellen ihre Mitgliedstaaten Soldaten zur Verfügung. Wegen ihrer blauen Helme nennt man sie „Blauhelmsoldaten".
Nur das höchste Organ der UNO darf mittels einer Resolution (= einen einstimmigen Beschluss fassen) entscheiden, wann sie eingesetzt werden. Jede Mission muss drei Bedingungen erfüllen:
- Das Land, in dem der Einsatz stattfindet, muss zustimmen.
- „Blauhelmsoldaten" sind unparteiisch. Sie bieten allen Hilfe und Schutz.
- Sie stammen nicht aus einem der Länder, die an dem Konflikt beteiligt sind.
- Sie dürfen ihre Waffen nur zur Selbstverteidigung einsetzen.

5 Erläutert, unter welchen Bedingungen eine Blauhelmmission stattfinden darf.

Wählt einen der folgenden Arbeitsaufträge aus:

- Notiert wichtige Daten und Fakten zur UNO.
- Formuliert die Rede eines Vorgesetzten, der Blauhelmsoldaten über ihre Rechte und Pflichten im Einsatz belehrt.
- „Um Frieden zu schaffen, muss man auch einmal bewaffnete Soldaten schicken!" – Nehmt Stellung zu dieser Aussage.

Was ihr noch tun könnt:

→ Informiert euch über eine der Friedensmissionen der UNO und berichtet darüber.

Sprachspeicher
- Konflikte verhindern
- Sicherheit schaffen
- Soldaten schicken
- Waffen einsetzen

So arbeitet die UNO

Wie ist die UNO aufgebaut?

[1] *Bei einer Sitzung des UN-Sicherheitsrats am 27.02.2020.* Foto.

1 Beschreibt das Foto [1]. Vermutet, welche Aufgaben der UN-Sicherheitsrat hat.

Die Generalversammlung

Einmal im Jahr schicken die 193 Mitgliedsstaaten Abgesandte zu einem Treffen nach New York. In der Generalversammlung können Empfehlungen an Staaten gegeben werden. Staaten können andere um Hilfe bitten oder Probleme der Weltgemeinschaft werden angesprochen. Es wird dann beispielsweise beraten, wie ein Krieg zwischen zwei Staaten beendet oder Menschen in Krisenregionen geholfen werden kann. Die Generalversammlung entscheidet auch darüber, ob neue Mitglieder aufgenommen werden oder ob die UN-Charta geändert wird. Außerdem finden verschiedene Wahlen statt.

2 Benennt die Aufgaben der Generalversammlung. > Sprachspeicher

Der UN-Sicherheitsrat

Das mächtigste Organ der UNO ist der Sicherheitsrat. Hier werden Beschlüsse gefasst. Der Sicherheitsrat bemüht sich um die friedliche Beilegung von Konflikten, indem er zwischen den verfeindeten Parteien vermittelt. Sind jedoch Menschenleben in Gefahr oder geschehen Kriegsverbrechen, dann kann beschlossen werden, sogenannte „Blauhelmsoldaten" dorthin zu schicken.

Der Sicherheitsrat besteht aus fünf ständigen Mitgliedern. Diese sind: China, Russland, USA, Großbritannien und Frankreich. Zehn weitere Mitglieder werden alle zwei Jahre von der Generalversammlung in den Sicherheitsrat gewählt.

Die fünf ständigen Mitglieder haben ein Einspruchsrecht bei Beschlüssen. Entscheidungen müssen also immer von allen fünf ständigen Mitgliedern, den sogenannten „Vetomächten", akzeptiert werden.

3 Begründet, warum der Sicherheitsrat ein wichtiges Organ der UNO ist.

Sprachspeicher

- Empfehlungen geben
- über die Aufnahme neuer Mitglieder entscheiden
- einen Konflikt friedlich beilegen
- Beschlüsse fassen

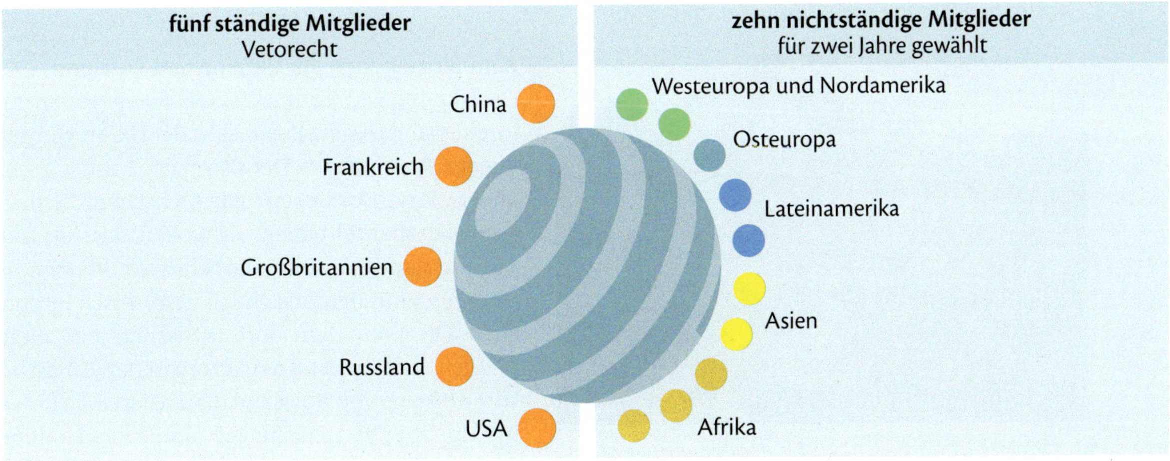

[2] *Zusammensetzung des UN-Sicherheitsrats.* Infografik.

4 Erklärt die Infografik [2].

Kritik an der UNO

Im Jahr 1994 schaffte es die UNO nicht, den Völkermord in Ruanda zu stoppen. Es waren zwar Blauhelmsoldaten als Beobachter im Land, doch sie durften nur eingreifen, wenn sie selbst angegriffen wurden. Die UNO zog ihre Soldaten später sogar ab, als einige Blauhelmsoldaten getötet wurden und die Situation immer gefährlicher wurde. Man warf der UNO Untätigkeit und zögerliches Handeln vor.

Ein weiterer Kritikpunkt ist das Vetorecht im Sicherheitsrat. In viele Konfliktregionen, in denen die Menschen eigentlich Schutz bräuchten, werden keine Blauhelme geschickt, weil eines der ständigen Mitglieder seine Zustimmung verweigert. So scheiterte eine Blauhelmmission im ukrainischen Bürgerkrieg am Veto Russlands.

5 Erläutert die Kritikpunkte an der UNO.
Starthilfe: *Oft wird das Vetorecht im Sicherheitsrat kritisiert, denn …*

Der Internationale Gerichtshof

Der Internationale Gerichtshof ist ein Teil der UNO. Er wurde 1946 gegründet und besteht aus 15 Richterinnen/Richtern, die aus unterschiedlichen Ländern kommen und für die Dauer von neun Jahren gewählt sind.

Der Internationale Gerichtshof hat zwei Aufgaben: Er soll Streitigkeiten zwischen Staaten schlichten. Das geht jedoch nur, wenn die beteiligten Regierungen ihn dazu auffordern. Außerdem prüft er, ob ein Kriegsverbrechen begangen wurden. Dann werden die Verantwortlichen angeklagt.

6 Erläutert die Aufgaben des Internationalen Gerichtshofs.

Wählt einen der folgenden Arbeitsaufträge aus:

- Erstellt einen Steckbrief zum Internationalen Gerichtshof.
- Verfasst einen Steckbrief zum. UN-Sicherheitsrat
- „Ist der Sicherheitsrat wirklich so mächtig, wenn Beschlüsse nur einstimmig gefasst werden?“ Nehmt Stellung zu dieser Frage.

Sprachspeicher zu 6:
- Streitigkeiten schlichten
- Ermittlungen durchführen
- die Verantwortlichen anklagen

Krieg in der Ukraine

Warum hat Russland die Ukraine angegriffen?

[1] *Ukrainer demonstrieren 2013 für eine Annäherung an Europa.* Foto.

[2] *Seit Kriegsbeginn wehren sich ukrainische Soldaten gegen die russischen Angreifer.* Foto.

[3] *Russische Angriffe zerstören vor allem die Wohngebiete ukrainischer Städte.* Foto.

1 Beschreibt die Fotos [1] – [3] Was wisst ihr über den Krieg in der Ukraine?

Konflikt zwischen der Ukraine und Russland

Die Ukraine war bis 1991 Teil der Sowjetunion. Seit ihrer Unabhängigkeit gab es in der Ukraine immer wieder Spannungen. Der Osten des Landes grenzt an Russland. Dort leben viele Menschen, die russische Nationalität haben. Sie wollen, dass ihr Land mit Russland zusammenarbeitet. Im Westen der Ukraine wird hauptsächlich Ukrainisch gesprochen. Die Menschen dort wünschen sich mehrheitlich, dass ihr Land der Europäischen Union beitritt und sich von Russland distanziert.

Im Mai 2013 verschärfte sich der Streit. Hunderttausende Ukrainer demonstrierten. Nach den Protesten übernahm eine demokratisch gewählte Regierung die Amtsgeschäfte. Seitdem verfolgt die Ukraine zwei Ziele: den Beitritt zur Europäischen Union und die Mitgliedschaft in der NATO. Beides will Russland verhindern.

Im Jahr 2014 übernahm Russland die Kontrolle über die Halbinsel Krim. Im gleichen Jahr spalteten sich in der Ostukraine die Gebiete Luhansk und Donezk (Donbass-Region) ab, um unabhängig zu werden. Von Russland unterstützte Separatisten* kämpften dort gegen das ukrainische Militär. Seit 2014 herrschte in der Ukraine Bürgerkrieg. Im Herbst 2021 zog Russland Truppen an der Grenze zur Ukraine zusammen.

Kriegsausbruch

Seit dem 24. Februar 2022 führt Russland einen Krieg gegen die Ukraine. Damit verstößt Russland gegen das Völkerrecht. Das Völkerrecht fordert, dass alle Staaten die Grenzen anderer Staaten achten. Es wird behauptet, dass Russland die Ukraine militärisch besetzen und die demokratisch gewählte Regierung stürzen will. Seitdem verteidigt sich die Ukraine und kämpft gegen russische Truppen.

2 Stellt die Ereignisse in der Ukraine an einem Zeitstrahl dar.

3 Erläutert den Konflikt zwischen der Ukraine und Russland.

* *der* **Separatist:** eine nach Unabhängigkeit strebende Person

Sprachspeicher
- die Kontrolle übernehmen
- gegen das Völkerrecht verstoßen
- ein Land besetzen
- eine Regierung stürzen

(4) *Russische Angriffe auf die Ukraine in den ersten Kriegswochen.* Karte.

4 Beschreibt die Karte [4].
Starthilfe: *Es ist zu erkennen, dass...*

Folgen des Kriegs

Die meisten Länder der Welt verurteilen den völkerrechtswidrigen Angriffskrieg Russlands. Die EU sowie die USA und Kanada reagierten sofort mit Sanktionen gegen Russland. Gleichzeitig unterstützen sie die Ukraine mit Waffenlieferungen und humanitärer Hilfe.

Sanktionen sind nichtmilitärische Strafmaßnahmen, die Russland zur Beendigung des Kriegs zwingen sollen. Hierzu zählen ein eingeschränkter Handel mit russischen Unternehmen, Ausschluss russischer Banken vom Finanzmarkt, Importverbot für Öl aus Russland, Einreiseverbot bestimmter russischer Politiker und Unternehmer in die EU.

Durch die Kämpfe verlieren auf beiden Seiten zehntausende Soldaten ihr Leben. Gezielte russische Angriffe zerstören Wohnhäuser, Schulen und Krankenhäuser. Millionen Ukrainer sind auf der Flucht in den Westen und suchen Schutz. In der Ukraine sind Kriegsverbrechen an Zivilisten geschehen. Ukrainer berichten von Vergewaltigungen, Plünderungen und Mord an Unbewaffneten. Russland bestreitet dies. Unabhängige ausländische Ermittler recherchieren aktuell die Hintergründe. Sie bereiten eine Klage vor dem Internationalen Strafgerichtshof vor.

5 Erläutert die Folgen des Kriegs. > Sprachspeicher

Die Rolle von NATO und UNO

Die NATO darf nicht eingreifen. Die Ukraine ist kein Mitglied der NATO und erhält deshalb keinen militärischen Schutz von NATO-Truppen. Ein dritter Weltkrieg wird befürchtet, wenn es zu Kampfhandlungen zwischen der NATO und Russland kommt.

Die UNO wird wahrscheinlich keine Blauhelmsoldaten auf eine Friedensmission in die Ukraine schicken. Russland wird dies mit seinem Vetorecht im UN-Sicherheitsrat immer verhindern.

6 Beschreibt die Rolle der NATO und der UNO.

Wählt einen der folgenden Arbeitsaufträge aus:

- Notiert mögliche Kriegsverbrechen in der Ukraine.
- Verfasst einen Tagebucheintrag eines Soldaten.
- Sammelt Argumente, die für den Einsatz von Blauhelmsoldaten in der Ukraine sprechen.

Sprachspeicher
- Sanktionen einleiten
- Waffen liefern
- humanitäre Hilfe leisten

zu 5:
- Menschen verlieren ihr Leben
- Gebäude werden zerstört
- Importverbot für Öl aus Russland

Wahlseite Amnesty International

1 Informiert euch auf dieser Seite über Amnesty International.
2 Präsentiert eure Ergebnisse in geeigneter Form vor der Klasse.

[1] *Eine Kundgebung von Amnesty International.* Foto.

Aufgaben von Amnesty International
Amnesty International ist eine private Organisation (non-governmental organization = NGO), die keine wirtschaftlichen Interessen verfolgt. Amnesty International setzt sich für Menschenrechte ein.
Überall dort, wo Menschenrechte eingeschränkt oder massiv verletzt werden, wird Amnesty International aktiv. Es wird recherchiert und es werden Menschenrechtsverstöße dokumentiert. Die Öffentlichkeit wird auf diese Verstöße aufmerksam gemacht, um so den Opfern zu ihrem Recht zu verhelfen oder deren Situation zu verbessern.
Neben politischen Gefangenen kümmern sich die Mitglieder von Amnesty International um Geflüchtete, Arbeitslose und Obdachlose. Sie veranstalten Kundgebungen und Mahnwachen, organisieren Unterschriftenaktionen und schreiben Protestbriefe an Regierungen. Aktuelle Themen sind die Meinungsfreiheit in der Türkei oder Weißrussland, die Todesstrafe weltweit, der Umweltschutz in Südamerika und der Rassismus.

Zahlen
Amnesty International hat zwei Millionen Mitglieder in über 150 Ländern. Die jährlichen Ausgaben in Höhe von etwa 50 Millionen Euro werden mit Spenden und Mitgliedsbeiträgen eingenommen. Ihre regelmäßigen Berichte finden bis in die höchsten Regierungsebenen Gehör. So wird Druck auf die Verantwortlichen ausgeübt.

Erfolge
Durch den Einsatz der Mitglieder und Aktivisten gelingt es immer wieder, das öffentliche Interesse auf Menschenrechtsverletzungen zu lenken. Im Jahr 2022 konnten so einige Erfolge verzeichnet werden:
- in Ägypten wurde nach 18 Monaten eine Aktivistin, die wegen „Missbrauch sozialer Medien" verhaftet worden war, wieder freigelassen.
- Recherchen belegten, dass russische Soldaten in der Ukraine Kriegsverbrechen begangen haben.

Gründung von Amnesty International
Die Organisation wurde 1961 vom englischen Rechtsanwalt Benenson gegründet. Die Idee soll entstanden sein, als er in der Zeitung immer wieder über das ungerechte Handeln von Regierungen gegenüber der eigenen Bevölkerung gelesen hatte.

Tipps für die Erarbeitung
- Benennt die Aufgaben von Amnesty International.
- Erklärt wichtige Begriffe.

Tipp für die Präsentation
- Versucht, eure Mitschüler von einer Teilnahme an einer Kundgebung zu überzeugen.

☒ Wahlseite Reporter ohne Grenzen

1 Informiert euch auf dieser Seite über die Organisation „Reporter ohne Grenzen“.
2 Präsentiert eure Ergebnisse in geeigneter Form in der Klasse.

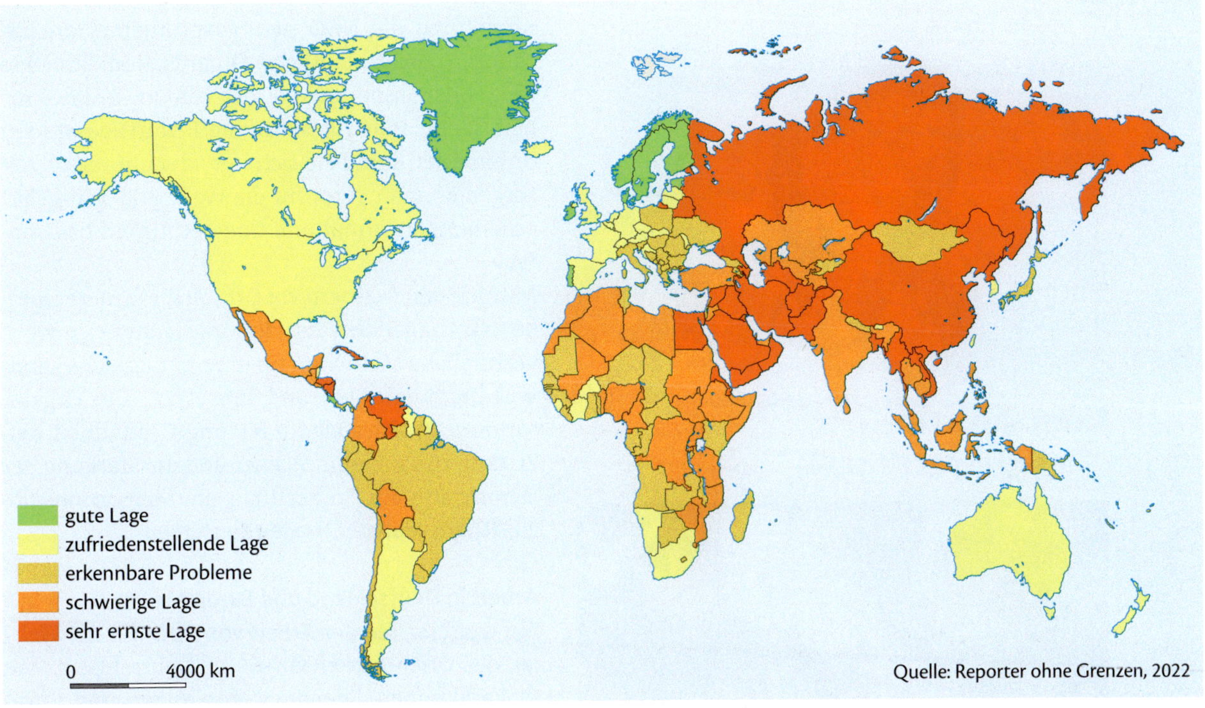

[1] *Pressefreiheit 2021.* Karte.

Aufgaben

Reporter ohne Grenzen ist eine private Organisation (non-governmental organization = NGO), die keine wirtschaftlichen Interessen verfolgt. Das Hauptziel der NGO „Reporter ohne Grenzen“ ist die weltweite Verteidigung der Presse- und Meinungsfreiheit.

Die Mitarbeiter/-innen kämpfen gegen die Zensur, die es in manchen undemokratischen Staaten gibt. Sie setzten sich für Reporter und Journalisten ein, die von Haft und Folter bedroht sind, oder ihren Beruf nur eingeschränkt ausüben können.

Sie machen mit Zeitungsartikeln, offenen Briefen, schriftlichen Beschwerden bei Regierungen oder Politikern sowie Online-Protesten auf die schlechte Situation von Journalisten aufmerksam.

Jedes Jahr veröffentlichen sie eine Rangliste der Pressefreiheit. Auf dieser wird die Presse- und Meinungsfreiheit in den einzelnen Ländern bewertet und eingestuft.

Journalisten leben gefährlich

Reporter ohne Grenzen veröffentlicht, wie viele Journalisten bei der Ausübung ihres Berufes getötet oder behindert werden. Im April 2022 zeigte das „Barometer der Pressefreiheit“ an, dass in diesen ersten drei Monaten des Jahres...

- 25 Journalisten und Medienmitarbeiter getötet wurden.
- über 500 Journalisten, Medienmitarbeiter und Blogger inhaftiert waren.

Dabei waren im Jahr 2022 Mexiko, Haiti und die Ukraine die für Reporter und Journalisten lebensgefährlichsten Länder. Inhaftiert waren zu diesem Zeitpunkt die meisten von ihnen in Ägypten, Saudi-Arabien und Myanmar.

* *die* **Zensur:** von staatlicher Stelle angeordnete Überprüfung journalistischer Texte, die verboten werden können

Tipp für die Erarbeitung
- Nennt Länder, in denen die Pressefreiheit besonders gut/besonders schlecht bewertet wird.

Tipp für die Präsentation
- Lasst die Klasse vermuten, welche Aufgabe diese Organisation hat.

Wahlseite Brot für die Welt

1 Informiert euch auf dieser Seite über die Spendenorganisation „Brot für die Welt“.

2 Präsentiert eure Ergebnisse in geeigneter Form vor der Klasse.

[1] *Spendenaktion für Bildung*. Foto.

[2] *Eine Aktion von „Brot für die Welt“*. Foto.

[3] *Hilfen, die bei Bedürftigen ankommen*. Foto.

Hilfe vor Ort

„Brot für die Welt“ ist eine **Hilfsorganisation** der **evangelischen Kirche**. In einem großen Netzwerk unterstützt die NGO (non-governmental organization = nicht staatliche Organisation) Projekte und Hilfsmaßnahmen direkt vor Ort. Ziel der Arbeit ist eine **Hilfe zur Selbsthilfe**. Bedürftige werden unterstützt, damit sie sich irgendwann selbst versorgen können. „Brot für die Welt“ will Mangelerscheinungen, **Armut** und **Ungerechtigkeit bekämpfen**.

Mithilfe von Partnern vor Ort soll die ärmere Landbevölkerung in den Entwicklungsländern umweltverträgliche Methoden für eine ertragreiche Landwirtschaft erlernen und umsetzen. Die Organisation setzt sich auch für Bildung, Gesundheit, den Zugang zu sauberem Wasser und die Stärkung der Demokratie ein. So hofft sie, die **Menschenrechte** zu **sichern** und den **Frieden** zu **stärken**.

Arbeit in Deutschland und Europa

Ein weiterer Teil der Arbeit von „Brot für die Welt“ ist die **Öffentlichkeitsarbeit** in Deutschland. Mit Plakataktionen, Spendensammlungen und Informationsständen möchte die Organisation Aufmerksamkeit und Mitgefühl wecken für die Armen der Welt und deren Probleme.

Dabei werden immer wieder auch der **Klimawandel**, die **Gleichberechtigung** von Mann und Frau und die **Flüchtlingssituation** angesprochen.

Wie weitreichend die Maßnahmen der NGO sind, lässt sich gut an Zahlen ablesen: Im Jahr 2021 war „Brot für die Welt“ an 669 Projekten auf der ganzen Welt beteiligt. Dafür wurden 276 Millionen Euro ausgegeben. Die meisten Projekte wurden in Afrika, Asien und Südamerika durchgeführt.

Die Arbeit in Europa konzentriert sich auf Ost- und Südosteuropa. Denn auch dort gibt es auch weiterhin noch in einzelnen Ländern bestechliche Behörden, schwache Regierungen und eine hohe Arbeitslosigkeit.

Tipp für die Erarbeitung

- Ihr könnt beim Lesen die Schritte vom Lese-Profi anwenden. Was habt ihr über „Brot für die Welt“ erfahren?

Tipps für die Präsentation:

- Beschreibt die Bilder. Gestaltet eigene Plakate.
- Erklärt daran die Ziele.

☒ Wahlseite Nothilfe Ukraine

1 Informiert euch auf dieser Seite über die Hilfe für die Ukraine.

2 Präsentiert eure Ergebnisse in geeigneter Form vor der Klasse.

[1] *Viele Ukrainer versuchen, aus umkämpften Städten zu fliehen. Zehntausende bleiben jedoch.* Foto.

[2] *Mit Zügen, Bussen oder auch zu Fuß flüchten sich ukrainische Familien in den Westen.* Foto.

[3] *Ankunftszentrum für Flüchtlinge aus der Ukraine.* Foto, 2022.

Die Ukrainer brauchen Hilfe

Am 24. Februar 2022 begann der Krieg Russlands gegen die Ukraine. Seitdem greifen russische Truppen Städte und Ortschaften an. Millionen Menschen suchen in Bunkern, Kellerräumen oder in den U-Bahn-Schächten Schutz vor den Bomben und Raketen russischer Kampfflugzeuge.
Vieles in den umkämpften Regionen ist zerstört. Es gibt kein Wasser, keinen elektrischen Strom, keine Lebensmittel und keine Medikamente. Mehr als zehn Millionen Frauen und Kinder befinden sich auf der Flucht. Sie suchen Schutz in der Westukraine, den Nachbarländern oder reisen bis nach Deutschland. Männer dürfen das Land nicht verlassen. Sie müssen zurückbleiben und kämpfen.

Bündnis aus 21 Hilfsorganisationen im Einsatz

Mehrere Hilfsorganisationen aus ganz Deutschland haben ihre Kräfte gebündelt und sammeln Spenden. Mit der „Nothilfe Ukraine" soll den Menschen gezielt geholfen werden. Das geschieht im Land selbst, auf allen Stationen der Flucht und in den Ländern, in denen sie Schutz gefunden haben. Über Radio- und Fernsehwerbung, Internetauftritten und Zeitungsberichten werden die Menschen in Deutschland auf die Problematik aufmerksam gemacht sowie zu Geldspenden und Sachspenden aufgerufen.

Hilfsmaßnahmen des Bündnisses

Folgende Projekte der „Nothilfe Ukraine" wurden wenige Tage nach Kriegsbeginn bereits realisiert:
- Lieferung von 45 Tonnen Medikamenten und zwei Rettungswagen für Krankenhäuser in der Westukraine
- Transport von Flüchtlingen an die westukrainische Grenze und Verteilung nach Westeuropa
- Bargeldunterstützung der Geflüchteten für die ersten Tage in Deutschland
- Einrichtung von Notunterkünften und medizinische Erstversorgung in Deutschland

Tipps für die Erarbeitung:
- Lasst die Klasse die Fotos beschreiben.
- Vermutet, warum viele Ukrainer in den Städten bleiben.

Tipp für die Präsentation:
- Überlegt, welche weiteren Hilfsangebote die Ukrainer brauchen.

Das kann ich!

Versucht zunächst die Aufgaben auf dieser Doppelseite zu lösen, ohne im Kapitel nachzusehen. Wenn ihr Hilfe braucht, könnt ihr bei den Aufgaben auf den in Klammern angegebenen Seiten nachschlagen.

der Konflikt	Abwesenheit von Krieg und bewaffneten Auseinandersetzungen
der Krieg	Unvereinbarkeit von Interessen und Zielen
der Frieden	Einsatz von Waffen zur Durchsetzung von Zielen

[1] *Begriffe und ihre Bedeutung*

[2] *New York am 11. September 2001. Foto.*

Reichtum für die Welt

Weltfrieden

internationale Sicherheit

Geld für große Unternehmen

Wahrung der Menschenrechte weltweit

Selbstbestimmung der Völker

freundschaftliche Beziehungen zwischen den Völkern

[3] *Richtig oder falsch? – die Ziele der UNO*

[4] *Russische Angriffe auf die Ukraine in den ersten Kriegswochen.* Karte.

a) In Afrika gibt es in einem Land einen Bürgerkrieg. Viele Menschen verlieren ihr Leben. Die Regierung des Landes bittet die UNO um Hilfe. Der Generalsekretär der UNO lehnt dies ab. Die UNO sei dafür nicht zuständig.

b) An der Nordsee kommt es im Herbst zu einer großen Sturmflut. Die Bürgermeister und Landräte dort bitten die Bundeswehr um Hilfe. Die Verteidigungsministerin lehnt ab, denn ihre Soldaten seien nur zum Kämpfen da.

c) Ein Mitglied der NATO wird angegriffen und bittet seine Bündnispartner um Hilfe. Ein Regierungschef lehnt dies ab, weil ihm der Einsatz zu gefährlich erscheint.

[5] *Fallbeispiele*

[6] *Seit 2011 ist es möglich, einen Bundesfreiwilligendienst (BFD) zu leisten. Folgende Einsatzstellen sind möglich: sozialer Bereich (KITA, Seniorenheim); Umwelt-und Naturschutz; Kultur und Bildung; Sport und vieles mehr. https://www.bundesfreiwilligendienst.de/*

Sachkompetenz

1 Ordnet die Begriffe aus [1] in eurem Heft richtig zu. Formuliert weitere aus dem Kapitel.

2 Erklärt die Bedeutung und die Folgen des Terroranschlags vom 11. September 2001 in New York [2] (S. 298/299).

3 Nennt mithilfe von [3] die Ziele der UNO. Wählt die richtigen Ziele aus und erläutert sie schriftlich in eurem Heft (S. 308).

4 Erläutert die Aufgaben der Bundeswehr (S. 304/305).

Methodenkompetenz

5 Nennt Schritte und wichtige Regeln der Methode „Konfliktanalyse“ (S. 307).

6 Analysiert mithilfe der Methode den Konflikt zwischen der Ukraine und Russland. Geht dabei auch auf die Karte in [4] ein (S. 312/313; S. 317).

Urteilskompetenz

7 „Die Sicherheit unserer Gesellschaft wird auch im Ausland verteidigt!“ – Nehmt Stellung zu dieser Aussage.

8 Beurteilt die Wirksamkeit des militärischen Einsatzes gegen den Terror in Afghanistan aus heutiger Sicht.

9 Lest die Fallbeispiele [5]. Beurteilt, ob die Personen recht haben. Begründet eure Entscheidungen.

10 Nehmt Stellung zu der Abbildung [6]. Würdet ihr zum Bundesfreiwilligendienst gehen? Begründet eure Entscheidung.

Handlungskompetenz

11 Gestaltet ein Lernplakat zum Thema „Die Aufgaben der Bundeswehr“.

12 Verfasst einen Beitrag für die Schülerzeitung zum Thema „Blauhelmsoldaten im Einsatz“.

Lexikon

A

Abgeordneten, *die:* Politiker, die im Parlament (z.B. Landtag, Bundestag) sitzen, um dort die Interessen ihrer Partei und der Menschen, die sie gewählt haben, zu vertreten.

Agenda, *die:* Die Tagesordnung einer Sitzung oder die Themenschwerpunkte für ein Vorhaben bezeichnen wir mit diesem Begriff.

Agro|forst, *der:* In einem Agroforst wird Landwirtschaft (Ackerbau, Tierhaltung) mit Forstwirtschaft (Waldnutzung, Waldpflege) kombiniert.

Alliierten, *die:* Verbündete; im Zweiten Weltkrieg traten beispielsweise Großbritannien, die UdSSR, die USA und Frankreich als Alliierte gegen das nationalsozialistische Deutschland auf.

Al-Qaida, *die:* Ein weltweites Netzwerk von islamistischen Terror-Organisationen, das seit 1993 zahlreiche Anschläge verübt hat.

Antisemitismus, *der:* Ein anderer Begriff für Judenfeindschaft. Der Antisemitismus war ein zentrales Merkmal des Nationalsozialismus und führte letztlich zur Ermordung von rund sechs Millionen Juden in Europa.

Arbeitsmigration, *die:* Ein- oder Auswanderung mit der Absicht, eine Arbeit im Ausland meist nur auf Zeit anzunehmen.

Atmosphäre, *die:* Die gasförmige Schicht oberhalb der Erdoberfläche, die den Planeten umhüllt.

Außen|handel, *der:* Warenverkehr eines Landes mit dem Ausland; „Import" bezeichnet den Warenverkehr ins eigene Land und der „Export" den Warenverkehr aus dem Land in ein anderes.

B

Berliner Mauer, *die:* Ein Teil der innerdeutschen Grenze zwischen der DDR und der Bundesrepublik Deutschland (1961-1989).

Besatzungsmacht, *die:* Die Verbündeten im Zweiten Weltkrieg ▶ Alliierten teilten das Gebiet von Deutschland untereinander auf und besetzten sie.

Besatzung|(s)zone, *die:* Ein Gebiet, das nach dem Zweiten Weltkrieg von einer fremden Macht besetzt wurde. (Es gab eine britische, eine amerikanische, eine französische und eine sowjetische Besatzungszone.)

Blitz|krieg, *der:* Eine militärische Strategie mit dem Ziel, den Feind sehr schnell zu besiegen.

Boden|schätze, *die:* Eine Bezeichnung für wertvolle Rohstoffe, die unter der Erdoberfläche zu finden sind; z.B. Diamanten, Gold, Silber und Eisen.

Boykott, *der:* ein Druckmittel, um wirtschaftliche oder politische Ziele durchzusetzen; „boykottieren" bedeutet auch etwas verweigern, eine Verweigerungshaltung.

Braun|kohle, *die:* Ein Rohstoff, der unter der Erdoberfläche lagert, vor mehreren Millionen Jahren aus abgestorbenen Pflanzen entstand und zur Stromerzeugung in einem Kraftwerk verbrannt wird.

Bruttoinlandsprodukt, *das:* Summe aus dem Wert aller hergestellten Sachgüter (z. B. Autos) und dem Wert aller Dienstleistungen (z. B. die Arbeit von Ärzten) innerhalb eines Jahres.

Bundeskanzler/-in, *der/die:* Regierungschef/-in der Bundesrepublik Deutschland. Sie oder er wird vom Bundestag gewählt, gibt die Leitlinien der Politik vor und ernennt Ministerinnen sowie Minister.

Bundesrat, *der:* Die Vertreter/-innen der 16 Bundesländer bilden den Bundesrat. Der Bundesrat ist an wichtigen Entscheidungen der Bundesregierung beteiligt; bestimmte Gesetze brauchen seine Zustimmung.

Bundestag, *der:* Bezeichnung für das deutsche Parlament mit Sitz in Berlin. Im Bundestag sitzen ▶ Abgeordnete, die die/den ▶ Bundeskanzler/-in wählen, über Gesetze abstimmen und die Regierung kontrollieren.

C

Checkpoint, *der:* Ein Grenzübergang, der vom Militär streng überwacht wird. (Beispiel: Checkpoint „Charlie" in Berlin)

D

Demografie, *die:* Bevölkerungswissenschaft

demografisch: die Entwicklung der Bevölkerung betreffend

Demokratie, *die:* Eine Staatsform, in der das Volk über die Politik des Staates bestimmt. Es finden regelmäßig allgemeine, freie und geheime Wahlen statt. Vom Volk gewählte Abgeordnete sitzen im Parlament und vertreten die Interessen ihrer Wähler.

Diktatur, *die:* Eine Staatsform, in der eine Person bzw. ein enger Personenkreis über die Politik des Staates bestimmt. Das Parlament ist weitgehend ausgeschaltet.

Diversität, *die:* Ein anderes Wort für „Vielfalt". Diversität ist auch ein Ansatz, um allen Menschen gleichermaßen eine Teilhabe an der Gesellschaft zu ermöglichen.

E

Ehren|amt, *das:* Eine Tätigkeit, die ohne Bezahlung ausgeübt wird und bei der gesellschaftliches ▶ Engagement im Vordergrund steht.

Emirat, *das:* arabisches Fürstentum

Energie|effizienz|klasse, *die:* Die Energieeffizienzklasse gibt an, wie niedrig oder hoch der Stromverbrauch eines Geräts im Verhältnis zu dessen Nutzen ist.

Energie|wende, *die:* Umbau der Energieversorgung, sodass die Energie aus erneuerbaren Quellen stammt.

Engagement, *das:* Handeln, das auf Freiwilligkeit beruht und einem guten Zweck dienen soll.

Entnazifizierung, *die:* Ein Prozess nach dem Zweiten Weltkrieg mit dem Ziel, die deutsche Gesellschaft von allen Einflüssen des Nationalsozialismus zu befreien.

Erd|beben, *das:* Eine messbare Erschütterung der Erdoberfläche, die durch die Verschiebung von Platten der Erdkruste ausgelöst wird.

Erd|gas, *das:* Ein Gemisch aus Gasen, welche aus Resten von Pflanzen und Tieren entstanden sind, und mehrere Millionen Jahre unter der Erdoberfläche eingeschlossen waren. Erdgas wird zur Energiegewinnung genutzt.

Erd|öl, *das:* Dickflüssiges Material, das bis zu 3000 Metern unter der Erdoberfläche lagert und aus vor Millionen von Jahren abgestorbenen Pflanzen und Tierresten besteht. Es werden daraus verschieden Treibstoffe wie Benzin und Diesel hergestellt, aber auch Gummi und Plastik.

Erziehung|(s)|berechtigten, *die:* Personen, die für ein Kind verantwortlich sind, bis es die Volljährigkeit erreicht. Meistens sind dies entweder beide Elternteile oder nur ein Elternteil.

Euthanasie, *die:* Eine unmenschliche und verwerfliche Maßnahme der NS-Regierung, um behinderte Menschen zu vernichten.

Exekutive, *die:* Neben ▶ Judikative und ▶ Legislative eine der drei „Gewalten" im Staat. Sie umfasst Regierung und Verwaltung, leitet den Staat und schlägt dem Parlament Gesetze vor, über die es abstimmt.

F

Fast Fashion, *die:* Die „schnelle Mode" bezeichnet einen Prozess der Textilproduktion und Bekleidungsindustrie mit dem Ziel, schnell und preiswert Kleidung auf den Markt zu bringen.

Finanz|platz, *der:* Auch „Finanzzentrum" genannt, ist eine Stadt, in der zahlreiche Unternehmen der Finanzwirtschaft (z.B. Banken) ansässig sind. Beispiel: Frankfurt am Main

Forst|wirtschaft, *die:* Bereich der Landwirtschaft, in dem es um den Anbau, die Pflege und die wirtschaftliche Nutzung von Wäldern geht.

Fossil, *das:* Fossilien sind versteinerte Überreste von Pflanzen und Tieren.

Frömmigkeit, *die:* Wenn der Glaube an Gott und die Kirche das Leben bestimmen. (fromm = gläubig).

G

Gentechnik, *die:* Technik, um Eingriffe in das Erbgut eines Lebewesens vorzunehmen

Gestapo, *die:* Eine Abkürzung des Wortes „Geheime Staatspolizei" und bezeichnet die politische Polizei der deutschen NS-Regierung.

Globalisierung, *die:* Der Begriff bezeichnet den Vorgang der weltweiten Verflechtungen in der Wirtschaft, Politik, Kommunikation und Umweltfragen unter den Staaten der Erde.

H

Holocaust, *der:* Der Begriff bezeichnet den nationalsozialistischen Völkermord an bis etwa 6 Millionen europäischen Juden während des Zweiten Weltkriegs.

I

Index, *der:* Vergleichszahl, Übersicht, Register.

Inflation, *die:* Ein Begriff für Preissteigerung. Das Geld verliert an Wert, man kann immer weniger für das Geld kaufen.

Infrastruktur, *die:* Grundlage dafür, in einer Region leben und wirtschaften zu können (z. B. Verkehrswege, Internetverbindungen, Gas-, Strom- und Wasserversorgung)

J

Judikative, *die:* Die rechtsprechende Gewalt im Staat, also alle Richter/-innen und Gerichte. Die Judikative ist eine der drei „Gewalten" neben der ▶ Exekutive und der ▶ Legislative.

Jugend|schutz, *der:* Spezielle Regelungen und Maßnahmen des Gesetzgebers, die Kinder und Jugendliche vor gesundheitlichen oder sittlichen Gefahren schützen sollen; beispielsweise der Verkauf von Zigaretten erst ab 18 Jahren.

K

Kapitulation, *die:* Erklärung einer besiegten Staatsmacht über ihre Niederlage. Es wird nach dem Ende eines Krieges beschlossen und unterzeichnet.

Karikatur, *die:* Eine Zeichnung, die Menschen, Situationen oder gesellschaftliche Umstände auf komische Weise übertrieben darstellt. Oft wird damit Kritik an politischen Missständen geübt.

Klimawandel, *der:* Eine weltweit auftretende Veränderung des Klimas auf der Erde. Oft wird die globale Erwärmung damit bezeichnet.

Koalition, *die:* Eine Regierung die aus zwei oder mehreren Parteien besteht.

Konzentration|(s)|lager, *das:* Arbeits- und Vernichtungslager während der Zeit der NS-Diktatur in Deutschland (Abkürzung: „KZ").

L

Land|tag, *der:* Der Landtag ist die Vertretung des Volkes in den Bundesländern. Er wird von den Bürgerinnen und Bürgern des Bundeslandes für vier oder fünf Jahre gewählt.

Legislative, *die:* Die gesetzgebende Gewalt in einem Staat, also das Parlament. Die Legislative ist eine der drei „Gewalten", neben der ▶ Exekutive und der ▶ Judikative.

M

Meuterei, *die:* Ein Vorgang, wobei Mitglieder einer bestimmten Gruppe von Menschen plötzlich Befehle verweigern, und mit Gewalt versuchen, die Macht an sich zu bringen.

Mandat, *das:* Ein politisches Mandat ist der Auftrag, den ▶ Abgeordnete durch ihre Wahl bekommen.

Menschen|rechte, *die:* Rechte, die jedem Menschen gleichermaßen zustehen. Dazu gehört z. B. das Recht auf Leben, Religionsfreiheit und Meinungsfreiheit. Menschenrechte können nicht verkauft oder abgegeben werden.

Metropole, *die:* Zentrum, Weltstadt, Mittelpunkt eines Landes.

Militarismus, *der:* Bezeichnung für eine Politik der Hochrüstung eines Staates, z. B. Deutschlands in der Zeit vor dem Ersten Weltkrieg, bei der alle anderen staatlichen Ausgaben zugunsten der Rüstungsausgaben zurückgestellt werden. Das militärische Denken bestimmt dann auch den Alltag der Menschen.

Minister|präsident/-in, *der/die:* Ein politisches Amt, welches in der Bundesrepublik Deutschland den Regierungsvorsitz in einem Bundesland bedeutet.

Müll|trennung, *die:* Die getrennte Entsorgung und Verarbeitung von unterschiedlichen Abfallsorten.

N

Nachhaltigkeit, *die:* Leitbild für zukunftsfähige, langfristige und für alle Menschen tragfähige Entwicklung mit gleichrangigen Zielen (Wirtschaftswachstum, intakte Umwelt, sozialer Zusammenhalt). Ursprünglich kommt der Begriff aus der Forstwirtschaft. Dort bedeutete er, dass nicht mehr Bäume gefällt werden sollen als nachwachsen können.

Nationalismus, *der:* Politische Bewegung, die darauf beruht, dass sich die in einem bestimmten Gebiet zusammenlebenden Menschen ihrer Gemeinsamkeiten (z.B. Sprache, Kultur, Geschichte) bewusst werden. Der Nationalismus führte im 19. Jahrhundert zur Bildung der Nationalstaaten.

No-Name-Produkt, *das:* Ware ohne Markenzeichen

O

Öko|system, *das:* Ein System aus den Wechselbeziehungen zwischen Lebewesen und Lebensraum.

Opposition, *die:* Eine Partei oder eine Gruppe von Parteien, die im Parlament vertreten sind und sich gegen die Regierung stellen.

Outsourcing, *das:* Eine Strategie von Wirtschaftsunternehmen, bei der Teile der Dienstleistung oder der Produktion in andere Unternehmen ausgelagert werden, um Kosten zu sparen.

P

Partei, *die:* Eine politische Organisation, in der sich Menschen mit der gleichen politischen Überzeugung zusammenschließen.

Pestizide, *die:* Mittel zur Schädlingsbekämpfung

Pogrom, *das:* Eine gewalttätige Aktion (Hetze und Verfolgung) gegen Menschen, die einer Minderheit angehören.

Potsdamer Abkommen, *das:* Das Ergebnis der Potsdamer Konferenz, die im Sommer 1945 im Schloss Cecilienhof stattfand. Auf der Konferenz wurden die ▶ **Reparationen,** die Deutschland an die Siegermächte leisten soll, festgeschrieben. Außerdem wurden die politische und geografische Neuordnung Deutschlands und seine Entmilitarisierung beschlossen. Teilnehmer dieser Konferenz waren die Regierungschefs der drei Hauptsiegermächte (USA, Sowjetunion, Großbritannien) und ihre Außenminister.

Propaganda, *die:* Die Verbreitung ideologischer Ideen und Meinungen, um die Bevölkerung in einer bestimmten Weise zu beeinflussen.

Protektorat, *das:* Die Schutzherrschaft eines Staates oder einer Gemeinschaft über ein Gebiet.

Putsch, *der:* Eine gewaltsame Aktion des Militärs oder einer anderen Organisation, mit dem Ziel die Staatsmacht zu stürzen.

R

Reparationen, *die:* Ein Begriff aus dem Völkerrecht, er bezeichnet die Entschädigungen, die ein Staat nach einer Niederlage im Krieg an den Sieger entrichten muss. Reparationen können in Form von Geld oder Sachlieferungen geleistet werden.

Republik, *die:* (von lat. res publica = „öffentliche Sache") Der Begriff steht für eine Staatsform, in der das Volk die Macht ausübt.

Rassismus, *der:* Rassismus ist eine abwertende und verachtende Denkweise über andere Menschen, aufgrund ihrer Hautfarbe oder ihrer Herkunft.

Recycling, *das:* Kreislaufsystem, bei dem Abfälle gesammelt, aufbereitet und wiederverwertet werden.

Ressourcen, *die:* Sammelbegriff für Rohstoffe, Naturräume und Naturgegebenheiten, die einen wirtschaftlichen Wert haben. Beispiele: ▶ Erdgas, Erdöl, Windkraft.

Revolution, *die:* (von lat.: revolutio = Umdrehung) Der meist gewaltsame Umsturz einer bestehenden politischen und gesellschaftlichen Ordnung.

S

Sektor, *der:* Eines der vier Gebiete in Berlin oder Wien, in die diese Städte nach dem Zweiten Weltkrieg aufgeteilt wurden und die jeweils von einer der vier Siegermächte besetzt und verwaltet wurden.

Siegel, *das:* (hier) das Gütezeichen

sozial: (hier) gesellschaftlich

Souverenität, *die:* Der Begriff bezeichnet die rechtliche Selbstbestimmung einer Person, einer Gruppe oder eines Staates.

Sozial|versicherung, *die:* Eine staatlich geregelte Fürsorge für Bürger/-innen. In Deutschland entstand sie im Zusammenhang mit der Gesetzgebung von Otto von Bismarcks, die die Lebensbedingungen von Arbeitern verbessern sollte. Sie umfasste die Kranken-, Unfall- und Rentenversicherung.

Stand|ort|faktoren, *die:* Eigenschaften eines Ortes, die für Wirtschaftsbetriebe wichtig sind.

Start Up, *das:* Ein neu gegründetes Unternehmen, das eine Geschäftsidee voranbringt, mit dem Ziel dauerhaft bestehen zu bleiben, um später Gewinne zu erzielen.

T

Taliban, *die:* Eine islamistische Terrorgruppe, die von September 1996 bis Oktober 2001 erstmals große Teile Afghanistans beherrschte und seit August 2021 wieder die Kontrolle im Land in der Hand hält. Ihre Anhänger werden ebenfalls als „Taliban" bezeichnet.

Terror, *der:* Gewalttaten, die Angst verbreiten sollen und meist politische oder religiöse Gründe haben.

Terrorismus, *der:* Der Begriff bezeichnet kriminelle Gewaltaktionen (Morde, Attentate, Entführungen) einer fanatischen, politischen Gruppe um politische, religiöse oder ideologische Ziele zu erreichen.

Toleranz, *die:* Eine Haltung, die Ansichten und Handlungen Andersdenkender anerkennt und gelten lässt.

Trümmerfrau, *die:* Frauen, die in Deutschland und Österreich mitgeholfen haben, die zerbombten Städte von den Trümmern zu befreien. Sie sind „Symbolfiguren" der Nachkriegszeit in Deutschland geworden.

U

Upcycling, *das:* Eine Form der Wiederverwertung von Abfallprodukten. Anders als beim ▶ Recycling, hat das neu entstandene Produkt sogar einen höheren Wert als die Ausgangsmaterialien.

Urban Gardening, *das:* Gärtnern in der Stadt; z. B. auf Dächern und an Hauswänden.

V

Vereinigte Arabische Emirate (VAE), *die:* Eine absolute Monarchie ohne Parlament. Der Emir von Dubai ist Regierungschef und Alleinherrscher der VAE.

Vereinte Nationen (UN), *die:* Politische Organisation von 193 Staaten (Stand 2020).

W

Welt|religion, *die:* Religionen mit hohen Anzahlen von Anhänger/-innen und einer großen Verbreitung auf der Erde werden so bezeichnet. Dazu zählen Christentum, Islam, Judentum, Hinduismus und Buddhismus.

Wiedervereinigung, *die:* Der Begriff bezeichnet den Prozess der Jahre 1989 und 1990 in Deutschland. Von der „friedlichen Revolution" in der DDR angestoßen dauerte es bis zum Beitritt der DDR zur Bundesrepublik Deutschland am 3.10.1990. Seitdem wird der „Tag der Deutschen Einheit" als Nationalfeiertag begangen.

Wirtschaft|(s)|politik, *die:* Bezeichnung für die Gesamtheit der Maßnahmen, die ein Staat zur Gestaltung der Wirtschaft unternimmt.

Wind|kraft, *die:* Die Nutzung des Windes als erneuerbare Energiequelle.

Z

Zeitzeuge, *der* **/ Zeitzeugin,** *die:* Eine Person, die über die Zeit und deren Ereignisse, die sie persönlich miterlebt hat, berichten kann.

Zwangsarbeit, *die:* Während des Zweiten Weltkrieges wurden Kriegsgefangene oder andere Personen aus den besiegten Gebieten unter Androhung einer Strafe gegen ihren Willen zu bestimmten Tätigkeiten gezwungen. In der NS-Zeit wurden Millionen von Menschen der Zwangsarbeit unterworfen. Als besonders unmenschlich gilt die Form der Ausbeutung von Häftlingen in den Konzentrationslagern.

Bildquellen

Cover: S. 1 u. l. Imago Stock & People GmbH/Westend61; S. 1 o. r. Shutterstock.com/Matthew Dixon;

Fotos

S. 3 o. l. dpa Picture-Alliance/imageBROKER; **S. 3** Mi. (c) VG Bild-Kunst, Bonn 2023; Franz Reiß: Matrosenaufstand, nach 1949; **S. 3** r. akg-images; **S. 4** l. Bridgeman Images; **S. 4** 2. v. l. Shutterstock.com/Nick_ Raille_07; **S** 3. v. l. mauritius images/Westend61; **S. 5** l. stock.adobe.com/BigBlueStudio; **S. 5** Mi. Peter Leibing, Hamburg; **S. 5** r. akg-images; **S. 6** l. dpa „Picture-Alliance/Mandoga Media; **S. 6** Mi. Shutterstock.com/Zhukov Oleg; **S. 6** r. ap/dpa/picture alliance/Süddeutsche Zeitung Photo; **S. 7** u. dpa Picture-Alliance/imageBROKER; **S. 10** [1] Shutterstock.com/Fresnel; **S. 10** [2] Shutterstock.com/Andrey Popov; **S. 10** [3] Shutterstock.com/Drazen Zigic; **S. 10** [4] Shutterstock.com/Kzenon; **S. 11** [5] stock.adobe.com/upixa; **S. 14** [1] Shutterstock.com/Serhii Bobyk; **S. 16** [1] Shutterstock.com/Olena Yakobchuk; **S. 18** [1] dpa Picture-Alliance/dpa Themendienst/dpa-tmn/Markus Scholz; **S. 18** [2] Shutterstock.com/Zivica Kerkez; **S. 19** [1] Shutterstock.com/kaarsten; **S. 19** [2] Shutterstock.com/B-D-S Piotr Marcinski; **S. 19** [3] Shutterstock.com/Gorodenkoff; **S. 19** [4] Shutterstock.com/Gino Santa Maria; **S. 20** [1] Shutterstock.com/Rawpixel.com; **S. 20** [2] Shutterstock.com/SeventyFour; **S. 21** [1] Shutterstock.com/LightField Studios; **S. 22** [1] Shutterstock.com/APIWAN BORRIKONRATCHATA; **S. 22** [2] Shutterstock.com/Roman Chazov; **S. 22** [3] Shutterstock.com/adriaticfoto; **S. 24** [1] Shutterstock.com/Kite rin; **S. 24** [2] Shutterstock.com/Marcos Mesa Sam Wordley; **S. 24** [3] Shutterstock.com/Andrey Arkusha; **S. 24** [4] Shutterstock.com/ArtOfPhotos; **S. 26** [1] Shutterstock.com/Andrey_Popov; **S. 27** o. l. Shutterstock.com/LightField Studios; **S. 29** [6] Shutterstock.com/sogane; **S. 30, 31** (c) VG Bild-Kunst, Bonn 2023; Franz Reiß: Matrosenaufstand, nach 1949; **S. 32** [1] bpk/Kunstbibliothek, SMB, Photothek Willy Römer; **S. 33** [2] l. Bridgeman Images/Universal History Archive/UIG; **S. 33** [2] r. Bridgeman Images// Universal History Archive/UIG; **S. 34** [3] blickwinkel/McPHOTO/K. Steinkamp/Klaus Steinkamp; **S. 35** o. r. (c) VG Bild-Kunst, Bonn 2023; Franz Reiß: Matrosenaufstand, nach 1949; **S. 35** 2.v.u. bpk; **S. 35** 3.v.u. interfoto e.k./Friedrich; **S. 35** o. bpk/Kunstbibliothek, SMB, Photothek Willy Römer; **S. 35** u. Bridgeman Images/© Look and Learn German Photographer, (20th century); **S. 38** [1] akg-images; **S. 39** [2] akg-images; **S. 40** [1] bpk; **S. 41** [2] akg-images; **S. 41** [3] mauritius images/imageBroker/Alf Jönsson; **S. 42** [1] akg-images; **S. 43** [2] bpk; **S. 43** [3] dpa Picture-Alliance/dpa - Bildarchiv/Adam Opel AG; **S. 44** [2] akg-images/TT News Agency/SVT; **S. 44** [1] bpk; **S. 45** [1] Science Photo Library/US COAST GUARD; **S. 46** [1] bpk; **S. 47** [1] dpa Picture-Alliance/Harro Schweizer; **S. 48** [1] Bridgeman Images// Bourke-White, Margaret (1904-71); **S. 49** [3] interfoto e.k./Friedrich; **S. 49** [2] akg-images/Walter Ballhause; **S. 50** [1] bpk; **S. 52** [1] Bridgeman Images/© Look and Learn German Photographer, (20th century); **S. 51** [2] akg-images; **S. 54** [1] o. l. akg-images; **S. 54** [1] u. l. interfoto e.k./Friedrich; **S. 54** [1] o.Mi. bpk/Kunstbibliothek, SMB, Photothek Willy Römer; **S. 54** [1] u. Mi. bpk; **S. 54** [1] o. r. bpk; **S. 54** [1] u.r. akg-images; **S. 55** [3] Archiv der sozialen Demokratie der Friedrich-Ebert-Stiftung; **S. 55** [4] Bridgeman Images/J. T. Vintage; **S. 56, 57** akg-images; **S. 58** [1] bpk; **S. 58** [2] akg-images; **S. 59** [4] dpa Picture-Alliance/ZB/dpa-Zentralbild/Archiv; **S. 61** o. r. akg-images; **S. 62** [1] akg-images; **S. 63** [2] bpk; **S. 64** [1] bpk; **S. 64** [2] Bridgeman Images/SZ Photo / Scherl; **S. 65** [3] akg-images; **S. 66** [2] bpk/Kunstbibliothek, SMB/Dietmar Katz; **S. 66** [1] dpa Picture-Alliance/Sammlung Berliner Verlag Archiv; **S. 67** [3] akg-images; **S. 68** [1] dpa Picture-Alliance/Berliner Verlag; **S. 69** [2] bpk/Liselotte Purper (Orgel-Köhne); **S. 69** [3] akg-images/Sammlung Berliner Verlag/Archiv; **S. 70** [1] akg-images; **S. 70** [2] akg-images; **S. 71** [3] bpk/Germin; **S. 72** [1] bpk; **S. 73** [2] bpk/Deutsches Historisches Museum/Heinz-Ulrich Röhnert; **S. 74** [1] dpa Picture-Alliance/Everett Collection; **S. 74** [2] akg-images; **S. 75** [3] bpk/Deutsches Historisches Museum/H. G. Hintze; **S. 75** [4] picture-alliance/dpa; **S. 76** [1] bpk; **S. 76** [2] akg-images; **S. 77** [3] bpk/Fotoarchiv Ruhr Museum; **S. 78** [1] dpa Picture-Alliance/Privat/Manuel Trollmann; **S. 78** [2] Manuel Trollmann; **S. 79** [3] Imago Stock & People GmbH/Westend61; **S. 79** [5] mauritius images/Wavebreakmedia; **S. 79** [4] Imago Stock & People GmbH/Westend61; **S. 80** [1] dpa Picture-Alliance/Friso Gentsch; **S. 81** [1] akg-images/Schütze/Bildarchiv Monheim/Rodemann; **S. 81** [1] o. r. action press/OLYCOM S. P.A.; **S. 82** [1] Prof. Dr. Hartmut Traub; **S. 83** [1] Illustration und Graphik-Design: Udo Schotten und Christiane Daldrup; **S. 83** [2] Andreas Weinhold/Bildungspartner NRW; **S. 85** [2] bpk/Georges; **S. 85** [3] dpa Picture-Alliance/Josef Mucha; **S. 86** [1] akg-images; **S. 87** [3] bpk/Hähle; **S. 87** [4] bpk/Dimitrij Baltermans; **S. 88** [3] dpa Picture-Alliance/Sueddeutsche Zeitung Photo/Sueddeutsche; **S. 88** [1] dpa Picture-Alliance/ZB/Berliner Verlag; **S. 88** [2] Bridgeman Images/© DHM Gronefeld, Gerhard (fl.1940s); **S. 89** [4] bpk; **S. 90** [1] Bridgeman Images/SZ Photo/Scherl; **S. 90** [1] u.r. akg-images; **S. 91** [4] akg-images; **S. 91** [5] Imago Stock & People GmbH/Reinhard Schultz; **S. 91** [6] akg-images; **S. 92** [1] dpa Picture-Alliance/Zentralbild/Hubert Link; **S. 92** [2] Bridgeman Images/SZ Photo/Sammlung Megele; **S. 93** Mi.r. Bridgeman Images/Universal History Archive/UIG; **S. 93** [6] dpa Picture-Alliance/Heinrich Hoffmann; **S. 93** [4] akg-images/George (Jürgen) Wittenstein; **S. 94** [1] Bridgeman Images/Granger; **S. 95** [2] akg-images/Science Photo Library/Library of Congress; **S. 95** [4] dpa Picture-Alliance/ZB/dpa/Deutsche Fotothek; **S. 96** [1] bpk/Arthur Grimm; **S. 96** [2] akg-images; **S. 98** [1] Bridgeman Images/SZ Photo; **S. 99** [2] Imago Stock & People GmbH/Reinhard Schultz; **S. 100** [1] akg-images; **S. 100** [2] Imago Stock & People GmbH/Leemage; **S. 101** [5] dpa Picture-Alliance/NurPhoto/Oscar Gonzalez; **S. 101** [6] dpa Picture-Alliance/Daniel Kubirski; **S. 102** [3] akg-images; **S. 103** [4] bpk/Georges; **S. 103** [5] Bridgeman Images/SZ Photo/Scherl; **S. 104, 105** Bridgeman Images; **S. 106** [1] stock.adobe.com/heikorector; **S. 107** [3] mauritius images/alamy stock photo/Elena Odareeva; **S. 107** [4] dpa Picture-Alliance/Copyright 2022 The Associated PresS. All rights reserved/AP Content; **S. 109** o. r. Bridgeman Images; **S. 114** [1] mauritius images/alamy stock photo/jordi clave garsot; **S. 114** [3] stock.adobe.com/ajr images; **S. 115** [5] Shutterstock.com/Kzenon; **S. 116** [1] mauritius images/Westend61; **S. 116** [2] stock.adobe.com/saiko3p; **S. 117** [3] stock.adobe.com/Corona Borealis; **S. 119** [2] dpa Picture-Alliance/ASSOCIATED PRESS/AP/NATACHA PISARENKO; **S. 122** [1] mauritius images/alamy stock photo/ZUMA Press, Inc.; **S. 123** [1] stock.adobe.com/Artush (c) 2016/ArtushFoto; **S. 124** [1] stock.adobe.com/Goran; **S. 124** [3] Imago Stock & People GmbH/Ex-Press/ExPressxAysexTascix AYT20160701_001; **S. 125** [3] stock.adobe.com/Khandany/fateheen; **S. 125** [1] dpa Picture-Alliance/AP Content; **S. 126** [1] Mi. Panther Media GmbH/Wong Sze Fei; **S. 126** [1] r. Imago Stock & People GmbH/John Birdsall; **S. 126** [1] l. dpa Picture-Alliance/AFP/epa afp Singh; **S. 127** [3] mauritius images/Wavebreakmedia; **S. 127** [4] dpa Picture-Alliance/EPA-EFE/EPA/JAGADEESH NV; **S. 129** [2] mauritius images/alamy stock photo/Jim West; **S. 131** [7] Jan Tomaschoff/Toonpool; **S. 132, 133** dpa Picture-Alliance/ASSOCIATED PRESS/AP; **S. 134** [1] dpa Picture-Alliance/ASSOCIATED PRESS/AP; **S. 134** [2] Imago Stock & People GmbH/Reichwein; **S. 134** [3] dpa Picture-Alliance/EPA/SASCHA STEINBACH; **S. 135** [4] dpa Picture-Alliance/EPA-EFE/EPA/SASCHA STEINBACH; **S. 135** [5] dpa Picture-Alliance/Marius Becker; **S. 136** [1] "Verwendung weltweit; **S. 137** [2] F1online/Staudt; **S. 137** [3] Shutterstock.com/alvarobueno; **S. 137** [4] stock.adobe.com/Bill Gabbert; **S. 137** [5] stock.adobe.com/Andreas; **S. 137** o. r. dpa Picture-Alliance/ASSOCIATED PRESS/AP; **S. 138** [1] l. stock.adobe.com/Marina Lohrbach; **S. 140** [2] Shutterstock.com/maple90; **S. 141** [3] Imago Stock & People GmbH/Joerg Boethling; **S. 141** [4] dpa Picture-Alliance/AA/Minasse Wondimu Hailu; **S. 142** [1] F1online/AGE/Zakir H. Chowdhury; **S. 144** [1] Look/Bias, Helge; **S. 145** [2] Shutterstock.com/Incredible_backgrounds; **S. 145** [3] Franz Dambeck; **S. 146** [1] dpa Picture-Alliance/Copyright 2022 The Associated PresS. All rights reserved/AP Content; **S. 147** [2] mauritius images/alamy stock photo/Pacific Imagica; **S. 147** [1] Imago Stock & People GmbH/Westend61; **S. 148** [2] Imago Stock & People GmbH/Cover-Images/xx 41269209; **S. 148** [1] interfoto e.k./SuperStock/Steven Kazlowski; **S. 149** [2] interfoto e.k./Don Johnston; **S. 149** [1] mauritius images/alamy stock photo/Natural History Archive; **S. 152** [1] Shutterstock.com/Towering Goals; **S. 153** [1] mauritius images/Muthuraman V; **S. 153** [3] Panther Media GmbH/Arkadij Schell; **S. 154** [2] Statista GmbH; **S. 155** [5] Harm Bengen; **S. 156, 157** mauritius images/Westend61; **S. 158** [1] Shutterstock.com/Prostock-studio; **S. 159** o. stock.adobe.com/Antonioguillem; **S. 160** [1] dpa Picture-Alliance/dpa-infografik GmbH; **S. 161** o. r. mauritius images/Westend61; **S. 162** [1] o. r. Shutterstock.com/Serhii Bobyk; **S. 162** [1] o. l. stock.adobe.com/Wellnhofer Designs; **S. 162** [1] u.r. sciencephotolibrary/Caia Image/Caia I/Trevor Adeline; **S. 162** [1] u. l. Shutterstock.com/fizkes; **S. 164** [1] o. r. Shutterstock.com/Alexander Image; **S. 164** [1] o. l. Shutterstock.com/Ysbrand Cosijn; **S. 164** [1] u.r. Shutterstock.com/Alexander Image; **S. 164** [1] u. l. Shutterstock.com/Lopolo; **S. 166** r. Shutterstock.com/Katya Rekina; **S. 166** l. Shutterstock.com/wwwebmeister; **S. 167** [1] dpa Picture-Alliance/dpa-infografik GmbH; **S. 168** l. Shutterstock.com/Reinhard Fuerstberger; **S. 168** r. dpa Picture-Alliance/dpa-infografik GmbH; **S. 169** [1] dpa Picture-Alliance/Joko/Bildagentur-online; **S. 170** o. Shutterstock.com/SpeedKingz; **S. 172** o. stock.adobe.com/Scanrail; **S. 172** u. shutterstock/A-R-T; **S. 173** o. Shutterstock.com/Gorodenkoff; **S. 173** u. stock.adobe.com/JustLife; **S. 174** [2] dpa Picture-Alliance/dpa-infografik GmbH; **S. 175** [3] dpa Picture-Alliance/dpa-infografik GmbH; **S. 176, 177** stock.adobe.com/BigBlueStudio; **S. 178** [3] mauritius images/Westend61; **S. 178** [1] dpa Picture-Alliance/euroluftbild.de/ZB/Robert Grahn; **S. 178** [2] Shutterstock.com/sylv1rob1; **S. 179** [4] Shutterstock.com/The Art of Pics; **S. 179** [5] Shutterstock.com/racorn; **S. 180** [2] Shutterstock.com/metamorworks; **S. 181** o. r. stock.adobe.com/BigBlueStudio; **S. 182** [1] Shutterstock.com/zstock; **S. 183** [4] Shutterstock.com/fizkes; **S. 184** [1] Shutterstock.com/Monkey Business Images; **S. 185** [2] Shutterstock.com/Terelyuk; **S. 185** [3] Shutterstock.com/kung tom; **S. 186** [1] Shutterstock.com/Photographee.eu; **S. 186** [2] Shutterstock.com/Robert Kneschke; **S. 187** [1] Shutterstock.com/REDPIXEL.PL; **S. 188** [1] Shutterstock.com/Monkey Business Images; **S. 189** [1] Shutterstock.com/ShotPrime Studio; **S. 189** [2] Shutterstock.com/G-Stock Studio; **S. 191** [2] Shutterstock.com/Iakov Filimonov; **S. 191** [3] Heiko Sakurai; **S. 192** [1] stock.adobe.com/Erwin Wodicka/Gina Sanders; **S. 192** [2] Shutterstock.com/Marcos Mesa Sam Wordley; **S. 193** [4] Thomas Plaßmann; [2] Shutterstock.com/Marcos Mesa Sam Wordley; **S. 194** [1] ddp images/Olaf Adebahr; **S. 196** [2] Shutterstock.com/Ociacia; **S. 197** [5] Shutterstock.com/Hans Kim; **S. 198, 199** dpa Picture-Alliance/Zoonar/Zoonar.com/edpics; **S. 200** [1] akg-images/AP; **S. 200** [2] akg-images; **S. 200** [3] dpa Picture-Alliance; **S. 201** [4] dpa Picture-alliance/ dpa-infografik; **S. 203** o. interfoto e.k./Friedrich; **S. 203** u. picture-alliance/ ZB|Peter Zimmermann; **S. 203** Mi. akg-images/AP; **S. 203** o. r. dpa Picture-Alliance/Zoonar/Zoonar.com/edpics; **S. 204** [1] Bridgeman Images/Ein amerikanisches Flugzeug im Anflug auf Tempelhof waehrer Blockade Berlins; **S. 205** [2] bpk/Hans Schaller; **S. 206** [1] bpk; **S. 208** [1] dpa Picture-Alliance/SZ Photo/Süddeutsche Zeitung Photo/SZ Photo/dpa; **S. 209** [2] dpa Picture-Alliance/Newscom/RONEN ZVULUN; **S. 210** [1] Brandt interfoto e.k./PHOTOAISA; **S. 210** [1] Erhard akg-images/AP; **S. 210** [2] Imago Stock & People GmbH/Sven Simon; **S. 210** [1] Kiesinger: picture-alliance/dpa; **S. 210** [1] Adenauer: picture-alliance/Roland Witschel; **S. 210** [1] Schmidt: dpa Picture-Alliance/Egon Steiner; **S. 211** [1] Kohl: imago /Sven; **S. 211** [1] Scholz: interfoto e.k./Moore; **S. 211** [1] Merkel: dpa Picture-Alliance/Boris Roessler; Simon; **S. 211** [1]

Schröder: dpa Picture-Alliance/Ulrich Baumgarten/Ulrich Baumga; **S. 211** [3] mauritius images/Walter G. Allgöwer; **S. 213** [2] Haus der Geschichte, Bonn; **S. 213** [3] akg-images/Universal Images Gr; **S. 213** [4] dpa Picture-Alliance/picture-alliance/dpa; **S. 214** [1] interfoto e.k./Friedrich; **S. 214** [2] akg-images; **S. 215** [4] interfoto e.k./TV-Yesterday; **S. 215** [3] dpa Picture-Alliance/Ducklau; **S. 216** [3] akg-images; **S. 216** l. akg-images/Entwurf von Horst Naumann - Maler und Grafiker, Dresden.; **S. 217** [4] dpa Picture-Alliance/imageBROKER; **S. 217** [5] Imago Stock & People GmbH/Sven Simon; **S. 218** [3] dpa Picture-Alliance/dpa-Zentralbild; **S. 218** [1] BStU / Stasi-Unterlagen-Archiv, Berlin; **S. 218** [2] Imago Stock & People GmbH/teutopress\r**S. 219** [1] Imago Stock & People GmbH/PEMAX; **S. 220** [1] interfoto e.k./Friedrich; **S. 221** [1] dpa Picture-Alliance/ASSOCIATED PRESS; **S. 221** [2] dpa Picture-Alliance/picture-alliance/dpa; **S. 222** [1] Wolfgang Humann, Münster; **S. 222** [2] akg-images/Peter Hebler; **S. 222** [3] dpa Picture-Alliance/Roland Scheidemann; **S. 222** [4] Imago Stock & People GmbH/United Archives/WalterxRudolph United-Archives05828; **S. 223** [4] akg-images/ddrbildarchiv.de; **S. 223** [1] Wolfgang Humann, Münster; **S. 223** [2] akg-images/Udo Hesse; **S. 223** [3] akg-images/Sammlung Berliner Verlag/Archiv; **S. 224** [1] Mi.2. akg-images; **S. 224** [1] o. l. dpa Picture-Alliance/ASSOCIATED PRESS; **S. 224** [1] o. r. dpa Picture-Alliance/dpa-Zentralbild; **S. 224** [1] Mi.l. interfoto e.k./Friedrich; **S. 224** [2] u.r. Shutterstock.com/a b t; **S. 224** [2] u. l. Shutterstock.com/Paul Stringer; **S. 224** [1] Mi.r. akg-images/AP; **S. 224** [1] o. Mi. Bridgeman Images/Ein amerikanisches Flugzeug im Anflug auf Tempelhof waehrer Blockade Berlins; **S. 225** [5] Universitäts- und Landesbibliothek Münster/Nachlass R. Schöpper K 5,007; **S. 226, 127** akg-images; **S. 228** [1] Imago Stock & People GmbH/imago images/imagebroker; **S. 229** [3] dpa Picture-Alliance; **S. 231** o. r. akg-images; **S. 231** u. interfoto e.k./Michael Pladeck; **S. 231** 2.v.o. dpa Picture-Alliance/ASSOCIATED PRESS/AP; **S. 231** o. r. Universal History Archive/UIG/Bridgeman Images; li. v. o. n. u. Universal History Archive/UIG / Bridgeman Images, dpa Picture-Alliance/ASSOCIATED PRESS/AP, interfoto e.k./Michael Pladeck; **S. 232** [1] bpk/Hanns Hubmann; **S. 233** [2] Universal History Archive/UIG/Bridgeman Images; **S. 234** [1] action press/CONTRAST; **S. 234** [2] dpa Picture-Alliance/ASSOCIATED PRESS/AP; **S. 236** [1] dpa Picture-Alliance/Zentralbild/ZB; **S. 237** [1] dpa Picture-Alliance/dpa-Zentralbild (ADN); **S. 238** [2] dpa Picture-Alliance/picture-alliance/dpa; **S. 238** [1] dpa Picture-Alliance; **S. 239** [3] interfoto e.k./Michael Pladeck; **S. 240** [4] stock.adobe.com/jiortola; **S. 240** [3] stock.adobe.com/MAZURKEVICH ALEXANDER/Mazur Travel; **S. 240** [1] stock.adobe.com/Foto Füchsin; **S. 240** [2] dpa Picture-Alliance/X01095/Reuters; **S. 241** [1] Imago Stock & People GmbH/imago images/epd; **S. 241** [2] Imago Stock & People GmbH/imagebroker; **S. 242** [1] Imago Stock & People GmbH/imago images/Shotshop; **S. 243** [2] Statistik der Bundesagentur für Arbeit; **S. 244** [2] Shutterstock.com/ZoneFatal; **S. 244** [1] Shutterstock.com/goodluz; **S. 245** [4] Shutterstock.com/Alberto Zornetta; **S. 245** [3] Shutterstock.com/Stockfotografie; **S. 246** [3] u.r. dpa Picture-Alliance/ASSOCIATED PRESS/AP; **S. 246** [3] u. l. dpa Picture-Alliance; **S. 247** [5] akg-images; **S. 247** [4] dpa Picture-Alliance/dpa-Picture-Alliance/dpa-Zentralbild/Jens Wolf; **S. 248, 249** European Union 2020-Source: EP/Mathieu CUGNOT; **S. 250** [1] Shutterstock.com/Hadrian; **S. 251** [3] dpa Picture-Alliance/ASSOCIATED PRESS/Pool AFP/Kenzo Tribouillard; **S. 251** [2] European Union (2020)- European Parliament; **S. 253** o. r. dpa Picture-Alliance/Mandoga Media; **S. 253** o. Shutterstock.com/binik; **S. 253** 3.v.o. ClipDealer GmbH/[\r\n \"ClipDealer\"\r\n]/lantapix/\"ClipDealer\"; **S. 253** 4.v.o. Shutterstock.com/J_UK; **S. 253** 5.v.o. stock.adobe.com/tunedin; **S. 255** o. r. Shutterstock.com/Rido; **S. 255** u. l. Shutterstock.com/ZouZouShutterstock/ZouZou; **S. 255** u.r. Shutterstock.com/wavebreakmedia; **S. 255** o. l. Shutterstock.com/Halfpoint; **S. 256** [1] dpa Picture-Alliance/dpaweb; **S. 257** [3] Klaus Stuttmann; **S. 258** [1] dpa Picture-Alliance/Goldmann; **S. 260** [1] o. r. Shutterstock.com/Shutterstock.com/Anfisa Che; **S. 260** [1] o. l. Shutterstock.com/Burak Karademir; **S. 260** [1] Mi.l. Shutterstock.com/fluke samed; **S. 260** [1] Mi.r. Shutterstock.com/sanneberg; **S. 262** [2] Shutterstock.com/Ugis Riba; **S. 262** [1] Shutterstock.com/GaudiLab; **S. 263** [3] Shutterstock.com/Ruud Morijn Photographer; **S. 263** [1] dpa Picture-Alliance/J.W.Alker; **S. 264** u. l. Shutterstock.com/Rido; **S. 264** u.r. Shutterstock.com/Pavel Gulea; **S. 264** o. r. mauritius images/West-end61; **S. 264** 2.v.u.r. Shutterstock.com/Monkey Business Images; **S. 264** 3.v.u.r Shutterstock.com/Cultura Motion; **S. 265** [1] l. Shutterstock.com/Valery Sidelnykov; **S. 265** [1] u.r. Shutterstock.com/Jose Luis Carrascosa; **S. 265** [1] o. r. Shutterstock.com/Dan Kosmayer; **S. 268** [1] Shutterstock.com/Ian_Stewart; **S. 268** [2] dpa Picture-Alliance/ZUMA Press/ZUMAPRESS. com; **S. 269** [3] dpa Picture-Alliance/NurPhoto/Alain Pitton; **S. 270** [2] Klaus Stuttmann, 2016; **S. 271** [7] Klaus Stuttmann, 2013; **S. 272** Shutterstock.com/Zhukov Oleg; **S. 273** Imago Stock & People GmbH/allOver/xKTHx AL-LAE973979; **S. 274** [1] Panther Media GmbH/Tjeerd Kruse; **S. 274** [2] Shutterstock.com/Andrew Ring; **S. 274** [3] Panther Media GmbH/Markus Mainka; **S. 275** [5] Panther Media GmbH/matej kastelic; **S. 275** [6] dpa Picture-Alliance/AP Content; **S. 277** o. l. Shutterstock.com/Zhukov Oleg; **S. 277** o. r. Imago Stock & People GmbH/allOver/xKTHx ALLAE973979; **S. 278** [1] Esri Deutschland, Powered by Esri 2019; **S. 279** [2] Esri Deutschland, Powered by Esri 2019; **S. 279** [3] Esri Deutschland, Powered by Esri 2019; **S. 280** [3] mauritius images/Hans Blossey; **S. 280** [1] mauritius images/Rupert Oberhäuser; **S. 284** [1] dpa Picture-Alliance/Zoonar/Zoonar.com/Steven Slater; **S. 285** [3] Imago Stock & People GmbH/Danita Delimont/xAnthonyxAsaelx/xDanitaxDelimont AF32 AAS0062\r\n\r; **S. 286** [1] dpa Picture-Alliance/EPA/STRINGER; **S. 286** [2] Imago Stock & People GmbH/robertharding/DavidxLomax 166-4993\r\n\r; **S. 287** [2] Shutterstock.com/ranimiro; **S. 287** [1] Panther Media GmbH/Joerg Hackemann; **S. 288** [2] Shutterstock.com/Maximillian cabinet; **S. 289** [2] mauritius images/alamy stock photo/Karin Duthie; **S. 289** [1] mauritius images/alamy stock photo/Mohammed Sohail Khan; **S. 290** [1] dpa Picture-Alliance/dpa-infografik GmbH; **S. 292** [1] l. stock.adobe.com/tampatra, [1] r. stock.adobe.com/AD/Visions/weber.stricker@gmail.com/Visions-AD; **S. 292** [2] TransFair e.V.; **S. 293** [4] Shutterstock.com/BearFotos; **S. 294** [2] dpa Picture-Alliance/dpa-infografik GmbH; **S. 294** [4] Gerhard Mester; **S. 295** [6] Imago Stock & People GmbH/imagebroker\r; **S. 301** interfoto e.k./Friedrich, (c) VG Bild-Kunst, Bonn 2023; Per Krohg: Die Ikonologie einer neuen Weltordnung, 1952; **S. 310** [1] dpa Picture-Alliance/NOTI/Cortesía; **S. 314** [1] dpa Picture-Alliance/picture-alliance/dpa; S. 296/297 dpa Picture-Alliance/AP Photo/AP/CHAO SOI CHEONG; **S. 298** [1] dpa Picture-Alliance/STAR MAX/Mitch Gerber/zz/STRMX/IPx; [2] dpa Picture-Alliance/2001 AP/AP Content; [3] dpa Picture-Alliance/Everett Collection; **S. 299** [4] dpa Picture-Alliance/Everett Collection; **S. 301** [2] stock.adobe.com/Illustrations/MQ/MQ-Illustrations; [o. r.] dpa Picture-Alliance/AP Photo/AP/CHAO SOI CHEONG; **S. 302** [1] interfoto e.k./Stocktrek Images; [2] dpa Picture-Alliance/EPA/STRINGER; [3] dpa Picture-Alliance/DPA Pool/AP Content; **S. 304** [1] dpa Picture-Alliance/Geisler-Fotopress/Geisler-Fotopres; [2] Imago Stock & People GmbH/nordpool/Riediger\r; [3] mauritius images/Andrea Marka; **S. 307** [2] dpa Picture-Alliance/ZUMAPRESS.com/ZUMA Wire/Moawia Atrash; [3] dpa Picture-Alliance/AP Photo; [4] action press/AA/Abaca Press; **S. 308** [1] dpa Picture-Alliance/EPA/EPA/DAVID; S. 308 [2] action press/Li Baishun/Xinhua; [3] Imago Stock & People GmbH/imago images/UPI Photo; **S. 310** [1] dpa Picture-Alliance/NOTI/Cortesía, (c) VG Bild-Kunst, Bonn 2023; Per Krohg: Die Ikonologie einer neuen Weltordnung, 1952; **S. 312** [1] dpa Picture-Alliance/ITAR-TASS/Dzhavakhadze Zurab; [2] dpa Picture-Alliance/ZUMAPRESS.com/SOPA Images via ZUMA Press Wire/Mihir Melwani; [3] dpa Picture-Alliance/AA/Metin Aktas; **S. 314** [1] dpa Picture-Alliance/picture-alliance/dpa; **S. 316** [1] Helge Bendl / Brot für die Welt; [2] Christoph Püschner / Diakonie Katastrophenhilfe; [3] Uli Reinhardt / Brot für die Welt; **S. 317** [1] dpa Picture-Alliance/Copyright 2022 The Associated Press. All rights reserved/AP Content; [2] dpa Picture-Alliance/dmg media Licensing/Daily Mail/Solo Syndication/Jamie Wiseman; [3] mauritius images/alamy stock photo/ZUMA Press, Inc.; **S. 318** [2] dpa Picture-Alliance/AP Photo/AP/CHAO SOI CHEONG; **S. 319** [6] mauritius images/Pitopia;

Illustrationen
Cornelsen/Matthias Pflügner: S. 266 [1], S. 266 [2]

Cornelsen/Klaus Kühner: S. 106 [2], S. 118 [1], S. 120 [1], S. 122 [2], S. 123 [3], S. 124 [2], S. 125 [2], S. 128 [1], S. 151 [2], S. 274 [4], S. 280 [2], S. 288 [1]

Cornelsen/Joana Stratmann: S. 13 u., S. 13 2.v.u., S. 13 2.v.o., S. 13 o., S. 36 r.o., S. 36 r.u., S. 36 l.o., S. 36 l.u.,

Cornelsen/Erfurth Kluger Infografik GbR: S. 212 [1]

Cornelsen/Dieter Stade: S. 12 [1], S. 14 [2], S. 15 [4], S. 15 [3], S. 17 [2], S. 18 [3], S. 20 [3], S. 21 [2], S. 23 [4], S. 25 [5], S. 28 [2], S. 28 [3], S. 29 [4], S. 37 [1], S. 41 [4], S. 67 [4], S. 97 [4], S. 103 [6], S. 108 [1], S. 109 [2], S. 110 [1], S. 111 [2], S. 111 [3], S. 112 [1], S. 114 [2], S. 114 [4], S. 115 [7], S. 117 [4], S. 123 [2], S. 126 [2], S. 129 [3], S. 130 [3], S. 130 [1], S. 130 [2], S. 138 [1] r., S. 139 [2], S. 139 [3], S. 140 [1], S. 143 [2], S. 147 [3], S. 150 [1], S. 151 [3], S. 151 [4], S. 152 [1], S. 153 [4], S. 153 [2], S. 164 [2], S. 165 [1], S. 180 [1], S. 181 l., S. 182 [2], S. 183 [3], S. 190 [1], S. 193 [3], S. 195 [2], S. 196 [3], S. 197 [4], S. 230 [3], S. 230 [1], S. 230 [2], S. 235 [3], S. 246 [3] o. r., S. 252 [1], S. 253 2.v.o., S. 254 [1], S. 260 [2], S. 261 [4], S. 261 [3], S. 263 [2], S. 264 [1], S. 270 [3], S. 271 [4], S. 277 [2], S. 281 [4], S. 282 [1], S. 282 [2], S. 291 [2], S. 294 [1], S. 294 [3], S. 300 [1], S. 303 [4], S. 305 [4], S. 306 [1], S. 309 [4] m S. 311 [2], S. 313 (4), S. 315 [1], S. 318 [4]
Cornelsen/Christian Böhning, bearbeitet durch Klaus Kühner: S. 242 [1]
Cornelsen/Carlos Borrell Eiköter, bearbeitet durch Klaus Kühner: S. 207 [2]
Cornelsen/Carlos Borrell Eiköter: S. 32 [1] o., S. 32 [1] Mi., S. 32 [1] u., S. 34 [1], S. 54 [1] Mi.v.1., S. 54 [1] Mi.v.2., S. 54 [1] Mi.v.3. S. 60 [1], S. 84 [1], S. 87 [2], S. 202 [1] l., S. 202 [1] r., S. 276 [1]

Textquellen
S. 53 [3] zit. n. Sebastian Haffner, Von Bismarck zu Hitler. München (Knaur) 2015, S. 204-219; **S. 58** [3] Zitiert aus: Wolfgang Benz, Geschichte des Dritten Reiches, München 2000, S. 19.; **S. 59** [5] Zitiert aus: Melita Maschmann, Fazit. Kein Rechtfertigungsversuch, Stuttgart 1963, S. 17f.; **S. 71** [4] Jutta v. Freyberg u. a.: Wir hatten andere Träume, Frankfurt a. M. 1995; **S. 71** [5] zit. n.: Hermann Rauschning: Gespräche mit Hitler. Zürich und New York 1940, S. 237; **S. 91** [3] Zit. n.: Der Prozess gegen die Hauptkriegsverbrecher v. dem internationalen Militärgerichtshof, Bd. 33, S. 275 ff.; **S. 93** [5] Zit. nach: J. Hohlfeld, Dokumente der deutschen Politik und Geschichte von 1848 bis zur Gegen¬wart, Bd. IV/V, Berlin 1951.; **S. 93** [7] Zit. nach: J. Hohlfeld, Dokumente der deutschen Politik und Geschichte von 1848 bis zur Gegen¬wart, Bd. IV/V, Berlin 1951.; **S. 89** [5] Zitiert nach: Vernichtungskrieg. Verbrechen der Wehrmacht 1941 bis 1944, Ausstellungskatalog, Hamburg 1996; **S. 100** [3] Richard von Weizsäcker, Von Deutschland auS. München 1987, S. 12 ff.; **S. 101** [4] Richard von Weizsäcker, Von Deutschland auS. München 1987, S. 18; **S. 201** [5] Zit. nach: Homepage Gedenkstätte Berliner Mauer, Zugriff: 11.05.20; **S. 201** [6] Zit. nach: Hans Kroll, Lebenserinnerungen eines Botschafters, Köln, Berlin 1967, S. 512; **S. 221** [3] Zit. nach: Butz Peters, RAF, Terrorismus in Deutschland. Stuttgart (DVA) 1991, S. 82; **S. 237** [2] Zit. nach: DHM online, Abruf: 25.05.2020; **S. 247** [5] http://www.bundespraesident.de/Shared¬Docs/Reden/DE/Richard-von-Weizsaecker/Reden/1990/ (abgerufen am 16.12. 2022);

[1] *Exkursionsziele in Nordrhein-Westfalen, NS-Zeit, Erinnerungsorte, Gedenkstätten. Karte*